历代笑话集

王利器 辑录

中华书局

图书在版编目 (CIP) 数据

历代笑话集/王利器辑录. —北京：中华书局,2020.6
(2024.8 重印)
ISBN 978-7-101-14542-7

Ⅰ.历… Ⅱ.王… Ⅲ.笑话-作品集-中国 Ⅳ.I277.8

中国版本图书馆 CIP 数据核字 (2020) 第 068587 号

书　　　名	历代笑话集
辑 录 者	王利器
责任编辑	石　玉
责任印制	陈丽娜
出版发行	中华书局
	（北京市丰台区太平桥西里 38 号　100073）
	http://www.zhbc.com.cn
	E-mail:zhbc@zhbc.com.cn
印　　　刷	中煤（北京）印务有限公司
版　　　次	2020 年 6 月第 1 版
	2024 年 8 月第 4 次印刷
规　　　格	开本/880×1230 毫米　1/32
	印张 16⅞　插页 2　字数 451 千字
印　　　数	9001-10000 册
国际书号	ISBN 978-7-101-14542-7
定　　　价	68.00 元

前　言

一

　　笑话和其它民间文学一样，是劳动人民自己直接参加创作、反映劳动人民在阶级对抗性的社会条件下怎样生活和怎样斗争的艺术作品。笑话的短小精悍的独特形式，是民间口头创作的讽刺小品之一。天才的人民艺术家——包括个人和集体在内，以这种独特的艺术形式，通过辛辣的讽刺，反映和概括了人民大众世世代代积累下来的智慧和知识，首先是以口头创作的形式在人民大众中传开了和传下来，继而才有人民的艺术家或士大夫阶级的文人，在不同的时代或不同的地方进行再创作，把它从口头创作搬到书面上来。这些再创作，可能同一笑话，甲地和乙地的各自不同，过去和现在的也有出入，但他们的目的都是为了更好地和更多地为广大的人民大众服务。从哪里来的，又回到了哪里去。这就是今天我们所能读到、听到的一些笑话创作形成的过程。

　　士大夫阶级的文人，有时也直接从事笑话创作，而且这一部分遗产还是相当丰富的，他们绝大多数是描写真人真事，他们揭露和谴责某些社会生活和个人生活中具有普遍意义的不良现象和不良倾向，这些真人真事的笑话，同样为人民大众所喜闻乐见。不知从哪一个时候起，民间流传着这样一句谚语："打破沙锅问到底。"读者往往对于作者和作者所描写的人物是十分关切的，笑话中的真人真事成分之所以同样为人民大众所喜闻乐见，就是建筑在这样的社会基础上的。有时，他们还把观察和感受所得的真人真事中的人物更概括更集中起来，塑造成为更具有普遍意义的典型人物典型性格。我们在周秦以来的诸子作品中，曾零零星星地接触到为他们所蠢化的宋人形象，如

《孟子·公孙丑上》所描写的揠苗助长，《庄子·逍遥游》所描写的资章甫适越，《韩非子·五蠹篇》所描写的守株待兔，《列子·杨朱篇》所描写的负暄献曝，《阙子》所描写的什袭珍藏燕石等故事①，他们都先后参加了塑造宋人这样一个愚人形象；同时，在《韩非子·外储说左上》这一篇里，我们又不断地接触到由韩非单独进行创造的一个蠢化了的郑人形象，如郑人争年、郑人置履、郑县人问车轭和郑县人卖豚等故事，通过作者的笔触，会使读者为一股非凡的艺术魅力所吸引，抑制不住地对宋人和郑人的愚蠢嗤嗤发笑了。之后，在元明人笑话集中，又继续出现了艾子、迂公和憨子这些人物形象。这些形象，都含有深刻的社会意义。因之，笑话无论写真人真事也好，写典型人物典型性格也好，就其深刻程度和概括意义来说，它都是反映一定社会现象并暴露一定社会本质的现实主义的讽刺文学作品。

　　在讽刺文学作品中，笑话是能发挥匕首作用的。早在《诗》三百篇中，已经有了"善戏谑兮，不为虐兮"的记载。到了曹魏时代，更有邯郸淳的《笑林》三卷专书的出现。南朝萧梁时代，刘彦和在他的文学批评名著《文心雕龙》中，专为笑话这一类的文学形式写了一篇《谐讔》的评介文章，指出了一些作品，"虽抃帷席②，而无益时用"，并总结了谐讔的意义："古之嘲隐，振危释惫。虽有丝麻，无弃菅蒯。会义适时，颇益讽诫。空戏滑稽，德音大坏。"③刘彦和指出了笑话这一类讽刺文学作品的作用，主要在于中肯（会义）而及时（适时），从而收到了"振危释惫"的巨大效果。刘彦和从政治的社会的思想高度，去肯定笑话的艺术价值，锐敏地注意到笑话的教育意义，并指出"空戏滑稽"的不良倾向，这个批评，很好地说明了笑话创作的发

---

　　①详清阎若璩《四书释地又续》宋人条。

　　②"帷席"原作"推席"，从范文澜注本改，他以为"抃帷席，即所谓众坐喜笑"。

　　③《文心雕龙》这段文章的今译："古代的嘲笑文章和隐语，目的在于振救危亡和释除疲惫。前人说得好：'虽然有了丝麻，但也不要认为菅蒯是完全无用而把它放弃了。'嘲隐的文章如果能很好地做到中肯而及时，对于讽刺和规诫是有很大的作用的。假如只把它当作游戏文章和滑稽工具来看待，那末讽刺的作用就被大大的破坏了。"

生和发展,是合乎时代社会的要求的。到了元明以后,笑话还直接影响和丰富了小说和戏剧创作的内容,许多小说和戏剧创作都把笑话作为幽默的插曲,有的戏剧创作,如明人沈璟的《博笑记》,则完全以笑话为题材。

二

笑话在反映中国长期封建社会生活的矛盾方面,如其它文学作品一样,也是通过揭示一定的社会历史现象的本质的典型事物来进行的。在封建社会生活中,一切不合理的剥削和压迫的丑恶现象,都及时地在笑话里面获得迅速的反映。这种高度的政治敏感性,是笑话的特征之一。因之,笑话创作,最善于抓住和突出时代社会的症结问题,树立了为清除一切与社会生活、社会秩序、社会道德对立的矛盾的现象而斗争的优良传统。

笑话创作的高度政治敏感性,表现得最突出的,可以从明代笑话集所反映的一系列宦官专政问题和伪道学问题,得到了很好的例证。

明代宦官专政,是当时政治上的畸形现象,是封建统治极端专制化的产物。成千上万的宦官,凭着城狐社鼠的特种关系,上下其手,胡作非为,不择手段地向朝野进行了残酷的政治压迫与经济剥削,将明代的政治推到黑暗的深渊,加重了人民的灾难。笑话创作家,对横暴、无知的宦官,无情地加以辛辣的讽刺。明人江盈科的《雪涛谐史》写道:

> 有一个太监,奉命差出,到了住扎的地方,也要谒庙,行香,讲书。当讲书的时候,秀才们心里很讨厌鄙视他。讲的是"牵牛而过堂下"一节。太监问道:"牵牛人,姓甚名谁?"秀才答道:"就是那下面的王见之。"太监称赞道:"好生员,博雅乃尔!"①

①《孟子》的《梁惠王上》原文作:"王坐于堂上,有牵牛而过堂下者,王见之,曰:'牛何之?'"

明人冯梦龙的《雅谑》写道：

> 太监谷大用由于有迎驾入宫继承大位的功勋，遇事极为横暴，官员接见，往往遭受到他的辱骂，问道："你那顶纱帽是哪里来的？"有一个县令忿恨地答道："我的纱帽是在十王府前用三钱五分白银买来的。"大用一笑罢了。县令出，众人都很惊异地来问他，他说道："太监是阴性的东西，一笑就不能作威了。"众人都很佩服他。

由于像这样一些愚昧无知的横暴的宦官专政，从而引起了当时尖锐而复杂的政治斗争。当在朝的正派官僚以及在野名流团结起来，向宦官们进行不妥协的斗争的时候，竟出现了投靠宦官破坏斗争的败类。这种现象，也立刻反映到笑话创作中来，给人们一个当头棒喝。冯梦龙的《笑府》卷下写道：

> 凤凰做生，百鸟都来朝贺，惟独蝙蝠不去。凤凰责备它道："你是我的下属，为何倨傲无礼？"蝙蝠答道："我有四足，当属走兽，贺你有甚好处？"有一天，麒麟做生，蝙蝠也不去。麒麟也责备了它。蝙蝠说道："我有两翼，本属飞禽，为何要来庆贺你呢？"后来，麒麟和凤凰会了面，谈及蝙蝠的事情，彼此相互慨叹道："如今世上恶薄，生此等不禽不兽之徒，真个无奈他何！"

这个笑话，还被载于《广笑府》卷九、《新刻华筵趣乐谈酒令》卷四、《增补万宝全书》卷十八《笑谈门》和《笑林广记》卷十一，普遍地扩大了它的教育意义，让读者认识到蝙蝠的危害性，从而提高自己的政治警惕性。鲁迅在《准风月谈》里有一篇《谈蝙蝠》的文章，根据《伊索寓言》所载的蝙蝠故事，指出蝙蝠的结果："兽类不收"，"鸟类不纳"，"弄得他毫无立场，于是大家就讨厌这作为骑墙派的象征的蝙蝠了"。鲁迅以无情的指责，使蝙蝠面向毁灭。认识和毁灭这种惯使两面派手法的坏东西，在今天我们的阶级敌人尚存在的时候，仍是具有极其重要的现实意义的。

在封建社会里,所谓尧舜禹汤文武周公孔子的道统,到了宋元以后,就发展成为长期统治思想界的根深蒂固的极其反动的唯心主义的理学。这正是斯大林所指出的:"它们是已经衰颓,并为社会上那些衰颓着的势力底利益服务的东西。它们的作用,就是阻碍社会发展,阻碍社会前进。"笑话对为社会上那些衰颓的势力底利益服务的伪君子假道学,进行了无情的揭露,刻画出他们虚伪的一面,给人以不可磨灭的印象。明万历蓝印酒筹叶子有这样一个笑话:

> 有一个道学先生,张拱缓步,遇着天下雨,他急忙跑将起来。忽然他自己悔恨道:"乱跑有失尊严。君子之人,犯了过失,应当不怕改悔。"于是他仍还冒雨回到原来开始跑步的地方,步履安详地缓步起来。

冯梦龙的《笑林》写道:

> 两个道学先生议论不合,各自命为真道学,而相互诋毁为假道学,很久得不到结论,于是都出去找孔子裁判。孔子看见他俩来了,连忙下阶来深深地一鞠躬,说道:"我的学理很大,何必一定相同? 两位老先生都是真正的道学,孔丘素来很敬仰的,哪里有假的呢!"两人都欢天喜地地去了。弟子们问孔子道:"先生为什么把这两个家伙捧得这样厉害呢?"孔子说道:"这种人只要哄得他去就够了,惹他做什么?"

从上面所举的例证,我们可以看清楚:笑话所讽刺的东西,既广泛,又深入,更及时,举凡一切政治活动中的不良现象,以及人们思想和生活中的不良倾向,都进行了无情的批判和讽刺。笑话创作,就是这样随着历史现实的发展和社会生活的复杂化而日益丰富起来的。但也必须指出,中国早期的笑话,多半素朴、机智,到了明代,虽然产生了不少富有现实的战斗意义的笑话,但也产生了许多庸俗的猥亵的笑话,来迎合一般小市民的低级趣味。这种风气,一直延续到晚清,变本加厉,笑话竟变成了一般黄色书刊的附庸。这种发展,是有其一定的社会根源的,同时,也是今天我们对于笑话不能不有所选择、剔除的主要原因之一了。

三

笑话创作,和其它民间创作一样,表现了劳动人民对现实的看法,显示了人民对现实的态度。劳动人民在自己的艺术创作中反映出他们为反对压迫和剥削而进行的斗争。他们用自己的语言,独特的形式和幽默的风格,嘲笑封建统治剥削阶级的贪婪与无能。首先,笑话的创作者,用阶级对比的方式,揭露了两个对立阶级生活的悬殊。清人石天基《笑得好》初集写道:

> 有一个富翁,冬天在暖室里披着皮袍围炉饮酒,酒半汗出,解衣脱帽,大声嚷道:"今年冬天如此暖和,天气很不正常!"门外伺候的仆人答道:"外头的天气正常得很呢!"

笑话创作者,更从阶级观点出发,揭露了地主阶级不劳动的寄生生活。《雅谑》写道:

> 苏州某富翁有一个呆子,年满三十,还是依靠父亲养活他。他的父亲年纪已有五十岁了,遇着一个算命的推算出富翁要活八十岁,儿子要活六十二岁。呆子就哭道:"我父亲止活八十岁,我到六十以后,那二年靠谁养活呢?"

笑话创作者,以现实主义的手法,用具体现象反映出地主阶级不劳而食的本质,并勾勒出他们一副贪婪与无能的嘴脸。《笑得好》初集写道:

> 有一个富翁储藏大米数仓,遇着荒年,乡间农民出加一加二的重利来借,他都嫌少不借。有一个人给他献一条计道:"你可将这几仓大米都熬成粥借给人,每粥一桶,约定到期年成好还饭二桶。若到丰收年成,你的子孙又多,近处你可自己去讨

饭,若是远些,你子孙去讨饭,一些不错。"

这个故事,如实地反映出剥削阶级利用荒年给农民所加重的灾害,通过劳动人民机智而正义的讽刺,更活生生地刻画出地主的贪婪与无耻。地主阶级的剥削思想和行动,是无所不至的,也是无奇不有的。《笑林》写道:

> 甲问:"老爷和少爷比起来,哪个最快乐?"乙答道:"做老爷的年纪大了,不若少爷快乐。"甲急忙跑了回去,乙追问其故,甲道:"我要回去送家父上学。"

这种深刻而尖锐的讽刺,达到了思想性与艺术性的高度结合。笑话创作,同样以生动的笔触,描绘出地主的无知。《笑林》写道:

> 有人写信给富翁借牛,富翁正在陪客,他忌讳别人说他不识字,假装打开信看一看,说道:"知道了,少停我自来了。"

这些地方,都很好地表达了劳动人民对于地主剥削阶级的看法和态度。由于中国农民长期受到地主剥削阶级的压迫剥削,地主与农民的冲突,构成中国封建社会最基本的阶级矛盾,因此,笑话创作有许多是关于地主与农民的故事。

其次,笑话所讽刺的,便是剥削统治阶级的代理人——官吏,主要的是当时所谓亲民的官吏。在笑话创作者笔触之下,这些统治阶级的代理人,都是把他们刻画为贪官污吏的形象而出现。《笑府》卷上写道:

> 县官做生。有一个吏曹知道县官的属相是属鼠的,于是就定铸了一只金老鼠,送给县官,作为庆寿礼物。县官接过金老鼠,不住地夸奖这个吏曹的聪明和能干。随后,县官又悄悄地告诉他道:"你知道太太的生日吗?也快到了。不过,太太是属牛的。"

石天基《笑得好》二集写道:

> 一官甚贪,任满还乡,见家属中多了一个老头,问他是谁,老头答道:"我是某县的土地。"又问:"因何到此?"老头说:"那地方上的地皮都被你剥将来了,教我如何不跟着一道来呢?"

从封建剥削制度而产生的贪污行为,这是封建社会里最顽固的痼疾,笑话对这种坏现象,发挥了高度的政治暴露性的战斗精神,从而激起劳动人民对于这种不合理的、变相的剥削行为的憎恨。

随着封建社会以"神道设教"而产生的一系列的宗教迷信,是阻碍社会文化发展的障碍物;而这些宗教迷信的制造者和奉行者,又往往是游手好闲、不从事生产劳动的社会渣滓。笑话创作者,经常对他们的欺骗和虚伪进行尖锐的批判,把他们作为讽刺和鞭笞的对象。《笑林广记》卷八写道:

> 一道士自夸法术高强,撇得好驱蚊符。有人请他画了一张,拿去贴在室中,晚上蚊虫更多,前去质问道士。道士说:"待我去看看。"道士看了说道:"难怪,你用符不得法。"那个人问道:"应该如何用呢?"道士说:"每夜赶出蚊虫,然后把符贴在帐子里面。"

又写道:

> 一道士路过王府旧基,为鬼所迷,幸赖行人救了他,把他扶送回家去。道士说:"感谢你救了我,无物报答,有辟邪符一道,聊以奉送。"

从谢符这个故事,我们联想起了一句民间的歇后语,就是:"泥菩萨过河——自身难保。"把这两种民间创作结合起来看,我们不仅具体地理解到劳动人民反迷信的斗争,而且我们更清楚地认识了劳动人民的高度智慧。

这些形象——地主、官吏、道士等之所以被笑话创作者采用为讽刺的对象,是由中国长期封建社会特点所决定的。在封建社会里,劳动人民就是这样以笑话的武器,向一切不合理的社会现象做无情的斗争。从三国一直到晚清,有关这方面的笑话创作,无论从数量或暴露力量来看,都丰富了文学遗产的内容,而且都是为广大的劳动人民群众所喜闻乐见的。

恩格斯指出:"再没有更有趣的事情,比起嘲笑自己的敌人和以毒辣的嘲弄对待这些笨头笨脑的傻瓜。"(《致爱·伯恩施坦》)鲁迅指出:"用玩笑来对付敌人,自然也是一种好战法,但触着之处,须是对手的致命伤,否则,玩笑终不过是一个单单的玩笑而已。"(《玩笑只当它玩笑(上)》)历代笑话作品,以锋利的匕首,投向敌人,随着时代的推移,讽刺的内容也日新月异,它是有其深刻的历史背景和政治意义的,岂是仅仅为了向人们提供一些"笑一笑,少一少"的笑料而已。

四

劳动人民用自己的劳动和智慧创造了生活,并从生活实践中积累丰富而宝贵的经验,学会了怎样生活。明陈禹谟说道:"人不涉学而强作解事,未有不资人捧腹者。"①笑话创作者,通过文学艺术形式,把从古到今的,由彼及此的,已然为人们所发现和掌握的生活规律,形象化地表现出来;主要是通过一系列违反生活规律的现象,说明生活本身,使劳动人民认识生活,从认识生活的过程中,得到具体的教育作用,从而笑话创作成为劳动人民自己教育自己的生活教科书。

劳动人民珍视自己从生活实践中所获取的经验,但也反对把这种经验停留老一套的形态,故步自封,失却了对于新鲜事物的敏感,成为愚蠢的、古板的旧脑筋。明人赵南星的《笑赞》写道:

> 有一个在暑天戴着毡帽赶路的人,遇着一棵大树,他忙跑到树下去歇凉,手里拿着毡帽当扇扇着说:"今天假使没有这顶

———————————

① 见《广滑稽》卷首《录广滑稽前》。

毡帽,就热死我了。"

《笑林》写道:

> 有一个人看见卖海蛳的,唤住要买,问道:"多少钱一斤?"卖的人笑道:"从来海蛳是过量的。"这个人就喝道:"这难道不晓得?我问你几个钱一尺。"

像这种暑天戴毡帽赶路、买海蛳论尺的顽固形象,我们不是好像在哪里见过的吗?

劳动人民珍视前人所积累的丰富知识,但也反对那些一知半解的人,不肯对任何知识下工夫,很好地掌握知识并灵活地运用知识。《笑府》卷上写道:

> 父亲在纸片上写个"一"字来教小孩。第二天,父亲抹桌子,就拿擦布在桌子上画一下问小孩,小孩不认得。父亲说:"这就是我昨天教你的'一'字。"小孩目瞪口呆地说道:"隔了一夜,如何大了许多?"

又写道:

> 有一个老师只认得一个"川"字,学生拿书来请教,老师想找"川"字教他,连揭了几页都没有,忽然见着"三"字,就指着骂道:"我到处寻你不见,你倒在这里睡觉。"

又写道:

> 有一个人的老丈母死了,请老师做篇祭文,老师就按照古本抄了一篇祭妻文给他。这个人很奇怪地质问老师,老师说:"这是刊本定的,如何会错?只怕他家死错了人。"

像这样死死板板、只认得纸片上的小"一"字而不认得桌子上的大"一"字的人,像这样辛辛苦苦、把"三"字认为是"川"字在睡觉的人,像这样规规矩矩、一字一句地抄袭书本的人,不也正是在今天我们好像在哪里见过的吗？

　　笑话也尖锐地揭露了在生活斗争中完全失却辩证观点的人。《笑林》写道：

　　　　有一个人从演武场经过，被一支飞箭射穿了他的耳朵，连忙请了一个外科医生来施手术。医生用小锯锯掉了露在外边的箭杆，就要辞去。这个人问他道："里面的箭杆怎么办？"医生道："这是内科的事。"

江盈科的《雪涛小说》写道：

　　　　有一个生脚疮的人，痛不可忍，跟家中的人说道："你们赶快把墙壁给我凿个洞。"洞凿成了，他把那只痛脚伸到邻家去有一尺多。家中的人问他："这是什么意思？"他答道："让他在邻家去痛吧，这回跟我啥相干。"

这种只知道从表面、局部看问题，对于事物的内在联系完全愚昧无知的人，不也正是我们今天好像在哪里见过的吗？

　　如上面所揭示的这些违背生活规律的笑话，都给生活带来了严重的损失。笑话以严肃的态度反映了这些违背生活规律的现象，不仅很好地说明了作者自己的讽刺意图，而更重要的是要通过这些东西，起着应有的教育作用。劳动人民往往以一个笑话来说明一个道理，让人们在轻松愉快中得到启发和教育，而这种教育是和幽默融合在一起，和智慧融合在一起的，它不是说教，因之它最容易为人们所接受，它通过"全要闻笑即愧即悔，是即学好之人也"[1]的潜移默化的过程，很好地收到"以笑话醒人"[2]的效果。

　　笑话的人民性，就是在于它所反映的东西是扎根于人民生活之中，为人民所理解，所接受。它所讽刺的对象，也就是人民情感所憎

----

　　[1]见清石天基《笑得好》之《自序》。
　　[2]见石天基《笑得好》之《题词》。

恶的东西。因之,从很早以来,笑话就成为人民所喜闻乐见的艺术形式。但也无可否认,笑话创作是在长期的封建社会里发生和发展起来的,因之,不能不打上一些封建意识的烙印。在笑话中,也有一些不健康的、低级趣味的、封建剥削统治阶级的消闲品,和一些由剥削阶级编造出来侮辱劳动人民的东西,我们是应当加以识别和扬弃的。

五

以下,我们再就笑话的艺术形式,指出它的一些特征。

笑话在描写它所讽刺的东西时,永远是用高度集中的形式去抓住典型事物的。它以极精简的笔墨,生动而出色地勾勒出无数虚伪、迂腐、愚昧、贪吝、欺骗、懒惰、各种各样的、形形色色的人生脸谱,能使艺术夸张获得概括力和广泛哲学意味的写作技巧。这种形式,是富有说服力的,是一针见血的,鲜明地表现出什么是坏东西,也从而说明了我们在现实生活中应该反对什么。

《笑林广记》有这样一个笑话:

> 一妇人极懒,日用饮食,都是丈夫操作,她只知衣来伸手,饭来张口而已。一日,丈夫将出远门,要五天以后才能回来,丈夫怕她懒挨饿,乃烙好一个大饼,套在妇人的颈项上,作为五天伙食的准备,乃放心出门而去。及丈夫归来,妇人已饿死三天了。丈夫大骇,进房一看,原来妇人只将近嘴的地方吃了一缺,余饼依然未动。

很明显,这个懒妇人的影子,在我们脑海中会引起一些好像在哪里见过之感。今天,在我们工作中、思想中,还有个别的人,不积极参加自觉的、忘我的、创造性的劳动,而坐待社会主义、共产主义社会的到来;不自觉地改造自己的思想,成为思想上的懒汉,越来越落后于现实。这种人,和吃颈项上近嘴的一缺大饼的懒妇,有什么两样?

《笑林广记》的写作者,在这里使用了形象的、有意识的、有目的的夸张和突出刻画,深刻地揭示出形象中的本质问题,一直到今天,人们还是把它所创造的艺术真实的形象当做完全符合生活真实的形象来感受。这些地方,很好地表明了作者对于生活的熟习,观察深刻尖锐,想象丰富和忠实于已洞察的典型性格的本质。这种表现手法,是令人大吃一惊的,也是令人心悦诚服的,这是基于以现实生活的矛盾为基础的夸张。

这是第一点。

其次,我们想指出笑话的另一特征,就是以短小精悍的形式,通过典型性格,表现出丰富的幻想和合理的蠢化,从而反映了时代的共同看法。历代笑话作品,重点都是放在描写讽刺典型的反面特征上,借助夸张和突出刻画的手法,把反面人物加以蠢化;这种蠢化,主要在于作者通过复杂而微妙的现实生活进行广泛而深入的概括,选择和抓住它们最足以体现本质的特征,通过高度集中的处理,把最富于特征性的东西或夸张了的细节突出出来,从而惟妙惟肖地勾勒出这些反面人物愚昧无知的嘴脸。冯梦龙的《古今谭概》卷四《专愚部》写道:

> 迂公有一个很矮的坐凳,每每要坐,就得先把它垫高,简直不胜其烦。忽然想到搬上楼去坐,等坐下时,低矮如故,因而说道:"谁说楼高? 我看也不见得。"

石天基《笑得好》初集写道:

> 甲乙两呆人偶然同吃腌蛋,甲惊讶地说:"我每常吃蛋,味都是淡的,这个蛋因何独咸?"乙道:"我是极明白的人,亏你问着我。这腌蛋就是腌鸭子生出来的。"

这种愚蠢,实在可怜。作为讽刺工具的中国笑话也不是仅仅停留在单纯地嘲笑反面人物的愚蠢,不过笑话中的正面人物常常是不出场的。笑话也会在嘲笑反面人物的同时,以无比的热忱拥护正面人物,很鲜明地塑造出两个极端的人物形象,以爱憎分明的态度,向读者指出谁当灭亡谁当长成。这种例子,虽然不多,但如前面所举的"答应外头天气很正常"和"献出煮粥讨饭计策"的作者,创造了笑话中正面人物生动的形象,充分地发挥了劳动人民的智慧,"把善与恶的力量推向尖锐的戏剧冲突中"①,鲜明地暴露出剥削统治阶级是何等无知与无耻,而劳动人民又是何等的机智与勇敢。这种对旧事物的批判的否定的态度,表明了对新事物肯定的倾向。笑话之所以成为"辛辣的嘲讽"而不是"廉价的嘻笑",主要就在于以丰富的幻想,集中地揭示了生活冲突中的政治的或社会的内容,把正面和反面的典型摆在群众面前,让人立刻发现谁应该拥护,谁应该反对。

"讽刺是永远需要的",而笑话又是讽刺文学最能使人潜移默化的艺术形式。笑话通常是不说教、不下结论的,而它的说服力是如此强大而微妙!学习和研究文学遗产中的笑话作品,将更有助于我们的讽刺作品的丰富与繁荣,将会给我们与社会主义建设事业中一些不良现象以及人们思想和生活中的一切不良倾向作斗争创造有利的条件。

六

最后,关于本书的编例在这里说明一下。

本书选辑的年代大致上从三国一直到清末,收入的笑话集总共在七十种以上。除了专集以外,有些早已亡佚的笑话,有旧辑本的就用旧辑本,没有的,则重新编辑。全书的排序也是按着时代先后编排的。元明以来的笑话集,内容多有重复;另一方面,庸俗的和猥亵的作品也还不少,因此在编辑时,元明部分笑话删削的稍多些。重复的笑话,多半保留最早见的或艺术性高的;但有时为了可以略见其流布的情况,因此相同的也有被保留的。总起来说,这本集子

①《剧本》一九五五年七月号:《讽刺作品的力量》。

不是选集,虽然已经作了初步选择,但保存下来的原作品还是多的。正如前面所指出中国历代的笑话虽然大多数是好的,但也还有些内容较差的,这就有待于人们怎样批判地对待它了。

王利器

一九五六年十月初稿

一九八〇年九月改写

目　录

笑 林

　　《笑林》,邯郸淳撰,《隋书·经籍志》小说家著录三卷,云后汉给事中邯郸淳撰,两《唐志》著录卷帙同。宋吴曾《能改斋漫录》卷七云:"秘阁有《古笑林》十卷,晋孙楚《笑赋》曰:'信天下之笑林,调谑之巨观。'《笑林》本此。"是此书赵宋时尚存,唯卷帙由三卷扩充为十卷,或有后人附益,如《启颜录》一般。原书今佚,清马国翰有辑本,现在据马氏《玉函山房辑佚书》本移录,并据鲁迅《古小说钩沉》补录马氏未辑诸条于后。

　　《笑林》一卷,魏邯郸淳撰。淳一名竺,字子叔,颍川人,官至博士给事中;《魏志》附见《王粲传》。此书皆记古今可笑事,《隋》、《唐志》并三卷,均题邯郸淳,宋僧赞宁《笋谱》引吴人煮箦一条,《笑林》上云:"陆云字士龙,为性喜笑。"似以《笑林》出士龙所著,盖因笑事而误,当以史志为据也。历城马国翰竹吾甫。

　　案:明陈禹谟《广滑稽》卷二十二载有《笑林》一卷,共十三条,俱见马氏辑本中。陈氏盖亦从他书辑出者,非是陈氏得见《笑林》原书。今以马氏所辑较备,故舍陈本用马本。

笑 林
〔魏〕邯郸淳撰

　　吴人至京师,为设食,有酪苏,未知是何物也,强而食之,归吐,遂至困顿,谓其子曰:"与伧人同死,亦无所恨;然故宜慎之。"欧阳询《艺文类聚》卷七十二、《太平御览》卷八百五十八。

　　太原人夜失火,出物,欲出铜枪,误出熨斗,便大惊惋,谓其儿曰:"异事! 火未至,枪已被烧失脚。"《艺文类聚》卷七十三、《太平御览》

卷七百五十七。

某甲夜暴疾,命门人钻火。其夜阴瞑,不得火,催之急,门人忿然曰:"君责人亦大无道理,今暗如漆,何以不把火照我?我当得觅钻火具,然后易得耳。"孔文举闻之曰:"责人当以其方也。"《艺文类聚》卷八十、《太平御览》卷八百六十九并引至钻火具,《太平广记》卷二百五十八引有下二句。

有人吊丧,并欲赍物助之,问人:"可与何等物?"人曰:"钱布谷帛,任卿所有尔。"因赍一斛豆置孝子前,谓曰:"无可有,以大豆一斛相助。"孝子哭唤奈何,已以为问豆,答曰:"可作饭。"孝子复哭穷,已曰:"适得便穷,自当更送一斛。"《艺文类聚》卷八十五、《太平广记》卷二百六十二。

吴沈珩弟峻,字叔山,有名誉,而性俭吝。张温使蜀,与峻别,峻入内良久,出语温曰:"向择一端布,欲也送卿,而无粗者。"温嘉其能显非。《艺文类聚》卷八十五、《太平御览》卷八百二十、《太平广记》卷一百六十五。又尝经太湖岸上,使从者取盐水;已而恨多,敕令还减之。寻亦自愧,曰:"此吾天性也。"《太平广记》卷二百六十五。

赵伯公肥大,夏日醉卧,孙儿缘其肚上戏,因以李子内其脐中,累七八枚;既醉,了不觉;数日后,乃知痛。李大烂,汁出,以为脐穴,惧死,乃命妻子处分家事,乃泣谓家人曰:"我肠烂将死。"明日李核出,乃知孙儿所内李子也。《太平御览》卷三百七十又卷八百六十八两引,互有详略,今参合订补。

桓帝时有人辟公府掾者,倩人作奏记文;人不能为作,因语曰:"梁国葛龚,先善为记文,自可写用,不烦更作。"遂从人言写记文,不去葛龚名姓,府公大惊,不答,而罢归。故时人语曰:"作奏虽工,宜去葛龚。"《太平御览》卷四百九十六。

汉司徒崔烈辟上党鲍坚为掾,将谒见,自虑不过,问先到者仪,适有答曰:"随典仪口倡。"既谒,赞曰:"可拜。"坚亦曰:"可拜。"赞者曰："就位。"坚亦曰："就位。"因复着履上座，将离席，不知履所在，赞者曰："履着脚。"坚亦曰："履着脚也。"《太平御览》卷四百九十九。

平原陶邱氏取渤海墨台氏女，女色甚美，才甚令，复相敬。已生一男而归，母丁氏年老，进见女婿。女婿既归而遣妇，妇临去请罪，夫曰："曩见夫人，年德以衰，非昔日比。亦恐新妇老后，必复如此。是以遣，实无他故。"同上。

某甲为霸府佐，为人都不解。每至集会，有声乐之事，己辄豫焉；而耻不解，妓人奏曲，赞之，己亦学人仰赞和同。时人士令己作主人，并使唤妓客。妓客未集，召妓具问曲吹，一一疏着手巾箱下。先有药方，客既集，因问命曲，先取所疏者，误得药方，便言是疏方，有附子三分，当归四分，己云："且作附子当归以送客。"合坐绝倒。《太平御览》卷五百六十八。

南方人至京师者，人戒之曰："汝得物唯食，慎勿问其名也。"后诣主人，入门内，见马屎，便食之，觉臭。乃步——作"上"。进，见败屩弃于路，因复嚼，殊不可咽。顾伻曰："且止！人言不可皆信。"后诣贵官，为设馄，因见视曰："汝是首物，戒故昔，且当勿食。"《太平御览》卷六百九十八，又卷八百五十一。

人有斫羹者，以杓尝之，少盐，便益之，后复尝之向杓中者，故云："盐不足。"如此数益升许盐，故不咸，因以为怪。《太平御览》卷八百六十一。

甲卖肉，过入都厕，挂肉着外。乙偷之，未得去，甲出觅肉，因诈便口衔肉云："挂着外门，何得不失？若如我衔肉着口，岂有失理？"《太平御览》卷八百六十二，《北堂书钞》卷一百四十五陈禹谟补注。

姚彪与张温俱至武昌，遇吴兴沈珩于江渚守风，粮用尽，遣人从彪贷盐一百斛。彪性峻直，得书不答，方与温谈论。良久，敕左右倒盐百斛着江水中，谓温曰："明吾不惜，惜所与耳。"《太平御览》卷八百六十五、《太平广记》卷一百六十五。

楚人贫居,读《淮南方》:"得螳螂伺蝉自障叶,可以隐形。"遂于树下仰取叶——螳螂执叶伺蝉——以摘之,叶落树下;树下先有落叶,不能复分别,扫取数斗归,一一以叶自障,问其妻曰:"汝见我不?"妻始时恒答言"见",经日乃厌倦不堪,绐云:"不见。"嘿然大喜,赍叶入市,对面取人物,吏遂缚诣县。县官受辞,自说本末,官大笑,放而不治。《太平御览》卷九百四十六。

汉世有老人,无子,家富,性俭啬,恶衣蔬食,侵晨而起,侵夜而息;营理产业,聚敛无厌,而不敢自用。或人从之求丐者,不得已而入内取钱十,自堂而出,随步辄减,比至于外,才余半在,闭目以授乞者。寻复嘱云:"我倾家赡君,慎勿他说,复相效而来。"老人俄死,田宅没官,货财充于内帑矣。《太平广记》卷一百六十五。

有甲欲谒见邑宰,问左右曰:"令何所好?"或语曰:"好《公羊传》。"后入见,令问:"君读何书?"答曰:"唯业《公羊传》。"试问:"谁杀陈佗者?"甲良久对曰:"平生实不杀陈佗。"令察谬误,因复戏之曰:"君不杀陈佗,请是谁杀?"于是大怖,徒跣走出,人问其故,乃大语曰:"见明府,便以死事见访,后直不敢复来,遇赦当出耳。"《太平广记》卷二百六十。

甲与乙斗争,甲啮下乙鼻,官吏欲断之,甲称乙自啮落,吏曰:"夫人鼻高耳,口低,岂能就啮之乎?"甲曰:"他踏床子就啮之。"《太平广记》卷二百六十二。

甲父母在,出学三年而归,舅氏问其学何得,并序别父久,乃答曰:"渭阳之思,过于秦康。"既而父数之:"尔学奚益?"答曰:"少失过庭之训,故学无益。"

伧人欲相共吊丧,各不知仪,一人言粗习,谓同伴曰:"汝随我举止。"既至丧所,旧习者在前,伏席上,余者一一相髡于背,而为首者以足触覃曰:"痴物!"诸人亦为仪当尔,各以足相踏曰:"痴物!"最后者近孝子,亦踏孝子而曰:"痴物!"

有痴婿,妇翁死,妇教以行吊礼。于路值水,乃脱袜而渡,惟遗一袜。又睹林中鸠鸣云:"鵾鸪,鵾鸪。"而私诵之,都忘吊礼。及至,乃以有袜一足立,而缩其跣者,但云:"鵾鸪鵾鸪。"孝子皆笑。又曰:"莫笑莫笑,如拾得袜,即还我。"

鲁有执长竿入城门者,初竖执之,不可入,横执之,亦不可入,计无所出。俄有老父至曰:"吾非圣人,但见事多矣。何不以锯中截而入。"遂依而截之。

齐人就赵人学瑟,因之先调胶柱而归,三年不成一曲。齐人怪之,有从赵来者,问其意,方知向人之愚。并同上。

吴国胡邕,为人好色,娶妻张氏,怜之不舍。后卒,邕亦亡,家人便殡于后园中。三年取葬,见冢土化作二人,常见抱如卧时,人竞笑之。《太平御览》卷三百八十九。

楚人有担山鸡者,路人问曰:"何鸟也?"担者欺之曰:"凤皇也。"路人曰:"我闻有凤皇久矣,今真见之,汝卖之乎?"曰:"然。"乃酬千金,弗与;请加倍,乃与之。方将献楚王,经宿而鸟死。路人不遑惜其金,惟怅不得以献耳。国人传之,咸以为真凤而贵,宜欲献之,遂闻于楚王。王感其欲献己也,召而厚赐之,过买凤之直十倍矣。《太平广记》卷四百六十一。

汉人有适吴,吴人设笋,问是何物,语曰:"竹也。"归煮其床箦而不熟,乃谓其妻曰:"吴人辘辘,欺我如此!"释赞宁《笋谱》卷下。

附 补 佚
据鲁迅《古小说钩沉》本

伯翁妹肥于兄,嫁于王氏,嫌其太肥,遂诬云无女身,乃遣之。后更嫁李氏,乃得女身。方验前诬也。《类林杂说》十。

案:此条,《古小说钩沉》次在"赵伯公肥大"条后。

平原人有善治伛者，自云：“不善，人百一人耳。”有人曲度八尺，直度六尺，乃厚货求治。曰：“君且□。”欲上背踏之。伛者曰：“将杀我。”曰：“趣令君直，焉知死事。”《续谈助》四。

有人常食蔬茹，忽食羊肉，梦五脏神曰：“羊踏破菜园。”《绀珠集》十三。

笑　林

　　《笑林》,晋陆云撰,今仅见宋佚名《五色线》卷下及释赞宁《笋谱》引"汉人煮簧"一条,清文廷式《补晋书艺文志》卷五子部小说家类也据《五色线》著录了陆云的《笑林》。

笑　林

〔晋〕陆云

　　汉人适吴,人设笋,问所煮何物,曰:"竹也。"归煮其簧,不熟,谓其妻曰:"吴人欺我如此。"宋佚名《五色线》卷下。

　　陆云字士龙,为性喜笑。《笑林》云:"汉人有适吴,吴人设笋,问是何物,语曰:'竹也。'归煮其床簧而不熟,乃谓其妻曰:'吴人轥辘,欺我如此。'"宋释赞宁《笋谱》四之事。

启 颜 录

　　《启颜录》六种:第一种,敦煌卷子本,存《论难》、《辩捷》、《昏忘》、《嘲诮》四篇,《嘲诮篇》末题"开元十一年(七二三)捌月五日写了,刘丘子于二舅家",今据全录;第二种,新从明谈恺刻《太平广记》辑出者共二十五则;第三种,明刊《类说》卷十四载十七则,今省并重复得十则;第四种,明吴永辑《续百川学海》广集载十则,署"唐侯白"撰,清顺治刊本《说郛》所载全同,正文仍署"唐侯白",目录却署"刘焘",今省并重复得九则;第五种,明万历甲寅(一六一四)陈禹谟辑《唐滑稽》卷二十二所载,原共四十五则,今省并重复得二十一则;第六种,明刊本许自昌《捧腹编》一则。《唐书·经籍志》卷下、《新唐书·艺文志》卷三都载"《启颜录》十卷,侯白撰"。宋陈振孙《直斋书录解题》卷十一小说家类:"《启颜录》八卷。不知作者。杂记诙谐调笑事。《唐志》有侯白《启颜录》十卷,未必是此书,然亦多有侯白语,但讹谬极多。"《宋史·艺文志》五小说类著录"皮光业《启颜录》六卷",不作侯白。侯白隋初人,光业五代时人,或此书由侯白首创,后代继续有所增加,这从书中直称侯白和著录一些唐人的笑话,完全可以说明这一点。

启 颜 录

论 难
(原误衍"辩捷"二字)

　　北齐高祖尝以大斋日设聚会。时有大德法师开道,俗有疑滞者,皆即论难,并援引大义,广说法门,言议幽深,皆存雅正。石动莆最后论义,谓法师曰:"且问法师一个小义,佛常骑何物?"法师答曰:

"或坐千叶莲花,或乘六牙白象。"动莆云:"法师全不读经,不知佛所乘骑物?"法师又即问云:"檀越读经,佛骑物何?"动莆答云:"佛骑牛。"法师曰:"何以知之?"动莆曰:"经云'世尊甚奇特',岂非骑牛?"坐皆大笑。又谓法师曰:"法师既不知佛常骑牛,今更问法师一种小事:比来每经之上,皆云价直百千两金;未知百千两金,总有几斤?"法师遂无以对。一坐更笑。

高祖又尝作内道场,时有一大德法师,先立无一无二、无是无非义。高祖乃令法师升高座讲,还令立其旧义。当时儒生学士,大德名僧,义理百端,无难得者。动莆即请难此僧,必令结舌无语。高祖大悦,即令动莆往难。动莆即于高座前搴衣阔立,问僧曰:"看弟子有几个脚?"僧曰:"两脚。"动莆又翘一脚向后,一脚独立,问僧曰:"更看弟子有几个脚?"僧曰:"一脚。"动莆云:"向有两脚,今有一脚,若为得无一无二?"僧即答云:"若其二是真,不应有一脚,脚既得有一,明二即非真。"动莆既以僧义不穷,无难得之理,乃谓僧曰:"向者剧问法师,未是好义,法师既云:'无一无二,无是无非。'今问法师此义,不得不答。弟子闻天无二日,土无二王,今者天子一人,临御四海,法师岂更得云无一? 卦有乾坤,天有日月,皇后配于天子,即是二人,法师岂更得云无二? 今者帝德广临,无幽不照,昆虫草木,皆得其生,法师岂更得云无是? 今既四海为家,万方归顺,唯有宇文黑獭独阻皇风,法师岂更得云无非?"于是僧遂嘿然无原脱。以应,高祖抚掌大笑。

高祖又尝集儒生会讲,酬难非一。动莆后来,问博士曰:"先生,天有何姓?"博士曰:"天姓高。"动莆曰:"天子姓高,天必姓高,此乃学他蜀臣秦宓,本非新义。正经之上,自有天姓,先生可引正文,不须假托旧事。"博士云:"不知何经之上得有天姓?"动莆云:"先生全不读书,《孝经》亦似不见。天本姓也,先生可不见《孝经》云:'父子之道,天性也。'此岂不是天姓?"高祖大笑。

　　动莆又尝于国学中看博士论难云:"孔子弟子达者有七十二人。"动莆因问曰:"达者七十二人,几人已着冠? 几人未着冠?"博士曰:"经传无文。"动莆曰:"先生读书,岂合不解孔子弟子着冠有三十人,未着冠者有四十二人?"博士曰:"据何文以知之?"动莆曰:"《论语》云'冠者五六人',五六三十也;'童子六七人',六七四十二也,岂非七十二人?"坐中大悦。博士无以应对。

　　高祖又尝以四月八日斋会讲说,石动莆时在会中,有大德僧在高座上讲,道俗论难,不能相决。动莆后来,乃问僧曰:"今是何日?"僧答云:"是佛生日。"动莆即云:"日是佛儿。"僧即变云:"今日佛生。"动莆又云:"佛是日儿。"众皆大笑。

　　隋卢嘉言尝就寺礼拜,因入僧房,有一僧善于论议,嘉言即与之谈话,因相戏弄,此僧理屈。同座更有二僧,即助此僧酬对,往复数回,三僧并屈。嘉言乃笑而谓曰:"三个阿师,并不解樗蒲,何因共弟子论议?"僧即问曰:"何意论议,须解樗蒲?"嘉言即报曰:"可不闻樗蒲人云:'三个秃不敌一个卢。'阿师何由可得?"弟子观者大笑,三僧更无以应。

　　隋有三藏法师,父本商胡,法师生于中夏,仪容面目,犹作胡人,行业极高,又有辩捷。尝以四月八日设斋讲说,当时朝官及道俗观者数千余人,大德名僧及官人有辩捷者前后十余人论议,法师随难即对,义理不穷,无难得者。最在后,有一小儿,姓赵,年始十三,即于众人中出。众以法师辩捷,既已过人,又复向来论议,皆是高名旧德,忽即见此小儿,形容幼小,欲来论议,众咸怪笑。小儿精神自若,即来就座,大声语此僧曰:"昔野干和尚,自有经文,未审狐作阇梨,出何典诰?"僧即语云:"此郎君子,声高而身小,何不以声而补身?"小儿即应声报云:"法师以弟子声高而身小,何不以声而补身;法师既眼深而鼻长,何不截鼻而补眼?"众皆惊异起立大笑。当时既是夏月,法师左手把如意,右手摇扇,既为众人笑声未定,法师又思量答语,即以所摇之扇掩面低头。小儿又大声语云:"圆扇团团,形如满月,不藏顾菟,翻掩雄狐。"众又大笑。法师即去扇,以如意指麈,别送关,并语未得尽,如意头遂摆落。小儿即起谓法师曰:"如意既折,义锋亦摧。"即于座前长揖而去。此僧既怒且惭,更无以应。众人无不欢笑,惊难称嗟。

辩　　捷

齐徐之才有学辩捷,又善医术。尚书王元景骂之才为师公,之才应声答曰:"既为汝师,复为汝公,在三之义,顿居其两。"

陈徐陵为散骑常侍,聘隋,隋文帝时在东都,选朝官有辩捷者,令对南使。当时初夏微热,又徐是南人,隋官一人弄徐陵曰:"今日之热,总由徐常侍来。"徐陵应声答曰:"昔王肃入洛,为彼制仪,今我来聘,使卿知寒暑。"众遂无答。徐陵时年七十五,复有一人问曰:"徐常侍年几?"徐陵又即答曰:"小于如来五岁,大于孔子二年。"众人皆笑,又无以报。隋文帝既以徐陵辩捷,频有机俊,无人酬对,深以为羞,乃更访朝官有谁可令使,当时有人举卢思道颇有辩捷,堪令对使。文帝闻之,甚喜,即召思道,令对南使。朝官俱送往见徐陵,徐陵遥见思道,年最幼少,笑曰:"此公甚小。"思道遥即应曰:"以公小臣,不劳长者。"须臾坐定,徐陵谓思道曰:"昔殷迁顽人,本居兹邑,今之存者,并是其人。"思道应声答曰:"昔永嘉南渡,尽居江左,今存者唯君一人。"众皆大笑。徐陵遂无以可答。

隋薛道衡为聘南使,南朝无问道俗,但是有机辩者,即方便引道衡见之。有一僧甚辩捷,乃令于寺上佛堂中读经,将道衡向寺礼拜。至佛堂门边,其僧乃大引声读《法华经》云:"鸠盘荼鬼,今在门外。"道衡即应声还以《法华经》答云:"毗舍阇鬼,乃住其中。"僧徒愧服,更无以相报。

隋朝令卢思道聘陈,陈主敕:"在路诸处,不得共语,致令失脱。"

思道既渡江,过一寺中,诸僧与思道设食,亦不敢有言,但处分索饮食而已。后索蜜汤益智劝思道,思道《太平广记》卷二五三引不重"思道"二字。尝之,思道笑曰:"法师久服无效,何劳以此劝人?"僧既违敕失脱,且惭且惧。思道至陈,手执国信,陈主既见思道,因用《观音经》语弄思道曰:"是何商人,赍持重宝?"思道应声,还以《观音经》报曰:"忽遇恶风,遂漂堕罗刹鬼国。"陈主大惭,遂无以应。

陈朝又尝令人聘隋,隋不知其人机辩深浅,乃密令侯白改变形貌,着故弊衣裳,诈为贱人供承。客使谓是贫贱,心甚轻之,乃旁卧放气,与之言语。白心甚不平,未有方便。使人卧问侯白曰:"汝国马价贵贱?"侯白即报云:"马有数等,贵贱不同:若是伎俩有筋脚,好形容,直三十贯已上;若形容不恶,堪得乘骑者,直二十贯已上;若形容粗壮,虽无伎俩,堪驮物,直四五贯已上;若别尾爆蹄,绝无伎俩,旁卧放气,一钱不直。"于是使者大惊,问其名姓,知是侯白,方始惭谢。

越公杨素戏弄侯白云:"山东人多仁义,借一而得两。"侯白问曰:"公若为得知?"素曰:"有人从其借弓,乃云揭刀去,岂非借一而得两?"白应声曰:"关中人亦甚聪明,问一而知二。"越公问曰:"何以得知?"白曰:"有人问:'比来多雨,渭水涨不?'报曰:'瀺涨。'岂非问一而知二?"越公于是服其辩捷。

昏　忘

隋时王德任尚书省员外,为人健忘,从朝堂还入省,遂错上尚书厅,谓为本厅,乃大声唤番官,因即坐尚书床上,令取线鞋来脱靴。其看尚书人曰:"此尚书厅也,尚书在此。"德遂狼狈下阶,而走本厅,未坐,便向厕,付笏与从后番官,把笏立于厕门之侧。德从厕出,见番官把笏而立,即惊问曰:"公是何官人?"番官曰:"是向者从公人。"德始觉悟。乃取笏上厅坐,顾见向者番官尚立,又更问曰:"君是何人?"番官曰:"是番官。"德乃执笏近前揖曰:"公作官来几番?"

番官不知所答,掩口而退。

鄠县有一人多忘,将斧向田斫柴,并妇亦相随。至田中遂急便转,因放斧地上,旁便转讫,忽起见斧,大欢喜云:"得一斧。"仍作舞跳跃,遂即自踏着大便处,乃云:"只应是有人因大便遗却此斧。"其妻见其昏忘,乃语之云:"向者君自将斧斫柴,为欲大便,放斧地上,何因遂即忘却?"此人又熟看其妻面,乃云:"娘子何姓?不知何处记识此娘子?"

隋柳真为洛阳令,恍忽多忘。曾有一人犯罪,合决杖,柳真见其罪状,大嗔,索杖欲打,即脱犯罪人衣裳于庭中,坐讫,犹未行杖,即有一客来觅柳真,柳真引客向房中语话。当时寒月,其犯罪人缘忍寒不得,即暂起向厅屋头向日,取袄子散披蹲地。柳真须臾送客出厅门,还,遥见此人,大叫嗔曰:"是何物人,敢向我厅边觅虱?"此人出门径走,更不寻问。

鄠县董子尚村,村人并痴,有老父遣子将钱向市买奴,语其子曰:"我闻长安人卖奴,多不使奴预知之,必藏奴于余处,私相平章,论其价直,如此者是好奴也。"其子至市,于镜行中度行,人列镜于市,顾见其影,少而且壮,谓言市人欲卖好奴,而藏在镜中,因指麾镜曰:"此奴欲得几钱?"市人知其痴也,诳之曰:"奴直十千。"便付钱买镜,怀之而去。至家,老父迎门问曰:"买得奴何在?"曰:"在怀中。"父曰:"取看好不?"其父取镜照之,正见眉须皓白,面目黑皱,乃大嗔,欲打其子,曰:"岂有用十千钱,而贵买如此老奴?"举杖欲打其子。其子惧而告母,母乃抱一小女走至,语其夫曰:"我请自观之。"又大嗔曰:"痴老公,我儿止用十千钱,买得子母两婢,仍自嫌贵?"老公欣然。释之余,于处尚不见奴,俱谓奴藏未肯出。时东邻有师婆,村中皆为出言甚中,老父往问之。师婆曰:"翁婆老人,鬼神不得食,钱财未聚集,故奴藏未出,可以吉日多办食求请之。"老父因大设酒食请师婆,师婆至,悬镜于门,而作歌舞。村人皆共观之,来窥镜者,皆云:"此家王相,买得好奴也。"而悬镜不牢,镜落地分为两片。师婆取照,各见其影,乃大喜曰:"神明与福,令一奴而成两婢也。"因歌曰:"合家齐拍掌,神明大歆飨。买奴合婢来,一个分成两。"

梁时有人,合家俱痴,遣其子向市买帽,谓曰:"吾闻帽拟成头,汝为吾买帽,必须得容头者。"其子至市觅帽,市人以皂绁帽与之,见其叠着未开,谓无容头之理,不顾而去。历诸行铺,竟日求之不获。最后,至瓦器行见大口瓩疑当作"瓿"。子,以其腹中宛宛,正是好容头处,便言是帽,取而归。其父得以成头,没面至项,不复见物。每着之而行,亦觉研其鼻痛,兼拥其气闷;然谓帽只合如此,常忍痛戴之。乃至鼻上生疮,项上成胝,亦不肯脱。后每着帽,常坐而不敢行。属岁朝,子孙当拜岁,先语家中曰:"汝子孙欲拜岁者,可早来,阿公若着帽坐待竟,即不见你去。"其朝,老父欲受家人拜岁,不可露头,便戴帽坐待。家人拜岁总至,拜于阶下。老父已戴帽,一无所见。长新妇前拜贺,因祝:"愿公口还得出气,眼还得见明,头还依旧动,脚还不废行。子子孙孙原不重"孙"字。俱戴帽,长住屋里坐萌萌。"

梁时有一书生,性痴而微有词辩,不曾识羊,有人饷其一羝羊,乃绳系项,牵入市卖之。得价不多,频卖不售。市人知其痴钝,众乃以猕猴来换之。书生既见猕猴,还谓是其旧羊,唯怪其无角,面目顿改,又见猕猴手脚不住,只言市人捩去其角,然为猕猴头上无疮痕,不可为验,遂隐忍不言。乃牵猕猴归家而咏曰:"吾有一奇兽,能肥亦能瘦。向者宁馨膻,今来尔许臭。数回牵入市,三朝卖不售。头上失却皂荚子,面孔即作橘皮皱。"

隋初有同州人负麦饭入京粜之。至渭水上,时冰正合,欲食麦饭,须得水和,乃穿冰作孔取水,而谓冰孔可就中和饭,倾饭于孔中。倾之总尽,随倾即散,其人但知叹惜,竟不知所以。良久,水清,照见其影,因叫曰:"偷我麦饭者只是此人。此贼犹不知足,故自仰面看我。"遂向水打之，水浊不见，因大嗔而去，云："此贼始见在此，即向何处？"至岸，见有沙，将去便归。

隋时有一痴人，车载乌豆入京粜之，至灞头，车翻，复豆于水，便弃而归，欲唤家人入水取。去后，灞店上人竞取将去，无复遗余。比回，唯有科斗虫数千，相随游泳。其人谓仍是本豆，欲入水取之。科斗知人欲至，一时惊散。怪叹良久，曰："乌豆，从你不识我，而背我走去，可畏我不识你，而一时着尾子。"

陈长沙王叔坚性骄豪暴虐，每食，常遣仓曹哺饭至，至食欲饱，即问仓曹云："可罢未？"仓曹若报道可罢，便嗔责云："汝欲饿煞侬。"乃与杖一顿。若报道未可罢，又责云："汝欲胀煞侬。"复令与杖一顿。每一食间，仓曹未尝免杖。后食生菜，令仓曹作生菜樊，至食了已来，更无所问，乃索浆水嗽口。仓曹私喜，谓得免杖。嗽口讫，又责仓曹云："何因生菜第五樊中，都无蓼味？"复令与杖一顿。

隋郑元昌，山东望族，因嫁女与京下仕人，送女入京。在礼席上，男夫妇女亲戚聚会，座上有四五十人。元昌最为尊老，坐居第一，众共观瞻。先不识石榴，席上令钉数颗，元昌取其一颗，并皮食之，觉其味极酢涩，乃谓主人曰："此着嘴馊，欲似未熟，请更为煮之。"座上莫不大笑。

河东下里风俗，至七月七日，皆令新妇拜贺阿家，似拜岁之礼，必须祝愿。有一新妇祝阿家云："七月七日新节，瓜儿姁子落喹。愿阿家宜儿，新妇宜薛。"河东人呼婿为薛。

鄠县有人将钱绢向市，市人觉其精神愚钝，又见颏颐稍长，乃语云："何因偷我驴鞍桥去，将作下颔？"欲送官府，此人乃悉以钱绢求充驴鞍桥之直，空手还家，其妻问之，具以此报。妻语云："何物鞍桥，堪作下颔？纵送官府，分疏自应得脱，何须浪与他钱绢？"乃报其妻云："痴物，傥逢不解事官府，遣拆下颔检看，我一个下颔，岂只直若许钱绢？"

　　虢州录事姓卢，家中有枣新熟，乃谙刺史云："有新枣愿欲奉公。"刺史甚喜。录事乃令其弟将枣来，送与刺史宅。已通，刺史未取枣间，其弟乃自吃枣总尽。须臾，录事自来问："使君取枣未？"其弟报云："向来已自吃尽。"录事大怒云："痴汉，他唤你作何物人？"其弟报云："只唤作卢录事弟。"又问云："何物生即吃尽如许枣？"其弟又报云："一颗一颗吃即尽。"录事又嗔云："此汉是何物体里？"又报云："吃枣来，体里渴剿剿。"录事更无以应，乃惭谢刺史而归。

　　虢州湖城人常青奴，为性痴钝，简点入军，合养官马，配得一匹骓马。果毅总令所是养马卫士，并通马毛色。青奴通云："养灰马一头。"果毅嗔其不知毛其为勿，<small>案此句疑作"果毅嗔其不知毛色为何物"。</small>唤马作头，决二十，语云："明日莫遣不得，即处分；诸卫士勿令教之。"此人即归家，嗟叹不食。其嫂新产在蓐，见其叹恨，即问之："郎君何所嗟叹？"青奴即云："果毅遣通养马毛色，通云：'灰马一头。'果毅遂打二十。"嫂云："此是骓马一匹，何因唤作灰马一头？正合吃杖，不须悔恨。"青奴大喜，即云："果毅犹遣明日更通。"嫂曰："明日通时，果毅必应怪问云是谁教，必不得道是嫂教，可报云：'是阿兄教。'"青奴到明日通状云："骓马一匹。"果毅问云："是谁教你？"青奴云："是阿兄教。"果毅云："阿兄何在？"青奴云："阿兄见在屋里。"果毅又问云："阿兄在里作何物在？"青奴又报云："阿兄在屋里新生儿，见向蓐里卧在。"果毅乃大怪笑。寻问，始知是阿嫂。

嘲　诮

　　北齐徐之才后封西阳王，尚书王元景尝戏之才曰："人名之才，有何义理？以仆所解，当是乏才。"之才即应声嘲元景姓曰："王之为字，在言为䛠，近犬便狂，加颈足而为马，施角尾而成羊。"元景遂无以对。

　　徐之才又尝宴人客，时有卢元明在座，戏弄之才姓云："徐字乃未入人。"之才即嘲元明姓卢字曰："安巨为虐，在丘为虚，生男成虏，配馬成驢。"元明嘿然，一坐欢笑。

　　隋朝有一人姓马，一人姓王，二人尝聚宴谈笑，姓马者遂嘲王字曰："王是你，元来本姓二，为你漫走来，将丁钉你鼻。"姓王者即嘲马字曰："马是你，元来本姓匡，拗你尾子东北出，背上负王郎。"遂一时大笑。

　　隋末刘黑闼据有数州，纵其威虐，合意者厚加赏赐，违意即便屠割。尝以闲暇，访人解嘲。当时即进一人，黑闼即唤令入于庭前立。须臾有一水恶鸟飞过，黑闼曰："嘲此水恶。"其人即嘲云："水恶，《太平广记》卷二五三引"恶"下有"鸟"字。头如镰枿尾如凿，河里搦鱼无僻错。"黑闼大悦。又令嘲骆驼，"项曲绿，蹄波他，负物多"。黑闼大笑，赐绢五十匹。其人拜谢讫，于左膊上负绢走出，未至屏墙，即遂倒卧不起。黑闼令问："何意倒地？"其人对云："为是偏担。"黑闼更令索五十屯同纯绵，令着右膊上将去，令明日更来。其人将绵绢还村，路上逢一相识人，问云："何处得此绵绢？"其人具说源由。此人即乞诵此嘲语，并问倒地由。此人问讫，欢喜而归，语其妇曰："我明日定得绵绢。"明日平旦，即于黑闼门外云："极解嘲。"黑闼大喜，即令引入。当见一猕猴在庭前，黑闼曰："嘲此猕猴。"此人即嘲曰："猕猴，头如镰枿尾如凿，河里搦鱼无僻错。"黑闼已怪，然犹未责；又有一老鸥飞过，黑闼又令嘲老鸥，此人又嘲云："老鸥，项曲绿，蹄波他，负物多。"黑闼大怒，令割却一耳。走出至屏墙，又即倒地。黑闼令问，又云："偏担。"黑闼又令更割一耳。此人还家，妇迎门问绵绢何在，此人云："绵绢，割却两耳只有面。"

　　隋张荣亦善嘲戏，尝与诸知友聚会，乃各相嘲。有一人嘲云："嘲，抽你皮作马鞭梢。"张荣即报云："嘲，剥你皮作被袋。"人问曰："何因不韵？"张荣答曰："会是破你皮折，多用韵何为？"

　　隋朝有三四人共入店饮酒，酒味甚酢又薄，三四人乃各共嘲此酒，一人云："酒，何处漫行来，腾腾失却西。"诸人问："此何义趣？"

答云："有水在。"又次一人嘲酒云："酒,头似阿滥馆头。"诸人问云："何因酒得似阿滥馆头?"其人答曰："非鹁头。"又次至一人嘲云："酒,向他篱《太平广记》卷二五三引"篱"下有"得"字,是。头,四脚距地尾独速。"诸人问云："有何义?"其人答云："更无余义。"诸人共笑云："此嘲最是无豆。"其人即答云："我若有豆,即归舍作酱,何因此间饮酢来?"众乃大欢笑。

　　国初有人姓裴,宿卫考满,兵部试判,为错一字落第。此人即向仆射温彦博处披诉。彦博当时共杜如晦坐,不理其诉。此人即云："少小已来,自许明辩,至于通传言语,堪作通事舍人,并解作文章,兼能嘲戏。"彦博始回意共语,时厅前竹,彦博即令嘲竹。此人应声嘲曰："竹,风吹青肃肃。陵冬叶不雕,经春子不熟。虚心未能待国士,皮上何须生节目。"彦博大喜,即云："既解通传言语,可传语与厅前屏墙。"此人即走至屏墙,大声语曰："方今主上聪明,辟四门以待士,君是何物人,在此贤路?"推《太平广记》卷二五四引"推"上有"即"字。倒。彦博云："此人非但着膊,亦乃着肚。"当为杜如晦在,故有此言。彦博、如晦乃大欢笑,即令送吏部与官。

　　国初贾元逊、王威德俱有辩捷,旧不相识,先各知名,无因相见。元逊髭须甚多,威德鼻极长大,尝有一人置酒唤客,兼唤此二人,此二人在座,各问知姓名,然始相识。座上诸客及主人,即请此二人言戏。威德即先云："千具㲒罐皮,唯裁一量鞋。"诸人问云："余皮既多,拟作何用?"威德答曰："拟作元逊颊。"元逊即应声云："千丈黄杨木,空为一个梳。"诸人又问云："余木拟作何用?"元逊答云："拟作威德枇子。"四座莫不大笑。

　　侯白尝出京城外,路逢富贵公子出游,自放鹞子,负驮极多,骑从鲜洁,又将酒食,野外遨游。白于路上见此公子,即语同行伴云："我等极饥,须得此人饮食。"诸人云："他是达官儿郎,本不相识,何缘可得他饮食?"侯白即云："仰我得之。"即急行趁及公子,问云:

"郎君臂上唤作何鸟?"其人报云:"唤作鹞子。"侯白曰:"堪作何用?"其人云:"令捉鸟鹊及鹑。"侯白乃即佯惊云:"遂不知此伎俩?白庄上林中有三四窠,生儿欲大,总不纪括,既有如此伎俩,到庄即须养取此鸟。"公子大喜云:"庄去此远近?"白曰:"二十余里。"此人欲逐向白庄,侯白云:"且来大饿,未得即往。"此人即下所驮饮食,并侯白同行伴数人皆得饱足。食讫,此人鹞子即作声,侯白云:"白庄上鸟,身品大小,共公庄鸟相似,唯声不同。"此人问云:"公鸟作何声?"侯白云:"庄上鸟声作求救鸠。"此人乃大嗔恨而回。

侯白常共数人同行过村,村中一家,正有礼席,人客聚集。侯白即至门云:"白等数人,即是音声博士,闻有座席,故来相过。"此家大喜,即引入对座,与饮食。食饱,主人将筝及琵琶、尺八与白令作音乐。侯白云:"白等并不作此音声。"主人问云:"客解作何音声?"白云:"并解吹勃逻回。"主人既嗔且笑,发遣令去。

隋开皇初,高祖新受禅,意欲上合天心,下顺人望,每诸州奏有祥瑞,皆大喜悦。有人来献瑞物,皆即得官。后有一人甚富,访诸瑞物,若知有处,皆不惜钱。侯白东家有一胡患疖饶睡,家人每日常灸尾翠。侯白即觅富人云:"我知有一瑞物,你与我几钱。"富人大喜,即与侯白二十贯钱。白即共作券契,不得翻悔。受钱讫,即引富人至胡家,见胡睡卧,家人正灸,富人云:"瑞物何在?"侯白指胡云:"此是九尾胡。"富人大嗔云:"何得是瑞?"侯白云:"若不信瑞,任汝就胡眼看,今见未觉。"富人即欲索钱,侯白出券共争,遂一钱索不得。

尝有一僧忽忆馄吃,即于寺外作得数十个馄,买得一瓶蜜,于房中私食。食讫,残馄留钵盂中,蜜瓶送床脚下,语弟子云:"好看我馄,勿使欠少,床底瓶中,是极毒药,吃即杀人。"此僧即出。弟子待僧去后,即取瓶泻蜜,揾馄食之,唯残两个。僧来即索所留馄蜜,见馄唯有两颗,蜜又吃尽,即大嗔云:"何意吃我馄蜜?"弟子云:"和尚去后,闻此馄香,实忍馋不得,遂即取吃。畏和尚来嗔,即服瓶中毒药,望得即死,不谓至今平安。"僧大嗔曰:"作物生,即吃尽我尔许馏。"弟子即以手于钵盂中取两个残馏,向口连食,报云:"只做如此吃即尽。"此僧下床大叫,弟子因即走去。

有一僧年老疹疾,恒共诸僧于佛堂中转经,即患气短口干,每须一杯热酒,若从堂向房温酒。恐堂中怪迟,即于堂前悬一铜铃,私共弟子作号语云:"汝好意听吾铃声,即依铃语。"弟子不解铃语,乃问之,僧曰:"铃云'荡荡朗朗铛铛',汝即可依铃语荡朗铛子,温酒待我。"弟子闻铃,每即温酒。数日已后,弟子贪为戏剧,遂忘温酒,僧动铃已后,来见酒冷,责之曰:"汝何意今日不听铃声?""为与旧声有别。"僧曰:"铃声若何有别?"答云:"今日铃声云,但二字疑当乙转冷冷杆杆,所以有别,遂不温酒。"僧曰"曰"字当衍。笑而赦之。开元十一年捌月五日写了刘丘子于二舅家。

(以上据敦煌写本)

启　颜　录

优　旃

秦优旃善为笑言,然合于道。秦始皇尝议欲大苑囿,东至函谷,西至陈仓。优旃曰:"善,多纵禽兽于其中,寇贼从东方来,令麋鹿触之,足矣。"始皇乃止。及二世立,欲漆其城。优旃曰:"善,虽百姓愁费,然大佳哉!漆城荡荡,寇来不能上。即欲漆之极易,难为荫室。"二世笑之而止。《太平广记》卷一六四引。

千字文语乞社

敬白社官三老等:切闻政本于农,当须务兹稼穑,若不云腾致雨,何以税熟贡新?圣上臣伏戎羌,爱育黎首,用能闰余成岁,律吕调阳。某人等并景行维贤,德建名立,遂乃肆筵设席,祭祀蒸尝,鼓瑟吹笙,弦歌酒宴,上和下睦,悦豫且康,礼别尊卑,乐殊贵贱,酒则川流不息,肉则似兰斯馨,非直菜重芥姜,兼亦果珍李柰,莫不矫首顿足,俱共接杯举觞,岂徒戚谢欢招,信乃福缘善庆。但某乙某索居闲处,孤陋寡闻,虽复属耳垣墙,未曾摄职从政,不能坚持雅操,专欲逐物意移,忆内则执热愿凉,思酒如骸垢想浴,老人则饱饫烹宰,某乙则饥厌糟糠,钦风则空谷传声,仰惠则虚堂习听,脱蒙仁慈隐恻,庶有济弱扶倾,希垂顾答审详,望咸渠荷滴历,某乙即稽颡再拜,终冀勒碑刻铭,但知悚惧恐惶,实若临深履薄。《太平广记》卷二五二引。

山 东 佐 史

唐山东一老佐史,前后县令,无不遭侮。家致巨富。令初至者,皆以文案试之,即知强弱。有令初至,因差丁造名簿,将身点过。有姓向名明府者,姓宋名郎君者,姓成名老鼠者,姓张名破袋者,此佐史故超越次第,使其名一处,以观明府强弱;先唤张破袋、成老鼠、宋郎君、向明府,其县令但点头而已,意无所问。佐史出而喜曰:"帽底可知。"竟还即卖之。《类说》卷十四引末句作"遂无所惮",《太平广记》卷二五二引。

边 韶

后汉边韶字孝先,教授数百人,曾昼日假寐,弟子私嘲之曰:"边孝先,腹便便;懒读书,但欲眠。"孝先潜闻之,应曰:"边为姓,孝为字;腹便便,五经笥;但欲眠,思经事;寐与周公通梦,静与孔子同意;师而可嘲,出何典记?"嘲者大惭。明钞本《太平广记》卷二四五引。

程 季 明

晋程季明《嘲热客诗》曰:"平生三伏时,道路无行车。闭门避暑卧,出入不相过。今代愚痴子,触热到人家;主人闻客来,颦蹙奈此何。谓当起行去,安坐正咨嗟。所说无一急,嗒嗒吟何多?摇扇腕中疼,流汗正滂沱。莫谓为小事,亦是人一瑕。传诫诸朋友,热行宜见呵。"《太平广记》卷二五三引。

诸 葛 恪

吴主引蜀使费祎饮,使诸葛恪监酒。恪以马鞭拍祎背甚痛。祎启吴主曰:"蜀丞相比之周公,都护君侯比之孔子;今有一儿,执鞭之士。"恪启曰:"君至大国,傲慢天常;以鞭拍之,于义何伤?"众皆大笑。又诸葛瑾为豫州,语别驾向台云:"小儿知谈,卿可与语。"比往诣恪,不相见。后张昭坐中相遇,别驾呼恪:"咄,郎君!"恪因嘲曰:"豫州乱矣,何咄之有!"答曰:"君圣臣贤,未闻有乱!"恪复云:"昔唐尧在上,四凶在下。"答曰:"岂唯四凶,亦有丹朱。"《太平广记》卷二五三引。

繁 钦

魏繁钦嘲杜巨明曰:"杜伯玄孙字子巨,皇祖虐暴死射之;神明不听,天地不与;降生之初,状似时鼠;厥性蝥贼,不文不武;粗记粗略,不能悉举。"《太平广记》卷二五三引。

刘 道 真

晋刘道真遭乱,于河侧为人牵船,见一老妪操橹,道真嘲之曰:"女子何不调机弄杼?因甚傍河操橹?"女答曰:"丈夫何不跨马挥鞭?因甚傍河牵船?"又尝与人共饭素盘草舍中,见一妪将两小儿过,并着青衣,嘲之曰:"青羊引双羔。"妇人曰:"两猪共一槽。"道真无语以对。《太平广记》卷二五三引。

祖 士 言

晋祖士言与钟雅相嘲,钟云:"我汝颍之士利如锥,卿燕代之士钝如槌。"祖曰:"以我钝槌,打尔利锥。"钟曰:"自有神锥,不可得打。"祖曰:"既有神锥,亦有神槌。"钟遂屈。《太平广记》卷二五三引。

徐 之 才

北齐徐之才……又尝宴宾客,时卢元明在座……嘲元明二字:"去头则是兀明,出颈则是无明,减半则是无日,变声则是无盲。"元明亦无以对。《太平广记》卷二五三引,节引处已见敦煌卷子本。

卢 思 道

隋卢思道尝共寿阳庾知礼作诗,已成,而思道未就,礼曰:"卢诗何太春日(迟迟)?"思道答曰:"自许编苫疾,嫌他织锦迟。"思道初下武阳入京,内史李德林向思道揖,思道谓人曰:"德林在齐,恒拜思道;今日官高,向虽拜,乃作跪状。"思道尝在宾门日中立,德林谓之曰:"何不就树荫?"思道曰:"热则热矣,不能林下立。"思道为《周齐兴亡论》,周则武皇宣帝悉有恶声,齐高祖太上咸无善誉。思道尝谒东宫,东宫谓之曰:"《周齐兴亡论》是卿作不?"思道曰:"是。"东宫曰:"为卿君者,不亦难乎?"思道不能对。……《太平广记》卷二五三引,下引与徐陵问答及聘陈事,已见敦煌卷子本。

李 愔

魏高祖山陵既就,诏令魏收、祖孝征、刘逖、卢思道等各作挽歌词十首,尚书令杨遵彦、诠之、魏收四首,祖、刘各二首被用,而思道独取八首,故时人号八咏案《北史》本传作"八米"。卢郎。思道尝在魏收席,举酒劝刘逖。收曰:"卢八劝刘二邪?"中书郎赵郡李愔亦戏之曰:"卢八问讯刘二。"逖衔之。及愔后坐事被鞭扑,逖戏之曰:"高槌两下,熟鞭一百,何如言'问讯刘二'时?"《太平广记》卷二五三引。

赵 神 德

唐初,梁宝好嘲戏,曾因公行至贝州,憩客馆中,闲问贝州佐史,云:"此州有赵神《类说》卷十四引作"仲"。德甚能嘲。"即令召之。宝颜甚黑,厅上凭案以待。须臾,神德入,两眼俱赤,至阶前,梁宝即云:"赵神德,天上既无云,闪电何以无准则?"答云:"向者入门来,案后唯见一挺墨。"宝又云:"官里料朱砂,半眼供一国。"又答云:"磨公小拇指,涂得太社北。"宝更无以对,愧谢遣之。《太平广记》卷二五四引。

刘 行 敏

唐有人姓崔,饮酒归,犯夜,被武候执缚,五更初,犹未解。长安令刘行敏,鼓声动向朝,至街首逢之,始与解缚,因咏之曰:"崔生犯夜行,武候正严更。幞头拳下落,高髻掌中□。杖迹胸前出,绳文腕后生。愁人不惜夜,随意晓参横。"武陵公杨文瓘任户部侍郎,以能饮,令宴蕃客浑王,遂错与延陀儿宴,行敏咏曰:"武陵敬爱客,终宴不知疲;遣共浑王饮,错宴延陀儿;始被鸿胪识,终蒙御史知;精神既如此,长叹伤何为。"李叔慎、贺兰僧伽,面甚黑;杜善贤为长安令,亦黑;行敏咏之曰:"叔慎骑乌马,僧伽把漆弓;唤取长安令,共猎北山熊。"《太平广记》卷二五四引。

窦 昉

唐许子儒旧任奉礼郎,永徽中造国子学,子儒经礼,当设有阶级,后不得阶。窦昉咏之曰:"不能专习礼,虚心强觅阶;一年辞爵弁,半岁履麻鞋;瓦恶频蒙擮,音国。墙虚屡被权;□□皆反。映树便侧睡,过匮即放乖;岁暮良功毕,言是越朋侪;今曰纶言降,方知愚计喎音口怀反。"《太平广记》卷二五四引。

甘 洽

唐甘洽与王仙客友善,因以姓相嘲,洽曰:"王,计尔应姓田,为你面拨獭,抽却你两边。"仙客应声曰:"甘,计你应姓丹,为你头不曲,回脚向上安。"《太平广记》卷二五五引。

契 缑 秃

唐京城有僧,性甚机悟,病足,有人于路中见,嘲之曰:"法师是云中郡。"僧曰:"与君先不相知,何因辱贫道作契缑秃?"其人诈之曰:"云中郡言法师高远,何为是辱?"僧曰:"云中郡是天州,翻为偷毡,是毛贼,毛贼翻为墨槽,旁边有曲绿铁,翻为契缑秃,何事过相骂邪?"前人于是愧伏。《太平广记》卷二五五引。

安 陵 佐 史

唐安陵人善嘲,邑令至者,无不为隐语嘲之。有令,口无一齿,常畏见嘲。初至,谓邑吏:"我闻安陵太喜嘲弄,汝等不得复踵前也。"初上判三道,佐史抱案在后,曰:"明府书处甚疾。"其人不觉为嘲,乃谓称己之善,遂甚信之。居数月,佐史仇人告曰:"言'明府书处甚疾'者,其人嘲明府。"令曰:"何为是言?"曰:"书处甚疾者是奔墨,奔墨者翻为北门,北门是缺后,缺后者翻为口穴,此嘲弄无齿也。"令始悟,鞭佐史而解之。《太平广记》卷二五五引。

封 抱 一

唐封抱一任栎阳尉,有客过之,既短,又患眼及鼻塞,抱一用《千字文》语作嘲之诗曰:"面作天地玄黄,鼻有雁门紫塞;既无左达丞明,何劳罔谈彼短。"《太平广记》卷二五六引。

山 东 人

山东人来京,主人每为煮菜,皆不为羹;常忆榆叶,自煮之。主人即戏云:"闻山东人煮车毂汁下食,为有榆气。"答曰:"闻京师人煮驴轴下食,虚实?"主人问云:"此有何意?"云:"为有苜蓿气。"主人大惭。《太平广记》卷二五七引。

患目鼻人

一人患眼侧及翳，一人患齆鼻，俱以《千字文》作诗相咏。齆鼻人先咏侧眼人云："眼能日月盈仄，为有陈根委翳。"患眼人续下句："不别似兰斯馨，都由雁门紫塞。"《太平广记》卷二五七引。

伛　人

有人患腰曲伛偻，常低头而行。旁人咏之曰："拄杖欲似乃，播笏便似及；逆风荡雨行，面干顶额湿；着衣床上坐，肚缓脊皮急；城门尔许高，故自匍匐入。"《太平广记》卷二五七引。

田　媪

唐京城中有妇人姓田，年老，口无齿，与男娶同坊人张氏女；张因节日盛馔，召田母饮啖；及相送出，主人母云："惭愧，无所啖嚼，遣亲家母空口来，空口去。"如此者数矣，田终不悟。归语夫曰："张家母去我大有饮食，临别即云：'惭愧，亲家母空口来，空口去。'不知何也？"夫曰："此是弄君无齿。张家母面上有疮瘢，眼下皮急极沾眵，若更有此语，可报云：'只是眼下急。'"田私记之。居数日，张复召田，临起复云："惭愧，空口来，空口去。"田母乃熟视主人母眼良久，忘却"眼下急"，直云："是眼皮沾眵。"合家大笑。《太平广记》卷二五七引。

高敖曹

高敖曹常为《杂诗》三首云："冢子地握槊，星宿天围棋；开巺瓮张口，《类说》卷十四引作"开门屋张口"卷席床剥皮。"又："相送重相送，相送至桥头；培堆两眼泪，难按满胸愁。"又："桃生毛弹子，瓠长棒槌儿；墙敧壁亚肚，河冻水生皮。"《太平广记》卷二五八引。

殷安

唐逸士殷安，冀州信都人，谓薛黄门曰："自古圣贤，数不过五人:"伏羲八卦,穷天地之旨,一也",乃屈一指;"神农植百谷,济万人之命,二也",乃屈二指;"周公制礼作乐,百代常行,三也",乃屈三指;"孔子前知无穷,却知无极,拔乎其萃,出乎其类,四也",乃屈四指;"自此之后,无屈得指者"。良久乃曰:"并我五也。"遂屈五指。而疏籍卿相,男征谏曰:"卿相尊重,大人稍敬之。"安曰:"汝亦堪为宰相。"征曰:"小子何敢。"安曰:"汝肥头大面,不识今古,噇徒江切食无意智,不作宰相而何?"其轻物也皆此类。《太平广记》卷二六〇引。

姓 房 人

唐有姓房人,好矜门地,但有姓房为官,必认云亲属。知识疾其如此,乃谓之曰:"丰邑公相,丰邑坊在上都是凶肆,出方相也。是君何亲?"曰:"是姓某乙再从伯父。"人大笑曰:"君既是方相侄儿,只堪吓鬼。"《太平广记》卷二六〇引。

（以上据《太平广记》引）

启 颜 录

射 不 着 垛

唐宋国公萧瑀不能射,太宗赐射,俱不着垛。欧阳询作诗嘲曰:"急风吹缓箭,弱手驭强弓。欲高番复下,应西还更东。十回俱着地,两手并擎空。借问谁为此,多应是宋公。"

高 坐 诵 诗

唐有僧法轨,形貌短小,于寺开讲。李荣往共议论。僧于高坐诵诗曰:"姓李应须李,名荣又不荣。"应声曰:"身材三尺半,头毛犹未生。"

卷耳后妃之德

唐韦庆本女选为妃,诣朝坐《群居解颐》作"明堂"。欲谢。庆本两耳毛卷,朝士多目为卷耳。长安令松寿《群居解颐》作"杜松寿"。贺曰:"仆固知令女得妃。"庆本曰:"何以知之?"松曰:"卷耳,后妃之德。"

煮 簀 为 笋

汉人适吴,吴人设笋,问何物,曰:"竹也。"归煮其簀,不熟,曰:"吴人辘辘,欺我如此。"

案:此本邯郸淳《笑林》。

羊踏破菜园

有人尝食蔬茹,忽食羊肉,梦五脏神曰:"羊踏破菜园。"

案此本邯郸淳《笑林》。

煎 饼 谜

齐高祖作煎饼谜,卒律葛答,反前火食并字。

年 老 少 卿

后魏孙绍为太府少卿,高帝问:"卿年何老?"曰:"臣年虽老,臣卿乃少。"遂迁正卿。

嘲 臀

左司郎中封道弘,身大而臀阔,李勣谓曰:"封道弘,汝臀斟酌,坐得休,何须尔许大?"

子在回何敢死

隋侯白机辨敏捷,尝与杨素并马,路旁有槐树,憔悴欲死。素曰:"侯秀才理道过人,能令此树活否?"曰:"取槐子悬树枝即活。"素问其说,答曰:"《论语》云:'子在,回何敢死。'"

命群臣为大言

汉武帝置酒,命群臣为大言,小者饮酒。公孙丞相曰:"臣弘骄而猛又刚毅,交牙出吻声又大,号呼万里嗷一代。"余四公不能对。东方朔请代大对,一曰:"臣坐不得起,仰迫于天地之间,愁不得长。"二曰:"臣跂越九州,间不容趾,并吞天下,欲枯四海。"三四曰:"天下不足以受臣坐,四海不足以受臣唾,臣噎不缘食,出居天外卧。"上曰:"大哉,弘言最小当饮。"

(以上据《类说》卷十四引)

启　颜　录

诸　葛　恢

晋诸葛恢与丞相王导,共争姓族先后。王曰:"何以不言葛王而言王葛?"答曰:"譬如言驴马,驴宁胜马也。"

韩　博

晋张天锡从事中郎韩博,奉表并送盟文。博有口才,桓温甚称之。尝大会,温使司马刁彝谓博曰:"卿是韩卢后。"博曰:"卿是韩卢后。"温笑曰:"刁以君姓韩,故相问耳;他人自姓刁,那得是韩卢后?"博曰:"明公未之思耳,短尾者则为刁。"阖坐雅叹焉。

王　绚

晋王绚,彧之子。六岁,外祖何尚之特加赏异,受《论语》,至"郁郁乎文哉",尚之戏曰:"可改为'耶耶乎文哉'。"吴蜀之人,呼父为爷。绚捧手对曰:"尊者之名,安得为戏? 亦可道草翁之风必舅!"《论语》云:"草上之风必偃。"翁即绚外祖何尚之,舅即尚之子偃也。

魏　市　人

后魏孝文帝时,诸王及贵臣多服石药,皆称石发。乃有热者,非富贵者,亦云:"服石发热。"时人多嫌其诈,作富贵体。有一人于市门前卧,宛转称热。众人竞看,同伴怪之,报曰:"我石发。"同伴人曰:"君何时服石,今得石发?"曰:"我昨市米,中有石,食之,今发。"众人大笑。自后少有人称患石发者。

王　元　景

北齐王元景为尚书,性虽懦缓,而每事机捷。有一奴,名典琴,尝旦起令索食,谓之解斋。典琴曰:"公不作斋,何故尝云解斋?"元景徐谓典琴曰:"我不作斋,不得为解斋;汝作字典琴,何处有琴可典?"

令 狐 德 棻

唐赵元楷与令狐德棻,从驾至陕。元楷召德棻同往河边观砥柱,德棻不去,遂独行,及还,德棻曰:"砥柱共公作何语?"答曰:"砥柱附参承公。"德棻应声曰:"石不能言,物或凭焉。"时群公以为佳对。

崔　行　功

唐崔行功与敬播相逐,播带楄木霸刀子,行功问播云:"此是何木?"播曰:"枡楄木。"行功曰:"唯问刀子,不问佩人。"

边　仁　表

唐四门助教弘绰与弟子边仁表论议,弘绰将屈,乃高声大怒。表遂报曰:"先生闻义即怒,岂曰弘?"弘又报云:"我姓既曰弘,是事皆弘。"边又应声曰:"先生虽曰弘,义终不绰。"座下大笑。弘竟被屈而归。

窦　　晓

唐窦晓形容短小,眼大露睛。乐彦伟身长露齿。彦伟先弄之云:"足下甚有功德。"旁人怪问,彦伟曰:"既已短肉,又复精进,岂不大有功德?"窦即应声答曰:"公自有大功德,因何道晓?"人问其故,窦云:"乐工小来长斋。"又问长斋之意,窦云:"身长如许,口齿齐崖,岂不是长斋?"众皆大笑。

（以上据《续百川学海》广集）

启　颜　录

短　人　行

唐长孙玄同幼有机辩,尝在诸公主席,众莫能当。高密公主乃曰:"我段家儿郎,亦有人物。"走令唤取段恪来令对玄同。段恪虽微有词,其仪容短小。召至,始入门,玄同即云:"为日已暗。"公主等并大惊怪,云:"日始斋时,何为道暗?"玄同乃指段恪:"若不日暗,何得短人行?"坐中大笑,恪无以对。

作　鸡　鸣

唐崔思海口吃,每共表弟杜延业递相戏弄,杜尝语崔云:"延业遣兄作鸡鸣,但有所问,兄即须报。"旁人云:"他口应须自由,焉得随人驱使? 若不肯作,何能遣之?"杜即云:"能得。"既而傍人即共杜私赌。杜将一把谷来崔前云:"此是何物?"崔云:"谷谷。"旁人大笑,因输延业。

枷　中　坐

隋刘焯与从弟炫并有儒学,尝俱犯法被禁,县吏不知其大儒也,咸与之枷。焯曰："终日枷中坐而不见家。"炫曰："终日负枷坐而不见妇。"

侯 白 捷 辨

侯白、杨素相善，素关中人，白山东人，素尝卒难之，欲其无对。而关中下俚人言音谓"水"为"霸"，山东亦言"擎将去"为"樑刀"。素尝谓白曰："山东固多仁义，借一而得两。"曰："若为得两？"曰："有人从其借弓者，乃曰：'樑刀去。'岂非借一而得两？"白应声曰："关中人亦甚聪明，问一知二。"素曰："何以得知？"曰："日有人问：'比来多雨，渭水涨否？'答曰：'灞长。'岂非问一知二？"素服其辨捷。

乘大家热铛

北齐高祖尝宴近臣为乐，高祖曰："我与汝等作谜共射之：卒律葛答。"诸人皆射不得。石动筩曰："是煎饼。"高祖笑曰："是也。"又曰："汝等诸人为我作一谜，我为汝射之。"诸人未作，动筩为谜，复曰："卒律葛答。"高祖射不得，问曰："此是何物？"答曰："是煎饼。"高祖曰："我始作之，何因更作？"动筩曰："乘大家热铛子头，更作一个。"高祖大笑。

胜 伊 一 倍

高祖尝读《文选》，有郭璞《游仙诗》，嗟叹称善。石动筩起曰："此诗有何能？若令臣作，即胜伊一倍。"高祖不悦，曰："汝是何人？自言作诗能胜郭璞一倍，岂不合死？"动筩即云："大家即令臣作，若不胜一倍，甘心合死。"即令作之，动筩曰："郭璞《游仙诗》云：'青溪千余仞，中有一道士。'臣作云：'青溪二千仞，中有二道士。'岂不胜伊一倍？"高祖始大笑。

岂是车拨伤

山东人娶蒲州女，多患瘿。其妻母项瘿甚大。成婚数月，妇家疑婿不慧，妇翁置酒，盛会亲戚，欲试之，问曰："某郎在山东读书，应识道理，鸿鹤能鸣，何意？"曰："天使其然。"又曰："松柏多青，何意？"曰："天使其然。"又曰："道边树有骨骺，何意？"曰："天使其然。"妇翁曰："某郎全不识道理，何因浪在山东？"因戏之曰："鸿鹤能鸣者颈项长，松柏冬青者心中强，道边树有骨骺者车拨伤，岂是天使其然？"婿曰："请以所闻见者奉酬，不知许否？"曰："可言之。"婿曰："虾蟆能鸣，岂是颈项长？竹亦冬青，岂是心中强？夫人项下瘿如许大，岂是车拨伤？"妇翁羞愧，无以对。

腊月何处有蛇咬

隋朝有人敏慧，然而口吃，杨素每闲闷，即召与剧谈。尝岁暮无事对坐，因戏之云："有大坑深一丈，方圆亦一丈，遣公入其中，何法得出？"此人低头良久，乃问："有梯否？"素曰："只论无梯，若论有梯，何须更问？"其人又低头良久，问曰："白白白白日？夜夜夜夜地？"素云："何须云白日夜地？若为得出？"乃云："若不是夜地，眼眼不瞎，为甚物入入里许？"素大笑。又问曰："忽命公作军将，有小城，兵不过一千已下，粮食唯有数日，城外被数万人围，若遣公向城中，作何谋计？"低头良久，问曰："有有救救兵否？"素曰："只缘无救，所以问公。"沉吟良久，举头向素云："审审如如公言，不免须败。"素大笑。又问曰："计公多能，无种不解。今日家中有人蛇咬足，若为医治？"此人应声云："取五月五日南墙下雪雪涂涂即即治。"素云："五月何处得有雪？"答云："五月无雪，腊月何处有蛇咬？"素笑而遣之。

必复其始

唐长孙玄同初上，府中设食，其仓曹是吴人，言音多带其声，唤

"粉粥"为"粪粥来",举座咸笑之。玄同曰:"仓曹乃是公侯之子孙,必复其始,诸君何为笑也?"坐中复大笑。

狗利社稷

长孙玄同任荆王友,所司差摄祭官祠社,于坛所清斋。玄同在幕内坐,有犬来遗粪秽于墙上,玄同乃取支床砖自击之,旁人怪其率,问曰:"何为自彻支床砖打狗?"玄同曰:"可不闻'狗利社稷,砖之亦可'?"

何 敢 望 回

唐封抱一任益州九陇尉,与同列戏白打赌钱,座下数白数输,已客尽,便欲敛手,旁人谓之曰:"何不更觅钱回取之?"抱一乃举手摸钱曰:"回,赐也何敢望回!"山东人谓"尽"为"赐",故言"赐"也。

将 却 幞 头

唐路励行初任大理丞,亲识并相贺,坐定,一人云:"兄今既在要职,亲皆为乐,谚云:'一人在朝,百人缓带。'岂非好事?"答云:"非直唯遣缓带,并须将却幞头。"众皆大笑。

因 何 尤 箭

唐邓玄挺尝与谢佑同射,先自矜敏手;及至对射,数十发皆不中垛,佑乃云:"直由箭恶,从来不曾如此。"玄挺应声报曰:"自须责射,因何尤箭。"众人欢笑。

侏 儒 郎 中

兵部侍郎韦慎形容极短,时人弄为侏儒。邓玄挺初得员外以后,郎中员外俱来看,韦慎云:"慎以庸鄙,滥任郎官;公以高才,更作绿袍员外。"邓即报云:"绿袍员外尚可及侏儒郎中。"

木桶为幪秃

邓玄挺入寺行香,与诸僧诣园观植蔬,见水车以木桶相连,汲于井中,乃曰:"法师等自蹋此车,当大辛苦。"答曰:"遣家人挽之。"邓应声曰:"法师若不自蹋,用如许木桶何为?"僧愕然思量,始知玄挺以"木桶"为"幪秃"。

应是六斤半

开皇中有人姓出名六斤,欲参杨素,赍名纸至省门,遇侯白,请为题姓,乃书云:"六斤半。"名既入,素召其人问曰:"卿姓六斤半?"答曰:"是出六斤。"曰:"何六斤半?"曰:"向请侯秀才题之,当是错矣。"即召白至,谓曰:"卿何为错题人姓名?"对曰:"不错。"素曰:"若不错,何因姓出名六斤,请卿题之,乃言六斤半?"对曰:"向在省门,会卒,无处见称,既闻道是出六斤,斟酌只应是六斤半。"素大笑之。

遭见贤尊

侯白与杨素剧谈戏弄,或从旦至晚始得归,才出省门,逢素子玄感,乃云:"侯秀才可与玄感说一个好话。"白被留连,不获已,乃云:"有一大虫,欲向野中觅食,见一刺猬仰卧,谓是肉脔,欲衔之,忽被猬卷着鼻,惊走,不知休息,直至山中,困乏,不觉昏睡,刺猬乃放鼻而走,大虫忽起欢喜,走至橡树下,低头乃橡斗,乃侧身语云:'且来遭见贤尊,愿郎君且避道。'"

此是阿历

杨素谓侯白曰:"仆为君作一谜,君射之,不得迟,便须罚酒。"素曰:"头长一分,眉长一寸,未到日中,已打两顿。"白应声曰:"此是道人。"素曰:"君须作谜,亦不得迟。"白即云:"头长一分,眉长一寸,未到日中,已打两顿。"素曰:"君因何学吾作道人谜?"白曰:"此是阿历。"素大笑。

此 是 犊 子

侯白仕唐,尝与人各为谜,白曰:"必须是实物,不得虚作解释,浪惑众人。若解讫无有此物,即须受罚。"白即云:"背共屋许大,肚共枕许大,口共盏许大。"众人射不得,皆云:"天下何处有物共盏许大口而背共屋许大者? 定无此物,必须共赌。"白与众赌讫,解云:"此是胡燕窠。"众皆大笑。又逢众宴,俱令作谜,必不得幽隐难识及诡谲希奇,亦不假合而成,人所不见者。白即应声曰:"有物大如狗,面貌极似牛。此是何物?"或云是獐,或云是鹿,皆云不是,即令白解,云:"此是犊子。"

真所谓孝乎

侯白与杨素路中遇胡负青草而行,素曰:"长安路上,乃见青草湖。"须臾,又见两醉胡衣孝重服,骑马而走,俄而一胡落马,白曰:"真所谓'孝乎惟孝',有之矣。"

当 作 号 号

侯白初未知名,在本邑,令宰初至,白即谒,会知识曰:"白能令明府作狗吠。"曰:"何有明府得遣作狗吠? 诚如言,我辈输一会饮食;若妄,君当输。"于是入谒,知识俱门外伺之,令曰:"君何须得重来相见?"白曰:"公初至,民间有不便事,望谘公,公到前,其多盗贼,请命各家养狗,令吠惊,自然盗贼止息。"令曰:"若然,我家亦须养能吠之狗,若为可得?"白曰:"家中新有一群犬,其吠声与余狗不同。"曰:"其声如何?"答曰:"其声怊怊者。"令曰:"君全不识,好狗吠声当作号号,怊怊声者,全不是能吠之狗。"伺者闻之,莫不掩口而笑。白知得胜,乃云:"若觅如此能吠者,当出访之。"遂辞而出。

(以上据《广滑稽》卷二十二)

启　颜　录

典　琴

　　北齐王元景性机捷,有一奴名典琴,常旦起,令索食,谓之辞斋,典琴曰:"不作斋,何故常云辞斋?"元景徐谓典琴曰:"我不作斋,不得为辞斋;汝作字典琴,何处有琴可典?"据明刊本许自昌《捧腹编》卷六。

谐 噱 录

《谐噱录》,唐朱揆纂,原四十三则,今据明末杭州刊《雪涛谐史》本选录三十九则;《说郛》本作唐刘讷言撰。刘讷言别有《俳谐集》十五卷,见《唐书·艺文志》丙部子录小说家。

谐 噱 录

〔唐〕朱揆纂　武林徐仁中阅

蹲 鸱

张九龄知萧炅不学,故相调谑。一日送芋,书称蹲鸱。萧答云:"损芋拜嘉,惟蹲鸱未至耳。然仆家多怪,亦不愿见此恶鸟也。"九龄以书示客,满坐大笑。

狗 枷 犊 鼻

江夏王义恭,性爱古物,常遍就朝士求之。侍中何勖,已有所送,而王征索不已,何甚不平。尝出行于道中,见狗枷犊鼻,乃命左右取之还,以箱擎送之,笺曰:"承复须古物,今奉李斯狗枷,相如犊鼻。"

鸭 姓 奚

客有曰:"犬姓卢,鸡姓朱。"沈尚书曰:"鸡既姓朱,则鸭姓奚也。"坐上一人谓鸭姓奚,至今传之。

戏 仆

唐道士程子宵登华山上方,偶有颠仆,郎中宇文翰致书戏之曰:"不知上得不得,且怪悬之又悬。"

谑　梦

苻坚将欲南伐,梦满城出菜,又地东南倾。其占曰:"菜多难为酱;东南倾,江左不得平也。"

浣溪沙孔子

唐宰相孔纬尝拜官,教坊伶人继至,求利市,有石野猪独行先到,有所赐,乃谓曰:"宅中甚阙,不得厚致,若见诸野猪,幸勿言也。"复有一伶至,乃索其笛指窍问曰:"何者是《浣溪沙》孔子?"伶大笑之。

大 虫 老 鼠

陆长源以旧德为宣武军行司马,韩愈为巡官,同在使幕。或讥年辈相悬,陆曰:"大虫老鼠,俱为十二属,何怪之有。"

雌 甲 辰

裴晋公度在相位日,有人寄槐瘿一枚,欲削为枕。时郎中庾威,世称博物,召请别之。庾捧玩良久,白曰:"此槐瘿是雌树生者,恐不堪用。"裴曰:"郎中甲子多少?"庾曰:"某与令公同是甲辰生。"公笑曰:"郎中便是雌甲辰。"

苍 苍 在 鬓

齐主客郎顿丘李恕,身短而袍长,卢询祖腰粗而带急。恕曰:"卢郎腰粗带难匝。"答曰:"丈人身短袍易长。"恕又谓询祖曰:"卢郎聪明必不寿。"答曰:"见丈人苍苍在鬓,差以自安。"

少　卿

后魏孙绍,历职内外,垂老始拜太府少卿。谢日,灵太后曰:"公年似太老。"绍重拜曰:"臣年虽老,卿年太少。"后大笑曰:"是将正卿。"

戏　白

有借界尺笔槽而破其槽者,白其主人曰:"韩直木如常,孤竹君无恙,但半面之交,忽然折节矣。"主人大笑。

就　溺

顾恺之痴信小术,桓玄尝以柳叶绐之,曰:"此蝉翳叶也,以自蔽,人不见己。"恺之引叶自蔽,玄就溺焉,恺之信其不见己,以珍重之。

虾　蟆

俗嘲云:"一跳八尺,再跳丈六,从春至夏,裸袒相逐,无地取作,掉尾肃肃。"

嗜 酒 食

徐晦嗜酒,沈传师善食。杨复云:"徐家肺,沈家脾,其安稳耶?"

眼 中 安 障

方干作令嘲李主簿目翳曰:"只见门外着篱,未见眼中安障。"

危　诗

韩玄与顾恺之同在仲堪坐,共作危诗。一参军云:"盲人骑瞎马,夜半临深池。"仲堪眇一目,惊曰:"此太逼人。"因罢。

三 鹿 郡 公

袁利见为性顽犷,方棠谓袁生已封三鹿郡公。盖讥其太粗疏也。

姓　木　边

桓伊诣王遵,遵谓左右曰:"门何为通桓氏? 我闻人姓木边,便欲杀之,况诸桓乎?"

略　不　识　字

人谓邢子才孳子,大德大道,略不识字。

却　老　先　生

王僧虔晚年恶白发。一日对客,左右进铜镊。僧虔曰:"却老先生至矣,庶几乎。"

长　柄　葫　芦

二陆初入洛,诣刘道真。初无他言,惟问:"东吴有长柄葫芦,卿得种来不?"陆殊失望。

八　百　钱　鸟

南阳太守张忠曰:"吾年往志尽,譬如八百钱鸟,生死同价。"

丑　妇　效　颦

刘季和性爱香,常如厕还,辄过香炉上。主簿张坦曰:"人名公作俗人,不虚也。"季和曰:"荀令君至人家,坐席三日香。"坦曰:"丑妇效颦,见者必走,公欲某遁去耶?"季和大笑。

不　栉　进　士

关图有妹能文,每语人曰:"有一进士,所恨不栉耳。"

尧　典

有人将虞永兴手写《尚书》典钱。李尚书选曰:"经书那可典?"

其人曰:"前已是《尧典》、《舜典》。"

喷　嚏

玄宗与诸王会食,宁王对御坐喷一口饭,直及龙颜。上曰:"宁哥何故错喉?"幡绰曰:"此非错喉,是喷嚏。"

狂　胜　痴

吴兴沈昭略性狂,尝醉遇琅琊王约,张目视之,曰:"汝何肥而痴?"约曰:"汝何瘦而狂?"昭略抚掌大笑曰:"瘦已胜肥,狂又胜痴。"

故　是　一　凤

邓艾口吃,语称艾艾。晋文王戏之曰:"艾艾为几艾?"对曰:"凤兮凤兮,故是一凤。"

山　驴　王

梁祖曰:"赵崇是轻薄圆头,于鄂州坐上,佯不识骆驼,呼为山驴王。"

渐　至　佳　境

顾长康啖甘蔗,先食尾,人问所以,云:"渐至佳境。"

我　晒　书

郝隆七月七日出日中仰卧,人问其故,答曰:"我晒书。"

破　虱

破虱者因官妓恶虱,坐客争记虱事戏之,因纂成录。

所　出　同

孙权使太子嘲恪曰:"诸葛元逊食马矢一石。"恪答曰:"臣得戏君,子得戏父,乞令太子食鸡卵三百枚。"上问恪曰:"人令君食马矢,君令人食鸡卵,何也?"恪答曰:"所出同耳。"

牛 羊 下 来

侯白好俳谑。一日,杨素与牛弘退朝,白语之曰:"日之夕矣。"素曰:"以我为'牛羊下来'耶?"

食 盐 醋

卢相迈不食盐醋,同列问之:"足下不食盐醋,何堪?"迈笑曰:"足下终日食盐醋,复又何堪?"

阿 婆 舞

郑伥出妓以宴赵绅,而舞者年已长,伶人孙子多献口号云:"相公经文复经武,常侍好今兼好古,昔日曾闻阿武歌,今日亲见阿婆舞。"

劫 墓 贼

廖凝览裴说《经杜工部墓诗》曰:"拟凿孤坟破,重教大雅生。"笑曰:"裴说劫墓贼耳。"

奉 佛

二郗奉道,二何奉佛,皆以财贿。谢中郎云:"二郗谄于道,二何佞于佛。"

似 舅

桓豹奴是王丹阳外甥,形似其舅,桓甚讳之。宣武云:"不恒相似,时似耳;恒似是形,时似是神。"桓逾不说。

笑　言

　　《笑言》，撰人和卷数都不详，今仅见《太平广记》引《邻夫》一条(此条亦见《醉翁谈录》及《事林广记》、《嘲戏绮谈》)，则亦当是宋以前人所撰。此条内容虽"空戏滑稽"，但以其为古笑话书，亦宁过而存之。

笑　言

邻　夫

　　有睹邻人夫妇相谐和者，夫自外归，见妇吹火，乃赠诗曰："吹火朱唇动，添薪玉腕斜。遥看烟里面，大似雾中花。"其妻亦候夫归，告之曰："每见邻人夫妇，极甚多情，适来夫见妻吹火，作诗咏之，君岂不能学也？"夫曰："彼诗道何语？"乃诵之。夫曰："君当吹火，为别制之。"妻亦效吹。乃为诗曰："吹火青唇动，添薪黑腕斜。遥看烟里面，恰似鸠盘茶。"《太平广记》卷二五一引。

　　案：罗烨《醉翁谈录》、《嘲戏绮语》有此条，"添薪黑腕斜"作"添薪鬼胆斜"。

群 居 解 颐

　　《群居解颐》三卷,涵芬楼排印明钞本《说郛》卷三一二载此书,注作者为"唐高择,号高素处士",清顺治刊本《说郛》作"唐高怿",《宋史·艺文志》著录三卷,作"高择撰"。按作"高怿"是。高怿,《宋史·隐逸传上》有传,仁宗时赐号安素处士,今当改署宋高怿撰为是。涵芬楼排印明钞本《说郛》原共十八则,今选录十五则;《讲论语》以下四则,是据清顺治刊本选录的。

群 居 解 颐 三卷

〔唐〕高怿,号高素处士

天子亲家翁

　　萧瑶尝因宴,太宗语近臣曰:"自知一座最贵者,先把酒。"时有长孙无忌、房玄龄相顾未言,瑶引手取杯,帝问曰:"卿有何说?"瑶对曰:"臣是梁朝兄,隋室皇后弟,唐朝左仆射,天子亲家翁。"太宗抚掌,极欢而罢。

未 解 思 量

　　太宗征辽,作飞梯以上其城。有应募为梯首者。城中矢石如雨,因竞为先登。英公李世勣指之,语中书舍人许敬宗曰:"此人岂不大健。"敬宗曰:"非健,要是未解思量。"帝闻,将罪之。

见 屈 原

　　散乐老崔崟善弄痴,大帝令给事捺头向水下,良久。帝问之。曰:"见屈原,云:'我逢楚怀王,乃沉汨罗水;汝逢圣明君,何为亦来此?'"帝大笑,赐物百段。

见 人 多 忘

中书令许敬宗,见人多忘之。或语其不聪。曰:"卿自难记,若遇何刘沈谢,暗中摸索着亦可识。"

选 人 被 放

吏部侍郎李迥秀好机警,有选人被放,诉云:"羞见来路。"迥秀问从何来,曰:"从蒲津关来。"迥秀曰:"取潼关路去。"选者曰:"耻见妻子。"迥秀曰:"贤室本自相谙,亦应不怪。"

逆 风 张 帆
("张帆"原作"孤帆",今从顺治刊本校改)

杭州参军独孤守忠,领租船赴都,夜半急追集船人,更无它语,乃云:"逆风必不得张帆。"众大哂焉。

命 名 曰 孚

秘书监贺知章有高名,告老归吴中,明皇嘉重之,每事优异,将行泣涕,上问何所欲,曰:"臣有男未有定名,幸陛下赐之,归乡之荣。"上曰:"为道之要莫所信,孚者,信也,履信思乎顺,卿之子必信顺人也,宜名之孚。"再拜而受命焉。久而悟之,曰:"上何谑我也,我是吴人,孚乃爪下为子,岂非呼我儿爪子也。"

史 思 明 诗

安禄山败,史思明继逆,至东都,遇樱桃熟,其子在河北,欲寄遗之。因作诗同去,诗云:"樱桃一笼子,半赤已半黄,一半与怀王,一半与周至。"诗成,赞美之,皆曰:"明公此诗大佳,若能言'一半周至,一半怀王',即与'黄'字声势稍稳。"思明大怒曰:"我儿岂可居周至之下。"周至即其傅也。

准敕恶诗

杜佑镇淮南,进崔叔清诗百篇。德宗语使者曰:"此恶诗,焉用进。"时人呼"准敕恶诗"。

岭南风俗

岭南地暖,草菜经冬不衰。故蔬圃之中,栽种茄子者,宿根二三年者,渐长枝干,乃成大树,每夏秋熟时,梯树摘之,三年后,树老子稀,即伐去,别栽嫩者。又其俗,入冬好食馄饨,往往稍暄,食须用扇,至十月,但率以扇一柄相遗,书中以吃馄饨为题,故俗云:"踏梯摘茄子,把扇吃馄饨。"

又

岭南无问贫富之家数,女不以针缕纺绩为功,但穷庖厨、勤刀俎而已。善醯醢菹鲊者,得为大好女矣。俚民争姻聘者,相与语曰:"我女裁袍、补袄,即灼然不会;若修治水蛇、黄鳝,则一条胜似一条矣。"

妻妒

李福妻裴氏,性妒忌。姬侍甚多,福未尝敢属意。镇滑台日,有女奴献之者,福竟欲私之,而未果。一日,乘间言于妻曰:"某官已至节度使矣,然其所指使者,率不过老仆,夫人待某,无乃薄乎?"裴曰:"然,不知公意所属何人?"即指所献女奴。裴许诺。尔后不过执衣侍膳,未尝得一缱绻。福又嘱妻之左右曰:"设夫人沐发,必遽来报我。"既而果有以沐发来告者,福即伪言腹痛,且召其女奴,既往;左右以裴方沐,不可遽已,即告以福所疾。裴以为言然,遽出发盆中,跣问福所苦。既业以疾为言,即若不可忍状。裴极忧之,由是以药投儿溺中进之。明日,监军及从事悉来候问,福即具以告之,因言曰:"一事无成,固当有分,所苦者虚咽一瓯溺耳。"闻者莫不大笑。

优 人 滑 稽

咸通中,优人李可及滑稽谐戏,独出辈流,虽不得括讽谕,然巧智敏捷,亦不可多得。尝因延庆节,缁黄讲论毕,次及优倡为戏。可及褒衣博带,摄齐以升坐,称三教论衡。偶坐者问曰:"既言博通三教,释迦如来是何人?"对曰:"妇人。"问者惊曰:"何也?"曰:"《金刚经》云:'敷坐而坐。'非妇人,何烦夫坐而后儿坐也?"上为之启齿。又曰:"太上老君何人?"曰:"亦妇人也。"问者益所不喻,乃曰:"《道德经》云:'吾有大患,为吾有身,及吾无身,吾有何患。'倘非妇人,何患于有身乎?"上大悦。又问曰:"文宣王何人也?"曰:"妇人也。"问者曰:"何以知之?""《论语》曰:'沽之哉,待贾者也。'向非妇人,奚待嫁为?"上意极欢,赐予颇厚。

拜 胡 僧

伪蜀王先主未开国前,西域胡僧到蜀,蜀人瞻敬,如见释迦。舍如大慈三学院。蜀主复谒,坐于听。倾都士女就院,不令止之。妇女到次拜。俳优王含杨言曰:"女弟子勤礼拜,愿后身面孔,一似和尚。"蜀主大笑。

那 秃 鹙

伪蜀王先主晏驾前,来大秃鹙鸟,游于摩呵池上。顾复时为上臣,直于内禁,遂潜吟二十八字咏曰:"昔日曾闻《瑞应图》,万般征意不如无;摩呵池上分明见,仔细看来是那胡。"

(以上据涵芬楼排印明钞本《说郛》)

讲 论 语

魏博节度使韩简性粗质,每对文士,不晓其说,心常耻之;乃召一孝廉讲《论语》之《为政篇》，翌日，语从事曰："近方知古人淳朴，年至三十方能行立。"闻者大笑。

假 作 僧 道

南中小郡，多无缁流，每宣德音，须假作僧道陪位。昭宗即位，柳韬为容管宣告使，赦下，到下属州，自来无僧道，皆临事差摄，宣时，有一假僧不伏排位，太守王弘大怪而问之，僧曰："役未到，差遣偏并，去岁已曾作文宣王，今年又差作和尚。"闻者莫不绝倒。

署吏为圣人

自广南际海中数州，多不立文宣庙。有刺史不知礼，将释奠，即署二书吏为文宣王、亚圣鞠躬于门外，或进止不如仪，即判云："文宣王、亚圣各决若干。"

烧　裙

信州有一女子，落拓贫屡，好歌善饮酒，居常衣食甚迫。有人乞与州图，因浣染为裙，墨迹不落。会邻过之，出妓设酒，良久，一婢惊出云："娘子误烧裙。"其人遽问损处，婢曰："正烧大云寺门。"

（以上据清顺治刊本《说郛》）

东坡居士艾子杂说

《东坡居士艾子杂说》,传宋苏轼撰,今据明《顾氏文房小说》本全录,并据《群书通要》丙集卷八、《广滑稽》、《郭子六语》及《说郛》卷三十四校订了一些显然的错误。

东坡居士艾子杂说

艾子事齐王,一日,朝而有忧色,宣王怪而问之。对曰:"臣不幸,稚子属疾,欲谒告,念王无与图事者,虽在朝,所心实系焉。"王曰:"盍早言乎? 寡人有良药,稚子顿服,其愈矣。"遂索以赐。艾子拜受而归,饮其子,辰服而巳卒。他日,艾子忧甚戚,王问之故,戚然曰:"卿丧子可伤,赐卿黄金以助葬。"艾子曰:"殇子不足以受君赐,然臣将有所求。"王曰:"何求?"曰:"只求前日小儿得效方。"

艾子行于海上,见一物圆而褊,且多足,问居人曰:"此何物也?"曰:"蝤蛑也。"既又见一物圆褊多足,问居人曰:"此何物也?"曰:"螃蟹也。"又于后得一物,状貌皆若前所见而极小,问居人曰:"此何物也?"曰:"彭越也。"艾子喟然叹曰:"何一蟹不如一蟹也。"

艾子使于魏,见安釐王,王问曰:"齐,大国也,比年息兵,何以为乐?"艾子曰:"敝邑之君好乐,而群臣亦多效伎。"安釐王曰:"何人有伎?"曰:"淳于髡之宠养,孙膑之踢毬,东郭先生之吹竽,皆足以奉王欢也。"安釐王曰:"好乐不无横赐,奈侵国用何?"艾子曰:"近日却告得孟尝君处,借得冯驩来,索得几文冷债,是以饶足也。"

齐地多寒,春深未茁甲,方立春,有村老挈苜蓿一筐,以馈艾子,且曰:"此物初生,未敢尝,乃先以荐。"艾子喜曰:"烦汝致新。然我享之后,次及何人?"曰:"献公罢,即刘以喂驴也。"

艾子好饮,少醒日。门生相与谋曰:"此不可以谏止,唯以险事怵之,宜可诫。"一日,大饮而哕,门人密抽彘肠致哕中,持以示曰:"凡人具五脏方能活,今公因饮而出一脏,止四脏矣,何以生耶?"艾子熟视而笑曰:"唐三藏犹可活,况有四耶?"

艾子行,出邯郸道上,见二媪相与让路,一曰:"媪几岁?"曰:"七十。"问者曰:"我六十九,然则明年,当与尔同岁矣。"

艾子一夕疾呼一人钻火,久不至。艾子呼促之,门人曰:"夜暗,索钻具不得。"谓先生曰:"可持烛来,共索之矣。"艾子曰:"非我之门,无是客也。"

　　案:此本邯郸淳《笑林》。

艾子见有人徒行,自吕梁托舟人以趋彭门者,持五十钱遗舟师,师曰:"凡无赍而独载者人百金。汝尚少半,汝当自此为我挽牵至彭门,可折半直也。"

穰侯与纲寿接境,魏冉将以广其封也,乃伐纲寿而取之。兵回,而范雎代其相矣。艾子闻而笑曰:"真所谓'外头赶兔,屋里失獐'也。"

齐王一日临朝,顾谓侍臣曰:"吾国介于数强国间,岁苦支备,今欲调丁壮,筑大城,自东海起连,即目经太行,接轘辕,下武关,逶迤四千里,与诸国隔绝,使秦不得窥吾西,楚不得窃吾南,韩、魏不得持吾之左右,岂不大利邪?今百姓筑城,虽有少劳,而异日不复有征戍侵虞之患,可以永逸矣;闻吾下令,孰不欣跃而来耶?"艾子对曰:"今旦大雪,臣趋朝,见路侧有民,裸露僵踣,望天而歌,臣怪之,问其故,答曰:'大雪应候,且喜明年人食贱麦,我即今年冻死矣。'正如今日筑城,百姓不知享永逸者在何人也。"

艾子使于秦,还语宣王:"秦昭王有吞噬之心,且其状貌又正虎形也。"宣王曰:"何质之?"曰:"眉上五角耸,目光烂然,鼻直口哆,丰颐壮臆,每临朝,以两手按膝,望之宛然镇宅狮子也。"

艾子为莒守,一日,闻秦将以白起为将伐莒,莒之民悉欲逃避。艾子呼父老而慰安之曰:"汝且弗逃,白起易与耳,且其性仁,前且伐赵兵不血刃也。"

艾子曰:"田巴居于稷下,是三皇而非五帝,一日屈千人,其辨无能穷之者。弟子禽滑厘出,逢壁媪,揖而问曰:'子非田巴之徒乎?宜得巴之辨也。媪有大疑,愿质于子。'滑厘曰:'媪姑言之,可能折其理。'媪曰:'马鬣生向上而短,马尾生向下而长,其故何也?'滑厘笑曰:'此殆易晓事,马鬣上抢,势逆而强,故天使之短;马尾下垂,势顺而逊,故天以之长。'媪曰:'然则人之发上抢,逆也,何以长? 须下垂,顺也,何以短?'滑厘茫然自失,乃曰:'吾学未足以臻此,当归咨师,媪幸专留此,以须我还,其有以奉酬。'即入见田巴曰:'适出,壁媪问以鬣尾长短,弟子以逆顺之理答之,如何?'曰:'甚善。'滑厘曰:'然则媪申之以须顺为短,发逆而长,则弟子无以对,愿先生折之。媪方坐门以俟,期以余教诏之。'巴俯首久之,乃以行音忼呼滑厘曰:'禽大禽大,幸自无事也,省可出入。'"

艾子曰:"尧治天下久而惫勤,呼许由以禅焉。由入见之,所居土阶三尺,茅茨不剪,采椽不斫,虽逆旅之居无以过其陋;命许由食,则饭土䉛,啜土器,食粗粝,羹藜藿,虽厮监之养无以过其约。食毕,顾而言曰:'吾都天下之富,享天下之贵,久而厌矣,今将举以授汝,汝其享吾之奉也。'许由顾而笑曰:'似此富贵,我未甚爱也。'"

秦破赵于长平,坑众四十万,遂以兵围邯郸。诸侯救兵,列壁而不敢前。邯郸垂亡,平原君无以为策,家居愁坐,顾府吏而问曰:"相府有何未了公事?"吏未对,新垣衍在坐,应声曰:"唯城外一火窃盗未获尔。"

公孙龙见赵文王,将以夸事眩之,因为王陈大鹏九万里、钓连鳌之说。文王曰:"南海之鳌,吾所未见也,独以吾赵地所有之事报子。

寡人之镇阳,有二小儿,曰东里,曰左伯,共戏于渤海之上,须臾有所谓鹏者,群翔于水上,东里遽入海以捕之,一攫而得,渤海之深,才及东里之胫。顾何以贮也,于是挽左伯之巾以囊焉。左伯怒,相与斗之,久不已。东里之母乃拽东里回。左伯举太行山掷之,误入东里之母,一目眯焉。母以爪剔出,向西北弹之。故太行中断,而所弹之石,今为恒山也。子亦见之乎?"公孙龙逡巡丧气,揖而退。弟子曰:"嘻,先生持大说以夸眩人,宜其困也。"

营丘士,性不通慧,每多事,好折难而不中理。一日,造艾子问曰:"凡大车之下,与橐驼之项,多缀铃铎,其故何也?"艾子曰:"车、驼之为物甚大,且多夜行,忽狭路相逢,则难于回避,以借鸣声相闻,使预得回避尔。"营丘士曰:"佛塔之上,亦设铃铎,岂谓塔亦夜行而使相避邪?"艾子曰:"君不通事理,乃至如此!凡鸟鹊多托高以巢,粪秽狼藉,故塔之有铃,所以警鸟鹊也,岂以车驼比邪?"营丘士曰:"鹰鹞之尾,亦设小铃,安有鸟鹊巢于鹰鹞之尾乎?"艾子大笑曰:"怪哉,君之不通也!夫鹰准击物,或入林中,而绊足绦线,偶为木之所绾,则振羽之际,铃声可寻而索也,岂谓防鸟鹊之巢乎?"营丘士曰:"吾尝见挽郎秉铎而歌,虽不究其理,今乃知恐为木枝所绾,而便于寻索也。仰不知绾郎之足者,用皮乎?用线乎?"艾子愠而答曰:"挽郎乃死者之导也,为死人生前好诘难,故鼓铎以乐其尸耳。"

赵以马服君之威名,擢其子括为将以拒秦,而适当武安君白起,一战军破,掠赵括,坑其众四十万,邯郸几败。艾子闻之曰:"昔人将猎而不识鹘,买一凫而去,原上兔起,掷之使击,凫不能飞,投于地,又再掷,又投于地,至三四,凫忽蹒跚而人语曰:'我鸭也,杀而食之,乃其分,奈何加我以掷之苦乎?'其人曰:'我谓尔为鹘,可以猎兔耳,乃鸭耶?'凫举掌而示,笑以言曰:'看我这脚手,可以搦得他兔否?'"

范雎一见秦昭王,而怵之以近祸。昭王遂幽太后,逐穰侯,废高陵华阳君,于是秦之公族与群臣侧目而惮睢;然以其宠,而未敢害之。一旦,王稽及郑安平叛,而睢当缘坐,秦王念未有以代之者,尚缓其罪,因下令:"敢有言郑安平叛者死。"然睢固已畏摄而不敢宁矣。艾子因使人告之曰:"佛经有云:'若被恶人逐,堕落金刚山,念彼观音力,如日虚空住。'空中非可久住之地,此一扑终在,但迟速之间耳。"睢闻,荐蔡泽自代。

艾子一日观人诵佛经者,有曰:"咒咀诸毒药,所欲害身者,念彼观音力,还著于本人。"艾子喟然叹曰:"佛,仁也,岂有免一人之难,而害一人之命乎?是亦去彼及此,与夫不爱者何异也?"因谓其人曰:"今为汝体佛之意而改正之,可者乎?曰:'咒咀诸毒药,所欲害身者,念彼观音力,两家都没事。'"

有人献木履于齐宣王者,无刻斫之迹,王曰:"此履岂非生乎?"艾子曰:"鞔楦乃其核也。"

齐宣王问艾子曰:"吾闻古有獬豸,何物也?"艾子对曰:"尧之时,有神兽曰獬豸,处廷中,辨群臣之邪僻者触而食之。"艾子对已,复进曰:"使今有此兽,料不乞食矣。"

艾子浮于海,夜泊岛屿中,夜闻水下有人哭声,复若人言,遂听之。其言曰:"昨日龙王有令:'应水族有尾声者斩。'吾鼍也,故惧诛而哭;汝虾蟆无尾,何哭?"复闻有言曰:"吾今幸无尾,但恐更理会科斗时事也。"

艾子使于燕,燕王曰:"吾小国也,日为强秦所侵,征求无已,吾国贫,无以供之,欲革兵一战,又力弱不足以拒敌,如之何则可?先生其为谋之。"艾子曰:"亦有分也。"王曰:"其有说乎?"艾子曰:"昔有龙王,逢一蛙于海滨,相问讯后,蛙问龙王曰:'王之居处何如?'王曰:'珠宫贝阙,翠飞璇题。'龙复问:'汝之居处何若?'蛙曰:'绿苔碧草,清泉白石。'复问曰:'王之喜怒如何?'龙曰:'吾喜则时降膏泽,使五谷丰稔;怒则先之以暴风,次之以震霆,继之以飞电,使千里之内，寸草不留。'龙谓蛙曰：'汝之喜怒何如?'曰：'吾之喜则清风明月，一部鼓吹；怒则先之以努眼，次之以腹胀，然后至于胀过而休。'"于是燕王有惭色。

齐王于女，凡选婿必择美少年，颜长而白晰，虽中无所有，而外状稍优者必取之。齐国之法，民为王婿，则禁与士人往还，唯奉朝请外，享美服珍味，与优伶为伍，但能奉其王女，则为效矣。一日，诸婿退朝，相叙而行，傲然自得。艾子顾谓人曰："齐国之安危重轻，岂不尽在此数公乎！"

齐有富人，家累千金。其二子甚愚，其父又不教之。一日，艾子谓其父曰："君之子虽美，而不通世务，他日曷能克其家?"父怒曰："吾之子敏，而且恃多能，岂有不通世务耶?"艾子曰："不须试之他，但问君之子所食者米从何来，若知之，吾当妄言之罪。"父遂呼其子问之，其子嘻然笑曰："吾岂不知此也，每以布囊取来。"其父愀然而改容曰："子之愚甚也，彼米不是田中来?"艾子曰："非其父不生其子。"

邹忌子说齐王，齐王说之，遂命为相。居数月，无善誉。艾子见淳于髡问曰："邹子为相之久，无誉何也?"髡曰："吾闻齐国有一毛手鬼，凡为相，必以手掴之，其人遂忘平生忠直，默默而已。岂其是欤?"艾子曰："君之过矣，彼毛手只择有血性者掴之。"

艾子一夕梦一丈夫，衣冠甚伟，谓艾子曰："吾东海龙王也，凡龙之产儿女，各与江海为婚姻，然龙性又暴，又以其类同，少相下者。吾有小女，甚爱之，又其性尤戾；若吾女更与龙为匹，必无安谐，欲求耐事而易制者，不可得，子多智，故来请问，姑为我谋之。"艾子曰："王虽龙，亦水族也，求婿，亦须水族。"王曰："然。"艾子曰："若取鱼，彼多贪饵，为钓者获之，又无手足；若取鼋鼍，其状丑恶；唯虾可也。"王曰："无乃太卑乎?"艾子曰："虾有三德：一无肚肠，二割之无血，三头上带得不洁，是所以为王婿也。"王曰："善。"

　　艾子行水,途见一庙,矮小而装饰甚严。前有一小沟,有人行至水,不可涉,顾庙中,而辄取大王像,横于沟上,履之而去。复有一人至,见之,再三叹之曰:"神像直有如此亵慢。"乃自扶起,以衣拂饰,捧至坐上,再拜而去。须臾,艾子闻庙中小鬼曰:"大王居此为神,享里人祭祀,反为愚民之辱,何不施祸患以谴之?"王曰:"然则祸当行于后来者。"小鬼又曰:"前人以履大王,辱莫甚焉,而不行祸;后来之人,敬大王者,反祸之,何也?"王曰:"前人已不信矣,又安祸之?"艾子曰:"真是鬼怕恶人也。"

　　艾子有从禽之僻,畜一猎犬,甚能搏兔。艾子每出,必牵犬以自随。凡获兔,必出其心肝以与之食,莫不饫足。故凡获一兔,犬必摇尾以视艾子,自喜而待其饲也。一日出猎,偶兔少,而犬饥已甚,望草中二兔跃出,鹰翔而击之,兔狡,翻复之际,而犬已至,乃误中其鹰,毙焉,而兔已走矣。艾子匆遽将死鹰在手,叹恨之次,犬亦如前摇尾而自喜,顾艾子以待食。艾子乃顾犬而骂曰:"这神狗犹自道我是里。"

　　艾子出游,见一妪白发而衣衰粗之服,哭甚哀。艾子谓曰:"妪何哭而若此之哀也?"妪曰:"哭吾夫也。"艾子曰:"妪自高年,而始哭夫,不识夫谁也?"曰:"彭祖也。"艾子曰:"彭祖寿八百而死,固不为短,可以无恨。"妪曰:"吾夫寿八百诚无恨,然又有寿九百而不死者,且不恨邪?"

　　艾子之邻,皆齐之鄙人也。闻一人相谓曰:"吾与齐之公卿,皆人而禀三才之灵者,何彼有智,而我无智?"一曰:"彼日食肉,所以有智;我平日食粗粝,故少智也。"其问者曰:"吾适有粜粟钱数千,姑与汝日食肉试之。"数日,复又闻彼二人相谓曰:"吾自食肉后,心识明达,触事有智,不徒有智,又能穷理。"其一曰:"吾观人脚面,前出甚便,若后出岂不为继来者所践?"其一曰:"吾亦见人鼻窍,向下甚利,若向上,岂不为天雨注之乎?"二人相称其智。艾子叹曰:"肉食者其智若此。"

艾子病热，稍昏，梦中神游阴府，见阎罗王升殿治事，有数鬼抬一人至，一吏前白之曰："此人在世，唯务持人阴事，恐取财物，虽无过者，一巧造端，以诱陷之，然后摘使准法，合以五百亿万斤柴于镬汤中煮讫放。"王可之，令付狱。有一牛头捽执之而去，其人私谓牛头曰："君何人也？"曰："吾镬汤狱主也，狱之事皆可主之。"其人又曰："既为狱主，固首主也，而豹皮裈若此之弊！"其鬼曰："冥中无此皮，若阳人焚化方得，而吾名不显于人间，故无焚赆者。"其人又曰："某之外氏猎徒也，家常有此皮，若蒙狱主见悯，少减柴数，得还，则焚化十皮，为狱主作裈。"其鬼喜曰："为汝去亿万二字，以欺其徒，则汝得速还，兼免沸煮之苦三之二也。"于是又入镬煮之，其牛头者，时来相问，小鬼见如此，必欲庇之，亦不敢令火炽，遂报柴足。既出镬，束带将行，牛头曰："勿忘皮也。"其人乃回顾曰："有诗一首奉赠云：'牛头狱主要知闻，权在阎王不在君；减刻官柴犹自可，更求枉法豹皮裈。'"牛头大怒，又入镬汤，益薪煮之。艾子既寤，语于徒曰："须信口是祸之门也。"

艾子好为诗。一日，行齐魏间，宿逆旅，夜闻邻房人言曰："一首也。"少间曰："又一首也。"比晓六七首。艾子意其必诗人，清夜吟咏，兼爱其敏思，凌晨，冠带候谒。少顷，一人出，乃商贾也，危羸若有疾者。艾子深感之，岂有是人而能诗乎？仰又不可臆度。遂问曰："闻足下篇甚多，敢乞一览。"其人曰："某负贩也，安知诗为何物？"再三拒之。艾子曰："昨夜闻君房中自鸣曰一首也，须臾又曰一首也，岂非诗乎？"其人笑言："君误矣，昨日，每腹疾暴下，夜黑寻纸不及，因污其手，疾势不止，殆六七污手，其言曰非诗也。"艾子有惭色。门人因戏之曰："先生求骚雅，乃是大儒。"

艾子一日晨出，见齐之相府门前，有数十人皆贫窭之甚，人相聚而立，因问之曰："汝何者而集于此？"其人曰："吾皆齐之贫民，以少业自营,亦终岁不乏,今有至冤,欲诉于丞相辨之。"艾子曰:"相府非辨讼之所,当诣士师也。"其人曰:"事由丞相,非士师可辨。"艾子曰:"然则何事也?"其人曰:"吾所业乃印雨龙与指日蛮也,今丞相为政数年,率春及夏旱,仆印卖求雨龙,才秋至冬多雨潦,即卖指日蛮,吾获利以足衣食,皆前半年取通债印造,及期无不售者;却去年冬系大雪,接春又阴晦,或雨泥泞牛马皮,下令人家求晴。吾数家但习常年先印下求雨龙,唯一人有秋时剩下指日蛮,遂专其利,岂不为至冤乎?"艾子曰:"汝印耆龙,当秋却售也。此乃丞相恐人道燮理手段,年年一般,且要倒过耳。"

秦既并灭六国,专有天下,罢侯置守。艾子当是时,与秦之相有旧,喜以趣之,欲求一佳郡守。秦相见艾子,甚笃故情,日延饮食,皆玉醴珍馔。数日,以情白之。相欣然谓曰:"细事可必副所欲。"又数日,乃曰:"欲以一寸原。"艾子曰:"吾见丞相望之,然又日享甘旨,必谓甚有筹画,元来只有生得耀州知白。"

齐之士子相尚,裹乌纱帽,长其顶,短其檐,直其势,以其纱相粘,为之虚粘奇帽,设肆相接。其一家自榜其门曰当铺,每顶只卖八百文。以其廉,人日拥门,以是多愆期。一日,艾子方坐其肆,见一士子与其肆主语:"吾先数日约要帽,反失期五七日,尚未得,必是为他人皆卖九百文,尔独卑于价以欺吾也。"呶呶久之。艾子因曰:"秀才但勿喧,只管将八百文钱与他,须要九百底帽子。"

齐有二老臣,皆累朝宿儒大老,社稷倚重。一曰冢相,凡国之重事乃关预焉。一日,齐王下令迁都,有一宝钟,重五千斤,计人力须五百人可扛。时齐无人,有司计无所出,乃白亚相;久亦无语,徐曰:"嘻,此事亚相何不能了也?"于是令有司曰:"一钟之重,五百人可扛。今思均凿作五百段,用一人五百日扛之。"有司欣然承命。艾子适见之,乃曰:"冢宰奇画,人固不及;只是般到彼,莫却费锢鏴也无。"

　　齐宣王时,人有死而生,能言阴府间言。乃云:"方在阴府,见阎罗王诘责一贵人,曰:'汝何得罪之多也?'因问曰:'何人也?''鲁正卿季氏也。'其贵人再三不服,曰:'无罪。'阎王曰:'某年齐人侵境,汝只遣万人往应之,皆曰:多寡不敌,必无功,岂徒无功,必枉害人之命。汝复而不从,是以齐兵众,万人皆死。又某年某日饥,汝蔽君之聪明而不言,遂不发廪,因此死数万人。又汝为人相,职在燮理阴阳,汝为政乖戾,多致水旱,岁之民被其害,此皆汝之罪也。'其贵人叩头乃服。王曰:'可付阿鼻狱。'乃有牛头人数辈执之而去。"艾子闻之,太息不已。门人问曰:"先生与季氏有旧邪? 何叹也?"艾子曰:"我非叹季氏也,盖叹阎罗王也。"门人曰:"何谓也?"曰:"自此安得狱空耶?"

附　　录

　　宋陈振孙《直斋书录解题》卷十一小说家类:"《艾子》一卷。相传为东坡作,未必然也。"

调 谑 编

　　《调谑编》,明王世贞次宋苏轼语,见收于王世贞所编《苏长公外纪》。今据明燕石斋刻本选录二十八则。

调 谑 编

〔宋〕苏轼语　琅琊王世贞次

七 分 读

　　秦少章尝云:"郭功甫过杭州,出诗一轴示东坡,先自吟诵,声振左右,既罢,谓坡曰:'祥正此诗几分?'坡曰:'十分。'祥正喜,问之,坡曰:'七分来是读,三分来是诗,岂不是十分耶?'"

二 相 公 庙

　　韩子华、玉汝兄弟,相继命相。未几,持国又拜门下侍郎,甚有爰立之望。其家构堂,欲榜曰三相。俄,持国罢政,遂请老。东坡闻之曰:"既不成三相堂,可即名二相公庙耳。"

酸 馅 气

　　子瞻赠惠通诗云:"语带烟霞从古少,气含蔬笋到公无。"尝语人曰:"颇解蔬笋语否?为无酸馅气也。"闻者皆笑。

司 马 牛

　　东坡公元祐时登禁林,以高才狎侮诸公卿,率有标目,殆遍也,独于司马温公不敢有所重轻。一日,相与共论免役差役利害,偶不合,及归舍,方卸巾弛带,乃连呼曰:"司马牛,司马牛。"

免　税

某谪监黄州市征,有一举子惠简求免税,书札稍如法,乃言:"舟中无货可税,但奉大人指挥,令往荆南府取先考灵枢耳。"官皆绝倒。

好　了　你

东坡性不忍事,尝云:"如食中有蝇,吐之乃已。"晁美叔每见,以此为言。坡云:"某被昭陵擢在贤科,一时魁旧,往往为知己。上赐对便殿,有所开陈,悉蒙嘉纳。已而章疏屡上,虽甚剀切,亦终不怒。使某不言,谁当言者?某之所虑,不过恐朝廷杀我耳。"美叔默然,坡浩叹久之,曰:"朝廷若果见杀我,微命亦何足惜。只是有一事,杀了我后好了你。"遂相与大笑而起。

朵　颐

参寥子言:"老杜诗云:'楚江巫峡半云雨,清簟疏帘看弈棋。'此句可画,但恐画不就耳。"仆言:"公禅人,亦复能爱此语耶?"寥云:"譬如不事口腹人,见江瑶柱,岂免一朵颐哉?"

子　瞻　帽

东坡尝令门人辈作《人物不易赋》。或人戏作一联曰:"伏其几而升其堂,曾非孔子;袭其书而戴其帽,未是苏公。"盖元祐初士大夫效东坡顶高桶帽,谓之子瞻样,故云。

吾　从　众

坡公在维扬,一日设客,十余人皆名士。米元章亦在坐,酒半,元章忽起自赞曰:"世人皆以芾为颠,愿质之子瞻。"公笑曰:"吾从众。"

禅　悦　味

东坡尝约刘器之同参玉版和尚。器之每倦山行,闻见玉版,欣

然从之。至帘泉寺,烧笋而食。器之觉笋味胜,问此何名。东坡曰:
"玉版。此老僧善说法,令人得禅悦之味。"于是器之方悟其戏。

狮　子　吼

陈慥字季常,公弼之子,居于黄州之岐亭,自称龙丘先生,又曰
方山子。好宾客,喜畜声妓。然其妻柳氏绝凶妒,故东坡有诗云:
"龙丘居士亦可怜,谈空说有夜不眠;忽闻河东狮子吼,拄杖落手心
茫然。"河东狮子,指柳氏也。坡又尝醉中与季常书云:"一绝乞秀英
君。"想是其妾小字。

不　合　时　宜

东坡一日退朝,食罢,扪腹徐行,顾谓侍儿曰:"汝辈且道,是中
何物?"一婢遽曰:"都是文章。"坡不以为然。又一人曰:"满腹都是
机械。"坡亦未以为当。至朝云,乃曰:"朝士一肚皮不合时宜。"坡
捧腹大笑。

抵　三　觉

东坡喜嘲谑,以吕微仲丰硕,每戏之曰:"公真有大臣体,此坤六
二所谓直方大也。"微仲拜相,东坡当直,其词曰:"果艺以达,有孔门
三子之风,直大而方,得坤爻六二之动。"一日,东坡谒微仲,微仲方
昼寝,久而不出。东坡不能堪。良久,见于便坐。有一菖蒲盆,畜绿
毛龟。东坡云:"此龟易得,若六眼龟,则难得。"微仲问:"六眼龟出
何处?"东坡曰:"昔唐庄宗同光中,林邑国尝进六眼龟,时伶人敬新
磨在殿下进口号曰:'不要闹,不要闹,听取这龟儿口号,六只眼儿,
分明睡一觉,抵别人三觉。'"

姜　制　之

子瞻与姜至之同坐友宴。姜先举令云:"坐中各要一物药名。"

因指子瞻曰："君药名也。"问其故，曰："子苏子。"子瞻应声曰："君亦药名也，若非半夏，定是厚朴。"姜诘其故。子瞻曰："非半夏厚朴，何以曰姜制之？"

鳖　厮　踢

东坡与温公论事，公之论，坡偶不合。坡曰："相公此论，故为鳖厮踢。"温公不解其意，曰："鳖安能厮踢？"坡曰："是之谓鳖厮踢。"

字　说

东坡闻荆公《字说》新成，戏曰："以'竹'鞭'马'为'笃'，不知以'竹'鞭'犬'，有何可'笑'？"公又问曰："'鸠'字从'九'从'鸟'，亦有证据乎？"坡云："《诗》曰：'鸤鸠在桑，其子七兮。'和爷和娘，恰是九个。"公欣然而听，久之，始悟其谑也。

断　屠

鲁直戏东坡云："昔王右军字为换鹅书。韩宗儒性饕餮，每得公一帖于殿帅姚麟许，换羊肉十数斤，可名二丈书为换羊书矣。"坡大笑。一日，公在翰苑，以圣节撰著纷冗，宗儒日作数简，以图报书。使人立庭下，督索甚急。公笑语曰："传语本官，今日断屠。"

须　当　归

刘贡父觞客，子瞻有事欲先起，刘调之曰："幸早里，且从容。"子瞻曰："奈这事，须当归。"各以三果一药为对。

致　仕

山谷尝和东坡春菜诗云："公如端为苦笋归，明日春衫诚可脱。"坡得诗，戏语坐客曰："吾固不爱做官，鲁直遂欲以苦笋硬差致仕。"闻者绝倒。

水　骨

东坡尝举"坡"字问荆公何义。公曰："'坡'者'土'之'皮'。"东坡曰："然则'滑'者'水'之'骨'乎?"荆公默然。

烧　猪

东坡喜食烧猪。佛印住金山时,每烧猪以待其来。一日,为人窃食,东坡戏作小诗云:"远公沽酒饮陶潜,佛印烧猪待子瞻;采得百花成蜜后,不知辛苦为谁甜。"

巧　对

东坡在黄州时,尝赴何秀才会食,油果甚酥,因问主人:"此名为何?"主人对以无名。东坡又问:"为甚酥?"坐客皆曰:"是可以为名矣。"又潘长官以东坡不能饮,每为设醴。坡笑曰:"此必错煮水也。"他日,忽思油果,作小诗求之云:"野饮花前百事无,腰间唯系一葫芦,已倾潘子错煮水,更觅君家为甚酥。"李端叔尝为余言:"东坡云:'街谈市语,皆可入诗,但要人熔化耳。'"

俗　语

熙宁初,有人自常调上书,迎合宰相意,遂擢御史。苏长公戏之曰:"有甚意头求富贵,没些巴鼻便奸邪。"有甚意头、没些巴鼻,皆俗语也。

不　留　诗

先生在黄日,每有燕集,醉墨淋漓,不惜与人。至于营妓供侍,扇书带画,亦时有之。有李琪者,小慧而颇知书札,坡亦每顾之喜,终未尝获公之赐。至公移汝郡,将祖行,酒酣奉觞,再拜取领巾乞书。公顾视久之,令琪磨砚,墨浓取笔大书:"东坡七岁黄州住,何事无言及李琪?"即掷笔袖手,与客笑谈。坐客相谓:"语似凡易,又不终篇,何也?"至将彻具,琪复拜请。坡大笑曰:"几忘出场。"继书云:"恰似西川杜工部,海棠虽好不留诗。"一坐击节,尽欢而散。

莫 相 疑

大通禅师者,操律高洁,人非斋沐,不敢登堂。东坡一日挟妙妓谒之。大通愠形于色。公乃作《南柯子》一首,令妙妓歌之,大通亦为解颐。公曰:"今日参破老禅矣。"其词云:"师唱谁家曲?宗风嗣阿谁?借君拍板与门捶,我也逢场作戏莫相疑。溪女方偷眼,山僧莫睫眉,却愁弥勒下生迟,不见老婆二五少年时。"

咒 法

王君善书符,行天心正一法,为里人疗疾驱邪。仆尝传咒法,当以授王君,其辞曰:"汝是已死我,我是未死汝,汝若不吾祟,吾亦不汝苦。"

争 闲 气

东坡示参寥云:"桃符仰视艾人而骂曰:'汝何等草芥,辄居我上?'艾人俯而应曰:'汝已半截入土,犹争高下乎?'桃符怒,往复纷纷不已。门神解之曰:'吾辈不肖,傍人门户,何暇争闲气耶?'请妙总大士看此一转语。"

> 案:《应谐录》也收有此条,并有结语写道:"此极可为浅学争辨者之喻。"

洗 儿 戏 作

《洗儿戏作》:"人皆养子望聪明,我被聪明误一生;惟愿孩儿愚且鲁,无灾无难到公卿。"

逦斋闲览

　　《谐噱》,是宋范正敏《逦斋闲览》的一篇,今据涵芬楼排印明钞本《说郛》卷三十二全录,并据《类说》卷四十七所载补录二十则。《说郛》著录云:"《逦斋闲览》十四卷,宋范正敏,福州长溪县令。"

谐　　噱

颂　　虱

　　荆公、禹玉,熙宁中同在相府。一日,同侍朝,忽有虱自荆公襦领而上,直缘其须,上顾之而笑,公不自知也。朝退,禹玉指以告公,公命从者去之。禹玉曰:"未可轻去,辄献一言,以颂虱之功。"公曰:"如何?禹玉笑而应曰:"屡游相须,曾经御览。"荆公亦为之解颐。

长　年　术

　　蒲传正知杭州,有术士请谒,盖年逾九十,而犹有婴儿之色。传正接之甚欢,因访以长年之术。答曰:"某术甚简而易行,他无所忌,唯当绝色欲耳。"传正俯思良久,曰:"若然,则寿虽千岁何益!""蒲"原作"莆",今据《类说》改。

崖州地望最重

　　丁晋公自崖州还,与客会饮,一客论及天下地理,谓四坐曰:"海内州郡,何处最为雄盛?"晋公曰:"唯崖州地望最重。"客问其故,答曰:"朝廷宰相,只作彼州司户参军,他州何可及也?"

海南人情不恶

东坡自海南还,过润州。州牧,故人也,出郊迓之。因问海南风土人情如何,东坡云:"风土极善,人情不恶,某初离昌化时,有十数父老皆携酒馔,直至舟次相送,执手泣涕而去。且曰:'此回与内翰相别后,不知甚时再得相见?'"

应举忌落字

柳冕秀才性多忌讳,应举时,同辈与之语,有犯落字者,则忿然见于词色。仆夫误犯,辄加杖楚。常语"安乐"为"安康"。忽闻榜出,亟遣仆视之。须臾,仆还,冕即迎问曰:"我得否乎?"仆应曰:"秀才康了也。"

脔　　婿

今人于榜下择婿,号脔婿。其语盖本诸袁山松,尤无义理。其间或有意不愿就,而为贵势豪族拥逼而不得辞者。有一新贵少年,有风姿,为贵族之有势力者所慕,命十数仆拥致其第。少年欣然而行,略不辞逊。既至,观者如堵。须臾,有衣金紫者出曰:"某惟一女,亦不至丑陋,愿配君子,可乎?"少年鞠躬谢曰:"寒微得托迹高门,固幸,待更归家,试与妻子商量如何?"众皆大笑而散。

作诗图对偶亲切

魏达可朝奉,喜为谑谈,尝云:"李廷彦献百韵诗于一上官,其间有句云:'舍弟江南殁,家兄塞北亡。'上官蹙然哀之曰:'不意君家凶祸重并如是!'廷彦遽起自解曰:'实无此事,只图对属亲切耳。'"

作邀僧夜话诗

许义方妻刘氏,每以端洁自许。义方尝出经年,忽一日归,语其妻曰:"独处无聊,得无时与邻里亲戚往还乎?"刘曰:"自君之出,唯闭户自守,足未尝履阈。"义方咨叹不已。又问何以自娱,答曰:"唯时作小诗以适情耳。"义方欣然命取诗观之,开卷第一篇题云:《月夜招邻僧闲话》。

(以上据涵芬楼排印明钞本《说郛》卷三十二)

四诗人作谜

有人作诗谜云:"佳人佯醉索人扶,露出胸前霜雪肤,走入帐中寻不见,任他风水满江湖。"乃贾岛、李白、罗隐、潘阆四诗人名也。或云王荆公作。

案:《群书通要》丙集卷八引"霜"作"玉","帐中"作"绣帏","水"作"雨"。

盗　绢

有书生因盗绢被执,太守令作赋,获免,其警对云:"窥户而阒无人,心乎爱矣;见利而忘其义,卷而怀之。"

张公吃酒李公醉赋

郭忠有才学而轻脱,夜出,为醉人所诬,太守诘问,忠笑曰:"'张公吃酒李公醉'者忠是也。"太守令作《张公吃酒李公醉赋》,忠云:"事有不可测,人当防未然,何张公之饮也,乃李老之醉焉,清河丈人方肆杯盘之乐,陇西公子俄遭酩酊之愆。"守笑而释之。

兄弟同游娼馆

李汉英秀才与昆弟同游娼馆,题壁而去。有滑稽子书昔人《雁诗》于其旁曰:"两行何处闹文字,一队谁家好弟兄。"

皤然一翁公然一婆

有一郎官年老置婢妾数人，鬓白，令妻妾镊之。妻忌其少，为群婢所悦，乃去其黑者；妾欲其少，乃去白者。未几，颐颔遂空。又进士李居仁尽摘白发，其友惊曰："昔日皤然一翁，今则公然一婆矣。"

三鹿为犇

石甫学士尝戏荆公云："鹿之行速于牛，牛之体壮于鹿，盖以三鹿为犇，三牛为麤，而其字文相反，何耶？"公笑而不答。

上官弼下官口

陈亚性滑稽，知润州，幕中有上官弼，亚所亲信，任满将去，亚曰："何以见教？"弼曰："郎中才行无玷，但调谑过差。"亚笑曰："君乃上官弼也，如下官口何。"弼笑而去。

案：《群书通要》丙集卷八引《该闻录》："石中立参政滑稽，有上官泌郎中劝以慎口，对曰：'下官口干上官鼻何事？'"

学士院题

有人于学士院题云："李伯阳指李木为姓，生而知之。"杨大年见之，索笔云："马文渊以马革裹尸，死而后已。"

云破月来花弄影

郎中张子野以乐章擅名，宋子京往见之，先令人戏曰："尚书欲见'云破月来花弄影'郎中。"子野屏后呼曰："得非'红杏枝头春意闹'尚书耶？"

嘲聂姓

国子博士郭忠恕尝嘲司业聂崇义云："近贵全为瞆，收龙只作聋,虽然三个耳,其奈不成聪。"崇义答曰:"莫笑有三耳,全胜畜二心。"

戏 作 启 事

孔大夫嗣宗为浙曹,戏作启事云:"满肚里伴客茶汤,一眼底欠人书启,火炉头却如孤鬼,门道里正似院翁。"

谜 　 语

王荆公戏作谜语:"画时圆,写时方,冬时短,夏时长。"吉甫解云:"东海有一鱼,无头亦无尾,更除脊梁骨,便是这个谜。"

而立岁古稀年

有人年七十,妻才三十岁,生子,东坡戏作诗云:"圣善方当而立岁,乃翁已及古稀年。"

门上书午字

李安义者谒富人郑生,辞以出,安义于门上大书午字而去。或问其故,答曰:"牛不出头耳。"此亦昔人题凤之意。

仆 呼 司 徒

文潞公戏云:"某平生仕宦不能追一仆,某未入西府,此仆已呼仆射,某方得仆射,此仆复迁司徒矣。"盖俚俗之呼如此。

墨 池 皮 棚

王僧彦父名师古,常自呼"砚"为"墨池",谓"鼓"为"皮棚"。守岭南一郡,有李彦古以进纳得官,过郡请谒,刺云:"永州司户参军李墨池皮棚谨祗候参。"

中丞雇舡归乡长老递马赴阙

舒信道元丰中得罪南归,时方召本长老住慧林,或问京师新事,答曰:"舒中丞雇客舡归乡,本长老乘递马赴阙。"

我 侬 尔 侬

杜三思吴人,有口辩,襄邑人李防戏曰:"闻仙乡有尔侬我侬之说,出于何典?"答曰:"出应我里第二篇。""应我里"盖北人相语之词。

竹　诗

钱塘有学人作《竹诗》献东坡云:"叶攒千口剑,茎耸万条枪。"公曰:"此竹叶似太少。"其人未喻,公笑曰:"十竹方生一叶,岂云多耶?"

仇 览 梅 福

今人号"县令"为"字民","簿"为"仇览","尉"为"梅福"。有王伉者,顽鄙,为尉氏尉,呼令为"薛家",或谯之曰:"君知字'览'之义乎?县令必须识字,故谓之'览'。"伉曰:"然则尉何以为'梅福'?"曰:"职任雄紧,一枚有福人也。如足下可谓'王福'矣。"伉尝为富家主藏,故以此讥之。

(以上据《类说》卷四十七)

附　录

宋晁公武《昭德先生郡斋读书志》卷第三下小说类:"《遯斋闲览》十四卷,右皇朝陈正敏崇、观间撰。正敏自号遯翁,录其平昔所见闻,分十门,为小说一篇,以备异日披阅。"

轩 渠 录

《轩渠录》一卷共十三则,宋东莱先生吕居仁撰。今据涵芬楼排印明钞本《说郛》卷七全录,并校以清顺治刊本《说郛》。

轩 渠 录 一卷

〔宋〕吕居仁东莱先生

东坡知湖州,尝与宾客游道场山,屏退从者而入,有僧凭门间熟睡,东坡戏云:"髡阃上困。"有客即答曰:"何不对钉顶上钉。"去声

强渊明字隐李,除帅长安,辞蔡太师。蔡云:"公今吃冷茶去也。"强不晓而不敢发问。亲识间有熟知长安风物者,因以此语访之。乃笑曰:"长安妓女,步武极小,行皆迟缓,故有吃冷茶之戏。"

范直方师厚,性极滑稽。尝赴平江,会太守郑滋德象问营妓之妍丑于师厚。师厚以王蕙赵芷对。德象云:"赵芷非不佳,但面上髗骨高耳。"师厚云:"南方妇人,岂有无髗骨者?便钱大王皇后,也少他那两块不得。"

米元章居镇江,常在甘露寺,榜其所处曰"米老庵"。甘露大火,惟李卫公塔及米老庵独存。元章作诗云:"云护卫公塔,天存米老庵。"有戏之者,每各添两字云:"神护李卫公塔飒,天留米老娘庵篸。"元章母乃入内祗应老娘,元章以母故命官。

司马温公在洛阳闲居。时上元节,夫人欲出看灯,公曰:"家中点灯,何必出看。"夫人曰:"兼欲看游人。"公曰:"某是鬼邪?"

绍兴十七年五月初,临安大雨雹,太学屋瓦皆碎。学官申朝廷

修,不可言雹,称为硬雨。

东坡有歌舞妓数人,每留宾客饮酒,必云:"有数个搽粉虞候,欲出来祗应也。"

米元章喜洁。金陵人段拂字去尘登第,元章见其小录,喜曰:"观此名字,必洁人也。"亟遣议亲,以女妻之。

族婶陈氏,顷寓严州,诸子宦游未归。偶族侄大琮过严州,陈婶令代作书寄其子,因口授云:"孩儿要劣,奶子又阆阆霍霍地。且买一柄小剪子来,要剪脚上骨苗上声。儿、肐胝儿也。"大琮迟疑不能下笔。婶笑云:"原来这厮儿也不识字。"闻者哂之。因说昔时京师有营妇,其夫出戍,尝以数十钱托一教学秀才写书寄夫云:"窟赖儿娘传语窟赖儿爷:窟赖儿自爷去后,直是忔憎儿,每日根入声特特地笑,勃腾腾地跳。天色汪去声囊,不要吃温吞入声。蠛托底物事。"秀才沉思久之,却以钱还之云:"你且别处请人写去。"与此正相似也。窟赖儿,乃子之小名。

刘贡父为馆职。节日,同舍有令从者以书筒盛门状遍散于人家。贡父知之,乃呼住所遣人,坐于别室,犒以酒炙;因取书筒视之,凡与贡父有一面之旧者,尽易以贡父门状。其人既饮食,再三致谢,遍走巷陌,实为贡父投刺。而主人之刺遂不得达。

王齐叟字彦龄,怀州人。高才不羁,为太原掾官。尝作《青玉案》、《望江南》小词以嘲帅与监司。监司闻之大怒,责之,彦龄敛衽向前,应声答曰:"居下位,常恐被人谗。只是曾填《青玉案》,何曾敢作《望江南》。请问马都监。"时马都监者适与彦龄并坐,马皇恐,亟自辨数。既退,诘彦龄曰:"某实不知,子乃以某为证,何也?"彦龄笑曰:"且借公趁韵,幸勿多怪。"

绍兴辛巳冬,女真犯顺。米忠信夜于淮南劫寨,得一箱箧,乃是燕山来者,有所附书十余封,多是房中妻寄军中之夫。建康教授唐仲友,于枢密行府僚属方图仲处亲见一纸,别无他语,止诗一篇:"垂杨传语山丹,你到江南艰难。你那里讨个南婆,我这里嫁个契丹。"

庄绰季裕,年未甚老,而体极癯瘠,洪梓仲本呼为细腰宫院子。

善　谑　集

　　《善谑集》,宋天和子撰,明焦竑《国史经籍志》卷四下小说家著录宋窦萃《善谑集》一卷,或即一书,则天和子当为窦萃的别号。清顺治三年(一六四六)刻本《说郛》卷三十二共收录八则,今选录七则;又明刊本陈禹谟《广滑稽》卷二十五共收录二则,今选录一则。

善　谑　集

〔宋〕天和子

　　三国时,先主在蜀,严酒禁,凡有酿具者皆杀。一日,简雍侍先主登楼,见一少年与妇人同行,白先主曰:"彼将行奸,何不执之?"先主曰:"何以知之?"曰:"彼有淫具,何故不知?"先主悟其旨,大笑,乃缓酒禁。

　　东晋时火犯少微,是时,处士戴逵自谓当之,遂有忧色。久之,隐者谢敷卒。时人讥之曰:"戴处士所谓求死不得死也。"

　　梁元帝一目眇,为湘东王时,尝登其宫以望,其侍臣曰:"今日所谓'帝子降于北渚'。"帝疑其戏之,答曰:"卿道'目眇眇兮愁予'耶?"

　　晋庾纯之父尝为五伯,贾充之先尝为驵侩。充置酒而纯末至,充曰:"君行常在人先,今何忽后?"曰:"会有少市井事未了,是以后尔。"

　　晋刘伶好酒,人或喻以酿具先朽,明酒非保生之具。答曰:"君不见肉得酒而更久耶?"

　　南唐魏明好吟诗,动即数百言,而气格卑下。尝袖以谒韩熙载,熙载佯辞以目暗,且置几上。明曰:“然则某自诵之可乎?”曰:“适耳忽聩。”明惭而去。

　　南唐冯谧尝对诸阁老言及玄宗赐贺知章镜湖事,因曰:“他日赐归,得后湖足矣。”徐铉答曰:“主上尊贤下士,岂爱一湖? 所乏者贺知章尔。”谧大惭。

(以上据清顺治刊本《说郛》)

方 口 尖 口

　　唐之进士有姓单者,就试有司,有司误书为“单”,生诉云:“虽则陋宗,然姓氏不欲为人所转易,乞改正之。”有司曰:“方口尖口,亦何足辨?”单生曰:“若不足辨,则‘台州吴儿县’改作‘吕州矣儿县’,可乎?”主司无以应。

(以上据明刊本《广滑稽》卷二十五,案《天中
记》卷二十九、《坚瓠癸集》卷二亦引此条。)

开 颜 录

《开颜录》，宋周文玘撰，《宋史·艺文志五》小说类作"周文玘《开颜集》二卷"，清黄虞稷《千顷堂书目》卷十五子部类书类载司马泰《古今汇说》卷二十作"《开颜集》，周文玘"，涵芬楼排印明钞本《说郛》卷六十五作"《开颜录》一卷，宋周　玘，试秘书省校书郎"，宋陈振孙《直斋书录解题》卷十一作"《开颜集》三卷，校书郎周文规撰"，明焦竑《国史经籍志》四下小说家作"《开颜集》三卷，周文规"，今据《说郛》本全录。

开 颜 录 一卷

〔宋〕周文玘撰

有献不死之药于荆王，射士取而食之，王欲杀射士，曰："臣谓不死药而食之，今杀臣，是杀人药。"王乃笑而赦之矣。出《韩子》。

刘道真自牵船，嘲女子曰："女子何不调机弄杼而采莲?"女子答曰："丈夫何不跨马挥鞭而牵船?"道真又尝素盘共人食，有姬青衣将二子行，道真嘲曰："青羊将二羔。"姬应声曰："两猪同一槽。"出《乐王记》。

京邑有士人妇，大妒于夫，小则骂詈，大则箠打，常以长绳系脚，且唤便牵至。夫密乞巫妪为计，因妇眠，士人入厕，以绳系羊，士人逾墙避。妇人觉，牵绳而羊至，大惊，召问巫妪，巫妪曰："娘子积恶，先人怪责，故郎君变成羊。若能克己改悔，乃可祈请。"妇因悲号，抱羊大恸哭，深自咎悔，誓不复妒。妪乃令七日清斋，举家大小，悉避于室中，祭鬼，师咒羊还复本形，士人徐还。妇见声问曰："多日作羊，不乃辛苦耶?"答曰："犹忆啖草不美，腹中痛耳。"妇人愈哀，自此不复妒矣。出《妒记》。

　　晏婴使楚，楚王闻其智辨，欲折之，及相见，王密使缚一囚于殿前而过，曰："此何人也？"左右曰："齐人也。"王曰："有何罪？"对曰："坐为盗。"王乃顾谓晏子曰："齐人好为盗乎？"晏子曰："大王颇闻橘生江南，逾江北为枳，水土异也。此人在齐不为盗，今在楚乃为之，将知土俗使之然也。"王及左右皆大惭，莫有对者。出《晏子春秋》。

　　郑人有卖履者，先自度其足而置之坐，其至市，忘操之也，得履，乃曰："吾忘度。"乃归取之。及反，市罢，不得售。人曰："何不试以足？"曰："宁信度，无自信也。"出《韩子》。

　　秦二世欲漆城，优旃曰："善，漆城荡荡，寇来不得上，良为漆耳，顾恐陛下难为窨屋。"乃几谏也，二世笑而止。出《史记》。

附　　录

　　宋陈振孙《直斋书录解题》卷十一小说家类："《开颜集》三卷，校书郎周文规撰，未知何时人。以古《笑林》多猥俗，乃于书史中钞出可资谈笑者为此编。"

　　《四库全书总目》提要卷一四四子部小说家类存目二："《开颜集》二卷，浙江范懋柱家天一阁藏本。宋周文玘撰。文玘尝官试秘书省校书郎，其里籍未详。此书《通考》作三卷，此本仅上下二卷，而所载三十五事与《自序》合，疑《通考》误'二'为'三'也。'文玘'，《通考》作'文规'，《书录解题》谓：'文规未知何时人。'然此刻本'玘'字分明，亦疑《通考》传写之误。其书皆古来诙谐事，各注出典；然其中如《世说》济尼一条，无可笑者，《列子》攫金一条，增'吏大笑之'四字，《后汉书》袁隗妇一条，增'隗大笑之'四字，皆非本文，亦一病也。"

绝 倒 录

《绝倒录》,宋朱晖撰。晖字养晦,钱唐人。涵芬楼排印明钞本《说郛》卷四十四、清顺治三年(一六四六)刻本《说郛》卷二十三各收录三则,其中有二则相同,实共存四则。今据顺治刻本选录一则。

绝 倒 录

〔宋〕朱晖

题 桃 符

游巡辖琏滑稽善嘲谑,以吏职补官,任袁州巡辖。彼中有王知县者,游初与之甚亲狎,后因杯酒失欢,游怨之,值岁除,于庭楣二巨桃符题曰:"户封七县,家给千兵。"夜始分,游往贺焉,觊其回谒而见也。黎明,王果来,见所题桃符,笑指曰:"此非《千文》内一联乎?"游曰:"是也。"王云:"七县者何谓?"游曰:"君知否,内一县被门下坏了。"王不怿而去。

漫 笑 录

《漫笑录》，宋徐慥撰，清顺治三年（一六四六）刻本《说郛》卷三十四收录十五则，今选录四则。

漫 笑 录

〔宋〕徐慥

东坡闻荆公《字说》新成，戏曰："以'竹'鞭'马'为'笃'；以'竹'鞭'犬'，有何可'笑'？"又曰："'鸠'字从'九'从'鸟'，亦有证据，《诗》曰：'鸤鸠在桑，其子七兮。'和爹和娘，恰是九个。"

佛印禅师为王观文升座云："此一瓣香，奉为扫烟尘博士、护世界大王、杀人不睫眼上将军、立地成佛大居士。"王公大喜，为其久帅多专杀也。

毗陵有成郎中，宣和中为省官，貌不扬而多髭。再娶之夕，岳母陋之，曰："我女如菩萨，乃嫁一麻胡。"命成作举蒙诗。成乃操笔大书云："一床两好世间无，好女如何得好夫？高卷朱帘明点烛，试教菩萨看麻胡。"其女亦能安分随缘，和鸣偕老，儿女成行，各以寿终。

苏子瞻任凤翔府节度判官，章子厚为商州令，同试永兴军，进士刘原父为帅，皆以国士遇之。二人相得欢甚，同游南山诸寺，寺有山魈为祟，客不敢宿，子厚宿，山魈不敢出。抵仙游潭，下临绝壁万仞，岸甚狭，横木架桥，子厚推子瞻过潭书壁，子瞻不敢过，子厚平步以过，用索系树，蹑之上下，神色不动，以漆墨濡笔大书石壁上曰："章惇、苏轼来游。"子瞻拊其背曰："子厚必能杀人。"子厚曰："何也？"子瞻曰："能自拼命者能杀人也。"子厚大笑。

谐　史

　　《谐史》，宋沈俶撰。明嘉靖甲辰（一五四四）俨山书院刊《古今说海》本，原共八则，今选录一则。涵芬楼排印明钞本《说郛》卷二十三所载八则，与《古今说海》本同，并云："《谐史》二卷，宋沈征，雪人。"

谐　史

〔宋〕沈俶

　　余每见世情炎凉，释道尤甚。幼时尝侍亲游一二寺观，多有此态，归而相语，未尝不慨然也。近阅张文潜《杂志》，忽见一事，不觉忾然而书之：殿中丞丘濬，尝在杭州谒释珊，见之殊傲。顷之，有州将子弟来谒，珊降阶接之，甚恭。丘不能平，伺子弟退，乃问珊曰："和尚接濬甚傲，而接州将子弟乃尔恭邪？"珊曰："接是不接，不接是接。"濬勃然起，杖珊数下曰："和尚莫怪，打是不打，不打是打。"奇哉！殊快人意。

附　录

　　《四库全书总目提要》卷一四四子部小说家类存目二："《谐史》一卷，编修程晋芳家藏本。旧本题宋沈俶撰，始末未详；书中载有赵师罻为临安尹时事，则嘉定以后人矣。所录皆汴京旧闻，以多诙嘲之语，故名曰《谐史》。其载吴兴项羽庙事，谓'鬼神之于人，但侮其命之当死及衰者'，又谓'魑魅罔两，假羽名以兴祸福'，所论颇正；然与书名殊不相应，疑亦后人杂钞成编也。"

醉 翁 谈 录

　　《嘲戏绮语》，是宋庐陵罗烨《新编醉翁谈录》的卷之二丁集，今据日本影印宋刊本全录，并以元刊本《事林广记》辛集下卷《风月笑林嘲戏绮谈》校订。

嘲 戏 绮 语

庐陵罗烨编

嘲 人 好 色

　　东方朔曰："万物之微，莫如蝼蚁蚊虫之属，然观其相辩，亦皆有理，况人为万物之灵者乎？蚁曰：'吾虽微小，出入则有君臣之义，有物之死者，又能相与共食之，有忠孝之道，我合居长。'蝇曰：'不若我享富，凡公宇私家，开筵设席，吾则升其堂，袭其几，服其裳，沾其味，饮其浆，我合居长。'蚊曰：'二公忠孝富贵，俱不若我之欢娱快活也，何以言之？香阁兰房，更阑烛灭，我则入纱厨之内，泊佳人之玉体，集美女之酥胸，择馨香软美之处而钉之，饱所欲而后止。'其蚁与蝇俱骂之曰：'看你一个嘴子廉廉尖尖，得恁地好色。'"

杜正伦讥任环怕妻

　　任环酷怕妻。太宗以环有功，赐二侍人，环拜谢，不敢以归。太宗召其妻赐酒，谓之曰："妇人妒忌，合当叱出，若能改行无妒，则无饮此酒，不尔，可饮之。"曰："妾不能改妒，请饮之。"比醉归，与其家死诀。其实非鸩，既不死；他日，杜正伦讥弄环："妇当怕者有三：初娶之时，端严如菩萨，岂有人不怕菩萨耶？既长生男女，如养大虫，岂有人不怕大虫耶？年老，面皮皱如鸠盘荼鬼，岂有人不怕鬼耶？"闻者大笑。

嘲人不识羞

陈大卿云：“眉眼口鼻四者，皆有神也。一日，口为鼻曰：‘尔有何能，而位居吾上？’鼻曰：‘吾能别香臭，然后子方可食，故吾位居汝上。’鼻为眼曰：‘子有何能，而位在我上也？’眼曰：‘吾能观美恶，望东西，其功不小，宜居汝上也。’鼻又曰：‘若然，则眉有何能，亦居我上？’眉曰：‘我也不解与诸君相争得，我若居眼鼻之下，不知你一个面皮，安放那里？’”

嘲人请酒不醉

刘伶之妻，常为夫嗜酒所苦，与其妾谋害之，因酿酒一大缸，伶日索其酒，妻曰：“待熟，吾请汝一醉。”及酒熟，乃招伶就饮，其妻与妾推而纳之酒中，以物蔽之，将巨木扼塞其上，意谓必溺死于酒中。越三日，听缸中寂然，以为死，乃发缸视之，则见酒色已尽矣，而伶大醉，坐于糟粕之上。良久，伶方能举头，谓其妻曰：“汝几时许我一大醉，而今却教我在此闲坐作甚么？”

妇　人　嫉　妒

杨郎中妻赵氏，性嫉妒。嬖妾无敢近者。一日，杨郎中只管把《毛诗·周南》数篇反复读之，云：“樛木，后妃逮下也，言能逮下而无嫉妒之心焉。”又云：“不妒忌，则子孙众多也。”又云：“不妒忌，则男女以正。”其妻问其甚书，答曰：“《毛诗》。”问：“甚人做？”答曰：“周公做。”其妻云：“怪得是周公做，若是周婆做时，断不如此说也。”

案：《古今谈概》载此条，以为谢太傅与刘夫人事。

嘲人面似猿猴

刘文树口辨善奏对，明皇每嘉之。文树髭生额下，貌类猿猴。

上令黄幡绰嘲之。文树切恶猿猴之号，乃密赂幡绰勿言之，幡绰许
而进嘲曰："可怜好文树，髭须共颊颐一处，文树面孔不似胡孙，胡孙
面孔酷似文树。"上知文树遗赂，大笑之。

王次公借驴骂僧

建安南陵王次公，一日，放驴误入贵安寺和尚麦园，伤残其麦不
少。僧骂詈不已。其仆闻之，归告于王。明日，王乃跨驴携仆，往见
其僧。王问僧曰："夜来秃驴吃了和尚多少麦，此驴在家本无事，才
出家后便无礼。"既而呼其仆来："去却鞍辔，牵那秃驴进来打，且看
我打它下唇和上唇也动。"

错认古人诗句

昔有弟子，读韩文公《符读书城南》，至"潢潦无根源"之句，不
晓其义，乃质疑于先生。先生曰："文公素不喜黄老之学，正谓其无
根源，岂不闻文公因论佛骨贬潮阳之事？"闻者大笑。

附　　录

笑话书以醉翁为名的，还有两种，据著录，彼此内容都不相同，
或者，那两个醉翁也不是罗烨的别号罢。

《四库全书总目提要》卷一四四子部小说家类存目二，著录有
《永乐大典》本《醉翁滑稽风月笑谈》一卷，云："其书首条为二胜环，
刺高宗不迎徽、钦，又有韩信娶三秦之谑，以刺秦桧，盖亦南宋人
所为。"

傅惜华先生《中国古代笑话集》[1]写道："《笑苑千金》四卷，诸史
艺文志均不见记载，仅《四库全书总目》卷一四四子部小说家类存目
二著录，标曰：'一卷，旧本题张致和撰。'所收者系《永乐大典》本。

---

①见一九四四年五月一日《艺文杂志》第二卷第五期。

但《永乐大典》一书，久已散失不存，亦不见于前人载籍之采选，更无其他版刻之流传。己卯岁春，余既于日本内阁文库发现《笑海丛珠》一书，复获睹此吾国久佚之《笑苑千金》，殊为快慰。此本亦见于《内阁文库图书第二部汉书目录》，第三门子部，第十二类小说，第五项琐记目中，题作：'《笑苑千金》三卷，南宋张致和撰。''日本写本'。按此本实系四卷，各卷首行之标题如左：

（一）卷一作：'《醉翁滑稽樽俎笑苑千金》一'

（二）卷二作：'《东坡五山诸家笑苑千金》二'

（三）卷三作：'《笑苑千金》卷之三'

（四）卷四作：'《新编古今砌话笑钞千金》卷之四'

此本亦为日本德川中期初年人所钞者：东京浅草文库之故物。其内容分类，略如下记：

卷一　人品门：'富'类有'溺水不救'等三条；'子弟'类有'丈杖同音'等三条；'妇人'类有'问夫买妾'等二条；'□□'类有'排字上寿'等四条；人事门，不分类，有'蜂蛛斗艺'等九条。

卷二　不分门类，计有'穷告大佛'等十三条。

卷三　不分门类，计有'并叠字诗'等六条。

卷四　不分门类，计有'大王顺情'等二十八条。

以上共载笑话六十八条。每条名目之下，亦皆注曰：'刺××'，或'嘲××'，或'讥××'；其体例与《笑海丛珠》相同，而为他笑话集所无者。卷一卷四，所录皆为民间笑话。卷二卷三所载，均关于宋人苏东坡、佛印等人之谐谑故事，与寒斋所藏之《新编宋文忠公苏学士东坡诗话》一书所载者，泰半相合，当出一源也。此本卷末之'道人念佛避讳'一则，有注文曰：'出《笑海丛珠》第四，小补和尚本。'然内阁文库所藏写本《笑海丛珠》，书止三卷，细检全书，亦无'道人念佛避讳'一事，不悉何故，岂书残缺耶？此本卷首，未题撰人名氏，亦无序跋。《内阁文库图书第二部汉书目录》之题曰'南宋张致和撰'，盖亦根据《四库全书存目》而著录者。按《存目》谓：'致和，未详何许人。中一条称周益公罢相云云，则亦南宋时人也。'至于日本写本之来源，必亦为过录《永乐大典》之本，尚存于今日，甚足珍贵。按《笑海丛珠》卷一之标名中有'诨切'一词，而此《笑苑千金》卷四标名则有'砌话'一名。考'诨切'与'砌话'之称，来源颇古。宋人刘昌诗《芦浦笔记》卷三谓：'街市戏谑有打调、打砌之类。'又元人陶宗仪《辍耕录》卷二五所载金代院本名目，著录'杂砌'之名，多至三十种。盖'打砌'、'杂砌'，皆为宋代杂剧与金代院本中滑稽戏之支流。所谓'砌话'者，意指杂砌之语；所称'诨切'者，乃谓打诨之砌话也。据此观之，《笑海丛珠》与《笑苑千金》，其作者名氏，因无旁证，未可遽定；然谓其出于宋人之笔，则无疑义耳。"

籍 川 笑 林

　　《类说》卷四十九载《籍川笑林》共十则，不著撰人，今据明刊本全录。《宋史·艺文志》小说类有路氏《笑林》三卷，明焦竑《国史经籍志》四下小说家著录路氏《笑林》三卷，未知即一书否？《郭子六语》卷四引"非常不敢说"一则，卷六引"大舜善与人同赋"至"行令"五则，一共六则，都只称《笑林》。

籍 川 笑 林

非常不敢说

　　五代时冯瀛王门客讲《道德经》首章，有"道可道，非常道"。门客见道字是冯名，乃曰："不敢说，可不敢说，非常不敢说。"

大舜善与人同赋

　　治平中省试《大舜善与人同赋》，一举人见黜，心甚不平。其破题云："昔有大舜，潜心至仁，道虽贯于万世，善犹同于众人。"或谓之曰："以尿罐对油筒，宜乎出落。"

策　　题

　　有钱塘叶生为太学官，无学识。有举子假作叶策题云："《孝经》一序，义亦难明，且如韦昭王何代之主？先儒领是何处之山？孔子之志，四时常有也，何以独言吾志在《春秋》？孔子之孝，四时常行也，何以独言秋行在孝？既曰夫子没，而又何以有鲤趋而过庭?"

好 占 便 宜

　　有人说话好占便宜，尝曰："我被盖汝被，汝毡铺我毡。汝若有钱相共使,我若无钱使你钱。上山时汝扶我脚,下山时我扶汝肩。定知我死在汝后,多应汝死在我前。”

> 案:《郭子谐语》引"下山"句下尚有"汝有妻时伴我睡,我有妻时我共眠"二句;又"定知"二句作"汝从此誓时,我死在汝后;我违此誓时,汝死在我先"。

大 排 口 号

有太守初视事,三日大排,乐人口号云:"为报吏民须庆贺,灾星退去福星来。"太守喜问谁所撰,对曰:"本州自来旧例。"

行　　令

有儒、道、释、吏同酒席,行令,取句语首尾字一同。儒者曰:"上以风化下,下以风刺上。"道士曰:"道可道,非常道。"释曰:"色即是空,空即是色。"吏曰:"牒件上,如前谨牒。"

> 案:《郭子谐语》引"牒件上"作"牒件状"。

礼 夕 行 令

村俗取妇礼夕,有秀才、曹吏、医人、巫者同集,行令,取本艺联句。曹吏先曰:"每日排衙次第立。"医人曰:"药有温凉寒燥湿。"秀才曰:"夜深娘子早梳妆。"巫者曰:"太上老君急急急。"

> 案:《广笑府》卷六风怀有此条,"夜深"句作"定知青桂近嫦娥"。

捶 胸 献 上

有人家富而悭,从弟入京告行,不得已与千钱、一壶,作简曰:"筋一条,血一壶,右件捶胸献上,伏惟铁心肝人留纳。"

决水灌田伏罪状

有顽民因天旱,盗决人水灌田,为主执赴,伏罪状云:"右某,只因天亢律吕调(阳),切虑田苗宇宙洪(荒),遂偷某人金生丽(水),致得其人寸阴是(竞),念某不识始制文(字),今来甘认吊民伐(罪),一听本官忠则尽(命)。"

火 烧 裳 尾

有人性宽缓,冬日共人围炉,见人裳尾为火所烧,乃曰:"有一事,见之已久,欲言之,恐君性急,不言,恐君伤太多,然则言之是耶?不言之是耶?"人问何事,曰:"火烧君裳。"遂收衣火灭,大怒曰:"见之久,何不早道?"其人曰:"我言君性急,果是。"

拊　掌　录

　　《拊掌录》,《雪涛谐史》本题"宋邢居实撰,陶宗仪辑"。清顺治三年刊本《说郛》卷三十四所载,与《雪涛谐史》本全同,撰人则题作"宋元怀"。涵芬楼排印明钞本《说郛》作"元□□□号辗然子"。今据《雪涛谐史》本全录,并据《古今说海》本、涵芬楼排印明钞本《说郛》补录未见各条。

拊　掌　录

〔宋〕邢居实撰　　陶宗仪辑

　　东莱吕居仁先生作《轩渠录》,皆纪一时可笑之士。余观诸家杂说中,亦多有类是者,暇日裒成一集,目之曰《拊掌录》;不独资开卷之一笑,亦足以补《轩渠》之遗也。延祐改元立春日,辗然子书。

　　王溥,五代状元,相周高祖世宗,至宋以宫师罢相。其父祚为周观察使,致仕。祚居富贵久,奉养奢侈,所不足者,未知年寿耳。一日,居洛阳里第,闻有卜者,令人呼之,乃瞽者也。密问老兵云:"何人呼我?"答曰:"王相公父也,贵极富溢,所不知者寿也,今以告汝,俟出,当厚以卦钱相酬也。"既见祚,令布卦成文,推命,大惊,曰:"此命惟有寿也。"祚喜,问曰:"能至七十否"? 瞽者笑曰:"更向上。"答以"至八九十否"? 又大笑曰:"更向上。"答曰:"能至百岁乎?"又叹息曰:"此命至少亦须一百三四十岁也。"祚大喜曰:"其间莫有疾病否?"曰:"并无之。"其人又细数之,曰:"俱无,只是近一百二十岁之年,春夏间微苦脏腑,寻便安愈矣。"祚大喜,回顾子孙在后侍立者曰:"孩儿辈切记之,是年莫教我吃冷汤水。"

　　司马温公屡言王广渊,章八九上,留身乞诛之,以谢天下。声震朝廷。是时,滕元发为起居注,侍立殿坳;既归,广渊来问元发:"早来司马君实上殿,闻乞斩某以谢天下,不知圣语如何?"元发戏曰:"我只听得圣语云:'依卿所奏。'"

叶涛好弈棋,王介甫作诗切责之,终不肯已。弈者多废事,不以贵贱,嗜之率皆失业,故人目棋枰为"木野狐",言其媚惑人如狐也。熙宁后茶禁日严,被罪者众,乃目茶笼为"草大虫",言其伤人如虎也。

熙宁间,蜀中日者费孝先筮易,以丹青寓吉凶,谓之卦影。其后转相祖述,画人物不常,鸟或四足,兽或两翼,人或儒冠而僧衣,故为怪以见象。米芾好怪,常戴俗帽、衣深衣,而摄朝靴绀缘,朋从目为活卦影。

沈括存中方就浴,刘贡父遽哭之曰:"存中可怜已矣。"众愕问,云:"死矣盆成括也。"

石资政中立,好诙谐,乐易人也。杨文公一日置酒,作绝句招之,末云:"好把长鞭便一挥。"石留其仆,即和曰:"寻常不召犹相造,况是今朝得指挥。"其诙谐敏捷,类如此也。又尝于文公家会葬,坐客乃执政及贵游子弟,皆服白襕衫,或罗或绢有差等。中立或大恸,人问其故,曰:"忆吾父。"又问之,曰:"父在时,当得罗襕衫也。"盖见在执政子弟服罗,而石止服绢。坐中皆大笑。

昔一长老在欧阳公座上,见公家小儿有小名僧哥者,戏谓公曰:"公不重佛,安得此名?"公笑曰:"人家小儿,要易长育,往往以贱物为小名,如狗羊犬马之类是也。"闻者莫不绝倒。

刘贡父尝言人之戏剧,极有可人处。杨大年与梁同翰、朱昂同在禁掖,大年未三十,而二公皆高年矣。大年呼朱翁、梁翁,每戏侮之。一日,梁谓大年曰:"这老亦待留以与君也。"朱于后亟摇手曰:"不要与。"众皆笑其敏。虽一时戏言,而大年果不五十而卒。

张文潜尝言："近时印书盛行，而鬻书者往往皆士人躬自负担。有一士人，尽掊其家所有，约百余千，买书，将以入京，至中途，遇一士人，取书目阅之，爱其书而贫不能得，家有数古铜器，将以货之。而鬻书者雅有好古器之癖，一见喜甚，乃曰：'毋庸货也，我将与汝估其直而两易之。'于是尽以随行之书，换数十铜器，亟返其家。其妻方讶夫之回疾，视其行李，但见二三布囊，磊磈然铿铿有声，问得其实，乃詈其夫曰：'你换得他这个，几时近得饭吃？'士人曰：'他换得我那个，也几时近得饭吃！'"因言"人之惑也如此"。坐皆倒。

鲁直在鄂，鄂州太守以其才望信重之。士人以诗文投贽，守必取质于鲁直而报之。一同人投诗颇纰缪，守携见鲁直，意其一言，少助其人。鲁直阅诗，良久无语。太守曰："此诗不知酬以几何？"鲁直笑曰："不必他物，但公库送与四两干艾，于尻骨上作一大炷炙之，且问曰：'尔后敢复凑分耶？'"同人竟无所济。

科场进士程文，多可笑者。治平中国学试策问体貌大臣，进士对策曰："若文相公、富相公皆大臣之有体者，若冯当世、沈文通皆大臣之有貌者。"意谓文、富丰硕，冯、沈美少也。刘原甫遂目沈、冯为有貌大臣。又欧阳永叔主文，试"贵老为其近于亲赋"，有进士散句云："睹兹黄耇之状，类我严君之容。"时哄堂大笑。

李廷彦曾献百韵诗于一上官，其间有句云："舍弟江南殁，家兄塞北亡。"上官恻然悯之，曰："不意君家凶祸，重并如此！"廷彦遽起自解曰："实无此事，但图对属亲切耳。"上官笑而纳之。

欧阳公与人行令，各作诗两句，须犯徒以上罪者。一云："持刀哄寡妇，下海劫人船。"一云："月黑杀人夜，风高放火天。"欧云："酒粘衫袖重，花压帽檐偏。"或问之，答云："当此时，徒以上罪亦做了。"

黄裳酷嗜烧炼，晚年疾笃，喻诸子曰："我死以大缸一枚坐之，复以大缸复之，用铁线上下管定，赤石脂固缝，置之穴中足矣。"

许义方之妻刘氏，以端洁自许。义方尝出，经年始归，语其妻曰："独处无聊，得无与邻里亲戚往还乎？"刘曰："自君之出，惟闭门自守，足未尝履阈。"义方咨叹不已。又问："何以自娱？"答曰："惟时作小诗以适情耳。"义方欣然命取诗观之，开卷第一篇题云"月夜招邻僧闲话"。

孙巨源内翰，从刘贡父求墨，而吏送达孙莘老中丞。巨源以其求而未得让刘，刘曰："已尝送君矣。"已而知莘老误留也，以其皆姓孙而为馆职，故吏辈莫得而别焉。刘曰："何不取其髯为别？"吏曰："皆胡而莫能分也。"刘曰："既是皆胡，何不以其身之大小为别？"吏曰："诺。"于是馆中以孙莘老为大胡孙学士，巨源为小胡孙学士。

有一故相远派，在姑苏嬉游，书其壁曰："大丞相再从侄某尝游。"有士人李璋，素好讪谑，题其旁曰："混元皇帝三十七代孙李璋继至。"

章子厚与苏子瞻少为莫逆交。一日，子厚袒腹窗下卧，适子瞻自外来，摩其腹以问子瞻曰："公道此中何所有？"子瞻曰："都是谋反底家事。"子厚大笑。

有一士人赴宴，众中有少年勇于色，甫就席，士人以服辞，乃命撤乐及屏去群妓。后劝酬及少年，少年罪士人曰："败一席之欢皆君也，正所谓不自殒灭，祸延过客耶？"宾主为之哄堂。

赵阅道罢政闲居，每见僧，接之甚恭。一日，士人以书贽见，公读之终卷，正色谓士人曰："朝廷有学校，有科举，何不勉以卒业，却与闲退人说他朝廷利害？"士人惶恐而退。后再往，门下人不为通，士人谓阍者曰："参政便直得如此敬重和尚？"阍者曰："寻常来见诸僧，亦只是平平人，但相公道是重他袈裟。"士人笑曰："我这领白襕，直是不直钱财？"阍者曰："也半看佛面。"士人曰："更那辍不得些少来看孔夫子面。"人传以为笑。

　　张文潜言："尝问张安道云：'司马君实直言王介甫不晓事，是如何？'安道云：'贤只消去看《字说》。'文潜云：'《字说》也只有二三分不合人意处。'安道云：'若然，则足下也有七八分不解事矣。'文潜大笑。"

　　绍兴九年，虏归我河南地。商贾往来，携长安秦汉间碑刻求售于士大夫，多得善价。故人王锡老东平人，贫甚，即口腹之奉而事此。一日，语共游："近得一碑甚奇。"及出示，顾无一字可辩。王独称赏不已，客曰："此何代碑？"王不能答，客曰："某知之，是名没字碑，宜乎公好尚之笃也。"一笑而散。

　　张文潜尝云："子瞻每笑'天边赵盾益可畏，水底右军方熟眠'，谓汤焊了王羲之也。文潜戏谓子瞻：公诗有'独看红蕖倾白堕'，不知白堕是何物？子瞻云：'刘白堕善酿酒，出《洛阳伽蓝记》。'文潜曰：'白堕既是一人，莫难为倾否？'子瞻笑曰：'魏武《短歌行》云：何以解忧？惟有杜康。杜康亦是酿酒人名也。'文潜曰：'毕竟用得不当。'子瞻又笑曰：'公且先去共曹家那汉理会，却来此间厮魔。'盖文潜时有仆曹某者，在家作过，亦失去酒器之类，既送天府推治，其人未招承，方文移取会也。满座大噱。"

　　哲宗朝，宗子有好为诗而鄙俚可笑者。尝作《即事》诗云："日暖看三织，风高斗两厢。蛙翻白出阔，蚓死紫之长。泼听琵梧凤，馒抛接建章。归来屋里坐，打杀又何妨。"或问诗意，答曰："始见三蜘蛛织网于檐间，又见二雀斗于两厢廊，有死蛙翻腹似出字，死蚓如之字，方吃泼饭，闻邻家琵琶作《凤栖梧》，食馒头未毕，闻人报建安章秀才上谒。迎客既归，见内门上画钟馗击小鬼，故云打死又何妨。"哲宗尝灼艾，诸内侍欲娱上，或举其诗，上笑不已，竟不灼艾而罢。

　　安鸿渐有滑稽清才，而复惧内。妇翁死，哭于路，其孺人性素严，呼入缛幕中诉之曰："路哭何因无泪？"渐曰："以帕拭干。"妻严戒曰："来日早临棺，须见泪。"渐曰："唯。"计既窘，来日以宽巾纳湿纸置于额,大叩其颡而恸;恸罢,其妻又呼入窥之,妻惊,曰:"泪出于眼,何故额流?"渐对曰:"岂不闻自古云水出高原?"闻者大笑。

石曼卿为集贤校理,微行娼馆,为不逞者所窘,曼卿醉,与之校,为街司所录。曼卿诡怪不羁,谓主者曰:"乞只就本厢科决,欲诘旦归馆供职。"厢帅不喻其谑,曰:"此必三馆仆人也。"杖而遣之。

北都有妓女,美色而举止生梗,土人谓之生张八。因府会,寇忠愍令乞诗于魏处士野,野赠之诗曰:"君为北道生张八,我是西州熟魏三,莫怪尊前无笑语,半生半熟未相谙。"座客大发一噱。

张丞相好草圣而不工,流辈皆讥笑之,丞相自若也。一日,得句,索笔绝书,满纸龙蛇飞动;使其侄录之,当波险处,侄罔然而止,执所书问曰:"此何字?"丞相熟视久之,亦自不识,诟其侄曰:"胡不早问,致我忘之?"

石曼卿隐于酒,谪仙之才也。然善戏,尝出游报宁寺,驭者失控,马惊,曼卿堕马,从吏遽扶掖升鞍。市人聚观,意其必大诟怒。曼卿徐着鞭谓驭者曰:"赖我是石学士也,若瓦学士,岂不破碎乎?"

王荣老尝官于观州,罢官,渡江,七日风作,不得济。父老曰:"公箧中蓄奇物,此江神极灵,当献之得济。"荣老顾无所有,有玉麈尾,即以献之,不可;又以端石砚献之,不可;又以宣尼虎帐献之,亦不验。夜卧念曰:"有黄鲁直草书扇题韦应物诗云:'独怜幽草涧边生,上有黄鹂深树鸣。春潮带雨晚来急,野渡无人舟自横。'"即取视,懊恍之间曰:"我犹不识,彼宁识之乎?"持以献之,香火未收,天水相照,如两镜对展,南风徐来,帆一饱而济。吾意江神必元祐迁客鬼为之,不然,亦何嗜之深也。书此,可发一笑。

(以上据明末杭州刊《雪涛谐史》本全录)

李觏,字泰伯,盱江人,贤而有文章,苏子瞻诸公极推重之。素不喜佛,不喜孟子。好饮酒,作古文弥佳。一日,有达官送酒数斗,泰伯家酿亦熟,然性介僻,不与人往还。一士人知其富有酒,然无计得饮,乃作诗数首骂孟子,其一云:"完廪捐阶未可知,孟轲深信亦还痴。岳翁方且为天子,女婿如何弟杀之?"李见诗大喜,留连数日,所与谈,莫非骂孟子也。无何酒尽,乃辞去。既而又有寄酒者,士人闻之,再往,作《仁义正论》三篇,大率皆诋释氏。李览之,笑云:"公文采甚奇,但前次被公吃了酒,后极索寞;今次不敢相留,留此酒以自遣怀。"闻者大笑。

案:此条次刘贡父尝言人之戏剧条后。

东坡在玉堂,一日,读杜牧之《阿房宫赋》,凡数遍,每读彻一遍,即再三咨嗟叹息,至夜分犹不寐。有二老兵皆陕人,给事左右,坐久,甚苦之。一人长叹,操西音曰:"知他有甚好处,夜久寒甚不肯睡,连作冤苦声。"其一曰:"也有两句好。"西人皆作吼音。其人大怒曰:"你又理会得甚底?"对曰:"我爱他道:'天下人不敢言而敢怒。'"叔党卧而闻之,明日以告。东坡大笑曰:"这汉子也有鉴识。"

案:此条次有一士人赴宴条后。

寿皇圣明,亦为左右者所惑。有一川官得郡陛辞,有宦者奏知:"来日有川知州上殿,官家莫要笑。"寿皇问:"如何不要笑?"奏云:"外面有一语云:'裹上幞头西字脸。'恐官家见了笑,只得先奏。"所谓知州者,面大而横阔,故有此语。来日上殿,寿皇一见,忆得先语,便笑云:"卿所奏不必宣读,容朕宫中自看。"愈笑不已。其人出外,曰:"早来天颜甚悦,以某奏札称旨。"殊不知西字脸先入之言,所以动寿皇之笑也。

案:此条次张文潜言尝问张安道云条后。

吴中一士人,曾为转运司别试解头,以此自负,好附托显位。是时,侍御史李制知常州,丞相庄敏庞公知湖州。士人游毗陵,挈其徒饮倡家,顾谓一驺卒曰:"汝往白李二,我在此饮,速遣有司持酒肴来。"李二谓御史也。俄顷,郡厨以饮食至,甚丰腆。有一蓐医适在其家,见其事。后至御史家,语及之。李君极怪,使人捕驲卒得之,乃兵马都监所假受士人教戒,就使庖买饮食以给坐客耳。李乃杖驲卒,使街司白士人出城。郡僚有相善者,出与之别,唁之曰:"仓卒遽行,当何所诣?"士人应曰:"且往湖州依庞九耳。"闻者莫不大笑。

　　案:此条次石曼卿为集贤校理条后。

　　李丹大夫客都下,一年无差遣,乃授昌州倅。议者以去家远,乃改授鄂州。渊材闻之,乃吐饭大步,往谒见其人,言:"丈夫改鄂倅,有之乎?"李曰:"然。"渊材怅然曰:"谁为丈夫谋?昌,佳郡也,奈何去之?"李惊曰:"供给丰乎?"曰:"非也。""民讼简乎?"曰:"非也。"曰:"然则何以知其佳?"渊材曰:"海棠无香,昌州海棠独香,非佳郡乎?"闻者传以为笑。

　　案:此条次张丞相好草圣而不工条后。

　　　　(以上据明刊本《古今说海》说略部杂记类补录)

讲　论　语

　　魏博节度使韩简,性粗质美,对文士不晓其说,心常耻之。乃召一孝廉讲《论语·为政篇》,翌日,语从士曰:"近方知古人淳朴,年至三十方能行立。"闻者大笑。

假　作　僧　道

　　南中小郡,多无缁流,每宣德音,须假作僧道陪位。昭宗即位,柳韬为容管宣告使,敕下,到下属州,自来无僧道,皆临时差摄。宣时,有一假僧不伏排位。太守王宏大怪而问之,僧曰:"役未到差遣偏,并去岁已曾作文宣王,今年又差作和尚。"闻者莫不绝倒。

署　吏　为　圣　人

　　自广南际海中数州,多不立文宣庙。有刺史不知礼,将释奠,郡署二书吏为文宣王、亚圣鞠躬于门外,不进。不知仪,即判云:"文宣王、亚圣各决若干。"

烧　裙

信州有一女子,落拓贫婆,好歌善饮酒,居常衣食甚迫。有一人乞于州图,因浣染为裙,墨迹不落。会邻邀之,出妓佐酒。良久,一婢惊出云:"娘子误烧裙。"其人遂问损处,婢曰:"正烧着大云寺门。"

风 流 骸 骨

王辅运匄,骨立有风味,朋从目之曰"风流骸骨"。崇宁癸未,在金陵府集见官妓,有极瘦者,府尹朱世昌顾予曰:"尔识生色骷髅否?"予欣然,为王匄得对。

春 帖 子

大观间,翰苑进春帖子,有一学士撰词云:"神祇祖考安乐之,草木鸟兽裕如也。"以鸟兽对祖考,所不宜,更以是得罪。

出 汗 方

钱遹田家子,高跻膴仕,性甚鲁,每遇失汗,则负重走斋中,汗出乃苏。既为禁从,犹如此。或取十余千钱就帐内荷之以作力。诸方不载此法。但人生恶安逸,喜劳动,惜乎非中庸也。轻薄子以语:"此出汗方,当编入御药院。"可一笑,故记之。

禽 言

王荆公尝与客饮,喜摘经书中语,作禽言令。燕云:"知之为知之,不知为不知,是知也。"久之,无酬者。刘贡父忽曰:"吾摘句取字可乎?"因作《鹁鸪令》曰:"沽不沽,沽。"坐客皆笑。

雪　诗

宗室有滔天使者,喜作俳笑之诗。有曰:"一蓑草字碧茸茸,谁人唤作麦门冬? 若还移种麦门西,不成唤作麦门东。"京师有麦门。哲宗末年,多躁怒不怡,左右无以娱悦,常往来天使求诗。一日雪,问有何诗,方吟两句云:"谁把鹅毛满处掷,玉皇大帝贩私盐。"急持以奏,哲宗大笑。

置帽僧头

张逸密学知成都,善诗,僧文鉴大师,蜀中民素所礼重。一日,文鉴谒张公,未及见。时华阳主簿张唐辅同俟于客次,唐辅欲搔发,方脱乌纱,睥睨文鉴,罩于其首。文鉴大喧怒,张公遽召,才就坐,即白曰:"某与此官人素不相识,适将幞头罩某头上。"张公问其故,唐辅对曰:"某方头痒,取下幞头,无处顿放,见师头闲,遂且权置少时,不意其怒也。"张公大笑而已。

匍　匐　图

陈烈,福州人,博学不狗时,动遵古礼。蔡君谟居丧于莆田,烈往吊之,将至近境,语门人曰:"《诗》不云乎:'凡民有丧,匍匐救之。'今将与二三子行此礼。"于是乌巾襕韝,与二十余生,望门以手据地,膝行号恸,而入孝堂。妇女望之皆走。君谟匿笑受吊。时李遘即画《匍匐图》。

换　羊　书

黄鲁直戏语子瞻曰:"晋右军字为换鹅字;韩宗儒者性饕餮,每得公一帖,于殿帅姚麟处换肉十斤,可名公书为换羊书矣。"一日,公在翰苑,以生辰撰著正冗;宗儒作简,以图报章,来使立庭下,督索甚急。公笑曰:"传语本官,今日断屠。"

厥撒太尉

世传宗室中亦有昏谬者，呼为厥撒太尉。一日，坐宫门，见钉铰者，急呼之。命仆取婢弊履，令工以革护其首。工笑曰："非我技也。"公乃悟曰："我谬也，误呼汝矣，适欲呼一锢漏俗呼骨路。者耳。"闻者大笑之。

茶

王濛肃客必以茶，人语今日有水厄。东坡昔窘客，语茶主人曰："所谓老婆子涂面。"主人不晓——搽了又搽。

独　步

黄鲁直在荆州，闻东坡下世，士人往吊之。鲁直两手把一膝起云："独步，独步。"

贼　诗

闽地越海贼曰郑广，后就降，补官，官同强之作诗。广曰："不问文官与武官，总一般。众官是做官了做贼，郑广是做贼了做官。"

（以上据涵芬楼排印明钞本《说郛》卷三十二补未见各
条。原题云："《拊掌录》三卷，元□□□号辗然子。"）

附　录

《四库全书总目提要》卷一四四子部小说家类存目二："《拊掌录》一卷，编修程晋芳家藏本。旧本题元人撰，不著名氏，后有至元丙戌（一二八六）华亭孙道明跋，亦不言作者为谁。《说郛》载此书题为宋元怀，前有自序，称延祐改元（一三一四）立春日辗然子书，盖元怀自号也。此本见曹溶《学海类编》中，失去前序，遂以为无名氏耳。书中所记，皆一时可笑之事。自序谓'补东莱吕居仁《轩渠录》之遗，故目之曰《拊掌录》'。"

事 林 广 记

　　《纂图增新群书类要事林广记》，元至元庚辰（一三四〇）良月郑氏积诚堂刊本，撰人不详，当是据宋陈元靓本而"增新"的。是书辛集下卷《风月笑林》所载《滑稽笑谈》原有二十六则，《嘲戏绮谈》原有三十一则，今共选录二十六则。

纂图增新群书类要事林广记辛集下卷风月笑林

滑 稽 笑 谈

曹尚报衙山野

　　李愚秘校知彬州资兴县，其县去彬三程，在深山绝壑之上。愚到官，新差一门子曹尚，生硬山野之甚，早食后，为人唆曰："何不去报衙？"时尚未唱喏报衙，愚曰："今何时也，而报衙乎？"乃乱棒打之，尚走出，复回唱喏曰："却未衙时。"愚亦笑曰："古诗曰：'野吏参三拜，野夫打六更。'信有之矣。"

范知之犯夜被决

　　范知之，都下人也，颇有物产，惟务饮博，一身孑然。一日，沉醉犯夜，包知府见知之，询之曰："汝有祖荫乎？"知之曰："厶乃宰相之后。"包公曰："祖上作相者何人也？"知之曰："范增之后也。"公曰："年代深远，使不得也。"领下决二十，莫不大笑。

李都官开众学

　　李都官云："凡开众学者，须颇贫窘，然其威权则不小，此可以三主论之：日午间签押似省主，晚西下打断似府主，夜后似悲田院主。"

闻者莫不"不"字原脱，今补。大笑。

刘德臣妄辩

里人有刘德臣者，虽好学，但不通义理，惟务妄辩，常对人言："班固好文章，因何不入《文选》？"人曰："《两都赋》、《燕然山铭》，"然"字原脱，今补。皆固文也，何为无之？"德臣曰："此是班孟坚文章，非班固也。"人默然笑之。不知孟坚乃固之表字也。

李 越 鄙 俭

李越，归明人，作蔡州上蔡令，性廉鄙俭，事多失中。岁终举家未常食肉，至岁时伏腊祭祀祖先，则令市买于行中借取熟肉一斤，切作数脔，致于盆中；又以楪数只盛钱数文，乃告先祖曰："酒是官务沽来，清醇可爱；肉是行中借来，新香可食；事忙买果子不及，钱充可折。"及祭祀罢，以肉呼市买曰："将还行里。"人莫不笑其俭。

钱大王说梦

钱大王一日得梦，对近侍言："吾昨梦至一处，有死狗一只，钵中盛鳖数个，廷下见柏木一茎，其柏为雷震碎。吾疑此梦，未知凶吉？"近侍奏曰："大王合寿一百岁。"大王曰："何以知之？"近侍曰："死狗者，死狗三十六；钵中鳖，鳖案当重"钵"，原本误重"鳖"，"钵钵"借"八八"音，和上文"死狗"借"四九"音一样。钵六十四，其数恰是一百。廷中柏碎，是知一百岁也。"大王乃喜，闻者即笑。

不肖子三变

李都官云："人家有不肖子弟，凡有三变：第一变为蝗虫，为货其庄田屋业而食之；第二变为蠹虫，为货其家藏书籍而食之；第三变为大虫，为卖其奴婢食之。不肖子弟，何代无之，皆由其祖先不教以诗书仁义之所致也。书云：'遗子黄金满籝，不如教子一经。'乃至论也。"

陈大卿言疥疮五德

陈大卿患疥疮，上官者笑之，公曰："君无笑，此疾有五德可称，在众疾之上。"其人询之，曰："何谓五德?"公曰："此未易言。"上官曰："君试言之。"公曰："不上人面，仁也；喜传于人，义也；令人叉手揩擦，礼也；生罅指节骨间，智也；痒必以时，信也。"上官闻此语，大笑之。

张唐辅戏僧文鉴

张逸字密学，知成都，喜侍僧文鉴大师，蜀民素所礼重。一日，文鉴谒张公，未及见。时华阳主簿张唐辅同俟于客次，唐辅欲搔头，方脱乌巾，睥睨文鉴，罩于其首。文鉴大怒，喧咦，张公遽召，才就坐，即白曰："某与此官人素不相熟，适来辄将幞头罩某头上。"张公问其故，唐辅曰："某头痒，取下幞头，无处顿放，见大师头闲，遂且少顿片时，不意其怒也。"张公大笑而已。

秦 士 好 古

秦朝有一士人，酷好古物，价虽贵必求之。一日，有人携败席踵门告曰："昔鲁哀公命席以问孔子，此孔子所坐之席。秦士大惬意，以为古，遂以附郭"郭"原误"廊"，今据《群书通要》丙集卷八改。之田易之。"逾时，又一人持古杖以售之，曰："此乃太王避狄，杖"杖"字原脱，今据《群书通要》丙集卷八补。策去豳时所操之棰也，盖先孔子之席数百年，子何以偿我?"秦士倾家资与之。既而又有人持朽碗一只，曰："席与杖皆未为古，此碗乃桀造，盖商"商"字衍。又远于周。"秦士"秦士"原作"而亡"，今据《群书通要》丙集卷八校改。愈以为远，遂虚所居之宅而予之。三器既得，而田资罄尽，无以衣食，然好古之心，终未忍舍三器，于是披哀公之席，把太王之杖，执桀所作之碗，行丐于市"市"原作"是"，今据《群书通要》丙集卷八校改。曰："衣食父母，有太公九府钱，乞一文！"

兄 弟 相 拗

　　昔有人家兄弟三人，不相和顺，动辄有言，即便相拗。一日，兄弟相聚云："我兄弟只有三人，自今后，要相和顺，不得相拗；如有拗者，罚钞三贯文作和顺会，以今日为始。"须臾，大哥云："昨夜街头井被街尾人偷取去。"二哥云："怪得半夜后街上水漕漕，人哄哄。"三哥云："你是乱道，井如何可偷？"大哥云："你又拗了，罚钱三贯。"三哥归去取钱，其妻问取钱作何使，三哥以实告，其妻云："你去床上卧，我为你将钱去还大哥。"其妻将钱去与大哥："伯伯，云衍你小弟夜来归腹痛，五更头生下一男子，在月中，不敢来，教媳妇把钱还伯伯作和顺会。"大哥云："你也是乱道，丈夫如何会生子？"其妻云："大伯，你也拗，此钞我且将归去。"

兄 弟 虚 妄

　　秦时有人家二兄弟，专好妄语，凡百有事便相绐。一日，思量云："我二兄弟说话是无凭，可去门前深溪澡浴，洗去妄语。"弟曰："诺。"兄手中先把得一片干脯，脱衣入溪，没水中去，少时出来，着衣服了，欹头摆脑，吃此一片干脯。弟问："何处得肉脯吃？"兄云："海龙王会客作席，见我来洗去妄语，遂得一片与我，滋味甚别，必是龙肝珍味。"其弟闻得，便脱衣，亦钻入水中去，去势稍猛，忽被"被"原作"破"，今改。顽石撞破着头浪，忙出来，鲜血淋漓，兄问："你头如何破着？"答云："龙王嫌我来得迟，将鼓槌打数十下，痛不可忍。"○谚云："蛇入竹筒，曲性犹在。"其此之谓欤？

嘲 戏 绮 谈

归仁绍皮日休相嘲

　　皮日休尝谒归仁绍，数往而不得见，故作龟诗以嘲之，诗曰："硬骨残形知几秋,尸骸终不是风流;顽皮死后须钻遍,都为平生不出头。"归仁绍男闻之,伺日休复至,乃于刺字皮姓之下借皮毬题以授之:"八片尖裁泙作毬,火中燦了水中揉;一包闲气如长在,惹踢招拳卒未休。"

伶人嘲宰相赏花

张浚常与朝士于万寿寺阅牡丹而饮,俄有雨降,抵暮不息,诸公欢饮未阑。左右伶人皆御前供奉第一部者,恃宠肆狂,无所畏惮。其间一人张隐者,忽跃出高声吟曰:"位乖燮理致伤残,四面墙匡不忍看;正是花时堪下泪,相公何必更追欢。"言讫遂出,阖座愕然,相眗失色,一时俱散。张但惭恨而已。

嘲人轻薄

湖北盛雪,知县会同官吟赏。时有国师姓杨名筠松,因离乱匿姓名,挟术周游海内,人莫识之,偶预席,居下坐。各人吟咏讫,次到筠松,遂吟诗曰:"大拳大块满天飞,挺挺筠松被压底;冷笑这般轻薄物,难熔能得几多时。"

先生嘲东人诗

太原鲍先生处馆一富人门下,而东人悭吝,冬至作礼贺亲家,以犬一只遣人牵送之。值其亲家亦吝啬,经数日乃烹所遗之犬作礼回谢。东人以见在犬肉,请比邻破费,先生预席。东人遂令先生作诗以咏今日之事。先生乃口占一诗云:"地羊出去地羊来,两个亲家不用陪;恰似小生赴科举,秀才出去秀才来。"俗唤"地羊"为"犬"。

做官不识字

乾道间有子弟不学,屡铨不中,年及受残零有误字得潭州清湘主簿。一日挈家郊游,荷箨少人,遂作书就长官借二卒,其"卒"字误作

"立人",乃是"倅"字。长官戏答云:"承喻二'倅',本州人有一员主管,也难为荷箦,幸望台察。"

刺对客干坐

有一富室子弟,每日好人谈论古今兴亡之事。一日,有一客相与谈论说:"韩信败阵,萧何持兵马一直赶到一所,地名唤做淮河,韩信跃马奔入深山里面去,遂见山中树林阴密,岩石可爱,就中有一磐陀石,韩信下马就坐。"说到这里,竟不发语。富家人问之,曰:"坐后却如何?"客曰:"坐便只是坐,不解有物事吃。"

刺人饕餮

安肃军通判初到任,随行将一门客同行,三日后,知军有会,召通判并门客秀才相伴。厨子来取复,明日筵会下酒滋味取指挥,知军曰:"只依平常。"遂取复通判曰:"来日知军有会,下酒要甜淡?要加味?"通判曰:"要甜淡。"又来取复门客云:"来日知军会,请秀才下酒,要甜淡? 要加味?"秀才曰:"我也不要甜淡,不要加味,只要多着些个妙也。"厨子亦笑。

嘲客不辞酒

外道多虎伤人,有客贩卖瓷器,忽撞见一虎开口近前,其客慌忙将一瓷瓶投之,其虎不去,客又将一瓶投之,又不去,一担瓷瓶投之将尽,只留一只,乃高声云:"畜生畜生,你去也只是这一瓶,不去也只是这一瓶。"

嘲客久住

有客到人家久住不去,主人厌之。一日,引客至门前闲望,忽见树上有一鸟大如鸡,主人云:"且待取斧斫倒树,捉此鸟与吾丈下饭。"客云:"只恐树倒时鸟飞去了。"主人云:"你不知这呆鸟往往树倒不知飞。"

客　　答

旧日有女婿到丈人家久住,丈人欲其去而女婿不去。一日,丈人云:"甚荷远来,家禽宰尽,无可相待,且勿罪。"意欲女婿辞去,女婿云:"丈人你不用烦恼,我来时见一群鹿在山内甚肥,可捕归烹炮,亦多得日吃。"丈人云:"你来时在彼,合经月余日,鹿必去了。"婿云:"那里吃处好,往往未肯去。"

嘲主人悭吝

有人至孝,一日,父病,其子割股肉以疗之。父食之甚美,不知是割股之肉,乃常常讨此肉吃。其子乃持刀向父云:"前日肉,乃是子割股之肉,今更割与爹爹吃。"才割一片,连声叫:"痛、痛。"父乃攒眉云:"我若早知割得你肉恁地痛,我也不吃你个。"

嘲客食不知足

有酒匠造数堈酒相连,内有一堈干了,自是酒堈破漏,酒匠不知之,忽见屋上群鼠唧唧作声,酒匠将谓鼠吃了,遂骂:"死鼠,被你吃了一堈,更问我讨吃。"忽夜间果有一鼠浸死在酒堈中,酒匠来看见,复骂云:"死鼠,你今后知我家酒会浸杀着你。"

嘲客吃食无厌

有人养一虎,毛文可爱,每日将谷与他吃,不吃;又将米喂它,又不吃;将饭菜与它,都不吃。忽有一小儿经过,被他一口吃尽;又有一丈夫过,又被它和衣服尽数吃了。主人乃大声云:"畜生,许多物不吃,元来你吃人无厌饱时。"

官　员　贪　污

有周通判贪污,监司按劾,对移下县知县,才到任,吏人探其意,乃铸一银孩儿重一斤安在便厅卓上，入宅复云："家兄在便厅取复。"
知县出来，只见银孩儿，便收之。他日，吏人因事有忤，将勘决，吏人
连声复云："且看家兄面。"知县云："你家兄没意智，一去后更不再
来相见。"

稗　　史

　　《志恢》，是元仇远《稗史》的一篇，今据《说郛》卷二十五全录。

志　　恢

好　　奇

　　江西古喻萧太山，好奇之士也，名其堂曰堂堂堂，亭曰亭亭亭。越陈持节某提举江西日，萧延饮，遍历亭馆，次观其扁，至洞，公因戏之曰："此何不名曰洞洞洞？"萧为不怿。

优　　戏

　　至元丙子，北兵入杭，庙朝为虚。有金姓者，世为伶官，流离无所归，一日，道遇左丞范文虎，向为宋殿帅时，熟其为人，谓金曰："来日公宴，汝来献伎，不愁贫贱也。"如期往，为优戏，作诨云："某寺有钟，寺奴不敢击者数日，主僧问故，乃言：'钟楼有巨神，神怪，不敢登也。'主僧呕往视之，神即跪伏投拜，主僧曰：'汝何神也？'答曰：'钟神。'主僧曰：'既是钟神，如何投拜？'众皆大笑。"范为之不怿，其人亦不顾，卒以不遇，识者莫不多之。嗟夫！凡人当困苦中，忽得所谒，不低首下心以顺承其意，则谄貌谀词以务悦其心，求固其宠，惟恐失之；伶人以亡国之余，滨危邻死，乃致讥于所欲活之人，快其忠愤，亦贤矣哉！

罔　　两

　　上虞郑宰治邑有声，及代去，邑人作旗帐饯之，其一云："郑君制锦天下无，一封紫诏觐皇都；邑人借留不肯住，谁能举网罗双凫？"郑大喜，每有宴集，必出示之。其弟亦作宰而归，无有饯辞，颇以为羞，乃曰："此非颂兄之美，乃讥兄也。'网'即'罔'，'双'即'两'，'凫'即'鸭'，其意以为'罔两鸭'也。"兄怒，命焚之。

讳　名

　　钱大参良臣，自讳其名，其幼子颇慧，凡经史中有"良臣"字辄改之。一日，读《孟子》"今之所谓良臣，古之所谓民贼也"，遂改云："今之所谓爹爹，古之所谓民贼也。"可笑，可笑。

群 书 通 要

　　《群书通要》，撰人不详。这部书的丙集卷之八人事门滑稽类附嘲谑，载有笑话二十六则，今据《宛委别藏》本选录二则。

群书通要丙集卷之八人事门
滑稽类附嘲谑

九 百 相 戏

　　冯道、和凝同在中书，一日，和问冯曰："公靴新买，其直几何?"冯举左足曰："九百。"和性褊急，顾吏诟责曰："吾靴何用一千八百?"冯举右足曰："此亦九百。"《归田录》。

　　案：当时称人痴憨为九百。

官 位 相 谑

　　关瀚子容推官，才俊而容止不扬，持服中，过南徐客次，见一绯鱼朝士倨坐，关揖而问之。彼疑关为攫徒，因谑关曰："太子洗马高垂鱼。"良久，复询关，关答以"某之官乃是皇后骑牛低钓鳖"。朝士骇曰："是何官位?"关笑曰："且欲与君对偶亲切。"《泊宅编》。

楮 记 室

《楮记室》,明潘埙撰。这部书的卷十四戏剧部原载有笑话七则,今据明嘉靖庚申(一五六〇)刻本选录六则。

楮记室卷第十四人部杂类戏剧

〔明〕潘埙纂集

烟 气 难 餐

唐乾符中,有豪士承籍勋荫,锦衣玉食,极口腹之欲。尝谓门僧圣刚曰:"凡以炭炊饭,先烧令熟,谓之炼炭,方可入炊,不然,犹有烟气难餐。"及大寇先陷瀍、洛,财产漂尽,昆仲数人与圣刚同窜,潜伏山草,不食者三日。贼退,徒步往河桥道中小店买脱粟饭,于土杯同食,美于梁肉。僧笑曰:"此非炼炭所炊。"但惭恧而无对。《剧谈》。

戒 色

唐司空图诗云:"昨日流莺今日蝉,起来又是夕阳天;六龙飞辔长相窘,更忍乘危自着鞭。"戒色自戕者也。杨诚斋善戏谑,尝谓好色者曰:"阎罗王未曾相唤,子乃自求押到,何也?"即此诗之意。《鹤林玉露》。

出 令 相 谑

元丰中,高丽遣一僧入贡,颇辨慧,赴筵,设荤酒自如。令杨次公接伴,一日,出令曰:"要两古人姓名争一物。"沙门曰:"古人有张良,有邓禹,争一伞,良曰:'良(凉)伞。'禹曰:'禹(雨)伞。'"次公曰:"古人有许由,有晁错,争一葫芦,由曰:'由(油)葫芦。'错曰:'错(醋)葫芦。'"《逸隐》。

千 眼 观 音

宋孝宗击毬,马偶伤一目。金人遣使来庆寿,以千手千眼白玉观音为寿,盖寓相谑之意。上命迎入径山,邀使者同往;及寺门,住持僧说偈云:"一手动时千手动,一眼观时千眼观;幸得太平无一事,何须做得许多般。"使者闻之大惭。

好 占 便 宜

有人说话好占便宜,常曰:"我被盖汝被,汝毡盖我毡;汝若有钱相共使,我若无钱使汝钱;上山时汝扶我脚,下山时我托汝肩;汝有妻时伴我睡,我有妻时我共眠:汝从此誓时,我死在汝后;我违此誓时,汝死在我先。"《事文类聚》。

案:此则又见《籍川笑林》。

以 姓 名 谑

石中立参政滑稽,有上官泌郎中劝以慎口,对曰:"下官口干上官鼻何事?"《该闻录》。

权 子

　　《权子》，亦名《权子杂俎》，明耿定向撰。这是一本较早的以笑话警世的书。清黄虞稷《千顷堂书目》卷十二子部小说类著录"耿定向《权子杂俎》一卷"，原注云："一作罗钺。"同卷杂家类则著录为"罗钺《权子杂俎》二卷"。署罗氏本的，现尚未见；今据明末杭州刊《雪涛谐史》本选录五则。

权 子

楚黄耿定向

志 学

　　昔文恭罗先生游楚，楚士有就而受学者，先生曰："謘，蔽也久矣，世不省学为何事，曾有人士歆道学之声而慕学之者，日行道上，宾宾张拱，跬步不逾绳矩，久之，觉惫，呼从者：'顾后有行人否？'从者曰：'无。'乃弛恭率意以趋。其一人足恭缓步如之，偶骤雨至，疾趋里许，忽自悔曰：'吾失足容矣，过不惮改可也。'乃冒雨还始趋处，纡徐更步过焉。夫由前言之，作辍以人，伪也；由后言之，则迂甚矣。志学者须祛此二障而后可。"

吾 师

　　商季子笃好玄，挟资游四方，但遇黄冠士，辄下拜求焉。偶一猾觊取其资，绐曰："吾得道者，若第从吾游，吾当授若。"季子诚从之游，猾伺便未得，而季子趣授道。一日，至江浒，猾度可乘，因绐曰："道在是矣。"曰："何在？"曰："在舟樯杪，若自升求之。"其人置资囊樯下，遽援樯而升。猾自下抵掌连呼趣之曰："升。"季子升无可升，忽大悟，抱樯欢叫曰："得矣！得矣！"猾挈资疾走。季子既下，犹欢跃不已。观者曰："咄，痴哉！彼猾也，掣若资去矣。"季子曰："吾师乎！吾师乎！此亦以教我也。"

假　人

人有鱼池，苦群鹢窃啄食之，乃束草为人，披蓑戴笠持竿，植之池中以慑之。群鹢初回翔不敢即下，已渐审视，下啄，久之，时飞止笠上，恬不为惊。人有见者，窃去刍人，自披蓑戴笠而立池中，鹢仍下啄飞止如故，人随手执其足，鹢不能脱，奋翼声假假，人曰："先故假，今亦假耶？"

家　语

吴中有一老，故微而婺，初，弄蛇为生，其长子行乞，次子钓蛙，季子讴采莲歌以丐食，晚致富厚。一日，其老聚族谋曰："吾起家侧微，今幸饶于资，须更业习文学，方可振家声也。"于是延塾师馆督令三子受业，逾季，塾师时时誉诸子业日益。其老乃具燕集宾，延名儒试之。名儒至，则试以耦语，初试季子云："纷纷柳絮飞。"季子对曰："哩哩莲华落。"继试仲子云："红杏枝头飞粉蝶。"仲子对曰："绿杨树下钓青蛙。"卒试长子云："九重殿下，排两班文武官员。"长子对曰："十字街头，叫几声衣食父母。"其老窃聆之，咤曰："阿曹云云，犹旧时所弄蛇家语也。"

三　骇

中和里，僻陬也，居民多老死不见官府。相传里中有三骇云，其一赴县应里役，晨起，族长趣侦令出视事未，时令方释圆领袍服，褡襻据案而坐，骇子从门屏遥觑一过，忙忙归报族长曰："官人未出，惟夫人坐堂上耳。"族长谯曰："岂有是哉？"骇子曰："吾觇坐堂上者，上服绿披袄而下红裙，非夫人谁耶？"盖遥瞻案帷为女裙，而因以褡襻为披袄也。其一为郡吏，长吏令入署承篆，骇吏直入守卧内，守夫人方在沐,骏吏启户摇手,属夫人授篆。夫人惊走避,使人白守,守怒朴之。骏吏起拊其髀,恚曰:"是何人家,即犬无一吠者耶?"其一直郡笕库,郡守退食,骏子从旁睨之,出大诧语其兄曰:"原来官人吃饭亦与凡人同也。"兄呵之曰:"咄,官人非人耶?"

山中一夕话

——开卷一笑

　　《山中一夕话》，是清代笑笑先生"本李卓吾先生所辑《开卷一笑》，删其陈腐，补其清新"而纂成的。今所见原刊本，前有三台山人题于欲静楼一序，序共三页，惜已缺第一页，故未移录。是书卷一题作"《山中一夕话》卷之一，卓吾先生编次，笑笑先生增订，哈哈道士校阅"。卷三题作"《山中一夕话》卷之三，卓吾先生编次，一衲道人屠隆参阅"。又一卷卷前无大题，只有"一衲道人屠隆参阅"一行，书口标作"卷三"。今据原刊本从卷七至十二共选录十则。

序

　　与君一夕话，胜读十年书。谓话果胜于书乎？不知积话戒书，无书非话，因书及话，无话非书。奈今人读书者多，善话者少，只缘未得快书，豁其襟怀，娱其心志，以致名言日减，佳话无闻。春光明媚，偶游句曲，遇笑笑先生于茅山之阳，班荆道及，因出一编，盖本李卓吾先生所辑《开卷一笑》，删其陈腐，补其清新，凡宇宙间可喜可笑之事，齐谐游戏之文，无不备载，颜曰《山中一夕话》。予见之，不禁鹊喜。窃思人生世间，与之庄言危论，则听者寥寥，与之谑浪诙谐，则欢声满座，是笑征话之圣，而话实笑之君也。先生名书，其谓是欤？嗟乎！世之论卓吾者，每谓《藏书》不藏，《焚书》不焚，徒灾梨枣。讵意《藏书》、《焚书》之外，复有如许妙辑。予固知句曲、茅山为洞天福地，此中多异人，人多异书，不谓邂逅得此。此书行世，行看传诵海宇，脍炙尘寰，笑柄横生，谈锋日炽，时游乐国，黼黻太平，不为无补于世，谓话果胜于书乎？谓书果胜于话乎？书与话是一是二，未易为两。昔人观山中一局棋，归来已经隔世；若得《山中一夕话》，又不知几更甲子矣。十年书宁足道耶？三台山人题于欲静楼。

山中一夕话

李卓吾先生编次　笑笑先生增订　哈哈道士校阅

东坡戏刺狱官

苏东坡自元祐初，为狱官挫，未几，以礼部员外郎召入，偶遇狱官，甚有愧色。东坡戏之曰："有蛇螫杀人，为冥府所追，议法当死，蛇前诉曰：'诚有罪，然亦有功，可以自赎。'冥官曰：'何功也？'蛇曰：'某有黄，可治病，所活已数人矣。'遂免。良久，牵一牛至，云：'触杀人，亦当死。'牛曰：'我亦有黄，可治病，所活数人矣。'亦得免。久之，狱吏牵一人至，曰：'此人生常杀人，今当还命。'其人妄言亦有黄，冥官大怒，诘之曰：'蛇黄牛黄皆入药，天下所共知，汝为人黄，何功之有？'其人窘甚，曰：'某别无黄，但有些惭惶。'"以上卷七。

翻绰入水

玄宗尝令左右提翻绰入池水中，复出曰："向见屈原笑臣：'尔遭逢圣明，何亦至此？'"

副急泪

宋世祖谓刘德愿曰："卿哭贵妃，悲者当厚赏。"德愿应声恸哭，抚膺擗踊，涕泗交流。上甚悦，故用豫州刺史以赏之。上又令医术人羊志哭贵妃，志亦呜咽极悲。他日有问志者，曰："卿那得此副急泪？"志曰："我尔日自哭亡妾耳。"以上卷八。

张氏雀鼠

张士简名率，嗜酒疏脱，忘怀家务。在新安遣家童载米二千斛还吴，耗失大半，张问其故，答曰："雀鼠耗也。"张笑曰："壮哉雀鼠。"以上卷九。

驭 者 骂 相

则天朝,宰相杨再思晨入朝,值一重车将牵出西门,道滑,牛不前,驭者骂曰:"一群痴宰相,不能和得阴阳,而令我难行,如此辛苦。"再思徐谓之曰:"尔牛亦自弱,不得嗔他宰相。"

死 生 无 见

程师孟尝请于王介甫曰:"公文章命世,某幸与公同时,愿得公为墓志,庶传不朽,惟公矜许。"王问:"先正何官?"程曰:"非也,某恐不得常侍左右,欲预求墓志,俟死而刻之耳。"又王雱死,有张安国被发藉草,哭于枢前曰:"公不幸未有子,今郡君妊娠,某愿死托生为公嗣。"京师嘲曰:"程师孟生求速死,张安国死愿托生。"

答 须 古 玩

江夏王义恭,性爱古物,常遍就朝求之。侍中何勖已有所送,而王征索不已,何意不平。常出行于道中,见狗枷、败犊鼻,乃命左右取之还,以箱擎送之,笺云:"承复须古物,今奉李斯狗枷,相如犊鼻。"

处士生欲速死

谢敷隐居会稽山。初,月犯少微,一名处士星,识者以隐士当之。时吴国隐士戴逵名重于敷,时人忧之。俄而敷死,会稽士子嘲云:"吴中高士,便是求死不得。"

畏　馒　头

读书而不应举则已矣,读书应举而望登科,登科而仕,仕而进取,苟不违道与义,皆无不可也。而世有一种人,既仕而得禄,反嘤嘐然以不仕为高,若欲弃之。此岂其情也哉?故其经营,有甚于欲仕,或不得间而入,或故为小辜以去,因以迟留,往往遂窃名以得美官不辞,世终不寤也。有言穷书生不识馒头,计无从得,一日,见市肆有列而鬻者,辄大呼仆地,主人惊问,曰:"吾畏馒头。"主人曰:"安有此理?"乃设馒头百许枚,空室闭之,徐伺于外,寂不闻声,穴壁窥之,则以手抟撮,食者过半矣。亟开门,诘其然,曰:"吾见此,忽自不畏。"主人知其绐,怒而叱曰:"若尚有畏乎?"曰:"尚有畏腊茶两碗尔。"此岂求不仕者耶!以上卷十一。

妖 贼 大 口

建平四年,妖贼王始聚于太山,自称太平皇帝,号父同为太上皇,兄休为征东将军,弟为征西将军。慕容德讨擒之。有人谓之曰:"何为妖妄,自贻族灭?父及兄弟何在?"始曰:"太上皇蒙尘在外,征东、征西为乱兵所害。如朕今日,复何聊赖。"其妻赵氏怒曰:"君止坐此口以至于死,如何犹自不革?"始答曰:"皇后不达天命,自古迄今,岂有不亡之国哉?"以上卷十二。

艾 子 后 语

《艾子后语》，明陆灼撰。今据明末杭州刊《雪涛谐史》本全录。

艾子后语序

世皆知《艾子》为坡翁戏笔，而不知其有为作也。观其问蟹、问米、乘驴之说，则以讥父子；獬廌、雨龙、移钟之说，则以讥时相。即其意指，其殆为王氏作乎？坡翁平日，好以言语文章规切时政，若此亦其一也。余幼有谑僻，有所得，必志之。岁丙子，游金陵，客居无聊，因取其尤雅者纂而成编，以附于坡翁之后；直用为戏耳，若谓其意有所寓者，则吾岂敢。是岁九月望，长洲陆灼识。

艾 子 后 语

〔吴〕陆灼著　武林邓章得阅

王　　法

齐大夫邾石父谋叛，宣王诛之，欲灭其族。邾之族大，以相聚而谋曰："他人之言，王必不内，惟艾先生辨而有宠，盍往祈焉。"举族拜于艾子之庭，涕泗以请。艾子笑曰："是不难，诸公但具一绳来，立可免祸。"邾氏以为戏言，亦不敢诘，退而索绹以馈。艾子怀其三尺以见王曰："邾石父包藏祸心，王肆诸市当矣；然为之者，石父一人耳，其宗族何辜，而王欲尽歼之，无乃非仁君之用心乎？"宣王曰："此非寡人意也，先王之律有明训也，《政典》曰：'与叛同宗者杀无赦。'是以寡人不敢曲宥，以伤先王之法。"艾子顿首曰："臣亦知王之不得已也。窃有一说：往年公子巫以邯郸降秦，非大王之母弟乎？以是而言,大王亦叛臣之族,理合随坐,臣有短绳三尺,敢献于下执事,请大王即日引决,勿惜一身而伤先王之法。"王笑而起曰:"先生且休,寡人赦之矣。"

诉　　冤

艾子夜梦,游上清,朝天帝,见一人戎服带剑而失其首,颈血淋漓,手持奏章而进,其辞曰:"诉冤臣秦国樊於期,得罪亡奔在燕,有不了事,卫荆轲借去头颅一个,至今本利未还,燕太子丹为证见。伏乞追给。"天帝览之,蹙额而言曰:"渠自家手脚也没讨处,何暇还你头颅。"於期乃退,艾子亦觉。

食　　客

艾子在齐,居孟尝君门下者三年,孟尝君礼为上客。既而自齐反乎鲁,与季孙氏遇,季孙曰:"先生久于齐,齐之贤者为谁?"艾子曰:"无如孟尝君。"季孙曰:"何德而谓贤?"艾子曰:"食客三千,衣廪无倦色,不贤而能之乎?"季孙曰:"嘻,先生欺余哉!三千客余家亦有之,岂独田文?"艾子不觉敛容而起,谢曰:"公亦鲁之贤者也。翌日敢造门下,求观三千客。"季孙曰:"诺。"明旦,艾子衣冠斋洁而往,入其门,寂然也,升其堂,则无人焉。艾子疑之,意其必在别馆也。良久,季孙出见,诘之曰:"客安在?"季孙怅然曰:"先生来何暮,三千客各自归家吃饭去矣。"艾子胡卢而退。

讲　　道

艾子讲道于嬴博之间,齐鲁之士从之者数十百人。一日,讲文王羑里之囚,偶赴宣王召,不及竟其说。一士怏怏返舍,其妻问之曰:"子日闻夫子之教,归必欣然,今何不乐之甚?"士曰:"朝来闻夫子说周文王圣人也,今被其主殷纣囚于羑里,吾怜其无辜,是以深生愁恼。"妻欲宽其忧,姑慰之曰:"今虽见囚,久当放赦,岂必禁锢终身?"士叹息曰:"不愁不放,只愁今夜在牢内难过活耳。"

认　真

艾子游于郊外,弟子通、执二子从焉,渴甚,使执子乞浆于田舍。有老父映门观书,执子揖而请,老父指卷中真字问曰:"识此字,馈汝浆。"执子曰:"真字也。"父怒不与,执子返以告。艾子曰:"执也未达,通也当往。"通子见父,父如前示之。通子曰:"此直八两字也。"父喜出家酿之美者与之,艾子饮而甘之,曰:"通也智哉!使复如执之认真,一勺水吾将不得吞矣。"

孙　儿

艾子有孙,年十许,慵劣不学,每加榎楚而不悛。其子仅有是儿,恒恐儿之不胜杖而死也,责必涕泣以请。艾子怒曰:"吾为若教子不善邪?"杖之愈峻。其子无如之何。一旦,雪作,孙抟雪而嬉,艾子见之,褫其衣,使跪雪中,寒战之色可掬。其子不复敢言,亦脱其衣跪其旁。艾子惊问曰:"汝儿有罪,应受此罚,汝何与焉?"其子泣曰:"汝冻吾儿,吾亦冻汝儿。"艾子笑而释之。

大　言

赵有方士好大言,艾子戏问之曰:"先生寿几何?"方士哑然曰:"余亦忘之矣。忆童稚时与群儿往看宓羲画八卦,见其蛇身人首,归得惊痫,赖宓羲以草头药治,余得不死。女娲之世,天倾西北,地陷东南,余时居中央平隐之处,两不能害。神农播厥谷,余已辟谷久矣,一粒不曾入口。蚩尤犯余以五兵,因举一指击伤其额,流血被面而遁。苍氏子不识字,欲来求教,为其愚甚,不屑也。庆都十四月而生,尧延余作汤饼会。舜为父母所虐,号泣于旻天,余手为拭泪,敦勉再三,遂以孝闻。禹治水,经余门,劳而觞之,力辞不饮而去。孔甲赠予龙醢一斋,余误食之,于今口尚腥臭。成汤开一面之网以罗禽兽，尝面笑其不能忘情于野味。履癸强余牛饮，不从，置余炮烙之刑，七昼夜而言笑自若，乃得释去。姜家小儿钓得鲜鱼，时时相饷，余以饲山中黄鹤。穆天子瑶池之宴，让余首席；徐偃称兵，天子乘八骏而返；阿母留余终席，为饮桑落之酒过多，醉倒不起，幸有董双成、萼绿华两个丫头相扶归舍；一向沉醉，至今犹未全醒，不知今日世上是何甲子也。"艾子唯唯而退。俄而赵王堕马伤胁，医云："须千年血竭傅之乃差。"下令求血竭，不可得。艾子言于王曰："此有方士，不啻数千岁，杀取其血，其效当愈速矣。"王大喜，密使人执方士，将杀之。方士拜且泣曰："昨日，吾父母皆年五十，东邻老姥携酒为寿，臣饮至醉，不觉言词过度，实不曾活千岁。艾先生最善说谎，王其勿听。"赵王乃叱而赦之。

米　　言

燕里季之妻美而荡，私其邻少年。季闻而思袭之。一旦，伏而觇焉，见少年入室而门扃矣，因起叩门。妻惊曰："吾夫也，奈何？"少年顾问："有牖乎？"妻曰："此无牖。""有窦乎？"妻曰："此无窦。""然则安出？"妻目壁间布囊曰："是足矣。"少年乃入囊，县之床侧，曰："问及则绐以米也。"启门内季，季遍室中求之，不得，徐至床侧，其囊累然而见，举之甚重，诘其妻曰："是何物？"妻惧甚，喔嚅久之，不能答。而季厉声呵问不已，少年恐事露，不觉于囊中应曰："吾乃米也。"季因扑杀之，及其妻。艾子闻而笑曰："昔石言于晋，今米言于燕乎！"

病　　忘

齐有病忘者，行则忘止，卧则忘起。其妻患之，谓曰："闻艾子滑稽多知，能愈膏肓之疾，盍往师之？"其人曰："善。"于是乘马挟弓矢而行。未一舍，内逼，下马而便焉，矢植于土，马系于树。便讫，左顾而睹其矢，曰："危乎！流矢奚自，几乎中予！"右顾而睹其马，喜曰：

"虽受虚惊,乃得一马。"引辔将旋,忽自践其所遗粪,顿足曰:"踏却犬粪,污吾履矣,惜哉!"鞭马,反向归路而行。须臾抵家,徘徊门外曰:"此何人居?岂艾夫子所寓邪?"其妻适见之,知其又忘也,骂之。其人怅然曰:"娘子素非相识,何故出语伤人?"

神　　相

齐王好谈相,士之以相进者,接踵于朝。有自称神相者,介艾子以见王,曰:"臣鬼谷子之高足弟,而唐举之受业师也,即臣之术可知矣,王亦闻之乎?"王笑曰:"寡人乃今日而闻君矣。试视寡人何如?"答曰:"王勿亟也,臣相人必熟视竟日而后言,言无不中。"于是拱立殿上以视,俄有使者持檄入白,王色变,相者请其故,王曰:"秦围即墨三日矣,当发援兵。"相者仰而言曰:"臣见大王天庭黑气,必主刀兵。"王不应。须臾,有人著械入见,王色怒,相者问其由,王曰:"此库吏盗金帛三万,是以囚之。"相者又仰而言曰:"臣见大王地角青色,必主失财。"王不悦,曰:"此已验之祸,请勿言,但言寡人终身休咎何如尔?"相者曰:"臣仔细看来,大王面部方正,不是个布衣之士。"艾子趋而前曰:"妙哉,先生之相也!"齐王大笑,相者惭而退。

老　　配

虞任者,艾子之故人也,有女生二周,艾子为其子求聘。任曰:"贤嗣年几何?"答曰:"四岁。"任艴然曰:"公欲配吾女子老翁邪?"艾子不谕其旨,曰:"何哉?"任曰:"贤嗣四岁,吾女二岁,是长一半年纪也;若吾女二十而嫁,贤嗣年四十,又不幸二十五而嫁,则贤嗣五十矣,非嫁一老翁邪?"艾子知其愚而止。

预　　哭

齐宣王问淳于髡曰:"天地几万岁而翻复?"髡对曰:"闻之先师:天地以万岁为元,十二万岁为会,至会而翻复矣。"艾子闻其言大哭。宣王讶曰:"夫子何哭?"艾子收泪而对曰:"臣为十一万九千九百九十九年上百姓而哭!"王曰:"何也?"艾子曰:"愁他那年上,何处去躲这场灾难。"

牡　　羊

艾子畜羊两头于圃,羊牡者好斗,每遇生人,则逐而触之,门人辈往来,甚以为患,请于艾子曰:"夫子之羊,牡而猛,请得阉之,则降其性而驯矣。"艾子笑曰:"尔不知今日无阳道的更猛里。"

噬　　犬

艾子晨饭毕,逍遥于门,见其邻担其两畜狗而西者,艾子呼而问之曰:"吾子以犬安之?"邻人曰:"鬻诸屠。"艾子曰:"是吠犬也,乌呼屠?"邻人指犬而骂曰:"此畜生昨夜盗贼横行,畏顾饱食,噤不则一声。今日门辟矣,不能择人而吠,而群肆噬,啮伤及佳客,是以欲杀之。"艾子曰:"善。"

丑　　女

艾子通五行,多与星士游。有南里先生者,其刎颈交也,娶妻而求全。每闻一女,必相其容德,推其命造,务底于善而后可,故久而不就。一旦为媒氏所误,娶得丑女,曰头深目,皮肤如漆,虽登徒之妇不至是也。南里先生不悦。艾子往贺之,曰:"贤阁容色之妙,某闻之审矣。第未知庚甲,愿以见谕,当为吾子推之。"南里先生闭目摇手而答曰:"辛酉戊辰乙巳癸丑。"艾子拊掌而退。

露　书

　　明姚旅撰《露书》卷之十二《谐篇》，共载笑话八十四则，今据明万历刊本选录八则。

露书卷之十二谐篇

莆田姚旅园客纂

　　成化丙戌，陈公甫、庄孔旸、章德懋应南宫试。试官相戒曰："场中有此三人不可苟。"及填榜，章、庄高列，惟不见陈卷。时题为"老者安之"三句，亟索至，则陈破云："人各有其等，圣人等其等。"同考者业批其旁云："若要中进士，还须等一等。"见者哄堂。

　　莆陈某称医，郭大司马给以冠带，向人索文，中称其孝云："母病时曾刲股。"以示从伯新宁公，新宁公笑曰："公善医，母病犹刲股，若我辈当无完肤矣。"

　　俗谓扬州人为无耳朵。维扬陆无从与丹徒邬佐卿初会于王弇州许，陆问姓，邬答姓邬，陆曰："乌龟之乌乎？"邬曰："是有耳朵的。"

　　游宗谦过王百谷，王方作字，不及寒温。游诟曰："尔以尔书佳耶？莆中当粪耳。"后将行，欲索书，不便索，令侍儿范鹿转去，王不语，便书。书毕，谓范鹿曰："对相公道，粪又担几石去矣。"

　　王渼陂林居，好为词曲，有客曰："太上立德，其次立功，其次立言。公宜留心经世文章。"王答之曰："公独不闻'其次致曲'？"

　　邢进士身矮，尝在鄱阳遇盗。盗既有其资，欲灭之以除患，方举刀，邢谕之曰："人业呼我为邢矮，若去其头，不更矮乎？"盗不觉大笑掷刀。

李长沙相公之子兆先素耽声妓,长沙笔其书几曰:"今日柳巷,明日花街,科场近了,秀才秀才。"兆先回见之,即续之曰:"今日骤雨,明日狂风,燮理阴阳,相公相公。"

沈生予谓有送枇杷与一令者,错写作"琵琶"。令笑口号曰:"'枇杷'不是此'琵琶',只恨当年识字差。"适有客在坐,足之曰:"若使'琵琶'能结果,满城箫管尽开花。"令大叹赏。或以为屠长卿莫云卿事,恐借名耳。

应　谐　录

《应谐录》,明安成刘元卿纂,原共二十一则,今据明末杭州刊《雪涛谐史》本选录十八则。

应　谐　录

安成刘元卿纂　金嘉会校阅

僧　在

一里尹管解罪僧赴戍。僧故黠,中道,夜酒里尹,致沉醉鼾睡;已取刀髡其首,改缠己缧,反缠尹项而逸。凌晨,里尹寤,求僧不得,自摩其首髡,又缧在项,则大诧惊曰:"僧故在是,我今何在耶?"夫人具形宇内,罔罔然不识真我者,岂独里尹乎!

案:此条又见《笑赞》。

争　雁

昔人有睹雁翔者,将援弓射之,曰:"获则烹。"其弟争曰:"舒雁烹宜,翔雁燔宜。"竞斗而讼于社伯。社伯请剖雁烹燔半焉。已而索雁,则凌空远矣。今世儒争异同,何以异是。

盲　苦

有盲子道涸溪,桥上失坠,两手攀楯,兢兢握固,自分失手必堕深渊已。过者告曰:"毋怖,第放下,即实地也。"盲子不信,握楯长号,久之,力惫,失手坠地,乃自哂曰:"嘻!蚤知即实地,何久自苦耶!"夫大道甚夷,沉空守寂,执一隅以自矜严者,视此省哉!

搔　　痒

昔人有痒，令其子索之，三索而三弗中。令其妻索之，五索而五弗中也。其人怒曰："妻子内我者，而胡难我？"乃自引手，一搔而痒绝。何则？痒者，人之所自知也，自知而搔，宁弗中乎！

讲　　学

两人相诟于衢。甲曰："你欺心。"乙曰："你欺心。"甲曰："你没天理。"乙曰："你没天理。"阳明先生闻之，谓门弟子曰："小子听之，两人谆谆然讲学也。"门人曰："诟也，焉为学？"曰："汝不闻乎？曰心，曰天理，非讲学而何？"曰："既讲学，又焉诟？"曰："夫夫也，惟知求诸人，不知反诸己故也。"

案：又见《笑林》、《笑得好》二集。

万　　字

汝有田舍翁，家资殷盛，而累世不识之乎。一岁，聘楚士训其子。楚士始训之搦管临朱，书一画训曰一字，书二画训曰二字，书三画训曰三字。其子辄欣欣然掷笔，归告其父曰："儿得矣，儿得矣，可无烦先生，重费馆谷也，请谢去。"其父喜从之，具币谢遣楚士。逾时，其父拟征召姻友万氏姓者饮，令子晨起治状，久之不成。父趣之。其子恚曰："天下姓字夥矣，奈何姓万？自晨起至今，才完五百画也。"初，机士偶一解，而即施施自矜有得，殆类是已。

猫　　号

齐奄家畜一猫，自奇之，号于人曰："虎猫。"客说之曰："虎诚猛，不如龙之神也，请更名曰龙猫。"又客说之曰："龙固神于虎也，龙升天，须浮云，云其尚于龙乎？不如名曰云。"又客说之曰："云霭蔽天，风倏散之，云故不敌风也，请更名曰风。"又客说之曰："大风飙起,维屏以墙,斯足蔽矣,风其如墙何!名之曰墙猫可。"又客说之曰:"维墙虽固,维鼠穴之,墙斯圮矣,墙又如鼠何!即名曰鼠猫可也。"东里丈人嗤之曰:"噫嘻!捕鼠者故猫也,猫即猫耳,胡为自失本真哉?"

同　病

张诩子缮一榻丽,以在卧内,人未有见也,故托疾卧榻上,致姻友省问观之。其姻尤扬子者,新制一袜,亦欲章示;其人故搴裳交足加膝而坐,已问曰:"君何疾?"张诩子睹尤扬子状若是,相视而笑曰:"吾病亦若病也。"

案:此条又见《广笑府》。

悦　谀

粤令性悦谀,每布一政,群下交口赞誉,令乃欢。一隶欲阿其意,故从旁与人偶语曰:"凡居民上者,类喜人谀,惟阿主不然,视人誉篾如耳。"其令耳之,呕召隶前,抚膺高蹈,嘉赏不已,曰:"嘻,知余心者惟汝,良隶哉!"自是昵之有加。

吃　女

燕人育二女,皆謇极。一日,媒氏来约婚。父戒二女曰:"慎箝口勿语,语则人汝弃矣。"二女唯唯。既媒氏至,坐中忽火爇姊裳,其妹期期曰:"姊而裳火矣。"姊目摄妹,亦期期言曰:"父属汝勿言,胡又言耶?"二女之吃卒未掩,媒氏谢去。

性　急

于喗子与友连床,围炉而坐。其友据案阅书,而裳曳于火甚炽。于喗子从容起,向友前拱立作礼而致词曰:"适有一事,欲以奉告,谂君天性躁急,恐激君怒;欲不以告,则与人非忠;敢请,惟君宽假,能忘其怒,而后敢言。"友人曰:"君有何陈？当谨奉教。"于嘽子复谦谦如初,至再至三,乃始逡巡言曰:"时火燃君裳也。"友起视之,则毁甚矣。友作色曰:"奈何不急以告,而迂缓如是?"于嘽子曰:"人谓君性急,今果然耶!"

多　　忧

沈屯子偕友入市,听打谈者,说"杨文广围困柳州城中,内乏粮饷,外阻援兵",蹙然踊叹不已。友拉之归,日夜念不置,曰:"文广围困至此,何由得解。"以此邑邑成疾,家人劝之相羊坰外,以纾其意。又忽见道上有负竹入市者,则又念曰:"竹末甚锐,衢上行人,必有受其戕者。"归益忧病。家人不得计,请巫,巫曰:"稽冥籍,若来世当轮回为女人,所适夫姓麻哈,回彝族也,貌陋甚。"其人益忧,病转剧。姻友来省者,慰曰:"善自宽,病乃愈也。"沈屯子曰:"若欲吾宽,须杨文广围解,负竹者抵家,又麻哈子作休书见付,乃得也。"夫世之多忧以自戕者,类此也夫。

学　　偷

一偷儿黠甚,终生行窃无犯。垂老,子虑其术终于其身,日恳传焉。父曰:"吾何传,为之即是。"子一夕乘间入富室卧内,有大柜,偶未镭,预隐其中,计伺主人寐,则窃藏出也。乃主人方寝而忆,镭其柜;不得出,中夜徬徨,夜阑益棘,不得计,故弹指作鼠啮声。主人寤闻之,虑鼠啮衣籍,亟起发镭逐鼠,偷儿子跃出逸归。对其父曰:"父奈何秘不儿传,几濒死所矣。籍第令计不出是奈何?"父曰:"即此是矣,吾又何传。"故善教者,道而弗牵,开而弗达,使人继其志可尔。

寡　　闻

汉村三老,皆款启寡闻之氓也,终生未履城市。甲老偶经一过,归向二老,夸所睹闻。二老歆动,约舂粮往游。行间,甲老顾谓丙老曰:"至彼慎勿妄语,取市子姗笑,须聆吾指。"比至郭,忽闻钟声,乙老诧曰:"此何物,叫号如是?"甲老曰:"此鸣钟也。"丙老曰:"而我抵舍,当市钟肉啖之。"甲老曰:"嘻!误矣。钟乃抟泥为质,而火煅成者,安可啖耶?"甲老盖偶见范钟之具,而未实见钟云。夫窃肤末之见,而辄哓哓然欲以开示人,将率天下而瞽也。

青　衿

西吴族世丰于财,不事诗书。其母有弟,补博士弟子员,衣青衿来谒。母大诧曰:"而何服此衣服哉?嗟而贫,衣不足于蓝,故缀以青软?奈何不浼我取足耶?"盖不识青衿为时制服也。

贱　售

上元姚三老资甲闾右。尝买别墅,其中有池亭,假山皆太湖怪石。一日,狂客王大痴来游,酌池上,酒酣,大痴曰:"翁费直几何?"曰:"费千金。"大痴曰:"二十年前,老夫曾觞咏于此,主人告我费且万金,翁何得之易邪?"三老曰:"我谋之久矣,其孙子无可奈何,只得贱售。"大痴曰:"翁当效刻石平泉,垂戒子孙,异时无可奈何,不宜贱售。"

割　碑

颍川姚尚书神道碑规制,颇类颜鲁公所书茅山碑者。国初,州人侍郎某者,欲割三之一镵墓表,畏州守难之,恳祈百端。州守曰:"姚尚书子孙微矣,莫有主者,便割三分之二无不可。"侍郎喜过望。或问守曰:"侍郎割尚书之碑,子不能禁,又从而过许之,何也?"守曰:"吾意欲使后人割侍郎之碑,犹能中分耳。"

两　瞽

新市有齐瞽者,性躁急,行乞衢中,人弗避道,辄忿骂曰:"汝眼瞎耶?"市人以其瞽,多不较。嗣有梁瞽者,性尤戾,亦行乞衢中,遭之,相触而踬,梁瞽故不知彼亦瞽也,乃起亦忿骂曰:"汝眼亦瞎耶?"两瞽哄然相诟,市子姗笑。噫,以迷导迷,诘难无已者,何以异于是。

谐　　史

　　《谐史》,据赵景深先生《小说戏曲新考》所载,阿英先生藏有《刻徐文长先生秘集》,《秘集》的第九卷,就是《谐史》,共载笑话一百十六则。曾以此问阿英先生,阿英先生说:"此书早已遗失了。"现在据《古今谭概》及《小说戏曲新考》所载,共辑录五则。

谐　　史

拙　　对

　　河南一士夫,延师教子,其子不慧,出对曰:"门前绿水流将去。"子对云:"屋里青山跳出来。"士夫甚怒。一日,士夫偕馆宾诣一道观拜客,道士有号彭青山者脚跛,闻士夫至,跳出相迎。馆宾谓士夫曰:"昨日令公子所谓'屋里青山跳出来',信有之矣。"士夫乃大笑。《古今谭概》专愚部第四。

医　诀　语

　　蜀进士熊敦朴号陆海,负才不羁,自史馆改兵部,后左迁别驾,往辞座师江陵张相公。公曰:"公与我同馆出身,痛痒相关,此后仕途,宜着意。"熊曰:"老师恐未见痛。"公曰:"何以知之?"熊曰:"王叔和《医诀》云:'痛则不通,通则不痛。'"公大笑。《古今谭概》巧言部第二十八。

惜　人　品

　　某司寇讲学著名,一日,于酒次得远信,读毕,惨然欲泪。坐中一少年问其故,答曰:"书中云某老生捐馆,不佞悲之;非为其官,惜其人品佳耳。"少年应曰:"不然,近日官大的人品都自佳。"司寇默然。

　　　　封公便请乡饮,富家便举善人,中解元会元便推文脉,末世通弊,贤者不免,悲夫。《古今谭概》微词部第三十。

清　凉　散(拟)

　　刘子仪三入玉堂,望大用,颇不怿,称疾不出。朝士问疾,刘云:"虚热上攻。"石文定在座,云:"只消饵一服清凉散。"谓两府方得凉伞也。《小说戏曲新考》。

其　严　乎(拟)

　　世庙时,严分宜用事,适有怪见于宫中,其形多目多手,以问群臣,无识者。时王元美为郎官,对人揶揄曰:"人自不读书耳! 此最显而易见,何以不知?"人问何谓。元美曰:"《大学》中'十目所视,十手所指',是道甚的?"严微闻之,深恶焉。《小说戏曲新考》。

五　杂　俎

　　《五杂俎》,明谢肇淛撰,原书卷十六事部四都是一些"可以资解颐"的故事,今据明刊本选录十六则。

五杂俎卷之十六

陈留谢肇淛撰

事　部　四

　　《诗》云:"善戏谑兮,不为虐兮。"古今载籍,有可以资解颐者多矣,苟悟其趣,皆禅机也,略录数端于左。

　　尉有夜半击令之门者,求见甚急。令曰:"半夜有何事?请俟旦。"尉曰:"不可。"披衣遽起取火,延尉入坐,未定,问曰:"事何急?岂有盗贼窃发,君欲往捕耶?"曰:"非也。""然则家有仓卒疾病耶?"曰:"非也。""然则何以不待旦?"曰:"某见春夏之交,农事方兴,百姓皆下田,又使养蚕,恐民力不给。"令曰:"然则君有何策?"曰:"某见冬间,农隙无事,不若移令此时养蚕,实为两便。"令笑曰:"君策甚善,古人不及。但冬月何处得桑?"尉瞠目久之,拱手长揖曰:"夜已深,伏维安置。"然《周礼》禁原蚕,而闽广之地,桑经冬不雕,有一岁四蚕者,则尉之言,未足深笑也。

　　子思荐苟变于卫侯。一日,子思适卫,变拥彗郊迎,执弟子礼甚恭。变有少子亦从,子思讶问何人,左右曰:"此苟弟子孩儿。"

　　有二措大言志,一云:"我平生不足,惟饭与睡耳,它日得志,当吃饱饭了便睡,睡了又吃饭。"一云:"我则异于是,当吃了又吃,何暇复睡耶!"

商则为虞丘尉,值县令丞多贪,一日,宴会起舞,令丞舞皆动手,则但回身而已。令问其故,则曰:"长官动手,赞府亦动手,惟有一个尉又动手,百姓何容活耶!"

李载仁,唐之后也,避乱江陵,高季兴署观察推官,为性迂缓。一日,将赴召,方上马,部曲相殴,载仁怒,命急于厨中取饼及猪肉,令相殴者对餐之,复戒曰:"如敢再犯,必以猪肉中加之以酥。"闻者笑之。

僧贯休有机辨,杜光庭欲屈其锋,每相见,必伺其举措以戏调。一旦,因舞鞶于通衢,而贯休马忽坠粪,光庭连呼:"大师大师,数珠落地。"贯休曰:"非数珠,盖大还丹耳。"

李茂真子从曮为凤翔节度使,因生辰,秦凤持礼使陋而多髯,魏博使少年如美妇人,魏博戏云:"今日不幸,与水草大王接坐。"秦凤曰:"夫人无多言。"四座皆笑。

康定中西戎寇边,王师失律,当国一相,以老得谢,同列就第为贺,饮酬,自矜曰:"某一山民耳,遭时得君,告老于家,当太平无一事之辰,可谓太平幸民也。"石中立曰:"只有陕西一伙窃盗未获。"满座大笑。

有宗室名宗汉,自恶人犯其名,谓"汉"字曰"兵士",举宫皆然。其妻供罗汉,其子授《汉书》,宫中人曰:"今日夫人召僧供十八罗兵士,太保请官教点兵士书。"都下哄然,传以为笑。

田登作郡,自讳其名,触者必怒,吏卒多被榜笞,于是举州皆谓灯为火。上元放灯,许人入州治游观,吏人遂书榜揭于市曰:"本州依例放火三日。"

嘉祐治平间,有中宫杜浙者,好与举子同游,学文谈,不悉是非。居扬州,凡答亲旧书,若"此事甚大"必曰"兹务孔洪",如此甚多。苏子瞻过维扬,苏子容为守,杜在座,子容少息,杜遽曰:"相公何故溘然?"其后,子瞻与同会,问典客曰:"为谁?"对曰:"杜供奉。"子瞻曰:"今日不敢睡,直是怕那溘然。"

唐益州每岁进甘子,皆以纸裹之。他时长吏嫌其不敬,代之以细布,既而恒恐有甘子为布所损,每岁多怀忧惧。俄有御史甘子布至,长吏以为推布裹甘子事,因惧曰:"果为所推。"及子布到驿,长吏但叙以布裹甘子为敬,子布初不知之,久而方悟。闻者莫不大笑。

唐沧州南皮县丞郭务静初上典,王庆通判案,静曰:"尔何姓?"庆曰:"姓王。"须臾,庆又来,又问:"何姓?"又曰:"姓王。"静怪愕良久,仰看庆曰:"南皮佐史总姓王。"

伯乐令其子执《马经》画样以求马,经年无有似者,归以告父,更令求之,出见大虾蟆,谓父曰:"得一马,略与相同,而不能具。"伯乐曰:"何也?"对曰:"其隆颅眣目脊郁缩,但蹄不如,累趋耳。"伯乐曰:"此马好跳踯,不堪也。"子乃止。

唐元宗逮为果州司马,有婢死,处分直典云:"逮家老婢死,驱使来久,为觅一棺木殡之。逮初到,家贫,不能买得新者,但得一经用者即得。亦不须道逮买,云君家自须。"直典出门说之,一州以为口实。

有人以钉铰为业者,道逢驾幸郊外,平天冠偶坏,召令修补,讫,厚加赏赉。归至山中,遇一虎卧地呻吟,见人举爪示之,乃一大竹刺。其人为拔去。虎衔一鹿以报。至家语妇曰:"吾有二技,可立致富。"乃大署其门曰:"专修补平天冠,兼拔虎刺。"

唐明皇坐勤政楼上见钉铰者,呼之曰:"朕有一破损平天冠,汝能钉铰否?"对曰:"能。"遂整之。既完,上曰:"朕无用此冠,便以赐卿。"其人皇恐不敢受。上曰:"俟夜深闭门独自戴,甚无害也。"

谐　　语

　　《谐语》,是《郭子六语》的一种,明郭子章撰。子章字相奎,吉安人。原书《谐语》共七卷,三百十一则,今据明万历戊申(一六〇八)刊本选录十四则。其中《苏黄滑稽帖》一种,仅见此书收录;宋杨万里《诚斋集》卷九十九题跋,又作《苏黄滑稽录》。

谐　语　序

　　夫谐之于六语,无谓矣,顾《诗》有善谑之章,《语》有莞尔之戏,《史记》传列《滑稽》,《雕龙》目著《谐讔》,邯郸《笑林》、松玠《解颐》,则亦有不可废者。顾谐有二:有无益于理乱,无关于名教,而御人口给者,班生所谓口谐倡辩是也;有批龙鳞于谈笑,息蜗争于顷刻,而悟主解纷者,太史公所谓谈言微中是也。然淳于髡、东方朔以前,犹有足称,晋魏以后,至于盗削卵,握舂杵,风斯下矣。甚之一语讥笑,因而贾罪,如刘贡父、苏子瞻,可为殷鉴。善观谐者,取古今而并观之,令自择焉:上之如武公之不为虐,下之如髡朔之能回主;如刘如苏,身之不能卫,而皇恤其他,则无戏言可也。

　　万历戊申冬十月十日泰和郭子章撰。

谐　　语

〔明〕豫章郭子章汇编　　〔明〕西蜀张养蒙订校

　　晏子短小,使楚;楚人为小门于大门侧而延晏子,晏子不入,曰:"使狗国者从狗门入,今臣使楚,不当从狗门入。"王曰:"齐无人耶?"对曰:"齐之临淄,张袂成帷,挥汗成雨,何为无人? 齐使贤者使贤王,不肖者使不肖王,婴不肖,故使王尔。"及婴坐,左右缚一人至,王问:"何谓者?"曰:"齐人坐盗。"王视晏子曰:"齐人善盗乎?"晏子对曰:"婴闻橘生江北则为枳,生江南则为橘,叶徒相似,其实味不同,水土异也;今此人生于齐不为盗,入楚则盗,得无楚之水土使为盗耶?"王笑曰:"寡人反取病焉。"《晏子春秋》。

任毂有经学,居怀谷,望征命,而蒲轮不至,自入京中访问。有朝士戏赠诗云:"云林应诏鹤书迟,自入京来探事宜;从此见山须合眼,被山相赚已多时。"后至补衮。《幽闲鼓吹》。

申渐高,南唐优人。建国初,军储未实,征敛无艺,久旱祷雨无应。上一日举觞苑中,谓宰臣曰:"近京三五十里外皆报雨足,独京中无雨,何也?"诸相未对,渐高进曰:"雨惧抽税,不肯入城。"上悟,即日下诏,停一切额外之征,信宿间膏雨随足。

仁宗时,孙良孺为军巡判官,喜诈伪,能为朴野状。京师人多赁马出入,驭者先许其直,必问曰:"一去耶?却来耶?"苟乘以往来者,其价倍于一去也。良孺以贫不养马,每出必赁之。一日,将押辟囚弃市,而赁马以往,其驭问曰:"官人将何之?"良孺曰:"至法场头。"驭者曰:"一去耶?却来耶?"闻者骇笑。《东轩笔录》。

苏曰:"杜黄裳少年,好行阴德,枯骨辄葬之,鬼辄报德,或获宝剑,或获藏镪。士有效之者,见一枯骨,绨袍而葬之,忍寒至三更,鬼啸于檐曰:'秀才会唱《凉州》、《伊州》否?仆是开元中梨园舞旋,意待与秀才舞个曲破,聊以报德。'"以下《苏黄滑稽帖》。

黄曰:"有举子宿马嵬坡店,梦太真。他日,举子故投暮而宿此,遂梦缲绰。"

苏曰:"王状元未第时,醉堕汴河,为水神扶出,曰:'公有三百千料钱,若死于此,何处消破?'明年,遂登进士。有久不第者,亦效之,阳醉落河,河神亦扶出,士大喜曰:'我料钱几何?'神曰:"吾不知也,但三百瓮黄齑无处消破耳。'"

黄曰:"范文正公少时,作《虀赋》,其警策句云:'陶家瓮内,淹成碧绿青黄;措大口中,嚼出宫商角徵。'盖亲尝忍穷,故得虀之妙处。"

苏曰:"贫家无阔藁荐,与其露足,宁且露手。佯谓人曰:'君观吾侪,有顷刻离笔砚者乎?至于困睡,指犹似笔也。'小儿子不晓事,人问:'每夜何所盖?'辄答云:'盖藁荐。'嫌其太陋,挞而戒之曰:'后有问者,但云盖被。'一日,出见客,而荐草挂须上,儿从后呼曰:'且除面上被。'所谓'作伪心劳日拙'者也。"

案:此条又见《应谐录》,原有脱句缺字,今据补。

黄曰:"有士并邻,一温一寒,昼相呼坐门皋。温士之妻遣儿来告曰:'爝已熟,当云何?'士曰:'斟酌下水。'盖作羊羹也。寒士之妻,少焉亦遣儿来告曰:'爝已熟,当云何?'士亦效之曰:'斟酌下水。'儿拊掌曰:'岂不成马料耶?'"

案:此条又见《广笑府》卷九偏驳类,昼相呼句作"昼相呼坐门首共话"。

苏曰:"无糊绢以桑柴灰水煮烂,更以清水煮脱灰气,细研如粉,酒煮,面糊丸如桐子大,空心酒下三五十九,治风壮元,此所谓着饭吃衣者也。或问:'饭非可着,衣非可吃。'答云:'所以着饭,不过为穷,所以吃衣,不过为风,正与孙子荆枕流漱石作对。'或人未喻,曰:'夜寒盖藁荐,岂非着饭也耶?'"

黄曰:"治衄血烧锦与茜缯,治阴阳烧裈,乃吃衣也。余在北都,大雪中见妄通卒数十,皆藏麦稭里,出,其面乃着饭也。"

此东坡、山谷礼闱中试笔滑稽也。盖庄周、惠子不幸再相遭者。或问:"二先生语何经见?"予曰:"坡、谷闻之凭虚公子,凭虚公子闻之亡是公,亡是公闻之非有先生。"庐陵杨万里书。

苏子由在政府,子瞻为翰苑,有一故人与子由兄弟有旧,来干子由求差遣，久而未遂。一日，来见子瞻，且云："某望内翰一言为助。"公徐曰："旧闻有人贫甚，无以为生，乃谋伐冢，遂破一墓，见一人裸而坐曰：'尔不闻汉世王阳孙乎？裸葬以矫世，无物以济汝也。'复凿一冢，用力弥艰，既入，见一王者，曰：'我汉文帝也，遗制：圹中无纳金玉，器皆陶瓦，何以济汝？'复见有冢相连，乃穿其在左者，久之方透，见一人曰：'我伯夷也，瘠羸，面有饥色，饿于首阳之下，无以应汝之求。'其人叹曰：'用力之勤无所获，不若更穿西冢，或冀有得。'羸者谓曰：'劝汝别谋于他所，汝视我形骸如此，舍弟叔齐岂能为！'"故人大笑而去。

钱穆甫为如皋令，岁旱蝗，而泰兴令独绐郡将云："县界无蝗。"已而蝗大起，郡将诘之，令辞穷，乃言："县本无蝗，盖自如皋飞来。"乃檄如皋请严捕蝗，无使侵邻境。穆甫得檄，辄书其纸尾，报曰："蝗虫本是天灾，即非县令不才，既自敝邑飞去，却请贵县押来。"未几，传至都下，无不绝倒。

雅　　谑

　　《雅谑》，原题"浮白斋主人述"，《古今谭概》卷二十五《塞语部》引此文第七十一则（原为第八十七则）。《红米饭》作《樗斋雅谑》。樗斋是许自昌别号，或者这部书也是许自昌所撰述的吧。原本一百三十八则，今据明末刊本录存一百一十则。《笑笑录》卷四《嘲廪生》条引《冯梦龙》谑之曰夫子绝粮于陈云云，今见此书（此条未选录），则以作者为冯梦龙。

雅　　谑

浮白斋主人述

眼　　热

　　王文成初封新建伯，某公心艳之，适王戴冕入朝，有帛蔽耳，笑曰："先生耳冷耶？"王曰："我不耳冷，先生眼热。"

背　后　眼

　　陈音入朝，误置冠缨于后。及睹同列垂缨，俯视颔下，而骇曰："吾何独无？"一人持其缨而正之曰："公自有缨，独无背后眼耳。"

鳖　枣　敬　客

　　博士王少湖，道学自命。一客造谒，其家人以枣充茶果，枣干而鳖，王叱曰："鳖枣待客，殊为不敬。"客曰："正是敬。"王骇问之，答曰："不敬，何以别鳖乎？"

僧　　歌

　　昔一僧在坡公座中，见小儿名僧歌者，戏谓公曰："公不重佛，安用此名?"公笑曰:"人家小儿,要易长育,往往以贱物为小名,如羊狗马牛之类是也。"僧大惭。

惭 惶

东坡内召礼郎,途遇旧狱官,甚有惭惶之色。坡戏曰:"昔有毒蛇杀人,为冥府所追,议法当死,蛇诉曰:'某有黄可治病,已活数人矣。'遂得免。又一牛触杀人,法亦当死,牛诉曰:'某亦有黄可治病,已活数人矣。'亦得免。狱吏又牵一人至,曰:'尔常杀人,今当填命。'其人亦言有黄。冥官大怒曰:'蛇黄、牛黄皆入药。汝为人黄,有何说?'其人窘甚,乃曰:'某别无黄,但有些惭惶。'"

得 丈 人 力

有以岳丈之力得中魁选者,或作语嘲之曰:"孔门弟子入试,临揭晓,先报子张第十九,人曰:'他一貌堂堂,果有好处。'又报子路第十三,人曰:'他粗人也中得高,全凭那一阵气魄。'又报颜渊第十二,人曰:'此圣门高足,屈了他些。'又报公冶长第五,人骇曰:'此子平日不见怎的,如何倒中正魁?'或曰:'全得他丈人之力耳。'"

金 眼 睛

党进命画工写真,写成大怒,责工曰:"前日见你画大虫,尚用金箔贴眼,偏我消不得一双金眼睛乎?"

煮 熟 狗

狄仁杰戏郎官卢献曰:"足下配马乃作驴。"献曰:"中劈明公,乃成二犬。"杰曰:"狄字乃犬旁火耳。"献曰:"犬边有火,乃是煮熟狗。"

帝 怕 妒 妇

房夫人性妒悍,玄龄惧之,不敢置一妾。太宗命后召夫人,告以媵妾之流,今有定制,帝将有美女之赐。夫人执意不回,帝遣斟卮酒以恐之,曰:"若然,是抗旨矣,当饮此酖。"夫人一举而尽,略无留难。帝曰:"我见尚怕,何况于玄龄?"

惧 内 都 统

唐中令王铎,甚惧内。因黄巢兵近,为都统以镇渚宫,止姬妾相随,其内未行。忽报夫人离京在道,铎谓从事曰:"巢贼渐渐近南来,夫人又悻悻自北至,旦夕情味,何以安处?"幕僚戏曰:"不如降巢。"公亦大笑。

不 辞 小 官

娄东一士,读书至柳下惠坐怀不乱,叹曰:"操守如此,其自好可知矣。"一友从旁戏曰:"人之所好各不同,曷观孟子之论惠曰:'不辞小官。'则其所好,在此乎? 在彼乎?"士闻之愕然,既而两相拍掌以笑。

笔 如 刀

长洲刻工马如龙,与钱塘佣书郭天民同聚,马老郭幼,郭不让,竟与争坐。马曰:"乳臭儿,敢与我抗耶? 我闻刀笔吏,抑刀在前乎? 笔在前乎?"郭曰:"老贼,老贼,我有笔如刀,抑笔在前乎? 刀在前乎?"马语塞,竟让郭坐。

黄 雀 拆 蜩

东坡赴邻人小集,盘中有黄雀四枚,一人连啖其三,仅存其一逊公。公笑曰:"再请,省得黄雀拆了蜩。"

案:《笑林广记》卷九"蜩"作"对"。

宜 看 素 问

一相国门下医生,极称其子之博古,且曰:"小儿不屑读韩柳欧苏,日看秦汉文耳。"相公曰:"秦汉前,还有一书更古,宜看。"医问何书,答曰:"《黄帝素问》。"

换 鱼 字

李章赴邻家小集,主人素吝,既进馔,主前一鱼,特大于众客者。章从旁见之,即请于主曰:"每见人写苏字,其鱼字或在左,或在右,何也?"主曰:"古人作字,不拘一体,从便移易耳。"章即引手取主前鱼示众曰:"从主命,今日左边之鱼,亦合从便移过右边。"一座为之喷饭。

茶 官

会稽朱某,目不识丁,素贩茶,以羡金鬻官,俗呼为茶官。一日于姻家遇文人,印证今古,谈及宣尼,乃击节曰:"据如此说,是一才子矣。"又言冯妇,则曰:"果是当时一美妇人,予闻久矣。"偶于夏月纳凉,忽然云翳,乃曰:"顷必有大风。"或诘之,曰:"夏云多奇风。"闻者肠几笑断。

出门不认货

有一人素不度理,道听而途说。张白滩故戏之曰:"近闻三阁老争论朝政,因而攘臂,皇上命九卿六部等官置酒和释。"此人以为真,遽造沈凤峰处备述焉。沈不信,即遣使同往讯张,大笑曰:"我出门不认货矣。"

两 条 梁

支元献罄产以构高堂,堂成而养赡乏。适窦谏议过曰:"堂甚好,只欠两条梁。"或问其故,答曰:"一条是不思量,一条是不酌量。"

呆 子

吴中某富翁有呆子,年三十,倚父为生。父年五十矣,遇星家推父寿当八十,子当六十二。呆子泣曰:"我父寿止八十,我到六十以后,那二年靠谁养活?"

呆 举 人

越中一士中举,即于省中娶妾。同年友问曰:"新人安在?"答曰:"寄于湖上萧寺。"同年云:"僧俗恐不便。"答曰:"已扃之矣。"同年云:"其如水火何?"答曰:"锁钥仍付彼处。"

呆 刺 史

刺史孙彦高,被突厥围城,不敢出厅视事,征发文符,俱于小窗接入。及报贼登垒,乃锁州宅门,身入柜中,令奴曰:"牢掌钥匙,贼来慎勿与。"

呆 县 丞

长洲县丞马信,山东人,一日乘舟谒上官,上官问曰:"船泊何处?"对曰:"船在河里。"上官怒,叱之曰:"真草包。"信又应声曰:"草包也在船里。"

呆 主 簿

德清有马主簿,愚不谙事。忽一晚三更时,扣大令门甚急,令以为非火即盗,惊惶而出。簿云:"我思四月间田蚕两值,百姓甚忙,何不出示,使百姓四月种田,十月养蚕,何如?"令曰:"十月间安得有桑?"簿无以对,徐云:"夜深矣,请睡罢。"此后每夜欲出,其妻必诮以倭子在外,不可出。遇圣节,其妻曰:"可出行礼。"簿摇手曰:"且慢且慢,有倭子在外。"

案:谢肇淛《五杂俎》一则与此前半意相同。

好 奇

江西萧大山,好奇之士,名其堂曰堂堂堂,亭曰亭亭亭,轩曰轩轩轩。陈越至江西,萧邀饮,遍历亭轩以观其匾,心已讶之;至一洞,因戏之曰:"何不云洞洞洞?"萧为不悦。

梦 糊 涂

唐张利涉,昼寝惊觉,忽入州,叩刺史邓恽,泣曰:"闻公欲赐责,死罪死罪。"恽曰:"无此事。"涉曰:"司功某甲所言也。"恽大怒,呼某甲欲加杖。甲苦诉无此语。涉方徐悟,前请曰:"望公舍之,涉恐是梦中见说耳。"

不 知 骰 色

李西涯尝与陈师召掷骰,得么,指曰:"吾度其下是六。"反看,果六,色色皆然。师召大惊,语人曰:"西涯天才也。"或曰:"上么下六,骰子定数,何足为异?"师召笑曰:"然则我亦可为。"因诣西涯。西涯已先度其必至,别置六骰,错乱其数矣。师召屡揣之不中,乃叹曰:"公真不可及也,岂欺我哉?"

被 殴 不 言

迁公遭酒人于道,见殴,但叉手听之,终不发言。或问:"公何意?"曰:"傥毙我,彼自抵命,吾正欲其尔尔。"

遇 偷 儿

乡居有偷儿,夜瞰迁公室,公适归遇之。偷儿大恐,并弃其所窃来羊裘而遁。公拾得之大喜。自是羊裘在念,每夜归,门庭晏然,必蹙额曰:"何无贼?"

妄 评 文

迁公读书未识字,每附会知文,见制义,辄胡乱甲乙之,谓人曰:"凡文章以趣胜,须作得有趣,才有趣;若作得无趣,便无趣矣。"

狗　病　目

迂公病目，将就医，适犬卧阶下，迂公跨之，误蹴其项，狗遽啮公，裳裂。公举告医。医故调之曰："此当是狗病目耳，不然，何止败君裳？"公退思：吠主小事，暮夜无以司儆。乃调药先饮狗，而以余沥自服。

刳　马　肝

有客语马肝大毒，能杀人，故汉武帝云："文成食马肝而死。"迂公适闻之，发笑曰："客诳语耳，肝故在马腹中，马何以不死？"客戏曰："马无百年之寿，以有肝故也。"公大悟，家有畜马，便刳其肝，马立毙。公掷刀叹曰："信哉，毒也。去之尚不可活，况留肝乎？"

醉　呕

迂公尝醉，走经鲁参政宅，便当门呕哕。其阍人呵之曰："何物酒狂，向人门户泄泻？"公睨视曰："自是汝门户，不合向我口耳。"其人不觉失笑，曰："吾家门户旧矣，岂今日造而对汝口？"公指己嘴曰："老子此口，颇亦有年。"

借　衣

雨中借人衣着之出，道泞失足，损一臂，衣亦污，从者掖公起，为之摩痛。迂公止之曰："汝第取水来涤吾衣，臂坏无与尔事。"从者曰："身之不恤，而念一衣乎？"公曰："臂是我家物，何人向我索讨？"

宋　笺

迂公家藏宋笺数幅，偶吴中有名卿善书画者至，或讽之曰："君纸佳甚，何不持向某公索其翰墨，用供清玩？"公曰："尔欲坏吾纸耶？蓄宋笺，固当需宋人画。"

修　屋　漏

　　久雨屋漏,一夜数徙床,卒无干处。妻儿交诟。迂公急呼匠葺治,劳费良苦。工毕,天忽开霁,竟月晴朗。公日夕仰屋叹曰:"命劣之人,才葺屋,便无雨,岂不白折了工费也?"

矮　坐　头

　　家有一坐头,绝低矮。迂公每坐,必取瓦片支其四足。后不胜烦,忽思得策,呼侍者移置楼上坐。及坐时,低如故,乃曰:"人言楼高,浪得名耳。"遂命毁楼。

惊　　潮

　　海上每遇八月,潮声夜吼,震撼城市。至正间,有达鲁不花者初至,闻此,夜不敢卧,因呼门者问之。门者从睡中失答曰:"潮涌上来也。"不花惊趋入内,呼其妻曰:"本冀做官荣耀,不意今夕共作水鬼。"合门号恸。外巡更夫闻哭,以为有变,传报正佐,诸官皆颠倒衣裳来救。不花恐水涌入,坚闭不纳。同僚破扉排墙而入,见不花夫妇及奴婢,皆升屋大呼救我。同僚询知其实,忍笑而散。

性　恍　惚

　　陈师召,莆田人,有文行而性恍惚。一日朝回,语从者曰:"今日访某友。"从者不闻,反引辔归舍。师召谓至友家矣,升堂周览曰:"境界全似我家。"又睹壁间画曰:"我家物,缘何挂此?"既家僮出,叱之曰:"汝何亦来此?"僮曰:"故是家。"师召始悟。

双　　陆

　　潘彦好双陆,生平局不离身。曾泛海,遇风船破,彦手抱局,口衔骰子,飘泊二日夜,方抵岸,两手见骨,局终不舍,骰子亦在口。

不 怕 鬼

嘉靖中,锡人王富、张祥俱有胆,素不畏鬼。夏日同饮溪上,日将晡,王曰:"隔溪丛冢中,昨送一新死人,汝能乘流而过,出其尸于棺外乎?"张曰:"吾能黑夜出之。"王曰:"果尔,当输腊酿一瓮,吾先取来等汝。"俄日没,张遂过溪,见棺已离盖,方疑之,忽棺中出两手抱张颈,张惧,而私祝曰:"汝少出,俟我赌胜,明日当奠而埋汝。"言毕,抱益急,张大叫,声渐微。溪旁人家闻声,群持火来照,抱张颈者,乃王也。盖诡言取酒,从便处先渡,出尸而伏棺中耳。时方大瘟,二子竟无疾,皆由胆之壮也。

佣 书

唐子畏舟经无锡,晚泊河下,登岸闲步,见肩舆东来,女从如云,中有丫鬟尤艳。唐迹之,知是华学士宅。因逗遛请为佣书,改名华安。复宠任,谋为择妇。因得此婢,名桂花。居数日,为巫臣之逃。华遍索之不得。久之,华偶至阊门,见书肆中一人,持文翻阅,极类安,私询之,人云:"此唐解元也。"明日,修刺往谒,审视无异。及茶至,而枝指露,益信。然终难启齿。唐命酒对酌,华不能忍,稍述华安始末以挑之。唐但唯唯。华又云:"貌正肖公,不知何故?"唐又唯唯。酒复数行,唐导入后堂,呼诸婢拥新娘出拜,华愕然。唐因携女近华曰:"公向言某似华安,不识桂花亦似此女否?"乃相与大笑而别。

石 学 士

石曼卿为通判海州,于廨后置一庵,名曰扪虱庵。刘潜访之,曼卿与之痛饮其间,中夜酒欲竭,顾瓮中有醋斗余,乃倾入酒中,并饮之。或露发跣足,着械而坐,谓之囚饮;或饮于木杪,谓之巢饮;或取藁束之,引首出饮,谓之鳖饮:其狂纵大率如此。后为学士,醉而堕马,戏曰:"赖我为石学士,若瓦学士,岂不破碎乎?"

东　坡　肉

陆宅之善谑,每语人曰:"吾甚爱东坡。"或问曰:"东坡有文,有赋,有诗,有字,有东坡巾,君所爱何居?"陆曰:"吾甚爱一味东坡肉。"闻者大笑。

夜　杀　猪

张端为河南司录府,当祭社买猪,已呈尹,其夜突入司录厅,即杀之。吏白尹,尹问端,答曰:"按律:猪无故夜入人家,登时杀之勿论。"尹大笑,为别市猪。

浴　狗　日

俗传三月三为浴佛日,六月六为浴狗日。有客谒杨南峰,值三月三日,杨以浴辞。客不解,谓其傲也,思以报之。杨乃于六月六日往拜,客亦辞以浴。杨戏题其壁曰:"君昔访我我洗浴,我今访君君洗浴。君访我时三月三,我访君时六月六。"

吊　丧

有子居丧不哀,杨南峰特制宽巾往吊。既下拜,巾脱落,滚入座下,杨即以首伸入,穿之而遽出,幕中哄然一笑。此子遂蒙不孝声。

朱　搭　户

朱达悟善闯席,亦善谑,里中呼为朱搭户。一日,诸少年游石湖,背朱往。方解缆,喜曰:"搭户不知也。"朱忽在舵楼跃出曰:"予在矣。"盖预知背己,藏舟以待也。众惊笑,延朱即席。朱曰:"湖有宝积寺幽洁,盍一登?"众挈榼以往。酒数行,朱佯醉卧僧榻,目暝犹不醒,呼而披之,辄摇首曰:"眩莫能起。"众乃先发。朱从间道疾归,乃濡其衣履，披发击诸同游者户，仓皇告曰："不幸舟触石，沉于湖，余偶得渔者援焉。"闻者长少惊啼，趋往，至枫桥相值，皆无恙，惟相笑而已。

骏

崐山孙嘿斋乃孙，性骏，已破家尽矣，惟剩两坐机。一日，见携鳖过者，欲买而无钱，以一机与换之。其人将机售邻家，得米二斗。邻家意欲成对，令其人复以鳖往换。孙顿足曰："何不早来，果尚剩一机，适已劈碎作薪煮鳖矣。"

误　语

刘髦二子，俱登进士。长媳入京，公送登舟，以手援之，人见而笑，公曰："何笑我乎？若跌入水，尤可笑也。"次媳入京，公适卧疾，呼之床前，而以手拍枕曰："老年头畏风，速买一帕寄回。"明旦登程，诸亲毕会，忽又呼媳曰："勿忘昨夜枕上之嘱。"众骇然。问其故，乃始抚掌。

专　愚

王皓性迂缓，曾从齐文宣北伐，乘一赤马，平旦蒙霜，遂不复识，自言失马。虞候遍求不获。须臾，日出，马体霜尽，依然系在目前，方云："我马尚在。"

石　鞑　子

吴中有石生者，貌类胡，因呼为石鞑子。善谑多智。尝因倦步至邸舍，欲少憩，有小楼颇洁，先为僧所据矣。石登楼窥之，僧方掩窗昼寝，窗隙中见两楼相向，一少妇临窗刺绣，石乃袭僧衣帽，开窗向妇而戏。妇怒，告其夫，因与僧闹，僧茫然莫辨，亟去，而石安处焉。

公 座 粪

石生在太学时,每苦司成之虐,夜半于公座粪焉,植小竹枝,为纸旗,而书己名。司成晨出,登座旗折,举火视之,污秽狼籍矣。见石名,呼欲加责。石流涕称冤曰:"谁中伤者? 止由太宗师不相爱故耳。岂有某作此事,而自标求责者乎?"司成以为有理,竟不之罪。

偷 帽

翟永龄常州人,初入泮宫。师长日以五更升堂讲课,同辈苦之。永龄因伏短墙下,伺其走过,疾取其帽,置土地神头。师遍觅得之,以为怪,大惧,不复备行。

止 母 念 佛

翟母皈心释氏,日诵佛不辍声。永龄佯呼之,母应诺,又呼不已,母愠曰:"无有,何频呼也?"永龄曰:"吾呼母三四,母便不悦,彼佛者日为母呼千万声,其怒当何如?"母为少悟。

大 小 姨

薛简肃公有三女:长适欧公,次适王拱辰。后欧公丧偶,复续其幼女,故拱辰有"旧女婿为新女婿,大姨夫作小姨夫"之戏。适刘原父晚年再娶,欧公作诗戏曰:"仙家千载一何长,浮世空惊日月忙;洞里桃花莫相笑,刘郎今日老刘郎。"原父不悦,思报之。一日,三人相会,原父曰:"昔有老学究训蒙童,诵《毛诗》至'委蛇委蛇',教之曰:'蛇字读作姨字,切记。'明日,蒙童看乞儿弄蛇,饭后到馆,学究责曰:'何晏也?'童曰:'适途中有弄姨者,与众观之,先弄大姨,后弄小姨,是以迟迟。'"欧公不觉噱然。

祀 真 武

贾秋壑宴客,庖人进鳖。一客不食,曰:"某奉祀真武,鳖似真武案下龟，故不食。"盘中复有甘蔗，又一客曰："不食。"秋壑诘其故，客曰："某亦祀真武，蔗不似真武前旗竿乎？"满座大笑。

呼 如 周 名

度支尚书宗如周，有人诉事，谓其曾作如州官也，乃曰："某有屈滞，故来诉如州官。"如周曰："尔何人，敢呼我名？"其人惭谢曰："只言如州官作如州，不知如州官名如周，早知如州官名如周，不敢唤如州官作如州。"如周大笑曰："令汝自责，见侮反深。"众咸服其雅量。

中 官 性 阴

太监谷大用迎驾承天，所至暴横，官员接见，多遭叱辱，必先问曰："你纱帽那里来的？"一令怒而佯应曰："我纱帽在十王府前三钱五分白银买来的。"大用一笑而罢。令出，众惊问之，曰："中官性阴，一笑更不能作威矣。"众叹服。

射　　谜

吴门张幼于，使才好奇。日有阍食者，佯作一谜粘门云："射中许入。"谜云："老不老，小不小；羞不羞，好不好。"无有中者。王百谷射云："太公八十遇文王，老不老；甘罗十二为丞相，小不小；闭了门儿独自吞，羞不羞；开了门儿大家吃，好不好。"张大笑。

诱 出 户

朱古民文学善谑，一日在汤生斋中，汤曰："汝素多知术，假如今坐室中，能诱我出户外立乎？"朱曰："户外风寒，汝必不肯出；倘汝先立户外，我则以室中受用诱汝，汝必从矣。"汤信之，便出户外立，谓朱曰："汝安能诱我入户哉？"朱拍手笑曰："我已诱汝出户矣。"

狼　　驴

袁元峰阁老，与郭东野同朝，郭戏袁曰："今日东门报一猿走入，西门又报一狼走入,已知皆是狼,然则猿亦似狼呼。"袁曰:"今日有人索题居扁者,予问:'居在何处?'曰:'在郭东野外。'因题之曰郭东野庐。"

侍 郎 谑

景泰间,兵刑二部僚佐会坐,时于谦为兵尚书,俞士悦为刑尚书,刑侍郎戏谓兵侍郎曰:"于公为大司马,公非少司驴乎?"兵侍郎即应之曰:"俞公为大司寇,公非少司贼乎?"

驸 驴 侍 狗

崔副使允,乃驸马元之弟。初登甲时,偕同年王侍郎之子寅,修谒王之乡前一辈。其人问崔何人,王云:"崔驸马弟也,乃兄驸马,此为驸驴。"崔答曰:"此王侍郎儿,乃父侍狼,此为侍狗。"

洗 马

刘定之升洗马,朝遇少司马王伟,戏之曰:"太仆马多,洗马须一一洗之。"刘笑曰:"何止太仆,诸司马不洁,我亦当洗。"

增 广 检 讨

内乡县李蓘字子田,官翰林检讨。其弟名廗字袭美,久滞增广生。蓘遗书廗曰:"尔今年增广,明年增广,不知增得几多?广得几多?"廗答书曰:"尔今日检讨,明日检讨,不知检得甚么?讨得甚么?"

秃 字

包山寺在苏州太湖。僧天灵者,博学通文。有一秀才嘲之曰:"秃驴秃字如何写?"僧应声曰:"把秀才的秀字,屁股略湾湾掉转就是。"

张 好 儿

吴妓张好儿，婉丽而貌美，已中年矣。一日为人携游，座有杜姓者，素无赖，借太医院籍，入资为吏目，见而诮曰："他老便老，也是个小娘。"张即应曰："你小便小，也是个老爹。"众皆鼓掌。

王 皮

青州东门皮匠王芬，家渐裕，弃去故业，里人谋为赠号。芬喜，张乐设宴，一點少曰："号蘭玻可乎？"众问何义，曰："蘭多芬，故号蘭玻，从名也。"芬大喜，重酬少年。诸人俱不觉其义，后徐思蘭玻，依然"东门王皮"也。

演 琵 琶 记

闽中蔡大司马经，本姓张。一日，与龚状元用卿共宴看演《琵琶记》，至赵五娘抱琵琶抄化，蔡戏龚曰："状元娘子何至此？"后至张广才扫墓，龚指曰："这老子姓张，如何与蔡家上坟？"

彭 祖 面 长

汉武帝对群臣云："《相书》云：'鼻下人中长一寸，年百岁。'"东方朔忽大笑，有司奏不敬。朔免冠云："不敢笑陛下，实笑彭祖面长。"帝问之，朔曰："彭祖年八百，果如陛下言，则彭祖人中长八寸，面长一丈余矣。"帝亦大笑。

红 米 饭

近一友有母丧，偶食红米饭，一腐儒以为非居丧者所宜。诘其故，谓红，喜色也。友曰："然则食白米饭者，皆有丧耶？"

舍命陪君子

李西涯在翰林时，一日陪郡侯席，过饮大醉，醒而言曰："治生今日舍命陪君子矣。"郡侯笑曰:"学生也不是君子,老先生不要轻生。"

靳阁老子

丹徒靳阁老有子,不肖,而其子之子却又登第。阁老每督责之,即应曰:"翁父不如我父,翁子不如我子,我何不肖?"阁老大笑而止。

避 生 辰

蜀中安给事磐,初度避生,同僚尾至所在。蔡巨源戏曰:"闻一老鼠避一瓶中,猫捕之不得,以须略鼠,鼠因喷嚏,猫在外呼曰:'千岁。'鼠曰:'汝岂真为我寿?诱我出,欲嚼我耳。'"安遂去。

用 旧 诗

杭有一妇,夫死未终七,即嫁。被讼于官,浣金编修为居间。临审时,金佯问问官云:"此辈何事?"官曰:"丈夫身死未终七,嫁与对门王卖华。"金曰:"月移花影上栏杆,春色恼人眠不得。"官笑而末减。

僧 诵 经

有僧诵经,至无眼耳鼻舌身意,黄紫芝曰:"焉用诵此,僧秃其头,而无眼耳鼻舌,更成何物?"僧大笑。

死 后 佳

叶衡罢相归,一日病,问诸客曰:"我且死,但未知死后佳否?"一士人曰:"甚佳。"叶惊问曰:"何以知之?"士人曰:"使死而不佳,死者皆逃归矣。一死不返,以是知其佳也。"满座皆笑。

锻 工 屠 宰

永昌有锻工戴东坡巾,有屠宰号一峰子。善谑者,见二人并行,遥谓之曰："吾读书甚久,不知苏学士善锻铁,罗状元能割牲,信多能哉。"传者无不绝倒。

相　婆

王和甫守金陵,荆公退居半山,一日路遇和甫,公入小民家避之。老妪见公带药笼,告之病,公即给以药。妪酬麻线一缕,语公曰："相公可将归与相婆。"荆公笑而受之。

农　水

石曼卿在中书堂,一宰相曰："取宣水来。"石问曰："何也?"曰："宣徽院水甘冷。"石曰："若司农寺水,当呼为农水也。"坐者大笑。

苏　意

一座中有麻城人脸麻者,与苏州人逊坐。麻城人曰："照苏意,苏坐可也。"苏州人曰："照麻意,麻坐可也。"相视不觉失笑。

假　纱　帽

有带假纱帽赴新亲宴者,踞然首席。适演《玉簪记》,唱"禅机圆妙"句,丑发科嘲云："若田鸡带了圆帽,虾蟆也戴得纱帽了。"一坐称快。

红　蜻　蜓

吴门有百户,衣红袍赴亲宴,坐客厌之,嘱优人铁爆杖者笑之。适演考试事,出对云："纸灰飞作白蝴蝶。"还对云："百户变了红蜻蜓。"

王　和　尚

苏州有王和尚,富而还俗。赴优酌,适扮起课先生破衣上,人问曰："起课甚灵,何以一贫如是?"曰："被古人说绝了:王和尚有成亲日,起课人无得运时。"王竟逃席去。

出入狗窦

张吴兴,聪颖不凡,年八岁亏齿,先达戏之曰:"子口中何为开狗窦?"张应声答曰:"正使君辈,从此中出入耳。"

詹苏谑

詹侍御、苏大行,二公五鼓行街,将入朝,呵道声相近,苏问前行为谁,从者曰:"道里詹爷。"即曰:"瞻之在前。"詹问后来为谁,从者曰:"行人司苏爷。"即回首曰:"后来其苏。"

琵琶结果

莫廷韩,过袁履善先生,适村人献枇杷果,帖书琵琶字,相与大笑。某令君续至,两人笑容尚在面,令君以为问,袁道其故,令君曰:"琵琶不是这枇杷,只为当年识字差。"莫即云:"若使琵琶能结果,满城箫管尽开花。"令君赏誉再三,遂定交。

吝东家

一人延师,供馔甚薄,无不省俭。偶因天雨地滑,馆童倾跌,杯盘损坏,主恨责之,只推地滑。主曰:"汝能写滑字,免打。"童曰:"滑字:上面一星星,中间一点点,底下藕批样,大骨在旁边。"主闻,大觉赧颜。

犁牛子

人有子得第,三报捷,或嘲之曰:"令郎骍且角如此。"其人笑曰:"果得小儿骍且角,老夫情愿做犁牛。"

带枷和尚

一僧犯罪,枷号县前,央乡官说方便,与县令叙情而别,送至门首,问曰:"和尚是出家人,怎么带了枷?"县令曰:"他本是无发的,如今犯了法。"

无 须 侍 郎

正统间,户部侍郎王佑,貌美无须,媚事太监王振,拜为干兄。一日问佑曰:"侍郎尔何无须?"佑云:"爹爹无须,儿子岂敢有须。"

恨 卢 郎

卢公暮年丧妻,续弦祝氏甚少艾,然视以非偶,每日攒眉。卢问:"汝得非恨我年大耶?"曰:"非也。""抑或恨我官卑耶?"曰:"非也。"卢曰:"然则为何?"祝曰:"不恨卢郎年纪大,不恨卢郎官职卑,只恨妾身生太晚,不见卢郎年少时。"

犬 牛 姓

人有姓尤者、姓于者,各夸所姓之美。姓于者曰:"于固人之姓,尔之姓乃犬牛也,不观《孟子》曰:'犬之姓尤,牛之姓尤,人之姓于?'"

公 猴

三杨学士当国时,有一妓名齐雅秀,性最巧慧,众谓之曰:"汝能使三位阁老笑乎?"对曰:"我一入就令笑也。"一日被唤进见,问何以来迟,对曰:"在家看《列女传》。"三公闻之,果大笑。乃戏曰:"我道是齐雅秀,乃是脐下臭。"即应声曰:"我道是三位老爹是武职,原来是文官。"三公曰:"母狗无礼。"又答曰:"我是母狗,三位老爹公猴也。"

贼 道

寿春道士,以小像乞解学士题咏,解书:"贼、贼、贼。"道士愕然。

续云："有影无形拿不得；只因偷却吕仙丹，而今反作蓬莱客。"

方 相 侄

唐有姓方者，好矜门第，但方姓贵人，必认之为族属。知识疾之，乃谓曰："丰邑坊名,造凶器所。方相，是君何亲？"曰："是某再从伯父。"问者笑曰："既是方相侄儿，只堪吓鬼。"

小 黄 窍 嘴

吴中黄秀才，相掀唇，人呼为小黄窍嘴。读书寺中，一僧进面，因热，伤手刬地，黄作歇后语戏曰："光头滑，光头浪，光头练，光头勒。"谓面荡抶刬也。僧应曰："七大八，七青八，七孔八，七张八。"盖隐小黄窍嘴也。黄亦绝倒。

牛 何 之

翟永龄，久不至学。师怒，罚作文，命题曰"牛何之"。翟操笔立就，大结语云："按何之二字，两见于孟子：一曰：'先生将何之？'一曰：'牛何之？'然则先生也，牛也，二而一，一而二者也。"

不 死 酒

汉武帝时，有贡不死之酒者。东方朔窃饮焉。帝怒，欲杀之。朔曰："臣所饮，不死酒也，杀臣，臣必不死，臣若死，亦不验。"帝笑而赦之。

韩 信 主 考

宋壬戌科，秦桧之子熺，侄昌时、昌龄，一榜登第。时人愤恨，追问今岁知贡举为谁。一士答曰："是韩信。"人争辨其非。士笑曰："若主考非韩信，如何乃取三秦？"

通 文 县 丞

某邑一丞,素不知文,而强效矍作文语。大令病起,自怜消瘦,丞曰:"堂尊深情厚貌,如何得瘦!"一日,重刑鞫盗,哀呼殊苦,丞从旁抚掌,笑令曰:"恶人自有恶人磨。"又侍令饮,而令将赴别席,辞去,丞曰:"乞其余不足,又顾而之他。"令修后堂颇华,丞曰:"山节藻棁,何如其知也!"

四 畏

王文穆夫人悍妒,贵为极品,欲置一妾而不能。其宅后圃中有三畏堂,杨文公戏之曰:"可改作四畏。"公问其说,曰:"兼畏夫人。"公深以为恨。

六 百 羊

潘沧浪,滑稽之魁。邂逅一客,姓陆字伯阳,乃笑曰:"齐景公有马千驷,民无得而称焉,六百羊,直甚罕希?"

雌 鸡

或问:"丈人杀鸡以请子路,不知是雄的? 雌的?"答曰:"是雌的,不然,何为见其二子焉?"

神 仙 难 做

时俗贿赂公行,上下沿习。一人作吕纯阳状,杖头挑钱百文,众小儿牵衣乞钱,即与一文,行未一步,又一儿牵袂以乞,又与一文,才移足,儿又乞钱,如是者,三四不止。纯阳抚掌叹曰:"步步要钱,教我神仙也难做。"

书 误

真州王孝廉名道新,将访一客,令家僮写帖,误书新为親。王怒责之。时一友在坐，谑曰："岂干他误，程子曰：親当作新。先儒已有此语矣。"王怒顿释。

泥 其 家 人

丰南禺吏部，素简傲，家居，性益僻错。其友人叶蓁者，遣人致书，语有忤其意者，令仆泥其家人之面。坐客骇而问之，丰曰："书不云'其叶蓁蓁，宜其家人'乎？"

捉 狗 同 知

郡二守杜公，每出见狗，即擒其家坐罪，故民间无畜狗者。及杜去，民谣云："杜同知给由去，苟完矣。"

不　知　令

饮酒行令，座客有茫然者。一友戏曰："不知令，无以为君子也。"其人怒曰："不知命，何为改作令字？"友答曰："《中庸》注曰：'命，犹令也。'"一座绝倒。

园　外　狼

石中立为员外，与同列观上南园所蓄狮子。同列曰："县官日破肉五斤饲之，吾侪反不及此。"石曰："然，吾侪做官，皆员外郎，敢比园内狮子乎？"众大笑。

笑　林

　　《笑林》,明浮白主人选,原共一百四十五则,今据明刊《破愁一夕话》本选录八十八则。《破愁一夕话》全书共十种,总目是:《笑林》,《雅谑》,《谜语》,《嘲妓》,《巧偶》,《山歌》,《酒令》,《牌谱》,《夹竹桃》,《挂枝儿》。

笑　　林

浮白主人选

富　翁　戴　巾

　　财主命牧童晒巾,童晒之牛角上。牛临水照视,惊而走逸。童问人曰:"见一只戴巾牛否?"

　　此牛自知分量,胜却主翁多许。迩来术士闲汉,无不戴巾者,巾反觉有穷相,不若滂头帽子冠冕。

借　　牛

　　有走柬借牛于富翁者,富翁方对客,讳不识字,伪启缄视之,对曰:"知道了,少停我自来也。"

考

　　一监生过国学门,闻祭酒方盛怒两生而治之,问门者曰:"然则罚与? 打与? 磕锁与?"答以出题考文,即咈然曰:"咦,罪不至此。"

穿　大　衣

　　有初入粟者,穿大衣服讫,于着衣镜中自照,得意甚,指谓妻曰:

"你看镜中是甚人?"妻曰:"呸,你自字也不识。"

半　字

粟监寡陋,妻劝读书,问:"读书有甚好处?"妻曰:"一字值千金,如何不好?"答曰:"难道我身子,只直得半个字。"

青　盲

一青盲人涉讼,自诉眼瞎。官曰:"一双青白眼,如何诈瞎?"答曰:"老爷看小人是清白的,小人看老爷是糊涂的。"

封　君

有市井获封者,初谒县官,局踏甚,坚辞上坐。县官曰:"叨为令郎同年,理还该侍坐。"乃张目问曰:"你也是属狗的么?"

公　子

一人问封君与公子孰乐,答曰:"做封君,齿已衰矣,惟公子最乐。"其人急趋而去,追问其故,曰:"欲送家父上学。"

堵　子

一武官出征,将败,忽有神兵助阵,反大胜。官叩头请神姓名,神曰:"我是堵子神。"官曰:"小将何德,敢劳堵子尊神见救?"答曰:"感汝平昔在教场,从不曾一箭伤我。"

> 案:《笑府》卷上、《广笑府》卷十三都有此文,"堵子"作"垛子"。

老　童　生

县官考童生,傍晚,忽闻厂角喧闹,问之,门子禀云:"童生拿差了拄拐,在那里认。"

未　冠

童子有老而未冠者,考官问之,以孤寒无网巾对。官曰:"只你一嘴胡髯,勾结网矣。"对曰:"新冠不好带得白网巾。"

中

租户连年欠米,田主责之,每推年时做不出。至一年大熟,又推田瘦做不出。田主怒曰:"明年待我自种看如何?"租户曰:"相公种便种了,只是做不出的。"

产　喻

一士屡科不利,其妻素患难产,谓夫曰:"中这一节,与生产一般艰难。"士曰:"你却是有在肚里,我却无在肚里。"

求　签

一士岁考求签,通陈:"考六等,上上;四等,下下。"庙祝曰:"相公差矣,四等止杖责,如何反是下下?"曰:"此非你所知,六等黜退,极是干净;若在四等,看了我文字,决被打杀。"

四 等 亲 家

两秀才同时四等,于受责时,曾识一面。久之联亲,于会亲日相见,男亲家曰:"尊容曾于何处会过来?"女亲家亦曰:"便是面善,一时想不起。"各沉吟间,忽然同悟,男亲家点头曰:"嘎。"女亲家亦点头曰:"嘎。"

颂　屁

一士死见冥王,王忽撒一屁,士即拱揖进辞云:"伏维大王,高耸尊臀,洪宣宝屁,依稀丝竹之音,仿佛麝兰之气。"王大喜,命牛头卒引去别殿,赐以御宴。至中途,士顾牛头卒谓曰:"看汝两角弯弯,好似天边之月;双眸炯炯,浑如海底之星。"卒亦喜甚,扯士衣曰:"大王御宴尚早,先在家下吃个酒头了去。"

做 屁

一秀才死见冥王,自陈文才甚敏,王偶撒一屁,士即进前词云云。王喜,命延寿一年。至期死,复诣王。适王退朝,鬼卒报有秀才求见,王问何人,鬼卒曰:"就是那做屁文字的秀才。"

名 读 书

车胤囊萤读书,孙康映雪读书。一日,康往拜胤,不遇,问何往,门者曰:"出外捉萤火虫去了。"已而胤答拜康,见康闲立庭中,问:"何不读书?"康曰:"我看今日这天不像个下雪的。"

问 馆

乞儿买得新竹筒,众丐沽酒贺之,酒底曰庆新管。一先生过,闻之,急问曰:"你的旧馆何在?"

读 别 字
(吴语谓之白字)

有主人以米数石延蒙师,与之约:读一别字,罚米一升。至解馆,计一年所读,退却,仅存米二升。主人取置案上,师大失望,叹曰:"是何言兴(与)?是何言兴(与)?"主人顾童子曰:"连二升一并拿进去。"

读 破 句

冥王恶世多庸师,不识句读,误人子弟,乃私行访之。闻有教《大学序》者,念曰:"大学之,书古之,大学所以教人之。"即令鬼卒勾来责之曰:"汝何甚爱'之'字? 我罚你做一个猪。"其人临行曰:"做猪所不敢辞,愿判生南方。"王问其故,对曰:"南方之猪,强于北方之猪。"

没 坐 性

或遇处馆者呼曰:"坐冷板凳的来了。"处馆者不喻,其人曰:"此做先生本等也。"处馆者曰:"我一向不知,姑耐心一日坐而验之。"既少坐,不胜其烦,曰:"趁热走罢。"

道 学 相 骂

两人相诟于途,甲曰:"你欺心。"乙曰:"你欺心。"甲曰:"你没天理。"乙曰:"你没天理。"一道学闻之,谓门人曰:"小子听之,此讲学也。"门人曰:"相骂,谓何讲学?"曰:"说心说理,非讲学而何?"曰:"既讲学,何为相骂?"曰:"你看如今道学辈,那个是和睦的?"

案:又见《应谐录》、《笑得好》二集。

问 孔 子

两道学先生议论不合,各自诧真道学,而互诋为假,久之不决,乃共请正于孔子。孔子下阶,鞠躬致敬而言曰:"吾道甚大,何必相同? 二位老先生皆真正道学,丘素所钦仰,岂有伪哉?"两人各大喜而退。弟子曰:"夫子何谀之甚也?"孔子曰:"此辈人哄得他去勾了,惹他甚么?"

遇 偷

一贫士素好铺张,偷儿夜袭之,空如也,骂而去。士摸床头数钱追赠之,嘱曰:"君此来虽极怠慢,然人前万望包荒。"

戴 笆 斗

有避债者,偶以事出门,恐人见之,乃顶一笆斗而行。为一债家所识,弹其斗曰:"所约如何?"姑应曰:"明日。"已而雨大作,斗上点击无算,其人慌甚,乃曰:"一概明日。"

扛

有欠债屡索不还者,主人怒,命仆辈潜伺,扛之以归。至中途,仆暂歇,其人谓仆曰:"快走罢,歇在此,又被别家扛去,不关我事。"

扚　耳

有讼人咬去其耳者,被告,辩云:"是他自咬的,与小的无干。"吏在公坐后,扚己耳,团团走转。官回头见之,喝云:"这是甚么规矩?"禀云:"小的在这里详情。"

拿　屁

官坐堂,众人中撒一屁,官问:"甚么响? 拿过来。"皂禀云:"拿不着的。"官云:"如何作弊? 定要拿来。"皂将纸包一屎块回云:"正犯走了,拿得家属在此。"

怨　算　命

或见医者,问以生意如何,答曰:"不要说起,都被算命先生误了,嘱我:'有病人家莫走。'"

三　阿　弟

汉时有一神相来访刘玄德,刘使观相。相者曰:"汝相甚好,白面而白心。"因令相云长,相者曰:"汝相亦好,赤面而赤心。"刘闻之,急握张翼德手曰:"三阿弟险矣,莫相罢。"

风　水

有酷信风水者,动辄问阴阳家。一日,偶坐墙下,忽墙倒被压,亟呼救命。家人辈曰:"且忍着,待我去问阴阳先生,今日可动得土否?"

巫

有巫者方降神,被发谩语,适官府过,见之,大怒,命擒来,问为何人,巫惶迫叩头曰:"小的是金元七总管。"

鰕

和尚私买鰕食,鰕在热锅里乱跳,乃合掌低声,向鰕曰:"阿弥陀佛,耐心,少时红熟,便不疼了。"

代 诵 经

一士游佛寺,至西房,为僧所慢,怒而出。复往东房,见僧方诵经,问曰:"汝与谁家忏悔?"对曰:"闲时诵下,若有檀越布施,即画在他名下去。"士忽鏧僧头不已,僧曰:"小僧何罪?"士曰:"适西房贼秃可恶,此打可画在他名下去。"

待 诏 剃 头

一待诏剃僧头,失刀割坠一耳,僧痛极失声,待诏慌于地下拾此耳两手捧之曰:"师父不要忙,原生弗动在此。"

裁 缝

年旱,太守令法官祈雨,雨不至,太守怒,欲责法官。法官禀云:"小道本事平常,不如某裁缝好。"太守曰:"若何?"答曰:"他要落一尺,就是一尺。"

案:此条又见《雪涛谐史》。

银 匠

一人倾成色银用,既倾讫,觉其太低,与匠争论,久之,曰:"我不用成色了,你绰还我原银罢。"匠笑曰:"足下莫非痴的? 也须有些银气在内,方好绰得。"

中　人

玉帝修凌霄殿,偶乏用,欲将广寒宫典与人皇。因思中人亦得一皇帝方好,乃请灶君下界议价。既见朝,朝中讶之曰:"天庭所遣中人,何黑如此?"灶君笑曰:"天下那有中人是白的?"

性　不　饮

除夜以酒一瓯,腐一盂,供石敢当。主人揖毕,见狗在旁,命童子速收之。童方携酒入内,复出外,腐已为狗所啖矣。主人叱曰:"痴奴才,先收腐便好,狗是不吃酒的。"

问　令　尊

一人远出,嘱其子曰:"如有人问你令尊,可对以小事出外,请进拜茶。"又以其呆,恐忘也,书纸付之。子置袖中,时取看,至第三日,无人来问,以此纸无用,付之灯火。第四日忽有客至,问令尊,觅袖中纸不得,因对曰:"没了。"客惊曰:"几时没的?"对曰:"昨夜烧了。"

夹　被

暑月有拥夹被卧者,或问其故,答曰:"绵被太热。"

糟　饼

一人家贫而不善饮,每出,止啖糟饼二枚,即有醅状。适遇友人问曰:"尔晨饮耶?"曰:"非也,食糟饼耳。"归以语妻,妻曰:"便说饮酒,也妆些门面。"夫额之。及出,遇此友,问如前,以吃酒对。友诘之曰:"热吃乎? 冷吃乎?"答曰:"是燌的。"友笑曰:"仍是糟饼。"既归而妻知之,咎曰:"酒如何说燌? 须云热饮。"夫曰:"已晓矣。"再遇此友,不待问,即夸云:"我今番的酒是热吃的。"友问曰:"尔吃几何?"伸指曰:"两个。"

叉　袋

有持银入市籴者,失叉袋于途,归谓妻曰:"今日市中闹甚,没得好叉袋也。"妻曰:"你莫非也没了?"答曰:"随你好汉,便怎么?"妻惊问:"银子何在?"答曰:"这到没事,我紧紧缚在叉袋角上。"

骆　驼　蹄

乡人入城见鬻骆驼蹄者,倚担睨视。鬻者欺其乡人,谓曰:"你识得这物,当输数枚。"其人笑曰:"难道这物也不晓得?是三个字。"鬻者心念曰:"是矣,你且说第一个字。"其人曰:"落。"鬻者遽已服输,既啖毕,鬻者曰:"我只是放心不下,你且说完看。"乡人曰:"落花生。"

好　放　债

一人好放债,已贫矣,止余斗粟,仍谋煮粥放之。人问:"如何征利?"曰:"讨饭。"

悔　棋

两人下象棋,旁观者往出小恭,再至,则两人俱不见矣。遍觅之,乃在门角落里夺车。

望　烟　囱

一富儿才当饮啖,闲汉毕集,怪问曰:"汝辈何以知之?"对曰:"遥望灶头出烟,知是动火,故来耳。"曰:"我明日煨个行灶,看你如何?"对曰:"你到煨行灶时,我等自然不来了。"

蜘 蛛 网

蜘蛛结大网,既就,蝇与蚊共议:"此人设心不良,不若共拜为母,轮番供给。"一日,值蚊当觅食,误闭入妓者帐中。蝇奉母命访得之,闻其声嗡嗡然,乃于帐外低唤曰:"第二的,你便在此乐地嗡得好,娘肚皮已饿得七八了。"

不 请 客

一人性极吝,从不请客。一日,邻人借其家设宴。有见者,问其仆曰:"汝家主今日请客乎?"仆曰:"要我家主请客,直待那一世来。"主人闻而骂曰:"谁要你许他日子。"

不 留 客

远客来久坐,主家鸡鸭满庭,乃辞以家中乏物,不敢留饭。客即借刀,欲杀己所乘马寄餐。主曰:"公如何回去?"客曰:"凭公于鸡鸭中借一只,我骑去便了。"

盐 豆

徽人多吝。有客苏州者,制盐豆置瓶中,而以箸下取,每顿自限不得过数粒。或谓之曰:"令郎在某处大嫖。"其人大怒,倾瓶中豆一掬,尽纳之口,嚷曰:"我也败些家当罢。"

猴

一猴死见冥王,求转人身。王曰:"既欲做人,须将毛尽拔去。"即唤夜叉拔之。方拔一根,猴不胜痛叫。王笑曰:"看你一毛不拔,如何做人?"

合 种 田

有兄弟合种田者,禾既熟,议分之。兄谓弟曰:"我取上截,你取下截。"弟讶其不平。兄曰："不难,待明年,你取上,我取下,可也。"至次年,弟催兄下谷种。兄曰："今年种了芋艿罢。"

孝　媳

一翁曰："我家有三媳妇,俱极孝顺。大媳妇怕我口淡,见我进门就增盐增嫌了。次媳妇怕我寂寞,时常打竹筒鼓与我听。第三媳妇更孝,闻说'夜饭少吃口,活到九十九',故盦饭就不与我吃。"

引　避

甲乙同行,甲望见显者车盖,谓乙曰："此我好友,见我必下车,我当引避。"不意正避入显者之家,显者既入门,诧曰："是何白日撞匿我门内?"呼仆辈殴逐之。乙问曰："向说好友,何见殴辱?"曰："他与我惯是这等取笑的。"

掇　马　桶

甲乙俱惧内,乙往诉甲曰："房下迩来作事更狠,至晚马桶亦要我掇。"甲攘臂言曰："这个忒难,若是我……"言未毕,甲妻背后大喝曰："若是你,便怎么?"甲不觉下跪曰："若是我,就掇了。"

虎　势

有被妻殴,往诉其友者,友教之曰："兄平昔懦弱惯了,须放些虎势出来。"友妻从屏后闻之,喝曰："做虎势便怎么?"友惊跪曰："我若做虎势,你就是李存孝。"

银　会

有人拉友作会,友固拒之,不得,乃曰："汝若要我与会,除是跪我。"其人即下跪,乃许之。旁观者诮曰："些须会银,左右要还他的,如此自屈,吾甚不取。"答曰："我不折本也,他日讨会钱时,拜我的日子正多哩。”

快　揖

一人以作揖甚快,屡得罪于人。或教之曰:“汝揖时口念正月二月至十二月,乃完一揖,则自迟矣。”一日,遇友于途,如其言作揖,又迟甚,及揖完,友已去矣。乃问旁人曰:“是那一月去的?”

抢　婚

有婚家,女富男贫。男家恐其赖婚也,择日率男抢女,误背小姨以出。女家人追呼曰:“抢差了。”小姨在背上曰:“莫听他,不差不差,快走。”

近　视

某家设席,同上坐者二人,一瞎左目,一瞎右目。已而有客近视者至,竟坐前席。良久,私问同席者曰:“上席那阔面孔的朋友是谁?”

疤

有疤子赴席,泰然上坐。众客既齐,疤子自觉不安,复趋下谦逊。众客曰:“大疤叔请上,侄辈直背。怎敢。”

臭　脚

一人方款客,忽闻臭甚,呼童子问之。童子附耳曰:“是娘子脱脚。”其人低声沉吟曰:“即脱脚,臭未必至此。”童子复附耳曰:“两脚俱脱耳。”

看　镜

有出外生理者,妻嘱回时须买牙梳,夫问其状,妻指新月示之。

夫货毕将归,忽忆妻语,因看月轮正满,遂买一镜回。妻照之,骂曰:"牙梳不买,如何反取一妾?"母闻之,往劝,忽见镜,照云:"我儿,有心费钱,如何取个婆子?"遂至讦讼。官差往拘之,见镜慌云:"如何就有捉违限的?"及审,置镜于案,官照见,大怒云:"夫妻不和事,何必央乡宦来讲?"

才　人

一官人有书义未解,问吏曰:"此间有高才否?"吏误以为裁衣人姓高也,应曰:"有。"即唤进,官问曰:"贫而无谄如何?"答曰:"裙而无裥,使不得。"又问:"富而无骄如何?"答曰:"裤而无腰也使不得。"官怒喝曰:"嗃。"答曰:"若是皱,小人有熨斗在此。"

海　蛳

一人见卖海蛳者,唤住要买,问曰:"几多钱一斤?"卖者笑曰:"从来海蛳是量的。"其人即喝曰:"这难道不晓得? 问你几个钱一尺。"

撒　半　价

客有欲买苏州货者,或教之曰:"苏州人撒半价,视其讨价,半酬之可也。"客信之,至绸缎店,凡讨二两者,只还一两;讨一两五钱者,只还七钱五分。店主恚甚,谓客曰:"若如此说,不消买得,小店竟送两匹与足下罢了。"客拱手曰:"不敢不敢,学生只领一匹。"

发　换　糖

一人见以发换糖者,谓凡食皆可换也。晨出,藏发一料以往,遇酒肆,因入饱餐,餐毕,以发与之。肆佣皆笑,其人怒曰:"他人俱当钱用,到我偏用不得耶?"争辩良久,肆佣因挦发乱殴。其人徐理发言曰:"整料与他不要,倒在我头上乱抢。"

发 换 引 线

有戴破帽破网者,途中见人呼破帽子换铜钱,急取帽袖之;再呼破网巾换铜钱,复急脱网巾袖之;又呼乱头发换引线,乃大怒曰:"你这人无礼,忒寻得我要紧。"

破 网 巾

有见人网巾甚敝,劝令修补。其人唤匠至,即于坐上伸头令修。匠请除下,应曰:"若除下,散矣。"

破 帽

有见人帽破甚者,揖之曰:"乞公一小帽。"其人曰:"何得有此?"曰:"难道尊帽只开花,不结子的?"

鞋 袜 讼

一人鞋袜俱破,鞋归咎于袜,袜亦归咎于鞋,相与讼之于官。官不能决,乃拘脚跟证之。脚跟曰:"小的一向逐出在外,何由得知?"

笔 管 袜

时兴笔管暑袜,言极窄也。有买袜者,屡易而嫌宽不止。店主曰:"公若要如意,何不去寻漆匠?"问其故,答曰:"不用穿袜,只白垩了两腿,岂不妙?"

属 犬

一酒客讶同席者饮啖太猛,问其年,对以属犬。曰:"早是属犬,若属虎,连我也都吃了。"

豆 腐

一人留客饭,止豆腐一味,自言:"豆腐是我性命,觉他味不及也。"异日至客家,客记其食性所好,乃以鱼肉中各和豆腐。其人择鱼肉大啖,客问曰:"兄尝云:'豆腐是性命。'今日如何不吃?"答曰:"见了鱼肉,性命都不要了。"

馄　　饨

甲乙同食馄饨一盂,甲举箸如飞,乙为停手。须臾啖尽,止留一枚。乙不堪,谓曰:"何不并啖此枚?"答云:"面食。"

糕

有叫卖糕者,声甚哑。人问其故,曰:"我饿耳。"问:"既饿,何不食糕?"曰:"是馊的。"两曰皆低声说。

惯　撞　席

一乡人做巡捕官,值按院门,太守来见,跪报云:"太老官人进。"按君怒,责之十下。次日太守来,报云:"太公祖进。"按君又责之。至第三日,太守又来,自念乡语不可,通文又不可,乃报云:"前日来的,昨日来的,今日又来了。"

吃　　素

猫项下偶带数珠,老鼠见之,喜曰:"猫吃素矣。"率其子孙诣猫言谢。猫大叫一声,连啖数鼠。老鼠急走,乃脱,伸舌曰:"他吃素后越凶了。"

梦　戏　酌

一人梦赴戏酌,方定席,为妻惊醒,乃骂其妻。妻曰:"不要骂,趁早睡去,戏文还未到半本哩。"

淡　　酒

有以淡水酒饮客者,客尝之,极誉其烹庖之妙。主人曰:"粗肴尚未设,何以知之?"答曰:"勿论其他,只这一味酒煮白滚汤,已好吃矣。"

借 茶 叶

有留客饮茶者,向邻家借茶叶,未至,每汤沸,以水益之。釜且满矣,而茶叶终不得。妻乃谓夫曰:"此友是相知的,到留他洗个浴去罢。"

和 头 多

一童子洗萝卜欲卖,失足坠河死。母哭之曰:"我个肉耶!如何只见萝卜不见了肉?"

千 里 马

关公乘赤兔马,日行千里。周仓握刀从之,日亦千里。公怜之,欲觅一良马赐焉,而遍索无千里者。止一马,日行九百,乃厚价市之赠仓。仓乘马从公,一日差百里,两日差二百里。仓恐失公,仍下马步行,又不忍弃马,乃以索攒马蹄,悬之刀头,掮之而飞走。

金 银 锭

贫子持金银锭一串行,顾锭叹曰:"若得你硬时,就济得我用了。"锭笑曰:"我如何得硬,不若你硬了凑我罢。"

跌

一人偶仆地,方起复跌,乃曰:"早知还有一跌,不起来也罢了。"

露 水 桌 子

一人偶于露水桌子上以指戏画"我要做皇帝"五字,仇家见之,即捐桌赴府,首彼谋反。值官府未出,日光中,露水已灭迹矣。众问:"汝捐桌至此何为?"答曰:"我有桌子一堂,特把这张来看样,不知老爷要买否?"

迂 仙 别 记

《迂仙别记》,明吴下张夷令所辑,原卷帙不知若干,明冯梦龙《古今谭概》专愚部第四"谪其尤二十四条",今据全录。

迂 仙 别 记

吴下张夷令辑

迂公出,遭酒人于道,见殴,但叉手听之,终不发言。或问公何意,曰:"傥毙我,彼自抵命。吾正欲其尔尔。"

迂公与卫隐君奕,卫着白子,公大败,积死子如山,枰中一望浩白。公痛懊曰:"老子命蹇,拈着黑棋。"

陈孝廉喜奕,公以棋劣,故得近,每受饶四子。一日弈罢,公适输四子,色然惊顾曰:"顷若不见饶,定是和局。"

公过屠肆,见砧旁棋局甚设,一癞头奴取子布算,公便跨柜坐,与奴奕,大败,拈子掷地,欲碎其局。奴曰:"此主人棋,何与尔事?"公曰:"若然,即败亦何与我事?"便回面作喜,拾子更着。

"烟锁池塘柳",五字寓五行,昔称鳏对。公一日夸向客曰:"吾得所以对之矣:冀粟陈献忠。"意取东西南北中也。

乡居有偷儿夜瞰公室,公适归遇之,偷儿大恐,弃其所衣羊裘而遁。公拾得之,大喜,自是羊裘在念,入城,虽丙夜必归,至家,门庭晏然,必蹙额曰:"何无贼?"

公性酷忌僧,口讳僧字,遇诸途,必索水涤目;如狭巷不及避,肩相摩,必解衣浣之,七日而后服。有馈以诗扇者,中有"竹院逢僧"之句,辄掷还曰:"咄,此悔君当自受之。"

张夷令曰:“如今和尚惯持疏簿,见之果是悔气。”

尝集谢光禄所,试雨前新茶,坐客虚吸缓引,寻味良苦;独到公,才上口,碗脱手矣。光禄曰:“好知味者。”公曰:“吾去年饮法亦如是。”

公读书未识字,每附会知文,见制义,辄胡乱甲乙之。尝谓谢茂才曰:“凡文章以趣胜,须作得有趣才有趣,若作得无趣便无趣矣。”谢曰:“善,遂书诸绅,终身诵之。”原旁批云:“师明弟子哲。”

黄驾部圃中,凿池起土,累岸如丘,草丛生之。公一日游池上,抠衣拨草而过,心厌之,谓黄曰:“尔时开池,何必挑土?不挑,是草应在水底矣。”

杨太医妄称诗,高咏其《立夏诗》云:“昨夜春归去,今日景风生。”公听之,骤征其解。或戏应曰:“此令亲何景峰讳春者,昨夜恶发暴亡,今日再生,太医作诗庆之耳。”公径起,急走诣何,值何正啖饭,公雪涕被面,掣其箸曰:“兄魂魄初复,神观未定,饭且少进。”何大怪,疑以为祟,且唾且骂,驱闭门外。公怒,遂与何绝交。

公病目,将就医,适犬卧阶阴,公跨之,误蹑其项,狗遽啮公,裳裂。公举似医,医故熟公,调之曰:“此当是狗病目耳,不尔,何止败君裳。”公退思:吠主小事,暮夜无以司儆。乃调药先饮狗,而以余沥自服。

汪刺史自官还,公谒之。偶有执贽刺史者,中有双鹅。少选,鹅以喙插翅而伏。公忽讯刺史曰:“使鹅作梦,还复梦鹅否?”原旁批云:“奇问似禅机。”刺史大笑曰:“君夜来何梦?”

马肝有大毒,能杀人,故汉武帝云:“文成食马肝而死。”客有语次及此者,公适闻之,发辩曰:“客诳语耳,肝故在马腹中,马何以不死?”客戏曰:“马无百年之寿,以有肝故也。”公大悟。家有畜马,便刳其肝,马立毙,公掷刀叹曰:“信哉毒也,去之尚不可活,况留肝乎！"

公尝宴客，酒酣，隐几熟睡，及觉，便谓经宿，张目视客曰："今日未尝奉招，何复见降？"客曰："怪君昨日不送客耳。"

尝过袁洗马，见袁手把一编，且阅且走，公便问何书。洗马曰："《廿一史》。"公曰："吾久闻《廿一史》名，意谓兼车充栋，看来百余叶耳，幸便借我抄讫送还，何如？"

里中有富家行聘，盛筐篚而过公门者。公夫妇并观之，相谓曰："吾与尔试度其币金几何？"妇曰："可二百金。"公曰："有五百。"妇谓必无，公谓必有，争持至久，遂相詈殴。妇曰："吾不耐尔，竟作三百金何如？"公犹诟谇不已，邻人共来劝解，公曰："尚有二百金未明白，可是细事？"

公尝醉走，经鲁参政宅，便当门呕哕。其阍人呵之曰："何物酒狂，向人门户泄泻？"公睨视曰："自是汝门户不合向我口耳。"其人不觉失笑曰："吾家门户旧矣，岂今日造而对汝口？"公指其嘴曰："老子此口颇亦有年。"

兄试南都，将发榜，命公往侦之，已而获荐。公注目榜纸，略不移瞬，至日暮，犹不去。兄急令人寻索，见公于榜下瞻瞩甚苦，呼之曰："胡不去，守此何益？"曰："世多有同姓名人，吾去，设有来冒兄名者，可若何？"

雨中，借人衣着之出，道泞，失足，跌损一臂，衣亦少污。从者掖公起，为之摩痛甚力。公止之曰："汝第取水来涤吾衣，臂坏无与尔事。"从者曰："身之不恤，而念一衣乎？"公曰："臂是我家物，何人向我索讨。"

公家藏宋笺数幅，偶吴中有名卿善书画者至，或讽之曰："君纸佳甚，何不持向某公索其翰墨，用供清玩？"公曰："尔欲坏吾纸耶？蓄宋笺，固当宋人画。"

久雨屋漏，一夜数徙床，卒无干处，妻儿交诟。公急呼匠者葺治，劳费良苦。工毕，天忽开霁，竟月晴朗。公日夕仰屋叹曰："命劣之人，才葺屋，便无雨，岂不白折了也！"

家有一坐头，绝低矮。公每坐，必取瓮片支其四足。后不胜烦，忽思得策，呼侍者移置楼上坐。及坐时，低如故，乃曰："人言楼高，浪得名耳。"遂命毁楼。

广记："甲乙斗，乙被啮下鼻，讼之官。甲称乙自啮，官曰：'人鼻高口低，岂能啮乎？'甲曰：'彼踏床子就啮之。'"似此。

丁未闰六月朔，雷雨大作，公阻王孝廉斋中，抵暮不得返，颦蹙曰："闰月天地之余数耳，奈何认真若此，而风雨雷霆之不惮烦也！"

七 修 类 稿

明郎瑛《七修类稿》及《续稿》共有《奇谑类》四卷,今据清耕烟草堂本选录六则。

七修类稿奇谑类

郎瑛撰

十 七 字 诗

正德间徽郡天旱,府守祈雨欠诚,而神无感应。无赖子作十七字诗嘲之云:"太守出祷雨,万民皆喜悦;昨夜推窗看,见月。"守知,令人捕至,责过十八,止曰:"汝善作嘲诗耶?"其人不应。守以诗非己出,根追作者。又不应。守立曰:"汝能再作十七字诗则恕之,否则罪置重刑。"无赖应声曰:"作诗十七字,被责一十八;若上万言书,打杀。"守亦哂而逐之。此世之所少,无赖亦可谓勇也。

诗 人 无 耻

近见金华一友,惯游食于四方,以卖诗文为名,而实干谒朱紫。有私印一颗,其文云:"芙蓉山顶,一片白云。"其自拟清高如此。友人商履之嘲曰:"此云每日飞到府堂上。"闻者绝倒。

觅 利 太 守

正德间,嘉兴太守罗以新丝锅铁照斤数而易人网巾钢针。唐夏侯彪以万钱货鸡子几何,候鸡母抱儿成鸡,然后收之;以万钱货笋若干,待其成竹,然后纳官。吁,古今岂无对耶!

三 笑 事

嘉靖庚子,杭有稳婆,为人收生,反生子于产家。而医人因急症死于病家者。又有蔡仓官权巡捕,而为强盗劫掠,一时畏盗,口称爷爷。好事者作一绝曰:"稳婆生子收生处,医士医人死病家;更有一般堪笑者,捕官被盗叫爷爷。"

荒 年 转 语

嘉靖乙巳,天下十荒八九。吾浙百物腾涌,米石一两五钱。时疫大行,饿莩横道。予友金玉泉珊除夜作二转语,词虽近戏,事则实焉。录之,不惟见时之荒,亦足发人之一笑耳。"年去年来来去忙,不饮千觞饮百觞;今年若还要酒吃,除却酒边酉字旁。"饮水也"年去年来来去忙,不杀鹅时也杀羊;今年若还要鹅吃,除却鹅边鸟字旁。"杀我也

不 知 画

嘉靖初,南京守备太监高隆,人有献名画者,高曰:"好!好!但上方多素绢,再添一个三战吕布最佳。"人传为笑。余谓:"此中官,宜然。"闻沈石田送苏守《五马行春图》,守怒曰:"我岂无一人跟者耶?"沈知,另写随从者送入,守方喜。沈因戏之曰:"奈绢短,少画前面三对头踏耳。"守曰:"也罢,也罢。"

谈　言

　　《谈言》一卷,明江盈科撰。盈科字进之,常德桃源人。今据明末刊本全录。

谈　言

桃源江盈科

黄　可

　　进士黄可,字不可,孤寒朴野,深于雅道,诗句中多用驴字,如《献高侍郎诗》云"天下传将舞马赋,门前迎得跨驴宾"之类。又尝谒舍人潘佑,潘服槐子,云:"丰肌却老。"明旦,潘公趋朝,天阶未曙,见槐树烟雾中,有人若猿狙之状,追而视之,即可也。怪问其故,乃拥条而谢曰:"昨蒙明公教服槐子法,故今日斋戒而掇之。"潘大噱而去。

庐 山 道 士

　　庐山九天使者庙有道士,忘其姓名,体貌魁伟,饮啖酒肉,有兼人之量;晚节服饵丹砂,躁于冲举。魏王之镇浔阳也,郡斋有双鹤,因风所飘,憩于道馆,回翔嘹唳,若自天降。道士且惊且喜,焚香端简,前瞻云霓,自谓当赴上天之召,命山童控而乘之,羽仪清弱,莫胜其载,毛伤背折,血洒庭除,仰按久之,是夕皆毙。翌日,驯养者诘知其状,诉于公府。王不之罪。处士陈沆闻之,为绝句以讽云:"啖肉先生欲上升,黄云踏破紫云崩;龙腰鹤背无多力,传语麻姑借大鹏。"

武　恭

　　李寰建节晋州。表兄武恭性诞妄,又称好道及蓄古物,遇寰生日无饷,乃遗箱挈一故皂袄子与寰曰:"此是李令公收复京师时所服,愿尚书一似西平。"寰以书谢。后闻恭生日,挈一破腻脂幞头饷恭曰:"知兄深慕高真,求得一洪崖先生初得仙时幞头,愿兄得道一如洪崖。"宾寮无不大笑。又记有嘲好古者,以市古物不计直破家,无以食,遂为丐,犹持所有颜子陋巷瓢,号于人曰:"孰有太公九府钱,乞一文。"与武恭事正相类。

华 阳 生

华阳有狂生,一夕乘酣访邻曲隐翁,见主人庭中月色如昼,梅花盛开,乃朗诵宋人诗曰:"窗前一样梅花月,添个诗人便不同。"盖自负也。主人亦朗诵宋人诗曰:"自从和靖先生死,见说梅花不要诗。"盖恐其作诗唐突梅花也。生忿主人嘲己,肆诟而去。明日,主人到县讼之,县官呼狂生试诗,甚劣,笑谓狂生曰:"姑免问罪,押发去百花潭上看守杜工部祠堂。"闻者绝倒。

崔 张

进士崔涯、张祐,下第后,多游江淮,常嗜酒侮谑时辈,或乘饮兴,即自称侠。二子好尚既同,相与甚洽。崔因醉作侠士诗云:"太行岭上三尺雪,崔涯袖中三尺铁,一朝若遇有心人,出门便与妻儿别。"由是往往播在人口:"崔、张真侠士也。"以此人多设酒馔待之,得以互相推许。一旦,张以诗上牢盆使,出其子授漕渠小职,得堰俗号冬瓜。张二子,一椿儿,一桂子,有诗曰:"椿儿绕树春园里,桂子寻花夜月中。"人或戏之曰:"贤郎不宣作等职?"张曰:"冬瓜合出祐子。"戏者相与大哂。后岁余,薄有资力。一夕,有非常人装饰甚武,腰剑,手囊贮一物,流血于外,入门谓曰:"此非张侠士居也?"曰:"然。"张揖客甚谨。既坐,客曰:"有一仇人,十年冤得,今夜获之,喜不可已。"指其囊曰:"此其首也。"问张曰:"有酒否?"张命酒饮之,客曰:"此去三数里,有一义士,余欲报之,则平生恩仇毕矣。闻公气义，可假余十万缗，立欲酬之，是余愿矣。此后赴汤蹈火，为狗为鸡，无所惮。"张且不吝，深喜其说，乃扶囊烛下筹其缣素中品之物，量而与之。客曰："快哉，无所恨也！"乃留囊首而去，期以却回。及期不至，五鼓绝声，东曦既驾，杳无踪迹。张虑以囊首彰露，且非己为，客既不来，计将安出，遣家人将欲埋之，开囊出之，乃豕首也，因方悟之而叹曰："虚其名，无其实，而见欺之若是，可不戒欤！"豪杰之气，自此而丧矣。

李　西　涯

武庙时，内阁刘、谢两公同日去国，惟西涯李公独未去。其后值逆瑾纵横，无所匡救，有嘲之者，画一丑恶老妪，骑牛吹笛，题其额曰："此李西涯相业。"或以告西涯，公乃自题一绝云："杨妃身死马嵬坡，出塞昭君怨恨多；争似阿婆牛背稳，春风一曲太平歌。"呜呼！武庙时何等景象，公乃自谓太平！昔宋南渡后，一宰执致仕家居，乡人于其初度，相约为寿，宰自谓曰："老夫不才，幸为太平宰相，徼天之幸。"坐间一儒士离席言曰："天下到太平，只河朔一起窃盗拿不获。"盖指金虏也。宰始大惭。噫，若西涯者亦类是耳。

李　觏

李觏贤而有文章，素不喜佛，不喜孟子，好饮酒，一日，有达官送酒数十斗，泰伯家酿亦熟，士人知其富有酒，然无计得饮，乃作诗数首骂孟子，其一云："完廪捐阶未可知，孟轲深信亦还痴；岳翁方且为天子，女婿如何弟杀之？"李见之，大喜，留连数日，所与谈，莫非骂孟子也。无何酒尽，乃辞去。既而闻又有寄酒者，士人再往作仁义正论三篇，大率皆诋释氏。李览之，笑云："公文采甚奇，但前次被公吃了酒后极索寞，今次不敢相留，留此酒以遣怀。"闻者大笑。

驿　吏

江南一驿吏，以干事自任。典郡者初至，吏曰："驿中已理，请一阅之。"刺史往视,初见一室,署曰"酒库",诸酝毕熟,其外画一神,刺史问是谁,言是杜康,刺史曰:"公有余也。"又一室署云"茶库",诸茗毕贮,复有一神,问是谁,云是陆鸿渐,刺史益善之。又一室署云"菹库",诸菹毕备,亦有一神,问是谁,吏曰:"蔡伯喈。"刺史大笑。

李　渊　材

渊材好谈兵,晓大乐,通知诸国音语,尝咤曰:"行师顿营,每患乏水,近闻开井法甚妙。"时馆太清宫,于是日相其地而掘之,无水,又迁掘数尺,四旁遭其掘凿,孔穴棋布。道士月夜登楼之际,蹙额曰:"吾观为败龟壳乎? 何其孔穴之多也!"渊材不怪。又尝从郭太尉游园,咤曰:"吾比传禁蛇方,甚妙,但咒语耳,而蛇听约束,如使稚子。"俄有蛇甚猛,太尉呼曰:"渊材可施其术。"蛇举首来奔,渊材无所施其术,反走汗流,脱其冠巾曰:"此太尉宅神,不可禁也。"太尉为之一笑。尝献乐书,得协律郎,使余跋其书曰:"子落笔当公,不可以叔侄故溢美也。"余曰:"渊材在布衣有经纶志,善谈兵,晓大乐,文章盖其余事,独禁蛇开井,非其所长。"渊材观之怒曰:"司马子长以郦生所为事事奇,独说高祖封六国为失,故于本传不言者,著人之美而完传也,又于《子房传》载之者,不欲隐实也,奈何言禁蛇开井事乎?"闻者绝倒。

士　人　妇

小邑有士人婿,其妇大妒忌于夫,小则诟詈,大必捶打,常以长绳系夫脚,有唤便牵绳。婿密与巫妪为计,因妇眠,入厕,以绳系羊,婿缘墙走避。妇觉,牵绳而羊至,大惊怪,召问巫,巫曰:"娘积恶,先人怪责,故郎君变成羊。若能改过,乃可祈请。"妇因悲号,抱羊恸哭,自咎悔誓。巫乃令七日斋,举家大小,悉避于室中,祭鬼神,师祝羊还复本形,婿徐徐还。妇见婿,啼问曰:"多日作羊,不乃辛苦耶?"婿曰:"犹忆啖草不美,腹中痛耳。"妇愈悲哀。后复妒忌,婿因伏地作羊鸣，妇惊起徒跣，呼先人为誓，于是不复敢尔。《尚书》："星有好风，星有好雨。"古注云："箕星，东方朔也，东木克北土，以土为妻，雨，土也，土好雨，故箕星从妻所好而多雨也。毕，西方宿也，西金克木，东木以木为妻，风，木也，木好风，故毕星从妻所好而多风也。由此推之，则北宫好燠，南宫好旸，中央四季好寒，皆以所克为妻而从妻所好也。"予一日偶述此义，坐有善谑者，应声曰："天上星宿亦怕老婆乎！"满堂为之哄然一笑。

石　动　䂮

北齐高祖尝燕近臣为乐，高祖曰："我与汝等作谜，可共射之：卒律葛答。"诸人皆射不得，或云是髇子箭，高祖曰："非也。"石动䂮云："臣已射得。"高祖曰："是何物？"动䂮对曰："是煎饼。"高祖笑，动䂮曰："射着是也。"高祖又曰："汝等诸人为我作一谜，我为汝射之。"诸人未作，动䂮为谜，复云："卒律葛答。"高祖射不得，问曰："此是何物？"答曰："是煎饼。"高祖曰："我始作之，何因更作？"动䂮曰："承大家热铛子更作一个。"高祖大笑。

高祖尝命人读《文选》，有郭璞《游仙诗》，嗟叹称善。诸学士皆曰："此诗极工，诚如圣旨。"动䂮即起曰："此诗有何能，若令臣作，当胜伊一倍。"高祖不悦，良久语云："汝是何人，自言作诗胜郭璞一倍，岂不合死？"动䂮即云："大家即命臣作，若不胜一倍，甘自合死。"即令作之，动䂮曰："郭璞《游仙诗》云：'青溪千仞余，中有一道士。'臣作云：'青溪二千仞，中有两道士。'岂不胜伊一倍？"高祖始大笑。

又尝于国学中看博士，孔子弟子达者七十二人，动䂮因问曰："达者七十二人，几人已着冠？几人未着冠？"博士曰："经传无文。"动䂮曰："先生读书，岂合不解孔子弟子已着冠有三十人，未着冠有四十二人？"博士曰："据何文以辨之？"曰："《论语》云'冠者五六人'，五六三十人也；'童子六七人'，六七四十二人也，岂非七十二人？"坐中皆大悦。博士无以复之。

雪涛小说

《雪涛小说》，明江盈科撰，原共十四则，今据明末杭州刊《雪涛谐史》本选录八则。

雪涛小说

〔楚〕江盈科著　郝之玺阅

鼠技虎名

楚人谓虎为老虫，姑苏人谓鼠为老虫。余官长洲，以事至娄东，宿邮馆，灭烛就寝，忽碗碟訇然有声，余问故，阍童答曰："老虫。"余楚人也，不胜惊错，曰："城中安得有此兽?"童曰："非他兽，鼠也。"余曰："鼠何名老虫?"童谓吴俗相传尔耳。嗟嗟，鼠冒老虫之名，至使余惊错欲走，良足发笑。然今天下冒虚名骇俗耳者不少矣：堂皇之上，端冕垂绅，印累累而绶若若者，果能遏邪萌、折权贵、摧豪强欤? 牙帐之内，高冠大剑，左秉钺右仗纛者，果能御群盗、北遏虏、南遏诸彝，如古孙吴起剪之俦欤? 骤而聆其名，赫然喧然，无异于老虫也；徐而叩所挟，止鼠技耳。夫至于挟鼠技，冒虎名，立民上者皆鼠辈。天下事不可不大忧耶!

任　事

天下有百世之计，有一世之计，有不终岁之计。计有近久，而治乱之分数因之。国家自洪武至于今，二百四十年，承平日久，然所以保持承平之计，则日益促。自宗藩、官制、兵戎、财赋以及屯田、盐法，率皆敝坏之极。收拾无策，整顿无绪。当其事者，如坐敝船之中，时时虞溺，莫可如何。计日数月，冀幸迁转，以遗后来，后来者又遗后来，人复一人，岁复一岁，而愈敝愈极。虽有豪杰，安所措乎?

盖闻里中有病脚疮者，痛不可忍，谓家人曰：“尔为我凿壁为穴。”穴成，伸脚穴中，入邻家尺许。家人曰：“此何意?”答曰：“凭他去邻家痛，无与我事。”又有医者，自称善外科，一裨将阵回，中流矢，深入膜内，延使治，乃持并州剪剪去矢管，跪而请谢。裨将曰：“簇在膜内者须亟治。”医曰：“此内科事，不意并责我。”噫，脚入邻家，然犹我之脚也；簇在膜内，然亦医者之事也；乃隔一壁，辄思委脚，隔一膜，辄欲分科。然则痛安能已，责安能逭乎？今日当事诸公，见事之不可为，而但因循苟安，以遗来者，亦若委痛于邻家，推责于内科之意。呜呼，忠臣事君，岂忍如此？古人盖有身死而尸谏，临终而荐贤者，岂其及吾之身，一策莫展，而但欲遗诸后人也哉！虽然，为之之道，盖亦甚难，我明任事如忠肃、忠宣二公，皆不免以身为殉。信乎，任事之难哉！

催　　科

为令之难，难于催科。催科与抚字，往往相妨，不能相济。阳城以拙蒙赏，盖犹古昔为然，今非其时矣。国家之需赋也，如枵腹待食；穷民之输将也，如挖脑出髓。为有司者，前迫于督促，后慑于黜罚，心计曰：“与其得罪于能陟我能黜我之君王，不如忍怨于无若我何之百姓。”是故号令不完，追呼继之矣；追呼不完，棰楚继之矣；棰楚不完，而囹圄，而桎梏。民于是有称贷耳；称贷不得，有卖新丝籴新谷耳；丝尽谷竭，有鬻产耳；又其甚，有鬻妻鬻子女耳。如是而后赋可完，赋完，而民之死者十七八矣。呜呼，竭泽而渔，明年无鱼，可不痛哉。或有尤之者，则应曰：“吾但使国家无逋赋，吾职尽矣，不能复念尔民也。”余求其比拟，类驼医然。昔有医人，自媒能治背驼，曰：“如弓者、如虾者、如曲环者，延吾治，可朝治而夕如矢。”一人信焉，而使治驼。乃索板二片，以一置地下，卧驼者其上，又以一压焉，而即躧焉，驼者随直，亦复随死。其子欲鸣诸官，医人曰：“我业治驼，但管人直，那管人死。”呜呼，世之为令，但管钱粮完，不管百姓死，何以异于此医也哉！虽然，非仗明君躬节损之政，下宽恤之诏，即欲有司不为驼医，可得耶？

甘　利

呜呼，味之至甘者，莫过于利，人之至苦者，莫甚于贫，以至甘之味，投至厌苦之人，往往如石投水，有受无拒。故四知却馈，杨震标誉于关西，一钱选受，刘宠著称于东汉，挥锄隐居，视同瓦砾，披裘老子，耻食道遗，史册所书，晨星落落，而垂涎染指，曲取贪图者，则天下滔滔也。尝闻一青衿，生性狡，能以谲计诳人。其学博持教甚严，诸生稍或犯规，必遣人执之，扑无赦。一日，此生适有犯，学博追执甚急，坐彝伦堂盛怒待之。已而生至，长跪地下，不言他事，但曰："弟子偶得千金，方在处置，故来见迟耳。"博士闻生得金多，辄霁怒，问之曰："尔金从何处来？"曰："得诸地中。"又问："尔欲作何处置？"生答曰："弟子故贫，无资业，今与妻计：以五百金市田，二百金市宅，百金置器具，买童妾，止剩百金，以其半市书，将发愤从事焉，而以其半致馈先生，酬平日教育，完矣。"博士曰："有是哉，不佞何以当之！"遂呼使者治具，甚丰洁，延生坐觞之，谈笑款洽，皆异平日。饮半酣，博士问生曰："尔适匆匆来，亦曾收金箧中扃钥耶？"生起应曰："弟子布置此金甫定，为荆妻转身触弟子，醒已失金所在，安用箧？"博士蘧然曰："尔所言金，梦耶？"生答曰："固梦耳。"博士不怿，然业与款洽，不能复怒，徐曰："尔自雅情，梦中得金，犹不忘先生，况实得耶？"更一再觞出之。嘻，此狡生者，持梦中之金，回博士于盛怒之际，既赦其扑，又从而厚款之；然则金之名且能溺人，彼实馈者，人安得不为所溺？可惧也已。尝观韩非以出妇喻黜官曰："为妇而出，常也，所贵善营私耳；居官而黜，亦常也，所贵善殖货耳。"呜呼，韩子之言，世情也。楚有一人为令，以墨罢官归，而美衣媮食，歌童舞姬，受享拟王者。醉中语人曰："我若无主意，听孔夫子说话，今且无饭吃，安得有此？"噫，此造业之人，造业之言。然彼直狂诞，敢为此语，世之口不若人心若人者,可胜数哉! 庞氏遗安,杨公清白,能不目为迂阔者,又几何人哉?

妄　心

　　见卵求夜,庄周以为早计;及观恒人之情,更有早计于庄周者。一市人贫甚,朝不谋夕。偶一日拾得一鸡卵,喜而告其妻曰:"我有家当矣。"妻问安在,持卵示之,曰:"此是。然须十年,家当乃就。"因与妻计曰:"我持此卵,借邻人伏鸡乳之,待彼雏成,就中取一雌者,归而生卵,一月可得十五鸡,两年之内,鸡又生鸡,可得鸡三百,堪易十金。我以十金易五牸,牸复生牸,三年可得二十五牛;牸所生者,又复生牸,三年可得百五十牛,堪易三百金矣。吾持此金举责,三年间,半千金可得也。就中以三之二市田宅,以三之一市僮仆、买小妻,我乃与尔优游以终余年,不亦快乎?"妻闻欲买小妻,怫然大怒,以手击鸡卵碎之,曰:"毋留祸种。"夫怒挞其妻,仍质于官,曰:"立败我家者,此恶妇也,请诛之。"官司问家何在,败何状,其人历数自鸡卵起,至小妻止。官司曰:"如许大家当,坏于恶妇一拳,真可诛。"命烹之。妻号曰:"夫所言皆未然事,奈何见烹?"官司曰:"你夫言买妾,亦未然事,奈何见妒?"妇曰:"固然,第除祸欲早耳。"官笑而释之。噫,兹人之计利,贪心也;其妻之毁卵,妒心也,总之,皆妄心也。知其为妄,泊然无嗜,颓然无起,即见在者,且属诸幻,况未来乎! 嘻,世之妄意早计,希图非望者,独一算鸡卵之人乎!

嫁　祸

　　金陵上清河一带善崩,太祖患之,皆曰:"猪婆龙窟其下,故尔。"时工部欲闻于上,然疑猪犯国姓,辄驾称大鼋为害。上恶其同元字,因命渔者捕之,杀鼋几尽。先是渔人用香饵引鼋,鼋凡数百斤,一受钓,以前两爪据沙,深入尺许,百人引之不能出。一老渔谙鼋性,命于其受钓时,用穿底缸从纶贯下,复鼋面,鼋用前爪搔缸,不复据沙,引之遂出。金陵人乃作语曰："猪婆龙为殃，赖头鼋顶缸。"言嫁祸也。尝观潘去华小说，载马炳然事，乃知世之不幸而为大团鼋者，多矣。去华谓炳然官至金都，舟归蜀，泊团风，举家皆被盗歼，则杀长鼍辈之报也。古语云："宁人负我，毋我负人。"药言哉！

戒　性　急

凡人性急最害事，非独害事，先足自害。故性急人不能忧，忧必损性；不能怒，怒必损肝：皆有死道。其不然者，幸也。余观古今性急人，有一二小事可发笑，令其人自觉，亦必自笑，当知所以惩其性矣。晋王述性急，一日下箸夹鸡子，鸡子不受箸，乃投之地，见其旋转不定，用木屐蹂之；鸡子偶匿屐齿空处，不受蹂，述乃就地手取置口中啮之，尽碎，方吐弃。我朝天顺时，都宪陈智亦性急，尝取镊剔指，镊坠地，就地取之，持触砖数回，尽灭其锋乃已。暑日坐厅事，一蝇拂其面，即叱左右捕之。左右故东西驰骛作拿状，伺其怒定乃罢。或告之改，智乃书戒性急三字于木尺，置案头。然僮仆有小过，辄又持木尺自挟之。噫，此两公事，言之皆可笑。其实鸡子也，镊也，蝇也，皆无知之物，即我怒彼，彼何损焉，徒自苦耳。是故西门豹佩韦以自缓，庶几能克己者哉。

知　无　涯

楚人有生而不识姜者，曰："此从树上结成。"或曰："从土里生成。"其人固执己见，曰："请与子以十人为质，以所乘驴为赌。"已而遍问十人，皆曰："土里出也。"其人哑然失色，曰："驴则付汝，姜还树生。"北人生而不识菱者，仕于南方，席上啖菱，并壳入口。或曰："啖菱须去壳。"其人自护所短，曰："我非不知，并壳者，欲以清热也。"问者曰："北土亦有此物否？"答曰："前山后山，何地不有。"夫姜产于土，而曰树结；菱生于水，而曰土产，皆坐不知故也。余闻四明有蚶田，岭南有乳田。夫蚶也，乳也，皆有血气，人皆意其胎、卵生也;而四明人之种蚶也,用蚶水洒田中,一点一蚶,期至而收之,如收五谷,量亩多少。岭南人之种乳也,用米粉洒田中,久之,粉皆成形如蚕蛹,及期而收之,捣碎遂成乳。假令不经闻见,则必执蚶与乳之必不出于田,与执姜之从树结,菱之自土产者,一也。乃知物理无穷,造化无尽,盖一例以规物,真瓮鸡耳。

雪涛谐史

《雪涛谐史》,是明江盈科所撰《雪涛阁四小书》的一种,原共一百六十则,今据明末刊本选录一百三十三则。原校梓人天都外史或天都逸士、冰华生或冰华居士,都是明新安潘之恒的别号,之恒著有《亘史》,故书中附评又往往自署亘史(潘所编《亘史》,题署为"天都逸史冰华生辑")。

谐 史 引

善乎李君实先生之言曰:"孔父大圣,不废莞尔。武公抑畏,犹资善谑。"仁义素张,何妨一弛? 郁陶不开,非以涤性。唯达者坐空万象,恣玩太虚,深不隐机,浅不触的;犹夫竹林森峙,外直中通,清风忽来,枝叶披亚。有无穷之笑焉,岂复有禁哉? 余故于雪涛氏有取焉耳。冰华居士题。

雪 涛 谐 史

天都外史冰华生校梓

陈君佐维扬人,以医为业,能作谐语。洪武时出入禁中,上甚狎之,常与谭兵中艰难。一日,上问曰:"朕似前代何君?"对曰:"似神农。"上问所以,对曰:"若不似神农,如何尝得百草?"上悟,大笑。盖军中曾乏粮,士卒每食草木,上与同甘苦,故云。

楚中有显者,其居室也,常苦嫡庶不睦,即宾客在堂,往往哄声自内彻外。偶一词客谒显者,值其内哄,显者欲借端乱其听,会厅上悬鸠鹊一幅,指谓词客曰:"君善品题,试为老夫咏此图,可乎?"客因题曰:"鸠一声兮鹊一声,鸠呼风雨鹊呼晴;老夫却也难张主,落雨不成晴不成。"噫,可谓捷才也已。

案:《坚瓠乙集》卷一引此文。

嘉靖间,闽中吴小江,督学楚中,所拔入胶庠者,多垂髫士。士之已冠者,计窘,乃窃去头上巾,亦为垂髫应试。吴公见其额上网痕,遂口占一诗,嘲之曰:"昔日峨冠已伟然,今朝卯角且从权;时人不识予心苦,将谓偷闲学少年。"一时传诵,无不绝倒。其后,钱塘金省吾先生,来督楚学,所拔应试诸生,多弱冠者。盖少年人自才妙,非以其年也。余邑一生闻其风,遂割去须髯入试。及至发落,凡四等生员,皆应加扑,割须者与焉。先生见四等人多,不欲尽扑,乃曰:"四等中生员,齿长者姑恕之,其少年不肯努力,各扑如教规。"割须生竟得扑。其侪嘲之曰:"尔须存,当得免扑,奈何割为? 冤哉须也。"割须生亦复自笑。

案:《古今谭概》口碑部三十一载此条,云出《谐薮》。

赵大洲为宰相,气岸甚高。高中玄、张太岳亦相继拜相,同在政府。高好雌黄人物,张冷面少和易。大洲一日谓两公曰:"人言养相体,要缄默,似比中玄这张口嘴也拜相;又言相度要冲和,似比太岳这副面皮也拜相,岂不有命?"此语虽戆直而近于戏,然亦有助于义命之说。

四明丰翰林讳坊,号南禺,有口才。里中致仕驿丞某,绘一像,具币请丰作赞语。南禺题其额曰:"才全德备,浑然不见一善成名之迹;中正和乐,粹然无复偏倚驳杂之弊。"丞读之,喜甚。时人莫测所谓,或叩其旨。丰曰:"公不谙下文乎? 则其为人也,亦成矣。"又宁波县令,遣吏向南禺索药方。丰乃注方云:"大枫子去了仁,无花果多半边,地骨皮用三粒,史君子加一颗。"归以观县令,令览之,笑曰:"丰公嘲尔。"吏请其故,令示之曰:"以上四语,谓一伙滑吏耳。"南禺之巧心类若此,然恃其舌好凌人,时颇嫉之。

司寇王麟泉,闽人。初为余郡守贰,性喜藏垢,里衣皆经旬不洗换,每与僚属宴游,辄从衫裤上捕虱,凡数枚,纳口中。余因忆宋朝王荆公性亦尔,一日,侍神宗殿上,有一虱周旋其须,神宗顾视数四,同列亦皆见。比退,公问同列曰:"今者上数顾不佞,何也?"同列告之故,公亟捕虱得之。同列曰:"幸勿杀,宜有敕语奖之。"荆公问:"敕语应作何词?"一学士曰:"此虱屡游相须,曾经圣览,论其遭际之奇,何可杀也,求其处置之法,或曰放焉。"荆公大笑。然则苏老泉谓荆公面垢不洗,衣垢不浣,以为奸,即幸而中,然此政非以为奸也。

嘉靖间,一御史,蜀人也,有口才。中贵某,欲讥御史,乃缚一鼠虫,曰:"此鼠咬毁余衣服,请御史判罪。"御史判曰:"此鼠若问答杖徒流太轻,问凌迟绞斩太重,下他腐刑。"中贵知其讥己,然亦服其判断之妙。

太仓王内阁荆石,性端洁,不轻接引。王司寇凤洲,性坦易,多所容纳。其乡人曹子念为之语曰:"内阁是常清常净天尊,司寇是大慈大悲菩萨。"人服其确。

一丹青家,以写真为业,然其术不工。一日,为其亲兄写一像,自谓逼真,悬之通衢,欲以为招。邻人见之,争相问曰:"此伊谁像?"未有目为伊兄者。或一人题于上,嘲之曰:"不会传真莫作真,写兄端不似兄形;自家骨肉尚如此,何况区区陌路人!"见者无不发笑。

有两青衿者,致馈其师,一人用死猪头,一人用铜银子。二师互相语,其一曰:"门生姓游,馈一猪头,将来煮食,尧舜其犹。"其一曰:"门生姓陈,馈一封银,将来交易,尧舜与人。"已而复各拟破题一个,其一曰:"二生于二师,为其不成享也。"其一曰:"二师于二生,言必称尧舜也。"皆可谓善谑者矣。

世庙时,严分宜窃弄国柄。适宫中多怪,符咒驱之不效。有朝士相与聚谭曰:"宫中神器之地,何怪敢尔?"一人答曰:"这怪是《大学》上有的:十目所视,十手所指。安得不知?"

袁中郎，讳宏道，与予分宰长吴二邑。中郎操敌悬鱼，其于长安贵人，一无所问馈。时阿兄讳宗道，官翰林编修。予嘲中郎曰："他人问馈，以孔方为家兄，君不问馈，乃以家兄为孔方耳。"中郎亦复自笑。

内乡县李蓘字子田，官翰林检讨。其弟名麖字袭美，时方为增广生员。蓘遗书麖曰："尔今年增广，明年增广，不知尔增得几多？广得几多？"麖亦答蓘书曰："尔今年检讨，明年检讨，不知尔检得甚么？讨得甚么？"一时馆中相传，靡不绝倒。又长沙李相国西涯，生一子，有才名，然颇好游平康。一日，西涯题其座曰："今日花陌，明日柳街，应举登科，秀才秀才。"乃郎见之，亦题阿翁座曰："今日猛雨，明日狂风，燮理阴阳，相公相公。"西涯见之，亦为发笑。此父子兄弟相谑也。

天顺间，锦衣阎达，甚得上宠。其时有桂廷珪者，为达门下客，乃自镌图书云："锦衣西席。"同时有甘棠者，乃洗马江朝宗女婿，为松陵驿驿丞，亦自镌图书云："翰林东床。"一时传笑，以为确对。

常熟严相公讷面麻，新郑高相公拱属文，多于腹中起草，世俗笑苏州盐豆，河南蹇驴。二相相遇，高谓严曰："公豆在面上。"严即应曰："公草在肚里。"

吴中某尚书方沐浴，一客往谒，以浴辞，客不悦。及尚书往谒，前客亦辞以浴。尚书题其壁曰："君谒我，我沐浴；我谒君，君沐浴。我浴四月八，君浴六月六。"盖四月八浴佛，六月六浴畜。

新安詹景风号中岳，有才名，善作狂语。中乡试，筮仕，由翰林孔目转吏部司务，乃自题其居："天官翰林之第。"乡人见之，为注其下曰："天官司务，翰林孔目。"詹复添注曰："这样官儿，是笑胜哭。"

有中贵者，奉命差出，至驻扎地方，亦谒庙、行香、讲书。当讲时,青衿心厌薄之,乃讲《牵牛而过堂下》一节。中贵问曰:"牵牛人姓甚名谁?"青衿答曰:"就是那下面的王见之。"中贵叹曰:"好生员,博雅乃尔。"

一上舍性痴,颇工谐语,选为府经历。一日,有客拜其堂官太守,帖写"眷生李过庭顿首拜"。太守谓经历曰:"这位客我记不得他了。"经历谩应云:"这客怕就是那李趋儿。"太守大笑。

公冶长解禽言,一时孔子闻鸠啼,曰:"此何云?"答曰:"他道'觚不觚'。"又闻燕语,曰:"此何云?"答曰:"他道'知之为知之,不知为不知,是知也'。"又闻驴叫,曰:"此何云?"曰:"此不可知,似讲乡谭耳。"嘲河南人

李文正西涯,请同乡诸贡士饮。一贡士谓他处有酒约,先辞。文正戏曰:"《孟子》两句:'东面而征西彝怨,南面而征北狄怨。'此作何解?"客谢不知。须臾,汤至。文正曰:"待汤耳。"乃大笑而别。

黄郡一贫生,自标讲学,其乡绅曰:"此子有志,以一牛赠之。"贫生牵回,其兄即收牛耕地,生怒,兄曰:"有无相通,何得见怒?"生应曰:"谁叫你不去讲学,也讨个牛。"又一廪生亦自标讲学,遇分膳银,其为首者稍多取。生谓同侪曰:"彼多取,尔好说他。"同侪曰:"公何不自说?"答曰:"我是讲学人,不好说。"吁!二事虽微,悉见假道学心事。先正云:"愿为真士夫,不愿为假道学。"信夫!

国朝,新中进士,凡选馆者,除留授翰林编检外,皆补科道;其中行博士、推知,皆拔其尤者,行取充科道。京师人为之语曰:"庶吉士要做科道,睡着等;中行博士要做科道,跑着寻;推知要做科道,跪着讨。"

余邑太学罗汝鹏善谑。初游京师,值早朝,时百官已露立甬道,诸资郎尚处庑下,其侪相语曰:"百官业已露立,我辈何为藏此?"汝鹏曰:"这是《子平书》上载的:'官要露,露则清高;财要藏,藏则丰

厚。'"闻者皆大笑。

余同年进士梁见龙、冯景贞、沈铭缜、沈何山，俱浙江人。梁形长善谑，冯中省解，二沈系兄弟同榜，其形皆短。一日，四公相聚，铭缜谓见龙曰："梁年兄这样长，若分做两段，便是两个进士。"梁因答曰："二位年兄这样短，须是接起，才算得一个进士。"冯景贞乃谓梁曰："罔谈彼短，靡恃己长。"梁遂谓冯曰："近来秀才，只熟读一本《千字文》，便中了解元。"相与大笑。

姑苏有冯生讳时范者，夙号名下士，年近耳顺，尚未得偶。其子名嘉谟，年少有美才，余甚爱之。至甲午岁，嘉谟夭死，时范始领北畿乡荐。姑苏士人作语曰："冯时范死得，却中了；冯嘉谟中得，却死了。"或以告余，余不觉且悲且笑。

余邑一博士张宗圣，工谈谑。会主簿游姓者，滥受状词，擅拷打，有黑声，张乃著一哑谜嘲曰："小衙门，大展开，铁心肠，当堂摆，全凭一撞一撞拷打，才有些取采。不怕他黑了天，有钱的进来，与你做个明白。"盖指油铺也。余邑油铺用木为榨，铁为心，引木撞榨，油乃流出，而其门不设枋闳，故以喻游簿云。

余邑鲁月洲，入资为鸿胪署丞，未有扁其门者；及李恒所亦入资为鸿胪，郡守叶公扁其门曰"鸿胪第"。月洲族弟鲁九乃云："恒所既扁门曰'鸿胪第'，我家月洲当扁门曰'鸿胪兄'。"闻者皆笑其巧。久之，李恒所与一富翁联姻，下聘之日，鼓吹盛作。座客问曰："这是谁家喜事？"罗汝鹏答曰："只怕是李鸿胪贪恋着人豪富。"盖取《中郎传》"十里红楼"之句，闻者为解颐云。

《蔡中郎传》中，人取冷语甚多。余所解颐，有五六句。王弇州强严东楼酒，东楼辞以伤风。王云："爹居相位，怎说出伤风？"汪仲淹戏蹴踘者云："逢人且说三分话，未可全抛。"刘季然衣短衣，加裙三出，人戏之曰："季然张三檐伞。"答云："三檐伞儿在你头上戴。"又有人戏儒生作讼师者云："读书人，思量要做状。"皆冷语可笑。

黄郡一孝廉,买民田,收其旁瘠者,遗其中腴者,欲令他日贱售耳。乃其民将腴田他售,孝廉鸣之官,将对簿。其民度不能胜,以口衔秽,唾孝廉面。他孝廉群起,欲共攻之。时乡绅汪某解之曰:"若等但知孝廉面是面,不知百姓口也是口。"诸孝廉皆灰心散去。乡绅此语,足令强者反己,殊为可传。

余邑徐广文二溪,性狂善谑,有敏才。少时,从唐万阳侍御游。一日,灯下渴睡,万阳呼之醒,且出联句令答,句云:"眼皮堕地,难观孔子之书。"二溪对云:"呵欠连天,要做周公之梦。"侍御大笑。一日舟行,值暑月,天气凉甚,舟人叹曰:"长江无六月。"二溪曰:"然,过了五月,就是七月。"舟人大笑。及宾兴之次日,将入督学衙门拜谢,门者勒二溪银一钱,方为报门。二溪与之银,俟门者报后,却走不欲入,门者还其所勒之银,乃入。事虽小,殊足解颐。

《杨用修集》中载滇南一督学,好向诸青衿谭性谭艺,缕缕不休,士人厌听之。及谭毕,乃问曰:"诸生以本道所言如何?"内一衿对曰:"大宗师是天人,今日所谭,都是天话。"闻者大笑。

余乡有张二者,佣力人也,为人解绢赴户部。旧例,解绢者皆用杂职。及张二皂帽投文,户部斥之曰:"解官何为不冠? 亟冠来见,否者加挞。"张二忙去买纱帽,笑曰:"我本无心富贵,奈富贵来逼人尔。"闻者皆笑。

国朝有陈全者,金陵人,负俊才,性好烟花,持数千金,皆费于平康市。一日浪游,误入禁地,为中贵所执,将畀巡城。全跪曰:"小人是陈全,祈公公见饶。"中贵素闻全名,乃曰:"闻陈全善取笑,可作一字笑,能令我笑,方才放你。"全曰:"屁。"中贵曰:"此何说?"全曰:"放也由公公,不放也由公公。"中贵笑不自制,因放之。又见妓洗浴,因全至,披纱裙避花阴下,全执之,妓曰:"陈先生善为词,可就此境作一词。"全遂口占曰:"兰汤浴罢香肌湿,恰被萧郎巧觑。偏嗔月色明，偷向花阴立。有情的俏东风，把罗裙儿轻揭起。"其他词类此者尚多。及全病革将死，鸨子皆慰全曰："我家受公厚恩，待百岁后，尽力茔葬，仍为立碑。"全答曰："好好，这碑就交在身上。"盖世名鸨子为龟，龟载碑者也。

昔有官苏州别驾者，过墓道，指石人曰仲翁。或作诗讥之曰："翁仲如何唤仲翁，只因窗下少夫工；如何做得院林翰，只好苏州作判通。"余邑印公少鹤亦官别驾，其门人张三涯于印前述此语，印闻之谔然。张乃起谢曰："师勿见嗔，门人说的是苏州通判。"

本朝邢公讳宽，当放榜前一日，梦至御前，上命力士持爪扑之，头破血流，直至于踵。明日所司呈卷，拟孙曰恭第一，宽第二。成祖眼眊，将曰恭二字，读为一字，乃判曰："本朝只许邢宽，岂宜孙暴？"遂以朱笔点宽姓名，朱浓，自上透下，遂如梦中流血之象。先是邢宽未第时，其郡守调之曰："邢春元如不酸醋。"盖讥宽也。宽及第，乃报郡守诗曰："邢宽只是旧邢宽，朝占龙头夕拜官。寄语黄堂贤太守，如今却是螯牙酸。"一时竟传其语。

吴中门子，多工唱者，然于官长前，多不肯唱。一日，吴曲罗节推，同余辈在分署校阅文卷，适夜将半，曲罗命长洲门子唱曲，其侪彼此互推，皆谓不能。曲罗曰："不唱者打十板。"方打一板，皆争唱。曲罗笑曰："从来唱曲，要先打板。"同座皆笑。

宋朝大宋小宋，联登制科，同仕京都。遇上元令节，小宋盛备灯火筵席，极其侈靡。大宋见而斥之曰："弟忘记前年读书山寺寂寞光景乎？"小宋笑曰："只为想着今日，故昔年甘就寂寞。"噫，小宋亦人杰也，其言尚如此，然则人不能移于遇，真难哉！

余同年朱进士号恕铭者，出宰金溪。适督学按郡，将发考案，召郡邑官长入见。及门，有两儒生持二卷，强纳朱公袖中，公卒然纳之。及填按已毕，督学问朱曰："可有佳卷见遗者乎？幸教之。"朱无以应，遂出袖中二卷，皆得补弟子员。朱出，笑谓人曰："看如许事，莫道钻刺都无用。"

余邑朱广文号仰山,官汉阳司训,至八月,寄书候其兄半山,附致历日一册;半山连揭数板,直至九月,笑曰:"好好,喜得后面还有许多日子。"

余邑张斗桥为诸生时,记名家旧文一篇,入试,遭文宗涂抹,乃诉于学博文莲山先生。先生引戏词慰之,曰:"昔苏秦父母诞辰,伯子捧觞称寿,叹曰:'好佳酿。'及季子亦捧觞称寿,骂曰:'酸酒。'季子妻乃从伯姆借酒一觞,复骂曰:'酸酒。'季子妻曰:'这是伯姆家借来的。'翁叱之曰:'你这不行时的人,过手便酸。'"斗桥大笑。

汪伯玉以左司马致政,将归,谓其乡人中书潘纬曰:"天下有三不朽,太上立德,今已不能作圣;其次立功,又非林下事;其次立言,又懒做文字。此归,将就做些曲子陶情而已。"潘答曰:"这也是一不朽。"汪问之,答曰:"其次致曲。"汪司马大笑。

嘉兴一老布衣,平时自号清客,书门对一联曰:"心中无半点事,眼前有十二孙。"其邻人嘲之,续其下曰:"心中无半点事,两年不曾完粮;眼前有十二孙,一半未经出痘。"见者皆笑。

北人与南人论橄榄与枣孰佳,北人曰:"枣味甜。"南人曰:"橄榄味虽辣,却有回甜。"北人曰:"待你回得甜来,我先甜了一会。"

> 有不识橄榄者,问人曰:"此何名?"人笑曰:"阿呆。"归托其妻曰:"我今食呆,味佳甚。"妻令觅呆,不得,乃呵示其妻曰:"犹有呆气在。"

余邑孝廉陈琼,性洒落。曾构别墅一所,地名二里冈,虽云附郭,然邑之北邙也,前后冢累累错置,不可枚数。或造君輂蹙曰:"目中每见此辈,定不乐。"孝廉笑曰:"不然,目中日日见此辈,乃使人不敢不乐。"

> 亘史云:"此可入《世说》,何云《谐史》乎?"

　　西安一广文，性介，善谑，罢官家贫，赖门徒举火，乃自谑词曰："夜半三更睡不着，恼得我心焦燥；趷蹬的响一声，尽力子骇一跳；原来把一股脊梁筋穷断了。"秦藩中贵闻之，转闻于王，王喜，召见，赐百金。

　　余同年进士沈伯含，善作雅语。余尝与伯含论曰："李于鳞死，其子孙遂绝，所构白雪楼，没入官为祠堂。大抵于鳞称一代才，辄取忌造化如此。"伯含曰："造化真是小儿。"余问云："何?"伯含曰："于鳞几许才，也惹他忌。"

　　黄杨树两年而长，逢闰而索，极难成材。余友罗汝鹏于斋头植此树，指谓客曰："看此物连抱，便当锯造棺器待尽，敢久恋人间耶?"闻者皆笑。

　　大理署中有火房者，年少，貌颇秀，入夏而瘠。余友蒋钟岳问曰："奚而瘠?"对曰："小人不宜夏。"比入秋，其瘠犹前，钟岳嘲之曰："尔复不宜秋耶?"

　　理学家文字，往往剿袭《语录》，铺叙成文，乃语人曰："吾文如菽粟布帛。"杨升庵笑曰："菽粟则诚菽粟，但恐陈陈相因，红腐不可食。"此足令藏拙者箝口。

　　宜兴县人时大彬，居恒巾服游士夫间。性巧，能制磁罐，极其精工，号曰时瓶。有与市者，一金一颗。郡县亦贵之，重其人。会当岁考，时之子亦与院试，然文尚未成，学院陈公笑曰："时某入试，其父一贯之力也。"

　　语云："贼是小人，智过君子。"余邑水府庙，有钟一口，巴陵人泊舟于河，欲盗此钟铸田器，乃协力移置地上，用土实其中，击碎担去。居民皆宵然无闻焉。又一贼，白昼入人家，盗磬一口，持出门，主人偶自外归，贼问主人曰："老爹，买磬否?"主人答曰："我家有磬，不买。"贼径持去。至晚觅磬，乃知卖磬者，即偷磬者也。又闻一人负釜而行,置地上,立而溺。适贼过其旁,乃取所置釜,顶于头上,亦立而溺。负釜者溺毕,觅釜不得。贼乃斥其人曰:"尔自不小心,譬如我顶釜在头上,正防窃者,尔置釜地上,欲不为人窃者,得乎?"此三事,皆贼人临时出计,所谓智过君子者也。

熊敦朴号陆海,蜀人,辛未进士,选馆,改兵部,复左迁别驾,往辞江陵相公,相公曰:"公是我衙门内官,痛痒相关,此后仕途宜着意。"陆海曰:"老师恐未见痛。"江陵曰:"何以知之?"陆海:"王叔和《医诀》说得:'有通则痛,痛则不通。'"江陵大笑。初,陆海入馆时,馆师令其背书,回顾壁上影子,口动须摇,哄然大笑,馆师曰:"何笑?"答曰:"比见壁间影子,如羊吃草状,不觉自笑。"馆师亦笑。

金陵平康有马妓曰马湘兰者,当少年时,甚有身价。一孝廉往造之,不肯出。迟回十余年,湘兰色少减,而前孝廉成进士,仕为南京御史,马妓适株连入院听审,御史见之曰:"尔如此面孔,往日乃负虚名。"湘兰曰:"惟其有往日之虚名,所以有今日之实祸。"御史曰:"观此妓,能作此语,果是名下无虚。"遂释之。

一士夫子孙繁衍,而其侪有苦无子者,乃骄语其人曰:"尔没力量,一个儿子养不出,看我多子孙。"其人答曰:"其子,尔力也;其孙,非尔力也。"闻者皆笑。

罗念庵中状元后,不觉常有喜色。其夫人问曰:"状元几年一个?"曰:"三年一个。"夫人曰:"若如此也,不靠你一个,何故喜久之?"念庵自语人曰:"某十年胸中,遣状元二字不脱。"此见念庵不欺人处。而国家科名,即豪杰不能不羶嗜,亦可见矣。

一中贵见侍讲学士讲毕出左掖,问曰:"今日讲何书?"学士答曰:"今日讲的夫子莞尔而笑,曰:'割鸡焉用牛刀?'"中贵曰:"这是孔圣人恶取笑。"

曹公欲赘丁仪,以目眇不果,后悔曰:"以仪才,令尽盲,当妻以女,何况只眇一目。"此谓爱而忘其丑。英雄且然,人情之偏,不足怪也。

余乡叶月潭,须髯初白。或告之曰:"尊须也有一二茎报信。"月潭遂于袖中取镊摘之,笑曰:"报信者一钱。"此语,盖里中寻人招子也,借用之甚当。

有顽客者,恋酒无休,与众客同席,饮酣,乃目众客曰:"凡路远者,只管先回。"众客去尽,止有主人陪饮。其人又云:"凡路远者先回。"主人曰:"止我在此耳。"其人曰:"公还要回房里去,我则就席上假卧耳。"

一个妇人,青衫红裙,口里哭着亲亲,问他哭着甚人,妇答曰:"他爷是我爷女婿,我爷是他爷丈人。"盖母哭子也。其文法亦巧矣。

潘安仁云:"子亲伊姑,我父惟舅。"盖表弟兄也。此文法祖之。

有卖酒者,夜半或持钱来沽酒,叩门不开,曰:"但从门缝投进钱来。"沽者曰:"酒从何出?"酒保曰:"也从门缝递出。"沽者笑,酒保曰:"不取笑,我这酒儿薄薄的。"

一阃帅,寒天夜宴,炽炭烧烛,引满浮白,酒后耳热,叹曰:"今年天气不正,当寒而暖。"兵卒在旁跪禀曰:"较似小人们立处,天气觉正。"尝闻古诗云:"一为居所移,苦乐永相忘。"信哉!

浒墅钞关,关尹于长吴两县,分不相临;然以其钦差也,两县见之,必庭参,关尹多不肯受。其后一生来治关,颇自尊,不少假,比及任满犹尔。吴令袁中郎笑曰:"蔡崇简挂了杖,挂了白须上戏场,人道他老员外,今回到戏房,取了须,还做老员外腔。"余大笑。

武陵一市井少年,善说谎。偶于市中遇一老者,老者说之曰:"人道你善谎,可向我说一个。"少年曰:"才闻众人放干了东湖,都去拿团鱼,小人也要去拿个,不得闲说。"老者信之,径往东湖,湖水渺然,乃知此言即谎。

少年在楼下,会楼上一贵人,呼曰:"人道尔善骗,骗我下来。"少年曰:"相公在楼上,断不敢骗;若在楼下,小人便有计骗将上去。"贵人果下,曰:"何得骗上?"少年曰:"本为骗下来,不烦再计。"

有广文者,姓吴,齿落耳缺,又不生须,一青衿作诗嘲之曰:"先生贵姓吴,无耻之耻无,然而无有尔,则亦无有乎。"其诗流入县官之耳,县官一日同广文进见府主,班行,望见广文,不觉失笑,府主意不然,乃于后堂白所以失笑之故,因诵前诗,府主亦复大笑。

　　多闻疑,多见殆,君子于其所不知盖。对云:飞在天,见在田,确乎其不可拔潜。此聋者与缺唇者相嘲。

有轻薄士人,好弹射文字,读王羲之《兰亭记》,则曰:"天朗气清,春言秋景。"读王勃《滕阁记》,则曰:"落霞与孤鹜齐飞,秋水共长天一色,多了与共两字。"冥司闻之,遣鬼卒逮去,欲割其舌,力辩乃免。比放归,行至冥司殿下,口中辄云:"如何阎君对联,这样不通:'日月阎罗殿,风霜业镜台。'不信这阎罗殿有日月风霜耶?"

客造主人,见其畜有鸡,殊无飨客意,乃指鸡曰:"此禽有六德,君闻之否?"主人曰:"只闻鸡具四德,不闻六德?"客曰:"君若舍得,我亦吃得。这是二德,岂非六德?"

沈青霞重忤严分宜,遇害。其子三人,皆逮系诏狱,遂毙其二。第三子讳襄者,号小霞,在狱中,工画梅,诸中贵求为画梅,时有赠遗,借以不死。久之,分宜败,朝议褒青霞忠,遂官小霞,除授临湘令。后人追论小霞狱中不死,只吃着梅。罗汝鹏笑曰:"好到好,只亏他牙齿不酸。"

余乡一老者,与一少年青衿,酒中戏谑。少年每嘲其人衰老,老者曰:"你毋见嘲,嗲曰:'黄梅不落青梅落,青梅不落用竿戳。'"青衿曰:"你道着酸子,谁敢动手戳他?"盖楚人目青衿为酸子也。

一郡从事，不谙文理，妄引律断狱。有僧令其徒磨面，徒乃持面与麸，走匿他所，僧执而讼之。从事断曰："这僧该问徒罪。"僧曰："罪不至此。"从事曰："你不应背夫逃走。"闻者皆笑。

宋时有显者，既归田，语所知曰："我们从林下看宦途，知得滋味如此耳；但不知死人往地下，比生时较好否？"所知曰："一定好。"显者曰："何以知之？"其人答曰："但闻林下人思量出去，不闻地下人思想转来。"显者大笑。

武陵郑沉石馆余邑，前一土井，烹茶爨饭，皆汲之。沉石笑曰："馆此一年，腹中泥，可作半堵墙矣。"又桃源人好以有齿磁盆盛茶米，用木杵捣之，名曰擂茶，其杵长五尺，半岁而尽。沉石笑曰："桃源人活六十岁，胸中擂茶杵，可构三间小房子。"

京师缙绅，喜饮易酒，为其冲淡故也。中原士夫量大者，喜饮明流，为其性酽也。余僚丈秦湛若，中原人，极有量，尝问人曰："诸公喜饮易酒，有何佳处？"其人答曰："易酒有三佳：欲时不醉，一佳；睡时不缠头，二佳；明日起来不病醒，三佳。"湛若曰："如公言，若不醉不缠头不病醒，何不喝两盏汤儿？"其人大笑。

太仓王元美先生，有酒兴，无酒量，自制酒最冲淡，号凤州酒。丁见白官太仓，取凤州酒二坛馈秦湛若，湛若开坛尝之，问使者曰："只怕丁爷错送了，莫不是惠山泉？"

有进士形甚短，初登第时，同年笑曰："年兄门下长班，每月可减工食五分。"进士曰："与众同例，何得独减？"答曰："过门巷时，免呼照上，亦损许多气力。"

有悍妻者，颇知书。其夫谋纳妾，乃曰："于传有之，齐人有一妻一妾。"妻曰："若尔，则我更纳一夫。"其夫曰："传有之乎？"妻答曰："河南程氏两夫。"夫大笑，无以难。又一妻，悍而狡，夫每言及纳妾，辄曰："尔家贫，安所得金买妾耶？若有金，唯命。"夫乃从人称贷得金，告其妻曰："金在，请纳妾。"妻遂持其金纳袖中，拜曰："我今情愿做小罢，这金便可买我。"夫无以难。

罗汝鹏多髭，年及强仕，白者过半。一日，赴吊丧家，司丧者偶见之，讶曰："公年尚未，何髭白乃尔？"汝鹏曰："这是吊丧的须髭。"坐客皆笑。会余祖昆岳公，九十一岁而卒，汝鹏来吊，乃慰家君曰："奈何不请小儿医救疗，遂至此耶？"家君不觉破涕为笑。余举进士，时报捷者索重赏，家君贫无以应，受困此辈，殊觉情懑，汝鹏慰之曰："且耐烦，养坏了儿子，说不得。"闻者皆笑。

　　冯司成髭晚出而早白，人问曰："公髭几年变白？"公撚髭良久，答曰："未记与黑髭周旋。"

庚子岁，余差云贵恤刑，有同年造余曰："兄乃得此远差耶？"余曰："但琉球日本不恤刑耳，假令亦有恤差，我乃为下得海矣，安能到云贵？"盖恤差属刑部为政，余时官大理，故云。

有僧道医人同涉，中流遇风，舟楫危甚。舟人叩僧道曰："两位老师，各祝神祈止风何如？"僧咒曰："念彼观音力，风浪尽消息。"道士咒曰："风伯雨师，各安方位，急急如律令。"医亦复咒曰："荆芥，薄荷，金银花，苦楝子。"舟人曰："此何为者？"答曰："我这几般，都是止风药。"噫，庸医执疗病，往往若此。

吴楚间谓人死皆曰不在了。有人乍入京师，谒见显者，应门答曰："老爷不在。"其人曰："此语殊不吉，莫若称出外了。"应门答曰："我老爷不怕死，不怕出外。"盖宋时已有此言矣。

有书生者性懒，所恨书多耳。读《论语》至颜渊死，便称赏曰："死得好，死得好。"或问之，答曰："他若不死时，做出上颜回下颜回，累我诵读。"

有惧内者，见怒于妻，将挝其指。夫云："家无挝具。"妻命从邻家借用。夫往借时，低声怨咨，妻唤回，问曰："适口中作何语？"夫答曰:"我道这刑具,也须自家置一副。"

余邑张三崖广文,司训支江。一日,与同僚饮,看演苏秦,拜相归来,阿兄艳羡,忙检书籍,曰:"我也要去读书做秀才。"三崖属其僚曰:"安顿荷包。"僚问云:"何?"三崖答曰:"苏大进了学,我辈都有一包束脩钱。"其僚皆笑。

三崖方谒选时,称贷路费,笑曰:"样样借人的,如贫汉种田,工本都出富翁,比及秋成,还却工本,只落得掀盘帚。我们借债做官,他日还了债,只落得一幅纱帽角带。"闻者皆信其然。

袁中郎在京师,九月即服重绵。余曰:"此太热,恐流鼻红。"其弟小修曰:"不服,又恐流鼻白。"

冯司成公,初夏即服绤纻。余问:"公何以御盛暑?"公笑曰:"盛暑岂宜挂一丝耶?"

有官人者,性贪,初上任,谒城隍,见神座两旁悬有银锭,谓左右曰:"与我收回。"左右曰:"此假银耳。"官人曰:"我知是假的,但今日新任,要取个进财吉兆。"

有痴夫者,其妻与人私,一日,撞遇奸夫于室,跳窗逸去,止夺其鞋一只,用以枕头,曰:"平明往质于官。"妻乘其睡熟,即以夫所着鞋易之。明日,夫起,细视其鞋,乃己鞋也,因谢妻曰:"我错怪了你,昨日跳出窗的,原来就是我。"

蜀中有吴坤斋者,善谑。其邻人构新居落成,吴往贺之,叹曰:"这房屋做得妙。"盖含庙字意也。主人曰:"只堪作公家厕房耳。"坤斋曰:"何至于此?"主人曰:"不是厕房,为何公入门便放屁?"坤斋默然。

广西全州卫幕,有王掾者,善谑。诸武弁相聚,诱掾作谑,而故驳之,每作语,辄曰:"这话淡。"言其无趣味也。掾知故意驳己,乃曰:"今早城门有担粪者,失足,倾泼于地。"诸武弁又曰:"这也淡。"

王掾曰："诸君不曾尝过,那得知淡?"众皆大笑。

有说谎者,每迁就其词。自谓家有一雌鸡,岁生卵千枚。问云:"那得许多?"其人递减至八百六百,问者犹不信。乃曰:"这个数,再减不得,宁可加一只雌鸡?"

常郡有千户王姓者,述一谑语,调笑青衿曰:"某人父子皆补生员,及临岁考,逡巡不敢赴试。子乃谋诸父曰:'盍作死乎? 死则子应居艰,皆得免考。'父然之,比召道士写灵牌,写云:'明故先考。'父乃幡然曰:'若先考,则某何敢死。'"此旧谑也。席间一青衿,遂顿撰一谑,答王千户云:"有总兵者,起家徒步,不谙书,止识得一个王字。一日,点闸千户文册,第一名姓王,唤王千户,第二名姓匡,乃唤曰上匣床的王千户,第三姓土,乃唤曰斫破头的王千户。"其敏捷亦复尔耳,真可笑也。

有作谑讥性悭者,其语不一而足,姑举其概。一人已习悭术,犹谓未足,乃从悭师学其术。往见之,但用纸剪鱼,盛水一瓶,故名曰酒,为学悭贽礼。偶值悭师外出,惟妻在家,知其来学之意,并所执贽仪,乃使一婢用空盏传出曰:"请茶。"实无茶也。又以两手作一圈曰:"请饼。"如是而已。学悭者既出,悭师乃归,其妻悉述其事以告。悭师作色曰:"何乃费此厚款?"随用手作半圈样曰:"只这半边饼,觳打发他。"大都此四语者,一步深一步,盖若近日时文求深之意也。

有官人者,以罢软见勾。妻问勾官之故,答曰:"吏部道我罢软。"妻曰:"喜得只知你罢软,若知道不谨,连我这奶奶也勾去。"

吴中祀神,左大士,右梓潼君。山东人专祀碧霞元君。一山东官长笑吴人曰:"你吴中惧内,只看神位,奶奶却在左边,老爹却在右边。"吴人答曰:"这个还不要紧,看你山东神位,只见奶奶,几曾见老爹?"

吴中好相讥谑,不避贵贱。一乡官职卑,迎一妓下船,遽问之曰："汝何以称小娘,年纪却又老了?"妓答曰："这也不论,老爹既称老爹,何以官儿又小?"众皆鼓掌。妓恬不在意。

世有誉人自贤者,或嘲之曰："一人自美其妻,乃不云妻美,每对人曰:'我家小姨,天下绝色,与山妻立一处,不复能辨谁为大小姨也。'"然则张罗峰之请祀欧阳公,张江陵为南阳李文达建坊,意亦若此。

有贵宦者,生子而痴。年七十,或持寿星图相贺,其子曰："这老者如许长头,乃犹不中耶?"遂拈笔为画网巾其上,贵宦见之,怒甚。邻翁造焉,慰之曰："公无怒,我今要个画网子的人,也不得。"

常德一尚书,好藏古画,有子昂《袁安卧雪图》,分贻其子。图极佳,子乃不受,曰："要此死人图何用?"

一儒生,每作恶文字谒先辈。一先辈评其文曰："昔欧阳公作文,自言多从三上得来,子文绝似欧阳第三上得者。"儒生极喜。友人见曰："某公嘲尔。"儒生曰："比我欧阳,何得云嘲?"答曰："欧阳公三上,谓枕上、马上、厕上;第三上,指厕也。"儒生方悟。

宋时,韩学士熙载,每见门生贽卷恶者,令侍姬以艾炙之。近日冯具区亦云："余平日最苦持恶文相谒求佳评者,每见之,辄攒眉若有所忧。"

余郡一贡士宾兴,郡守某公题其匾曰："遴儁宾王。"一士人见之,叹曰："郡中自武庙时,有一字王,再传有二字王,今复有三字王矣。"盖讥贡士匾也。

司徒沅冲张老师,尝笑谓余曰："别人架上书,都安置肚子里,我们肚里书,都寄阁在架上。"盖谦言懒记书也。然语政好笑。

有学博者,宰鸡一只,伴以萝卜制馔,邀青衿二十辈飨之。鸡魂赴冥司告曰："杀鸡供客,此是常事,但不合一鸡供二十余客。"冥司曰："恐无此理。"鸡曰："萝卜作证。"及拘萝卜审问,答曰："鸡你欺心,那日供客,只见我,何曾见你。"博士家风类如此。

一主人请客,客久饮不去,乃作谑曰:"有担卖磁瓶者,路遇虎,以瓶投之,俱尽,止一瓶在手,谓虎曰:'你这恶物,起身也只这一瓶,不起身也只这一瓶。'"客亦作谑曰:"昔观音大士诞辰,诸神皆贺,吕纯阳后至,大士曰:'这人酒色财气俱全,免相见。'纯阳数之曰:'大士金容满月,色也;净瓶在旁,酒也;八宝璎珞,财也;嘘吸成云,气也,何独说贫道?'大士怒,用瓶掷之。纯阳笑曰:'大士莫急性,这一瓶打我不去,还须几瓶耳。'"

陕右人呼竹为箸。一巡抚系陕人,坐堂时,谕巡捕官曰:"与我取一箸竿来。"巡捕误听以为猪肝也,因而买之,且自忖曰:"既用肝,岂得不用心?"于是以盘盛肝,以纸裹心置袖中,进见曰:"蒙谕猪肝,已有了。"巡抚笑曰:"你那心在那里?"其人探诸袖中曰:"心也在这里。"

一士人好打抽丰。其所厚友人,巡案某处,逆其必来,阴属所司将银二百两,造杻一副,练绳一条,用药煮之如铁。其人至求见,辄怒曰:"我巡案衙门是打抽丰的?可取杻练来,解回原籍。"其人怒甚,无奈,比至境上,解官喻曰:"这杻练俱是银造,我老爹厚故人,特为此掩饰耳目。"士人曰:"他还薄我,若果相厚,便打个二百斤银枷枷也得。"

一人父鼻赤色,或问曰:"尊君赤鼻有之乎?"答曰:"不敢,水红色耳。"其人赞曰:"近时尚浅色,水红乃更佳。"

凡民间畜雄鸡者,必割其肾,则鸡肥而冠渐落。或嘲廪膳生员曰:"尔好似割鸡,有米吃,身子不怕不肥,只怕明日冠小。"

雕鸟哺雏,无从得食,搂得一猫,置之巢中,将吃以饲雏。猫乃立啖其雏,次第俱尽。雕不胜怒,猫曰:"你莫嗔我,我是你请将来的。"

一人问造酒之法于酒家。酒家曰："一斗米，一两曲，加二斗水，相参和，酿七日，便成酒。"其人善忘，归而用水二斗，曲一两，相参和，七日而尝之，犹水也，乃往诮酒家，谓不传与真法。酒家曰："尔第不循我法耳。"其人曰："我循尔法，用二斗水，一两曲。"酒家曰："可有米么？"其人俯首思曰："是我忘记下米。"噫，并酒之本而忘之，欲求酒，及于不得酒，而反怨教之者之非也；世之学者，忘本逐末，而学不成，何以异于是。

一士人家贫，欲与其友上寿，无从得酒，但持水一瓶，称觞时，谓友人曰："请以歇后语为寿，曰：'君子之交淡如。'"友应声曰："醉翁之意不在。"

一宦家池亭，广畜水鸟，若仙鹤、淘河、青鹔、白鹭皆备。有来观者，小大具列。适外彝一人，乍至其地，不识鸟名，指仙鹤问守者曰："此何鸟？"守者诳曰："这是尖嘴老官。"次问淘河，诳曰："是尖嘴老官令郎。"又问青鹔，诳曰："是他令孙。"问白鹭，诳曰："是他玄孙。"问者叹曰："这老官枉费大，只是子孙一代不如一代。"

有恶少，值岁毕时，无钱过岁。妻方问计，恶少曰："我自有处。"适见篦头者过其门，唤入梳篦，且曰："为我剃去眉毛。"才剃一边，辄大嚷曰："从来篦头，有损人眉宇者乎？"欲扭赴官。篦者惧怕，愿以三百钱陪情，恶少受而卒岁。妻见眉去一留一，曰："曷若都剃去好看。"恶少答曰："你没算计了，这一边眉毛，留过元宵节。"

山水偶涨，将及城，城中人惧，问卜者："何时水落？"卜者曰："你只问裁缝，他有个法儿，要落一尺，就落一尺，要落一丈，就落一丈。"

案：此条又见《笑林》。

一强盗与化缘僧遇虎于途。盗持弓御虎，虎犹近前不肯退。僧不得已，持缘簿掷虎前，虎骇而退。虎之子问虎曰："不畏盗，乃畏僧乎?"虎曰:"盗来,我与格斗。僧问我化缘,我将甚么打发他?"

凡为银匠者,无论打造倾泻,皆挟窃银之法。或讥之曰:"有富翁者,平日拜佛求嗣,偶得一子,甚矜重之,乃持八字问子平先生,先生为布算,曰:'奴仆宫,妻子宫,寿命宫,都好。只是贼星坐命。'富翁曰:'这个容易,送他去学银匠罢。'"

余邑李源垫方伯,面麻而须;曹前阳金宪,口歪而牙豹。曹出对与李曰:"麻面胡须,如羊肚石倒栽蒲草。"李对曰:"豹牙歪嘴,如螺壳杯斜嵌蚌珠。"

滇南有赵巧对,曾仕楚中为郡守,好出对句,一日,见坊役用命纸糊灯,遂出句云:"命纸糊灯笼,火星照命。"思之不得。直到岁暮,老人高捧历日,叩头献上,遂对前句曰:"头巾顶历日,太岁当头。"可谓确当。

李空同督学江右,有一生偶与同名,当唱名时,公曰:"尔安得同我名?"出对试之,曰:"蔺相如,司马相如,名相如,实不相如。"生对曰:"魏无忌,长孙无忌,人无忌,我亦无忌。"李亦称善。

有生员送先生节仪,只用三分银子,先生出对嘲之曰:"竹笋出墙,一节须高一节。"生对曰:"梅花逊雪,三分只是三分。"

有官人祖出蒙古,莅任,出对与庠生曰:"孟孙问孝于我我。"一生对曰:"赐也何敢望回回。"可谓切中。

曾有令尹,昵一门子。偶坐堂上,吏与门子相偶语,令怪之,吏漫云:"与门子属表兄弟,叙家常耳。"令遂出对云:"表弟非表兄表子。"吏辄答云:"丈人是丈母丈夫。"令嘉其善对,笑释之,无以罪。

亘史云:友人鲍无雄宗弟仲翔,促梓《谐史》,亲为之校,而每请益也,以所记一二,足之于左。

洪仲韦与梅子马游清凉台,僧以茶供。子马曰:"贤僧也。"仲韦曰："故当于旧寺中求之。"子马曰："何言乎?"仲韦曰："王摩诘有言:'似舅即贤甥。'"闻者绝倒。

徽俗俭于食品,以木耳豆粉和成糕,呼曰假鳖。谢师少连名精品,酷嗜此味。一日,杨七具酒饯洪仲韦,特设此品,且羞鳖焉。谢师不为下箸。杨七笑曰："少连可谓宜假不宜真。"谢曰："若要认真,必先着假。"众以为当家之谈。杨七名文玉,号小真,旧院角妓,而豪于酒。

祝给谏喜作书,即村坊酒肆都悬之。有海阳金生伪作为市,祝怒,将绳以法。董玄宰闻之曰："吾为此惧。"客曰："何惧?"董曰："惧逸少有知,将置我于地狱耳。"祝释然。

广信人王常有词名,善书。得一端研,小于掌,而自宝之,问洪仲韦曰："此贵乡产也,能辨为宋物不?"仲韦曰："入贵乡当以宋版《百中经》配之,则价当更倍。"王曰："得非袖珍乎?"仲韦曰："不然。"指其掌。

谑　浪

　　《谑浪》四卷,明东海闲民水华郁履行辑,原共九百二十则,今据明万历刊本选录十四则。前原有万历戊午(一六一八)人日,延陵缪尊素《序》,仅残存三分之二,今未录。

谑　浪
东海闲民水华郁履行辑

卷　一
（原共二百五十五则）

淫 具 酿 具

　　蜀先主尝因旱禁酿酒,吏于人家索得酿具,欲与酿酒者同罪。时简雍从先主游,见一男子行道,谓先主曰:“彼人欲行淫,何以不缚?”先主曰:“卿何知?”雍曰:“彼有淫具,与酿具同。”先主大笑。

岂 可 使 卿 有 勋

　　元帝皇子生,普赐群臣。殷洪乔谢曰:“皇子诞育,普天同庆,臣何勋焉,猥颁厚赍?”帝笑曰:“此事岂可使卿有勋耶?”

五 百 五 百

　　冯道、和凝,同在中书。一日和问冯曰:“公靴新买,其直几何?”冯举左足曰:“五百。”和性褊急,顾吏责曰:“吾靴何用一千?”冯徐举其右曰:“此亦五百。”

并 禁 月 明

　　李茂贞居岐,尝以地狭赋薄,下令榷油,因禁城门无纳取薪者,以其可为炬也。有优者嘲之曰:"臣请并禁月明。"李笑。

卷 二

(原共二百三十五则)

豺 咬 杀 鱼

则天朝,大禁屠杀。娄师德使至陕,庖人进肉,师德曰:"何为有此?"庖人曰:"豺咬杀羊。"师德曰:"豺大解事。"又进鲙,复问之,庖人曰:"豺咬杀鱼。"师德叱曰:"何不道是獭!"

张打油雪诗

唐人有张打油,作《雪诗》云:"江上一笼统,井上黑窟窿;黄狗身上白,白狗身上肿。"

卷 三

(原共二百九则)

崖 州 为 大

丁谓谪崖州,尝语客曰:"天下州县,何地最雄盛?"客曰:"京师也。"公曰:"不然,朝廷宰相,往往作崖州司户参军,则崖州为大也。"闻者绝倒。

说 韩 信

党进镇许昌,有说话客请见,问说何事,曰:"说韩信。"即杖去。左右问之,党曰:"对我说韩信,对韩信亦说我矣。"闻者大笑。

我的你的你的大兄的

秦少游做《墨斗谜》,与东坡射云:"我有一间房,半间租与转轮

王;有时射出一线光,天下邪魔不敢当。"坡佯射不中,仍作一谜云:
"我有一张琴,琴弦藏在腹;为君马上弹,弹尽天下曲。"秦亦射不中。
归为小妹言之,妹曰:"我亦有一谜,曰:'我有一只船,一人摇橹一人
牵;去时牵纤去,归时摇橹还。'"秦仍不能射,妹云:"我的就是你
的,你的就是大兄的。"

犯 夜 证 见

张观知开封日,有犯夜巡者,缚致之。观曰:"有证见乎?"巡者
曰:"若有证见,亦是犯夜矣。"张笑。

何 地 可 容

王介甫为相,大讲天下水利。一人献策曰:"决梁山泊八百里以
为田,其利大矣。"介甫喜甚,沉思曰:"何地可容?"适刘贡父在坐,
戏曰:"旁凿八百里容之。"介甫大笑。

弥 坚 弥 远

史丞相弥远用事,选者改官,多出其门。一日,制闱设宴,优人
扮颜回、宰予,予问回曰:"汝改乎?"曰:"回也不改。"回曰:"汝何独
改?"予曰:"钻,遂改,汝何不钻?"回曰:"非不钻,而钻弥坚耳。"予
曰:"钻差矣,何不钻弥远?"为之哄堂。

钱 眼 里 坐

绍兴时,张循王最好钱。一日内宴,上命优人扮作善天文者云:
"世间贵人,必应天象,用浑天仪窥之,但见星,不见人;今可用一铜
钱代。"令窥上,曰:"帝星也。"秦师垣曰:"相星也。"韩蕲王曰:"将
星也。"张循王曰:"不见星。"众骇,再令窥之,曰:"终不见星,只见
张循王在钱眼里坐。"上大笑。

卷　　四

（原共二百二十一则）

总 是 我 醉

《浣纱记》乃昆山梁伯龙所演。屠赤水令青浦时，伯龙过访，屠乃命演《浣纱》，遇佳词，起为寿，不则罚以觥觎。伯龙笑曰："总是我醉。"相与大笑。

谐　丛

《谐丛》,是明茂苑叶舟校《镌钟伯敬先生秘集十五种》的第十种,原共九十二则,今选录十五则。

十五种题辞

钟伯敬先生,孕洞庭彭蠡之奇,抉汲冢酉岩之秘,固已胸挂千秋,眼空一世矣。偶端居多暇,铅椠时拈,或青韶丽景,玄序萧辰,抚莺花而流怅,睇鸿云而寄想,上下数千百载,衷集一十五种,采名流之结撰,萃韵社之菁英,文欹月露,言言可继典谟;藻挼天葩,字字偏谐律吕。既已披沙而金见,庶几聚腋而裘成,占其片语,觉口角之生香,绎其全篇,恍心苗之濯雪,洵词坛之鼓吹,艺苑之准绳也。忆余昔年寓石湖僧舍,波光峦影,映带几簟,修竹数千竿,迎风作环佩声,政尔会心非远,亦复尘虑都捐,遂列古今名作,自子史骚赋以迄诗歌叙记,精选三百余首,置之案头,时时把玩,自谓握灵珠而袭夜光矣。一睹斯编,遂惭形秽,小巫之神气尽丧,河伯之面目忽旋,虽趣舍之大较,亦情量之悬殊,无足怪也。良工独苦,慨丹井之难成,哲士云亡,惊彩云之易散,亟谋削枣,永托藏山,庶天下之宝,与天下共之云尔。戊辰(一六二八)中秋,叶舟凌虚父题并书。

谐　丛

梁　生　芝

宣和间王将明赐第,既而以梁生芝草为奏者,车驾临幸,适久雨梅润芝坠地,京师无名子有为十七字者曰:"相公赐新第,梁上生芝草,为甚脱下来,胶少。"

大　　象

刘攽性滑稽,熙宁为试官,出《临以教思无穷论》,举人上请曰:"此卦大象如何?"攽曰:"要见大象,当诣南御苑。"

汗　淋　学　士

王平甫学士躯干魁硕,盛夏入馆中,下马,流汗浃衣,刘贡父曰:"君所谓汗淋学士也。"

散　　财

王锷累任大镇,财货成积。有旧客谕以积而能散之义。后数日,复见锷,锷曰:"前所见戒,诚如公言,已大散矣。"客请问其名,锷曰:"诸男各与万贯,女婿各与千贯矣。"

生　太　晚

卢公暮年丧妻,续弦祝氏甚少艾,然祝以非偶,每日攒眉。卢见而问曰:"汝得非恨我年大耶?"曰:"非也。""抑或恨我官卑耶?"曰:"非也。"卢曰:"然则为何?"祝曰:"不恨卢郎年纪大,不恨卢郎官职卑;只恨妾身生太晚,不见卢郎年少时。"

饿　　鬼

滁州刘侍郎清,少为州学生,好滑稽,当丁祭毕,见诸生争取祭物,乃戏作弹文曰:"天将晓,祭祀了,只听得两廊下闹炒炒,争胙肉的你精我肥,争馒头的你大我小。颜渊德行人,见了微微笑。子路好勇者,见了心焦燥。夫子喟然叹曰:'我也曾在陈绝粮,不曾见这伙饿莩。'"

伤　　风

有公会而分宜子世蕃后至,坐间客曰:"何为来迟?"蕃曰:"偶伤风耳。"王元美唱《琵琶》语曰："爹居相位,怎说得伤风?"

大 八 字

王元美适宴客,有以星术见者,座客争谈星命,元美曰："吾自晓大八字,不用若算。"问何为大八字,曰："我和人人都是要死的。"

成 衣 作 官

嘉靖间有缝衣者贿得冠带,顾霞山作诗以嘲之曰："近来仕路大糊涂,强把裁缝作士夫;软翅一朝风荡尽,分明两个剪刀箍。"

讥

张灵嗜酒傲物,或造之者,张方坐豆棚下,举杯自酬,目不少顾,其人含怒去。复过唐伯虎,道张所为,且怪之,伯虎笑曰："汝讥我。"

看

松江张进士美容姿,过吴门访范学宪,范奇丑,二人同步阊门市中,小儿无不随观,张谓范曰："为我看也。"范笑曰："还是看我。"

鼻 白

袁中郎偶中热,减衣,丘长孺谓之曰："天且寒,何不加衣?"中郎曰："加则恐流鼻红。"长孺笑曰："减则恐流鼻白。"

羲 皇 燃 烛

道学者曰："天不生仲尼,万古如长夜。"刘谐曰："怪得羲皇以上人,尽燃烛而行。"

报 信

叶月潭须髯初白,或告之曰："尊须有一二茎报信。"月潭遂于袖中取镊摘之,曰:"报信者一钱(钳)。"

绣 补

武林邹虞知延平,延平素产绣补,亲友皆先从虞索之。后抵任,补绝少,惟四时多笋,过者以笋馈之,语曰:"吾任损有余,补不足也。"

笑　　赞

《笑赞》，明赵南星撰，原共七十二则，又附录一则，今据明刊《赵南星全集》本选录五十八则。

笑 赞 题 词

书传之所纪，目前之所见，不乏可笑者，世所传笑谈，乃其影子耳。时或忆及，为之解颐，此孤居无聊之一助也。然亦可以谈名理，可以通世故，染翰舒文者，能知其解，其为机锋之助，良非浅鲜。漫录七十二则，各为之赞，名《笑赞》云。

笑　　赞

清都散客述

一儒生以"太行山"作"代形山"，一儒生曰："乃'泰杭'耳。"其人曰："我亲到山下见其碑也。"相争不决，曰："我二人赌一东道，某学究识字多，试往问之。"及见学究问之，学究曰："是'代形'也。"输东道者怨之，学究曰："你虽输一东道，却教他念一生别字。"

赞曰：学究之存心忍矣哉，使人终身不知"太行山"，又谓天下人皆不识字。虽然与之言，必不信也，盖彼已见其碑矣。

案：此条本宋李之彦《东谷所见》。

嘉靖中，一进士初仕推官，性极执拗，尝以贾岛"推敲"之字作"吹敲"，或告之曰："此是颓字音。"进士曰："这等说，我做的是颓官。"

赞曰：此进士见做推官，无怪乎其下更读也。郑三娘不识四字，岂容有散音乎？大抵一字止可一音，一物止可一名，何须谐声假借，惑乱后学？此亦古人之过也。

有士人入寺中，众僧皆起，一僧独坐，士人曰："何以不起？"僧曰："起是不起，不起是起。"士人以禅杖打其头，僧曰："何必打我？"士人曰："不打是打，打是不打。"

赞曰：此僧之论，其于禅机深矣，而不能忍禅杖之痛。近日士子作文，皆拾此僧之唾，以为文章之三昧，主司皆宜黜之，告以黜是不黜，不黜是黜也。

两贼剜墙，既透，入房摸索，一贼被蝎子蜇了一下，不觉失声说："好痛！"那一贼恐怕主人听的，将这贼扭了一把，这人就打一拳，两人一递一拳，砰砍有声，把主人聒醒，登时线住。贼以捆人为线。这蝎子蜇的贼埋怨那贼说道："吃了你的亏，有话不说，缘何就扭我一把？"那贼说："死贼，你还不省，那里有做贼的还要说话。"

赞曰：杜子美诗"无人觉来住"，大是窃盗之术。水浒寨中时迁，先做窃盗极精，号为鼓上蚤，言其跳鼓上而无声也。往时里中恶少年数人，初劫人家，火把忽灭，有陈清者叫道："焦回子点火来。"焦回子大怒说道："这是何处，你呼人姓名，你非陈清乎？"主人默记告官，当被捉搦。由是观之，强盗亦不得乱说也。

宋欧阳修做考试官，得举子刘煇卷云："天地轧，万物茁，圣人发。"欧阳修以朱笔横抹之，士人增作四句曰："试官刷。"

赞曰：俗云"文章中试官"，非虚言也。刘煇之卷，如遇爱者，即古今之奇作也。近时一贵人，批韩文云："退之不甚读书，作文亦欠用心。"以其无轧茁语也。爱瘿瘤者以细颈为丑，文章何常之有。虽然永叔名人，其所刷者，或亦有见也。

一秀才数尽，去见阎王，阎王偶放一屁，秀才即献屁颂一篇曰："高竦金臀，弘宣宝气，依稀乎丝竹之音，仿佛乎麝兰之味，臣立下风,不胜馨香之至。"阎王大喜,增寿十年,即时放回阳间。十年限满,再见阎王。这秀才志气舒展,望森罗殿摇摆而上,阎王问是何人,小鬼说道:"是那做屁文章的秀才。"

　　赞曰:此秀才闻屁献谄,苟延性命,亦无耻之甚矣,犹胜唐时郭霸以尝粪而求富贵,所谓遗臭万年者也。

　　村居者命其仆曰:"使你入城。"未及说了,其仆飞往城中,行至县门前,县官正追钱粮,里长十人,一人未到,九人就佥此仆顶名查点。县官各责十板。回至村中,主人问曰:"你至城中何干?"其仆学说县官打了十板之事,主人笑曰:"呆子。"仆曰:"难道那九个都是呆子?"

　　赞曰:此仆与九人者,受责之数同,而独以为呆,宜其不服也。世事皆有比例,俏的呆的,个个比例,那肯服人。

　　一和尚犯罪,一人解之,夜宿旅店,和尚酤酒劝其人烂醉,乃削其发而逃。其人酒醒,绕屋寻和尚不得,摩其头则无发矣,乃大叫曰:"和尚倒在,我却何处去了。"

　　赞曰:世间人大率悠悠忽忽,忘却自己是谁,这解和尚的就是一个,其饮酒时更不必言矣,及至头上无发,刚才知是自己却又成了和尚。行尸走肉,绝无本性,当人深可怜悯。

　　案:此条又见《应谐录》。

　　众僧为人诵经既毕,一僧窃其铺坛之布而去,主人追及,搜而得之,乃向众僧曰:"列位看是我干的好事。"

　　赞曰:僧虽窃布,而能自以为过,若他僧则必怨搜者,而又遍疑众人告之,结为冤仇,一事而贪嗔痴毕具矣。相形而论,此僧乃高僧也。

　　辽东一武职,素不识字,被论,使人念劾本,至"所当革任回卫者也",痛哭曰:"革任回卫也罢了,这'者也'两个字,怎么当的起。"

赞曰:至公至明,乃可以劾人,不然,者也二字,断送了多少好人,真是难当也。

钟馗专好吃鬼,其妹与他做生日,写礼帖云:"酒一尊,鬼两个,送与哥哥做点剁;哥哥若嫌礼物少,连挑担的是三个。"钟馗命人将三个鬼俱送庖人烹之。担上鬼看挑担者曰:"我们死是本等,你如何挑这个担子?"

赞曰:挑担者不闻钟馗之所好耶?而自投鼎俎,此文种、韩信之流也。若少伯、子房,可谓智鬼矣。

有好奉承人者,见一人问其姓,曰:"姓张。"其人曰:"妙姓。"

赞曰:上蔡雷礼部曾闻此言曰:"诚然,姓张者与姓王、姓李自是不同。"《离骚经》曰:"览椒兰其若兹兮,又况褐车江离。"椒兰类姓张者。

一人被其妻殴打,无奈钻在床下,其妻曰:"快出来。"其人曰:"丈夫说不出去,定不出去。"

赞曰:每闻惧内者,望见妇人,骨解形销,如蛇闻鹤叫,软做一条。此人仍能钻入床下,又敢于不出,岂不诚大丈夫哉。

张江陵不肯丁忧,科道陈三谟等留之,翰林部属艾熙老等劾之。侍郎李幼滋往见,江陵曰:"我今要去不得去,小人又不谅我,我不如死了罢。"幼滋曰:"死倒死的,去却去不的。"稍间,御史朱涟至,江陵又告之,朱涟乃其门生,大声言曰:"老师受国家厚恩,那里好去?门生就上本参老师,顾不的师弟之情。"昂昂而出。

赞曰:孔子谓"法语之言,能无从乎"! 二人可谓法语。江陵果不丁忧,可谓能从矣。何处寻优场也!

王安石向苏东坡言:"扬子云大贤,其仕王莽,校书投阁之事,必后人所诬枉,《剧秦美新》,亦好事者所为。"东坡说:"正是,我也有些疑心,只怕汉朝原没个扬子云。"

　　赞曰:世之好辩者,说的天方地圆,无有了期,东坡犹是戏言。有说文中子隋朝无此人者,使人心中恍惚,恐宋朝亦没个王安石也。

北方男子跳神叫做端公。有一端公教着个徒弟,一日,端公出外,有人来请跳神,这徒弟刚会打鼓唱歌,未传真诀,就去跳神;到了中间,不见神来附体,没奈何信口撺了个神灵,乱说一篇,得了钱米回家,见他师傅说道:"好苦。"把他跳神之事,说与师傅,师傅大惊道:"徒弟你怎么知道? 我原来就是如此!"

　　赞曰:此端公过于忠厚,徒弟问他,何不说"跳神极是难事,妙诀不可轻传,恐泄天机,鬼神责谴,须是三年五载,方可传授,你今既行的去,且将就应付"。可惜轻易说了实话,所谓"若将容易得,便作等闲看"也。

卜者子不习本业,父怒谴之,子曰:"此甚易耳。"次日,有从风雨中求卜者,父命子试为之,子即问曰:"汝东北方来乎?"曰:"然。"曰:"汝姓张乎?"曰:"然。"复问:"汝为尊正卜乎?"亦曰:"然。"其人卜毕而去,父惊问曰:"尔何前知如此?"子答云:"今日乃东北风,其人面西而来,肩背尽湿,是以知之;伞柄明刻清河郡,非张姓而何?且风雨如是,不为妻谁肯为父母出来。"

　　赞曰:卜者子甚是聪明,可惜不曾读《孟子》,若读了《孟子》时,便知人性皆善,岂有视父母反轻于妻之理。

杨衡初隐庐山,有盗其文登第者,衡因诣阙,亦登第,见其人,怒曰:"'一一鹤声飞上天'在否?"答曰:"此句知兄最惜,不敢偷。"衡曰:"犹可恕也。"

　　赞曰:此贼还是识货,"一一鹤声飞上天",原不消偷,只是不知他偷的如何？

赵魏公孟頫有一私印，曰"水晶宫道人"。周草窗以"玛瑙寺行者"对之，赵遂不用此印。后见草窗同郡崔进之药肆，悬一牌，曰"养生主药室"，赵以"敢死军医人"对之，崔亦不复设此牌。赵语人曰："我今日方为水晶宫吐气。"

赞曰：曾见一巡抚，其兄被一亲王打死，他做巡抚，尽力摧折各王府，以致棍徒将王坟树木都砍了，还问王府官罪名，只是要吐气也。

一人尊奉三教，塑像先孔子，次老君，次释迦。道士见之，即移老君于中。僧来又移释迦于中。士来仍移孔子于中。三圣自相谓曰："我们自好好的，却被人搬来搬去，搬得我们坏了。"

赞曰：三个圣人都有徒弟，各尊其师，谁肯相让，原来一处坐不的。孔子有个徒弟性管，却抵死要让释迦首坐，与他人师弟之情迥别。

一人习学言语，听人说"岂有此理"，心甚爱之，时时温习。偶因过河忙乱，忽然忘记，绕船寻觅。船家问他失落何物，曰："是句话。"船家说道："话也失落的，岂有此理！"其人说："你拾着，何不早说。"

赞曰：凡事用心专一，纵然遗失，自有撞遇处，观此人可知矣。"岂有此理"，却有许多变化，有说"岂有此说"者，有说"焉有此理"者，有说"岂有是理"者，又有只用"岂有"二字者，说与此人，即不敢复上船矣。

天顺中，吏部某郎中，行手本于翰林，金名字画甚大，刘文安公定之戏书其后曰："诸葛大名垂宇宙，君今名大欲如何？纵于事体全无碍，只恐临池费墨多。"

赞曰：前辈名字原不甚大，想是刘公名字太小耳。所贵于作官者，全在得写大字，纵大似拳头，一生消的几锭墨，刘公可谓不知大体者也。

"南风之熏兮,可以解吾民之愠兮。南风之时兮,可以阜吾民之财兮。"一有司诵此诗作"追吾民之财兮",所谓诗言志也。

> 赞曰:《南风》之诗,便是盛夏时候二□□□□□□□□□□□□此真贤父母也。他人一味追财,那管百姓死活。

东坡与佛印说:"古人常以僧对鸟,如云:'鸟宿池边树,僧敲月下门。'又云:'时闻啄木鸟,疑是扣门僧。'"佛印曰:"今日老僧却与相公对。"

> 赞曰:宋孝武帝言:"人好嘲谑,未有不遇其敌者。"东坡之谑原拙,非佛印之巧也。"僧敲月下门",是说所见,至于闻啄木鸟疑僧扣门,不知别样人扣门之声,与僧何所分辩?

一监司讲学人也,每日要吃猪肚。因遇天旱祈祷断屠,仍要猪肚。屠户禀称断屠。监司说道:"那管断屠不断屠,我只要猪肚便了。"

> 赞曰:断屠只是张挂告示,与吃肚原不相妨,纵使一人不吃肚,他人吃肉者多,如何断得,终是讲学人见的远。

高绰为冀州刺史,横暴不法,齐后主闻之,诏锁诣行在,至而赦之,问在州何者最乐,对曰:"多取蝎及蛆置一处极乐。"后主即令索蝎,得三升,置大浴盆内,使人裸卧其中,宛转号哭,帝与绰临视,喜笑不已,谓绰曰:"如此乐事,何不驰驿奏闻。"

> 赞曰:后主系高绰而随释之,问以州中乐事,绰以蝎蜇蛆,而后主以人代之,可谓告往知来,又恨其知之不早;其洒落之契,千载可想也。

宋朝某官邵箎,上殿泄气,降为知州;邵胡须上卷,时人称为泄气狮子。

赞曰：邵麓流风余韵，他无所闻，以上殿泄气，至今传之，不然几与草木同腐矣。

安南国使臣进象，怕路人看，一人说："这象太小。"使臣说："怎见得象小？"其人说："我家许多象都比这象大。"使臣说："朝廷家方才有象，你家如何养象？我就上本。"此人跪下说："我家原来没象，只是说句大话儿。"

赞曰：庄子说鲲化为鹏，鲲是寻常有的，他却说是北溟之鱼；又说北溟天池也，如何盘的倒？此捣空拳说鬼话之妙者也。看象者似尚不及庄子。

一人好酒，坐席太久，其仆欲令其去，因见天阴，说称天将雨了，其人说："将雨怎么去的。"稍间下雨，许久雨住，仆又说："雨住了。"其人说："雨住了还怕甚的。"

赞曰：好酒者无散席之意，却无不散之理。史称陶渊明饮酒未尝吝情去留，以此为渊明之高，其实吝情的亦未尝不散也。

有暑月戴毡帽而行路者，遇大树下歇凉，即将毡帽当扇，曰："今日若无此帽，就热死我。"

赞曰：李太白诗云："懒摇白羽扇，裸体青林中，脱巾挂石壁，露顶洒松风。"如此骄惯，松风亦是寻常。此人头戴毡帽，行毒日中，到了树下，摘去毡帽，便觉清凉自在，况用之以为扇乎！宜其感毡帽之恩也。再穿皮袄一领，妙不可言。

有一甲科大尹，元是儒士中的，每遇阖学生员入见，甚是厌烦，常语人曰："世间这一行人是多了的。"

赞曰：近来一二贵人，每欲沙汰生员，殊为不近人情，恐激成蓝袍大王之变。此位大尹，欲尽去之，却甚容易，只将天下生员都改名儒士可也。

一人拾甘蔗渣而唛之,恨其无味,乃骂曰:"那个馋牢,吃的这等尽情。"

赞曰:普天下人想吃甘蔗,垂涎十丈,既到手中,谁肯吃的不尽情。有一等人唛的无味了,还不肯吐弃,转更烦恼。此物本来甜,怪不得他难割舍也。

乡村路口,有一神庙,乃是木雕之像。一人行路,因遇水沟,就将此神放倒,踏着过水。后有一人看见,心内不忍,将神扶在座上。此神说他不供香火,登时就降他头痛之灾,判官小鬼都禀道:"踏着大王过水的倒没事,扶起来的倒降灾,何也?"这神说:"你不知道,只是善人好欺负。"

赞曰:此神虑的甚是,踏神过水,是何等凶猛,惹下他,甚事不做出来。善人有病,只是祷告神祇。但不合轻扶神像,揽祸招灾,只该远远走去。所以孔子说,"敬鬼神而远之"也。

案:此条本《艾子》。

有人遇喜庆事,其友封银一钱往贺,书银封云:"银五分,赊五分。"已而此友亦有贺分,其人以空封书云:"银一钱,除五分,赊五分。"

赞曰:汉高祖贫时,与人庆贺,空封上写万钱,英雄举动自别。此二人者,皆虮虱之类也。

唐朝山人殷安尝谓人曰:"自古圣人,数不过五,伏羲、神农、周公、孔子,"乃屈四指,"自此之后,无屈得指者。"其人曰:"老先生是一个。"乃屈五指,曰:"不敢。"

赞曰:殷安自负是大圣人,而唐朝至今无知之者,想是不会妆圣人,若会妆时,即非圣人,亦成个名儒。

一秀才买柴曰:"荷薪者过来。"卖柴者因过来二字明白,担到面前。问曰："其价几何？"因价字明白，说了价钱。秀才曰："外实而内虚，烟多而焰少，请损之。"卖柴者不知说甚，荷的去了。

赞曰：秀才们咬文嚼字，干的甚事，读书误人如此。有一官府下乡，问父老曰："近年黎庶何如？"父老曰："今年梨树好，只是虫吃了些。"就是这买柴的秀才。

一富家生员，贿买师长，得列德行受赏，有乡绅谓之曰："是人说颜子穷，他有负郭田三十顷，如何得穷？只是后来穷了。"其人不省，请教，曰："也只为卖这田，买了德行。"

赞曰：贿买教官，能费几何？德行生员，能赏几何？世间天来大德行，都用钱买，这些穷措大何足言也。

一贫士冬月穿袷衣，有谓之者曰："如此严寒，如何穿袷衣？"贫士曰："单衣更冷。"

赞曰：袷衣胜单衣，单衣胜无衣，作如是观，即能乐道安贫。有一人耻说家贫，单衣访友，其友问他："如此寒天，如何单衣？"其人答曰："我元来有个热病。"其友知他是诈，留至天晚，送他在凉亭内宿歇，冻急了随即逃走。又一日相遇，问他："前日留宿，如何不肯次日再会？"其人说："我怕日出天热，趁着早凉就行了。"

刘贡父偶至一酒楼，壁上书"春王正月，公与夫人会于此楼"。盖携妓饮酒者所为也。贡父书其后曰："夏旱秋饥，冬大雨雪，公薨。君子曰：不度德，不量力，其死于饥寒也，宜哉。"

赞曰：世之似此公者甚多，其结果大率相同。有咎公名喜者，常与李夫人会，后来囊空，怕受饥寒，就在李夫人家为奴，改名招财，李夫人之母恶之，中毒而薨。尤为可哀。

有石敢当者，忽然能言。里甲急趋报官。官命负敢当来。既至，再三问之不言。官怒，道是说谎，责了十板，仍命负之以出。至途中,遇识者,问曰:"报官如何?"甲顿足曰:"为此冤家,被官打了五下。"敢当曰:"你又说谎,昧了五下。"

　　赞曰:春秋时已有石言者,石敢当偶然有言,若逢人即言,便是怪物,此里甲诚可打也。

郡人赵世杰半夜睡醒,语其妻曰:"我梦中与他家妇女交接,不知妇女亦有此梦否?"其妻曰:"男子妇人,有甚差别。"世杰遂将其妻打了一顿。至今留下俗语云:"赵士杰,半夜起来打差别。"

　　赞曰:道学家守不妄语为良知,此人夫妻半夜论心,似非妄语;然在夫则可,在妻则不可,何也? 此事若问李卓吾,定有奇解。

兄弟二人攒钱买了一双靴,其兄常穿之,其弟不肯空出钱,待其兄夜间睡了,却穿上到处行走,遂将靴穿烂。其兄说:"我们再将出钱来买靴。"其弟曰:"买靴误了睡。"《笑府》卷上殊禀此句作"我要睡矣"。

　　赞曰:此人能让其兄,而不能空出钱,由孔方亦是家兄也。

僧贯休婺州兰溪人,钱镠自称吴越国王,休献诗云:"满堂花醉三千客,一剑霜寒十四州。"镠令改为四十州,乃可相见。休曰:"州添了诗方可改。"

　　赞曰:人之好谀,皆明知其虚誉,而不能不好,只看钱镠元是十四州,便改四十州,当得甚事,何其扯淡之甚也。

王知训帅宣州,入觐,赐宴,伶人戏作一神,或问何人,答言:"吾是宣州土地。"问:"何故到此?"答言:"王刺史入觐,和地皮卷来。"

　　赞曰:官州入觐,土地随之,此常事也,而独言宣州,此乃与王知训有仇者为之耳。

大历年间,荆州冯希乐善佞,尝谒长林县令,留酌,与令曰:"仁风所感,虎狼出境。"正说中间,人报昨夜大虫食人,令问之,曰:"此必暂时经过。"

赞曰:世间佞人甚多,偏是冯希乐被大虫证出谎来。此物经过,人便当不得,何待驻扎也。

一人事奉继母,欲要尽孝,问一学究曰:"古人事继母的谁人最孝?"学究曰:"闵子骞最孝,他冬月穿着芦花,把绵衣让继母之子。"此人遂穿芦花。又问:"还有何人最孝?"学究曰:"王祥继母冬月要吃鲜鱼,他卧冰取鱼。"此人说:"这个孝道难行。"学究问何故,答言:"王祥想是衣服还厚些。"

赞曰:卧冰定须冻死,教谁行孝!打开冰亦可取鱼,何必卧也?而《晋书》明载之,岂有差错?又说王祥继母要吃黄雀,就有数十黄雀飞入幕中。今之黄雀,只在茂林密叶,并不到人屋上。当由古今不同:晋时之冰不寒,黄雀皆痴。

有破谜者曰:"上拄天,下拄地,塞的乾坤不透气。"问人是甚东西?其人曰:"我亦有个东西:头朝西,尾朝东,塞的乾坤不透风。"破谜者曰:"不知。"其人曰:"就是你那个,我放倒了。"

赞曰:《庄》《列》许多大言,原来就是这个东西,倒横直竖,却被此人说破。湛甘泉有诗曰:"三山山外青天外,合作无穷如是观。道人独在无穷外,但见乾坤小一丸。"这道人又大的狠也。

有遇人与以一草,名隐身草,手持此,旁人即看不见,此人即于市上取人之钱,持之径去,钱主以拳打之,此人曰:"任你打,只是看不见我。"

赞曰:此人未得真隐身草耳,若真者,谁能见之。又有不用隐身草,白昼抢夺,无人敢拦阻者,此方是真法术也。

一瞽者与众人坐,众有所见而笑,瞽者亦笑,众问之曰:"何所见而笑?"瞽者曰:"你们所笑,定然不差。"

赞曰：瞽者之言，不为无见，即终身随人笑可也，但强笑不乐耳，人岂可无目哉！然有目而事事随人，人差亦差者颇亦不少。

二瞽者同行，曰："世上惟瞽者最好，有眼人终日奔忙，农家更甚，怎得如我们清闲一世。"适众农夫窃听之，乃假为官人，谓其失于回避，以锄櫎各打一顿，而呵之去，随后复窃听之，一瞽者曰："毕竟是瞽者好，若是有眼人，打了还要问罪。"

赞曰：北方瞽者，叫做先生，自有好处。世上欺天害理，行凶作霸，俱是有眼人，无一瞽者。只看这些农夫，扮作假官，擅自打人，如此事瞽者却做不出来，此便胜似有眼人也。

两人因买田争价告官，买者卖者及说合人，各问老不应罪。其说合人无力纳银，亦告人买地，状内不写说合人。官问："何故无人说合？"其人说："说合人都问了罪，谁人又敢说合？"

赞曰：此人抗违官断，设计相嘲，真刁民也，宜重问罪名，以警其后；不然则纪纲风俗坏矣，何以居官。

有受人雇觅，而代之见官受打者，以其所得之钱与行杖皂隶，打之稍轻，既出，则向雇己之人叩头曰："恩主爷，不亏你的钱，就打杀了。"

赞曰：此人以得钱受打为二事，如李斯以仕秦受诛为二事，惜乎李斯无处打点也。

王安石专讲字学，尝曰："波乃是水之皮。"苏东坡曰："滑乃是水之骨耶？"

赞曰：安石之谬如此，其为相安得不乱天下。近日张新建乃从字学悟仙道，密传姜仲文曰："妇女唾津名为华池神水，宜常常吮而吞之，可以长生。"以活字乃千口水也。仲文仁者之寿，无所用此；新建未老而逝，想其吞神水少也，惜哉！

一官极善忘，有商人得罪其某门子，官正坐堂，门子即差一人，拘商人到。差人禀称拿某人到，门子即于签筒内拔签六根，叫六个皂隶打商人三十板，门子大声喝令去罢。此官直目而视，不知所以。退而至后堂坐下，问门子："适间商人谁叫他来？"门子禀道："爷着叫他。"此官又问："因何打他？"门子禀道："爷看签筒，小的就知是要打他。"官不能答，俯仰寻思，心中恍惚，看着门子说道："这件事多一半是你做的。"

　　赞曰：余亲见新乐一童生，每读书数行，昼夜不歇，转眼尽忘。此等人只是不可做官，若闲暇无事，静坐高眠，就是个活死人，犹胜于机巧诈伪之徒也。

鹞子追雀，雀投入一僧袖中，僧以手搦定曰："阿弥陀佛，我今日吃一块肉。"雀闭目不动，僧只说死矣，张开手时，雀即飞去，僧曰："阿弥陀佛，我放生了你罢。"

　　赞曰：此雀顷刻遭二死，竟能得生，盖亦一定之命。此僧杀生念佛，是名谤佛；不得杀生亦念佛，是名诳佛：只此便合入地狱也。

一人与人各带资本，出外买卖，离家日远，行到无人之处，此人将那人打死，取其资本，得利而回，向那人家说："某人不幸病死了。"其家亦不疑猜。后来又将那人的妻娶了。不料那人打死之后，又得苏醒，将养许时，来到家中，告官："图财打死，强娶其妻。"官将告人重责，问作诬告，批状云："既云打死，如何尚在？娶用财礼，何为强娶？"

　　赞曰：史书载范雎被须贾打死，后来做了丞相，此官想是不曾看见。郑元和被其父打死，后来又唱《莲花落》，想是也不曾听的。与人同出而先归，亲口说人已死，又娶其妻，打死之情，颇不易见。又有一官，素日贪滥，偶有剜墙之贼，半截身入，砖忽塌下，不能进退而死。次日贼家告官，为故垒虚墙，压死贫贼事。此官径作人命检问，得银才放。官之昏者，以图财致命成诬告；官之贪者，以打死贫贼害富家。苍天苍天，百姓们何处伸冤也！

政和中，举子皆试经义。有学生治《周礼》，堂试以"禁宵行者"为题，此生答义云："凡盗贼奸淫，群为过恶者，白昼不能显行也，必昏夜合徒窃发，踪迹幽暗，虽欲捕治，不可物色，故先王命官曰司寤氏，而立法以禁之，有犯无赦，宜矣，不然，则宰予昼寝，何以得罪于夫子。"学官甚善其议论有理，但不晓以宰予昼寝为证之意，因召而问之："此何理也？"生员乃曰："昼非寝时也，今宰予正昼而熟寐，其意必待夜间出来胡行乱走。"

　　赞曰：禁宵行是巡更火夫的事，却立个官，四海九州，得多少官？《周礼》胡说，每每如此。此生引宰予为证，殊有思致。有解《论语》者，说道："宰，杀也；予，我也；虽宰予而必昼寝。"禁宵行易，禁昼寝难矣哉。

唐三藏西天取经，到了雷音寺，师徒三人见了佛。佛分付弟子管待了与他真经。迦叶长者，苦苦索要常例。唐三藏无奈，只得将唐天子赐的紫金钵盂与了他。猪八戒好生不忿，回去禀称："迦叶长者索要常例，受了个金钵盂。"羞的长者脸皮皱了。佛说："佛家弟子也要穿衣吃饭。向时舍卫国赵长者请众弟子下山，将此经诵了一遍，讨得了三斗三升麦粒黄金；你那钵盂，有多少金子？也在话下。"说的个猪八戒好似箭穿了雁嘴，恼恨恨的走出来，说道："逐日家要见活佛，元来也是要钱的。"唐三藏说："徒弟不要烦恼，我们回去，少不得也替人家诵经。"

　　赞曰：列宿之中有天钱星。道书言："牵牛娶织女，借天帝钱二万，久不还，被驱在营室。"天也爱钱，况于人乎？佛果无诳语也。

柳盗蹠死后，魂灵不散，打劫的财物，一些带不到阴间，饥寒难忍,意欲作贼,争奈喽啰们一个也没有。阎罗王怕他害人,不许转生,连禽兽也不许他做。思量无奈,到处啰唣,娼妇人家,替他盖下矮小庙域,图些酒食,因他排行第三,叫做三郎神。这个神见了小鬼也要回避,偶然行路之间,撞遇孔圣人,回避不及,跪在路旁,孔圣人说道:"你当初那等火性,如今怎么这样小心?"盗跖说:"自从听了圣人的言语,近来也略有些涵养。"

赞曰:盗跖横行杀人,在太山下,孔圣人去劝化他,他就要吃孔圣人的心肝。及至死后,却受乐户的香火。乐户家女子,初学弹唱,定要先参见他,乞讨聪明。有等妓女,将他暗暗供养,不令人见,因他的眉毛尽白,叫做白眉神。他就作花柳魔,勾引的浪荡子弟,都来此家挥金如土。这样人说不得他个无耻。一日,众判官禀问阎王,曰:"柳盗跖辞世多年,何不收在地狱,却教做那等丑神?"阎王曰:"此是上帝之意,着他在世间做恶人的样子。"众判官合掌赞叹上帝,千方百计,只是要人行善。一时鬼王夜叉牛头马面,猪嘴獠牙,一切小鬼闻之,皆大欢喜而退。

孟 黄 鼬 传(附)

黄鼬者,鼠之类也,尾长嘴尖,性喜吃鸡,昼则伏在穴内,夜则入人家寻鸡而吃之。延津有一酸子,姓孟,亦好吃鸡,苦无钱买,专一捏害良民,呈告有司处,其人将肥鸡谢罪,方得饶免,以此绰号孟黄鼬。这黄鼬后来做了平原郡教官,善用软局哄着秀才们送他束脩。有等秀才,永不见教官之面,这黄鼬使着门斗,三番五次去请,务令来见,见了浓笑深揖,说道:"久仰盛德,特请相会一会。"便令门斗往市中沽淡酒一二壶,留酌而去。扰乱的些秀才们,勤学的不得读书,懒惰的不得自在,少不得送些束脩,贫的也送一鸡。送了一次,就有许时不请。这黄鼬积了些钱钞,打点上司,委他高城署印。交代之后,见了吏书们,咄咄喃喃,说道:"你这伙先儿们,把我这寒官看不在眼里。"众吏书们商议:这黄鼬原是个赃东西,观其意只是要钱。

大家攒了些银子送进。以后见了吏书,春秋和气,如爷儿父子一般。却将门皂人等叱来呵去,平空的就大声说:“可恶该打。”这些人背后说:“我们有甚可恶,只是不曾送钱。”合衙人都将些银钱送上,作为见面礼。这黄鼬喜笑花生,说道:“我闻的说高城风俗淳厚,话不虚传。”这衙役们,奸滑的都替他说事过钱,但有告诉的,不拘原被干证,一齐问罪。追银急于星火,百姓不敢告状。却又差人缉访,街坊争攘的都拿入县中,问罪折银。可惜得意之时,新官将到,上纳缔赎的,未免懒散。皂快们一则被他将甜句儿和哄,二则图些酒食财物,都替他上紧捉拿来。黄鼬说称:“许用折货。”钗环首饰,红裙绿袄,一切得用之物,都来交纳,分明似个典当铺。投至新官到时,取赎分毫不少,将县内床帐卓椅,壶瓶碗盏,炊帚马杓,匙箸罩篱,各项什物,用骡车尽行装载而去。高城百姓,满街围看。内中一人说:“孟黄鼬原来是高城一个女子。”旁人问:“是如何说?”此人说:“这许多东西,都是他的嫁妆。”

太史公曰:“《易》云:‘大人虎变。’”大人者,做大官者也。孟黄鼬教官之才耳,故所好不过吃鸡,终年吃的直几贯钱?其转男为女,嫁妆亦未为厚。若大人做大官,便是插翅猛虎,单吃人肉,贤人豪士,公子王孙,遇他饿时,就一口吞之,三年五载,任满回家,黄金白玉,大珠怪宝,肥银响钞,倭段吴绫,以至常用些小之物,皆是他道所出,至巧至精,盛以描金彩漆之箱,裹以紫绒红皮之套,遮天映日,拍路飞尘,虽沈万三之嫁女,不及十分之一;若使子子孙孙皆能保守,千万百世用之,尚不能尽也。

笑　禅　录

　　《笑禅录》，明潘游龙撰。他利用佛家语录的形式，前"举"后"颂"，中间插入一个"说"，来显示出出家和在家的一些相似的笑话。今据清顺治三年（一六四六）《说郛续集》卷四十五全录。

笑　禅　录

松滋潘游龙

　　举：遵布衲浴佛，布衲曰："这个从汝浴，还浴得那么。"遵曰："把将那个来。"

　　说：一人途中肚饥，至一家诓饭吃曰："我能补破针鼻子，但要些饭吃。"其家即与之饭，遍寻出许多破鼻子针来，吃饭毕，请补之，其人曰："拿那边针鼻子来。"

　　颂曰：那个那个，快去寻取，有垢则浴，有破则补；若还寻不出来，我亦忙忙无主。

　　举：舍多那尊者将入鸠摩罗多舍，即时闭户，祖良久扣其门，罗多曰："此舍无人。"祖曰："答无者谁。"

　　说：一秀才投宿于路旁人家，其家止一妇人，倚门答曰："我家无人。"秀才曰："你？"复曰："我家无男人。"秀才曰："我？"

　　颂曰：舍内分明有个人，无端答应自相亲；扣门借宿非他也，尔我原来是一身。

　　举：临济示众云："有一无位真人，常向汝等面门出入，初心未证据者看看。"时有僧问："如何是无位真人？"济下禅床，擒住这僧拟议，济托开云："无位真人是甚干屎橛？"

说：一人晚向寺中借宿，云："我有个世世用不尽的物件，送与宝寺。"寺僧喜而留之，且为加敬。至次早，请问："世世用不尽的是么物件？"其人指佛前一树破帘子云："此。以之作剔灯捧，可世世用不尽。"

颂曰：人人有个用不尽，说出那值半文钱；无位真人何处是，一灯不灭最玄玄。

举：《楞严经》云："纵灭一切见闻觉知，内守幽闲，犹为法尘分别影事。"

说：一禅师教一斋公屏息万缘，闭目静坐。偶一夜坐至五更，陡然想起某日某人借了一斗大麦未还，遂唤醒斋婆曰："果然禅师教我静坐有益，几乎被某人骗了一斗大麦。"

颂曰：兀坐静思陈麦帐，何曾讨得自如如；若知诸相原非相，应物如同井辘轳。

举：《圆觉经》云："此无明者非实有体，如梦中人梦时非无，及至于醒，了无所得。"

说：一痴人梦拾得白布一匹，紧紧持定，天明，即蓬头走往染匠家急呼云："我有匹布做颜色。"匠曰："拿布来看。"痴人惊曰："啐，错了，是我昨夜梦见在。"

颂曰：这个人痴不当痴，有人梦布便缝衣，更嗔布恶思罗绮，问是梦么答曰非。

举：《金刚经》云："如来说有我者则非有我，而凡夫之人以为有我。"

说：一秀才夏日至一寺中参一禅师，禅师趺坐不起，秀才怪问之，师答曰："我不起身便是起身。"秀才即以扇柄击师头一下，师亦怪问之，秀才曰："我打你就是不打你。"

颂曰：有我即无我，不起即是起，起来相见有何妨，而我见性尚无止。秀才们,禅和子,那个真是自如如,莫弄嘴头禅而已。

举:或问药山:"如何得不被诸现惑?"山曰:"听他何碍汝?"曰:"不会。"山曰:"何境惑汝?"

说:诸少年聚饮,歌妓侑酒,唯首席一长者闭目叉手,危坐不顾。酒毕,歌妓重索赏于长者,长者拂衣而起曰:"我未曾看汝。"歌妓以手扳之曰:"看的何妨,闭眼想的独狠。"

颂曰:水浇鸭背风过树,佛子宜作如是观;何妨对境心数起,闭目不窥一公案。

举:《起信论》云:"犹如迷人,依方故迷,若离于方,则无有迷。众生亦尔。"

说:吾邑中罗文学泛舟下荆州,命痴奴名二生者荡桨,答曰:"我不荡头桨。"文学哑之,答曰:"我怕不晓得路。"

颂曰:岸夹轻舟行似驰,只因方所自生疑;海天空阔无人境,星落风平去问谁。

又曰:但得稍公把柁正,何愁荡桨不悠悠。任他风雨和江涌,稳坐船头看浪头。

举:僧问大隋:"如何是学人自己?"隋曰:"是我自己。"曰:"如何是和尚自己?"曰:"是汝自己。"

说:一少年好作反语,偶骑马向邻翁索酒,翁曰:"我有斗酒,恨无下物。"少年曰:"杀我马。"翁曰:"君将何骑?"少年即指阶下鸡曰:"骑他。"翁笑曰:"有鸡可杀,无柴可煮。"少年曰:"脱我布衫去煮。"翁曰:"君将何穿?"少年即指门前篱笆曰:"穿他。"

颂曰:指鸡说马,指衫说篱;谁穿谁煮,谁杀谁骑。参参如何是自己当面不语时。

举:《坛经》云:"诸佛妙理,非关文字。"

说:一道学先生教人只体贴得孔子一两句言语,便受用不尽。有一少年向前一恭云:"某体贴孔子两句极亲切,自觉心广体胖。"问是那两句,曰:"食不厌精,脍不厌细。"

颂曰:自有诸佛妙义,莫拘孔子定本;若向言下参求,非徒无益反损。

举:睦州问一秀才:"先辈治甚经?"才曰:"治《易经》。"师曰:"《易》中道'百姓日用而不知',且道不知个甚么?"曰:"不知其道。"师曰:"作么生是道?"

说:一僧曾与众友戏集,问:"'音'字下着一'心'字,是么字?"座中有云生平未见此字者,有云曾在某古书上见此字者,有云常常见此字,只记不起者,有以手画几案云必无此字者。后明说出,一座皆笑。

颂曰:最平常是最神奇,说出悬空人不知;好笑纷纷求道者,意中疑是又疑非。

举:云芝再至翠岩求入室,岩曰:"佛法不怕烂却,天气正冷,且化炭去。"

说:老山宁长者,离城二百余里,冬月大雪,忽早起披裘上马,有老奴名供耕者头蓬舌僵,拥马首而前曰:"天气正冷,爹爹今日往那里去?"长者曰:"我往二程祠上大会讲学。"耕曰:"我也要去听讲学。"长者呵之曰:"你晓得听讲甚么学?"耕以手自指腰下曰:"我也去听讲冬九腊月该有裤儿穿不?"

颂曰:冷时烧炭并穿裈,这是修行吃紧人;扒扒桔桔何为也,空向丛林走一生。

举:桂琛见一僧来,竖起拂子示之,僧便作礼赞叹云:"谢和尚指示。"琛打,云:"我终日在扫床扫地,为甚么不道谢和尚指示?"

说：一老学究训蒙，门不乱出。一日，戒其徒曰："你们莫顽，我去讲学与后生辈听。"有一徒出云："先生每日在学堂里讲底是甚么？又要去那里讲学？"

颂曰：那时不在禅机，何必赞竖拂子；好笑峨冠赴讲堂，良知良知而已矣。

举：崔相国入殿，见雀抛粪于佛头上，问如会云："一切众生，皆有佛性，为甚却抛粪于佛头上？"会云："他终不向鹞子头上抛粪。"

说：大盗夜劫人家，其家惊跪称大王。盗曰："莫叫大王，叫我们做好汉。"忽听鸡鸣，便唤起马。其家云："好汉好汉，只管请吃了早饭去。"

颂曰：盗怕天明雀怕鹞，可知佛性通诸窍；若分恶类与禽门，大地众生皆不肖。

举：楞伽云："观察世妄想，如幻梦芭蕉，虽有贪嗔痴，而实无有人。从爱生诸阴，有皆如幻梦。"

说：一人告友云："我昨夜梦见大哭，此必不祥。"其友解云："无妨无妨，夜里梦见大哭，日里便是大笑。"其人复云："若果然，夜里梦见有我在哭，日里岂不是无我在笑？"

颂曰：梦时有我哭，醒时无我笑；贪嗔痴何在，正好自观照。

举：一僧问雪峰："乞师指示佛法。"峰云："是甚么？"

说：甲乙两友，平素极厚。一日，甲偶病，不胜愁苦。乙来问云："兄是何病？所须何物？我皆能办。"甲云："我是害了银子的病，只得二三钱便够了。"乙即佯为未闻，乃吞咽云："你说甚么？"

颂曰：黄金似佛法，佛法似黄金；觅时了不可得，吾已与汝安心。

举：盘山积师，行于市肆，见一人买猪肉，语屠家曰："精的割一斤来。"屠家放下屠刀,叉手曰:"长史,那个不是精的?"

说:友人劝监生读书,生因闭门翻阅数日,出谢友人曰:"果然书该读,我往常只说是写的,原来都是印的。"

颂曰:个个是精,心心有印,放下屠刀证菩提,揭开书本悟性命,咄,不烦阅藏参禅,即此授记已竟。

举:或问龙牙:"古人得个甚么便休去?"牙曰:"如贼入空室。"

说:一盗夜挖入贫家,无物可取,因开门径出,贫人从床上呼曰:"那汉子为我关上门去。"盗曰:"你怎么这等懒,难怪你家一毫也没有。"贫人曰:"且不得我勤快只做倒与你偷?"

颂曰:本来无一物,何事惹贼入;纵使多珍宝,劫去还空室。

笑　府

《笑府》上下二卷，明墨憨斋主人冯梦龙编，共分八类一百则，今据日本藤井孙兵卫刻本选录五十三则，其中卷上的《方术类》六则今全删。又日本刻本误题为"清墨憨斋主人编"，今改正。大连图书馆藏有墨憨斋主人撰《笑府》原本十三卷，惜未见。

笑　府　序

古今来莫非话也，话莫非笑也。两仪之混沌开辟，列圣之揖让征诛，见者其谁耶？其亦话之而已耳。后之话今，亦犹今之话昔。话之而疑之，可笑也。话之而信之，尤可笑也。经书子史，鬼话也，而争传焉。诗赋文章，淡话也，而争工焉。褒讥伸抑，乱话也，而争趋避焉。或笑人，或笑于人，笑人者亦复笑于人，笑于人者亦复笑人，人之相笑宁有已时！《笑府》集笑话也，或阅之而喜，请勿喜；或阅之而嗔，请勿嗔。古今世界，一大笑府，我与若皆在其中，供人话柄。不话不成人，不笑不成话，不笑不话不成世界。布袋和尚，吾师乎！吾师乎！墨憨斋主人题。

笑　府　上

〔明〕墨憨斋主人编

腐　流

一先生讲书，至"康子馈药"，徒问："是煎药？是丸药？"先生向主人夸奖曰："非令郎美质不能问，非学生博学不能答。上节'乡人傩'，傩的是自然是丸药；下节又是煎药，不是用炉火，如何就厥焚起来？"

一秀才将试，日夜忧郁不已。妻乃慰之曰："看你作文，如此之难，好似奴生产一般。"夫曰："还是你每生子容易。"妻曰："怎见得？"夫曰："你是有在肚里的，我是没在肚里的。"

一师昼寐，及醒，谬言曰："我乃梦周公也。"明昼，其徒效之，师以界方击醒曰："汝何得如此？"徒曰："亦往见周公耳。"师曰："周公何语？"答曰："周公说：'昨日并不曾会尊师。'"

有训蒙者，首教《大学》，至"於戏！前王不忘"句，竟如字读之。主人曰："误矣，宜读作'呜呼'。"师从之。至冬间，读《论语注》"傩虽古礼，而近于戏"，乃读作"呜呼"。主人曰："又误矣，此乃'于戏'也。"师大怒，诉其友曰："这东家甚难理会，只'于戏'二字，从年头直与我拗到年尾。"

二蒙师死，见冥王，一系读别字者，一系读破句者，勘毕，别字者罚为狗，破句者罚为猪。别字者曰："请为母狗。"王曰："何也？"曰："《礼记》云：'临财毋苟（狗）得，临难毋苟（狗）免。'"做猪者请生南方。

一蒙师只识一"川"字，见弟子呈书，欲寻"川"字教之，连揭数叶，无有也，忽见"三"字，乃指而骂曰："我着处寻你不见，你到卧在这里！"

余姚师多馆吴下，春初即到，腊尽方归，本土风景，反认不真。偶见柳丝可爱，向主人乞一枝，寄归种之。主人曰："此贱种，是处俱有，贵处宁独无邪？"师曰："敝地是无叶的。"

苏人有二婿者，长秀才，次书手；每薄次婿之不文，次婿恨甚，请试。翁指庭前山茶为题，咏曰："据看庭前一树茶，如何违限不开花？信牌即仰东风去，火速明朝便发芽。"翁曰："诗非不通，但纯是衙门气。"再命咏月，咏云："领甚公文离海角？奉何信票到天涯？私渡关津犹可恕,不合窬夜入人家。"翁大笑曰:"汝大姨夫亦有此诗,何不学他?"因请诵之,闻首句云:"清光一片照姑苏。"哗曰:"差了,月岂偏照姑苏乎?须云照姑苏等处。"

殊　禀

三人同卧,一人觉腿痒甚,睡梦恍惚,竟将第二人腿上竭力抓爬,痒终不减,抓之愈甚,遂至出血。第二人手摸湿处,认为第三人遗溺也,促之起。第三人起溺,而隔壁乃酒家,榨酒声滴沥不止,以为己溺未完,竟站至天明。

一亲家新置一床,穷工极丽,自思好床不使亲家一见,枉自埋没。乃假装有病,偃卧床中,好使亲家来望。那边亲家做得新裤一条,亦欲卖弄,闻病欣然往探。既至,以一足架起,故将衣服撩开,使裤现出在外,方问曰:"亲翁所染何症,而清减至此?"病者曰:"小弟的贱恙,却像与亲家的心病一般。"

一人携刀往竹园取竹,偶内急,乃置刀于地,就园中出恭。忽抬头曰:"家中正要竹用,此处好竹,惜未带刀耳。"已解毕,见刀喜曰:"天随人愿,适有刀在此。"方择竹下刀,见所遗粪,愠曰:"何人沿地出痢,几污我足。"

一人问翁何姓,曰:"姓张。"少焉再问,翁复告之。至第三问,翁愠曰:"已说姓张,如何屡问?"其人便云:"这位李老官人,直得就愠。"

有呆子者,父出门,令其守店。忽有买货者至,问:"尊翁有么?"曰:"无。""尊堂有么?"亦曰:"无。"父归知之,谓子曰:"尊翁,我也;尊堂,汝母也,何得言无?"子懊怒曰:"谁知你夫妇两人都是要卖的。"

父写"一"字教幼儿。明日,儿在旁,父适抹桌,即以湿布画桌上问儿,儿不识。父曰:"吾昨所教汝'一'字也。"儿张目曰:"隔得一夜,如何大了许多?"

有好乘马者,为人所欺,以五十金易一马,驽甚,不堪策。乃赁舟载马,而身跨其上。既行里许,嫌其迟,谓舟子曰:"我买酒请你,与我快些摇,我要出一个簪头。"

甲乙二乡人入城,闻声,乙曰:"何物叫?"甲曰:"钟也。"乙曰:"钟肉可好吃么?"甲曰:"泥做的,怎吃?"盖见范钟之具云。

刺　　俗

一富翁,世不识字。人劝以延师训子。师至,始训之执笔临朱,书一画则训曰"一"字,二画则训曰"二"字,三画则训曰"三"字。其子便欣然投笔,告父曰:"儿已都晓字义,何烦师为?"乃谢去之。逾时,父拟招所亲万姓者饮,令子晨起治状。久之不成。父趣之,其子恚曰:"姓亦多矣,奈何偏姓万,自朝至今,才完得五百余画。"

一丞不识字,凡买物即画形簿上。令来,值丞不在,展簿视之,怪其所为,每行用朱笔直抹。丞归视,怒曰:"你衙内买红烛,如何也记在我簿上?"

一武弁夜巡,有犯夜者,自称书生会课归迟。武弁曰:"既是书生,且考你一考。"生请题。武弁思之不得,喝曰:"造化了你,今而幸而没有题目。"

镇守太监观风,出"后生可畏焉"为题,众俱笑。珰问其故,教官禀曰:"诸生以题目大难,求减得一字也好。"珰笑曰:"既如此,减'后'字,只做'生可畏焉'罢。"

有掘地得金罗汉一尊者,乃以手凿其头不已,问那十七尊何在。

一官府生辰,吏曹闻其属鼠,醵黄金铸一鼠为寿。官喜曰:"汝知奶奶生辰亦在日下乎? 奶奶是属牛的。"

甲乙谋合本做酒,甲谓乙曰:"汝出米,我出水。"乙曰:"米都是我的,如何算账?"甲曰:"我决不欺心,到酒熟时,只逼还我这些水便了,其余都是你的。"

一人好讨便宜,市人相戒,无敢过其门者。或携砂石一块,自念无妨,径之。其人一见,即呼且住,急趋入取厨下刀,于石上一再礰,麾曰:"去。"

一人穿新绢裙出行,恐人不见,乃耸肩而行。良久,问童子曰:"有人看否?"曰:"此处无人。"乃弛其肩曰:"既无人,我且少歇。"

主人谓仆曰:"汝出外,须说几句大话,装估体面。"仆颔之。值有言三清殿大者,仆曰:"只与我家租房一般。"有言龙衣船大者,曰:"只与我家帐船一般。"有言牯牛腹大者,曰:"只与我家主人肚皮一般。"

甲曰:"家下有鼓一面,每击之,声闻百里。"乙曰:"家下有牛一只,江南吃水,头直靠江北。"甲摇头曰:"那有此牛?"乙曰:"不是这一只牛,怎谩得这一面鼓。"

一人见肉担过,唤曰:"拿肉来。"卖肉者歇担持秤,问曰:"官人要用几斤?"其人大言曰:"我们这等人家,问甚斤数?你将这一脚称之便了。"卖肉者称讫,曰:"官人,这脚九斤四两在此。"其人曰:"也罢,只听了九斤,其余都与你用了。"

有一吏惧内,一日被妻挝破面皮,明日上堂,太守见而问之。吏权词以对曰:"晚上乘凉,被葡萄架倒下,故此刮破了。"太守不信,曰:"这一定是你妻子挝碎的,快差皂隶拿来。"不意奶奶在后堂潜听,大怒,抢出堂外,太守慌谓吏曰:"你且暂退,我内衙葡萄架也要倒了。"

众怕老婆者相聚,欲议一不怕之法,以正夫纲。或恐之曰:"列位尊嫂闻知,已相约即刻一齐打至矣。"众骇然奔散。惟一人坐定,疑此人独不怕者也;察之,则已惊死矣。

一怕老婆者,老婆既死,见老婆像悬于枢前,因理旧恨,以拳拟之。忽风吹轴动,大惊,忙缩手曰:"我是取笑。"

有父子同赴宴,父上坐,而子径就对席者。同席疑之,问:"上席是令尊否?"曰:"虽是家父,然各爨久矣。"

有兄弟相约,今后说谎,不许相讶,讶者罚东钱一两。一日,兄曰:"前村井水极佳,昨夜有人盗此井去,为人所觉,追逐之,其人弃于地,跌成三段。"弟讶曰:"那有此事?"兄伸前罚,弟约明早备东。向午不至,兄往询之,见弟尚未梳洗,问何故,答曰:"昨夜有一怪事:弟妇腹痛,至夜半连养下十七八个儿子。"兄讶曰:"那有此事?"弟曰:"准过罢。"

形　体

有近视者,拾火爆一枚,就灯认之,触火而响。旁有聋子,拊其背问曰:"汝方才拾甚么东西? 在手就散了。"

一人项有悬疣,因取凉,夜宿神庙。神问:"此何人?"左右答曰:"蹴毬气者。"神命取其毬来。其人失疣,不胜踊跃而出。次日,又一疣者闻其故,亦往庙宿。神问之,左右仍对如前。神曰:"可将昨毬还他。"

有善屁者,行铁匠铺打铁搭,方讲价,连撒数屁。匠曰:"撒屁直恁多? 若能连撒百个,我当白送一把铁搭。"其人便撒百屁,匠乃打成送之。临出门,又撒数个,乃谓匠曰:"这几个小屁,乞我几只钯头钉。"

或行酒令要嘿干,一客撒屁,纠之曰:"不默。"其人欲辨,方开口,复纠曰:"又不默。"

笑府上终

笑 府 下

谬 误

一监生见有投"眷制生"帖者，深叹"制"字新奇。偶致一远札，即效之，甚得意。仆致书回，生问："主人何言?"仆曰："当面启看，便问：'老相公无恙乎?'予对曰：'安。'又问：'老奶奶无恙乎?'予又曰：'安。'乃沉吟数四，带笑而入，少焉，打发回书，遣我归耳。"生大喜曰："人不可不学，只一字用得好，他见了，便添下多少殷勤。"

众至一家祝寿，饮酒间行令，各说寿字一句。一人喊云："寿夭莫非命。"众哗曰："是何言也?"以大钟罚之。即曰："该死该死。"

二医同走，见有携鳗及团鱼卖者。一医指鳗云："卖这条乌稍蛇与我。"一监笑云："鳗也认不出，倒不如买了这穿山甲罢。"

闺 风

董永行孝，上帝命一仙女嫁之。众仙女送行，皆嘱付曰："此去下方，若更有行孝者，千万寄个信来。"

有出嫁者，哭问嫂："此礼何人所制?"嫂曰："周公。"女将周公大骂。及满月归宁，问嫂："周公何在?"嫂云："寻他做甚?"女曰："欲制一鞋谢之耳。"

女初出阁，正哀哭，闻轿夫觅杠不得，乃带哭曰："我的娘，轿杠在门角里。"

一新嫁娘，途中哭泣甚哀，轿夫不忍曰："小娘子，且抬你转去何如?"女应曰："如今不哭了。"

杂 语

凤凰寿，百鸟朝贺，惟蝙蝠不至。凤责之曰："汝居吾下，何踞傲乎?"蝠曰:"吾有足,属于兽,贺汝何用?"一日,麒麟生诞,蝠亦不至。麟亦责之。蝠曰:"吾有翼,属于禽,何以贺与?"麟凤相会,语及蝙蝠之事,互相慨叹曰:"如今世上恶薄,偏生此等不禽不兽之徒,真个无奈他何。"

或问:"孔门七十二贤人,已冠者几人? 未冠者几人?"答者曰:"已冠者三十人,未冠者四十二人。"问:"何证?"曰:"《论语》云'冠者五六人',五六得三十;'童子六七人',六七四十二人也。"又问:"那三千弟子,后来都甚结果?"答曰:"时将战国了,二千五百都充了军去,那五百个做了客商。"又问:"何证?"曰:"《论语注》云:'二千五百人为军,五百人为旅。'"

　　案:此本《启颜录》。

一富翁向人索债,倒持契书,其人笑之。翁怒曰:"吾持与汝看,岂自看邪?"

有借马者,柬云:"生偶他往,告借骏足一骑。"主人问:"骏足何物?"对曰:"马也。"主人曰:"原来畜生也有表号。"

有自负棋名者,与人角,连负三局。他日,人问之曰:"前与某人较棋几局?"曰:"三局。"又问:"胜负如何?"曰:"第一局我不曾赢,第二局他不曾输,第三局我要和,他不肯,罢了。"

有夫妇闻河鲀甚盛,谋买尝之。既治具,疑其味毒,互相推诿。久之,妻不得已,将先举箸,乃含泪谓夫曰:"吃是我先吃了,只求你看顾这两个儿女;若大起来,教他千万不要买河鲀吃。"

贫渔夫妇,于冬天以网为被,中夜以指透网外,私相谓曰:"如此寒夜,亏那无被的如何熬过。"

偷儿入一贫家,遍摸一无所有,乃唾地而去。贫汉于床上见之,唤曰:"贼,可为我关了门去。"偷儿笑曰:"我且问你,关他做甚么?"

卖锅者必以锅底掷地作声,以明无损。一人偶掷地而破,谓人曰:"如此等锅,就不卖与你了。"

一匠人装门闩,误装门外。主人骂为瞎贼。匠答曰:"你便瞎贼。"主人曰:"我如何瞎?"曰:"你有眼,叫我这一个匠人?"

有厨子在家切肉,匿一块于怀中。妻见之,骂曰:"这是自家的肉,何为如此?"答曰:"我忘了。"

一待诏初学剃头,每刀伤一处,则以一指掩之;已而伤多,不胜其掩,乃曰:"原来剃头恁难,须得千手观音才好。"

笑府下终

广　笑　府

《广笑府》十三卷,明墨憨斋主人冯梦龙纂集,今据襟霞阁主人重刊本选录九十一则。

广　笑　府　序

墨憨斋主人

古今来莫非话也,话莫非笑也。两仪之混沌开辟,列圣之揖让征诛,见者其谁耶? 夫亦话之而已耳。后之话今,亦犹今之话昔。话之而疑之,可笑也。话之而信之,尤可笑也。经书子原误为"之",据《笑府》改史,鬼话也,而争传焉。诗赋文章,淡话也,而争工焉。褒讥伸仰,乱话也,而争趋避焉。或笑人,或笑于人,笑人者亦复笑于人,笑于人者亦复笑人,人之相笑宁有已时?《广笑府》,集笑话也,十三编犹云薄乎云尔。或阅之而喜,请勿喜。或阅之而嗔,请勿嗔。尧与舜,你让天子,我笑那汤与武,你夺天子,他道是没有个旁人儿觑,觑破了这意思儿也不过是个十字街头小经纪。还有什么龙逢、比干、伊和吕,也有什么巢父、许由、夷与齐,只这般唧唧哝哝的,我也那里工夫笑着你。我笑那李老聃五千言的道德,我笑那释迦佛五千卷的文字,干惹得那些道士们去打云锣,和尚们去打木鱼,弄儿穷活计;那曾有什么青牛的道理,白象的滋味? 怪的又惹出那达磨老臊胡来,把这些干屎橛的渣儿,嚼了又嚼,洗了又洗。又笑那孔子的老头儿,你絮叨叨说什么道学文章,也平白地把好些活人都弄死。又笑那张道陵、许旌阳,你便白日升天也成何济,只这些未了精精儿到底来也只是一淘冤苦的鬼。住住住! 还有一古今世界一大笑府,我与若皆在其中供话柄。不话不成人,不笑不成话,不笑不话不成世界。布袋和尚,吾师乎! 吾师乎! 墨憨斋主人题。

案：这篇序大半与《笑府》的序相同，只是中间多插入"尧与舜"至"住住住"一大段而已。

广笑府卷一

墨憨斋主人纂集

儒　箴

国　博　来

一士人遇例纳米，注授国子监博士，每出街，前驺从喝曰："国博来。"路人喧笑曰："不是谷博来，却是米博来。"

假　儒

富家村子弟，诈为秀才，状诉追债。官见其粗鄙可疑，乃问曰："汝是秀才，且道'桓公杀子纠'一章如何说？"其人不知是书句，只恐是件人命，便连声大叫曰："小人实不知情。"官命左右挞二十。既出，谓其仆曰："这县官太无道理，说我阿公打杀翁小九，将我打二十。"其仆曰："这是书句，汝便权应略知也罢。"其人曰："我连叫不知情，尚打二十下；若说得知，岂不拿我偿命。"

买 猪 千 口

一县官写字潦草，欲置酒延宾，批票付隶人买猪舌，舌字写太长；隶人错认只谓买猪千口，遍乡寻买，只得五百口，赴县哀告，愿减一半。县官笑曰："我令你买猪舌，如何认作买猪千口？"隶人对曰："今后若要买鹅，千万短写些，休要写作买我鸟。"

聂 字 三 耳

一书手写字多误落，遇造册时，将陈字着阝于右，被官责二十。

书手性愚,误凡阝俱当在左,后又将郑字阝于左,又被官责二十。后有聂姓者托写首状,书手大呼曰:"我因两耳,一连打了四十;若与你写状,岂不送了我性命。"

吏胥酒令

儒、释、道与吏人同席行令,取语句首尾一同。儒者曰:"上取乎下,下取乎上。"释者曰:"色即是空,空即是色。"道者曰:"道可道,非常道。"吏人曰:"呈为公务,事右具呈。"

秀才抢胙

歌曰:"祭丁了,天将晓。殿门关,闹吵吵。抢猪肠的,你长我短。分胙肉的,你多我少。勾烛台的,挣断网巾。夺酒瓶的,门槛绊倒。果品满袖藏,鹿脯沿街咬。增附争说辛勤,学霸又要让老。抢多的喜胜登科,空手的呼天乱跳。颜子见了微微笑,子路见了添烦恼。孔子喟然叹曰:'我也曾在陈绝粮,从不曾见这班饿鸟。'"

玉堆宫

二蒙师相遇于道,道旁有鲁叁之墓,其一忙下拜曰:"此曾参墓。"其一辩为曹参墓,争论久之,因相殴讼于王推官处。官曰:"召坟邻询之。"知为鲁叁墓,各笞二十逐出。其友人为之和解,因置席于玉堆宫,二人将入门,举目见轩扁,慌奔走出,相顾惊愕曰:"此是王推官家,如何又去惹他?"

引马入窑

东道索祭文,训蒙师穷迫无措,乃骑东道马,急走荒郊,寻一瓦窑,忙下马奔入避之。其马踟蹰不肯入,蒙师在窑中急骂曰:"你若会作祭文,便在外面立,我是不敢出头矣。"

落 山 落 水

教师无学术，有客自京师回，相访馆中。一徒执书问晋字，教师不识，以朱笔旁抹之，托言待客去再问。又一徒问卫字，教师以朱笔圈之，亦云待客去再问。又顷，一徒问"仁者乐山，智者乐水"。师曰："读作落字便了。"师问京客云："都下有何新闻？"客曰："吾出京时，只见晋文公被戳一枪，卫灵公被红巾围住。"师曰："不知部下军士如何？"客笑曰："落山的落山，落水的落水。"

妙 处 难 学

或人命其子曰："尔一言一动，皆当效师所为。"领命侍食于师，师食亦食，师饮亦饮，师侧身亦侧身。师暗视不觉失笑，搁箸而喷嚏，生不能强为，乃揖而谢曰："吾师此等妙处，其实难学也。"

赋 诗

苏人有二婿者，长秀才，次书手，每薄次婿之不文。次婿恨甚，请试。翁指庭前山茶为题，咏曰："据看庭前一树茶，如何违限不开花？信牌即仰东风去，火速明朝便发芽。"翁曰："诗非不通，但纯是衙门气。"再命咏月，咏曰："领甚公文离海角？奉何信票到天涯？私度关津犹可恕，不合黉夜入人家。"翁大笑曰："汝大姨夫亦有此诗，何不学他？"因请诵之，首句云："清光一片照姑苏。"哗曰："此句差了，月岂偏照姑苏乎？须云照姑苏等处。"

广笑府卷二

官 箴

坏 了 一 州

秀才设教县衙，教《千字文》曰："户封七县。"官问其故，对曰：

"本是八县,今被本官不才坏了一县。"县官怒,禀州官治之。州官考其人,因命讲《禹贡》,秀才曰:"禹别八州。"州官诘之曰:"何为少一州?"答曰:"本是九州,今被本官坏了一州。"

官 府 下 乡

县尉出乡巡逻,晚宿山寺,见一士人修业寺中,尉出对曰:"道远还通达。"士人答曰:"县尉下乡来。"尉曰:"我五字都是遴人,尔对欠切。"士人曰:"县尉下乡来,不知多少扰人也。"

贪 墨

一仕宦贪墨甚,及去任,仓库为之一空。民作德政云:"来时萧索去时丰,官帑民财一扫空;只有江山移不去,临行写入画图中。"

衣 食 父 母

优人扮一官到任,一百姓来告状,其官与吏大喜曰:"好事来了。"连忙放下判笔,下厅深揖告状者。隶人曰:"他是相公子民,有冤来告,望相公与他办理,如何这等敬他?"官曰:"你不知道,来告状的,便是我的衣食父母,如何不敬他?"

新官赴任问例

新官赴任,问吏胥曰:"做官事体当如何?"吏曰:"一年要清,二年半清,三年便混。"官叹曰:"教我如何熬得到三年!"

吏 人 立 誓

一吏人犯赃致罪,遇赦获免,因自誓以后再接人钱财,手当生恶疮。未久有一人讼者,馈钞求胜。吏思立誓之故,难以手接,顷之则思曰:"你即如此殷勤,且权放在我靴筒里。"

厕　吏

一吏人贪婪无厌，遇物必取，人无不被害者。友人戏之曰："观汝所为，他日出身，除是管厕混斯无所耳。"吏曰："我若司厕，一般有钱欲登厕者，禁之不许，彼必赂我；本不登厕者，逼之登厕，彼无奈何，岂患不赂我耶？"

直 走 横 行

新军到配所，管军官多方巧索，故意令其前呵，军从之，官骂曰："如此是我跟你矣。"复令后拥，军从之，又骂曰："如此是我为你引导矣。"新军受挫，不知所处，跪而问曰："当如何行乃是？"官曰："你若送我些月钱，任你直走横行。"

诗 僧 咏 伞

吴下一诗僧，牵累被讼，官信近习之谮，僧受屈称冤。官指厅中伞，令赋诗面试实学，僧信口答曰："万骨攒来一柄收，行藏长得近诸侯；轻轻撑向马前去，真个有天无日头。"

虐 政 谣

昔荆守贪虐，民怨兴谣曰："食禄乘轩着锦袍，岂知民瘼半分毫？满斟美酒千家血，细切肥羊万姓膏；烛泪淋漓冤泪滴，歌声嘹喨怨声高；群羊付与豺狼牧，辜负朝廷用尔曹。"

近 到 之 器

三原王先生，见有浮躁浅露，趋向卑污者，不欲斥言其不能远到，但曰："如某人者，盖近到之器。"

访　察

按君访察，匡章、陈仲子及齐人俱被捉。匡自信孝子，陈清客，俱不请托。唯齐人以其一妻一妾送显者求解。显者为见按君。按君述三人罪状,都是败坏风俗的头目,所以访之。显者曰:"匡章出妻屏子,仲子避兄离母,老大人捉得极当;那齐人是叫化子的头,捉他作甚么?"

下　公　文

有急足下紧急公文,官恐其迟也,拨一马与之。其人逐马而行,人问:"如此急事,何不乘马?"曰:"六只脚走,岂不快于四只!"

长　　面

有失去马鞍者,见一人面长而凹,认以为鞍也,执之。其人曰:"此吾面也。"争辩不已,将往听断于官。有行人问知其故,谓长面人曰:"劝兄赔他些价罢;若经官,定是断给。"

广笑府卷三

九　　流

知 母 贝 母

人有初开药肆者,一日他出,令其子守铺。遇客买牛膝并鸡爪黄连,子愚不识药,遍索笥中无所有,乃割己耕牛一足,斫二鸡脚售之。父归问卖何药,询知前事,大笑发叹曰:"客若要知母贝母时,岂不连汝母亲抬去了!"

山 人 取 釜

一地理人,为富家择葬地,先期绐之曰:"某月某日开圹,若有一人戴釜至其地,斯见克应。"乃暗约一人令其如期戴釜而来。其人听其言,首顶一釜至葬所,顾众问曰:"向者地理人令我戴釜到此,不知当安顿何处?"

不　见　一　尺

吴中大水,将没城,官民恐甚。忽一法师至,能行法退水,步罡念咒,大呼曰:"急退。"守城者报曰:"不见一尺了。"有顷又念咒,大呼曰:"急退。"守城者又报曰:"又不见一尺了。"官府笑曰:"这不是法师,却是个贼裁缝,眼看着便不见二尺了。"

广笑府卷四

方　　外

不　语　禅

一僧号不语禅,本无所识,全仗二侍者代答。适游僧来参问:"如何是佛?"时侍者他出,禅者忙迫无措,东顾复西顾。又问:"如何是法?"禅不能答,看上又看下。又问:"如何是僧?"禅无奈,辄瞑目矣。又问:"如何是加持?"禅但伸手而已。游僧出,遇侍者,乃告之曰:"我问佛,禅师东顾西顾,盖谓人有东西,佛无南北也;我问法,禅师看上看下,盖谓是法平等,无有高下也;我问僧,彼是瞑目,盖谓白云深处卧,便是一高僧也;问加持,则伸手,盖谓接引众生也:此大禅可谓明心见性矣。"侍者还,禅僧大骂曰:"尔等何往,不来帮我?他问佛,教我东看你又不见,西看你又不见;他又问法,教我上天无路,入地无门;他又问僧,我没奈何,只假睡;他又问加持,我自愧诸事不知,做甚长老,不如伸手沿门去叫化也罢。"

道　士　包　醮

一斋家欲请数道士设醮。一道士极贪财,不顾性命,但欲尽得斋钱,一应宣疏、礼忏、击法器等项,俱是一身包做。不分昼夜,脚忙手乱,劳无一息之停。至第三日拜章,遂晕厥倒地。斋家恐虑有人命之累,因商量且倩土工扛出,再作区处。其道士在地闻知,乃挣命抬头谓斋家曰："你且将雇土工银与我，等我替你慢慢爬出去罢。"

老人妄语

太上老君云："诵经千遍，身腾紫云。"道士笃信此说，诵至九百九十九遍，乃沐浴登坛，告别亲友，俟候腾云。更诵一遍辏千数，至暮竟无片云。道士指老君塑像叹曰："谁知你这等老大年纪也会说谎。"

不　请　客

一斋者家有祷事，命道士请神。乃通陈请两京神道，主人曰："如何请这远的？"答曰："近者都晓得你的，说请他，他也不信。"

金　罗　汉

有掘地得金罗汉一尊者，乃以手凿其头不已，问："那十七尊何在？"

广笑府卷五

口　　腹

水　酒

池沼畜鱼，往往獭取食之。一日，雌獭先入水，雄者高踞在岸，被鱼主获之。雄獭大叫曰："不干我事，全是我老妻下水。"

菜酒而已

一儒官，当迎候上司，方乘马出，适乡人过访，不暇详曲，草草谓内人曰："待以菜酒而已。"内人不解文语，不知"而已"为何物，既而询诸婢仆，认"已"为尾，猜疑为所蓄大羊也，乃宰羊盛具酒肴待之去。儒官归，问其故，叹息无端浪费，惆怅不已。其后但出门时，辄嘱内眷曰："今后若有客至,止用'菜酒'二字,切不可用'而已'。"

酒　风

一鼠居油房,一鼠居酒房,彼此互食所有。酒鼠既食油,乃邀油鼠入酒房,以口衔鼠尾,而垂饮于中。油鼠饮酒乐,因谢曰："好酒好酒。"酒鼠开口应声曰："不敢不敢。"油鼠无系着,遂堕入瓮中,翻滚不得起,酒鼠长叹曰："你少饮些也罢,如何就在这里撒酒风!"

七十三八十四

一东道吝啬,当宴宾时,私嘱其仆曰："尔莫浪费酒浆,但闻我击桌一下,尔则敬酒一次。"客偶闻知,饮间故问："尊堂高寿几许?"答曰："七十三矣。"客击桌叹曰："难得。"仆闻击桌声,向客敬酒。顷间,客又问："尊翁高寿几许?"主人曰："八十四矣。"客复击桌云:"愈是难得。"仆人又起敬。已而主觉是计,乃斥言曰:"你也不要管他七十三、八十四,你也吃得勾了。"

妇言不可听

刘伶嗜酒,妻虑其伤生,劝其誓戒,伶仍痛饮,拜天祝曰："初八戒酒,头发击手;若要开酒,直到初九。"妻不然其说,促令改誓。伶再祝曰："天生刘伶,以酒得名,一饮一石,五斗解醒,忽焉而醉,恍焉而醒,妇人之言,切不可听。"

难　为　东　道

一僧人,每夏夜赤身坐卧山边,口口念佛,舍身喂蚊,专求作佛。观音大士欲验其诚伪,乃化作一虎,咆哮来山边,欲其舍身食之。道人抽身忙起,大叫曰："今晚撞见这个大客,这个东道如何做得起?"

敢　想　吃　他

一人为商归,谈说江湖风景曰："过了黄牛峡,蚊虫大如鸭;过了铁牛河,蚊虫大如鹅。"其妻曰:"何不带些回来煮吃?"商人曰:"得他不来吃我也勾了,我怎敢想去吃他。"

宾 至 无 款

客久坐而主无所款,客说一句曰:"昔年萧何追韩信至一林下溪边。"主因客不竟其说,乃问下文,客曰:"见清溪白石可爱,坐谈良久。"主又因客不终所言,问下文如何,客曰:"坐谈已久,只须去了,因为腹中空虚,多谈无力。"

无 酒 闲 坐

刘伶嗜酒,常索其馆人曰:"我何日得一大醉?"馆人酿酒成缸抬进,翌日视之,酒尽干,伶颓然坐糟上,笑问主人曰:"尔尝许我一大醉,今日如何令我在此闲坐?"

冷 淘 馎 饦

秦少游辩虱从垢腻,请质于高明者,不然,甘罚馎饦一席。佛印辩虱从绵絮生,不然,愿罚冷淘一席。各私嘱东坡,求胜其说。既相会,质难不已。坡曰:"当是垢腻成身,绵絮成脚;先吃冷淘,后吃馎饦。"

甲 子 生

一贵官设席,庖丁煎饼子欠熟,挞之系狱。翌日,复置酒张乐,人欲为庖丁解救,因扮一术士推命,又扮一老人请算八字,术士曰:"尊庚贵甲?"老人曰:"丙子生。"术士连叫:"不好不好。"老人曰:"才说一个年头,又无时日,便道不好。"术士曰:"昨日甲子生的送在狱中未放,何况你是丙子生的?"座客俱大笑。贵官悟其言,遂释庖丁。

秋　蝉

　　主人待仆从甚薄，衣食常不周。仆闻秋蝉鸣，问主人曰："此鸣者何物？"主人曰："秋蝉。"仆曰："蝉食何物？"主人曰："吸风饮露耳。"仆问："蝉着衣否？"主人曰："不用。"仆曰："此蝉正好跟我主人。"

更 替 吃 饭

　　客有好弈者，每过远邻对弈，远邻兄弟更替入内，飧饭出弈。过午饥倦，觉其故，乃戏曰："昨过僧寺，见厨中甑高一丈。"主人问："如此高甑，如何取饭？"客曰："此辈甚奸巧，甑上架长梯，一人进去吃了出来，又唤一人进去吃。"

内 人 骂 客

　　一贫士请人扶鸾，愿掘地而有可获。其神批箕曰："吾为利市仙，东道发心坚；酒肴来祭赛，屋后有铜钱。"翌日，贫士具仪以祭。初奠，其妻辄举锄掘于屋后。神复批箕曰："一钟酒未曾下肚，你老婆又在那里掘了。"

各 挑 行 李

　　兄弟三人经商投宿，共买一鱼烹调在案，长兄唱《驻云飞》一句曰："这个鱼儿我要中间一段儿。"二兄唱曰："我要头和尾，谁敢来争嘴。"三弟："嗦，汤儿是我们的。"仆夫初犹觊望，或得沾味，闻此则绝望矣，进前作揖唱曰："告君知，明日登程，各自挑行李，那时节辛勤怨得谁，那时节辛勤怨得谁。"

井 中 鱼

　　主人待馆宾，每食设鱼，多无中裔。馆宾问曰："鱼从何所得？"主人曰："池中养者。"馆宾曰："恐是井中养者，不然如何这等短。"

藕　如　船

主人以藕梢待客,却留大段在厨。客答曰:"常读诗云:'太华峰头玉井莲,开花十丈藕如船。'初疑无此,今乃信然。"主曰:"何故?"客曰:"藕梢已到此,藕头尚在厨房中。"

五百年夫妻

一人极鄙吝,且易喜易怒。忽买肉四两,令妻作羹,肉少下沉,膏浮碗面,其人即大怒,詈骂其妻曰:"我与你是前世冤家,便当离去。"及举箸,见碗底有肉,即大笑抚妻背曰:"我与你是五百年前结会的夫妻。"

搅　到　几　时

司马温公名光,一日召僧作道场,念药师光佛,僧讳"光"字,念作"皎"字。公出行香听知,问其故,答:"避尊讳耳。"公笑曰:"我若不出来行香,不知你们搅到几时去?"

双　斧　劈　柴

一人酒色过度而病,医曰:"此双斧劈柴也,今后须戒。"妻从旁睨之,医会其意,转口曰:"即不能戒色,亦须戒酒。"病者曰:"色害胜酒,还宜首戒。"妻曰:"先生的话不听,如何得病好?"

酸　　酒

有上酒店而嫌其酒酸者,店人怒,吊之于梁。客过问其故,诉曰:"小店酒极佳,此人说酸,可是该吊?"客曰:"借一杯我尝之。"既尝毕,攒眉谓店主曰:"可放此人,吊了我罢。"

热　　茶

乡下亲家,进城探望城里亲家,待以松萝泉水茶,乡人连声赞曰："好好。"亲翁以为彼能识物,因问曰:"亲家说好,还是茶叶好?还是水好?"乡人答曰:"热得有趣。"

蘸 酒

有性吝者,父子在途,每日沽酒一文;虑其竭,乃约用箸头蘸尝之。其子连蘸二次,父叱曰:"汝吃如此急酒耶!"

广笑府卷六

风 怀

防人贰心

何仙姑独居洞中,曹国舅访焉。有顷,洞宾至,仙姑恐其疑猜,因用幻术化国舅为丹,吞入腹中。未几,群仙皆至,仙姑自避嫌疑,请洞宾化姑为丹,吞至腹中。群仙问:"洞宾何为处于此?"洞宾支吾以对。群仙笑曰:"岂但洞宾肚里有仙姑,谁知仙姑肚里更有人。"

坠 轿 底

一新嫁者,中途轿底忽坠,轿夫相议,谓:"新妇既不可徒行,欲换轿,转去又远。"女闻之曰:"我倒有一计。"众喜闻之,答曰:"汝外面自抬,我里面自走。"

广笑府卷七

贪 吞

有钱村牛

春秋间,麟出鲁西郊,野人不知为瑞,乃击杀之。孔子往观,掩袂而泣。门人恐其过伤,乃以铜钱妆一牛,告夫子曰:"麟尚在,可无

伤也。"夫子拭泪观之,叹曰:"此物岂是祥瑞,只是一个有钱村
牛耳!"

有 钱 者 生

园翁种茄不活,每以为患,因问计于老圃,老圃曰:"每茄苗一
株,旁埋铜钱一文,则活矣。"园翁问何故,答曰:"汝不闻有钱者生,
无钱者死?"

死 后 不 赊

一乡人,极吝致富,病剧,牵延不绝气,哀告妻子曰:"我一生苦
心贪吝,断绝六亲,今得富足,死后可剥皮卖与皮匠,割肉卖与屠,刮
骨卖与漆店。"必欲妻子听从,然后绝气。既死半日,复苏,嘱妻子
曰:"当今世情浅薄,切不可赊与他。"

一 钱 莫 救

一人,性极鄙啬,道遇溪水新涨,吝出渡钱,乃拼命涉水,至中
流,水急冲倒,漂流半里许。其子在岸旁,觅舟救之。舟子索钱,一
钱方往,子只出五分,断价良久不定。其父垂死之际,回头顾其子大
呼曰:"我儿我儿,五分便救,一钱莫救!"

鲊　　哮

一人极鄙吝,每饭,于空盘中写一鲊字,叫声鲊字,食饭一口。
其弟语吃,音吉,言蹇也连叫鲊鲊鲊。其兄大怒曰:"你休得吃哮了,连
累我使钱买药。"

太 尉 传 神

党太尉欲传神,招画史估计颜料等费,该用银数两,辄不悦。最
后一画史觉其故,对曰:"止用白纸一幅,笔一枝,墨一锭足矣。"太尉

喜甚,问如何画,画史曰:"黑纱帽,皂罗袍,犀角带,皂靴,使者画黑番童。"太尉曰:"汝何色?"其人曰:"画一黑漆桌在旁,斜引首俯桌上可也。"太尉曰:"紧在面目,若俯首,人何得见?"画史曰:"相公这等嘴脸,如何要见人?"

广笑府卷八

尚　气

茶　酒　争　高

茶谓酒曰:"战退睡魔功不少,助成吟兴更堪夸;亡家败国皆因酒,待客如何只饮茶。"酒答茶曰:"瑶台紫府荐琼浆,息讼和亲意味长;祭祀筵宾先用我,何曾说着淡黄汤?"各夸己能,争论不已。水解之曰:"汲井烹茶归石鼎,引泉酿酒注银瓶;两家且莫争闲气,无我调和总不成。"

技艺争高下

木工曰:"我能巧用斧凿,造室制器,真良工也。"石工曰:"断木非难,雕石为难,我良工也。"铁工曰:"治木治石,必借炉冶钳锤之力,尔等无我都不成,且莫虚争闲气也。"

见　我　怕　否

江南人多乡谈,不能为正音,至都下急行大市中,偶遗袖中帕,沿街寻叫,逢人辄问曰:"你见我帕么?"遇一粗暴军人,闻其问,发狂大怒曰:"我见千见万,如何见你怕?"

较　　岁

一人新育女,有以二岁儿来作媒者,其人怒曰:"我女一岁,渠儿二岁,若吾女十岁,渠儿二十岁矣,安得许此老婿?"妻闻之曰:"汝误矣,吾女今年一岁,明年便与彼儿同庚,如何不许?"

易　　怒

一人性易怒,偶见六月戴毡帽者,恶其不时,便欲殴之。众劝归,因发病,久之始愈。值腊月迎春,其弟偕往观,冀为纾闷;遥见一戴鬃帽者,急趋谓之曰:"家兄病初好,乞足下少避。"

性　　刚

有父子俱性刚不肯让人者。一日,父留客饮,遣子入城市肉。子取肉回,将出城门,值一人对面而来,各不相让,遂挺立良久。父寻至见之,谓子曰:"汝姑持肉回陪客饭,待我与他对立在此。"

广笑府卷九

偏　　驳

假 假 真 真

有开池蓄鱼者,患鸟窃食,乃束像人形,戴笠披蓑,置池中恐吓之。鸟玩狎,知非真人,每衔鱼,立笠顶食饱飞去,作声曰:"假假假。"主人无奈何,乃彻去草人,自着蓑笠,伺立池中。鸟玩为草人,取鱼如故。主人引手擒之,大笑曰:"汝每日道假假假,今日却撞着真的了。"

暴　　富

人有暴富者,晓起看花,啾啾称疾,妻问何疾,答曰:"今早看花,被蔷薇露滴损了,可急召医用药。"其妻曰:"官人你却忘了当初和你乞食时,在苦竹林下被大雨淋了一夜,也只如此。"

洗　　衣

贫士止有一布衫,遇浆洗时无可替换,只得昼睡。客问其子曰:

"尔父何在?"其子答曰:"睡在床。"客曰:"有何病?"其子嗔曰:"我爷洗布衫打睡时,也是有病么?"

矫揉不安贫

一贫亲赴富亲之席,冬日无裘而服葛,恐人见笑,故意挥一扇对众宾曰:"某性畏热,虽冬月亦好取凉。"酒散,主人觉其伪,故作逢迎之意,单衾凉枕,延宿池亭之上。夜半不胜寒,乃负床芘体而走,失脚堕池中。主人环视之,惊问其故,贫亲曰:"只缘僻性畏热之甚,虽冬月宿凉亭,还欲洗一水浴耳。"

道号非人

党太尉性愚骇,友人致书云:"偶有他往,借骏足一行。"太尉惊曰:"我只有双足,若借与他,我将何物行路?"左右告曰:"来书欲借马,因致敬乃称骏足。"太尉大笑曰:"如今世界不同,原来这样畜生,也有一个道号。"

天 上 坐

一痴婿不识世事,每妻家宴会,常被诸婿压坐下位。其妻怀惭,切切教坐高处,终不省喻。一日,妻与同归翁家,把酒让坐之际,倚门里斜目睨上,指示欲坐高处。痴婿见庭中有梯,竖檐边,乃往升半梯而坐。其妻着急,更怒目指示之。婿不喻其意,乃大声曰:"终不成叫我上天上去坐。"

右 军 之 后

会稽王姓者,族本寒微,性好夸诩,时出外郡,每诧于人曰:"吾王羲之裔孙也。"客曰:"可敬可敬,足下若不明说,何以知为右军之后?"其人又恐军籍贴累,连声忙应曰:"军是别户,军是别户。"

且只说嘴

京师选将军,群聚以观,山东一人曰:"此辈未为魁伟,吾乡一巨人,立则头顶栋而脚踏地。"山西一人曰:"吾乡一巨人,坐地而头顶栋。"继而陕西一人曰:"此皆未为奇,吾乡有一巨人,开口时上唇抵栋下唇搭地。"旁有难者曰:"然则身何居乎?"陕人曰:"且只说嘴罢。"

广笑府卷十

嘲　谑

口　脚　争

脚谓口曰:"无上唯你,最讨便宜,我千辛万苦奔走,来时都被吃去了。"口答曰:"不要争,我莫吃,你也莫奔走,如何?"

卖　弄

一亲家新置一床,穷工极丽,自思好床不使亲家一见,枉自埋没。乃假装有病,偃卧床中,好使亲家来望。那边亲家做得新裤一条,亦欲卖弄,闻病欣然往探。既至,以一足架起,故将衣服撩开,使裤出现在外,方问曰:"亲翁所染何症,而清减至此?"病者曰:"小弟的贱恙,却像与亲翁的尊病一般。"

案:此条又见《笑府》上。

广笑府卷十一

讽　谏

谏　猎

谷那律为谏议大夫,永徽中,尝从高宗出猎,途中遇雨止,问:

"油衣若何为得不漏?"对曰:"能以瓦为为之不漏。"盖寓意谏猎,欲人君深居高拱也。上悟,嘉赏焉,赐帛二百匹。

麋 鹿 御 寇

始皇尝欲大拓苑囿,东极函关,西抵陈仓。优旃曰:"善,宜多纵禽兽于中,寇从东来,则令麋鹿向东触之;西来,则令向西触之。"上因寝其事。

漆 城 之 荫

秦二世议欲漆京城,优旃曰:"善,主上虽无言,臣固将请之。漆城虽于百姓愁费,然漆城荡荡,寇来不能上,固是良策;但漆物必用荫,城漆可办,顾难为荫室耳。"二世笑而止。

优 人 讽 谏

宪庙时,汪直怙势,中外侧目。优人扮醉汉卧街酗骂,旁人警斥曰:"某阁老至,某公侯至。"醉汉皆酗骂如故。曰:"汪太监至。"遂闭门跪伏道左曰:"当今之世,吾但知有汪公耳,他复惧耶。"

六 千 兵 散

一勋臣总督团营,擅役官兵治私第。优人扮二儒生,其一高声咏诗曰:"六千兵散楚歌声。"其一曰:"八千兵散。"争辩良久,徐曰:"汝不知耶? 那二千,俱在家盖房,何曾在营?"

求人不若求己

或问佛印曰:"观音旁有侍者,何为自提净瓶?"佛印戏答曰:"求人不若求己。"

广笑府卷十二

形　　体

大　　眼

主人自食大鱼,却烹小鱼供宾,误遗大鱼眼珠于盘,为客所觉,因戏言:"欲求鱼种,归蓄之池。"主谦曰:"此小鱼耳,有何足取?"客曰:"鱼虽小,难得这双大眼睛。"

须 寻 生 计

人有好誉者,术士知其癖,造门相面,极言称许,且曰:"足下只消这双大眼睛,一生受用不尽。"主人喜甚,留款数日,而厚赠之。术士临别,执手相告曰:"复有一语,君当记之。"主人问何语,术士曰:"足下也须寻些活计,不可全靠这双眼睛。"

胡　　子

三人共饮出令,要"相"字起"人"字止。其一曰:"相识满天下,知心能几人。"其二曰:"相逢不饮空回去,洞口桃花也笑人。"其三曰:"襄阳有个李胡子。"令主诘之曰:"我令歇尾都要说'人'字,你如何说李胡子?"答曰:"李胡子如何不是人?"

广笑府卷十三

杂　　记

仙 女 下 嫁

董永行孝,上帝命一仙嫁之,众仙送行,皆嘱咐曰:"此去下方,若有行孝者,千万寄个信来。"

垛 子 助 阵

一武官,出征将败,忽有神兵助阵,反大胜。官叩头请神姓名,神曰:"我是垛子。"官曰:"小将何德,敢劳垛子尊神见救?"答曰:"感汝平昔在教场,从不曾一箭伤我。"

古今谭概

《古今谭概》三十六卷，明冯梦龙纂。清康熙丁未(一六六七)朱石钟昆仲删《谭概》成《古笑史》三十四卷(书口都作《笑史》)，移《痴绝部》为第一，《专愚部》为第二，《迂腐部》为第三，《怪诞部》为第四，又删去《妖异部》第三十四，《非族部》第三十五，以次移《杂志部》为第三十四，遂为三十四卷，而各卷条目又复有所删削；其书仅卷一有书题，作"《古笑史》卷之一，湖上笠翁鉴定，竹笑居士删辑"。其余标题和行款，都仍冯本之旧。前有李渔序，序末题记"时康熙丁未之仲春，湖上笠翁漫述"，叙述朱石钟昆仲删《谭概》成为《笑史》的经过。是《笑史》实出于《谭概》。今仍据明阊门叶昆池刊本《古今谭概》选录，而附李渔序于后。又曾见周遐寿藏书目著录有《古今笑》三十六卷，明龙子犹纂，明墨憨斋刻本。则在朱石钟删辑之前，《古今谭概》已有《古今笑》之名。

叙谭概

古亭社弟梅之熉惠连述

犹龙《谭概》成，梅子读未终卷，叹曰："士君子得志则见诸行事，不得志则托诸空言，老氏云：'谭言微中，可以解纷。'然则谭何容易？不有学也不足谭，不有识也不能谭，不有胆也不敢谭，不有牢骚郁积于中而无路发摅也亦不欲谭。夫罗古今于掌上，寄春秋于舌端，美可以代舆人之诵，而刺亦不违乡校之公，此诚士君子不得志于时者之快事也。"犹龙曰："不然，子不见夫鸜鹆乎？学语不成，亦足自娱；吾无学无识，且胆销而志冷矣，世何可深谭？谭其一二无害者是谓概。"梅子曰："有是哉，吾将以子之谭，概子之所未谭。"犹龙曰："若是,是旌余罪也。"梅子笑曰："何伤乎! 君子不以言举人,圣朝宁以言罪人,知我罪我,吾直为子任之。"于是乎此书遂行于世。

迂　腐　部

　　子犹曰:天下事被豪爽人决裂者尚少,被迂腐人担误者最多,何也? 豪爽人纵有疏略,譬诸铅刀虽钝,尚赖一割;迂腐则尘饭土羹而已。而彼且自以为有学有守,有识有体,背之者为邪,斥之者为谤,养成一个怯病天下,以至于不可复而犹不悟,哀哉! 虽然,丙相温公,自是大贤,特摘其一事之迂耳;至如梁伯鸾、程伊川所为,未免已甚,吾并及之,正欲后学大开眼孔,好做事业,非敢为邪为谤也。集《迂腐》第一。

鹅 鸭 谏 议

高宗朝,黄门建言:"近来禁屠,止禁猪羊,圣德好生,宜并禁鹅鸭。"适报金虏南侵,贼中有龙虎大王者,甚勇。胡侍郎云:"不足虑,此有鹅鸭谏议,足以当之。"

　　我朝亦有号虾蟆给事者,大类此。

宋 罗 江

庆历中,卫士震惊宫掖,寻捕杀之。时台官宋禧上言:"此失守于防闲故耳。闻蜀罗江狗,赤而尾小者,其獓如神,须诏索此狗豢于掖庭,以备仓卒。"时号为宋罗江。

　　凡乱吠不止者,皆罗江也,何必曰无若宋人然。

孝经可退贼

张角作乱,向栩上便宜:"不须兴兵,但遣将于河上,北向读《孝经》,贼自消灭。"

赵韩王以半部《论语》定天下，《孝经》何不可破贼！

求七十二世祖坟

熊安生在山东时，或诳之曰："某村故冢，是晋河南将军熊光，去今七十二世，旧有碑，为村人埋匿。"安生掘地求之，不得，连年讼焉。冀州长史郑大谨判曰："七十二世，乃羲皇上人；河南将军，晋无此号。"安生率其族，向冢而号。

束带耕田

原平墓下有数十亩田，不属原平。每农月，耕者袒裸，原平不欲使慢其坟墓，乃归卖家资买此田，三农之月，辄束带垂泣，躬自耕垦。

古者诸侯籍田，冕而登纮躬秉耒以耕，亦如此光景。

王刘庄卧

王文公凝靖修重，德冠当世，每就寝息，必叉手而卧，以梦寐中恐见先灵也。

见先灵更须衣冠束带，俯首鞠躬，何但叉手？

问安求嗣

《国朝史余》云："陈献章入内室，必请命于太夫人曰：'献章求嗣。'顾主事余庆面质之，因正色曰：'是何言？太夫人孀妇也。'陈嘿然。常熟周木，尝朝叩父寝室，父问谁，曰：'周木问安。'父不应，顷之，又往，曰：'周木问安。'父怒，起叱之，曰：'老人酣寝，何用问为？'时人取以为对曰：'周木问安，献章求嗣。'"

李退夫秽语

宋冲晦处士李退夫者，为事矫异，居京师北郊。一日种胡荽，俗传口诵秽语则茂，退夫撒种密诵曰"夫妇之道，人伦之本"云云，不绝于口。忽有客至,命其子毕之。子执余种曰:"大人已曾上闻。"故皇祐中馆阁或谈语,则曰:"宜撒胡荽一巡。"

夫妇果是秽语,处士不错,肖胤雅言,便令胡荽不茂。

万 物 一 体

一儒者谭万物一体。忽有腐儒进曰:"设遇猛虎,此时何以一体?"又一腐儒解之曰:"有道之人,尚且降龙伏虎,即遇猛虎,必能骑在虎背,决不为虎所食。"周海门笑语之曰:"骑在虎背,还是两体,定是食下虎肚,方是一体。"闻者大笑。

怪 诞 部

子犹曰:人情厌故而乐新,虽雅不欲怪,辄耳昵之。然究竟怪非美事:纣为长夜之饮,通国之人皆失日,以问箕子,箕子不对。箕子非不能对也,以为独知,怪矣。楚王爱细腰,使群臣俱减餐焉。议者谓六宫可也,群臣腰细何为? 不知出宫忽见腰围如许,王必怪,怪则不测,即微王令,能勿减餐乎哉? 夫使人常所怪而怪所常,则怪反故而常反新矣,新故须臾,何人情之不远犹也。昔富平孙冢宰在位日,诸进士谒选,齐往受教,孙曰:"做官无大难事,只莫作怪。"真名臣之言乎! 岂唯做官? 集《怪诞》第二。

苏 湛 引 过

苏世长在陕,邑里犯法,不能禁,乃引咎自挞于市廛,五百。人疾其诡,鞭之流血,长不胜痛楚而走。

侧身修行足矣,而成汤以身代牺;闭阁思过足矣,而世长以身受挞,是皆已甚也。鞭之流血,长不容不走矣。倘桑林之神,真欲奉享,不知商王意下如何?

湛子文朴令江夏,勤省过失,设有小愆,辄以状自劾,使吏望阙呼名,己唯诺示改。

虚文可厌。

陈 公 戒 酒

南京陈公镐善酒,督学山东时,父虑其废事,寓书戒之。乃出俸金,命工制一大碗,可容二斤许,镌八字于内云:"父命戒酒,止饮三杯。"士林传笑。

马 状 元 刺

相传马状元铎母,马氏妾也,嫡妒不容,再嫁同邑李氏,复生一子名马,后亦中状元。上喜其文,御笔于马旁加其字,名李骐。越三日胪传,凡三唱无应者,上曰:"即李马也。"骐乃受诏,每投刺,骐字黑书马,朱书其。

相传徐髯翁受武宗知遇,曾以御手凭其左肩,遂制一龙爪于肩上,与人揖,只下右手,亦怪事也。

痴 绝 部

子犹曰:虎头三绝,痴居一焉,痴不可乎?得斯趣者,人天大受用处也。碗大一片赤县神州,纵生塞满,原属假合,若复件件认真,争竞何已!故直须以痴趣破之。过则骄,不及则愚,是各有不受用处。若夫妒爱贪嗔,还以认真受诸苦恼,至痴而恶焉,则畜生而已矣。毋为鹅吓,毋为螳怒,不望痴福,且违痴祸。集《痴绝》第三。

喜 得 句

茸门老儒朱野航颇攻诗,馆于王氏,与主人晚酌罢,主人入内,适月上，朱得句云："万事不如杯在手，一年几见月当头。"喜极发狂，大叫叩扉，呼主人起。举家皇骇，疑是火盗，及出问，始知，乃取更酌。

> 一酒也，先生赏诗，主人压惊。

闽人周朴，性喜吟诗，每遇景物，搜奇抉思，日旰忘返，苟得句，则欣然自快。时适野，逢一负薪者，忽持之厉声曰："我得之矣。"——句云："子孙何处为闲客，松柏被人伐作薪。"——樵夫矍然惊骇，掣臂弃薪而走，遇微卒，疑樵者为偷儿，执而讯之。朴徐往告卒曰："适见负薪，因得句耳。"卒乃释之。一士人欲戏之，一日跨驴于路，见朴来，故欹帽掩面吟朴旧诗云："禹力不到处，河声流向东。"朴闻，遽随其后，士促驴而去，略不顾。行数里，追及，语曰："仆诗'河声流向西'非向东也。"士人颔之而已。闽中传以为笑。

专　愚　部

> 子犹曰：人有盗范氏钟者，负之有声，惧人之闻，遽自掩其耳。太行、王屋二山，高万仞，愚公年九十，面山而居，恶而欲移之。二事人皆以为至愚，抑知秦政之鞭石为移山，曹瞒之分香为掩耳乎？彼自谓一世之英雄，孰知乃千古之愚人也。故夫杨广与刘禅同亡，国忠与苍梧齐蔽，平生凶狡，徒作笑柄，静言思之，不愚有几。集《专愚》第四。

服　槐　子

道士黄可，孤寒朴野。尝谒舍人潘佑，潘教以服槐子，可丰肌却老。未详言服法。次日，潘入朝，方辨色，见槐树烟雾中有人，若猿狙状，追视之，可也。怪问其故，乃拥槐条对曰："昨蒙指教，特斋戒而掇之。"潘大噱而去。

商季子悟道

商季子笃好玄,挟资游四方,但遇黄冠士,辄下拜求焉。偶一猾觊其资,自炫得道,诱之从游。季子时时趣授道,猾以未得便,唯唯而已。一日,至江浒,猾诒云:"道在是矣。"曰:"何在?"曰:"在舟樯杪,若自升求之。"乃置资囊樯下,遽援樯而升。猾自下抵掌连呼趣之曰:"升,升。"至杪,犹曰:"升。"季子升无可升,忽大悟:此理只在实处,虽欲从之,末由也已。抱樯欢呼曰:"得矣!得矣!"猾挈资疾走。季子既下,犹欢跃不已。观者曰:"咄,彼猾也,挈若资去矣。"季子曰:"否否,吾师乎!吾师乎!此亦以教我也。"

检 觅 凤 毛

宋武帝尝称:"谢超宗殊有凤毛。"超宗父名凤。右卫将军刘道隆在坐,出候超宗曰:"闻君有异物,欲觅一见。"谢谦言无有,道隆武人,正触其父讳曰:"方侍宴,至尊说有凤毛。"谢徒跣还内,道隆谓检觅凤毛,待至暗而去。

门　　蝇

北史:"厍狄伏连居室患蝇,杖门者曰:'何故听入?'"

左右皆蝇营之辈,偏自不觉。

不 知 忌 日

权龙褒不知忌日,谓府吏曰:"何名私忌?"对曰:"父母亡日,请假,布衣蔬食,独坐房中不出。"权至母忌日,于房静坐,有青狗突入,大怒曰:"冲破我忌日,更陈牒,改作明朝,好作忌日。"

马 速 非 良

李东阳尝得良马,送陈师召骑入朝,归,成诗二章,怪而还其马曰："吾旧所乘马，朝回必成六诗，此马止二诗，非良也。"东阳笑曰："马以善走为良。"公思之良久，复骑而去。

周用斋事

昆山周用斋先生，性绝骏。幼时，每为同学诱至城上，则盘桓而不能下。其处馆也，值黄梅时，见主家暴衣，问其故，曰："凡物此候不经日色，必招湿气。"周因曝书囊，并启束脩陈之。馆童窃数件去，周往视，讶其减少。童绐云："为烈日所销耳。"偶舟行，见来船过舟甚速，讶问之，仆以两来船对，乃笑曰："造舟者何愚也，倘尽造两来船，岂不快耶？"后成进士，过吏部堂，令通大乡贯，周误以为大乡官，乃对曰："敝乡有状元申瑶老。"吏部知其骏，麾使去。出谓同人曰："尚有王荆老未言，适堂上色颇不豫，想为此也。"又曾往娄东吊王司马，时元美遭先司马之难。误诣王学士宅，荆石以省亲在告。学士锦衣出迓，周不审视，遽称"尊公可怜"者再。学士曰："老父幸无恙。"周曰："公尚不知尊人耗耶？已为朝廷置法矣。"学士笑曰："得无吊凤州乎？"周悟非是，急解素服言别。学士命缴原刺，周曰："不须见还，即烦公致意可也。"其愦愦多此类。

> 又闻先生诸事愦愦，独工时蓺。初仕为县令，既升堂，端坐不语。吏请金书以尝之，周怒曰："贼狗奴，才想得一佳破，为汝搅乱矣。"

郢人郑人等

郢人欲为大室，使人求三大围之木，人与之车毂，跪而度之曰："大虽有余，长实不足。"

郑人有欲买履者，先且度其足而置之其坐，至市，忘操之，已得履，乃曰："吾忘持度，反归取之。"及反，市罢，遂不得履。人曰："何不试之以足？"曰："宁信度，无自信也。"

郑县人卜子,使其妻为裤,请式,曰:"象故裤。"妻乃毁其新,令如故裤。

郑人有得车轭者而不知其名,问人曰:"此何种也?"曰:"车轭。"俄而复得一,又问之,曰:"车轭。"怒曰:"是何车轭之多也?"以为欺己,因与之斗。

昔有越人善泅,生子方晬,其母浮之水上,人怪问之,则曰:"其父善泅,子必能之。"

周之世卿,赵之使将,皆越姬之智也。

楚人有涉江者,其剑自舟中坠于水,遽刻其舟曰:"是吾剑所坠处也。"舟去及岸,从刻处入水求之。

谬 误 部

子犹曰:谬误原无定名,譬之郑人争年,后息者胜耳。喙长三尺,则枕流嗽石,语自不错。若论灾发妖兴,贼民横路,即太极之生天生地生人,亦是第一误事,将谁使正之?齐有人,命其狗为富,命其子为乐,方祭,狗入于室,叱之曰:"富出。"其子死,哭曰:"乐乎!乐乎!"人以为误也,而孰知其非误也!然而不可谓非误也。夫不误犹误,何况真误。集《谬误》第五。

甘 子 布

益州进柑,例以纸裹,后长史易布,犹虑损坏。俄有御史姓甘名子布者至驿,驿吏驰报,长史疑敕御史来推布裹柑子事,参谒后,但叙布裹柑子为敬。御史初不解,久方悟,付之一笑。

疑 姓

阳伯博任山南一县丞,其妻陆氏,名家女也。县令妇姓伍,他日会诸官之妇,既相见,县令妇问赞府夫人何姓,答曰:"姓陆。"次问主簿夫人,答曰:"姓戚。"县令妇勃然入内,诸夫人不知所以,欲却回。县令闻之,遽入问其妇,妇曰:"赞府妇云姓陆,主簿妇云姓戚,以吾姓伍,故相弄耳。余官妇赖吾不问,必曰姓八姓九。"令大笑曰:"人各有姓。"复令妇出。

医　　误

金华戴元礼国初名医,尝被召至南京,见一医家,迎求溢户,酬应不闲。戴意必深于术者,注目焉,按方发剂,皆无他异,退而怪之,日往视焉,偶一人求药者既去,追而告之曰:"临煎时下锡一块。"麾之去。戴始大异之,念无以锡入煎剂法,特叩之,答曰:"是古方。"戴求得其书,乃饧字耳,戴急为正之。

误　　造

贞元中,给事中郑云逵与国医王彦伯邻居。尝有萧俯求医,误造郑,郑为诊之曰:"热风颇甚。"又请药方,郑曰:"药方即不如东家王供奉。"俯既觉失错,惊遽趋出。是时京师有乖仪者,必曰热风。

五 字 皆 错

曹元宠《题村学堂图》云:"此老方扪虱,众雏争附火,想当训诲间,都都平丈我。"昔有宿儒过村学中,闻其训"都都平丈我",知其讹也,校正之,学童皆骇散。时人为之语曰:"都都平丈我,学生满堂坐;郁郁乎文哉,学生都不来。"

不 误 反 误

有一狠子,生平多逆父旨,父临死嘱曰:"必葬我水中。"冀其逆命,得葬土中。至是狠子曰:"生平逆父命,今死不敢违旨也。"乃筑沙潭水心以葬。

无　术　部

　　子犹曰：夫人饭肠酒腑，不用古今浸灌，则草木而已。温岐悔读《南华》第二篇，而梅询见老卒卧日中羡之，闻其不识字，曰："更快活。"此皆有激言之，非通论也。世不结绳，人不面墙，谁能作聋瞽相向，但不当如祢正平开口寻相骂耳。集《无术》第六。

杜 荀 鹤 诗

　　经生多有不省文章，尝一邑有两人同官，其一或举杜荀鹤诗，称赞"也应无计避征徭"之句。其一难之曰："此诗误矣，野鹰何尝有征徭乎？"举诗者解曰："古人有言，岂有失也，必是当年科取翎毛耳。"

萧　　望

　　春明门外，当路墓前有堠，题云："汉太子太傅萧望之墓。"有达官见而怪之曰："春明门题额正方，加之字可耳，如此堠直行书，只合题萧望墓，何必之字？"

昭　　执

　　程覃尹京日，有治声，惟不甚知字。尝有民投牒，乞执状造桥，覃大书昭执二字，民见其误，遂白之："合是照执，今漏四点。"覃取笔于执字下添四点为昭热。庠舍诸生，作传诮焉。

多 感 元 年

　　权龙襄景龙中为瀛州刺史，遇新岁，京中人附书云："改年多感，敬想同之。"乃将书呈判书以下云："有诏改年号为多感元年。"众大笑，龙襄不悟，犹复延颈，怪赦书来迟。

党 进 读 书

党进不识一字,朝廷遣防秋,陛辞,故事例有敷陈,进把笏前跪移时,不能道一字,忽仰天颜厉声曰:"朕闻上古,其风朴略,愿官家好将息。"侍卫掩口。后左右问曰:"太尉何故念此二语?"党曰:"要官家知我读书。"

只为宰相须用读书人一语所误。

中 官 出 对

《耳谭》:"太监府有历事监生,遇大比,亦是本监考取类送乡试。一珰不深书义,曰:'今不必作文论,只一对佳者便取。'因出对云:'子路乘肥马。'诸生俯首匿笑,一黔者对云:'尧舜骑病猪。'珰大称善。"

阉人主文事,故可笑,不必对也。王振用事时,台中有疏请振判国子监,如唐鱼朝恩故事者,更可笑。

苦 海 部

子犹曰:昔郑光业兄弟,遇人献词句有可嗤者,辄投一巨皮篚中,号曰苦海,宴会则取视,以资谐戏。夫为词而足以资人之谐戏,此词便是天地间一种少不得语,犹胜于尘腐蹈袭,如杨升庵所谓:"虽布帛菽粟,陈陈相因,不可衣食也。"故余喜而采之。而古诗之病,经人指摘者,亦附入之,又以见巨皮箱中人人有分,莫要轻易便张口笑人也。集《苦海》第七。

采 石 诗

采石江头,李太白墓在焉,往来诗人题咏殆遍,有客书一绝云:"采石江边一抔土,李白诗名耀千古;来的去的写两行,鲁般门前掉大斧。"

不　韵　诗

嘉靖间,有织造太监在杭州,征索不遂,为诗云:"朝廷差我到苏州,府县官员不理咱;有朝一日朝京去,人生何处不相逢。"监司叹曰:"好诗。"答曰:"虽不成诗,叶韵而已。"

重　复　诗

雍熙中,一诗伯作《宿山房即事诗》曰:"一个孤僧独自归,关门闭户掩柴扉;半夜三更子时分,杜鹃谢豹子规啼。"又《咏老儒诗》曰:"秀才学伯是生员,好睡贪鼾只爱眠;浅陋荒疏无学术,龙钟衰朽驻高年。"

嘲　窃　句

陈亚嘲《窃古人诗句诗》云:"昔贤自是堪加罪,非敢言君爱窃词;叵奈古人无意智,预先偷子一联诗。"

僧惠崇能诗,其尤自负者:"河分冈势断,春入烧痕青。"崇之子弟嘲曰:"河分冈势司空曙,春入烧痕刘长卿;不是师兄多犯古,古人诗句犯师兄。"

不　韵　部

子犹曰:韵则美于听,事韵则美于传。然韵亦有夙根,不然者,虽复吞灰百斛,洗胃涤肠,求一语一事之几乎韵,不得矣。山谷常嘲一村叟云:"浊气扑不散,清风倒射回。"此犹写貌,未尽传神,极其伎俩,直欲令造化小儿羞涩,何止风伯避尘已也。集《不韵》第八。

碑　祸

唐玄宗东封泰山，命张许公摩崖为碑，至明八百余年，为林燫磨平，以忠孝廉节四大字复之。

花　仇

扬州琼花，天下无双。炀帝特移栽金陵，而枝叶枯瘁。帝怒，乃杖八十发回，复活一年而死。

高　太　监

南京守备太监高隆，人有献名画者，上有空方，隆曰："好好，更须添画一个三战吕布。"

俗　谶

宋时太学各斋，除夕设祭品，用枣子、荔枝、蓼花，取早离了之谶。执事者帽而不带，以绦代之，谓之叨冒。鄙俗可笑。

　　今南都乡试前一日，居停主必煮蹄为饷，取熟蹄之谶也。又锡邑呼中字如粽音，凡大试，则亲友赠笔及定胜糕米粽各一盒，祝曰："笔定糕粽。"○又宗师岁考前一日，往往有祷于关圣者，或置等子一件于神前，谓之一等，其祝文云："伏愿瞌睡了高，犯规矩而不捉；糊涂宗主，屁文章而乱圈。"更可笑。

癖　嗜　部

　　子犹曰：耳目口体之情，大致相似也。盖自水厄可畏，酪奴不尊，而茶冤矣，故先茶，而饮以欢之，而食以充之，而寝以息之，于乎书画金石以清其玩，吟讽讴歌以豁其怀，博弈田猎以逞其欲，花木竹石以写其趣，迨香水杂陈，内外毕具，而座客之谈谐，其可少乎！凡此非富贵不办，而佞佛布施，正为生生世世富贵地耳。然而天授既殊，情缘亦异，盈缩爱憎，自然之歧也。蚓且甘带，鸱鸦嗜鼠，甲弃乙收，孰正唐陆哭笑之是非。集《癖嗜》第九。

好　　睡

华亭丞谒乡绅，见其未出，座上鼾睡。顷之，主人至，见客睡，不忍惊，对座亦睡。俄而丞醒，见主人熟睡，则又睡。主人醒，见客尚睡，则又睡。及丞再醒，暮矣，主人竟未觉，丞潜出。主人醒，不见客，亦入户。张东海作《睡丞记》。

陆放翁诗云："相对蒲团睡味长，主人与客两相忘；须臾客去主人觉，一半西窗无夕阳。"

好　　客

元盛时，江右胡存斋参政好客，每虞阍人不通刺，若在家，即于门首挂一牌云："胡存斋在家。"

越　情　部

子犹曰：天下莫灵于鬼神，莫威于雷电，莫重于生死，莫难忍于气，莫难舍于财；而当权势所在，便如鬼如神，如雷如电，舍财忍气，甚者不惜捐性命以奉之矣。人情之蔽，无甚于此。故余以不畏势为首，而次第集为《越情》第十。

不 爱 古 玩

有朝士家藏古鉴，自言能照二百里，将以献吕文穆公。公曰："我面不及楪子大，安用照二百里之镜乎？"不用。

孙之翰人与一砚，直三十千，云："此石呵之则水流。"翰曰："一日呵得一担水，只直三文钱，何须此重价。"

语似俗而实达,推广此意,则一饱之需,何必八珍九鼎? 七尺之躯,安用千门万户?

佻 达 部

子犹曰:百围之木,不于枝叶取怜。士之跅跪自喜,不拘小节者,其中尽有魁杰骏雄,高人才子,或潜见各途,能不尽见? 吾亦姑取焉,以淘俗士之肺肠。集《佻达》第十一。

酒 濯 足

马周初入京,至灞上逆旅,数公子饮酒,不之顾,周即市斗酒濯足于旁。

徐昌谷别墅

徐昌谷构别墅,实邑之北邙,前后冢累累。或颦蹙曰:"目中每见此辈,定不乐。"徐笑曰:"不然,见此辈,政使人不敢不乐。"

僧壁画西厢

丘琼山过一寺,见四壁俱画《西厢》,曰:"空门安得有此?"僧曰:"老僧从此悟禅。"丘问:"何处悟?"答曰:"是怎当他临去秋波那一转。"

汤义仍讲学

张洪阳相公见《玉茗堂四记》,谓汤义仍曰:"君有如此妙才,何不讲学?"汤曰:"此正吾讲学:公所讲是性,吾所讲是情。"

矜 嫚 部

子犹曰:谦者不期恭,恭矣;矜者不期嫚,嫚矣。达士旷观,才流雅负。虽占高源,亦违中路。彼不检兮,扬衡学步。

自视若升,视人若堕。狎侮诋谋,目益骄固。臣虐其君,子弄其父。如痴如狂,可笑可怒。君子谦谦,慎防阶祸。集《矜嫚》第十二。

柳 三 变

柳耆卿为屯田员外郎,初名三变,自作词云:"才子词人,自是白衣卿相。"后有荐于朝者,仁宗曰:"此人风前月下,且去填词。"由是不得志,无复检率,自称:"奉圣旨填词柳三变。"

> 按:柳永死日,家无余财,群妓合金葬之郊外,每春月上冢,谓之吊柳七。子犹曰:"生虽白衣贱,死得红裙怜;北邙冢累累,白杨风满天;卿相代有作,谁复追黄泉;呜呼柳三变,风流至今传。"

王 稚 钦

黄冈王廷陈字稚钦,少负奇才,然好逐街市童儿之戏,父母挟朴之,辄呼曰:"大人奈何虐海内名士?"

张 融

张思光融,尝诣吏部尚书何戢,误通尚书刘澄,融下车入门,曰:"非是。"至户外望澄,又曰:"非是。"既造席视澄,又曰:"非是。"乃去。

郭忠恕画卷

郭恕先忠恕善画,有求者,必怒而去,意欲画,即自为之。时与役夫小民入市肆饮,曰:"吾所与游,皆子类也。"寓岐下时,有富人子喜画,日给醇酒,待之甚厚,久乃以情言,且致匹素。郭为画小童持线放风鸢,引线数丈满之。富人子大怒,与郭遂绝。

喏　　样

李佑守官河朔，监司怒其喏不平正，翌日，更极粗率，监司愈怒。佑曰："高来不可，低来不可，乞明降一喏样。"

贫　俭　部

　　子犹曰：贫者，士之常也；俭者，人之性也。贫者不得不俭，而俭者不必贫，故曰性也。然则俭不可乎？曰：吝不可耳。夫俭非即吝，而吝必托之于俭，俭而吝，则虽堆金积玉，与贫乞儿何异？故吾统而名之曰《贫俭》第十三。

御 史 自 渔

粤西韦广为御史归，贫甚，居荒村。故人按部，广意其必来访，无所得馔，自渔于江。故人猝至，驺从既过，广登岸即走，逾后垣入，衣冠肃客。客曰："公何汗流渍发？"广曰："适在近村，闻公至，竭蹷趋迎故耳。"左右窃笑曰："绝似江中打渔人。"

陈 孟 贤

陈孟贤素吝，同僚造一谑笑云："腊月廿四，天下灶神俱朝上帝，众尽皂衣，一人独白，上帝怪之，曰：'臣陈孟贤家灶神也，诸神俱烟熏故黑，臣在孟贤家，自三餐外，不延一客，臣衣何由得黑？'"后人凡言冷淡事，辄曰："陈家灶神。"

裴　　璩

裴司徒璩靳啬，其廉问江西日，凡什器屏帐皆新，特置闲屋贮之，未尝施用，每有宴会，转于朝士家借。《北梦琐言》。

　　还是无福受用。

饮　牛

江湛字徽深高介，然性俭，所畜牛饿，御人求草，湛良久曰："可与饮。"

何不用诸葛丞相木牛？

子 孙 楦

江西俗俭，果楦作数格，惟中一味或果或菜可食，余悉充以雕木，谓之子孙楦。又不解熔蔗糖，亦刻木饰其色以代匮。一客欲食，取之，方知赝物，便失笑；复视之，底有字云："大德二年重修。"

省 夕 餐

桐城方某性吝，其兄晚从乡来，某欲省夕餐，托以远出。兄草草就宿，忽黄鼠逐鸡，某不觉出声驱之，兄唤云："弟乃在家乎？"某仓卒对曰："不是我，是你家弟妇。"

即弟妇岂不能治一夕餐？不通之甚。

珊 瑚 笔 格

《归田录》："钱思公性俭约，子弟非时不能取一钱。有珊瑚笔格，平生爱惜，子弟窃之，公榜以十千购之。子侁为求得以献，欣然以十千与之。一岁率五七如此。"

归 廉 泉

吴人归副使廉泉大道富吝俱极。暑月，暴水日中浴之，省爨薪也。生平家食，未尝御肉。客至，未尝留款。一日有内亲从远方来，必欲同饭，乃解袖中帨角上五钱，使人于熟店批数片肉，肉至，无酱，复解一钱市得，便嫌其不佳，使还之，仍取钱，己问酱楪何在，尚有余咸味足消此肉也。幼儿见食条糖者而泣，值祖入时，乳母奉内命，将米半升易糖。公适自外来,见之,诘其故,乃取糖一根,自折少许尝之,复折少许置儿口,谓曰:"味止此耳,何泣为?"即还糖取米,卖者言糖已损,乃手撮数粒偿之。

靳 赏

萧衍长围既立,齐师屡败,帝东昏侯犹惜金钱,不肯赏赐。茹法珍叩头请之,帝曰:"贼来独取我耶?何为就我求物?"后堂储数百具榜,启为城防,帝曰:"拟作殿。"竟不与。

汰 侈 部

子犹曰:余稽之上志,所称骄奢淫佚,无如石太尉矣,而后魏河间犹谓:"不恨我不见石崇,恨石崇不见我。"章武贪暴多财,一见河间,叹美不觉成疾,还家卧三日,不能起。人之侈心,岂有攸底哉!自非茂德,鲜克令终。金谷沙场,河间佛寺,指点而嗟咨者,又何多也!一日为欢,万年为笑。集《汰侈》第十四。

宋 景 文

宋景文好设重幕,内列宝炬,歌舞相继;坐客忘疲,但觉漏长,启幕视之,已是二宿。

四 尽

梁鱼弘,襄阳人,常言:"我为郡有四尽:水中鱼鳖尽,山中麋鹿尽,田中米谷尽,村里人庶尽。"

贪 秽 部

子犹曰:人生于财,死于财,荣辱于财。无钱对菊,彭泽令亦当败兴,傥孔氏绝粮而死,还称大圣人否?无怪乎世俗之营营矣。究竟人寿几何,一生吃着,亦自有限,到散场时,毫厘将不去,只落得子孙争攘多,眼泪少,死而无知,直是枉却,如其有知,懊悔又不知如何也? 吾苏陆念先应徐少宰记室聘,比就馆,绝不作一字,徐无如何,乃为道地游塞上,抵大帅某,以三十镒为寿。既去戟门,陆对金大怵曰:"以汝故,获祸者多矣,吾何用汝为。"即投之涧水中,人笑其痴。孰知正为痴人说法乎? 集《贪秽》第十五。

如　　意

《风俗通》云:"齐人有女,二家同往求之,东家子丑而富,西家子好而贫,父母不能决,使其女偏袒示意。女便两袒,母问其故,答曰:'欲东家食而西家宿。'"

抱 鸡 养 竹

《广记》:"唐新昌县令夏侯彪之,初下车,问里正曰:'鸡卵一钱几颗?'曰:'三颗。'彪之乃遣取十千钱,令买三万颗,谓里正曰:'未便要,且寄鸡母抱之。'遂成三万头鸡,经数月长成,令县吏与我卖,一鸡三十钱,半年之间,成三十万。又问:'竹笋一钱几茎?'曰:'五茎。'又取十千钱付之,买得五万茎,谓里正曰:'吾未须笋,且林中养之。'至秋成竹,一茎十文,积成五十万。其贪鄙不道皆此类。"

偷 鞋 刺 史

郑仁凯性贪秽,尝为密州刺史,家奴告以鞋敝,即呼吏新鞋者,令之上树摘果,俾奴窃其鞋而去。吏诉之,仁凯曰:"刺史不是守鞋人。"

张 鹭 鹚

开宝中,神泉县令张某,外廉而内实贪。一日,自榜县门云:"某月某日,是知县生日,告示门内典级诸色人,不得辄有献送。"有一曹吏与众议曰:"宰君明言生日,意令我辈知也,言不得献送,是谦也。"

众曰："然。"至日,各持缣献之,命曰寿衣。宰一无所拒,感领而已。复告之曰："后月某日,是县君生日,更莫将来。"无一不噱者。众进士以《鹭鹚诗》讽之云:"飞来疑似鹤,下处却寻鱼。"

壮 观 牧 爱

正德中,陈民望为黄州守,更新谯楼,榜以"壮观"二字。同知王卿陕人也,颇有清誉,指题谓邓震卿曰:"何名'壮观'? 自我西音,乃'赃官'也。"相与一笑。又绍兴府有扁云"牧爱",戚编修谓时守曰:"此扁可撤去,自下望之,乃'收受'字耳。""牧爱""壮观"是的对。

鸷 忍 部

　子犹曰:人有恒言曰贪酷,贪犹有为为之也,酷何利焉? 其性乎! 其性乎! 非独忍人,亦自忍也。尝闻嘉靖间,一勋戚子好杀猪,日市数百猪,使屠临池宰割,因而观之,以为笑乐。又吾里中一童子,见狗屠缚狗,方举棍,急探袖中钱赠之曰:"以此为酒资,须让此一棍与我打。"自非性与人殊,奚其然? 集《鸷忍》第十六。

试 荆

隋燕荣为幽州总管,道次见丛荆堪为笞棰,取以试人,人自陈无罪,荣曰:"后有罪当免。"及后犯细过,将挞之,人曰:"前许见宥。"荣曰:"无过尚尔,况有过乎?"搒捶如初。

周 兴

周兴性酷,每法外立刑,人号牛头阿婆。百姓怨谤,兴乃榜门判曰:"被告之人,问皆称枉,斩决之后,咸息无言。"

穆　宁

唐穆宁为刺史，其子已为尚书给事，皆分直供馔，少不如意，必遭笞杖。一日给事当直，出新意，以熊白鹿脯合而滋之，其美异常，宁食之致饱，诸子咸羡，以为行有重赏。及食饱，仍杖之曰："如此佳味，何进之晚？"

王　思

魏王思为司农，性急，尝书，蝇集笔端，驱去复来再三，思自起拔剑逐蝇，不得，取笔掷地踏坏之。

陈都宪事

都御史陈智性刚而躁，挞左右人无虚日。洗面时，用七人，二人揽衣，二人揭衣领，一人捧盘，一人捧漱水碗，一人执牙梳，稍不如意，便打一掌，至洗毕，鲜有不被其掌者。方静坐，若左右行过，履有声者，即挞之。有相知劝以宽缓，乃置一木简刻"戒暴怒"三字于上，以示儆。及有忤之者，辄举木简，挞之无数。

容　悦　部

子犹曰：南荒有兽，名曰猈猣，见人衣冠鲜采，辄跪拜而随之，虽驱击，不痛不去。身有奇臭，惟膝骨脆美，谓之媚骨，土人以为珍馔。余谓凡善谄者，皆有媚骨者也。汲黯不拜大将军，大将军贤之。王祥不拜司马晋王，晋王重之。朱序不拜苻坚，苻坚宥之。薛廷珪不拜朱温，朱温礼之。张令浚私拜田令孜，卒为所轻。陶谷拜赵点检，竟遭摈弃。谄人者，亦何益哉！集《容悦》第十七。

赤　心　石

武后时争献祥瑞,洛滨居民,有得石而剖之中赤者,献于后曰:"是石有赤心。"李昭德曰:"此石有赤心,其余岂皆谋反耶?"见《唐诗》,或作李日知事,误。

朱温一日出大梁门外数十里,憩柳树下,久之,独语曰:"好大柳树。"宾客各避席对曰:"好大柳树。"有顷,又曰:"好大柳树,可作车头。"末坐五六人起对曰:"好作车头。"温厉声曰:"柳树岂可作车头? 我见人说秦时指鹿为马,有甚难事。"悉擒言作车头者扑杀之。温虽草贼,此举胜天后远矣。

熨　衣

宋武帝虽衣浣衣,而左右必须鲜洁。尝有侍臣衣带卷折,帝怒曰:"卿衣带如绳,欲何所缚?"吏部何敬容希旨,尝以胶清刷鬓,衣裳不整,伏床熨之,暑月,背为之焦。

冒　族

崇宁末,策进士,蔡嶷以阿附得首选,往谒蔡京,认为叔父。京命二子攸、修出见,嶷讵云:"向者大误,公乃叔祖,二尊乃诸父行也。"

松　寿

程松谄事韩侂胄,自钱塘令拜谏议,满岁,未迁,殊怏怏,乃市一妾名曰松寿,韩曰:"奈何与大谏同名?"答曰:"欲使贱名常达钧听。"

金作首饰

太监怀恩得赐金二锭,转奉钱溥,溥忻然受之,曰:"当与房下作首饰,常常顶戴太监。"

势　利

有吴生者,老而趋势,偶赴广席,见布衣者后至,略酬其揖,意色殊傲。已而见主人恭甚,私询之,乃张伯起也,更欲殷勤致礼。张笑曰:"适已领过半揖,但乞补还,勿复为劳。"

颜　甲　部

子犹曰:天下极无耻之人,其初亦皆有耻者也,冒而不革,习与成昵,生为河间妇人,死虽欲为谢豹,亦不可得矣。余尝劝人观优,从此中讨一个干净面孔。夫古来笔乘,孰非戏本,只少一副响锣鼓耳。集《颜甲》第十八。

急　泪

宋世祖至殷贵妃墓,谓刘德愿慎曰:"卿等哭妃若悲,当加厚赏。"刘应声号恸,涕泗交横,即拜豫州刺史。帝又令羊志哭,羊亦鸣咽甚哀。他日有问羊者:"卿那得此副急泪?"羊曰:"我尔日自哭亡妾耳。"

两个花脸固可笑,然此墓岂可使他人有泪。

廖恩无过

熙宁中,福建贼廖恩,聚徒党于山林,已听招抚出降,朝廷赦罪,授右班殿直。既至,有司供脚色一项云:"历任以来,并无公私过犯。"见者哂之。

人但知廖恩可笑,孰知荐剡中说清说廉,墓志上称功称德,皆是廖恩脚色,安然不惭,独何也?

唐宋士子

唐时有士子奔马入都者,人问:"何急如此?"答曰:"将赴不求闻达科。"宋天圣中置高蹈丘园科,许本人于所在自投状求试。时人笑之。

　　萧子鹏应怀材抱德诏,后拨工部办事,为堂官负印前驰,人戏曰:"萧君真有抱负。"凡虚名应诏,皆此类耳。

皇后阿奢

景龙二年冬,召王公近臣入阁守岁,酒酣,上谓御史大夫窦从一曰:"闻卿久旷,今夕为卿成礼。"窦拜谢。俄而内侍引烛笼步障,金缕罗扇,其后有人衣缛衣花钗,令与窦对坐,却扇易服,乃皇后老乳母王氏,本蛮婢也。上与侍臣大笑,诏封莒国夫人,嫁为窦妻。俗称乳母之婿曰阿奢,窦每进表,自称翊圣皇后阿奢,欣然有自负之色。

　　绝好一出丑净戏文。

万　　安

宪宗晏驾,内监于宫中得书一小箧,皆房中术也,悉署曰:"臣安进。"太监怀恩袖至阁下示万安曰:"是大臣所为乎?"安惭汗,不能出一语。已而科道劾之,怀恩以其疏至内阁,令人读之,安跪而起,起而复跪。恩令摘其牙牌,曰:"请出矣。"乃遑遽奔出,索马归第。初,安久在内阁,不去,或微讽之,答曰:"安惟以死报国。"及被黜在道,看三台星,犹冀复用也。

冒　从　侄

王凝侍郎按察长沙日,有新授柳州刺史王某者,将赴任,抵于湘川,谒凝,启云:"某是侍郎诸从子侄,合受拜。"凝问其小名,答曰:"通郎。"乃令左右促召其子至,诘曰:"家籍中有通郎否?"子沉思少顷,乃曰:"有之,合是兄矣。"凝始命邀王君,受以从侄之礼,因问:"前任何官?"答曰:"昨罢北海盐院,旋有此授。"凝闻之不悦,既退,语其子曰:"适来王君,资历颇杂,非吾枝也。"遽征属籍,果有通郎,已于某年某月物化矣。凝睹之怒。翌日,厅内备馔招之,王望凝欲屈膝,忽被二壮士挟而扶之,鞠躬不得。凝前语曰:"使君非吾宗也,昨误受君拜,今谨奉还。"遂拜之如其数,讫,乃令坐与餐。复谓曰:"当今清平之代,不可更乱入人家也。"在庭吏卒悉笑,王惭赧,食不下咽,斯须跢踷而出。

刘　　生

刘生者好夸诩,尝往吊无锡邹氏,客叩曰:"君来何晏?"生曰:"昨日与顾状元同舟联句,直至丙夜,是以晏耳。"少顷,顾九和至,问:"先生何姓?"客曰:"此昨夜联句之人也。"生默然。他日,又与华氏子弟游惠山,手持华光禄一扇,群知其伪也,不发,时光禄养疴山房,徐引入揖坐,生不知为光禄,因示以扇,光禄曰:"此华某作,先生何自求之?"生曰:"与仆交好二十年,何事于求?"光禄曰:"得无妄言。"生曰:"妄言当创其舌。"众笑曰:"此公即华光禄也。"相与哄堂。锡人为之语曰:"状元联句,光禄题诗。"

第二遍就不说谎。

庐　陵　魁　选

吉州士子赴省,书先牌云:"庐陵魁选欧阳伯乐。"或诮之曰:"有客遥来自吉州,姓名挑在担竿头;虽知汝是欧阳后,毕竟从来不识修。"

放　　生

北使李谐至梁,武帝与之游历,偶至放生处,帝问曰:"彼国亦放生否?"谐曰:"不取,亦不放。"帝惭之。

冒诗并冒表文

唐李播典蕲州，有李生来谒，献诗，播览之，骇曰："此仆旧稿，何乃见示？"生惭愧曰："某执公卷，行江淮已久，今丐见惠。"播曰："仆老为郡牧，此已无用，便奉赠。"生谢别。播问何之，生曰："将往江陵谒表丈卢尚书。"播曰："尚书何名？"生曰："弘宣。"播大笑曰："秀才又错矣，卢乃仆亲表丈，何复冒此？"生惶恐谢曰："承公假诗，则并荆南表丈一时曲取。"播大笑而遣之。

鹤败道

彭渊才迂阔好诞，尝畜两鹤，客至，夸曰："此仙禽也，禽皆卵生，而此独胎生。"语未半，园丁报曰："鹤夜产一卵如梨。"渊才面赤，叱去。此鹤两展其胫，伏地逾时，渊才以杖惊使起，复诞一卵，乃咨叹曰："鹤亦败道。"

陈苌

阳道州城，居无畜积，惟服用不阙，然客称某物佳，辄喜而赠之。有陈苌者，候其方请月俸，辄往称钱帛之美，月有获焉。

僧题壁

霍尚书韬，尝欲营寺基为宅，浼县令逐僧。僧去，书于壁云："学士家移和尚寺，会元妻卧老僧房。"霍愧而止。

驴乞假

胡趱者，昭宗时优也，好博弈，尝独跨一驴，日到故人家棋，多早去晚归。每至其家，主人必戒家僮曰："与都知于后院喂饲驴子。"胡甚感之，夜则跨归。一日，非时宣召，胡仓忙索驴，及牵至，则喘息流汗，乃正与主人拽碨耳。趱方知从来如此。明早复展步而去，主人复命喂驴如前。胡曰："驴子今日偶来不得。"主人曰："何也?"胡曰："只从昨日回便患头旋恶心,起止未得,且乞假将息。"主人亦大笑。

裔　　婿

唐人榜下择婿,号裔婿,多有势迫而非所愿者。一少年美风姿,为贵族所慕,命群仆拥至其第,少年忻然而行,略无避逊。既至,观之如堵。须臾,有衣金紫者出曰："某有女颇良,愿配君子。"少年鞠躬言曰："寒微得托高门固幸,待归家与妻子商量如何?"众皆大笑而散。

闺　诫　部

　　子犹曰:女德之凶,无大于淫妒;然妒以为淫地也,譬如出仕者,中无贪欲,则必不忌贤而嫉能矣。然丈夫多惧内,自天子以至于庶人,皆不免焉,则又何也? 语曰:"当断不断,反受其乱。"集《闺诫》第十九。

为 婢 取 水

周益公夫人妒,有媵,公眄之,夫人縻之庭,公适过,时炎暑,以渴告,公酌以水。夫人窥于屏内曰:"好个相公,为婢取水。"公笑曰:"独不见建义井者乎?"

车 武 子 妇

车武子妇妒,武子偶偕妇兄夜归,留宿外馆,取一绛裙挂屏上。妇出窥,疑有所私,拔刀径上床,发被,乃其兄也,惭而退。

击　僧

渭溪张氏,族多惧内,少宗伯午峰公之兄号一山者尤甚。一日,忤其妇,妇逼之,急匿房后树上,妇持竹竿驱下,用铁索系之柱。宗伯公见之,乃曰:"我将见嫂请释。"兄摇手低声曰:"且慢且慢,待他性过自放。"又二日,被责,潜逃邻寺,妇竟追至寺,一僧方酣卧,妇不暇详视,竟以大杖击僧,僧张目曰:"小僧无罪。"妇踉跄而归。

谢太傅夫人

刘夫人帏诸婢使作技,太傅暂见便下帏,太傅索更一开,夫人拒之曰:"恐伤盛德。"

谢公既深好音乐,颇欲立妓妾,兄子外甥辈微达此旨,共问讯刘夫人,因方便称《关雎》、《螽斯》,有不忌之德。夫人知以讽己,乃问:"谁撰此诗?"云是周公。夫人曰:"周公是男子相为耳,若使周姥撰诗,当无此言。"

案:《醉翁谈录》载此条,以为杨郎中与妻赵氏事。

委 蜕 部

子犹曰:项籍之瞳,不如左丘之眇;嚣夫之口,不如各缺之喑;郗鄷之长,不如晏婴之短;夷光之艳,不如无盐之陋;庆忌之足,不如娄公之跛。语曰:"豹留皮,人留名。"此言形神之异也。故窭极生巧,足或刺绣;愤极忘死,胸或发声,是皆有神行焉。借以为笑可,执以为可笑则不可。集《委蜕》第二十。

短 小

尚书令何尚之与太常颜延之少相好狎,二人并短小,何尝谓颜为猿,颜目何为猴。同游太子西池,颜问路人曰:"吾二人谁似猿?"路人指何为似。颜方矜喜,路人曰:"彼似猿,君乃真猴。"二人俱大笑。

面 黑

陈伯益面黑而狭,多髯,谢希孟见写真挂壁上,戏题云:"伯益之面,大无两指;髭髯不仁,侵扰乎旁而不已,于是乎伯益之面,所存无几。"

王介甫面黄黑,问医,医曰:"此垢污,非疾也。"进澡豆,令王洗之,王曰:"天生黑于予,澡豆其如予何?"

焦阁老芳面黑,耳长如驴,尝谓西涯曰:"君善相,烦一看。"李久之,乃曰:"左像马尚书,右像卢侍郎,必至此地位。"马与卢合,乃一驢字,始知其戏。

白 发 白 须

进士李居仁尽摘白发,其友惊曰:"昔则皤然一公,今则公然一婆。"

有郎官老而多妾,须白,令妻妾共镊之。妾欲其少,去其白者;妻忌之,又去其黑者。未几,颐颔遂空,亦可笑。

顾太仆居忧,发须尽白,起复北上,以药黑之。人笑曰:"须发亦起复矣。"

桃源罗汝鹏年四十,须大半白矣,偶吊一丧家,司宾惊曰:"公方强仕,何顿白乃尔?"罗曰:"这是吊丧的须髯。"

咏 白 发

海昌女子朱桂英尝咏白发云:"白发新添数百茎,几番拔尽又还生;不如不拔由他白,那有工夫与白争。"

谲 知 部

子犹曰:人心之知,犹日月之光,粪壤也而光及焉,曲穴也而光入焉。知不废谲,而有善有不善,亦宜耳。小人以之机械,君子以之神明,总是心灵,惟人所设,不得谓知偏属君子,而谲偏归小人也。集《谲知》第二十一。

朝野佥载两孝子事

东海孝子郭纯丧母，每哭则群乌大集，使检有实，旌表门闾。后讯，乃是每哭即撒饼于地，群乌争来食之，其后数如此，乌闻哭声，莫不竞凑，非有灵也。

田单妙计，可惜小用；然撒饼亦资冥福，称孝可矣。

河东孝子王燧家，猫犬互乳，其子州县上言，遂蒙旌表。乃是猫犬同时产子，取猫儿置犬窠中，取犬子置猫窠内，饮惯其乳，遂以为常耳。

即使非伪，与孝何干？

海　刚　峰

有御史怒某县令，县令密使嬖儿侍御史，御史昵之，遂窃其符逾墙走，明晨起视篆，篆簏已空，心疑县令所为，而不敢发，因称疾不视事。海忠肃时为教谕，往候御史，御史闻海有吏才，密诉之。海教御史夜半于厨中发火，火光烛天，郡属赴救，御史持篆簏授县尹，他官各有所护。及火灭，县令上篆簏，则符在矣。

日　者

赵王李德诚镇江西，有日者自称："世人贱贵，一见辄分。"王使女妓数人，与妻滕国君同妆梳服饰，偕立庭中，请辨良贱。客俯躬而进曰："国君头上有黄云。"群妓不觉皆仰首，日者曰："此是国君也。"王悦而遣之。

儇　弄　部

子犹曰：古云："稚子弄影，不知为影所弄。"然则弄人，即自弄耳。虽然,不自弄,将不为造化小儿弄耶?傀儡场中,大家搬演将去,得开口处,便落便宜,谓之弄人可,谓之自弄可,谓之造化弄我,我弄造化,俱无不可。集《儇弄》第二十二。

对　　语

关懒推官貌不扬,过南徐客次,见一绯衣客倨坐,关揖而问之,对曰:"太子洗马高乘鱼。"良久,还询关,关答曰:"某乃是皇后骑牛低钓鳖。"朝士骇曰:"是何官?"关笑曰:"且欲与君对语切耳。"

机　警　部

子犹曰:昔三徐名著江左,而骑省铉尤其白眉。及入聘,颇难押伴之选,艺祖令殿前司具殿侍中不识字者十人以闻,而点其一曰:"此人可。"举朝错愕不解,殿侍者亦不敢辞。既渡江,骑省词锋如云,其人不能答,强聒之,徒唯唯。居数日,既无与之酬复,骑省亦倦且默矣。人谓此大圣人举动,不屑与小邦争口舌之胜。不知尔时直是无骑省对手,傥得晏婴、秦宓其人,滑稽辩给,奏凯而还,大国体面,更当何如?孔门恶佞,而不废言语之科,有以也。集《机警》第二十三。

晏　　子

齐景公问:"东海枣华而不实,何也?"晏子曰:"秦穆公黄布裹枣,至海上而投其布,故华之不实。"公曰:"吾佯问耳。"对曰:"佯问者,亦当佯对。"

赵　　迁

后秦姚苌与群臣宴,酒酣,谓赵迁曰:"诸卿皆与朕北面秦朝,今忽相臣,得无耻乎?"迁曰:"天不耻以陛下为子,臣等何耻为臣。"苌大笑。

王　元　泽

王元泽雱,安石子数岁时,客有以一獐一鹿同器以献,问元泽:"何者是獐? 何者是鹿?"元泽实未识,良久对曰:"獐边者是鹿,鹿边者是獐。"客大奇之。

蔡　潮

方伯蔡潮,谭笑风生。有同官迎都宪于江中,冬月群拥炉坐,公至,哄然曰:"蔡公至矣,请一谑谭。"蔡曰:"无也,但昨闻江中盗劫商船,俱檀降牙香,相与谋曰:'卖之利微,弃之可惜,吾辈为此事久矣,向赖天保护,盍焚此香答之。'香气透天,上帝将谓人间作好事,令二力士访之,非也,乃一群老强盗在此向火耳。"满座大笑。

安　辔　新

李茂贞入关时,放火烧京阙,民居殆尽。及入朝,赐宴,优人安辔新目之为火龙子。既已,茂贞惭怒,欲杀此竖子。因请告,往岐下谒之,茂贞一见,大诟曰:"此贼何颜敢来求乞?"安曰:"只思上谒,非敢有干也。"茂贞色稍定,曰:"贫俭若斯,何不求乞?"安曰:"京城近日但卖麸炭,便足一生,何必求乞?"茂贞大笑而厚赐之。

酬　嘲　部

子犹曰:谈锋之中人,如风触墙,鲜不反矣;其不反者,非大愚人,则大忮毒人,鱼军容所谓"怒犹常情,笑乃不可测"者也。是故能酬者不病嘲,而能嘲者亦反乐于得酬。旗鼓相向,为鹳为鹅,或吴艎之复归,或赵帜之遽拔,虽使苏张复生,谁能射辕门之戟,傥亦凭轼者之大观乎? 集《酬嘲》第二十四。

达毅王达

达毅、王达,同为郎中,一日金公移,王戏曰:"每书衔名,但以公上为我之下。"毅应曰:"君子上达,小人下达。"

小试冒籍

华亭人冒籍上海小试,愤其不容,大书通衢曰:"我之大贤与?于人何所不容;我之不贤与?如之何其拒人也!"上海人答云:"我之大贤与?何必去父母之邦;我之不贤与?焉往而不三黜!"

塞语部

子犹曰:天下之事,从言生,还可从言止。不见夫射者乎?一夫穿杨,百夫挂弓,何则?为无复也。心心喙喙,人尽南越王自为耳,不得真正大聪明人,胸如镜,口如江,关天下之舌,而予之以不然,隙穴漏卮,岂其有窒?若夫理外设奇,厄人于险,此营丘士之智也,吾无患焉。集《塞语》第二十五。

仙福

有术士干唐六如,极言修炼之妙。唐云:"如此之妙术,何不自为,乃觊及鄙人?"术士云:"恨吾福浅!吾阅人多矣,仙风道骨,无如君者。"唐笑曰:"吾但出仙福,有空房在北城,甚僻静,君为修炼,炼成两剖。"术士犹未悟,日造门,出一扇求诗,唐大书云:"破布衫巾破布裙,逢人便说会烧银;如何不自烧些用,担水河头卖与人?"

六如常题《列仙传》云:"但闻白日升天去,不见青天走下来;忽然一日天破了,大家都叫阿㿔㿔。"亦趣。吴俗,小儿辈遇可羞事,必齐拍手叫阿㿔㿔。

举 人 大 帽

祖制:京官三品始乘轿。科道多骑马,后来皆私用轿矣。王化按浙,一举人大帽入谒,按君不悦,因问曰:"举人戴大帽,始自何年?"答曰:"始于老大人乘轿之年。"

雅 浪 部

子犹曰:谑浪,人所时有也。过则虐,虐则不堪,是故雅之为贵。雅行不惊俗,雅言不骇耳,雅谑不伤心,何病乎唇弄?何虞乎口戒?何惮乎犁舌地狱?集《雅浪》第二十六。

崖 州

丁晋公自崖州还,坐客谓:"天下州郡,何地最雄盛?"公曰:"惟崖州地望最重。"客问其故,答曰:"宰相只作彼司户参军,他州何可及?"

不是崖州地望最重,还因宰相地望太轻。

制 馄 饨 法

乔仲山家制馄饨得法,尝苦宾朋索食,一日于每客前先置一帖,且戒云:"食毕展卷。"既而取视,乃置造方也,大笑而散。自后无复索者。

得方胜得食。

龙潭寺暗室

陆氏兄弟游龙潭寺,见一暗室,弟曰:"此黑暗地狱也。"兄曰:"不然,是彼极乐世界。"

破　僧　戒

虎丘僧人长于酒肉,彼之视腐菜,如持戒者之视鱼肉,不胜额之
蹙也。一日,友人小集,有楚客长斋,特设素供。楚客意僧必持戒,
揖与共席,吴兴凌彼岸笑语之曰:"毋为此僧破戒。"

待阙鸳鸯社

朱子春未婚,先开房室,帷帏甚丽,以待其事,时人谓之待阙鸳
鸯社。见《妆楼记》。

猫　五　德

万寿僧彬师尝对客,猫踞其旁,谓客曰:"人言鸡有五德,此猫亦
有之:见鼠不捕,仁也;鼠夺其食而让之,义也;客至设馔则出,礼也;
藏物甚密而能窃食,知也;每冬月辄入灶,信也。"

文　戏　部

子犹曰:迂士主文而讳戏,俗士逐戏而离文,其能以文为戏
者,必才士也。尼父之戏也以俎豆,邓艾之戏也以战阵,晦翁之
戏以八卦,何独文人而不然?且夫视文如戏,则文之兴益豪,而
虽戏必文,则戏之途亦窄,或亦砭迂针俗之一助云尔。集《文
戏》第二十七。

十 七 字 诗

正德间,有无赖子好作十七字诗,触目成咏。时天旱,府守祈雨
未诚,神无感应,其人作诗嘲之曰:"太守出祷雨,万民皆喜悦;昨夜
推窗看,见月。"守知,令人捕至,曰:"汝善作十七字诗耶?试再吟
之,佳则释尔。"即以别号西坡命题,其人应声曰:"古人号东坡,今人
号西坡;若将两人较,差多。"守大怒,责之十八,其人又吟曰:"作诗

十七字,被责一十八;若上万言书,打杀。"守亦哂而逐之。

杨 公 复 诗

南京大理少卿长兴杨公复,在京甚贫,家畜一豕,日命童于玄武湖壖采萍藻为食。吴思庵时握都察院章,以其密迩厅事,拒之。杨戏作小诗送云:"太平堤下后湖边,不是君家祖上田;数点浮萍容不得,如何肚里好撑船?"谚云:"宰相肚里好撑船。"

写　真

姑苏蒋思贤父子写真,一日交写,皆不肖。时人嘲之曰:"父写子真真未像,子传父像像非真;自家骨肉尚如此,何况区区陌路人!"

题　小　像

唐伯刚题邾仲谊小像云:"七尺躯威仪济济,三寸舌是非风起,一双眼看人做官,两只脚沿门报喜。仲谊云:'是谁? 是谁?'伯刚云:'是你! 是你!'"

行人司告示

行人司闲僻,官吏罕到,市人每日取汲厅前,顽童戏坐公座。或有戏揭告示云:"示仰各吏典:以后朔望日,仍要赴司作揖。凡男妇汲水者,毋得仍前擅坐公座。"

词　曲

云间酒淡,有作《行香子》云:"浙右华亭,物价廉平,一道会买个三升。打开瓶后,滑辣光馨。教君霎时饮,霎时醉,霎时醒。听得渊明,说与刘伶:'这一瓶约莫三斤。君还不信,把称来称,有一斤酒,一斤水,一斤瓶。'"

巧　言　部

　　子犹曰：古人戒如簧之舌，岂不以巧哉？然谈言微中，可以解纷，夫独非巧言乎？如止曰谐谑而已，功与罪两不居焉，则诸公口中三寸，真有天孙机杼在矣。集《巧言》第二十八。

王汾刘攽王觌

　　王彦和汾与刘贡父攽同趋朝，王戏刘曰："内朝日日须呼汝。"盖常朝知班吏多云班班，谓之唤班。攽音班，故戏之刘应声曰："寒食年年必上公。"汾、坟音近刘又尝戏王觌云："公何故见卖？"王答曰："卖公直甚分文！"

贾黄中卢多逊

　　贾黄中与卢多逊俱在政府，一日，京中有蝗虫，卢笑曰："某闻所有乃假蝗虫。"贾应声曰："亦闻不伤禾，但芦多损耳。"

羽　晴

　　裴子羽为下邳令，张晴为县丞，二人俱有声气，而善言语，论事移时，一吏窃议曰："县官甚不和。"或问其故，答曰："长官称雨，赞府道晴，终日如此，那得和。"

谈　资　部

　　子犹曰：古人酒有令，句有对，灯有谜，字有离合，皆聪明之所寄也。工者不胜书，书其趣者，可以侈目，可以解颐。集《谈资》第二十九。

刘端简公令

古亭刘端简公居乡，邑大夫或慢之。值宴会，端简公出令佐酒，各用唐诗一句,附以方言,上下相属。刘云:"一枝红杏出墙来,见一半,不见一半。"含有消意。一士夫云:"旋斫松柴带叶烧,热灶一把,冷灶一把。"邑大夫云:"杖藜扶我过桥东,我也要你,你也要我。"一时喧传,以为绝唱。

　　一说又云:"隔断红尘三十里,你也看不见我,我也看不见你。"解之者曰:"点溪荷叶叠青钱,你也使不得,他也使不得。"

李 空 同 对

李空同督学江西,有士子适同其姓名,公呼而前曰:"汝不闻吾名,而敢犯乎?"对曰:"名命于父,不敢更也。"公思久之,曰:"我且出一对试汝,能对,犹可恕也。曰:蔺相如,司马相如,名相如,实不相如。"其人思不久,辄应曰:"魏无忌,长孙无忌,彼无忌,此亦无忌。"公笑而遣之。

于 肃 愍 对

于肃愍谦,幼时,其母梳其发为双角,日游乡校,僧人兰古春见之,戏曰:"牛头喜得生龙角。"公即对曰:"狗口何曾出象牙。"僧已惊之。公回对母曰:"今不可梳双髻矣。"他日,古春又过学馆,见于梳成三角之髻,又戏曰:"三角如鼓架。"公又即对曰:"一秃似雷槌。"古春遂语其师曰:"此儿救时之相也。"墓志载古春为此。

戴 大 宾 对

戴大宾八岁游泮,主师指厅上椅属对云:"虎皮褥盖学士椅。"即对云:"兔毫笔写状元坊。"主师大奇之。十三中乡试,有贵公来谒其父,见戴戏庭侧,尚是一婴稚,以为业童子艺也,出一对曰:"月圆。"即应曰:"风匾。"问:"风何尝匾?"曰:"侧缝皆入,不匾何能?"又出一对曰:"风鸣。"即应曰:"牛舞。"问:"牛何尝舞?"曰:"百兽率舞,牛不在其中耶?"贵公大加叹赏,询之,即大宾也,已成乡举矣。对语皆含刺云。

随 口 对

文皇尝谓解学士曰:"有一书句,甚难其对,曰:色难。"解应声曰:"容易。"文皇不悟,顾谓解曰:"既云易矣,何久不属对?"解曰:"适已对矣。"文皇始悟,为之大笑。

微 词 部

子犹曰:人之口,含阴而吐阳,阳也而阴用之,则违之而非规,抑之而非谤,刺之而非怨,嫉之而非仇,上可以代虞人之箴,而下亦可以当舆人之诵;夫是非与利害之心交明,其术不得不出乎此,余于《春秋》定哀之际,三致意焉。集《微词》第三十。

使 宅 鱼

钱氏时,西湖渔者日纳鱼数斤,谓之使宅鱼,有不及数者,必市以供,颇为民害。罗隐侍坐,壁间有磻溪垂钓图,武肃指示隐索诗,隐应声曰:"吕望当年展庙谟,直钩钓国更谁如?若教生在西湖上,也是须供使宅鱼。"武肃王大笑,遂蠲其征。

一 片 白 云

金华一诗人,游食四方,实干谒朱紫,私印云:"芙蓉山顶一片白云。"商履之曰:"此云每日飞到府堂上。"

半 日 闲

有贵人游僧舍,酒酣,诵唐人诗云:"因过竹院逢僧话,又得浮生半日闲。"僧闻而笑之,贵人问僧何笑,僧曰:"尊官得半日闲,老僧却忙了三日。"

边 面

武臣陈理从军三十余年,立功十次,谓贺子忱曰:"朝廷推赏,一次轻一次。"贺笑曰:"只为边面一次近一次。"

理宗朝,欲举推排田亩之令,廷绅有言,未行。至贾似道当国,卒行之。时人嘲之曰:"三分天下二分亡,犹把山河寸寸量;纵使一丘添一亩,也应不似旧封疆。"即此意。

光 福 地

袁了凡好谭地理,曾访地至光福,问一村农曰:"颇闻此处有佳穴否?"曰:"小人生长于斯,三十余年矣,但见带纱帽者来寻地,不见带纱帽者来上坟。"袁默然而去。

口 碑 部

子犹曰:古来不肖之人,皇灵不能使忌,天谴不能使霁,而独畏匹夫匹妇之口,何也?郑侨采乡校之议,宋华避东门之讴,而挽近庸君如宋理宗,亦谓谏官曰:"尽忠由你,只莫将副本传将外去。"人之多口,信可畏夫。而犹有甘心遗臭,由人笑骂者,彼何人哉?集《口碑》第三十一。

天 竺 观 音

孝宗时大旱,有诏迎天竺观音就明庆寺请祷。或作诗曰:"走杀东头供奉班,传宣圣旨到人间;大平宰相堂中坐,天竺观音却下山。"赵温叔雄由是免相。

贩 盐

贾似道令人贩盐百艘至临安,太学生有诗云:"昨夜江头涌碧波,满船都载相公醝;虽然要作调羹用,未必调羹用许多?"贾闻之,遂以士人付狱。

荒 唐 部

子犹曰:相传海上有驾舟入鱼腹,舟中人曰:"天色何陡暗也?"取炬然之,火热而鱼惊,遂吞而入水。是则然矣。然舟人之言,与其取炬也,孰闻孰见之?《本草》曰:"独活有风不动,无风自摇;石髀入水即干,出水则湿。"诚有之矣。入水即干,何从得知?言固有习闻而不觉其害于理者,可笑也;既可笑,又欲不害理,难矣。章子厚作相,有太学生在门下,素有口辩,子厚一日至书室,叩以易理,其人纵横辩论,杂以荒唐不经之说,子厚大怒曰:"何故对吾乱道?"命左右擒下杖之。其人哀鸣叩头乃免。而同时坡仙,乃强人妄言以为笑乐。以理论,子厚似无害,究竟子厚一生正经安在,赢得死后作猫儿,何如坡仙得游戏三昧也。集《荒唐》第三十三。

李 泌

李泌为相,以虚诞自任,尝对客,令家人速洒扫,今夜洪崖先生来宿。有人携美酝一榼,有客至,乃曰:"麻姑送酒来,与公同饮。"饮未毕,门者曰:"某侍郎取酒榼。"泌命还之,了无愧色。

朝野佥载琵琶卜二事

唐张鷟至洪州,闻土人何婆善琵琶卜,与郭司法往质焉。士女填门,饷遗塞道。何婆心气殊高。郭再拜下钱问其品秩,何婆乃调弦柱,和声气,唱曰:"个丈夫富贵,今年得一品,明年得二品,后年得三品,更后年得四品。"郭曰:"何婆错矣,品少者官高,品多官小。"何婆改唱曰:"今年减一品,明年减二品,后年减三品,更后年减四品,更得五六年,总没品。"郭大骂而起。

唐崇仁坊阿来婆弹琵琶卜,朱紫填门。张鷟曾往观之,见一将军,紫袍玉带甚伟,下一匹细绫请卜。来婆鸣弦柱,烧香合眼而唱:"东告东方朔,西告西方朔,南告南方朔,北告北方朔,上告上方朔,下告下方朔。"将军顶礼曰:"既告请甚多,必望细看,以决疑惑。"遂即随意支配。

杂 志 部

子犹曰:史传所载,采之不尽;稗官所述,阅之不尽;客座所闻,录之不尽。中流失船,一壶千金。谈谐方畅,谑笑纷沓,忽焉喙短词穷,意败矣。尔时得一奇事,如获珍珠船,因不忍遗置,为《杂志》第三十六。(案《笑史》此为第三十四)

陆 孝 廉

长洲陆孝廉世明,省试不第,归过临清钞关,错认为商,令纳税。陆呈一绝云:"献策金门苦未收,归心日夜水东流;扁舟载得愁千斛,闻说君王不税愁。"主事见诗惊愧,亟迎入,款赠甚厚。

祝瀚批宁府帖

逆濠有鹤带牌者,民家犬噬之,濠牒府欲捕民抵罪。南昌守祝瀚批曰:"鹤虽带牌,犬不识字,禽兽相争,何与人事?"

附 录

古今笑史序

予友石钟朱子,卓荦魁奇,性无杂嗜,惟嗜饮酒读书。饮中狂兴,可继七贤而八,八仙而九;书则其下酒物也。仲姜玉、季宫声,亦具饮癖,而量稍杀。皆好读书,读之不已,又从而笔削之,笔削之不已,又从而剞劂之。虑其间或有读而不快,快而不甚快者,是何异于旨酒既设,肴核杂陈,而忽有俗客冲筵,腐儒骂坐,使饮兴为中阻,不可谓非酒厄,势必扶而去之,以俟洗盏更酌:此《古今笑》之不得不删,删而不得不重谋剞劂也。人谓石钟昆季于此为读书计,乌知其为饮酒计乎?是编之辑,出于冯子犹龙,其初名为《谭概》,后人谓其网罗之事,尽属诙谐,求为正色而谈者,百不得一,名为《谈概》,而实则笑府,亦何浑朴其貌而艳冶其中乎? 遂以《古今笑》易名,从时好也。噫! 谈笑两端,固若是其异乎! 吾谓谈锋一辍,笑柄不生,是谈为笑之母。无如世之善谈者寡,喜笑者众,咸谓以我之谈,博人之笑,是我为人役,苦在我而乐在人也。试问伶人演剧,座客观场,观场者乐乎? 抑演剧者乐乎? 同一书也,始名《谈概》,而问者寥寥,易名《古今笑》,而雅俗并嗜,购之惟恨不早,是人情畏谈而喜笑也明矣。不投以所喜,悬之国门,奚裨乎? 石钟昆季,笔削既竣,而问序于予。予请:"所以命名者,仍旧贯乎? 从时尚乎?"石钟曰:"予酒人也,左手持蟹螯,右手持酒杯,无暇为晋人清谈,知有笑而已矣。但冯子犹龙之辑是编,述也,非作也;予虽稍有搏节,然不敢旁赘一词,又述其所述者也。述而不作,仍古史也,试增一词为《古今笑史》,能免蛇足之讥否乎?"予曰:"善,古不云乎:'嘻笑怒骂,皆成文章。'是集非他,皆古今绝妙文章,但去其怒骂者而已,命曰《笑史》,谁曰不宜。"

新话摭粹一

　　《新话摭粹》恢谐类，是明末世德堂刊本起北赤心子汇辑《选锲骚坛摭粹嚼麝谭苑》书集卷之五的一种，原共十五则，今选录六则。是书别题《绣谷春容》。

新话摭粹恢谐类

陈居士暂寄师叔

　　淮南处士陈觋有诗名，五十方娶，自喜得偶……未几，王以币帛召之。或问："处士赴召将行，细君宜置之何地？"对曰："暂寄于师叔寺中。"或曰："妇人年少，何不妨闲？"答曰："锁之矣。"或曰："其如水火何？"觋曰："锁匙已付之矣。"

却要燃烛照四子

　　湖南观察使李庾之女奴曰却要，巧媚才捷，能承顺颜色。李四子皆年少，咸欲私却要。尝遇清明夜，时纤月娟娟，庭花影转，中堂垂绣幕背银灯，大郎与却要遇于樱桃花影中，乃持之求偶，却要取茵席授之，绐曰："可于厅东南隅立待，候堂前眠熟当至。"大郎既去，又逢二郎调之，却要复取茵席授之曰："可于厅东北隅相待。"二郎既去，又逢三郎求之，却要复取茵席授之曰："可于厅西南隅相待。"三郎既去，又与四郎遇，却要复取茵席授之曰："可于厅西北隅相待。"四人皆去，却要乃燃烛向厅照之，谓四子曰："阿堵贫儿，争敢向这里觅宿处？"皆弃所携，掩面而走。自是四子皆不敢失敬。

李戴仁传语县君

　　李戴仁性迂缓，非礼勿动。娶阎氏，年甚少。与之异室，私约曰:"有兴则见。"忽一夕叩户声,小童报曰:"县君欲见太监。"戴仁遽取《百忌历》灯下看之,大惊曰:"今夜河魁在房,不宜行事,传语县君谢到。"阎氏惭怒而去。

陈沆嘲道士啖肉

庐山道士,体貌魁伟,饮酒啖肉,居九天使庙。一日,有鹤因风所飘,憩于庭。道士大喜,自谓当赴上天命,令山童控而乘之。羽仪清弱,不胜其载,毛伤骨折而毙。时有驯养者,知诉于公府。处士陈沆嘲之曰:"啖肉先生欲上升,黄云踏破紫云崩。龙腰鹤背无多力,传语麻姑借大鹏。"

扈戴被水香劝盏

扈戴畏内特甚,未仕时,欲出则谒假于细君。细君滴水于地,指曰:"不干,须前归。"若去远,则燃香印,掐至某所,以为还家之验。因筵聚方三行酒,戴色欲逃遁,朋友默晓,哗曰:"扈君欲砌水隐痕,香印过界耳,是当罚也,吾徒人撰新句一联,劝请酒一盏。"众以为善,乃俱起,一人捧瓯吟曰:"解禁香三令,能遵水五申。"逼戴饮尽。别云:"细弹防事水,短亵戒时香。"别云:"战兢思水约,匍匐赴香期。"别云:"出佩香三尺,归防水九章。"别云:"命系逡巡水,时牵决定香。"戴连沃六七巨觥,吐呕淋漓,既上马,群噪曰:"若夫人怪迟,但道被水香劝盏留住。"

大壮作补阙灯檠

冀时儒李大壮畏服小君,万一不遵号令,则叱令正坐,为绾匾髻,中安灯碗燃灯火,大壮屏气定体,如枯木土偶人,诨目之曰:"补阙灯檠。"又一日,妻偶病,求乌鸦为药,而积雪未消,难以网捕;妻大怒,欲加捶楚,大壮畏惧,涉泥出郊,用粒食引致之,仅获一枚。友人戏之曰:"圣人以凤凰来仪为瑞,君获此免祸,可谓黑凤凰矣。"

新话摭粹二

《新话摭粹》谐谑类,也是起北赤心子汇辑《选锲骚坛摭粹嚼麝谭苑》书集卷之五的一种,原共八则,今选录六则。

新话摭粹谐谑类

一

太学生相聚,各言物产以相嘲难。东鲁生曰:"一山一水一秀才,甲天下矣。"关中生曰:"何山?"曰:"泰山。"曰:"只有天在上,更无山与齐,当在华山下矣。"又:"何水?"曰:"东海。"曰:"黄河之水天上来,东流到海不复回,乃属河之委矣。"又:"秀才谁也?"曰:"孔子。"曰:"文王我师也,周公岂欺我哉!孔子,文王之弟子也。"相与一笑,是称文谈。

二

景泰间,刘主静升洗马,兵部侍郎王伟戏曰:"先生一日洗几马?"主静应声答曰:"大司马洗得干净,少司马尚洗不干净。"众闻之嚎然。

三

解学士尝吊友人丧妻,入门曰:"恭喜。"继曰:"四德俱无,七出咸备,呜呼哀哉,大吉大利。"闻者绝倒,盖其妻悍也。

四

正统中,有一侍郎与一都御史同饮,适有犬绕桌行,左右叱之。侍郎云:"休叱,他在这里巡按。"都御史答云:"你看他是狗也是狼。”近时都宪似钟与通政强珍，在南都同饮，强自执壶劝似酒曰：“要你饮四钟。”似答曰：“你莫要强斟。”盖前二公以职事相戏，此二公以名相戏，互嘲捷发，可谓善于谑矣。

五

会稽马生，以入粟得官，号马殿干，有姬美丽善歌，时出佐客。客有梁县丞窃为歆之。马生殂，梁计得焉。他日亦以觞客。陈无损在座，举杯属梁曰：“昔居殿干之家，爰丧其马；今入县丞之室，无逝我梁。”一座大笑。梁亦死，人服陈之谑而谶焉。

六

贾秋壑会客食鳖，龟鳖不辨，何以治民？客乃求郡者也，竟不与座，客因戏之曰：“鳗与秋鳢，皆不可食，象真武之蛇也；蔗笋亦不可食，象真武之旗竿也。”满座皆笑。世之人不求实际，而眩于疑似者，何以异于是。

精 选 雅 笑

《精选雅笑》,是明豫章醉月子选辑《雅俗同观》中的一种,
原共六十八则,今据明末刊本选录三十四则。

精 选 雅 笑

豫章醉月子选辑

申 明 亭

两乡人至县前,见"申明亭""申"字,一曰:"'由'字。"一曰:
"'甲'字。"旁一人曰:"你多一头,他多一脚,看来还是'田'字。"

家有百亩田,不离县门前,解"田"字为得。

案:明田艺蘅《留青日札》卷十八:"汉曰里宰,曰亭长,即
今之里长申明亭也。"

改 对

学师出二字对曰"马嘶",徒对"牛屎",师曰:"狗屁。"徒起而欲
行,师曰:"你还未对,我还未改,如何就走?"徒曰:"吾对的是'牛
屎',先生改的是'狗屁'。"

僧 眼

僧与人弈,因夺角,不能成眼,躁甚,头痒,乃手摸其顶而沉吟
曰:"这里有得一个眼便好。"

风 水

一人将死,命子于棺旁钉大铜环四枚,问云何,曰:"你们日后,

少不得要听风水先生,将我搬来搬去。"

劈　柴

父子同劈柴,父执柯,误伤子指。子骂:"老乌龟,汝瞎眼耶?"孙在旁见祖被骂,大不平,曰:"射娘贼,父亲可是骂得的。"

屋檐水,点滴不差。正是:孝顺还生孝顺子,忤逆还生忤逆儿。

案:又见《笑得好》初集,彼作抬枝柴。

酸　酒

客谓店主曰:"肴只菜腐足矣,酒须绝美者。"少顷,来问:"菜内可着醋?"客曰:"着些亦好。"取菜置讫,又问:"豆腐可着醋。"客曰:"着些亦好。"取腐置讫,又问:"酒中可着醋?"客笑曰:"酒中如何着醋?"店主攒眉云:"怎好,怎好,已着醋了。"

还是酒着醋内,非醋着酒内。又有卖淡酒而以关刀作标者,人问何意,曰:"杀出些水气。"亦妙。

携　灯

有夜饮者,仆携灯往候其主,主曰:"少时便天明矣,何用灯焉?"至天明,仆复往接,主诮曰:"汝大不晓事,今日反不带灯来。"

吴俗,卖菜佣五鼓出行。适临街楼中有通宵饮者,见而讶之曰:"如此早,便饮酒乎?"饮者亦讶菜佣曰:"如此晏,尚卖菜乎?"乃知长夜失日,果有其事。

迁　居

有中邻于铜铁匠者,日闻锻击声,不堪忍闻,因浼人求其迁去,二匠从之。其人喜甚,设酒肴奉饯。饯毕,试问何往,匠同声对曰:

"左边迁在右边,右边的迁在左边。"

左之右之,无不宜之,适得中立而不倚。

自　说

苏人相遇于途,一人问曰:"尊姓?"曰:"姓张。"又问:"尊号?"曰:"东桥。"又问:"尊居?"曰:"阊门外。"问者点头曰:"是阊门外张东桥。"张骇曰:"公缘何晓得我?"问者曰:"方才都是你自说的。"

其实不曾增添,而波澜自好。星相家用援法,只须如此。

狗 不 认

两人同坐,一撒屁,对人不言,惟以衣袖掩口;适狗在旁,其人赖云:"畜畜。"狗打一呵欠,对人云:"他却不肯认哩。"

放屁自不肯认的多,对面骂杀,只嘿嘿掩鼻而已。

师 往 来

两友相见,叙寒温毕,问今年所延塾师何如,一友答曰:"被他做不定,时常去去,无可奈何。"随问君家者若何,友亦笑云:"我家好,此时常来来。"

谚谓先生臀是烧不过的,盖缘教书而坐煞也。

吃 斋

乡人吃斋者,偶以事至县,见柱榜题曰:"诬告加三等,越诉笞五十。"慌谓人曰:"县出告示,月素笞五十,倘知我长斋,却不打杀乎?"

口素而心不素,总逃官法,怕瞒不得阎罗天子。

换 粪

一家有粪一窖,与人换钱,索钱四百,而换者止肯二百,主人大怒曰:"狗粪直如此贱。"换者亦怒曰:"何必发恼,不曾吃了你的。"

怒时之言易发,不觉两家俱失便宜也。

亡　锄

夫田中归,妻问锄放何处,夫大声曰:"田里。"妻曰:"轻说些,莫被人听见,却不取去。"因促之,往看,无矣,忙归附妻耳云:"不见了。"

破　网

一人网甚破,人见谓曰:"不像样,何不修好戴之?"其人悻然对曰:"正是我费了钱,却图你侬好看。"

义　民　官

义官奔走汗甚,因就混堂浴,浴毕而起,大小衣已被人偷去,正喧嚷间,主人诮其图赖,义官愤甚,乃带纱帽着靴,以带系赤身,谓众人曰:"难道我是这等来的。"

好个衣冠模样,这光景诉与谁行。

取　耳

篦工取耳太重,其人痛甚,渐以耳远之,工以手随而愈进。问:"取那一只否?"工曰:"完此只,即取那只。"其人曰:"我只道就在里边取过去了。"

若是这边取过那边去,则是骷髅头也。

蚊　符

有卖驱蚊符者,一人买归贴之,而蚊毫不减,往咎卖者,卖者云:"定是贴不得法。"问贴于何处,曰:"须贴帐子里。"

欧公既作《憎蝇赋》,复云:"不堪蚊子,自远嘤喁来也。"嘤喝语似有所指。

腌　　鱼

兄弟两童盛饭,问父:"何物过饭?"父曰:"挂在灶上熏的腌鱼,看一看,吃一口,就是。"忽小者嚷云:"哥哥多看了一看。"父曰:"咸杀他罢。"

望梅堪止渴,望腌鱼亦可以吃饭乎!

赏　　历

除夜遇送年礼至者,取旧历以赏来使,家仆曰:"恐无用了。"主云:"我留在家也无用。"

所谓推己以及人也。持归看半日,何尝无用。

盗　　牛

有盗牛而被枷者,熟识过而问曰:"汝何事?"答云:"悔气撞出来的,前在街上闲走,见地上草绳一条,以为有用,拾得之耳。"问者曰:"然则罪何至此?"即复对云:"绳头还有一小小牛儿。"

盗牛律罪问摆站。定有只小肛奉拽,总不脱一绳子也。

夹 麻 布 被

有苦夏月多蚊者,一友曰:"用麻布作夹被盖之,甚妙。"问何谓,曰:"等他来叮时,将上边一层扯歪他嘴,伤筋动骨,要百二十日将息,及至嘴好起来,天气凉了。"

算计虽妙,何不将此麻布夹被做一领独睡帐罢。

老 先 生

盗劫一家,其家呼以大王、将军、好汉等,皆不乐。请问欲呼何等,盗曰:"可叫我老先生。"其家问以何谓,曰:"我见做官的皆称老先生也。"

> 看来:贼,老先生也;老先生,贼也;便得称老先生,总是盗贼难免。

割　股
(题目原阙,据《笑得好》初集补)

有父病延医者,医曰:"病已无救,除非君孝心感格,割股可望愈耳。"子曰:"这却不难。"遂抽刀以出,逢一人卧于门,因以刀刲之。卧者惊起。子抚手曰:"不须喊,割股救亲,天下美事。"

> 此子割他人之股救亲,第知父可以生,而不管他人之死,亦是一点孝心,只欠良心耳。

夸　富

一人对客夸富曰:"我家可无所不有。"因屈两指:"所少者,只天上日、月耳。"语未绝,家童出白:"厨下无柴。"其人复屈一指曰:"少日、月、柴。"

> 爨火时息,日月更少不得。

树　菱

山中人至水乡,于树下闲坐,见地上遗一菱角,拾而食之,甘甚,遂扳树逐枝摇看,既久,无所见,诧曰:"如此大树,难道只生得一个?"

> 此时告以菱从水生,其人必不信,毕竟还望树梢沉吟。

躲　债

欠债不应所索,反诳之曰:"我有头亲事,是寡妇,饶有私蓄,只可惜无本钱下礼,汝若助我取来,不但可还前欠,还有得借你。"其人信以为实,出银帮之。此人得银,先将房屋装折齐整,其人愈信。他日过其门而叩之,闻内有妇人声应曰:"拙夫出外去了。"如是数过,不觉心动,因穴窗窥之,见无妇人,乃此人捻鼻所为,大怒,破窗而入,乱拳殴之,其人犹捻鼻喊云:"拙夫欠债,却与奴家何干。"

可谓久假而不归矣。

性　　急

性急人过面店即乱嚷曰:"为何不拿面来?"店主持面至,倾之桌上曰:"你快吃,我要净碗。"其人怒甚,归谓妻曰:"我气死了。"妻忙打包袱曰:"你死,我去嫁人。"及嫁过一宿,后夫欲出之归,问故,曰:"怪你不养儿子。"

一个急一个,一个又急一个,这等人在世,急死无疑。

搜　　牛

有讼失牛于官者,吏问:"几时失的?"答以明日。吏不觉失笑,官怒指吏曰:"是你偷在那里?"吏洒其两袖曰:"凭爷搜。"

富牛是官人性命,只怕还在自己袖里。

红　　裤

官出,见轻薄少年,摇摆街中,风吹衣起,露出红绫裤子,怒其奢侈,拿责十板。其人受责五板,立起曰:"上面半截是麻布接的。"

论扯浇,还该加责。每见街中红衣汉,我眼欲白。半截麻布接的,妆此模样,即该打杀。

画　　梅

有不落款梅花一幅,或见之,极赞其真。人问:"你晓得是谁画的?"对曰:"张敞。"

以古画入时眼,辱之为甚。收藏家不可不知。

豁 奉 妓

嫖客与妓密甚,相约同死,设鸩酒二瓯,妓让客先饮,饮毕,促妓,妓曰:"我量窄,与你豁了这瓯罢。"

豁假拳,是彼长技。〇又有与妓同死者,约骑墙而缢。妓先以石为代,嫖客疑之,亦以一石代缢,而往探,相值墙阴,妓笑曰:"你我同心久矣,不图今日见之。"饮鸩者似输此客一筹。

魔 王 反

魔王造反,观音持净瓶诵咒,诸鬼悉摄入瓶中。魔王快请降,遂释之。魔问诸鬼:"在瓶中饿否?"答云:"饿是小事,只是几乎挤杀。"

此嘲小舟载多客者,绝韵。

送 匾

一人夸己必中,说:"夜梦鼓乐一部,送牌匾到家。"一友曰:"我亦梦见送至宅上,匾有四字。"问何字,曰:"岂有此理。"

以为必中而遍问星相者,亦是白日做梦。

谐薮

《谐薮》，撰人不详，卷帙也不知有多少，今仅见《古今谭概》引一则，即据以移录。

谐薮

〔明〕佚名撰

楚中二督学

嘉靖间，楚中督学吴小江有爱少之癖，冠者多去巾为髫年应试。嘲者曰："昔日峨冠已伟然，今朝丱角且从权；时人不识予心苦，将谓偷闲学少年。"其后曾省吾代之，所拔亦多弱冠。一生遂自去其须，及入试，居四等，应扑责。曾乃恕年长者，而责少者，此生遂以无须受责。嘲者曰："昨日割须为便考，今朝受责加烦恼；头巾纱帽不相当，原旁批云："此语透绝。"有须无须皆不好。"明冯梦龙《古今谭概》口碑部第三十一。

笑 林

　　《笑林》,《古今谭概》引三则并附评,撰人不详,清黄虞稷《千顷堂书目》卷十五子部类书著录司马泰《广说郛》卷八十有张诗《笑林》,不知即此一书否。司马泰为明嘉靖癸未(一五二三)进士,则张诗当是嘉靖以前人。又《寄园寄所寄》引一则,也不见于浮白主人所选本,而与此却相近,今亦辑录于此。

笑 林

刺 眉

　　彭渊材初见范文正公画像,惊喜再拜,前磬折称:"新昌布衣彭几幸获拜谒。"既罢,熟视曰:"有奇德者必有奇形。"乃引镜自照,又将其须曰:"大略似之矣,但只无耳毫数茎耳,年大,当十相具足也。"又至庐山太平观,见狄梁公像,眉目入鬓,又前再赞曰:"有宋进士彭几谨拜谒。"又熟视久之,呼刀镊者使刺其眉尾,令作卓枝入鬓之状,家人辈望见惊笑,渊材怒曰:"何笑? 吾前见范文正公恨无耳毫,今见狄梁公,不敢不剃眉,何笑之乎?"

　　《笑林》评曰:"见晋王克用,即当剔目;遇娄相师德,更须折足矣。"子犹曰:"此等人,宜黥其面,使学狄青;刖其膝,使学孙膑。"或问其故,曰:"这花脸如何行得通。"《古今谭概》怪诞部第二。

邑 丞 通 文

　　某邑一丞,素不知文,而强效颦作文语。其大令病起,自怜消瘦,丞曰:"堂翁深情厚貌,如何得瘦?"又侍大令饮,而大令将赴别席,辞去,丞曰:"乞其余不足,又顾而之他。"县令修后堂,颇华整,丞趋而进曰:"山节藻棁,何如其知也。"一日,县治捕强盗数人,令严刑讯鞠,盗哀号殊苦,丞从旁抚掌笑曰:"恶人自有恶人磨。"

《笑林》评云:"不识一丁人,转喉触讳如此;令大能容耐,正是识性可与同居。"《古今谭概》无术部第六。

看　命　司

司者,官府之称。中都有谈天者,设肆于市,标其门曰:"看命司。"其术颇售。同辈忌之,明日乃于对衢设肆,亦竖牌云:"看命西司。"其人愧赧搬去。

《笑林》评:"不言司命,而言命司,犹悲天称院,何为不可?"《古今谭概》颜甲部第十八。

僧　题　壁(拟)

霍尚书韬,尝欲营寺基为宅,浼县令逐僧。僧去,书于壁云:"学士家移和尚寺,会元妻卧老僧房。"霍愧而止。《寄园寄所寄》卷一《囊底寄警敏》。

续 笑 林

《续笑林》,撰人不详,卷帙也不知有多少,今仅见《古今谭概》引一则,即据以移录。

续 笑 林

〔明〕佚名撰

有赴饮夜归者,值大雨,持盖自蔽,见一人立檐下溜,即投伞下同行。久之,不语,疑为鬼也,以足撩之,偶不相值,愈益恐,因奋力挤之桥下而趋;值炊糕者晨起,亟奔入其门,告以遇鬼。俄顷,复见一人,遍体沾湿,踉跄而至,号呼有鬼,亦投其家。二人相视愕然,不觉大笑。明冯梦龙《古今谭概》谬误部第五。

解 颐 赘 语

　　《解颐赘语》,撰人不详,今据清赵吉士《寄园寄所寄》辑录一则。

解 颐 赘 语
撰人不详

　　一人盛谈轮回报应,甚无轻杀,凡一牛一豕,即作牛豕以偿,至蝼蚁亦罔不然。时许文穆曰:"莫如杀人。"众问其故。曰:"那一世责偿,犹得化人也。"《寄园寄所寄》卷十二《插菊寄笑谭》。

胡卢编

　　《胡卢编》，撰人不详，今据清赵吉士《寄园寄所寄》辑录一则。

胡　卢　编
撰人不详

　　焦阁老芳面黑，耳长如驴，尝谓西涯曰："君善相，烦一看。"李久之乃曰："左相像馬尚书，右相像盧侍郎。""馬"与"盧"合，乃一"驢"字，始知其戏。《寄园寄所寄》卷十二《插菊寄笑谭》。

喷 饭 录

《喷饭录》,撰人不详,今据清赵吉士《寄园寄所寄》辑录
四则。

喷 饭 录
撰人不详

成化中,内阁刘吉丁外艰起复,每媚科道,以免弹劾。弘治改
元,侍读张升数其十罪,反为御史魏璋所劾,左迁。世以吉耐弹,目
为刘绵花。《寄园寄所寄》卷十二《插菊寄笑柄》。

严相嵩父子聚贿满百万,辄置酒一高会,凡五高会,而渔猎犹不
止,京师名之曰钱痨。《寄园寄所寄》卷十二《插菊寄笑柄》。

内乡县李蓘字子田,官翰林检讨。其弟名馣字袭美,久滞增广
生。蓘遗书馣曰:"尔今年增广,明年增广,不知增得几多? 广得几
多?"馣答曰:"尔今日检讨,明日检讨,知检得甚么? 讨得甚么?"《寄
园寄所寄》卷十二《插菊寄笑谭》。

有孝廉为京官,颜以"文献世家"于门。一夕,人以纸糊其两头
字曰:"献世。"孝廉怒,命仆骂于市。又一夕,糊其"文"字上一点,
曰:"又献世。"孝廉怒骂如前。则再糊其"家"字上一点,曰:"献世
冢。"《寄园寄所寄》卷十二《插菊寄笑谭》。

笑 海 千 金

　　《笑海千金》,不著撰人,见收于明末刊本《新刻四民通用鳌头万宝事山》卷十七。原共六十三则,今选录十三则。明叶盛《菉竹堂书目》四有《笑苑千金》一册,明晁瑮《晁氏宝文堂书目》作《东坡笑苑千金》,不知即《万宝事山》所据本否?

笑 海 千 金

笑 人 独 食

　　昔一人带仆出外,每饮酒,不顾其仆。一日,人请饮酒。仆人自将墨涂黑其口,立在主人身旁。主人见曰:"这奴才好嘴。"仆人云:"只顾你的嘴,莫顾我的嘴。"

笑 老 吏 专 权

　　昔有一官,须发俱白。有一吏,须发亦白。吏唤漆匠,都将油黑。官问曰:"你的须,如何黑了?"吏曰:"前日唤漆匠油黑。"官云:"我的也把油一油。"吏曰:"只油得吏,怎油得官?"

嘲 娼 妓

　　一子弟与妓交久,费用殆尽,临别时,要与烧一香疤,以为表记。妓曰:"要烧个四方疤儿。"子弟曰:"何以得方?"妓曰:"用一文钱放下,然后放火于钱眼内烧之,却不是个方的?"子弟曰:"无钱。"妓曰:"无钱烧不成。"

　　案:《笑得好》二集有此条,云改唐伯虎语。

嘲老鸨

有一富商,宿于勾栏,见月晕,对妓云:"明日有风。"老鸨从后听之,欲进骗局,扯商衣曰:"此间缉事衙门,正要捉妖书妖言之人。"要拿商送官。商人再三退托,以五十金买免。一日,老鸨又见月晕,问云:"姐夫,姐夫,明日是风是雨?"商人答曰:"不是风,不是雨,是一个调骗人的大圈套了。"

笑县尹官贪

昔一县尹与县丞爱钱,主簿极清。一日,同饮酒,至半酣,县尹遂设一令:要《千家诗》一句,下用俗语二句含意。尹曰:"旋斫生柴带叶烧,热灶一把,冷灶一把。"丞曰:"杖藜扶我过桥东,左也靠着你,右也靠着你。"簿乃托意嘲曰:"梅雪争春未肯降,原告一两三,被告一两三。"

笑人谈舌

昔有一人家,养一八哥,放在鼓边。其家每日佣工者归家来,以鼓为号。一日之间,不觉八哥跳在鼓上,跳得响。只见佣工者皆纷纷然归来。主人随而问曰:"你众人往日回来,我以鼓为号,如何今日尚未曾打动一下鼓,如何就回?"佣工曰:"因鼓响方回。"主人去看,见一八哥在鼓上跳,怒骂曰:"你这死鸟,也来盘鼓。"

又

一富家佣工人众,每遇伏热收割,每日吃饭,打鼓为号。抬鼓放在山枣树下。不觉山枣落下,打得鼓响。众工回家吃饭,主人询问其故。再看只见山枣落在鼓上,怒骂曰:"面上脓水未干,也来此处剥鼓。"

又

有一新官上任,一名里长要百只狗交官;买了九十九只,少了一只,无有买处,计将一只羊锯去其角,撞入狗内交官。官见羊嘴连动一动,问曰:"这只狗如何嘴动?"里长答曰:"此狗正在嚼蛆。"

又

有一新官上任,每名里长要一百担大粪交官;有了九十九担,只少一担,即将苋菜煮去红水,凑成一担同交。官见曰:"此粪如何这等红?"里长答曰:"肚里无粪,都是努出的血来。"

雪 上 加 霜

昔有一富家娶妻,每日竞闹不贤及容姿丑陋。夫每日叹曰:"是人鳏居,我不鳏居!"妇不解意。一日,归问其父曰:"我家丈夫,每日讲口,常说'是人鳏居,我不鳏居',如何解说?"父答曰:"此乃恶你貌丑,要你早死,是曰鳏居。""然则将何言以应之?"父曰:"我教你应他,他若再说,应曰:'别人孤孀,我不孤孀。'"他日,其夫又曰,其妻忘父教之言,乃曰:"别人生疮,我不生疮。"夫笑曰:"你若生疮,雪上加霜。"

话 不 投 机

昔有富翁生三女:长女、次女俱适秀才,幼女只嫁常人。一日,富翁生辰,三婿齐来上寿。翁见长婿、次婿言谈斯文,小婿村俗相齿。一日设席,翁曰:"今日卑老,无肴相陪,筵中不许胡言乱道。"酒行数巡,岳父举箸请大婿请食。大婿欠身答云:"君子谋道不谋食。"翁大喜。酒至半酣,举盏请次婿饮酒。次婿起居答曰:"惟酒无量,不及乱。"翁亦喜甚。岳母见夫只劝长婿、次婿二人酒食,遂乃举杯酌酒,请小婿饮酒。小婿昂然欠身起谓岳母曰:"我和你酒逢知己千

杯少。"翁怒骂曰:"这畜生如此假乖,说甚么斯文?"小婿掷盏起曰:
"我与你话不投机半句多。"

讥卖淡酒

有天鹅赶一田鸡,躲于天罗丛下。天罗问曰:"你因甚避于我
乡?"田鸡答曰:"目今朝廷差官,要捉一物三名者惩治,因此躲于贵
村避难。"天罗又问曰:"何以一物三名?"田鸡答曰:"一名田鸡,二
名石淋,三名黄蛤。"天罗答曰:"汝快走,休要连累于我,我亦是三
名:一名天罗,二名丝瓜,三名布瓜。"田鸡无奈,躲避于水中。又问
田鸡何事匿于水中。田鸡如前答应。水曰:"莫累于我,我亦有三
名。"田鸡问曰:"何三名?"水答曰:"一名江水,二名河水,三名海
水。"田鸡遂怒曰:"我只说是海中咸水,而谁知你都是江河淡水,尚
何肯在你这里躲避。"

笑　痴　子

昔一做贼的人,常有钱买东西。一痴子见而问曰:"你何以善做
贼?"贼答曰:"我所以善做者有故:凡去偷人财物之时,拿一根鸦鹊
做窠的柴放手中,人就不见我。"痴子见贼说,一日,果往鸦鹊窠中,
取一根柴放手中,遂而日上去人家盗财物,被人捉住乱打。痴子且
曰:"我打倒被你打,你实不见我。"

案:此本邯郸淳《笑林》。

附　　录

案明晁瑮《晁氏宝文堂书目》著录有《笑海丛珠》一书,傅惜华
先生《中国古代笑话集》①写道:"又有名《笑海丛珠》者,虽隋唐宋各
史《艺文志》,俱未载此书名,然《四库全书存目》卷一四四子部小说

———————

①见一九四四年四月一日《艺文杂志》第二卷第四期。

家类目二著录曰'《笑海丛珠》一卷',标云'旧本题唐陆龟蒙撰'。且谓:'然书中有苏轼、黄庭坚、僧了元及党进事,龟蒙生于唐末,何得预知? 其为妄人依托可知矣!'《四库存目》所收之本,据书名下注所题为'《永乐大典》本'。然《永乐大典》一书,早已散逸,而此书亦从不见有其版本流传世间,至宋元类书中,更无征引者,盖其不存久矣! 己卯岁春,余东游,借以尽览内阁文库珍藏之善本秘籍,而此中国失传之《笑海丛珠》与《笑苑千金》古本笑话集二种,亦发见于阁中焉! 此书卷首,未题撰人名氏,亦无序跋。按《内阁文库图书第二部汉书目录》,第三门子部,第十二类小说,第五项琐记目中,载:'《笑海丛珠》三卷,唐陆龟蒙撰。日本写本。'盖亦根据《四库全书存目》而著录者也。此书凡三卷,一册,日本德川中期初年日人钞本。每卷首行标题,颇不一致,如卷一作'《集南北诨切》卷一',卷二作'《类编南北绮席笑海》卷之二',卷三作'《类编南北风月笑海》卷之三'。此书本名《笑海丛珠》,乃卷一标名略去'《笑海丛珠》'四字,卷二、卷三俱略去'《丛珠》'二字。全书所载笑话,计分八类,内容如下:

卷一 '官宦'类,有'名显当时'等十则。 '三教'类,有'乌龟教鹤'等五则。 '释'类,有'释迦佛爷'等三则。 '道'类,均未标题名,共三则。

卷二 '医卜'类,有'食鲙光知'等十一则。 '艺术'类,有'笑琴客'等八则。

卷三 '身体'类,有'钉子黄蜂'等十则。 '饮食'类,有'河伯设宴'等十八则。

以上共载笑话六十八则。每则题目之下,均注明'刺□□',或'嘲□□',或'讥□□'字样。其中笑话,泰半为里巷流传故事,历史上著名人物,甚罕涉及,故此笑话集,于古代俗文学中,乃最可宝贵之要籍。按内阁文库所藏此书,原为日本东京浅草文库旧物,至此钞本之来源,则恐系明万历时日本根据《永乐大典》本所移录者。关于此书之作者,题曰'陆龟蒙',确属不实,绝出于伪托者;然察其内容,时代最迟,亦必出于宋人之手也!"

时 尚 笑 谈

《时尚笑谈》,见《秋夜月》上卷中层附录,原共四十七则,今据影印明刊本选录二十三则。

时 尚 笑 谈

不敬何以别乎

昔一先生新出教书,一人荐之于东家。起馆日,东家款之,肴中有鳖,师大喜。次日谓其荐者曰:"其敬甚隆。"荐者曰:"其敬如何?"师曰:"肴中有鳖。"荐者曰:"一鳖何足为敬?"师曰:"不敬何以别乎!"

宰 予 昼 寝

一师喜昼睡。弟子曰:"宰予昼寝之义何解?"师曰:"我不讲,你怎的晓得? 宰者,杀也;予者,我也;昼者,昼时也;寝者,睡一觉也;合而言之:便杀我,定要昼时睡一觉也。"

又

夫子责宰予以"朽木粪土"。宰予不服曰:"吾自要见周公,如何怪我?"夫子曰:"日间岂是梦周公的时候?"宰予曰:"周公也不是夜间肯来的人。"

粪 土 之 墙

一先生怒东家供膳淡薄,东家曰:"先生,你前日讲书道:'肉虽多,不使胜食气。'我故不敢拿肉来你吃。"先生怒曰:"若是我讲'粪土之墙',你就拿粪来我吃。"

鱼鳖不可胜食也

两人一长一短。长者笑短者曰："死之日,方寸之木,足以有容也,及至葬,一撮土之多,掩之,诚是也。"短者笑长者曰："死之日,无所取材,工师得大木,以为能胜其任也,及至葬,壤地褊小,举而委之于壑,鱼鳖不可胜食也。"

何许子之不惮烦

虞集未中时节,为许衡门客。虞有所私,尝出馆;许衡辄往,不遇,即写一简帖云："夜夜出游,知虞公之不可谏。"虞即对云："时时来扰,何许子之不惮烦。"

今之所谓良臣

学徒有父名良臣者,凡读"良臣"二字,皆读为"爷爷",读《孟子》曰："今之所谓爷爷,古之所谓民贼也。"

今茅塞子之心

考试官出题："今茅塞子之心矣。"一吏先出外,众问曰："今日是何题目?"吏曰："我也不晓得,只听得秀才每念道是'金毛狮子'。"

性　急

两亲家,一性急,一性缓,相遇于途而揖。性缓者因揖而谢礼意之厚:正月承亲家如何? 二月又承亲家如何? 直数到十二月止,乃起,其亲家已去矣,骇曰："亲家几时去了?"旁人曰："正二月间就去了。"

没　饭　吃

小儿啼,父问其故,曰："饿了。"其父抚之曰："我的儿,你要甚吃,只管说来;随你要龙肝凤髓,皆拿来你吃。"儿曰:"我都不要,只要饭吃。"父骂曰:"只拣家中没有的便要吃。"

好　　唱

一占龟卦者喜唱,曲不离口。方拿龟占卦,求卦者曰:"先生,你与我细端详。"即接唱曰:"好似我双亲模样。"

看　　戏

有演《琵琶记》者,后插戏是《荆钗》。忽有人叹曰:"戏不可不看,今日方知蔡伯喈母亲是王十朋丈母。"

又

有演《琵琶记》,而插《关公斩貂蝉》。乡人见之泣曰:"好个孝顺媳妇,辛苦一生,临了被这红脸蛮子杀了。"

厚　面　皮

两人相与语曰:"天下何物最硬?"曰:"铁硬。""见火就洋了,焉得为硬?"曰:"然则何物?"曰:"莫如髭须。"曰:"髭须安得为硬?"曰:"若干的厚面皮都被他钻了出来。"

吃　腌　芋

昔临川一先生,在外作馆,其东家日日以盐鱼待之。先生怒曰:"不可终日只以此物相待,可兼味来吃。"其徒听错,回家与母曰:"先生说,下次可腌芋来吃。"母曰:"腌芋麻人,如何吃得?"子曰:"他既讨吃,只管腌些去。"母如其言,遂腌芋送之。先生竟食之,麻不得过,遂往前拔茅扯舌,擦去麻气。其徒见先生久不转来,密往觑之,只见一手扯舌,一手擦茅,忙走归,谓母曰:"尝说腌芋好吃,果然是真,今日茅茨上,先生不把手扯住舌头,连舌根都吞下去了。"

看　相

有一痴人出街,遇一相士,论人手足云:"男人手如绵,身边有闲钱;妇人手如姜,财谷满仓箱。"痴人闻言,拍掌大笑曰:"我的妻子手如姜也。"相士曰:"何以见之?"痴人曰:"昨日被他打了一下嘴巴,到今日还辣辣的。"

说　大　话

昔一人上京公干,嘱其仆曰:"途路之间,江湖闹处,凡说家中事,务要大说些。"仆曰:"晓得。"又与一人同行,其人指水牛曰:"好大牛。"仆曰:"稀罕他,我家犬还大些。"又指高楼曰:"好高楼。"仆曰:"稀罕他,我家马房还更大些。"又指船曰:"好大船。"仆曰:"稀罕他,我家主母的鞋还更大些。"

嘲 官 不 明

昔一官断事朦胧,嗜酒怠政,贪财酷民,百姓怨极,乃作五言八句以讥之曰:"黑漆皮灯笼,半天萤火虫。粉墙样白虎,青纸画乌龙。茄子敲泥磬,冬瓜撞木钟。但知钱与酒,不管正和公。"

嘲学官贪赃

昔一秀才送鹅与学官,学官曰:"我受你的鹅,又无食与他吃,可不饿死? 欲待不受,又失一节,如何是好?"秀才云:"请师父受下,饿死事小,失节事大。"

嘲 不 及 第

昔一士人,带仆挑行李上京赴试,忽被风吹落头巾,仆曰:"帽落地。"士人嘱曰:"今说落物,莫说落地,只说及地(第)。"仆如其言,将行李牢拴于担上。士曰:"仔细收拾。"仆曰:"如今就走上天去,也不会及第(地)了。"

嘲　近　觑

昔一人近视眼,清早开门,见一大堆牛屎,用手去摸,云:"好一个金漆果盒,只是漆嫩些。"

胡 子 解 嘲

一人不识字,其子把书纸与他糊窗,其父将纸一概倒糊了。子归见之,甚是不悦。母慰之曰:"不要恼,不要恼,糊得好也是你的爷,糊不好也是你的爷。"

禁　蚊　子

昔人会禁蚊子,以符贴之,即无蚊虫。一人将几文钱买符一章,归家,贴在壁上,其蚊虫更多。其人往告卖符者,曰:"你家毕竟有不到处,待我往你家一看便知。"其人同归看之,卖符者曰:"难怪,你家没有帐子,要放在帐子里才好。"

华筵趣乐谈笑酒令

明末刊本《新刻华筵趣乐谈笑酒令》卷之四谈笑门，共收笑话六十九则，今选录二十八则。原书别题《博笑珠玑》，不著撰人。

新刻华筵趣乐谈笑酒令卷之四谈笑门

岂 敢 空 扰

昔东坡与山谷寓于金山寺中。忽日打面饼吃，二人商议，今日造饼，莫待佛印知之。后饼熟，算过数目，献于观音座前，殷勤拜而嘱曰："但愿寿增彭祖，富及陶朱。"不觉佛印预先乃匿于神帐中，偷取二饼。东坡拜完，起视，不见二饼，复跪倒祝曰："观音如此神通，吃去二饼，何不出来面见？"佛印在帐中答曰："我若有面，便搭你做几块吃，岂敢空来打搅！"

打 我 不 倒

昔观音菩萨戒洞宾曰："君曾昔日三醉岳阳楼，私度何仙姑，鼎州曾卖墨，飞剑斩黄龙，既居仙品，何不戒酒色财气乎？"洞宾遂诬观音曰："汝既无酒，因何旁有净瓶？汝既无色，养此女童男童乍甚？汝既无财，如何全身金妆？汝既无气，为何降伏大鹏？"观音被诬无奈，遂将茶盏与净瓶掷之。洞宾笑曰："你只是这一瓶两盏，也打我不倒。"

瓶 饮 亦 好

昔一人专好饮酒，后为商游京师。忽日遇一故人，其故人乃是悭吝之士，于途间相见。其好酒人曰："敬要到贵寓一叙，口渴心烦，或是茶酒,可借一杯止渴。"故人曰:"吾贱寓甚远,不敢劳烦玉趾。"其好酒之人曰:"谅不过只有二三十里。"故人曰:"敝寓所甚隘,不堪停尊驾。"好酒人曰:"但开得口就好。"故人曰:"奈器皿不备,无有杯盏。"好酒人曰:"我与你辱在相知,就瓶饮亦好。"

常 吃 别 人

昔一鲤鱼一鲇鱼相争斗口,鲤鱼曰:"你有甚么稀罕。我若一日变化,便会上天。"鲤鱼曰:"眼里有金星,身上有金鳞。桃花春浪暖,一跳过龙门。"鲇曰:"眼里也无星,身上也无鳞。一张大阔口,常会吃别人。"

嘲劝客饭酒

昔有一老者,有三婿俱有艺业,因贺丈人寿,各说手艺。大婿云:"春染娇蓝夏染红,只因天道不相同。殷勤时备三杯酒,鞠躬献上丈人翁。"二婿云:"春钓鳗鱼夏钓鲼,只因海水不相同。殷勤时备三杯酒,鞠躬献上丈人翁。"三婿云:"春种萝卜夏种葱,只因地道不相同。殷勤时备四杯酒,鞠躬献上丈人翁。"丈人曰:"你缘何多一杯?"答曰:"我的是菜酒,要多饮一杯。"

嘲出头被捉

黄雀、蚊虫、酒鳖相会,各说本等。雀曰:"七月新凉,五谷登场。主人未食,我已先尝。"鳖问曰:"王孙一弹打来,有何商量?"雀曰:"古人道:'人为财死,鸟为食亡。'"蚊虫曰:"幽闺深院度春风,黄昏寂寂没人踪。红罗帐里佳人睡,被我偷来一点红。"鳖听得风流之事,遂上岸,乃问:"佳人睡觉,一掌打下,如何计较?"蚊曰:"见此好风光,就死便何妨。"鳖曰:"酒熟我先尝,良朋千万家;沉醉倒金樽,才郎扶我起。"鳖曰:"才郎不扶起,可不浸杀你。"鳖曰:"荷钟曾捉月,姓名千古说。"路人闻之来看,三物飞去,鳖被捉住。鳖曰:"是非只为多开口,烦恼皆因强出头。"

假 作 慈 悲

昔一人念佛,其数珠偶失于腥物中,被猫衔走。众鼠见之,齐曰:"猫爷猫爷,如今慈悲了,想必不来害我等。"少顷,猫儿放下数珠,捕一大鼠食之。鼠叹曰:"这样慈悲人,若相交他,皮毛骨肉都被他吃尽了。"

有 钱 村 人

昔有一巡按,到任未久,限猎户要捕一麒麟,遍觅无得回话,只得把水牛来将铜钱遍身披挂,假作麒麟,献于巡按。巡按大怒曰:"这畜生身上若无几个钱,明明是个村牛。"

案:此条又见《广笑府》。

嘲 人 悭 吝

一呆人同妻到丈人家,丈人设席待之。席上有生柿子,呆人拿来连皮就吃。其妻在内窥见,怨叹曰:"苦也苦也。"呆人答曰:"苦到不苦,只是有些儿涩。"

嘲富人为贼

昔一人出外为商,不识字。舡泊于江心寺,边携友游寺。见壁上写"江心赋"三字,连忙走出唤舡家曰:"此处有'江心贼',不可久停。"急忙下舡。其友之曰:"不要忙,此是'赋'不是'贼'。"其人摇头答曰:"富便是富,有些'贼'形。"

嘲 好 酒 人

昔一人好酒,梦见有一人送酒与他吃,嫌冷,教人拿去暖热,不觉醒了,即啐云:"早知就醒了,何不吃些冷的也罢。"

讥 人 刁 诈

凤凰生诞,百鸟皆贺,惟蝙蝠不至。凤凰责之曰:"汝居吾下,何自傲乎?"蝠曰:"吾有足,属兽,贺汝何也?"一日,麒麟生诞,蝠亦不至。麟责曰:"汝何如不贺?"蝠曰:"吾有翼,属禽,何以贺钦?"后麟凤相会,语及蝙蝠之事,乃叹曰:"世间有此刁诈之徒,真乃没奈他何!"

案:此条又见《笑府》。

诮 阴 阳 生

昔二人同在舟中,见水流一尸而来。一人问曰:"不知是男尸是女尸乎?"一人答曰:"复者男人,仰者女人。""其尸乃侧而流何也?"答曰:"此乃阴阳也。"

草 荐 当 被

一人以草荐当被,其子痴呆,常直告人。其父教之曰:"但有问者,只说盖被而已。"一旦早起,父出陪客,一草粘于须上,其子在旁呼曰:"父亲父亲,何不拂去须上一条被乎?"

案:此条又见郭子章《谐语》引《苏黄滑稽帖》。

无 运 先 生

昔一乡师告考,试官以明月为题,师即吟诗一绝:"团团离海角,渐渐出云衢;此夜一轮满,清光何处无?"官曰:"意思却好,乃是无运。"师答曰:"只因无运,方才教馆;若有运时,去做官了。"

刺 道 士

有一匠人,颇知书义,忽日道观请去造作,自称儒匠。道士曰:"既称儒匠,试汝一联何如? 联曰:'匠名儒匠:君子儒,小人儒。'"

匠对曰:"人号道人:饿鬼道,畜生道。"

嘲 人 说 谎

昔有两亲家,男亲家至富,请女亲家到家,尽宝物献出,问曰:"亲家你家有无?"女亲家曰:"你皆是死宝,何羡? 我有二件活宝。"男亲家曰:"何二件?"女亲家曰:"有仙鹤与海马。"男亲家答:"我要借看,可否?"女亲家遂约后日即来。相辞回家,不胜忧闷,其子问父亲曰:"为何忧闷?""我昨日对男亲家面前说了两句谎话,思想无计退他,故此忧闷。"其子曰:"何二件?"父曰:"我说有海马一匹,仙鹤一只。"子曰:"退此何难之有,等他来。"男亲家果来,其子将神袍一领与父穿着,坐于堂上,男亲家问曰:"令尊?"答曰:"家父有事往外去。""亲家约我来看海马仙鹤。"子曰:"都不在家:海马昨日被龙王借去游海,仙鹤被仙家跨去赴蟠桃宴。"亲家曰:"堂上坐的是何神?"其子曰:"是我家说谎大王。"

医 人

一医人入赘,女父在家,一日对婿云:"你读书久矣,我且考你一考。"把口涎吐在桌上,把灯灭了,问婿曰:"此乃何书也?"婿云:"此是澹台灭明。"丈人喜。婿亦云:"老官做了一世郎中,我也考你一考。"把灯吹灭了,将丈人鼻子纽来纽去,问曰:"此何药名也?"丈人曰:"我不识此药。"婿曰:"黑牵牛也不晓得。"

不 重 廉 耻

昔一府学,生员不重廉耻,每遇春秋祭祀已了,各相私盗祭肉纸烛之类;教官不能禁革,遂写一赋讥云:"祭祀了,天未晓,偷肉纷纷,盗烛渺渺。颜回见之,微微而笑。子路见之,气冲牛斗。夫子喟然叹曰:'吾尝厄于陈蔡之间,不曾见此饿莩。'"

案:此条又见《广笑府》卷一儒箴。

贬 中 里 人

钟馗生诞,其妹具酒一罇,捉一小鬼,复令一大鬼挑以庆贺,具柬云:"酒一罇,鬼一个,聊奉尊兄充少贺;尊兄若嫌此鬼小,挑盒之大魁凑两个。"馗见书大喜,即命庖丁烹之。小鬼谓大鬼曰:"我被捉来,乃是无奈,谁叫你讨这担子挑。"

只 会 吃 人

孙真人请客遣着跟随老虎去请。其虎依命而往,客至半路,虎饿,尽皆食之。真人知其故,召虎责之曰:"畜生,你原来不会请人,只会吃人。"

嘲人不识羞

昔一日儒士吟诗曰:"风吹柳线千条绿,日照桃花万点红。"旁有一人言曰:"此诗意不好,我为你修改过就好。"吟者曰:"尊公若修诗,请做一首。"改者曰:"做者不修,修者不做。"

嘲 不 识 人

昔一女婿,痴蠢无能,妻教之曰:"吾家世传二轴古画,乃是'芳草渡头韩干马','绿杨堤畔戴松牛',你若见画,以此二句称赞之。"后至岳丈家,岳丈果将画与婿观看,婿将妻教之言羡之。岳丈欢悦。后又买十八学士画一轴,召婿观看好否。婿一展开观之,乃曰:"好一轴古画,却是'芳草渡头韩干马,绿杨堤畔戴松牛'。"同观者大笑。岳丈骂云:"你只识牛识马,何曾识得人。"

劝 人 行 善

昔一僧劝诱人:施主斋僧,施舍奉佛,死后可免地狱刀锯之灾。不久,僧与施主齐亡,僧因罪深,乃受刀锯之灾。施主见僧受罪,因问何故,僧曰:"你不知故,阎王见世间寺废僧稀,将一个僧锯开做两个用。"

讥学官秀才

昔一秀才,清明、端阳二节,俱不曾送学官节仪,直至七夕,送之太甚。学官云:"你前二节如何不送,此一节送之若是之盛?"秀才云:"此一节,乃总结上文两节之意。"

教官索节

昔一秀才送鹅与学官,学官云:"我若受你的鹅,又无食吃,却不饿死? 欲待不受,又失一节,如何处置?"秀才云:"请师权受下,鹅死的事小,失节的事大。"

讥怕老婆

昔一知县,专畏奶奶。一日坐堂,忽闻公廨喧嚷,令皂隶去看,皂隶回报:"乃是兵房吏夫妻厮打。"知县咬牙大怒曰:"若是我,若是我……"不觉奶奶在后堂听得,高声喝曰:"若是便如何?"知县惊答曰:"是我时,便即下跪,看他如何下得手。"

讥争坐席

陈太卿曰:"眉、眼、鼻、口者,皆是一身之神也。忽然口谓鼻曰:'功高者居上,无能者居下,理之常也。汝有何德,何如位居于我上者乎?'答曰:'吾能闻香识臭,然后与子食之,因此居汝上乎! 愿闻汝之才能。'口答曰:'心中欲说口先用,读书读史读文章;食尽世间多美味,陈言陈语献天王。'鼻乃善言答曰:'休笑鼻孔无因由,知香知臭是鼻头;鼻头若无三分气,盖世文章总是休。'鼻与眼曰:'贤兄缘何更居我上乎?'眼答曰:'吾能观善觑恶,望东顾西,其功不小,因此故在你上也。诗云:秋波湛湛甚分明,识书识宝识金银;世人不与

吾同走,白日青天去不成。'口曰:'眉毛何以居吾之上乎?'眼答曰:
'我同你与鼻兄三人同去问他。'眉以善言答曰:'休侮双眉没志量,
先年积祖我居上;若把眉儿移下去,相见成甚好模样。'鼻曰:'与子
论功,不与论样。'众乃喧闹。两耳闻知,遂解之曰:'君子无所争,
《鲁书》之明训也。亦作俗句云:我每从幼两边分,会合人头寄此身;
劝君休争大与小,列位都是面前人。'"

案:此条又见《醉翁谈录》。

遣 愁 集

《遣愁集》,清吴门张贵胜纂辑,其卷之一解颐和绝倒二类集笑话若干则,今据清康熙戊辰(一六八八)家刻本选录五则。又卷之九滑稽类集笑话若干则,以都见于其它笑话集,兹不录。

遣愁集卷之一

古吴张贵胜晋侯纂辑

一 集 解 颐

子路率尔,夫子哂之。武城弦歌,夫子莞尔。言者无心,听者洗耳。我有愁怀,假彼释此。集解颐。

有吴生者,老而势利,偶赴广席,见一布衣后至,略酬其揖,意色殊傲。已而见主人甚恭,私询来者何人,乃张伯起也。大局促,更欲殷勤致礼,伯起笑曰:"适已领过半揖,但乞补还,勿复为劳。"举座大笑。

唐令狐绹为相,以氏族孤少,人有投者,不吝联合;由是远近争赴,至有姓胡者,亦冒认同宗。温庭筠戏为诗曰:"自从元老登庸后,天下诸胡悉带令。"一时传笑。

昔人有过嗜蟹者,以寒致疾,其友戒之,遂发愿云:"我有大愿,愿我来世,蟹亦不生,我亦不食。"

一 集 绝 倒

笑之不已,必将捧腹。笑之至极,不觉喷饭。聆之击节,思之惊叹。恁尔愁思,一笑可散。集绝倒。

晋元帝得太子，赐群臣汤饼宴。殷羡进曰："庆陛下嗣统之得人，愧臣辈无功而受赐。"帝笑曰："是何言？此事岂可使卿等有功耶！"

王珪为相，一无建明。上殿进呈云："取圣旨可否？"讫云："领圣旨。"退谕禀事者云："已得圣旨也。"时称为三旨宰相。

三 山 笑 史

　　《三山笑史》，撰人不详，钱谦益《牧斋有学集·为柳敬亭募葬地疏》写道："三山居士，吴门之异人也。"不知这本《三山笑史》即三山居士所撰否？清梁章钜《巧对录》卷八引有一则，今即据以辑录。

三 山 笑 史
撰人不详

宾 主 互 对

　　有村馆延师者，每七夕例设款。师亦知之。适遇七夕，师探厨中并未庀具，因呼其徒出对云："客舍凄凉，恰是今宵七夕。"徒不能对，以告其父。主人知其意，笑曰："我忘之矣。"因代对云："寒斋寂寞，可移下月中秋。"迨中秋又寂然，师复命对云："绿竹本无心，遇节即时挨不过。"其父笑曰："我又忘耳。"因对云："黄花如有约，重阳以后待何迟？"至重阳，仍寂然，师复出对云："汉三杰：张良韩信狄仁杰。"其父笑曰："师误矣！三杰是汉人，狄仁杰是唐人，师忘之乎？"师曰："我实不忘。汝父前唐后汉，记得许熟，乃一饭而忘之乎？"《巧对录》卷八引。

寄园寄所寄

《寄园寄所寄》，清赵吉士编，今据清康熙丙子（一六九六）原刊本卷十二《插菊寄》选录话柄和笑谈二类共十六则。

寄园寄所寄卷十二

渐岸赵吉士恒夫辑

受业 沈弼右文 同佺 景鳞廷发 校订
　　王纪勉斋 　　　嘉稷书年

寄园主人曰："人生七情，如喜乐爱欲，皆借笑以达之，笑亦何能一刻无者？顾昂昂七尺，劳心苦思，徒供他人之笑具，独不可耳。杜牧之云：'人世难逢开口笑，菊花须插满头归。'余试作牧之插满头花，以博世人一噱。"

插　菊　寄

话　　柄

见有不合于礼义者，虽三尺童，亦知掩口，而冠裳簪绂中且不惜以其身试，呜呼，后之视今，亦犹今之视昔！士君子慎毋虑万世之懵懂而资之笑柄也。

金编修璐未仕时，为外家张氏作志，谨依金石之例，不书妇姓。妇家乃俗夫也，意编修为轻己而背言诋之。张子兴口占长短句嘲曰："张翁墓志，金生执笔，不书妇氏，妇家称屈。金生自谓能文字，才动笔时便忍气。韩退之，柳柳州，苏东坡，欧阳修，当时墓志做多少，毕竟门前骂不休。"《尧山堂外纪》。

成化中，内阁刘吉丁外艰起复，每媚科道以免弹劾。弘治改元，侍读张升数其十罪,反为御史魏璋所劾,左迁。世以吉耐弹,目为刘绵花。《喷饭集》。

陈太常音尝考满,误入户部,见入税银者,惊曰:"贿赂公行,至此已极。"《玉堂丛语》。

严相嵩父子聚贿满百万,辄置酒一高会,凡五高会而渔猎犹不止,京师名之曰钱瘩。《喷饭集》。

吴令欲于虎丘采茶,命役赍牌严督诸僧,役奉牌需索,僧无以应命,役即系僧归邑,令大怒,笞之三十,号令通衢。僧惶遽,计无所出,知令雅重伯虎,厚币求之,伯虎拒不纳,一日出游,乃戏题其枷上曰:"皂隶官差去采茶,只要纹银不肯赊;县里捉来三十板,方盘托出大西瓜。"令出见询僧,僧对云:"唐解元所题也。"因大笑释之。《伯虎纪事》。

昆山归熙甫(有光)为吴兴令,令每治事升堂,胥吏环挤案旁,几不容坐。公怒,以朱笔醮饱,捉向诸人曰:"尔辈若不速退,我便洒将来也。"《遣愁集》。

插　菊　寄

笑　谭

片言脱口,遂以解颐,谁谓笑者不可测哉?余则以乐然后笑,笑之中有箴规焉,有惊惧焉,何必庄言谠论,乃足耸君子之听闻?

成化辛卯十一月,彗星见,廷臣皆谓上下悬隔,情意不通所致。彭时等请召面议。于是内臣乃约许召对,复戒不宜多言。既见,但言天变可畏。上曰:"朕已知矣。"万安与彭时、商辂遂连连叩头,同声呼万岁。命赐酒饭而退。诸太监谓人曰:"尝言不召见,及见,无一忠言奇谋,止呼万岁。"四方因传为万岁阁老。《遣愁集》。

予曰：“宜对以‘两字尚书’。”

嘉靖中，京师缝人某姓者，擅名一时，所制长短宽窄，无不称身。尝有御史令裁员领，跪请入台年资，御史曰：“制衣何用知此？”曰：“相公辈初任雄职，意高气盛，其体微仰，衣当后短前长；在事将半，意气微平，衣当前后如一；及任久欲迁，内存冲挹，其容俯，衣当前短后长；不知年资，不能称也。”《座右编》。

有皮匠得横财造屋，求一乡先生题扁，为题曰“甲乙堂”。匠喜，不知像其皮刀、锥子也。一优骤富，起屋，乞扁，有士人题曰“旦堂”。仆亦喜，不知优人作旦者，开口曰奴家也。不谓此裁衣见识独超。

昆山吴山人扩字子充，尝元日赋诗，奉怀分宜相公。人戏之曰：“开岁第一日怀中朝第一官，便吟到腊月三十日，岂能及我辈乎？”《列朝诗集》。

云间淡酒《行香子》词：“浙右华亭，物价廉平，一道会买个三斤。打开瓶后，滑辣光馨。教君霎时饮，霎时醉，霎时醒。听得渊明，说与刘伶：‘这一瓶足足三斤，君如不信，把秤来秤，有一斤水，一斤酒，一斤瓶。’”《客中闲集》。

采石江头，李太白墓在焉，往来诗人题咏殆遍，有客书一绝云：“采石江边一抔土，李白诗名耀千古；来的去的写两行，鲁般门前掉大斧。”《篷轩别记》。

一人盛谈轮回报应，甚无轻杀，凡一牛一豕，即作牛豕以偿，至蝼蚁亦罔不然。时许文穆曰：“莫如杀人。”众问其故，曰：“那一世责偿，犹得化人也。”《解颐赘语》。

应履平为德化令，满考，吏部试论，文优而貌不扬，不得列上，乃题诗都门前云：“为官不用好文章，只要须胡及胖长；更有一般堪笑处，衣裳糨得硬绷绷。”不书名姓，吏呈冢宰，曰：“此必应知县也。”

遂升考功。同上。

　　陈眉公负肥遁重名,汤公若士知其人,素轻之,不与浃洽。太仓王相国丧,汤公往吊,陈代陪宾,汤大声曰:"吾以为陈山人当在山之巅,水之涯,名可闻而面不可见者,而今乃在此会耶?"陈惭赧无地。《怀秋集》。

　　益都赵秉忠登状元及第,青州府县有公宴,值大雪,求公题咏,公曰:"请联之。"道曰:"剪碎鹅毛空中舞。"府曰:"山南山北不见土。"县曰:"琉璃碧瓦变成银。"公曰:"面糊糊了青州府。"左右莫不匿笑。《梅窗小史》。

　　尝闻有先朝巨公,惑志一姬,致凤望顿减,姬问之曰:"公胡我悦?"曰:"以其貌如玉而发可以鉴也。然则姬亦有所悦乎?"曰:"有之,即悦公之发如玉而貌可以鉴耳。"又尝游虎丘,其为衣去领而阔袖,一士前揖,问何也,巨公曰:"去领今朝法服,阔袖者吾习于先朝久,聊以为便耳。"士谬为改容,曰:"公真可谓两朝领袖矣。"《壮悔堂文集》。

笑　　倒

　　《笑倒》,是所见题署为"咄咄夫原本、嗤嗤子增订"的《增订一夕话新集》第三卷中的一种,在它的后面还附有《半庵笑政》。《半庵笑政》又见收于《檀几丛书余集》卷上,署名为陈皋谟献可。从《一夕话原序》序末题"戊戌春正月望日咄咄夫题于半庵"看来,则咄咄夫就是陈皋谟的别名。北京大学藏清武林文治堂刻《一夕话》二刻五十二种《又一夕话》十卷残本,原题"咄咄夫纂辑",《又一夕话》封面横额标"《咄咄夫别集》之三",卷首有自序,末署"康熙戊□",则增订新集本的戊戌是康熙五十七年(一七一八)。作者自称纂辑,说明此书材料有些是转录而成的,如增订新集本卷六的类谈一种,就完全是从《古今谭概》抄袭来的。增订新集本和原本有繁简之分,就拿《半庵笑政》来说,《檀几丛书》本就和增订新集本有些出入。今据增订新集本《笑倒》共选录三十五则;仍据《檀几丛书》本附录《半庵笑政》于后,凡是和增订新集本有出入的地方,都附注在当条之下。

一　夕　话　序

　　莫怪一夕间有许多饶舌也。古今一旦暮尔,孩髦一梦觉尔。窃闻尧、舜中天,方属正午;不知今夕何夕,曾交未申时否?嗟乎哉,苍苍者天,茫茫者地,即不幻出无数皮囊,亦觉饶有别趣,何苦板板捏住轮回,夺头诱人于生生死死之中,复诱人于不生不死之地哉!因悟天地无人,殊大寂寞,定不可少此万亿陪堂,演此一本大戏文来也。咄咄夫不知何许人,亦不知生旦净丑中那脚色,更知演到第几出将半本末?一夕思烦神躁,忽欲邀天地于几案而问答之,而又苦声臭都无,不可理会,因大呼曰:"天何言哉!夕死可矣。"于是从无可消遣中觅一消遣法,唯有对快士作快谈,代为天地设一传宣官而已。因与口先锋约曰:"今夕大闷,赖尔能颐我,原为天地轮回,今且欲轮回天地也。话须冲破斗牛,慎勿效俗儒喋喋,不令人点首勿话,不令人拍案勿话,不令人忽笑忽哭,不令人忽欲手舞足蹈勿话,如有听之欲卧者皆汝罪,若不话宁但作咄咄声,闷气犹得从此处发泄也。"爰集一种话,聊破一夕颜。若以为胜十年读书也,则吾岂敢。时戊戌春正月望日,咄咄夫题于半庵。

笑　　倒

大地一笑场也,妆鬼脸,跳猴圈,乔腔种种,丑状般般,我欲大恸一翻,既不欲浪掷此闲眼泪,我欲埋愁到底,又不忍锁杀此瘦眉尖。客曰:"闻有买笑征愁法,子曷效之?"予曰:"唯唯。"然则笑倒乎?哭倒也。集《笑倒》。

利　　市

一人正月初一日出门贺节,云:"头一日,必得利市,方妙。"遂于桌上写一吉字。不意连走数家,求一茶不得。及归,将吉字倒看,良久,曰:"写了口干二字,自然没得吃了;早知如此,何不顺看,竟有十一家替我润口。"

梦　戏　酌

一人梦赴戏酌,方定席,为妻惊醒,乃骂其妻,妻曰:"不要骂,趁早睡去,戏文还未到半本哩。"

清　　客

清客惯奉承大老,忽大老放一屁,客曰:"那里响?"大老云:"是我放个屁。"客曰:"不见得臭。"大老曰:"好人的屁不臭,就不好了。"客以手且招且臭,曰:"才来才来。"

请　客

一人请客无肴,一举箸即完矣。客曰:"有灯借一盏来。"主曰:"要灯何用?"客曰:"我桌上的东西,一些也不看见了。"

又

一家请客,骨多肉少。客曰:"府上碗想是偷来的。"主人骇曰:"何出此言?"客曰:"我闻邻舍家骂曰:'偷我的碗,拿去盛骨头。'"

好　酒

父子扛酒一坛,路滑打碎。其父大怒。其子伏地大饮,抬头向父曰:"难道你还要等菜?"

门 生 贽 礼

一广文之任,门人以钱五十文为贽者,题刺曰:"谨具仪五十文,门生某人百顿首拜。"师书其刺而返之,曰:"减去五十拜,补足百文何如?"咄咄夫代生答曰:"情愿一百五十拜,免了五十文更何如?"

难　经

医者见卜之案有《易经》,叹曰:"吾子当学卜,不学医矣。"人问其故,答曰:"彼是《易读去声。经》,想定容易,岂似吾家《难读作平声。经》?"

同席不相认

一客馋甚,每入座,辄饕餮不已。一日,与人共席,自言会过一次,彼人曰:"并未谋面,想是老兄认错了。"及上果菜后,啖者低头大嚼,双箸不停,彼人大悟曰:"是了,会便会过一次,因兄只顾吃菜,终席不曾抬头,所以认不得尊容,莫怪莫怪。"

背 客 吃 饭

有客在外,而主人潜入吃饭者,客大声曰:"好一座厅堂,可惜许多梁柱,都蛀坏了。"主人忙出曰:"在那里?"客曰:"他在里面吃,外面如何知道?"

远 送 当 三 杯

客访主人,主人不留饮食,起送至门,谓客曰:"古语云:'远送当三杯。'待我送君几里。"恐客留滞,急拽其袖而行。客笑曰:"从容些,我吃不得这般急酒。"

谢 饭

一翁过于俭啬,每日但煮薄粥,三餐从无吃饭之事。一日忽给糙米数升,分付造饭,使儿媳辈各尝其味。儿媳辈食完,齐至中堂跪拜,谓之谢饭。翁曰:"只要你们学好做,我老人家不着再撒漫几遭。"

祛 盗

一痴人闻盗入门,急写"各有内外"四字,贴于堂上;闻盗已登堂,又写"此路不通"四字,贴于内室;闻盗复至,乃逃入厕中,盗踪迹及之,乃掩厕门咳嗽曰:"有人在此。"

开 门 七 件

妻好吃酒,屡索而夫不与,叱之曰:"开门七件事:柴、米、油、盐、酱、醋、茶,何曾见个酒字?"妻曰:"酒是不曾开门就要用的,须是隔夜先买,如何放得在开门里面?"

不 停 当

有开当者,本钱甚少,初开之月,招牌写一"当"字;至次月,本钱尽去,赎者不来,乃于"当"字之上写一"停"字,言"停当"也;至第三月,赎者渐来,本钱复至,又于"停当"之上,加一"不"字,言其"不停当"也。

脚 像 观 音

一人自夸妻美,指一童子问曰:"我家这位娘子,可像一尊活观音?"童子云:"极像。"又问:"那一件像?"答云:"脚像。"

烧 脚

一老翁冬夜醉卧,置脚炉于被中,误焚其腿。早起骂人曰:"我老人家多吃几杯酒,火焚了脚,便自不知。你们都是后生家,难道烧人臭也不闻得?"

都 在 这 里

宋太祖召问武臣军数,其识字者,预写笏上,临问,高举笏当面,见字,随问即对。有一不识字者,不知他人笏上有字,照样举笏加额,近前大声曰:"启复陛下,军数都在这里。"

偏 喜 其 面

王无梦好赌,所得卖文钱,尽以佐呼卢费。王元美先生问其得意者何在,对曰:"尔时偏喜其面真。"

功高而厚赏

袁中郎与客聚饮,言及有儿为庸医所伤,客曰:"吾向思邑中能治婴儿者某某,今俱绝嗣;误伤婴儿者某某,今偏多嗣:老天报施之理安在?"中郎应声曰:"那得无谓,譬如王家痛还师,杀人多者,谓之功高而厚赏。"

举而委之于壑

今人值父母初死,即为子女成婚,谓之霍亲。一翁以为哀痛之时而行吉礼,有伤风化。一胡生者从旁解之曰:"此事深合孟子之言。"翁问故,曰:"其亲死,则举而委之于壑。"

陪 丧 痛 哭

一人专借陪丧名色,以为挨酒食之计者。一日,出丧讫,其人号啕大恸,举家骇之,问何故,乃带哭诉曰:"你的尸灵到今日出了门了,将我这个尸灵如何着落?"

误 哭 遭 打

一无赖子饮食不敷,偶过一人家,有斗量在门,乃喜曰:"有计矣。"遂进门对灵大恸。众皆不识其人,其人曰:"此翁与不肖最莫逆,数月不晤,遂遭此变,适过门始知,故未及奉慰,先进一哭,以伸我情耳。"其家感其情,留饮馔而去。及回,遇一相识贫者,问曰:"今日何处得酒食来?"具告其故,其人尤而效之,次日,亦往一丧家痛哭。举家问之,曰:"死者与不肖最相好。"言未毕,而众拳皆至其面矣。盖其家所丧,乃少妇也。

满 盘 都 是

客见座上无肴,乃作意谢主人,称其太费。主人曰:"一些菜也没有,何云太费?"客曰:"满盘都是,为何还说没有?"主人曰:"菜在那里?"客指盘内曰:"这不是菜,难道是肉不成?"

书 低

一秀才赁僧房读书,惟事游玩而已。忽至午归房,呼童取书来,童持《文选》,视之曰:"低。"持《汉书》,视之曰:"低。"又持《史记》,视之曰:"低。"僧大诧曰:"此三书熟其一,足称饱学,俱云低,何也?"试问之,乃取书作枕耳。

直　　解

蒙师讲"填然鼓之"三句,曰:"冬冬冬,杀杀杀,跑跑跑。"

凑　不　起

一士人赴试,作文艰于构思。其仆往询于试门,见纳卷而出者纷纷矣。日且暮,甲仆问乙仆曰:"不知作文章一篇,约有多少字?"乙仆曰:"想来不过五六百字。"仆曰:"五六百字,难道胸中没有,到此时尚未出来?"乙仆慰之曰:"你勿心焦,渠五百字虽在肚里,只是一时凑不起耳。"

呜 呼 于 戏

丧家出丧演戏,名曰闹材。一道学见之,大怒云:"正当哀痛迫切之时,何做此荒淫无道之事?"一友解曰:"兄不必怒此,请先怒《大学》。"道学曰:"何也?"曰:"'呜呼'两字,如何却把那'于戏'看承。"

死　方　儿

有儒生习医者,往往不屑用药箱,诊脉后,即索纸笔写一方,命病者往药铺取之。后儒生连写数方医人,而人即死,人往咎之,生曰:"汝辈尚未知也,我是死方儿。"

又是不穿袜

一江南友,赤足至人家,被犬咬其腿,大痛,以手摸之,血出,喜曰:"又是不穿袜。"

骑 驴 过 江

北直隶帝子胡同,俱小唱供应之所,然俱绍兴府人为之也。近来北直隶人亦为之,反学绍兴声口。一人知为本地人也,问曰:"贵处?"答曰:"绍兴。"问:"如何渡扬子江的?"对曰:"骑驴子过江的。"

留 他 坐 坐

兄弟二人,弟极贫,兄极富。弟问兄曰:"兄何故如此富?"答曰:"我时常以猪羊祭土地神,故致此也。"弟一日言诸妇,妇答曰:"这不难,我房中有踏脚凳二条,亦八只脚也,何不代猪羊祭之?"其夫果如其言致祭。土地大怒,土地婆曰:"虽然没得吃,且留他在此坐坐也好。"

画公婆的手段

一妇好私议公婆短处,俗言说背者是也。邻媪素恶其为人,偶一同听唱赵五娘故事,乃赞曰:"娘子贤哲,可胜赵五娘。"妇逊谢。媪笑曰:"别样及不得,只是画(话)公婆的手段,却与他一般。"

拔　须

童生拔须赴考,对镜曰:"你一日不放我进去,我一日不放你出来。"

道 学 先 生

一人被盗劫,哀求不已,称之"大王"不喜,称之"将军"又不喜。其人曰:"毕竟如何称呼方妙?"盗曰:"要叫我'老先生'。"咄咄夫曰:"此真是道学先生也。"

附半庵笑政

笑　品

利齿　工模仿　入队入胜　善复删　默会　翻腐为新　勿作意
一语解纷

笑　候

淋雨恼人　炎伏　客舟　无宿处夜坐　月下久旅将归　乍失
意　偷闲

笑　资

口吃人相骂　乡下人着新衣进城拜年　听醉语　哑子比势
痴人听因果垂泪　对客泄气　长人着短衣删。　村夫掉书袋村夫掉
文。　学官话　和尚发怒　帮闲客作足恭状　胡子饮食不利便　另
有"优人打诨"一项。

笑　友

名姬　知己　韵小人　酒肉头陀　属意人　脱套道学删　名
优删　羽流

笑　忌

刺人隐事　笑中刀　不理会　涉闱政　侮圣贤　分左右祖
令人难堪　牵强删　先笑不已　寓炎凉　另有"饶舌"一项。

张山来曰："笑话陈陈相因,听之几不复发笑。予尝欲就耳
目所见闻者作新笑话一编,因循未果;倘世有好事名流,副余之
意,以供我轩渠,是所望也。"

增订解人颐新集

　　《增订解人颐新集》二十五卷,每卷题署都作"鉴湖钓叟赵恬养涉笔",而郑弘烈序则以为胡澹莽增删,疑不能明也。今据清雍正原刊本卷十九《古今流传博雅集》中讥讽、诙谐二类选录五则。

增删解人颐新集序

　　《易》曰:"憧憧往来,朋从尔思。"盖谓人生知识而后,患得患失,一种俗情横塞胸臆,睡梦中尚且争名较利,况醒时而能摆缰脱索乎?终其身于忧愁困苦之中,而不能快然一解颐者宜也。然则解人颐之书尚矣,其脍炙于人口者有年,予之佩服于心者亦匪朝夕,自初集、二集,历观悉览,诵读咏歌,俱言性命,嘻笑怒骂,皆成文章,最足兴感人意。虽然,辞非不达也,而或病其赘疣,义非不善也,而或嫌未兼该,乃胡子澹莽从而删之,从而增之,间诎陈言,时标新旨,集腋成裘,会川作海,一切吉凶悔吝,消长得失,随地随时,本分而外,不加毫末,深有合乎《易》之数,所谓"君子无入而不自得"者,则在在可解颐也。是书成,必价重连城,纸贵洛阳矣。然而胡子之颐,犹夫向之颐,我则知之;胡子之解其颐,非犹夫向之解,视夫人之解其颐者之有加而无己者之更可知也。是之谓《解人颐》之新集。雍正三年八月既望,同学弟郑弘烈圣蹊氏题于金陵之馆舍。

增订解人颐新集卷十九

鉴湖钓叟赵恬养涉笔　浙水诸名家增订

古今流传博雅集

讥　讽　类

文天祥死宋，其弟文溪附元，当时有诗云："江南见说好溪山，兄也难时弟也难；可惜梅花心各异，南枝向暖北枝寒。"

明弘治间，仁和尹居官颇不职，时猎者获一虎，士林中阿谀者从而贺诗，以为政治之效。有士人俞珩者，作口号嘲之曰："虎告相公听我歌，相公比我食人多；若公今日行仁政，我已双双北渡河。"一时传诵称绝。

绛州有一僧能诗，途遇太守，守命以伞为题，僧立成一绝云："众骨攒来一柄收，褐罗银顶复诸侯；常时撑向马前去，真个有天无日头。"

诙　谐　类

昔一人行善，应托生，转轮王问其所欲，对曰："父是尚书子状元，绕家千顷好良田。鱼池花叶般般有，美妾娇妻个个贤。充栋金银并米谷，盈箱罗绮及银钱。身居一品王公位，安享荣华寿百年。"王曰："有此好处，待我自去，将王位让与你罢。"

二人酒肆饮酒，酒毕，久坐不去。主人厌倦，假看天色曰："雨要来了。"二人曰："雨既来了，如何去得？少待雨过再去。"主人又曰："如今雨又过了。"其人曰："雨既过了，怕他怎的。"

笑 得 好

　　《笑得好》初、二集，清扬州石成金撰。作者欲"以笑话醒人"，每则后都附有"评列"。此书翻刻本多有删节。清光绪辛巳（一八八一），有号指迷道人者，竟把石氏书加以割裂，据为己有，并石氏原序也一字不改，而妄署为"光绪辛巳年夏五月指迷道人题于申江旅舍"，第二年壬午（一八八二）夏六月，又有评花馆主据指迷道人本开雕，号称《新评笑得好》，又别题为《异谈笑丛录》，这都是此书的赝本。今据乾隆四年（一七三九）原刊《家宝》二集、《人事通》正续全本选录一百六十三则。

笑得好自叙

　　人性皆善。要知世无不好之人，其人之不好者，总由物欲昏蔽，俗习熏陶，染成痼疾，医药难痊，墨子之悲，深可痛也。即有贤者，虽以嘉言法语，大声疾呼，奈何迷而不悟，岂独不警于心，更且不入于耳。此则言如不言，彼则听如不听，真堪浩叹哉。正言闻之欲睡，笑话听之恐后，今人之恒情。夫既以正言训之而不听，曷若以笑话怵之之为得乎。予乃著笑话书一部，评列警醒，令读者凡有过愆偏私、朦昧贪痴之种种，闻予之笑，悉皆惭愧悔改，俱得成良善之好人矣。因以《笑得好》三字名其书。或有怪予立意虽佳，但语甚克毒，令闻者难当，未免破笑成怒，大非圣言含蕴之比，岂不以美意而种恨因乎？予谓沉疴痼疾，非用猛药，何能起死回生？若听予之笑，不自悔改而反生怒恨者，是病已垂危，医进良药，尚迟疑不服，转咎药性之猛烈，思欲体健身安，何可得哉？但愿听笑者，入耳警心，则人性之天良顿复，遍地无不好之人。方知克毒语言，有功于世者不小。全要闻笑即愧即悔，是即学好之人也。石成金天基撰并书。

笑得好初集

扬州石成金天基撰集

人以笑话为笑，我以笑话醒人，虽然游戏三昧，可称度世金针。

虑二百岁寿诞

一老人富贵兼全，子孙满堂，百岁寿日，贺客填门，老人攒眉似有不乐。众问：“如此全福，尚有何忧？”老人曰：“各样都不愁，只愁我后来过二百岁寿诞，来贺的人更添几千几百，教我如何记得清。”

二百年后，几千几百人来贺者，逐位如何迎送？如何款待？如何答谢？也要预先愁虑，才不痴迷。

屎攘心窝
（尾句要愁眉促额一气说，才发笑）

龙为百虫之长，一日发令，查虫中有三个名的，都要治罪。蚯蚓与蛆，同去躲避，蛆问蚯蚓：“你如何有三个名？”蚯蚓曰：“那识字的，叫我为蚯蚓；不识字的，叫我为曲蟮；乡下愚人，又叫我做寒现：岂不是三个名？”蚯蚓问蛆曰：“你有的是那三个名，也说与我知道。”蛆曰：“我一名蛆，一名谷虫，又称我读书相公。”蚯蚓曰：“你既是读书相公，你且把书上的仁义道德，讲讲与我听？”蛆就愁眉说曰：“我如今因为屎攘了心窝子，那书上的仁义道德，一些总不晓得了。”

书上载的仁义道德，俱是圣贤教训嘉言，应该力行，为何不行？非屎迷心而何？予见世间不读书的，还有行仁义道德；偏偏是读书人，行起事来，说起话来，专一瞒心昧己，歪着肚肠，同人混赖，所以叫吃屎的蛆为相公，就是此义。说之不改，变蛆无疑。

黑齿妓白齿妓

（要闭口藏齿说，要呲口露齿说，脸上妆得像，才发笑）

有二娼妓，一妓牙齿生得乌黑，一妓牙齿生得雪白，一欲掩黑，一欲显白。有人问齿黑者姓甚，其妓将口谨闭，鼓一鼓，在喉中答应姓顾。问多少年纪，又鼓起腮答年十五。问能甚的，又在喉中答会敲鼓。又问齿白者何姓，其妓将口一呲音资，答姓秦。问青春几岁，口又一呲，答年十七。问会件甚么事，又将口一大呲，白齿尽露，说道会弹琴。

今人略有坏事就多方遮掩，略有好事就逢人卖弄，如此二娼者，正自不少。最可笑者：才有些银钱，便满脸堆富；才读得几句书，便到处批评人，显得自己大有才学；才做得几件平常事，便夸张许多能干。看起来，总是此齿白之娼妇也。

剩个穷花子与我

张、李二人同行，见一抬轿富翁，许多奴仆，张遂拉李向人家门后躲避曰："此轿中坐的，是我至亲，我若不避，他就要下轿行礼，彼此劳动费事。"李曰："这是该的。"避过复同前行。少顷，见一骑马显者，衣冠齐整，从役多人，张又拉李向人家门后回避曰："这马上骑的，是我自幼极厚的好友，我若不避，他看我，就要下马行礼，彼此劳动费事。"李曰："这也是应该的。"避过复同前行，偶然见乞丐花子，破衣破帽的叫化走来，李乃拉张向人家门后躲避曰："此穷花子是我至亲，又是我好友，我要回避他，不然，他看见我不面愧？"张骇然问曰："你怎么有这样亲友？"李曰："但是富贵好些的，都是你拣了去，只好剩个穷花子与我混混。"

向人说与富贵人如何往来，如何厚密，是大没见识人；即亲友中真有富贵者，频对人说，亦惹人厌谤，何况更有假言诳说的，大为可耻。

愿 变 父 亲

一富翁呼欠债人到家,吩咐说:"你们如果赤贫无还,可对我罚誓,愿来生如何偿还,我就焚券不要。"欠少人曰:"我愿来生变马,与主人骑坐,以还宿债。"翁点头,将借帖烧了。又中等欠户曰:"我愿来生变牛,代主人出力,耕田耙地,以还宿债。"翁点头,亦将借帖烧了。最后一债多人曰:"我愿来生变你的父亲还债。"翁大怒曰:"你欠我许多银子,除不偿还,反要讨我便宜,是何道理?"正要打骂,其人曰:"听我实告:我所欠的债极多,不是变牛变马,就可以还得完的。我所以情愿来生变你的父亲,劳苦一世,不顾身命,积成若大的田房家业,自己不肯享用,尽数留与你快活受用,岂不可以还你的宿债么?"

还要我的饭吃

有父子分居几年,子有余钱,父因老病不能挣家,贫为乞丐,适过子门,有识者指父问子曰:"此人想必不是你的父亲么,如何全不顾他?"子曰:"我虽然是他生的,我而今除不要他的饭吃就够了,难道他自己的饭,还想要我与他吃么?"

世人虽无此等不孝,然而供给不敬者,颇有其人。

称 儿 子

父子同行,有不知者,指子问曰:"此位何人?"父答曰:"此人虽然是朝廷极宠爱吏部尚书真正外孙第九代的嫡亲女婿,却是我生的儿子。"三十三字要一气说

胸中有一盘香贵亲,随口定要说出,总不觉羞。

题 呼

有一王婆,家富而矜夸,欲题寿材,厚赠道士,须多着好字,为里

党光。道士思想，并无可称，乃题曰："翰林院侍讲大学士国子监祭酒隔壁王婆婆之柩。"

相 法 不 准

有人问相者曰："你向来相法，十分灵验，而今的相法，因何一些不应？"相者促额曰："今昔心相，有所不同：昔人凡遇方面大头的，必定富贵；而今遇方面大头的，反转落寞；惟是尖头尖嘴的，因他专会钻刺，倒得富贵，叫我如何相得准？"

主试者若非铁面冰心，巴不得人人会来钻刺。

让 鼠 蜂

鼠与蜂结为兄弟，请一秀才主盟。秀才不得已而往，列之行三。人问曰："公何以屈于鼠辈之下？"秀才答曰："他两个一个会钻，一个会刺，我只得让他些罢！"

不会钻刺的，才是个真秀才。

看 写 缘 簿
（要脸色一喜一恼，身子一起一跪，才发笑）

有一军人，穿布衣布靴游寺。僧以为常人，不加礼貌。军问僧曰："我见你寺中，也甚淡薄，若少甚的修造，可取缘簿来，我好写布施。"僧人大喜，随即献茶，意极恭敬。及写缘簿，头一行才写了"总督部院"四个大字，僧以为大官私行，惊惧跪下。其人于"总督部院"下边又添写"标下左营官兵"，僧以为兵丁，脸即一恼，立起不跪。又见添写"喜施三十"，僧以为三十两银子，脸又一喜，重新跪下。及添写"文钱"二字，僧见布施甚少，随又立起不跪，将身一撺，脸又变恼。

先不礼貌，因无钱，后甚恭敬，因有钱；先一跪，为畏势，后一跪,为图利。世人都是如此,岂不可叹!

哑 子 说 话

有一叫化子,假妆哑子,在街市上化钱。常以手指木碗,又指自嘴曰:"哑哑。"一日拿钱二文买酒吃尽曰:"再添些酒与我。"酒家问曰:"你每常来,不会说话,今日因何说起话来了么?"叫化子曰:"向日无钱,叫我如何说得话? 今日有了两个钱,自然会说了。"

而今纯是钱说话,那里有个人说话。

兄弟合买靴

兄弟二人合买靴一双,言过合穿。及买归,其弟日日穿走,竟无兄分。兄心不甘,乃穿靴夜行,总不睡觉音叫,不几日靴破。弟谓兄曰:"再合买一双新的。"兄愁眉曰:"不买了,还让我夜间好睡睡觉罢。"

古人说:"合船漏,合马瘦。"总之,视为公中之物,全不爱惜;若彼此同心创立,岂不均有大利?

话 不 应

有人到神庙求签,问道士详断。道士曰:"先送下香钱,说的话才灵;若是没有钱,就有说话,一些也不应验。"

人若无钱,就有好话,谁人来听。

臭 得 更 狠
(要学手招鼻嗅样,才发笑)

有钱富翁于客座中偶放一屁。适有二客在旁,一客曰:"屁虽响,不闻有一毫臭气。"一客曰:"不独不臭,还有一种异样香味。"富翁愁眉曰:"我闻得屁不臭,则五脏内损,死期将近,吾其死乎?"一客用手空招,用鼻连嗅曰:"才臭将来了。"一客以鼻皱起,连连大吸,又以手掩鼻蹙额曰:"我这里臭得更狠。"

放一屁,即如此奉承,若做他事,不知又当何如。

红 米 饭

一人有丧,偶食红米饭,一腐儒以为非居丧者所宜,问其故,谓红色乃喜色也。其人曰:"红米饭,有丧食不得;难道食白米饭的,都是有丧服么?"

迂人往往以非理之事乱行责备,宜以丧服答之。

戏 太 冷 清

有设优酌款愚亲家而演《琵琶》者,既十余出,其人嫌无杀阵,怒见于色曰:"戏太冷清。"主家阴嘱戏子,复装武戏,杀阵甚酣,其人大喜,顾主翁曰:"这才是的,我不说也罢,只道我不在行了。"

每每假在行,自己还夸张。

讨 饭

一富翁有米数仓,遇荒年,乡人出加一加二重利,俱嫌利少不借。有人献计曰:"翁可将此数仓米,都煮成粥借与人,每粥一桶,期约丰年还饭二桶。若到丰收熟年,翁生的子孙又多,近则老翁自己去讨饭,若或远些,子孙去讨饭,一些不错。"

大 不 便 宜

一人值家费,纯用纹银。或劝以倾八九呈银杂用,当有便宜。其人出元宝一锭五十两,托倾八呈。人止倾四十两付之,而赚其余。其人问:"银几何?"对曰:"四十两。"又问:"元宝五十两,如何倾四十两?"答曰:"此是八呈银,五八得四十,一毫也不错。"其人遽曰:

"我误听了你的说话,用色银,真正大不便宜。"

> 用色银的,展转归之穷人,甚是可怜。即少有便宜,亦被人暗里算去;人或不算,少不得上天加陪扣除。大不便宜的话,千真万确。

烧蚂蚁用邻箕
(要一头念佛,一头说,才发笑)

有一家婆,手持数珠,口中高声念阿弥陀佛阿弥陀佛,随即叫云:"二汉二汉,锅上的蚂蚁甚多,我嫌他得很,把火来代我烧死些。"又高声念云:"阿弥陀佛,阿弥陀佛。"随又叫云:"二汉二汉,你代我把锅下的火灰巴去些,粪箕莫用我自己家里的,恐怕烧坏了,只用邻居张三家的。"

> 如此杀心,如此私心,虽每日念佛万遍而罪过仍在。全要心口相应,才有功德。

吃人不吐骨头

猫儿眼睛半闭,口中呼呀呼呀的坐着。有二鼠远远望见,私谓曰:"猫子今日改善念经,我们可以出去得了。"鼠才出洞,猫子赶上,咬住一个,连骨俱吃完。一鼠跑脱向众曰:"我只说他闭着眼念经,一定是个良善好心,那知道行出来的事,竟是个吃人不吐骨头的。"

> 有个会念经,也会行坏事。有个不念经,也不行坏事。请问高明人,谁是谁不是? 不论经不经,只论行的事。

连我才得三人

一士谓人曰:"自古至今,圣人最难世出,当初盘古王开天辟地,生人生万物,谁人比得他来? 我要让他。"乃屈一指。"其后孔夫子出类拔萃,诗书礼乐,为万世师表,那个人不敬服他? 我只好让这第二个。"乃屈二指。"自此二人后,再没有屈得吾指的。"默想良久,点头曰:"是呀,你说圣人难不难,并连我才得三个人!"

大言不惭,高自称许,吾知其极厚的面孔。

少米少床

贫人对众客自夸曰:"我家虽不大富,然而器物件件不少。"乃屈指曰:"所少者,只是龙车凤辇。饮食样样俱有。"乃屈指曰:"所无的,只是龙心凤肝。"旁边有小童愁眉曰:"夜里床也没得睡,地下困草铺,今日晚饭米一颗也没得了,还在人面前说天话!"其人仰头想一想曰:"是极,是极,我也忘了,我家里到底件件俱有,所少的不过是龙心凤肝晚饭米,龙车凤辇夜里床。"

出　气

一不肖子常殴其父,父抱孙不离手,甚爱惜之。邻人问曰:"令郎不孝,你却甚爱令孙,何也?"答曰:"不为别的,我要抱他长大了,好替我出气。"

疮　痛

有人腿上患一毒疮,甚是疼痛,叫喊不止。忽在壁上挖一洞,将腿放入穴内。人问其故。患人攒眉曰:"这疮在我腿上,我自己痛不过了,所以挖个壁洞伸过去,也等他好往别人家里疼疼去。"

己害思欲脱人,殊不知害仍在己,丧心何益。

案:此又见《雪涛小说》任事条。

方　蛇

有曾遇大蛇的,侈言阔十丈,长百丈,闻者不信。其人遽减二十丈,人犹不信。递减至三十丈二十丈,遂至十丈,忽自悟其谬曰:"阿呀,蛇竟长方了。"

世有虚语,未有不被人识破,奈不能自悟何?

大　澡　盆

有外路二客相会,各说本处的奇事。一客曰:"敝处有洗澡盆,可容得千余人在内沐浴。"一客曰:"此盆还不算奇;敝处有一竿竹子,长得上住天,下住地,目今天上长不去,反倒转下来湾着朝地长,才为奇事。"客问曰:"那有这等大竹?"客曰:"若没得我这根大竹子,怎得能够箍你的这等大澡盆?"

有此附和人,方可说此大话,也只好哄得自己。

代　　哭
(要学哭声,才发笑)

扬俗丧家开吊,用妇女哭于棺旁,孝子多雇觅邻妪代之,久而颇倦,因哭曰:"想来干我甚事呀?"客闻声而尤之曰:"就是雇来的,既然得了人家的银钱,也不该如此哭法?"妪闻而易其哭曰:"想来又干你甚事呀?"

皮 匠 讼 话
(要学苏州话,手装样,才发笑)

两皮匠涉讼,一友问之曰:"你家讼事如何了?"匠曰:"他手脚好,通了线索,把里边托好了,幸而见官时,他的舌头上打起允音掌子来,被我细针密线介一说,官府也弗敢蛮揎,竟免供逐出,被我打仔个湾子,伺候渠出来,排仔渠介两记哉!"

两 脚 桌 子

一人做桌,要省木,匠迎其意曰:"只做二脚,倚楹而用,可也。"一夕月明,欲移放庭中,难于安顿,召匠责问。匠曰:"你在家里,可以省得,若在外边,却如何省得?"

　　做两脚桌的,如何还想赏月?

独 脚 裤 子

　　有命裁缝做裤者,以丈尺太多不从。末一工知意,曰:"我只用六尺,足够做。"其人大喜。及至做成,乃是独脚裤子,穿起彳亍音赤触,小步也难走,对工人大笑曰:"省到省了,只是一步也行不去。"

　　做独脚裤的,如何还想出门?

我 不 见 了

　　一呆役解罪僧赴府,临行恐忘记事物,细加查点,又自己编成二句曰:"包裹雨伞枷,文书和尚我。"途中步步熟记此二句。僧知其呆,用酒灌醉,剃其发,以枷套之,潜逃而去。役酒醒曰:"且待我查一查着,包裹雨伞有。"摸颈上曰:"枷,有。"文书,曰:"有。"忽惊曰:"嗳呀,和尚不见了。"顷之,摸自光头曰:"喜得和尚还在,我却不见了。"

　　案:此条又见《应谐录》、《笑赞》。

笑 话 一 担

　　秀才年将七十,忽生一子,即名曰年纪。未几,又生一子,似可读书者,因名曰学问。次年又生一子,笑曰:"如此老年,还生此儿,真笑话也。"又名曰笑话。及三人年长无事,俱命入山打柴,及归,夫问曰:"三子之柴孰多?"妻曰:"年纪有了一把,学问一些也无,笑话倒有一担。"

　　有年纪而无学问,已是笑话,何况更有笑话乎!

一 张 大 口

两人好为大言,一人说:"敝乡有一大人,头顶天,脚踏地。"一人曰:"敝乡有一人更大,上嘴唇触天,下嘴唇着地。"其人问曰:"他身子在那里?"答曰:"我只见他一张大口。"

大 舌 乌 龟

一人将肝油在井边洗,误落一块肝于沟内,一乌龟见而吞之,肝大口小,拖露于口外。一人见而讶之曰:"你们快些来,好看这大舌头的乌龟。"

说大话的面目,全亏一个硬壳替他藏躲。

还我原面孔

一人赴饮,自家先饮半醉,面红而去。及至席间,酒味甚淡,越饮越醒,席完而前酒尽无,将别时谓主人曰:"佳酿甚是纯酽,只求你还我原来的那样半红脸罢。"

撒 不 来
（要学男人醉样,女人娇骂,才发笑）

有惯撒酒风人,不论饮多饮少,只是要撒。其妻恨之。一日,在家索酒吃,妻与浸苎麻水饮之,未几,亦手舞足蹈起来。妻骂曰:"天杀的,吃了浸苎麻的水也撒酒风。"顷之,其人大笑曰:"我也道今日如何这等撒不来。"

酒醉之人,鲜有坠水食粪者,可见撒酒风的,都是倚风作邪。试问次日见人,可惭愧否?

归 去 来 辞
（要先惊忙，后缓慢，才发笑）

一人口中偶读古文曰："临清流而赋诗。"旁有一人急忙问曰："何处临清刘副使？为甚的不早些对我说，让我好奉承奉承结交他？"其人曰："此乃《归去来辞》。"这人改颜缓说曰："我只道他是个现任的官儿，若是这个归去来辞的官儿，我就不理他了。"

为问门前客，今朝几个来？真可浩叹！

面 貌 一 样

一人抱儿子在门外闲立，旁有一人戏之曰："可见父子骨血，真个是一脉，只看你这个儿子的面貌与我的面貌就是一般无二。"抱子者答曰："你与这儿子原是一母生出来的弟兄，这面貌怎么不是一样的？"

我讨人的便宜，岂知人讨我的便更重。古云："讨便宜即是吃亏的后门。"许多失便宜事，俱从此起。

烂 盘 盒

昔有一官，上任之初，向神发誓曰："左手要钱，就烂左手。右手要钱，就烂右手。"未久，有以多金行贿者，欲受之，恐犯前誓。官自解之曰："我老爷取一空盘盒来，待此人将银子摆在内，叫人捧入，在当日发誓是钱，今日却是银，我老爷又不曾动手，就便烂也只烂得盘盒，与老爷无干。"

官府受贿，必致屈陷良善，刑罚无辜。此等坏心钱，虽然赚来，吾恐手未烂而心先烂矣。

誓 联

昔有一官到任后，即贴对联于大门曰："若受暮夜钱财，天诛地灭;如听衙役说话,男盗女娼。"百姓以为清正。岂知后来贪污异常,凡有行贿者,俱在白日,不许夜晚,俱要犯人自送,不许经衙役手,恐犯前誓也。

再　出　恭

村庄农人,不知礼,来至儒学殿前撒粪一堆,学师闻之,怒送县究。县官审问:"因何秽触圣人?"村农曰:"小人上城,每日皆从学前走,一时恭急,随便解手,非敢亵渎圣人。"官曰:"你愿打愿罚?"村农畏打,曰:"小人愿罚。"官曰:"该问不应,纳银一两五钱,当堂秤下,不须库吏收纳。"村农取出银一锭,约有三两,禀官曰:"待小人去剪一半来交纳。"官曰:"取来我看。"见是纹银一锭,就和颜悦色先将银子慌忙纳入袖中,对村农曰:"这锭银子,不须剪开,当我老爷说过,准你明日再到学殿前出一次大恭罢。"

得了钱,便再犯一次法,也可宽恕,何况出恭小事。

案:此又见《嘻谈初录》,彼作生员事。

旧　　例

官解任,有众老置酒来请脱靴,官曰:"我在这地方上,并无恩惠及民,何敢当此?"众曰:"这是旧例,不得不行。"

虽是旧例,也要百姓乐为,但居官者,此时自返于心,实无恩惠及民,而民来脱靴,岂不自愧?我每见有等官长,才闻离任之信,百姓的恨骂之声,便满街满巷,官之贤否可知矣。吾愿居官者,平昔留心爱养,断不可悔后自愧也。

书是印成的

一子喜游荡,不肯读书,其父怒闭一室,传送饮食,教令眼睛仔细看书,心思仔细想书,如此用功,自然明白。过了三日,父到房内,看其功课,子对曰:"蒙父亲教训得极妙,读书果然大有利益,我才看得三日书,心中就明白了。"父喜问曰:"明白了何事?"子亦喜曰:"我一向只认这读的书,是用笔写成的,仔细看了三日,才晓得一张一张的书,都是印板印成的。"

今人读书,全不将圣贤言语体贴身心,却专在字句上用功,虽读万卷,有何益处?原与此认印书之人一般无二。

三 十 而 立

师出"三十而立"的破题,令二生做,一生作破曰:"两个十五之年,虽有椅子板凳而不敢坐焉。"一生作破曰:"年过花甲一半,惟有两腿直站而矣。"

文不在义旨上运思,却专在字句上着笔,皆此二生之类也。

大 字

父教儿识"大"字者,复以"太"字问之,儿不识,父曰:"此太公的'太'字。"他日又以"大"字问之,儿识了一会,点头曰:"是了,这是外太公的'太'字。"

抿 字

或问抿刷的"抿"字如何写,其人写作"皿"字应之,或曰:"此是器皿的'皿'字,恐怕不是么?"其人即用笔将"皿"字下尽一头拖长曰:"如此样子,难道还不像抿刷么?"

不 吃 素

有僧同至人家席上,主人以其出家,乃问曰:"师父可用酒否?"僧笑曰:"酒倒也用些,只不吃素。"

听 见 铃 声

江边一寺,有僧在内讽经,忽听见殿角的铃声响动,遂连声叫徒弟曰:"徒弟,徒弟,铃声响得紧,风起得大,江中自然有翻的船;我在这里念经拜佛,不得工夫,你快些代我去,捞多少衣物来,若淹的人不必救。"

想 出 欠 帐

禅师教徒曰:"大凡出家切不可懈惰,必要静坐参悟,才得明心见性。"其徒领诺,坐了一会,走来喜对师曰:"蒙师指教,果然大有利益。我方才静悟不多时,就将十余年前,人该我的欠帐,虽三分二分的小事,都想将出来;待我去上紧的同人打骂,讨出银子来,送与师父买东西吃,好为奉谢。"

愿 换 手 指

有一神仙到人间,点石成金,试验人心,寻个贪财少的,就度他成仙,遍地没有,虽指大石变金,只嫌微小。末后遇一人,仙指石谓曰:"我将此石,点金与你用罢。"其人摇头不要。仙意以为嫌小,又指一大石曰:"我将此极大的石,点金与你用罢。"其人也摇头不要。仙翁心想此人,贪财之心全无,可为难得,就当度他成仙,因问曰:"你大小金都不要,却要甚么?"其人伸出手指曰:"我别样总不要,只要老神仙方才点石成金的这个指头,换在我的手上,任随我到处点金,用个不计其数。"

　　只要这手指,敌过别样万千,此人眼力不错。

限 定 岁 数

一老翁年登百岁,有庆寿者祝曰:"愿吾翁寿过一百二十岁。"翁大怒曰:"我又不会吃了你家的饭,为何限定我的岁数,不许我多过几百年?"

人心难足,百岁上寿,既至百岁,则又思再倍于前,少亦不喜,即过千万年,还说不多。

情 愿 做 儿

一老翁形容枯槁,衰朽不堪。人但说他衰老,他便恼恨不已;人但夸他少嫩,他就喜欢不了。有一人知其意,乃假言讨他便宜曰:"老翁虽然须发尽白,而容颜娇嫩,不独可比幼童,竟与我新生的孩儿皮肤一样。"老翁大喜曰:"若得容颜能少嫩,老夫情愿做你儿。"

唐伯虎曰:"休逞姿容,难逃青镜中。"李笠翁曰:"欲识容颜惟照镜,人言不老是庚词。"予谓惯喜说人不老者,诌也;惯喜人说不老者,痴也;朱颜绿鬓,倏而变为鸡皮老人,岂不惨伤。

不 得 死

有祝寿曰:"愿翁寿如松柏。"翁愁眉不喜,曰:"松柏终有枯时。"又有祝寿曰:"愿翁寿比南山。"翁也愁眉不喜,曰:"山也终有烂时。"二人问曰:"松柏南山,如此长久,俱不喜欢,请问翁意如何,才得如愿?"翁点头曰:"依我的心愿,不论过几千几万年,只是不得死。"

人人本有长生药,自是迷徒枉摆抛。

心 在 肩 上

一拳师教徒拳法曰:"凡动手,切不可打人的肩上,若误打一拳,就要打死。"徒问:"如何这等利害?"师曰:"你还不知么? 当初的人心,都在胸中,虽然有偏的,不过略偏些儿;而今的人,把自己的一个心,终日里都放在肩头上,若一拳打着他的心,岂不打死。"

或曰:"心在肩的人,就该打死,何必怜惜?"师曰:"这人不久就有恶死的果报,何必等我的拳打。"

钩人骨髓

有人对厚友曰："天下的人心，无如我的心直。"友人点头曰："你的心果然直，只是多了一个尖锋，如同锥子，时常要钉人的脑子。"其人怒曰："我虽然心是锥子，强似你的心如锥子又转弯，竟成个钩子，日日只要钩人的骨髓。"

若有如此心肠，披毛戴角，断难免也。

心　坏　通

有两个恶人同居，齐患背疮，请医人医治。医人看了一个，又看第二个，大惊曰："那个人的心害坏些，还可医治，这个人的心，竟坏通了，叫我如何医得好。"

好言不听，说之不改，即心坏通之人也。

山 灰 蚊 肝

甲乙二人相遇，各有恼怒之色。乙问甲曰："请问兄面上为何有怒色？"甲曰："我虽身居中国，耳却能听万里。我方才静坐中，因听见西天有一个和尚，在那里诵经，我嫌括噪，我喝住他莫诵，那和尚不采我，不肯住，我一时间怒起，就将一座须弥山拿在手里，当一石块掼去撞他。谁知那和尚，值山坠来的时候，他只把眼睛一瞬，将手抹一抹，口里说曰：'那里飘来的砂灰，几乎瞇了我的眼睛。'说完仍旧去诵经，究竟不曾打着他丝毫，叫我无法治他，岂不可恼？"因问乙曰："你也着恼，却是为何？"乙曰："我昨日有一客到我家来，无物款他，捉了一个蚊虫，破开蚊虫的肚腹，取了蚊子的心肝，用刀切作一百二十块，下锅炒熟奉他。岂知那客人，吃下肝去，噎在咽喉里不上不下，只说我肝切大了，怨恨着我。而今还睡在我家里哼个不住，岂不可恼？"甲曰："那有这等小咽喉？"乙曰："你既然有这等听西天的远耳朵，容须弥的大眼睛，难道就不许我有这等噎蚊子心肝的小咽喉么？"

赞　姓

二苏州人路遇,一问尊姓,一曰:"不敢,在下无姓。"曰:"人岂无姓?"曰:"介便是《百家姓》上小小一个菲姓。"曰:"姓舍?"曰:"姓张。"又问:"令尊何姓?"曰:"也姓张。"赞曰:"妙得介世哉,难得一门都姓张!"要学苏州人说话,才发笑

谦得无谓,赞得更无谓,的是对手。

麻 雀 请 宴

麻雀一日请翠鸟大鹰饮宴。雀对翠鸟曰:"你穿这样好鲜明衣服的,自然要请在上席坐。"对鹰曰:"你虽然大些,却穿这样坏衣服,只好屈你在下席坐。"鹰怒曰:"你这小人奴才,如何这样势利?"雀曰:"世上那一个不知道我是心肠小、眼眶浅的么。"

敬衣不敬人,遍地皆是,可见都是麻雀变来的。

狗　咬

有人问乞丐曰:"狗子为何看见你们就要咬呢?"乞丐曰:"我若有了好衣帽穿戴,这业障也敬重我了。"

肚　橇
(音飒,塞隙之木也)

一主人自己吃饱了饭,止将些少饭与仆吃个半饱,叫他跟随远出。仆曰:"我路上倘若饿了,那里去寻饭吃?"主人听说,取绳一条,木橇一个,对仆曰:"有了这两件,就是你吃饭家伙了。但只是路上行走的人多,你若是说出肚里饿来,旁人听见,岂不笑话? 你只对我说肚里有些了,我就知道,好来代你作法。你也不必多问,包你不饿便了。"吩咐完,就叫跟随出门。其仆无奈,只得依从。行了半日的路,奴喊主人曰:"小人肚里有些了。"主人恐路上人听见,就连连答

曰：“我晓得，我晓得。”随用绳子将仆人的肚子紧紧束起，对仆曰：“如此束紧，自然不饿了。”走不多远，仆又高喊曰：“肚里又有些了。”主人又连连答曰：“我晓得，我晓得。”乃将木橜一个塞于绳内，拾起路上的砖块向橜上敲入，曰：“这样紧切，难道肚里还要饿起来不成？”又走不多远，仆人又高喊曰：“我肚里又有些不好得很了。”主人大怒，将绳橜解下曰：“你这饿鬼奴才，快些到别家去罢。我既然有了这一付好家伙，不愁没得人用。”末几句，要怒声说，才发笑

只 管 衣 服

有人到一家厅上会话，见一仆人捧茶出来，浑身竟无衣服，止有瓦二片，用绳束于腰胯，将下身前后遮盖。主人怒曰：“有客在堂，这奴才为何将这粗厚衣服穿出来，成何体面？快去换轻软衣服来，好见客。”仆人答应去了。少刻，仆人将瓦解去，又将荷叶两块束在下身出来。客见而谓主人曰：“尊府的用度太奢华了，恐非居家所宜。”主人曰：“舍下并不奢华。”客曰：“不要说别的事，只是你家的小伙，又有粗厚衣服，又有轻软衣服，何况别的事么？”主人曰：“这小价，当日到我家来的时候，说过在先，是他自己家去吃饭，我只管他的衣服。若再不肯与他穿一套换一套，怎的存留得他住。”

欱 风 屙 烟

（欱音合，口吸也）

一富翁不用奴仆，凡家中大小事务，都是自己亲为，劳苦不堪；因有几个朋友，劝他雇一奴仆使唤，可以安逸。翁曰：“我岂不知用个奴仆甚好，但只怕他要我的工钱，又怕他吃我的饭，我所以宁可自己劳苦，不肯雇人。”旁有一人知其意，假说曰：“我家有一仆，并不要工钱，又不吃饭，且是小心勤力，我送与老翁白白服事，还肯收用否？”翁曰：“若不吃饭，岂不饿死？”人曰：“我这仆，因幼时曾遇着神仙，传他一个欱风屙烟的法子，所以终日不饿。”翁听罢，想了一会，

摇头曰:"我也不要。"人问:"因何又不要?"翁曰:"你说这仆能欲风厕烟,但我寻一个人,就要一个人的大粪灌田,既是厕烟,自然少一个人的粪灌田,我所以也算计不来。"

　　不吃饭,又厕屎,其厕的屎,不但可灌田,还要此老吃得,才是如意。

狗　吃　屎

或问:"狗子因何能吃骨头?"答曰:"因他肚里有化骨丹,所以能吃骨头。"又问:"狗子因何好吃屎?"答曰:"因他肚里不明理,所以好吃屎。"

　　昧着良心做事的必变吃屎之狗。

折 钱 买 饼

有一富人极吝,欲请师教子,又舍不得供膳,欲得先生不吃酒肉饭食者方可。后有一先生,喜甘淡泊,每日惟吃粥三餐,有人荐来。翁闻而沉思半晌,对先生曰:"且莫造次,只这煮粥也费事,到不如每顿粥,我情愿折钱二文,与先生买两个烧饼吃,若是先生食量小的,还可以省下一文钱来上腰,岂不两便?"

教　诗

师怒主人不请,俟学生到馆,悻然急口而教其书曰:"春游芳草地。"徒含泪强读,然已解师意,读过乃云:"父亲——。"师曰:"父亲怎么?"徒曰:"买肉。"复略缓教第二句曰:"夏赏绿荷池。"徒犹不能随读。又问:"汝父买肉做甚?"徒曰:"说请先生。"师怒少霁,遂缓教第三句曰:"秋饮黄花酒。"又问:"几时请我?"徒曰:"就在今日。"师乃大喜,缓缓明白教第四句曰:"冬吟白雪诗。"

老　虎　诗

一人向众夸说:"我见一首虎诗,做得极好极妙,止得四句诗,便描写已尽。"旁人请问。其人曰:"头一句是甚的甚的虎,第二句是甚的甚的苦。"旁人又曰:"既是上二句忘了,可说下二句罢。"其人仰头想了又想,乃曰:"第三句其实忘了,还亏第四句记得明白,是狠得狠的意思。"尾一句,要咬牙摇头的说,才发笑

古人说得好:"宁在人前全不会,莫在人前会不全。"若有学问,不妨讲说;如或有头无尾,不如不说。

人　参　汤

有富贵公子,早晨出门,见一穷人挑担子,卧地不起,问人曰:"此人因何卧倒?"旁人答曰:"这人没得饭吃,肚饿了,倒在地上歇气的。"公子曰:"既不曾吃饭,因何不吃一盏人参汤出门,也饱得好大半日?"

晋惠帝御宴,方食肉脯,东抚奏旱荒,饥民多饿死。帝曰:"饥民无谷食,便食这肉脯,也可充腹,何致饿死?"与此即同。

四　时　不　正

一富翁冬月暖阁重裘,围炉聚饮,酒半汗出,解衣去帽,大声曰:"今年冬月如此甚暖,乃四时之不正也。"门外仆人寒战,答曰:"主人在内说四时不正,我等门外衣单腹饿,寒风入骨,天时正得很呢!"

案:此条又见《雪涛谐史》。

答　令　尊

父教子曰:"凡人说话放活脱些,不可一句说煞。"子问:"如何叫做活脱?"此时适邻家有借几件器物的,父指谓曰:"假如这家来借

物件,不可竟说多有,不可竟说多无,只说也有在家的,也有不在家的,这话就活脱了,凡事俱可类推。"子记之。他日有客到门,问:"令尊翁在家么?"子答曰:"也有在家的,也有不在家的。"

说　　官

一官恼闷,旁有衙役向同伴作歇后语曰:"这个遏头判儿狗头狗呢。"盖说官恼二字也。官闻怒曰:"你何不说吏部天儿珍珠玛呢?"

长　生　药

一医生自病将死,在枕上喊曰:"若有好医师,能代我把病救好了,我现有长生丹药谢他,叫他吃了,好过上几百岁。"

或问:"既有此药,何不自服?"答曰:"卢医不自医。"

驱　鬼　符

一道士被鬼迷住,竟将滋泥涂满身面,道士高喊救命。旁人闻知,忙来啐脸救活。道士感激曰:"贫道承救命大恩,今有驱鬼符一道奉谢。"

或问:"既有此符,何不自救?"答曰:"我是顾人不顾己的。"

秀　才　断　事

一乡愚言志:"我愿有百亩田稻足矣。"邻人忌之曰:"你若有百亩田,我养一万只鸭,吃尽你的稻。"二人相争不已,诉于官,不识衙门,经过儒学,见红墙大门,遂扭而进;一秀才步于明伦堂,以为官也,各诉其情。秀才曰:"你去买起田来,他去养起鸭来,待我做起官来,才好代你们审这件事。"

莫　砍　虎　皮

一人被虎衔去,其子要救父,因拿刀赶去杀虎,这人在虎口里高喊说:"我的儿,我的儿,你要砍只砍虎脚,不可砍坏了虎皮,才卖得银子多。"

　　死在顷刻,尚顾银子,世人每多如此,但不自知耳。

皇帝衣帽

　　一乞丐从北京回来,自夸曾看见皇帝,或问:"皇帝如何妆束?"丐曰:"头戴白玉雕成的帽子,身穿黄金打成的袍服。"人问:"金子打的袍服,穿了如何作揖?"丐啐曰:"你真是个不知世事的,既做了皇帝,还同那个作揖。"

　　皇帝深居九重,诚不易见,金玉妆束,想当然也。

皇帝世家

　　又一乞丐从京回,自夸:"曾看见皇帝晚上出宫行走,只是那前边照路灯笼上四个字,就出奇了。"人问:"是四个甚么字?"丐曰:"皇帝世家。"

　　此四字无人敢同,说谎哄人,说得到家。

攘　羊

　　一妇攘邻家羊一只,藏匿床下,嘱其子勿言。已而邻人沿街叫骂,其子曰:"我娘并不曾偷你的羊。"妇恶其惹事,因以目睨之,子指其母谓邻人曰:"你看我娘这只眼睛,活像床底下这只羊眼。"

　　攘羊子证,不意果应,要得人不知,除非己莫为。

外人好看

　　有一富翁请酒,桌上列的食物果点,俱用木雕彩妆,或问:"虽然好看,如何吃得?"翁答曰:"我只图外人好看,那里还管实在受用呢!"

　　此翁因图饰观,乃用木雕食物,还算多费;若不顾脸面,只用空桌请客,何等更省。

生　豆　腐

　　一人极富极啬,每日三餐,俱不设肴,只用盐些须,以箸少蘸咸味下饭。旁人谓曰:"你如此省俭,令郎在外大嫖大赌。"翁曰:"今后每顿,我也买一块生豆腐受用受用。"

笑得好二集

扬州石成金天基撰集

剔　灯　棒
(笑骗人的,改潘游龙语)

　　一人晚向寺中借宿,云:"我有个世世用不尽的物件,送与宝寺。"寺僧喜而留之,且加恭敬。至次早,请问世世用不尽的,是甚么物件? 其人指佛前一树破帘子云:"将此物作剔灯棒儿,生生世世那里用得尽。"

瞎　子　坠　桥
(笑不放下自苦的,改刘元卿语)

　　有瞎眼人过一没水的溪桥,失足坠下,因两手攀住桥上楯木,兢兢的握着,心中自想:倘若失手,必落深渊,性命休矣。有过往明眼人,向瞎子说:"你不要害怕,但放下手,即是实地,并不妨事,何必自讨苦恼?"瞎子不信好言,只以为旁人哄他,仍然紧攀,高声悲喊,许多时候,喊得口干,握得力败,忽然失手坠地,果是干实地,因自大笑曰:"啐,早知即是实地,何久自苦耶?"

　　案:此条见刘元卿《应谐录》盲苦条。

灭　火　性
（笑易动怒的）

有人虔诚要见观世音菩萨，问法于大和尚，教云："须持斋，戒急性，念念在菩萨，久之自应。"其人恐不记得，因自编三句云："吃长斋，灭火性，一心要见观世音。"时常口中念诵，如此日久，感动菩萨，试其诚否，化为道人至门求乞，见此人口念三句，道人曰："你再念一遍我听。"其人又念又问，如此三次，念人大怒曰："我已念过几遍，还来琐碎重问。"道人笑曰："我才问得几遍，你就动怒，可见火性不曾灭，菩萨如何得见！"

不戒急性，徒自害耳，岂惟不能见菩萨耶！

磕　睡　法
（笑懒读书的）

有一乳母铺养小儿，因儿啼哭不肯安睡，乳母无奈，蓦然叫官人快拿本书来，官人问其何用，应曰："我每常间见官人一看书便睡着了。"

开　天　窗
（笑敛分金瞒昧的）

有一人专讨便宜，凡亲朋有事，动辄为头敛分饮酒，其自己一分，屡常瞒昧不出，且剩余资入腰。阎王恨他立心暗昧，拘至阴间，命监在黑牢里受罪。其人一进牢门，即高喊曰："此屋黑暗得紧，现有几个人在这里，急急敛个分子开个天窗，也好明亮明亮。"

案：明郎瑛《七修类稿》卷四十九奇谑类写道："今之敛人财，而为首者克减其物，谚谓'开天窗'。"

拳头好得狠
（笑夸嘴的）

有一人往北京回家,一言一动,无不夸说北京之好。一晚偶于月下与父同行,路有一人曰:"今夜好月。"夸嘴者说:"这月有何好?不知北京的月好得更狠。"其父怒骂曰:"天下总是一个月,何以北京的月独好?"照脸一拳打去。其子被打,带哭声喊曰:"希罕你这拳头,不知那北京的拳头好得更狠。"要带哭苦声说,才发笑

知文者尊文,知武者耀武,不知皆是此人之徒。

搬老君佛像
（笑搬弄人的）

一庙中塑一老君像在左,塑一佛像在右。有和尚看见曰:"我佛法广大,如何居老君之右?"因将佛搬在老君之左。又有道士看见曰:"我道教极尊,如何居佛之右?"因将老君又搬在佛之左。彼此搬之不已,不觉把两座泥像都搬碎了。老君笑与佛说:"我和你两个本是好好的,都被那两个小人搬弄坏了。"

案:此条又见《笑赞》。

粗　月
（笑假谦的）

有一人每与人比论,无不以粗自谦。一日,请客在家饮酒,不觉月上,客喜曰:"今夜如此好月!"其人即拱手曰:"不敢欺,这不过是舍下的一个粗月儿。"

谦得不真,虽谦,反惹人笑,转不若诚实为佳。

骑 马 败 家
（笑妆假脸面破家的）

有一人极贫,将破酒瓮做床脚。一晚,夫妻同睡,梦见拾得一锭银子,夫妻商议,将此银经营几年,该利息许多,可以买田,可以造屋,一旦致富,就可买官,但既然富贵,须要出入骑马,只是这马,我从不曾骑惯,因对妻曰:"你权当做马,待我跨上来一试何如?"不觉跨重了,将破酒瓮翻倒了,床铺同身子一齐都倒在地上。夫妻嚷闹不已。邻人问之,妻应曰:"我本好好的一个人家,只为好骑马,把家业都骑坏了。"

只图外边妆假脸面,却误了自己实事。

陕 西 诗
（笑做歪诗的）

三个陕西人,同在花园里闲坐,忽一人云:"咱们今日闲着,何不各做一首诗耍耍?"就以园中石榴竹子鹭鸶为题。一人题石榴云:"青枝绿音溜。叶开红音浑。花,咱家园里也有他;三日两日不音布。看见,枝上结个大格音哥。答。"音打,平声。一人题竹云:"青枝绿音溜。叶不音布。开花,咱家园里也有他;有朝一日大风刮,音剐。革落平声。革落又革落。"一人题鹭鸶云:"惯在水边捉鱼虾,雪里飞来不音布。见他;他家老子咱认得,头上有个大红音浑。疤。"要学陕西人说话,才发笑。

若做出这样好诗,才是天下第一等诗翁。

蠢 才
（笑鄙啬的）

兄弟二人同拜客,弟甚愚昧。及坐定,彼家以蟠桃干点茶,弟问兄云:"此何物?"兄答云:"蠢才。"及换第二钟,以橄榄点茶,弟又问兄云:"此何物?"兄又答云:"蠢才。"及至出门,弟谓兄曰:"适间第一个蠢才虽然酸,尚有甜味;那第二个蠢才,全是精薔的。"

锯 酒 杯
(笑主人吝酒的)

一人赴席,主人斟酒,每次只斟半杯,其人向主云:"尊府有锯子,借我一用。"主问何用,客指杯云:"此杯上半节既然盛不得酒,就该锯去,留他空着有何用?"

心 疼
(笑贪食不顾主人的)

有人办一席果茶,遇一客将满碟核桃已吃过大半,主人问曰:"你如何只吃核桃?"客曰:"我多吃些核桃,图他润肺。"主人愁眉曰:"你只图你润肺,怎知吃得我心疼!"

医 驼 背
(笑只图利己,不顾损人的,改江盈科语)

有一医人,自夸能治驼背:"虽湾如弓,曲如虾,即或头环至腰,但请我一治,即刻笔直。"有驼背人信其言,请其治之。乃索大板二片,以一板放地,令驼人仰睡板上,又将一板压上,两头用粗绳着紧收捆,其驼人痛极,喊声求止,医总不听,反加足力重躐。驼背随直,亦即随死。众揪医打。医者曰:"我只知治驼背,我那里管人的死活呢。"要学驼悲痛声,又学医人哭苦告饶声,才发笑。

案:此条出邯郸淳《笑林》,又见江盈科《雪涛小说》催科条。

剪 箭 管
（笑有事推诿的，改江盈科语）

有一兵中箭阵回，疼痛不已，因请外科名医治之。医一看连云："不难不难。"即持大剪将露在外边的箭管剪去，随索谢要去。兵曰："剪管谁不会去？但簇在膜内的，急须医治，何以就去？"医摇头曰："我外科的事已完，这是内科的事，怎么也叫我医治？"

今之任事者，全不实心用力，每借推诿，何异于此？

案：此条见江盈科《雪涛小说》任事条。

怕 淊 死
（笑店家酒薄的）

客人进店吃酒，饮一杯说一墩字，说之不休。旁人曰："想是酒薄，恐怕泻肠，连墩数次么？"客曰："非也，只有了一个墩子，让我好爬上去，才不被这薄水淊死。"

斋 蚊 虫
（笑吃过又吃的）

有一和尚发愿，以身血斋蚊，少晚，蚊虫甚多，痛痒难忍，用手左右乱打。旁人问说："老师既然斋蚊，因何又打他？"僧曰："他吃过又来吃，我所以打他。"

画 刀
（笑酒店搀水的）

酒店烦人写卖酒的招牌，其人写完，乃于牌头画刀一把。酒店惊问："画此何用？"答曰："我要这刀来杀杀水气。"

贸易人不可笑，若贸易搀假哄人，须笑改之。

市 中 弹 琴
（笑不知音的,添改李笠翁语）

一琴师于市中弹琴,市人以为琵琶三弦之类,听者甚多,及闻琴声清淡,皆不喜欢,渐次都散。惟一人不去,琴师喜曰:"好了,还有一个知音,也不辜负我了。"其人曰:"若不是这搁琴桌子是我家的,今伺候取去,我也散去多时了。"

寿 字 令
（笑说不利话的）

有赴寿筵说寿字酒令,一人曰:"寿高彭祖。"一人曰:"寿比南山。"一人曰:"受福如受罪。"众客曰:"此话不独不吉利,且受字不是寿字,该罚酒三杯,另说好的。"其人饮完又率然曰:"寿夭莫非命。"众嗔怪曰:"生日寿诞,岂可说此不吉利话?"其人自悔曰:"该死了,该死了。"

吃 水
（笑请客悭啬的）

有一人请道士祈祷,不肯买三牲,道士说:"不必,只用净水三碗,就可供养。"主人甚喜。少刻,道士焚香毕,念起:"天地三界诸神,都请站着。"主人问曰:"一切诸神,如何请站?"道士曰:"你叫他们坐下来转吃水罢。"

偷 锄
（笑鹘突的）

有告状者曰:"小人明日不见锄头一把,求爷追究。"官问云:"你这奴才,明日不见锄头,怎么昨日不来告状?"旁吏听知,不觉失笑。官即断曰:"偷锄者必尔吏也。"追究偷去何用,吏云:"小人偷去,要锄那鹘突虫儿。"

若不明理,断事自然鹘突,应该锄他。

醋 招 牌
(笑酒酸的)

有一酒店,来买酒的,但说酒酸,就锁在柱上。适有道人背一大葫芦进店,问之,店主曰:"他谎说我酒酸,因此锁他。"道人曰:"取杯我尝尝看。"道人咬着牙吃了一口,急急跑去。店主喜其不说酸,呼之曰:"你忘记葫芦了。"道人曰:"我不要,我不要,你留着踏扁了做醋招牌。"

醋店招牌,每用葫芦样,所以道人留以卖酸酒。

虎 诉 苦
(笑和尚化布施的)

和尚携经一部,铙一副,下乡代人家做佛事。忽遇一老虎扑来,和尚惊慌无措,抛铙击之。虎张口接住,嚼碎吞下。和尚更怕,又用经抛去。虎见经来,急转头跑进洞,小虎问曰:"父亲搜山,何来之速也?"虎曰:"好晦气,我遇着一个和尚,只吃了他两片薄脆,他就抛下缘簿来化我,亏我跑得快,不然叫我把甚的布施他。"

游山水而缘簿跟随,最杀风情,急须嘲笑。

不 打 官 事
(笑说晦气话的)

徽州人连年打官事,甚是怨恨。除夕,父子三人议曰:"明日新年,要各说一吉利话,保佑来年行好运,不惹官事,何如?"儿曰:"父先说。"父曰:"今年好。"长子曰:"晦气少。"次子曰:"不得打官事。"共三句十一字,写一长条贴中堂,令人念诵,以取吉利。清早,女婿来拜年,见帖分为两句上五下六念云:"今年好晦气,少不得打官事。"

比　送　殡
(笑说失志话的)

痴儿好说失志话,因姊丈家娶亲,父携儿同往赴席,儿方欲开言,父曰:"他家娶亲喜事,切不可说失志话。"儿曰:"不劳你吩咐,我晓得:娶亲比不得送殡。"

不　识　自　妻
(笑忘事的,添改艾夫子语)

有一人最忘事:行路则忘止,睡下则忘起。其妻患之,向说曰:"闻某处有个艾夫子,滑稽多知,能愈膏肓之病,何不往求治之?"其人喜从,于是乘马挟箭而行。才出门,走未多远,忽然大恭急迫,因而下马出恭,将箭插于地下,将马系于树上。出恭完,向左边一看,见自己原插的箭,即大惊曰:"怕杀人,怕杀人,这枝飞箭还亏射在地下,若再近一些,射着了我身子,我的性命休矣,此天大之幸也。"向右边一看,见自己原系的马,即大喜曰:"虽受虚惊,且喜牵得他人遗下的一匹马来,落得骑骑。"因引辔将旋,忽自己踏着适才所出的大粪,顿足大恨曰:"是谁人出的大恭,将我一双好靴子,竟污脏了,真是可惜!"于是鞭马反向原路而回。少刻抵家,徘徊自己门外曰:"此处不知是何人居住的房屋,莫不是艾夫子所寓之处耶?"其妻闻声自内出见,知其又忘也,因而骂之。其人失张失志怨恨曰:"大娘子,你与我素不相识,与你并不干涉,何苦就出语伤人,岂不是自己多事耶?"

骂　放　屁
(笑做坏事赖人的)

群坐之中有放屁者,不知为谁,众共疑一人,相与指而骂之,其人实未曾放屁,乃不辩而笑,众曰:"有何可笑?"其人曰:"我好笑那放屁的也跟在里头骂我。"

此可以为彼觅良心之法,又可以为息谤之法。

要猪头银子
(笑无理乱说的)

一人新年出门,偶遇空中飞鸟遗粪帽上,以为不祥,欲求神谢解,因向屠家赊一猪头用讫,屡讨不还。一日,屠人面遇曰:"不见你多日了,该的猪头银子,也不可再迟了。"答曰:"迟是迟了,只是我有一譬喻对你说:譬如这个猪不曾生头,也来向我要银子罢。"屠人曰:"乱说,那有猪没头的。"曰:"既然此说不通,还有一说:譬如去年我还了银子,你用过也没有了。"屠人曰:"一发乱说,若去年讨得来用,又省下我别的银子了。"欠人低头沉吟曰:"此说又不通,我索性对你说了罢:譬如这堆鸟粪撒在你的头上,怕你自己不用猪头禳解,那里还有银子留到而今呢?"

转　债
(笑假完还的,改李笠翁语)

一人借银六两,每月五分起息,年终该利三两六钱,不能还,求找四钱,换十两欠帖,许之;次年十两加利,年终该六两,又不能还,求找四两,改二十两欠帖,亦许之;至第三年本二十两,利十二两,共该三十二两,又不能还,求找八两,换四十两文契。主人迟疑不发,债户怒曰:"好没良心,我的本利,那一年不清楚你的,你还不快活呢?"

丢　虱
(笑揭人短的)

有人在众客内,被虱咬身痒,将手摸得一虱,暗暗丢在地下,因装体面曰："我只说是个虱子的。"座中一人寻至丢虱之处,向众指虱曰："我只说不是个虱子的。"

飞　虱
（笑剥削的）

有人在众座间,于自身摸得一虱,已被人看见,只得掩饰云："是那里飞来的一个飞虱。"随将虱掼去,有一人即起身寻见此虱,以手招虱云："虱子虱子,你快些飞了去,你快些飞了去。"

屁　响
（笑驳掩饰的）

有人在客座中偶然放一响屁,自己愧甚,因将坐的竹椅子,摇拽作响声,掩饰屁响。有一人曰："这个屁响,不如先一个屁响得真。"

忘记端午
（笑东家短先生节礼的,改陈大声语）

先生教书,适遇端午节,因无节敬,先生问学生曰："你父亲怎的不送节礼?"学生归家问父,父曰："你回先生,只说父亲忘记了。"学生依言回复先生,先生曰："我出一对与你对,若对得不好,定要打你。"因出对云："汉有三杰:张良韩信尉迟公。"学生不能对,怕打,哭告其父,父曰："你向先生说:这对子出错了,尉迟公是唐人,不是汉人。"学生禀先生,先生曰："你父亲几千年前的事,都记得清白,怎么昨日一个端午节就忘记了?"

门上贴道人
（笑心毒貌慈的）

一人买门神,误买道人画,贴在门上,妻问曰："门神原是持刀执斧,鬼才惧怕,这忠厚相貌,贴他何用?"夫曰："再莫说起,如今外貌忠厚的,他行出事来,更毒更狠。"

怕　臭
（笑不自量）

挑黄鱼担行步的甚是健快,有乘轿人,因雇之抬轿,不意走得极缓,乃怪而问之,轿夫曰:"黄鱼是怕臭的,相公是怕甚的呢?"

> 乘轿之人,俱各抚心自问,臭与不臭否?凡官员、乡宦以及医生,有用无用,可愧不愧,都要自量。

摆海干
（笑闲荡败家的）

一人专好放生,龙王感之,命夜叉赠一宝钱曰:"此钱名为摆海干,你将此钱在海中一摆,海水即干,任将金银取去。"其人日日摆此钱,遂致大富。后来偶将此钱失去,无可奈何,日日将手指在海中摆来摆去。一日撞见夜叉曰:"你钱都没了,还在这里摇摆甚么?"

> 不务本分,日日摆来摆去,只有摆出的,没有摆进的,那怕不干!急早改悔,还略留些。

爆　竹
（笑太省的）

世俗岁朝开门,要放爆竹三声,最怕不响。一人向众曰:"我家每年元旦,只用戒方在桌上狠拍三拍,既不费钱,又不愁火烛,且三炮个个是响的。"

> 若把桌子拍裂了,反有多费。

画 行 乐
（笑太鄙吝不做人的）

一人极鄙啬,请画师要写行乐图,连纸墨谢仪共与银三分。画师乃用墨笔于荆川纸上画一反背像。其人惊问曰:"写真全在容貌,如何画反背呢?"画师曰:"你这等省银子,我劝你莫把脸面见人罢。"

干 净 刀
(笑虑小不虑大的)

一人犯罪当斩,临绑时解开衣服,自己用手连拍胸前,人问何意,此人说:"恐怕伤了风,不是顽的。"绑行半路,忽闻鸦鸣,此人叩齿三通,诵"元亨利贞"七遍,人问何意,此人说:"鸦鸣主有口舌,诵此免得与人相角。"绑至杀场,临开刀时,向刽子说:"求你用粗纸将刀口擦干净了;我听见剃头的刀,若不干净,剃了头,就要生疮,今刀若不干净,倘如害起疮来,几时得好?"

醉 猴
(笑舞酒的)

有人买得猴狲,将衣帽与之穿戴,教习拜跪,颇似人形。一日,设酒请客,令其行礼,甚是可爱。客以酒赏之,猴饮大醉,脱去衣帽,满地打滚。众客笑曰:"这猴狲不吃酒时还像个人形,岂知吃下酒去,就不像个人了。"

酒须少饮,若或大醉,则为害甚多,有人形者鲜矣。

风 雨 对
(笑撒酒风的)

一教书先生喜饮,且撒酒风。偶出一字对与学生对曰雨,学生以风对,既而添成三字曰:"催花雨。"即对曰:"撒酒风。"又添为五字曰:"园中阵阵催花雨。"即对曰:"席上常常撒酒风。"先生曰:"对虽对得好,只不该说我先生的短处。"学生曰:"若再不改过,我就是先生的先生了。"

此徒借对讽师，言行胜于师矣。

米　坛
（笑小见的）

一穷人积米三四坛，自喜大富。一日，与同伴行于市中，闻路人相语曰："今岁我家收米不多，止得三百余担。"穷人语其伴曰："你听这人说谎，不信他一个人家，就有这许多盛米的坛子。"

以管窥天之人，叫我如何与他共论经济大事。

直　直　腰
（笑儿女奢用的）

父昼寝，子女二人于父身盖的被上对打双陆，子呼曰："红红红。"女呼曰："六六六。"父惊醒叹曰："儿子要红，女儿要六，也让你老子直直腰着。"

头　发　换　针
（笑女要妆奁的）

女儿临嫁，席卷房中什物，父于晚间从窗隙潜视听，女儿灯下自言曰："这几件衣服带了穿去，这几件器物带了用去。"父掀须微笑，不觉须透窗内，女捽住曰："这把乱头发也带了换针去。"

女知体量父母，其后必昌。

藏　贼　衣
（笑谋算人反被人谋算的）

有一贼入人家偷窃，奈其家甚贫，四壁萧然，床头止有米一坛；贼自思将这米偷了去，煮饭也好，因难于携带，遂将自己衣服脱下来，铺在地上，取米坛倾米包携。此时床上夫妻两口，其夫先醒，月光照入屋内，看见贼返身取米时，夫在床上悄悄伸手，将贼衣抽藏床里。贼回身寻衣不见。其妻后醒,慌问夫曰:"房中习习索索的响,恐怕有贼么?"夫曰:"我醒着多时,并没有贼。"这贼听见说话,慌忙高喊曰:"我的衣服,才放在地上,就被贼偷了去,怎的还说没贼?"

问　日　字
（笑不信指教的）

或问日月的日字如何写,人教之曰:"口字长些,中横一画。"其人用笔依说写成,看了半晌,大喊曰:"你捉弄我太甚,你只仰看天上日头形像,是个圆圆的,从来不曾有一个方日头。"人曰:"这个真是日字,并不捉弄你。"或人再看了,忽又大喜曰:"细看这字的样子,分明就如个帽盒一般,此定然是个盒字。"

不听好人指教,只凭一己混为,岂不错误。

辩　鱼　字
（笑自恃聪明的）

或问鱼字如何写,人即写鱼与之。或人细看鱼字形体,摇头曰:"头上两只角,肚下四只脚,水里行的鱼,那有角与脚?"人问曰:"此真是鱼字,你只说不是,竟依你认是甚的字呢?"或人曰:"有角有脚,必定在陆地上走的东西,只看鱼字写得大小何如,才有定准:若鱼字写大些,定是牛字;写中等些,即是鹿字;倘如写得细小,就是一只羊了。"

虽有聪明,不肯听教,也是枉然。昔苏东坡问王安石:"坡字何解?"王曰:"坡者,土之皮也。"苏笑曰:"然则滑者水之骨乎?"以安石如此聪明,尚不可妄解,何况不及安石者耶。

代　　绑
（笑贪迷不听好话的）

一斩犯知某处有呆子,将银百两,呼来哄诱曰:"这许多银子,送与你买许多好衣穿,买许多好食吃,妻子家口,都沾光润;迟些时,有官来查人,只烦你点个名儿,代绑一绑,就放你回家,享用个不了。"那呆子听完,见白银排列满桌,连忙依允,将银携回。邻有长者闻知,即来劝曰:"这银子快些交还他,若是主意不定,或误听人话,将银子用了,不久连自己的身命都丧了,虽遗留万金,何处用度? 此时懊悔不来,有谁人来救你。"呆子摇头曰:"我眼看这许多白晃晃的银子,退与他人,自己反过那艰难困苦日子,真是痴呆。我不信你的迂话。"愈劝愈辞,长者无奈,叹息而回。呆子竟自动银,食用奢华,合家大小,甚是快乐。不多时,官司公文到了,唤呆人点名答应,刑官判斩,绑赴法场。众亲友埋怨,万不该贪财舍命。呆子哭曰:"我只为不听好话,致有今日。我而今已乖了,吃亏也只是这一遭。"

判　棺　材
(笑为官贪赃的)

有张、贾二姓,合网得一尾大鱼,各要入己,争打扭结到官,官判云:"二人姓张姓贾,因为争鱼厮打,两人各去安生,留下鱼儿送与我老爷做鲊。"因而逐出。两人大失所望,俱各悔恨,公议假意同买一棺材,争打到官,料官忌讳凶器,决不收留,只看他如何决断。官判云:"二人姓张姓贾,为买棺材厮打,棺盖与你们收去,将棺材筐底送与我老爷喂马。"

　　官要假装官体,当人面前,不便将棺材全具留下,背着人即配上盖子,自己受用。

有　天　没　日
(笑为官昧心的)

夏天炎热,有几位官长同在一处商议公事,偶然闲谈天气酷暑,何处乘凉,有云:"某花园水阁上甚凉。"有云:"某寺院大殿上甚凉。"旁边许多百姓齐声曰:"诸位老爷要凉快,总不如某衙门公堂上甚凉。"众官惊问何以知之,答曰:"此是有天没日头的所在,怎的不凉。"

　　昔苏州有一僧能诗,颇捷给诡谲,因本地郡守甚贪,途遇郡守试以诗。僧请诗题,守指官伞为题。僧立成一绝云:"众骨钻来一柄收,褐罗银顶复诸侯,常时撑向马前去,真个有天没日头。"守闻之,自惭不已,尽改所为,此僧可为善于讽刺也。

穿树叶欲风
(笑待下忍心的)

　　有一婢因主婆甚是严啬,即每日饭食,再不能饱,时常忍饿。婢一日向西风张着口且吸且咽,主婆见而怪问之,婢曰:"小人肚中常常饥饿,我在此学一欲西风法,若学得会,即不必吃饭,可以只是勤劳服事了。"主婆大喜曰:"你须上紧习学,我存了许多干树叶,我今日用针线联成衣服交与你,因你饮西风,不吃我的饭,再不把件衣服与你穿,那旁人就说我主婆没良心了。"

讲赵钱孙李
(笑有钱骗人的)

　　童子读《百家姓》,首句求师讲解,师曰:"赵是精赵的赵字。"因苏州人说放肆为赵也。"钱是有铜钱的钱字,孙是小猴狲的孙字,李是张三李四的李字。"童子又问:"此句可倒转来也讲得么?"师曰:"也讲得。"童曰:"如何讲得?"师曰:"姓李的小猴狲,有了几个铜钱就精赵起来。"

夫 人 属 牛
(笑为官贪敛的)

　　一官寿诞,里民闻其属鼠,因而公凑黄金铸一鼠,呈送祝寿。官见而大喜,谓众里民曰:"汝等可知道我夫人生日,只在目下,千万记着夫人是属牛的,更要厚重实惠些;但牛像肚里,切不可铸空的。"

妓家哄人,惯以做生日为名;说牛夫人,颇有妓术。

案:此条又见《笑府》卷上刺俗。

胜 似 强 盗
（笑为官贪酷的）

有行一酒令,要除了真强盗之外,亦如强盗者,一人曰:"为首敛钱天窗开。"一人曰:"诈人害人坏秀才。"又一人曰:"四人轿儿喝道来。"众哗曰:"此是官府,何以似盗?"其人曰:"你只看如今抬在四人轿上的,十个到有九个胜似强盗。"

剥 地 皮
（笑贪官回家的）

一官甚贪,任满归家,见家属中多一老叟,问此是何人,叟曰:"某县土地也。"问因何到此,叟曰:"那地方上地皮都被你剥将来,教我如何不随来。"

昔有咏回任官曰:"来如猎犬去如风,收搭州衙大半空,只有江山移不动,也将描入画图中。"但恐土地神后,跟有若干冤魂怨魄,必要剥的地皮仍然剥完了,加上些利息,方才得散。

乡人看靴形
（笑贪官遗爱的）

一乡庄人欲到城市游玩,因拉城市人同往,将进城,看见城门外高竿木架悬挂人头,惊问其由,城市人答曰:"这是强盗劫夺人的财物,问了枭斩的罪,把盗杀了,将头悬在这里示众的。"及至走到一官府衙门前,又看见悬吊木匣,外画靴形,乡人自己点头曰:"是了是了,城门外挂的是强盗头,这衙门上匣内盛的一定是强盗脚了。"

凡官员去任，里民脱靴，置一木匣画靴形，高悬衙门上，不知始自何人，想亦寓有悬挂其足，警醒后官清正，切莫贪盗之义耳。

不 磨 墨
（笑富贵相迁执坏事的）

有一世家子，颇能文，初赴童试讫，父令诵文，谓必首选，及揭案竟不录，父怪之，以让县尹，尹检视原卷，则是用笔淡如薄雾，乍有乍无，不可辩识。父回家怒，罚其子跪于阶下，厉声责问。对曰："只因考场中没得童子在旁代我磨墨，只就黑砚上搋写，所以淡了。"

如 此
（笑监生不知文的）

一试官定要拘监生同考，有一监至晚不成篇，乃大书卷面曰："因为如此，所以如此。若要如此，何必如此？"

试官当答曰："你能写如此，我竟免你如此，切莫倚着如此，可惜败坏了如此。"

放 屁 文 章
（笑秀才不读书生事害人的）

一秀才能言，惯会帮人讼事，县官憎嫌，教之曰："为士者，只应闭户读书，因何出入衙门，如此举动？想汝文章必然荒疏，本县且出题考汝，好歹定夺。"因出题令其做文，半晌不能成句，反高声曰："太宗师所出题目甚难，所以迟滞，求再出一题，若做不出，情愿领罪。"官为一笑，正在另想题目时，忽撒一屁，因以放屁为题，令其着笔。这秀才即拱揖进辞曰："伏惟太宗师高耸金豚，洪宣宝屁，依稀乎丝竹之音，仿佛乎麝兰之气，生员立于下风，不胜馨香之至。"县官听完大笑曰："这秀才，正经的好文章不会做，放屁的坏文章偏做得好。

本县衙门东街,有个万人粪坑,叫皂隶即押他在粪坑边立着,每日领略些麝兰香味,免得他闲着生事害人。"

　　秀才但做坏事害人者,即罚在粪坑边吸臭气,只须罚不多人,其余皆敛迹矣。

吃　粮
（笑生员不通吃粮的）

粮长收粮在仓,怪其日耗,潜伺之,见黄鼠群食其中,呕开仓掩捕。黄鼠有护身屁,放之不已。粮长大怒曰:"这样放屁的畜生,也吃了我粮去。"

川　字
（笑蒙师识字不多的）

一蒙师止识一"川"字,见弟子呈书,欲寻"川"字教之,连揭数叶无有,忽见"三"字,乃指而骂曰:"我各处寻你都不见,你到睡在这里。"

骂 的 人 多
（笑庸医害误多人的）

病家请医看病,医许以无事,费多金竟不起。病家恨甚,遣仆往骂之,顷间便回,问曾骂否,仆曰:"不曾。"问因何不骂,仆曰:"他家骂的人甚多,教我如何挤得上。"

　　不该骂,还该重打,打他个不肯用心习学。

腌　蛋
（笑强不知为知的）

甲乙两呆人偶吃腌蛋,甲讶曰:"我每常吃蛋甚淡,此蛋因何独咸?"乙曰："我是极明白的人，亏你问着我，这咸蛋，就是腌鸭子生出来的。"

若问变蛋，不知如何应答。

争 骂
（笑假道学的）

两人途中相骂，彼曰："你没天理。"此曰："你更没天理。"彼曰："你丧良心。"此曰："你更丧良心。"有师徒过路闻之，谓徒曰："汝听这两人讲得好学。"徒曰："这等争骂，何为讲学？"师曰："说天理，说良心，岂非讲学？"徒曰："既讲学，为何争骂？"师曰："你看而今讲道学的人，见了些须微利，就相争相打，何曾有个真天理良心的？"

要没理丧心之人，须在读书讲道中寻之。

案：又见《应谐录》、《笑林》。

兖 落 户 内
（笑手艺生理哄骗不实的）

一皮匠生平止用皮底一双，凡替人兖鞋，出门必落，每每尾其后，拾取回来，以为本钱。一日尾之不获，泣曰："本钱送断了。"及至归家，见底已落在自己户内。

做各行买卖手艺，皆本分生理，切不可炒笑。若以虚伪哄骗，良心已丧，则不可不笑，令悔改。

看山阁闲笔

《看山阁闲笔》，清黄图珌撰，卷十五诙谐，原载笑话十九则，今据《看山阁集》康熙原刊本选录十七则。

看山阁闲笔卷十五诙谐

诙谐亦有绝大文章，极深意味，清婉流丽，闻之可以爽肌肤，刺心骨也。自汉东方朔以滑稽开其源流，迫后，魏之嵇康、阮籍、晋之刘伶、张翰、陆机、刘琨、葛洪、陶潜继起，宋之东坡、安石、元章、子昂诸名贤，皆善诙谐，然未必不从曼倩滑稽中而另出一源流也。相传至今，偶一披读，令人齿颊生香。乃知诙谐中，固有大文章矣。

论 诗 字

天水有一人，素轻薄，善鄙人。一日，有友以诗就正，曰："不必言诗，只论其字，笔笔超群绝伦矣。"又以平日法书示观，曰："不但字工，即就其墨，何等浓绝，何等光洁邪？"

画 牛

显宦放归，买山结庐，以伪为之隐。招一丹青名手，图绘林泉之胜，既成，则缀一牛放其畔。宦曰："是何谓邪？"曰："无此牛，恐山林太寂寞耳。"

饮 墨 水

梁武进士不中程者，饮墨水一斗，人谓其可广文思。有友遂效饮而向客骄之，曰："世人胸中无半点墨水，辄为诗文，称奇道怪，贻笑大方,致令吾辈削色。"客知其腹中无物,乃佯言奖重之,以扇一柄索诗。其人曰:"窃恐墨水过多,扇小不足容也。"遂以手指剜喉,将所饮墨水呕尽,喉间渐觉伤损,墨尽继之以血,淋淋而流。客惊问其故,曰:"我心肝呕出矣。"

食　肉

有人好学苏文,经久不就。然其意颇切,其工亦深,终无稍息。日啖肉一方,约二斤,煮极烂,方下箸。适友人至,询食何物,曰:"食东坡肉也。"友戏曰:"子何恨坡仙乃若是邪?"

有　竹

客曰:"居不可无竹,子居何不种竹?"主曰:"吾胸中有竹,不必更种。"友惊异之,曰:"子胸中如何有竹?"主曰:"不见前人有诗云:'料得清贫馋太守,渭川千亩在胸中。'此非胸中有竹欤?"客大笑曰:"此言笋也。"主曰:"无笋,安得有竹?"

冷　泉

一人自灵隐回,见其妻曰:"我心冷矣。"妻急问其故,曰:"顷从冷泉亭洗心而来,如心不冷,则泉亦不灵矣。"

飞　来　峰

相传晋时西天僧云:"此是天竺国灵鹫山之小岭,不知何自飞来?"此欺世之言也,请下一转语:"既飞来,何不飞去? 不能飞去,即不能飞来矣。"

县　令　手　长

一县令好催科,民皆不悦,乃谣曰:"官人好长手。"令执而欲责之,供曰:"爷手不长,何以捧日?"令笑乃免。

誓　联

有县令堂悬一联以誓曰："得一文，天诛地灭；听一情，男盗女娼。"然馈送金帛者颇多，无不收受，而势要说事，亦必狗情。有曰："公误矣，不见堂联所志乎？"令曰："吾志不失，所得非一文，所听非一情也。"

僧 好 饮 酒

寺僧好饮酒啖肉，师屡责之，颇怨，乃会寺众，涂脸持杵，直逼座曰："某等乃济颠化身也，吾门只除贪、嗔、痴三件之外，无所忌惮，何害饮酒啖肉邪？"言毕，举杵欲击之，师惧伏罪，遂不禁。当道闻之，执其师令罚，师曰："甘受爷罚，不敢违活佛教也。"

逢　迎

昔有巡按，深喜逢迎，属吏回话，必屈一足。一官极善趋承，下膝过重，伤其筋骨，遂至拘挛成疾，势若弓弯。接任巡按，深恶迎合，此吏进见，则腰不折而自折，乃深责之曰："为官当以清慎为怀，不致逢迎为事，尔何卑污若此？"吏曰："卑职病也。"

虚 设 壶 盏

清和隐者性虽嗜酒，不能多饮。尝设壶盏，对月而坐，人问其故，曰："兴不可遏，聊复尔尔。"

不　留　客

乡居左右皆田，春时灌肥，秽气入室，绝不可闻。主人不敢留客入座。客曰："如入芝兰之室，久而自然不闻其香矣。"

闻　琴

琴德最为高远不俗。有一善弹者，正弹之间，适村人担肥而至，闻声则肃然改容。弹者曰："莫非知音者乎?"村人答曰："某虽非知音,亦颇得趣耳。"

米　珠

歉岁,米贵若珠。一富翁饱餐而骄贫士曰："字不疗饥,徒有满胸锦绣。"士答曰："学不求饱,愧无一袋珠玑。"盖言其酒囊饭袋耳。

财 命 相 连

一翁见江滩遗钱一枚,遂往取之,俄顷潮至,避之不及,被淹致毙。次日尸浮巨木而出,手尚握钱。见者叹曰："此翁深得财命相连之旨矣。"

画 钱 孔

一官爱钱,每收呈状,如稍有隙可乘者,即以笔于词脚画一钱孔,久而民皆知之,凡有缘事者,相聚告曰："吾父母铜钱眼里做工夫也。"

万 宝 全 书

　　《增补万宝全书》卷十八笑谈门，共收笑话二十六则，今据清光绪丙戌（一八八六）扫叶山房新刊本选录一则；其余二十七则，都见于《新刻华筵趣乐谈笑酒令》卷之四谈笑门。书为清毛焕文增补，有乾隆四年（一七三九）自序。扫叶山房新刊本扉页题作陈眉公先生纂辑。

增补万宝全书卷十八笑谈门

毛焕文纂辑

文

　　昔年有兄弟二人，父死，拆烟。其兄乖巧，其弟痴蠢。兄于十字路口起造茅茨一间，每年不胜其利。弟妇不忿，怨骂其夫。弟亦于路口做茅茨，用石灰粉壁，绘画干净。过者疑为庙宇，往来无一解手。次日，其弟在彼，坐等拱候，诸人并不登茨间，弟曰："列位请上解手。"旁人答曰："无也。"弟曰："如无屎，屁也放两个去。"

广 谈 助

《广谈助》五十卷,清方飞鸿撰。前有胡梦梅嘉庆庚申年(一八〇〇)小引。今据安固项氏水仙亭钞本卷三十《谐谑篇》选录笑话共二十则。清孙诒让《温州经籍志》卷十七著录此书,云:"二十卷,未见。"则五十卷当为最足本。

广谈助卷三十

方飞鸿宾来纂辑

谐 谑

冥王恶世多庸师,不识句读,误人子弟,乃私行访之;闻有教《大学序》者,念曰:"大学之,书古之,大学所以教人之。"即令鬼卒勾来责之曰:"汝何甚爱'之'字,我罚你做一个猪。"其人临行曰:"做猪所不敢辞,愿判生南方。"王问其故,曰:"南方之,强与北方之。"又有读别字者,罚作一狗,其人坚求做母狗,问其故,曰:"临财毋苟得,临难毋苟免。"

一士生平极诌,死见冥王,王忽撒一屁,士拱揖进辞云:"伏惟大王,高耸尊臀,洪宣宝屁,依稀丝竹之声,仿佛麝兰之气。"王大喜,命牛头卒引去别殿,赐以御宴。至中途,士顾牛头卒谓曰:"看汝两角弯弯,好似天边之月;双眸炯炯,浑如海底之星。"卒亦喜甚,扯士衣曰:"大王御宴尚早,先在家下吃个酒头了去。"

一士夫性极贪,取人不遗锱铢,而己之所有,分毫不舍。或讥其吝,答曰:"一介不与,圣人之道。"或曰:"一介不取,君以为何如?"曰:"学而未能。"曰:"然则君只好学得半边圣人。"

有人作《三十而立》破题:"圣人两个十五之年,虽有椅子板凳而不敢坐焉。"《子之燕居》一节破题:"记圣人之鸟宿,甲出头而天歪头者也。"《鱼我所欲也》题起股:"鳗而长长焉,鳖而团团焉,非我所欲也;跳跳者虾焉,爬爬者蟹焉,非我所欲也。"《王见之》点题:"仰而观之,牛见王也;俯而视之,王见牛也。"《杀鸡为黍而食之见其二子焉》中股:"不杀其鹅焉,不杀其鸭焉,而杀其笼中之鸡焉;不见其妻焉,不见其妾焉,而见其膝前之二子焉。"《人见其濯濯也》尾股:"当其斧斤未伐以前,满山青黄碧绿,及乎牛羊既牧之后,满山枯木死枝。"《弥子之妻与子路之妻兄弟也》后股:"谓弥子之妻即子路之妻可也,谓子路之妻即弥子之妻亦可也。"此虽不经之谈,录之足供一笑。

一蒙师出《饮水》二字课士,其一人文曰:"朝而饮水也,暮而饮水也,无时而不饮水也;今日饮水也,明日饮水也,无日而不饮水也。"批之者曰:"泻杀圣人,打你一百。"

朝廷缺清要官,政府问谁可任者,或以公论对,政府曰:"公论如今甚无用。"或以古道对,政府曰:"古道如今亦难行。"或以糊涂对,政府曰:"糊涂如今却去得。"最后有力者举智巧,政府喜曰:"尔举甚好,此其人我尝闻之,能折腰舐痔,惟人颐指气使,而莫予违者。"遂以属铨司。

宣和中,徐申干臣自讳其名,知常州,一邑宰白事,言:"已三状申府,不报,未见施行。"徐怒形于色,责之曰:"君为县宰,岂不知长吏名?乃作意相负。"宰亦好犯上者,即大声曰:"今此事申府不报,便当申监司,否则申户部,申台,申省,申来申去,直待申死方休。"语罢,长揖而去。徐虽怒甚,然亦无以罪之。

东家丧妻母,往祭,托馆师撰文,乃按古本误抄祭妻父者与之。识者看出,主人大怪馆师,馆师曰:"古本上是刊定的,如何会错,只怕是他家错死了人。"

众少年聚饮,歌妓侑酒,唯首席一长者闭目叉手,危坐不顾。酒毕,歌妓重索赏钱,长者拂衣而起,曰:"我未曾看汝。"歌妓以手扳之曰:"看的何妨,闭眼想的独狠。"

鄱阳何梅谷英妻老好佛,晨夕每念观音菩萨千遍。梅谷一日呼妻,至再至三,随应随呼,弗辍。妻怒曰:"何聒噪若是耶?"梅谷徐应曰:"呼仅二三,汝即我怒;观音菩萨,一日被你呼千遍,安得不怒尔?"其妻遂止。

士人屡科不利,而其妻素患难产者,谓夫曰:"中这一节,与生产一般艰难。"士曰:"更自不同,你却是有肚里的,我却是无在肚里的。"

贫子持金银锭一串行,顾锭叹曰:"若得你硬起时,就济得我用了。"锭笑曰:"我如何得硬,不若你硬了凑我罢。"

有人送礼与人,书帖云:"微礼四色。"下注云:"现二色,赊二色。"他日值彼有喜事,其人亦书"微礼四色"一空帖答之,下注云:"准前欠二色,今赊二色。"

广文之任,一门生以钱五十文为贽仪,题刺:"门生某百拜。"广文书其刺返之曰:"减去五十拜,补足百文何如?"门生又答曰:"情愿一百五十拜,免去五十文何如?"

东阳有贫士邻于富家者,每羡其邻之乐,旦日衣冠谒而请焉,富告之曰:"致富不易也,子归斋三日而后告子。"士如言,后谒富,乃命侍于屏间,设高几,纳师资,揖而进曰:"大凡致富之道,当先去其五贼,五贼不除,富不可致。"士乃请问其目,富曰:"五贼非他,即今之所谓仁、义、礼、智、信是也。"士胡卢而去。

一人贫苦特甚,生平虔奉吕祖,祖感其诚,忽降其家;见其赤贫,不胜悯之,因伸一指指其庭中磐石,粲然化为黄金,曰:"汝欲之乎?"其人再拜曰:"不欲也。"吕祖大喜,谓:"子诚如此,便可授子大道。"其人曰:"不然,我心欲汝此指头耳。"

宋太宗时,青州王小波作乱,杀彭山县令徐元振,剖其腹,实之以钱,恶其平日爱钱也。

唐昭宗时财用窘乏,李茂正令榷油以助军饷。俄有司言官油沽卖不行,多为松明挽夺,乞行禁止。优人张廷范曰:"更有一利,可并月明禁之。"茂正大笑而止。

有走柬借牛于富翁者,富翁方对客,讳不识字,伪为启缄视之,曰:"知道了,小待,我自来也。"旁观者皆窃以为笑。

太平之世,人皆志于富贵,位高者所得愈广,终不能保其所有,时人为之语曰:"知县是扫帚,太守是畚斗,布政是叉袋口,都好将去京里抖。"语虽粗鄙,切中时弊。

笑　笑　录

《笑笑录》六卷,清吴下独逸窝退士编,今据申报馆仿袖珍板印本选录六十则。

序

余弱冠时善病,每课举业,未逾月,辄病,病辄逾月。壬子乙卯间,两次大病几殆,各卧床者半年;居诸虚掷,学业荒落,职是故也。每病初愈,未能伏案,辄觅自遣之方,则学操缦,学六法,学弈,学诗,甚至焚香偃坐,灌竹栽花,亦亲为之:要为习静计耳。故所学都未深造,今且尽忘矣。先大夫尝集崔子玉、陶渊明语书联以赐曰:“慎言节饮食,委怀在琴书。”盖纪实也。而鄙性尤喜流览说部,上自虞初稗官所志,下逮里巷野老所传,莫不搜讨寓目,寝馈弗忘。又平生善愁,居恒郁郁不快,亦赖陶写胸襟。故壮岁以来,独于此未之或废,间取其可资喑噱,而雅驯不俗者,笔之于册,以自怡悦,忽忽三十年,戢戢遂多;惟零星丛杂,不便缥帙,兹于退直之暇,灯炮茶熟时,删汰复沓,区分先后,手录为六卷,名之曰《笑笑录》。事类钞胥,贤犹博奕,知不足博大雅一粲,亦仍以供我之祛愁排闷而已。光绪五年三月,吴下独逸窝退士书于宣南寓斋。

笑笑录卷一

独逸窝退士手编

相　马

玄宗好马击球,内厩所饲,意犹未适,谓黄幡绰曰:“吾欲良马久之,谁通《马经》?”幡绰奏曰:“今三丞相悉善《马经》。”上曰:“吾与语,究其旁学,不闻通《马经》,尔焉得知之?"幡绰曰:"臣日日沙堤上见丞相所乘马,皆良马也,以是知必通《马经》。"上笑而语他。《松窗杂记》。

不解事仆射

刘仁轨为左仆射,戴至德为右仆射,人皆多刘而鄙戴。有老妇陈牒,至德方欲下笔,老妇问左右曰:"此是刘仆射?"曰:"戴仆射。"老妇急前曰:"此是不解事仆射,却将牒来。"至德笑令授之。《嘉话录》。

卷 二

蔡 京 诸 孙

蔡京诸孙,生长膏粱,不知稼穑。一日,京戏问之曰:"汝曹日啗饭,试为我言米从何处出?"其一对曰:"从臼子里出。"京大笑。其一旁应曰:"不是,我见在席子里出。"盖京师运米以席囊盛之,故云。《独醒杂志》。

祝 神

卫人有夫妻祝神:使得布百匹。其夫曰:"何少耶?"妻曰:"布若多,子当买妾也。"《金楼子》。

律 赋 之 弊

律赋之弊,士子趋学,模题画影,至不成语,故有甘泉甜水之喻。相传君题必曰:"国欲图治,君当灼知。"隔句则多用"可得而知"四字。文士见举子,必曰:"又一可得而知。"闻一老师令生赋汉高斩蛇,破题曰:"蛇不难斩,君当灼知。"师曰:"不若改'国欲图治,君当斩蛇'。"又令作鸿雁来赋云:"秋既云至,雁当灼知。"皆可轩渠也。《归潜志》。

减 年 恩 例

有故人喜谐谑,见人家后房及北里倡,多隐讳年岁,往往不肯出二十外,戏曰:"汝等亦有减年恩例,尽被丹士买去。"盖道士多诳诞,动辄称数百岁也。《寓简》。

少 陵 可 杀

宋乾道间,林谦之为司业,与正字彭仲举游天竺,小饮论诗,至少陵妙处,辄醉呼曰:"杜少陵可杀。"有俗子在邻壁闻之,遍告人曰:"有一怪事,林司业与彭正字在天竺谋杀人。"或问:"所杀为谁?"曰:"杜少陵,不知是何处人。"闻者绝倒。《鹤林玉露》。

禁　　方

绍圣间,都下有道人坐相国寺卖诸禁方,械题其一曰:"赌钱不输方。"少年有博者,以千金得之,发视其方,曰:"但乞头耳。"道人戏语得千金,然亦未尝欺少年也。《东坡养生集》。

卷　　三

官　　谬

至正间,松江有一推官,提牢至狱中,见诸重囚,因问曰:"汝等是正身耶? 替身耶?"狱卒为之掩口。昔宋仁宗朝,张观知开封府,民犯夜禁,观诘之曰:"有人见否?"众传以为笑。正与此相类。《山居新语》。

争　　雪

庆阳以北,水皆咸苦,不堪饮,土人遇雪,贮之土窖以供用。环县有二教官,约有雪则均分。一日,西斋所得较多,二教官遂哄于堂。有人嘲以诗云:"连城瑞雪满瑶空,或在西阶或在东;两两教官争不了,如何弟子坐春风?"《敝帚斋余谈》。

约 同 死

靖难兵起,衡府纪善周自修与杨士奇、解缙、胡广、金幼孜、黄淮,约同死义。既而金川失守,自修独自经死。后杨士奇为作传,语其子曰:"当时吾亦死,谁为尔父作传。"闻者笑之。《通鉴纪事》。

饼 钱

一人入饼肆,问饼值几何,人曰:"一饼一钱。"食数饼,如数与之。馆人曰:"饼不用面乎? 应面钱若干。"食者曰:"是也。"与之。又曰:"不用薪水乎? 应薪水钱若干。"食者曰:"是也。"与之。又曰:"不用人工为之乎? 应工钱若干。"食者曰:"是也。"与之。归而思于路曰:"我愚也哉! 出此三色钱,不应又有饼钱矣。"《呻吟语》,下同。

染 布

一人买布一匹,价百五十,令染人青焉,价三百。既染矣,逾年而不能取,染人牵而索之曰:"若负我钱三百,何久不与? 吾讼汝。"买布者踧而请曰:"我布钱百五十矣,再益百五十,其免我乎!"染人得钱而后释之。

避 忌

一人多避忌,家有庆贺,一切尚红,客有乘白马者,不令入厩。有少年善谐谑,以朱涂面而往,主人讶之,生曰:"知翁恶素,不敢以白面取罪也。"满座大笑,主人愧而改之。

臧武仲老大人

兰溪童茂才,平时不好学,衡文者将到,乃晨起焚虔祷,直取《四书》展开，凭手所指，得"臧武仲以防求为后于鲁"，次早复然，随遍觅此题佳文读熟，此外一无所记也。试日，进号，实不胜枵腹之惧，惟默念臧武仲老大人保佑云云。至题出，果然，遂高等。《隽区》。

卷　四

告　荒

有告荒者，官问麦收若干，曰："三分。"又问棉花若干，曰："二分。"又问稻收若干，曰："二分。"官怒曰："有七分年岁，尚捏称荒耶？"对曰："某活一百几十岁矣，实未见如此奇荒。"官问之，曰："某年七十余，长子四十余，次子三十余，合而算之，有一百几十岁。"哄堂大笑。《丹午杂记》，下同。

开 科 诗

国初开科取士，诸生皆高蹈远引。次年丙戌，补行乡试，告病诸生俱出。滑稽者作诗曰："天开文运举贤良，一阵夷齐下首阳。家里安排新雀顶，腹中打点旧文章。昔年曾耻食周粟，今日翻思吃国粮。岂是一朝顿改节，西山薇蕨已精光。"

文 选 昭 明

顷有太学生某来谒，言："近日旗下子弟，竞尚一书，书肆价值为之顿贵。"因叩何书，某俯首久之，对曰："似是《文选昭明》。"余匿笑而罢。《香祖笔记》，下同。

二　顾

顺治初，吏部官最清要。吴郡顾松交及蒨来俱以吏部郎里居，宾客辐辏，一旦，广坐中一客忽曰："二公所谓一顾倾人城，再顾倾人国也。"客为绝倒。

史 记

莱阳宋荔裳按察,言幼时读书家塾,其邑一前辈老甲科过之,问:"孺子所读何书?"对曰:"《史记》。"问:"何人所作?"曰:"司马迁。"又问:"渠是某科进士?"曰:"汉太史令,非进士也。"遽取而观之,读一二行,辄拍案曰:"亦不见佳,何用读为?"荔裳方匿笑之,而此老夷然不屑。

似 我

余处士怀说:"吴中一监司,尝书'似我'二字置扁第二泉上,自誉清操如惠泉也。及再过之,扁已不见,责令寺僧大索,乃为诸生移置厕上矣。"《皇华纪闻》。

僧 出 家

吴菌次游广陵。有僧大汕者,日伺候督抚将军监司之门,一日,向吴自述:"酬应杂还,不堪其苦。"吴笑应曰:"汝既苦之,何不出了家?"坐上大噱。杨诚斋诗云:"袈裟未着嫌多事,着了袈裟事更多。"此僧之谓乎!《渔矶漫钞》,下同。

掉 书 袋

南唐彭利用对家人奴隶言,必据书史以代常谈,俗谓之掉书袋,因自谓彭书袋。其仆有过,利用责之曰:"始予以为纪纲之仆,人百其身,赖尔同心同德,左之右之,今乃中道而废,侮慢自贤,若而今而后,过而弗改,当挞之市朝,任汝自西自东,以遨以游而已。"邻家火灾,利用望之曰:"煌煌然,赫赫然,不可向迩,自钻燧以降,未有若斯之盛,其可扑灭乎!"

不 好 谀

贵者不好誉,此非人情。一搢绅云:"惟我不尔。"其谀者曰:

"如公言。"搢绅大喜。《梅花草堂笔谈》,下同。

徐 行 雨 中

有徐行雨中者,人或迟之,答曰:"前途亦雨。"

熊 掌

一师命《熊掌亦我所欲也》题,其徒文中有云:"朝而饔,此熊掌也。夕而飧,此熊掌也。"先生笑曰:"老夫曾不得熊掌尝新,你却把作小菜吃。"为之绝倒。《坚瓠集》。

卷 五
学 诗

褚文渊言:"其乡某生,沉酣制艺,试辄高等,腹若琉璃,阔步摇摆,书味盎然,而于诗学,一步不窥;既晚,就学于友,友示用韵平仄之法,居然谓得三昧,即诌成曰:'吾人从事于诗途,岂可苟焉而已乎?然而正未易言也,学者其知所勉夫!'艺林捧腹,谓龙褒又一体也。"《明斋小识》,下同。

还 磕 头

华亭知县许公治以廉明称,民无谤讟。有某武生,扭乡人来禀。许悉其人,因询何事,某云:"我行街上,伊担粪污我衣。"许拍案曰:"尔乡氓安得漫不经心,致坏相公衣?应重责不贷。"乡人哀求甚切,曰:"然则尔愿罚乎?可向相公叩首一百下。"即令某南向坐,乡人叩首于下,俾役数之,至七十余,曰:"止!我亦鹘突,犹未问尔是文生,抑武生。"某对以武,曰:"误矣,文生值叩一百,若武只须五十耳,当还叩二十。"又令乡人南向坐,某叩首于下。某不肯,两役交捭之,叩毕,武生悻悻而去。

孝 廉 鄙 陋

陈燕公晚节饕餮无厌,客憎其屡食于人,未尝作答,强索之,乃折束招友,至晚杂还,实未治膳。阴与夫人约:骤相勃溪,拾破碗打碎。客悉迁延去。凡赴客宴,鱼肉果饼,俱怀以归。所携布囊,悬台栅,一夕,两头盛满,不能出栅孔,客尽起,周章无计,价为代出之。又尝醉蹶于地,频以"脚"喊,仆谓其足或受伤,不知袖中藏有蟹脚也。时太平桥葛姓者,熟食最精洁,恒造其店道寒燠,杂拣野味嗅之,饴之,复拱手作别。店主人乐交孝廉,故得无嫌久恩。遇亲友吉庆事,馈金扇一柄,面以饭粘,骨以线穿,俾邻儿送去,身随于后,邻儿返,半途收其帖,剖分力金,自携匣归。又曾唤婢如市,写票曰:"来钱一大文,乞发浓酽火腿汤一碗。"有乡人误称老相公者,正色曰:"不得点。"

率 叔

庄监生厚于资,捐贡后,凡门户器皿,皆用官衔封记,新置粪桶,亦写"候选儒学"字样。又曾投刺姻戚,与族叔偕写帖,曰:"庄某率叔某顿首拜。"叔哗辨之,曰:"我年长于汝,况我为贡生,汝为监生,无所为非也。"

不 白 之 冤

陈句山先生,年逾耳顺,须尚全黑。裘文达戏之曰:"若以年而论,公须可为抱不白之冤矣。"《两般秋雨庵随笔》,下同。

伯 夷 叔 齐

张船山太守在登州试士,以"伯夷叔齐"命题,有作每字二比者,先生题俳语其上云:"孤竹君,哭声悲,叫一声:我的儿子呵,我只道你在首阳山下做了饿鬼,谁知你被一个混帐东西,做成一味吃不得的大碟八块。"可为喷饭。

卖　盐　官

海丰张穆庵都转,一日呼驺出署,有老妇拦舆诉夫置别室者,公笑遣之曰:"我是卖盐官,不管人家吃醋事。"

书　书　书

税关书吏巡查,如捕役缉贼,虎视眈眈,但一见书便索然。姚云上作七古,前四句云:"劬劳王事前旌驱,咿哦星夜关山逾;笋束牛腰橐负载,关吏疾呼书书书。"殆神来之笔。《随园诗话》,下同。

嘲时文道情

吴江徐灵胎有《道情》刺时文云:"读书人,最不济,烂时文,烂如泥。国家本为求才计,谁知道变做了欺人技。三句承题,两句破题,摆尾摇头,便道是圣门高弟。可知道《三通》、《四史》是何等文章?汉祖、唐宗是那一朝皇帝?案头放高头讲章,店里买新科利器,读得来肩背高低,口角嘘唏。甘蔗渣儿,嚼了又嚼,有何滋味。孤负光阴,白日昏迷。就教他骗得高官,也是百姓朝廷的晦气。"

大　大　人

一县尉为江南显宦胞兄,每向人曰:"我在江南署中,人皆以'大大人'呼我,君辈休小视也。"方畅弇曰:"足下本身有一绝对,知之乎?"其人问之,畅弇曰:"我辈见大府则称卑职,足下见我辈又称卑职,足下非湖北卑卑职,江南大大人乎?"《春宵呓语》。

老 奸 巨 猾

国初,某中堂声势隆赫,有张姓富人与其从弟缔为婚姻,百计夤缘,将登仕籍。因谓其弟曰:"余与若既为亲家,则若兄亦忝在姻末,倘得引之一谒,拜惠良多。"弟曰:"谒见易易,虑君言语获咎耳。"张曰:"君教我,当默记不忘。"因授以寒暄,并颂扬数语,令复之,不讹,遂为先容。越日,入谒,中堂曰:"壮年筮仕,老夫与有荣矣。"张面赤汗下,蹵踖而对曰:"久仰大人老奸巨猾,为朝野所畏。"中堂大怒,拂袖入,从者挥之,乃垂头丧气而出。可笑也。《梦庵杂著》。

十　字　令

近时有首县十字令曰:"红,圆融,路路通,认识古董,不怕大亏空,围棋马吊中中,梨园子弟殷勤奉,衣服齐整言语从容,主恩宪眷满口常称颂,坐上客常满樽中酒不空。"又有佐贰十得云:"一命之荣,称得;两片竹板,拖得;三十俸银,领得;四乡地保,传得;五下嘴巴,打得;六角文书,发得;七品堂官,靠得;八字衙门,开得;九品补服,借得;十分高兴,不得。"曲中奏雅,亦官箴矣。《归田琐记》。

绅　珰　相　谑

《梁溪识小录》云:"明嘉靖间,一内珰衔命入浙,与司北关南户曹、司南关北工曹饮,珰欲侮缙绅,酒酣,出对云:'南管北关,北管南关,一过手,再过手,受尽四方八面商商贾贾辛苦东西。'珰故卑微,曾司内阍工部,对曰:'前掌后门,后掌前门,千磕头,万磕头,叫了几声万岁爷爷娘娘站立左右。'珰惭愤,欲自戕,二司力劝乃止。"《巧对录》。

杖　铭

相传钱虞山有一杖,自制铭云:"用之则行,舍之则藏,惟我与尔有是夫。"归国朝后,此杖久失去,一日得之,有人续云:"危而不持,颠而不扶,则将焉用彼相矣。"钱为之惘然。

卷　六

再　打　三　斤

某县令甚呆,所为多可笑,其纰缪不可枚举。饮量甚洪,日必沽酒数斤，怡然独酌。一日，突有喊冤者，正醺醺时，阻其雅兴，含怒升堂，拍案喝打，并不掷签，役跪请曰："打若干？"官伸指曰："再打三斤。"吏笑不可遏，竟至哄堂。又轿夫工食，升堂点给，怒曰："我仅见二人抬轿，如何有四名？"轿夫曰："轿后有二人。"官曰："据汝言，亦仅二人。"对曰："配以轿前之二人，非四耶？"官无以诘，方按其名，其一曰洋洋得意，其二曰不敢放屁，其三曰昏天黑地，其四曰拖来扯去。官大笑。《客窗闲话》。

鸡　　卵

有南人不食鸡卵，初至北道早尖，店伙请所食，曰："有好菜乎？"曰："有木樨肉。"及献于几，则所不食者也，虑为人笑，不明言，但问："别有佳者乎？"曰："摊黄菜如何？"客曰："大佳。"及取来，仍是不食者，谬言尚饱，其仆谓："前途甚远，恐致饥。"曰："如此，但食点心可耳。"问："有佳者否？"店伙以窝果子对。客曰："多持几枚来。"及至，则仍不食者，且惭且怒，忍饥而行，遂委顿不堪。夫天下事不知者多矣，必欲讳不知为知，甘作负腹将军，可笑也。《劝戒三录》。

布　　医

外祖病时，数医皆庸手，有郑姓者名颇著而技尤庸，耽延月余，病益深。后请陈修园来诊，遍视旧方，曰："皆为此等所误。"批郑某方后云："市医伎俩，大概相同。"越日，众医见之，皆色沮，郑嗔曰："陈某何以呼我辈为布医？"闻者匿笑，遂号郑为布医先生云。《池上草堂笔记》。

匾　　额

陆俨山《豫章漫钞》载其郡中谯楼，太守题曰"壮观"，同知王卿陕西人也，见之，忿然曰："何名'壮观'？自我西音乃'赃官'耳。"又绍兴郡斋匾曰"牧爱"，戚编修润谓太守曰："此可撤去，我自下望之，乃'收受'二字也。"《冷庐杂识》。

兰 花 菇

昔六祖讲经仁化山中，附近处产南华菇。粤西贺县亦有之，俗名兰花菇。某令时，中丞按部过县，询其地有土娼否，令误以为土产，答曰："有兰花菇。"中丞曰："何不逐之？"令始悟，坐客为之胡卢，中丞亦笑。盖三字颇似妓名也。《余墨偶谈》，下同。

科 诨

一日，署中演《双合印》，内有科诨曰："尔既系算命的，何以把自己算在监里来？"同人笑之。时孟朴山在坐，曰："此语可以问周西伯。"众讶之，乃曰："西伯演《周易》，拘于羑里，不亦同耶？"会心真不在远。

痴 人 说 梦

戚某幼耽读而性痴，一日早起，谓婢某曰："尔昨夜梦见我否？"答曰："未。"大斥曰："梦中分明见尔，何以赖？"去往诉母，曰："痴婢该打，我昨夜梦见他，他坚说未梦见我，岂有此理耶？"

家 大 人

近日援纳例开，腰缠数百金，从长安归，即肩舆张盖，竟称老爷；得五六品，称大老爷；或不屑此，而多方处置，竟称大人：此皆骄心太胜之故。更有诡者，某宦以二品告归，曾见一同姓具柬签书家大人，见者无不掩口。《墨余录》。

自 挞

苏世长初在陕州，部内多犯法，世长莫能禁，乃责躬引咎，自挞于都街。伍伯疾其诡，鞭之见血。世长不胜痛，大呼而走。观者咸

以为笑。《怀小录》

策　谬

　　某督学试贡监录科,策问姚江学术,一监生对云:"有谓姚之学胜于江者,有谓江之学胜于姚者,两说并存,似难分其优劣。"阅者大笑。《寄蜗残赘》,下同。

记　误

　　有县令莅任,签拿北门外剃发铺人,杖之四十。其人不知所犯何罪,叩头请示,令曰:"某年月日在汝铺剃头,受汝轻慢。"其人曰:"太老爷并未到过小铺。"令恍然曰:"误矣。"赏以千钱遣之。盖令在家时,曾受本乡北门外剃头铺侮耳。时传为笑柄。

　　　有人剃头于铺,其人剃发极草率,既毕,特倍与之钱而行。异日,复往,其人竭力为之剃发,加倍工夫,事事周到。既已,乃少给其资。其人不服,曰:"前次剃头草率,尚蒙厚赐,此番格外用心,何可如此?"此人谓曰:"今日之资,前已给过,今日所给,乃前次之资也。"一笑而行。此事殊可笑,故附记于是。

计　开

　　汴中有从九保举知县者,莅任后,坐堂审案,吏开点名单,首列"计开"二字,以朱笔点之,吏不便显言,诡词答云:"计开未到。"及审第二案,又见"计开",仍以笔点之,吏仍白未到,遂大怒云:"今日两案俱是'计开'为首,乃敢抗传不到,明系差役买放飞签。"欲责役,急呼曰:"计开不是个人。"令云:"因其不是个人,所以要拿。"将役重责,限三日解案。退堂后,幕友告其故,始免缉云。

制　古　砖

　　毕秋帆抚陕,值六旬,属吏送礼,概不受。一县令送古砖二十块,有年号题识,皆秦汉物也。毕大喜,唤家丁谕云:"我寿礼概不收,尔主人之物,甚合我意,故留之。"家丁跪禀云:"主人因大人庆寿,集工匠在署制造,主人亲自监工,挑最上者献辕下。"毕公一笑而罢。

高 帽 子

世俗谓媚人为顶高帽子。尝有门生两人,初放外任,同谒老师者,老师谓:"今世直道不行,逢人送顶高帽子,斯可矣。"其一人曰:"老师之言不谬,今之世不喜高帽如老师者有几人哉!"老师大喜。既出,顾同谒者曰:"高帽已送去一顶矣。"《潜庵漫笔》。

杀 人

常州每勾决人犯,遣员至县监斩,事毕,馈佛番四饼。汪琴轩曰:"为此区区,而讨一杀人差以往,亦太忍心矣。"余曰:"此《檀弓》所谓'杀人之中,又有礼焉',夫何伤?"满堂粲然。《印雪轩随笔》。

梅 花 诗

尝闻梅花观题壁诗云:"红帽哼兮黑帽呵,风流太守看梅花;梅花忽地开言道,小的梅花接老爷。"诗虽鄙俚,可以愧花间喝道之辈。《桐阴清话》,下同。

灯 棚 联

国初有叶初春者,作令粤东,所到搂克,路人侧目。时元夕,民间放花灯,其棚联云:"霜降遭风,四野难容老叶。元宵遇雨,万民皆怨初春。"

借 西 厢 语

潘篆仙茂才尝言:"钱蒙叟当我朝大兵入关,钱戴本朝冠带往迎,途遇一老者,以杖击其首曰:'我是多愁多病身,打你个倾国倾城帽。'‘帽’与‘貌’同音,借《西厢》语,闻者绝倒。"

诗嘲俗令

闻某令官江北时,重修平山堂,落成后,榜曰:"某年月日某县正堂某重修。"或赋诗云:"太守风流宴蜀冈,千秋人尚说欧阳;不知当日题名字,可是扬州府正堂?"

谒　势　人

宋文宪《燕书》:"有王戴生与三乌丛臣约:异时立朝,势人之门,足勿涉也。时赵宣子为政,诸大夫日奔走其庭,三乌丛臣鸡初鸣即走候宣子,入关,见有危坐东荣者,举火照之,则王戴生也,各惭而退。"《云笙杂抄》。

嘻 谈 录

《嘻谈录》，共分初录和续录两集，清小石道人纂辑，粲然叟参订，今据清光绪甲申(一八八四)刊本选录三十六则。

自 序

余性爱花而喜静，杜门却扫，三径萧然；然每于岁暮之时，喜作消寒之会，良朋宴集，醉后狂谭，率以俚巷游戏之言，写世俗离奇之事，巧思绮合，妙绪环生。余恐其忘也，退而笔之于书，汇为一编，名曰《嘻谈录》，付之梓，令公诸同好，聊以供噱笑而已。言之者无心，闻之者解颐，录之者又何憾焉。小石道人书于水竹小有园。

嘻谈初录卷上

小石道人纂辑　粲然叟参订

诗 客 留 宿

西湖胜景，尽为僧人所占，丛林方丈，颇有能诗者。一方丈好作诗，杜门谢客，终日吟哦，非骚人咏士，不肯相见。因避尘嚣，移居山寺，属沙弥候门，不准俗人擅入。一日天晚，一迷路人无处投宿，来山寺叩门。沙弥问曰："客从何来?"答曰："天晚迷途，欲在宝刹借宿一宵。"沙弥说："方丈有言：'非诗客，不见。'如果能诗，方敢相请。"其人自忖曰："若说不能，定不见纳，自好充能，且住为佳。"乃对沙弥曰："我乃吟坛老手，特来拜访尊师。"沙弥连忙请至客堂，去回方丈。方丈说："今日天晚，且请诗客用斋，明晨再当领教。"沙弥转达，请诗客用斋。其人行路饥渴，见素斋大啖，谁知吃多了，半夜进来登厕，连忙开门，门已倒关，窘迫之极，遂将佛前铜磬端下屙屎，厕毕,仍放桌上。时已天明,惟恐见方丈出丑,不如潜逃,自好出不由户,越窗而逸。甫出山门,被沙弥看见,追问曰:"诗翁因何逃走,想是不曾作诗?"其人曰:"我已作诗两首,出自别肠,饶有盛唐风味,都在磬中。"沙弥一闻有诗,放之使去。回至庙中,恰值方丈来会诗人,沙弥说:"诗客已走,留有诗稿,放在磬内。"方丈说:"取来一观。"沙弥走至桌前,用右手望磬内一摸,摸了一手,又用左手一摸,又是一手。方丈见沙弥不来,问:"诗在何处?"沙弥曰:"左也是一手,右也是一手,诗却有两首,实在臭得难闻。"

案:此本《艾子》。

嘲 馆 膳 诗

一东家甚吝,馆膳只用片肉一盘,既薄且少。先生以诗诮之曰:"主人之刀利且锋,主母之手轻且松,一片切来如纸同,轻轻装来无二重。忽然窗下起微风,飘飘吹入九霄中。急忙使人觅其踪,已过巫山十二峰。"近又见一诗云:"薄薄批来浅浅铺,厨头娘子费工夫。等闲不敢开窗看,恐被风吹入太湖。"

萝 卜 对

东家供先生饮馔甚薄,每饭只用萝卜一味。先生怨而不言。一日,东家请先生便酌,欲考学生功课。先生预属曰:"令尊席前若要你对对,你看我的筷子夹何物,即以何物对之。"学生唯唯。次日,设席,请先生上坐,学生侧坐。东家曰:"先生逐日费心,想令徒功课,日有成效矣。"先生曰:"若对对尚可。"东家说:"我出两字对与学生对,曰:'核桃。'"学生望着先生,先生拿筷子夹萝卜,学生对曰:"萝卜。"东家说:"不佳。"又曰:"绸缎。"先生又用筷子夹萝卜,学生对曰:"萝卜。"东家曰:"绸缎如何对萝卜?"先生曰:"萝是丝罗之罗,卜乃布匹之布,有何不可?"东家抬头一看,见隔壁东岳庙,又曰:"鼓钟。"先生又用筷子夹萝卜,学生又对萝卜。东家说:"这更对不上

了。"先生说:"萝乃锣鼓之锣,卜乃铙钹之钹,有何不可?"东家说:
"勉强之至。"又出二字曰:"岳飞。"先生又夹萝卜,学生仍对萝卜,
东家说:"这更使不得。"先生说:"岳飞是忠臣,萝卜乃孝子,有何不
可?"东家怒曰:"先生因何总以萝卜令学生对?"先生亦怒曰:"你天
天叫我吃萝卜,好容易请客,又叫我吃萝卜,我眼睛看的也是萝卜,
肚内装的也是萝卜,你因何倒叫我不教令郎对萝卜?"

白 字 先 生

训蒙先生爱读白字。东家议明:每年租谷三石,火食四千,如教
一个白字,罚谷一石,如教一句白字,罚钱二千。到馆后,与东家街
上闲走,见石刻"泰山石敢当",先生误认"秦川右取当"。东家说:
"全是白字,罚谷一石。"回到书馆,教学生读《论语》,"曾子曰"读作
"曹子曰","卿大夫"念为"郷大夫"。东家说:"又是两个白字,三石
租谷全罚,只剩火食钱四串。"一日,又将"季康子"读作"李麻子",
"王曰叟"读作"王四嫂"。东家说:"此是白字两句,全年火食四千,
一并扣除。"先生作诗以叹曰:"三石租谷苦教徒,先被'秦川右'取
乎。一石输在'曹子曰',一石送与'乡大夫'。"又曰:"四十火食不
为少,可惜四季全扣了;二千赠与'李麻子',二千给与'王四嫂'。"

偷　　酒

一先生好饮酒,馆童爱偷酒,偷的先生不敢用人,自谓必要用一
不会吃酒者,方不偷酒,然更要一不认得酒者,乃真不吃,始不偷也。
一日,友人荐一仆至,以黄酒问之,仆以陈绍对。先生曰:"连酒之别
名都知,岂止会饮?"遂遣之。又荐一仆至,问酒如初,仆以花雕对。
先生曰:"连酒之佳品竟知,断非不饮之人。"又遣之。后又荐一仆,
以黄酒示之,不识,以烧酒示之,亦不识。先生大喜,以为不吃酒无
疑矣,遂用之。一日,先生将出门,留此仆看馆,属之曰:"墙挂火腿,
院养肥鸡,小心看守。屋内有两瓶,一瓶白砒,一瓶红砒,万万不可

动;若吃了,肠胃崩裂,一定身亡。"叮咛再三而去。先生走后,仆杀鸡煮腿,将两瓶红白烧酒,次第饮完,不觉大醉。先生回来,推门一看,见仆人躺卧在地,酒气熏人,又见鸡腿皆无,大怒,将仆人踢醒,再再究诘。仆人哭诉曰:"主人走后,小的在馆小心看守,忽来一猫,将火腿啣去;又来一犬,将鸡逐至邻家。小的情急,忿不欲生,因思主人所属红白二砒,颇可致命,小的先将白砒吃尽,不见动静,又将红砒用完,未能身亡,现在头晕脑闷,不死不活,躺在这里挣命呢。"

案:此原出敦煌卷子本《启颜录》,惟本书不知据何改写的。

万　字　信

一人写信,言重词复,琐琐不休。友人劝之曰:"吾兄笔墨却佳,惟有繁言赘语宜去,以后信,言简而赅可也。"其人唯唯遵命。后又致信此友曰:"前承雅教,感佩良深,从此万不敢再用繁言上渎清听。"另于万字旁注之曰:"此万字乃方字无点之万字,是简笔之万字也。本欲恭书草头大写之萬字,因匆匆未及大写草头之萬字,草草不恭,尚祈恕罪。"

小 恭 五 两

讹诈得财,蜀人谓之敲钉锤。一广文善敲钉锤,见一生员在泮池旁出小恭,上前扭住吓之曰:"尔身在黉门,擅在泮池解手,无礼已极。"饬门斗:"押至明伦堂重楚,为大不敬者戒。"生员央之曰:"生员一时错误,情愿认罚。"广文云:"好在是出小恭,若是出大恭,定罚银十两。小恭,五两可也。"生员说:"我这身边带银一块,重十两,愿分一半奉送。"广文曰:"何必分,全给了我就是了。"生员说:"老师讲明,小恭五两,因何又要十两?"广文曰:"不妨,你尽管全给了我,以后准你泮池旁再出大恭一次,让你五两。千万不可与外人说,恐坏了我的学规。"

案:此又见《笑得好》初集,彼作村农事。

养　百　龄

百舌鸟,北方谓之百龄,各样鸟音,无不会学。一老爷甚爱百龄,专雇一小厮喂养,不时提到街上,谓之闯百龄。这一日天热,与百龄洗澡,属小厮曰:"小心看守,如落一根毛,打折你的腿。"属毕,出门而去。太太要支使小厮作事,小厮说:"小的不敢擅离,万一百龄落了毛,要打折小的腿。"老爷向来惧内,太太一闻此言,打笼内把百龄掏出来,拔的连一根毛儿也没有,扔在笼内。老爷回来,一看百龄成了不毛之鸟,大怒说:"这是那个拔的?"小厮不敢言语。太太接声曰:"是我拔的,你便怎么样?"老爷回嗔作喜曰:"拔的好,比洗澡凉快。"

喜　写　字

一人最喜与人写字,而书法极坏。一日,有人手摇白纸扇一柄,伊欲为之写字。其人乃长跪不起,喜写字者曰:"不过扇子几个字耳,何必下此大礼?"其人曰:"我不是求你写,我是求你别写。"

嘻谈初录卷下

阴阳学台

东家延师课读,惟恐先生学问不佳,商之学师。学师云:"我学中秀才固多,通品甚少,若欲延请学中秀才,非设法试之,不能知其胸中学问。"延师者曰:"请问如何试之?"答曰:"必须备一席,择其佳者请几人,俟入坐后,正在酣饮之际,暗使人报曰:'明日学台下马。'坐中秀才,必然恐惧,如有不怕者,其学问必佳,延之课读,定能胜任。"延师者从其计,择请秀才四五人,设席款待;酒至数巡,忽有人报曰:"学台明日下马。"只见众秀才有惊惶失措者,有目怔口呆者,惟有一秀才惧色毫无,寂然不动。延师者曰:"此真我师也。"进前细看,此人已气绝身亡。死者亲属闻之,欲以恐吓致命讼之官。

延师者大恐,求救于学师。学师曰:"千万不可动他尸身,我自有起死回生之术。"速令人在死者面前大声呼曰:"阴间学台下马。"死秀才遂活。

龟 雀 结 盟

喜雀与乌龟结盟,喜雀为弟,乌龟为兄。把兄谓把弟曰:"我二人如此莫逆,我想带你到水晶宫,看看龙门贝阙,异宝奇珍。"喜雀说:"我也想带你到云霄殿,看看广寒兜率,月姊嫦娥。"乌龟说:"你何不先带我上天,然后我再带你下海?"喜雀应允,乌龟爬在喜雀背上,喜雀双翅飞起,偏遇打弹弓的,开弓一弹,正中把兄尊盖,翻身掉将下来。喜雀不见了把兄,飞到各处找寻,找了半天;忽见把兄掉在烟囱上,四脚悬空,仰头观望。上前问曰:"把兄受惊,你天也没有上成,在此空了半日,想必腹中饥饿。"乌龟说:"我却不饿,在此虽没得吃,还有几口烟过瘾。"

像人不像人

新官到任,饬差人拿像人不像人的到案。差人为难,回家商之妻子。妻曰:"这有何难,你将猴子与他穿戴衣冠,送至署中,你就说:'把像人不像人的带到。'颇好销差。"夫如其言,将猴子扮好,牵去见官。官大喜,赏果子与猴子吃,极其驯顺。官见猴子可爱,令人领到席前,叫他吃酒。谁知那猴子吃了酒,野性发作,在席前揪了帽子,撕了衣服,乱跳乱啼。官骂之曰:"你这不讲礼的东西,未吃酒的时候,到还像人,吃了酒,连人都不像了。"

穷 鬼 借 债

有人极穷,饥不怕饿,死不吃饭,人皆呼之为啬克鬼。一人极命穷,剩一文钱,必要花完,才睡的着觉,人皆呼之为穷命鬼。这日,穷命鬼找啬克鬼借钱,啬克鬼说:"你命小福薄,连一文钱都拿不住,若借给你,怕你福薄灾生,人钱并尽。"穷命鬼说:"你只管借给我,我撙节着用。"啬克鬼说:"我说一个笑话你听:一人极吝啬,岂止一毛不拔,连肚内的屎,都要屙在家里。一日,将要远行,恐途中出恭,岂不白丢了一泡大粪? 莫若带了狗去,以防意外之虞,遂将家中狗带之同行。行至半路,果然要出恭,其人叹曰:'人无远虑,必有近忧;愚人千虑,必有一得,其此之谓乎!'于是出了恭,那狗果然吃了。不料吃了之后,那狗也要出恭,其人指狗骂曰:'没造化的畜生,真是鼠肚鸡肠,你连一泡屎都擎受不起,你还借的是什么钱?'"

喜　奉　承

富贵人最喜人奉承,而善相者绝不肯奉承人。一日,喜奉承之人恰遇一不奉承人之相士,令家人唤其来相。相士登堂,见富贵者巍巍高坐,慢不为礼。相士相了许久,说:"贵相清奇,绝非凡品,耳长头小,眼大无神,红线盘睛,唇开露齿,好像一个……"往下不敢说了。富贵者说:"到底像个什么?"相士说:"好像一个兔子。"富贵者大怒,命左右:"将相士与我绑了,押在空房,将他活活饿死。"手下人将相士捆送空房,家人在旁劝曰:"你这人好不在行,我们老爷最喜的是奉承,你若奉承几句,谢礼定然从丰。"相士曰:"求二爷带我上去,再相一相。"家人来主人面前禀曰:"刚才相士怕老爷虎威,一时张惶相错了,何不再叫他相一相?"富贵人说:"把他放了,带来再相。"家人把相士放了,带至主人面前。相士看了又看,相了又相,端详良久,说:"二爷,求你老爷仍然把我绑起来罢,他还是一个兔子。"

醉　了　来

主人请客,吝酒,用小杯。客举杯作呜咽之状,主人惊问其故。客曰:"睹物伤情耳。先兄去世之时,并无疾病,因友人招饮,亦与府上酒杯一样,误吞入腹,噎死了。今见此杯,焉得不哭?"主人速令人易大杯,而酒不斟满。客举杯细视,笑曰:"此杯当截去一半。"主人曰："为何?"客曰:"上半截用不着,要他何用?"主人遂令人将酒斟满。客饮酒入口,尽喷而出之。主诘其故。答曰:"我幼时曾将门牙跌落,医人以分水犀骨补之,故酒有水不入也。"主人曰:"酒有水,请吃饭。"令人内边取饭。客曰:"多谢内人。"主人曰:"内人非足下所宜称。"客曰:"饭自内出,不谢内人谢谁?"饭毕,送客,至门,客问曰:"适才造府,见有照壁一座,因何不见?"主人曰:"向来未有。"客恍然曰:"不错,我是在家吃醉了来的。"

序

　　大块茫茫,流光瞬息,而人之处其间者,复雨翻云,含沙射影,几令万物尽失其平,一身莫知所主。嗟乎,抱堂堂六尺躯,不能胸出智珠,济用于世,犹自栩栩燕笑,挥麈清谈,岂不伤哉!虽然,文人游戏,为龙为蛇,无所不可,况当满地荆榛,盈眸戈戟,谁怀胞与,莫救疮痍,将滔滔者,仅付之无可如何,而破涕为笑,又何论所著之美恶妍媸,而取訾于雌黄耶?小石道人者,磊落雄才,吐属名隽,穷年矻矻,以致颖秃砚穿,囊空袠敝。宦游既久,郁郁不得志,盖有激于中,必发于外,用效庄周之幻化,聊同曼倩之诙谐;诚见夫天下理之所无,竟为事之所有,言之可丑,竟为人所弗恤,知我罪我,在所不计,用以泄其胸中郁结之故,以醒世而讽俗,《嘻谈续录》数条所由志也。余获是编,一再流览,或解颐而称快,或拍案以惊奇,如临水以燃犀,似逢人而说鬼,尽相穷形,谲奇诙诡,几令大块尽成一欢笑场,岂非一时快意事哉?若乃以放诞为风流,以刻薄为心术,而不会其讥刺之切,劝讽之取,则大失作者之本意矣。呜乎!世情鬼蜮,机械百端,权势所不能争,口舌所不能辩,亦惟付之一笑而已。昔人谓东坡嘻笑怒骂,皆成文章,信已。粲然叟题捧腹轩。

嘻谈续录卷上

五 大 天 地

一官好酒怠政,贪财酷民,百姓怨恨。临卸篆,公送德政碑,上书"五大天地"。官曰:"此四字是何用意? 令人不解。"众绅民齐声答曰:"官一到任时,金天银地;官在内署时,花天酒地;坐堂听断时,昏天黑地;百姓含冤的,是恨天怨地;如今交卸了,谢天谢地。"

蚊 虫 结 拜

蚊子结拜,城中蚊子是把弟,乡下蚊子是把兄。把兄谓把弟曰:"你城中大人,珍馐适口,美味充肠,肌肤嫩而腴,尔何修有此口福? 我乡下农夫,藜藿充饥,穅粃下咽,血肉粗而浇,我何辜,甘此淡泊?"城蚊曰:"我在城中,朝朝宴会,日食肥甘,甚觉餍腻。"乡蚊曰:"你先带我到城中祇领大人恩膏,然后带你到城外遍尝乡中风味。"城蚊应允,把乡蚊带至大佛寺前,指哼哈二帅曰:"此是大人,快去请吃。"乡蚊飞在大人身上,钻研良久,怨之曰:"你们城中这大人倒真大,却舍不得给人吃,我使劲钻了半天,不但毫无滋味,而且连一点血也没有。"

不 改 父 业

一皂隶骤富,使其子读书,欲改换门楣。然其子已习父业,不改父行。一日,隶兄手持羽扇而来,先生出对叫学生对曰:"大伯手中摇羽扇。"学生对:"家君头上戴鹅毛。"又出六字对:"读书作文临帖。"对曰:"传呈放告排衙。"又出五字对:"读书宜朗诵。"对曰:"喝道要高声。"又出四字对:"七篇古文。"对曰:"四十大板。"先生有气,说:"打胡说。"学生说:"往下站。"先生说:"放屁。"学生说:"退堂。"先生:"哼。"学生:"喝。"

七 字 左 钩

一官坐堂，书吏呈上名单。官将单内"计开"二字读作"许闻"，用朱笔一点，说："带许闻。"差人禀曰："不到。"官曰："要紧之人不到，自好问二案。"一看名单，也有"许闻"，又点曰："带许闻。"差人禀曰："不到。"官怒曰："屡点不到，案案有名，定是讼师。"当堂出签，立拿到案。用朱笔判签，将十七日"七"字一钩，望左钩去。书吏不敢明言，禀曰："笔毛不顺，老爷的钩子望左边去了。"官曰："你代我另写。"吏因签出总在次日，乃判十八。官笑曰："你又来考我了，打量我连八字都认不得呢？"

刮 地 皮

贪官剥削民脂民膏，谓之刮地皮。任非一任，刮了又刮，上至高壤，下及黄泉，甚至刮到地狱，可为浩叹。有一贪官，将要卸事，查点行装，连土地也装在箱内。怨声载道，临行无一人送之者。跫跫出得城来，真是人稀路净。忽见路旁数人，身躯伛偻，面目狰狞，棹设果盒，齐来公饯。官问何人，答曰："我等乃地狱鬼卒，蒙大老爷高厚之德，刮及泉壤，使地狱鬼卒，得见阳世天日，感恩非浅，特来叩送。"

官 读 别 字

一捐官不大识字，坐堂问案。书吏呈上名单，上开原被证三人，原告叫郁工末，被告叫齐卞丢，干证叫新釜。官执笔点原告郁工末，因错唤曰："都上来。"三人一齐而上。官怒曰："本县叫原告一人，因何全上堂来？"吏在旁不好直言其错，因禀曰："原告名字，另有念法，叫郁工末不叫'都上来'。"官又点被告齐卞丢，误叫："齐下去。"三人一齐而下。官又怒曰："本县叫被告一人，因何又全下去？"吏又禀曰："被告名字，亦另有念法，叫齐卞丢，不叫'齐下去'。"官曰："既是如此，干证名字，你说该念什么？"吏说："叫新釜。"官回嗔作喜曰："我就估量他必定也另有念法，不然我要叫他作'亲爹'了。"

黄 鼠 狼

县官太太，与学官、营官太太共席闲谈，问及诰封是何称呼。县官太太说："我们老爷称文林郎。"学官太太说："我们老爷称修职郎。"问营官太太是何称呼，营官太太说："我们老爷是黄鼠狼。"问因何有此称谓，营官太太说："我常见我们老爷下乡查场回来，拿回鸡子不少，自然是个黄鼠狼子。"

糊 涂 虫

一官断事不明，百姓怨恨，名之为糊涂虫，并作诗以诮之曰："黑漆皮灯笼，半天萤火虫。粉墙画白虎，青纸写乌龙。茄子敲泥磬，冬瓜撞木钟。天昏与地暗，那管是非公。"满壁贴起，以彰盛德。太爷看见壁上招贴，传仆役责之曰："外边出示要拿糊涂虫，你们因何不拿，致使民怨？定限三日，要拿糊涂虫，三个少一个，立毙杖下。"判行发签，催之使去。捕役领签下堂，怨之曰："这样官，出这样签，叫我何处去拿？"然上官所差，自好前去。出得城来，见一人头顶被包，骑在马上，奇而问之曰："因何被包不捎在马后？"答曰："恐马负太沉，顶在头上，可省马力。"差人一闻此言，说："此人可算糊涂虫了，带去见官。"又来至城门，见一人手拿竹竿，直进则城门矮，横进则城门窄，徘徊良久，竟不能进。差人说："这也是一个糊涂虫，也把他带去。"尚少一个，无处可寻，自好先带去，再求宽限。遂将二人带至堂前，官问骑马曰："你头顶被包，要省马力，糊涂已极，算得一个。"又问拿竹竿曰："你拿竹进城，直进，城矮，横进，竹长，你为何不借一把锯来锯为两段，岂不早进城去了？"差人一闻此言，忙跪禀曰："第三个糊涂虫已有了。"问是谁，答曰："等下任太爷来了，小的便会拿他。"

武弁看戏

武官与文官同席看戏,演《七擒孟获》,武官曰:"这孟获如此蛮野,不服王化,七擒七纵,犹且不服,想不到孟子后代,竟会有这样桀骜不驯之人。"众皆掩口而笑。一文官曰:"吾兄所说极是,到底还是孔子的后代孔明比孟获强多了。"

堂属问答

一捐班不懂官话,到任后,谒见各宪上司,问曰:"贵治风土何如?"答曰:"并无大风,更少尘土。"又问:"春花何如?"答曰:"今春棉花每斤二百八。"又问:"绅粮何如?"答曰:"卑职身量,足穿三尺六。"又问:"百姓何如?"答曰:"白杏只有两棵,红杏不少。"上宪曰:"我问的是黎庶。"答曰:"梨树甚多,结果子甚小。"上宪曰:"我不是问什么梨杏,我是问你的小民。"官忙站起答曰:"卑职小名叫狗儿。"

资郎纳官

一资郎纳官,献百韵诗于上宪,中一联云:"舍弟江南没,家兄塞北亡。"上官恻然曰:"君之家运,一至于此!"答曰:"实无此事,只图对偶亲切耳。"一客谑之曰:"何不说'爱妾眠僧舍,娇妻宿道房',犹得保全两兄弟性命?"

案:此条又见《拊掌录》。

京官悭吝

一京官极悭吝,赴部当差,到署要吃点心,跟班送上面茶一碗,老爷吃了,跟班也要吃,怕老爷不肯给钱,当之众位老爷讨赏。老爷不好意思,勉强给了十二文。及至散衙,坐车回家,跟班打顶马前行。老爷在车上骂曰:"好混帐的东西,你又不是我的长辈,为何骑马在前?"跟班赶紧勒马,来在车旁。老爷在马上又骂曰:"你又不是我的同辈,因何骑马并行?"跟班赶紧勒马,来在车后。老爷又骂曰:"你在车后踢起尘土,扬了一车,可恶已极。"跟班下马请示曰:"老爷,到底叫小的在何处骑?"老爷说:"你骑不骑,我不管;你只要把十二文面茶钱还了我,你爱怎么骑,怎么骑。"

问 靴 价

性缓人买新靴一双,性急人问之曰:"吾兄这靴多少银子买的?"性缓人伸一只脚示之曰:"二两四钱。"性急人扭家人便打,说:"好大胆奴才,你买靴子因何四两八钱?赚钱欺主,可恶已极。"性缓者劝之曰:"吾兄,有话慢慢说,何必动气。"又徐伸了一只脚示之曰:"此只也是二两四钱。"

恍 惚

一人错穿靴子,一只底儿厚,一只底儿薄,走路一脚高,一脚低,甚不合式。其人诧异曰:"今日我的腿,因何一长一短?想是道路不平之故。"或告之曰:"足下想是错穿了靴子。"忙令人回家去取,家人去了良久,空手而回,谓主人曰:"不必换了,家里那两只,也是一厚一薄。"

读 白 字

一监生爱读白字,而最喜看书。一日,看《水浒》,适有友人来访,见而问之曰:"兄看何书?"答曰:"木许。"友人诧异,说:"书亦甚多,木许一书,实所未见。请教书中所载,均是何人?"答曰:"有一季达。"友人曰:"更奇了,古人名亦甚多,从未闻有名季达者。请问季达是何样人?"答曰:"手使两把大爹(斧),有万夫不当之男(勇)。"

南 北 两 谎

南北两人,均惯说谎,彼此企慕,不辞远路相访。恰遇中途,各叙寒温。南人谓北人曰:"闻得贵处极冷,不知其冷如何?"北人曰:"北方冷起来,撒尿都要带棒儿,一撒就冻,随冻随敲,不然,人墙冻在一处。冬天浴堂内洗澡,竟会连人冻在盆内。"南人曰:"开浴堂主人何在?"答曰:"未问浴堂东道主,但见盆内有冰人。"北人谓南人曰:"闻得尊处极热,不知其热如何?"南人曰:"南方热起来,将生面饼贴在墙上,立时就熟。夏日,街上有人赶猪,走不甚远,都成了熟猪。"北人曰:"猪已如此,人何以堪?"答曰:"彼猪尚且成烧烤,其人早已化灰尘。"

弟 兄 两 谎

把弟兄均爱说谎。把兄谓把弟曰:"我昨日吃极大的煮饽饽,再没有比他大的。一百斤面,八十斤肉,二十斤菜,包了一个,煮好了,用八张方棹才放的下,二十几个人,四面转之吃,吃了一天一夜,没吃到一半,正吃的高兴,不见了两个人,遍寻无踪,忽听煮饽饽肚内有人说话,揭开一看,那两人钻在里头掏馅儿吃呢。你说大不大?"把弟说:"我昨日吃顶大的肉包子,那才算得大呢。几十人吃了三天三夜,没见着馅儿,望里紧吃,吃出一块石碑来,上写:'离馅子还有三十里。'你看大不大?"把兄说:"你这大包子用什甚锅蒸的?"把弟说:"用的是你下煮饽饽那个锅。"

护 月 善 求

有作客异乡者,每有人请入席,辄狂啖不已。同席之人甚恶之,因问曰:"贵处每逢月食,如何护月?"答曰:"官穿公服,聚僚属,设坛击鼓,俟其吐出,始散。"其人亦问同席者曰:"贵乡亦相同否?"答曰:"敝处不然,只是善求。"问:"如何求法?"答曰:"合掌稽首,对黑月而言曰:'阿弥陀佛,你老人家太吃的利害了,省省点吃,留点与人看看罢。'"

嘻谈续录卷下

死　要　钱

一客束装归里,路过山东,岁大饥,穷民死者无算,旅店萧条,不留宿客。投一寺院,见东厢停棺数十口,西厢只有一棺,岿然独存。三更后,棺中各出一手,皆焦瘦黄瘠者,惟西厢一手稍觉肥白。客素负胆力,左右顾盼,笑曰:"汝等穷鬼,想手头窘甚,向我乞钱耶?"遂解囊,各选一大钱与之。东厢鬼手尽缩,西厢鬼手伸如故。客曰:"一文钱不满君意,吾当益之。"添至百数,犹然不动。客怒曰:"穷客太作乔,可谓贪得无厌。"竟提两贯钱置其掌,鬼手顿缩。客讶之,移灯四照,见东厢之棺,皆书饥民某字样,而西厢一棺,书:"某县典史某公之枢。"

酒　誓

一人嗜饮,日在醉乡,杯中物时不离口,已成酒病。众友力劝其戒酒。嗜饮者曰:"我本要戒,因小儿出门未归,时时盼望,聊以酒浇愁耳,子归,当戒之。"众曰:"赌咒方信。"嗜饮者曰:"子若归,不戒酒,教大酒缸把我厌死,小酒杯把我噎死,跌在酒池内泡死,掉在酒海内淹死,罚我生为曲部之民,死作糟丘之鬼,在酒泉之下,永不得翻身。"众友曰:"令郎到底何处去了?"答曰:"杏花村外给我估酒去也。"

富　家　傻　子

一富翁克薄成家,积资数万,犹时时吝啬,较量锱铢。人皆怨恨,咒之曰:"此等人,悖入悖出,定有报应。"富翁闻之,愤恨已极。有一子,年已成人,性憨傻,最奢侈,富翁教之曰:"你已成人,尚不辨黍麦,我欲令家人带你出门,看看物力艰难,试试东西贵贱。"傻子欣然乐从。富翁即令家僮带之出门。出得城来,行至山中,看见石匠在那里凿石,打成大小石狮二个;傻子甚爱,一定要买,忙问:"价值多少?"石匠认得是富家傻子,乃诓之曰:"小狮子要银三千,大狮子要银五千。"傻子说:"要价不多,快给我抬了家去。"石匠先将小石狮送到家中。傻子回家,见了父亲,欣欣然告之曰:"我买便宜回来了。"父问买何物,傻子令人将石狮抬进,父问价值若干,傻子说:"价值三千。"翁大怒,骂之曰:"你用重价,买此无用之物,真乃败家之子,怪不得人说我总有报应。"傻子鼓掌大笑曰:"我告诉你罢,这还是小报应,还有一个大报应在后头呢。"

笑 林 广 记

《笑林广记》十二卷,原题游戏主人纂辑,粲然居士参订,今据清乾隆五十六年三德堂刊本,选录四十五则。

序

大块茫茫,流光瞬息,而其间覆雨翻云,错互变灭,几令天地为之戚容,河山为之黯色,抱此六尺躯,不能胸出智珠,廓清陷溺,犹自栩栩燕笑,徒资谭柄,是亦可慨也已。虽然,文人游戏,为龙为蛇,无所不可,故虽满目荆榛,盈前矛戟,而青樽惟我,白眼由他,总付之哑然一笑,乌所论妍媸美丑耶?主人秉异赋,倜傥英奇,不屑作小儒颦蹙态,弱冠即有志四方,足迹遍海内,故其闻见日益广,而谙练日益深,夫何颖秃研穿,经荒裘敝,而白衣苍狗,笑眼谁青,则又往往袭曼倩之诙谐,学庄周之隐语,清言倾四座,非徒貌晋人之风味,实深有激乎其中,而聊借玩世,此《笑林广记》之所以不辞俚鄙,用辑成书,亦足见其一班矣。书为同人欣赏,久请付梓,而主人终以游戏所成,惟恐受嗤俗目,不敢问世,昨因访请甚虔,乃掀髯大噱曰:知我罪我,吾亦听之斯世已矣。且余壹不知天壤间何者当歌,何者当泣,第念红尘鹿鹿,触绪增愁,所谓人世难逢开口笑,不独余悼之戚之,苟得是编而一再流览焉,非拍案以狂呼,即抚膺而叫绝,或断淳于之缨,或解匡鼎之颐,言者无罪,闻者倾倒,几令大块尽成一欢喜场;若徒赏其灵心慧舌,谓此则工巧也,此则尖颖也,此则神奇变幻,匪所思存也,则供嗢笑于当途,博欢颜于叔季,壮夫之所不为,岂有心世教者之所取容求媚者哉?余故于主人之镌是集而乐为序也。掀髯叟漫题于笑笑轩之南窗。

新镌笑林广记卷之一古艳部

游戏主人纂辑　粲然居士参订

有　理

一官最贪，一日拘两造对鞫，原告馈以五十金，被告闻知，加倍贿托。及审时，不问情由，抽签竟打原告，原告将手作五数势曰："小的是有理的。"官亦以手复曰："奴才你讲，有理？"又以手一仰曰："他比你更有理哩。"

取　金

一官出朱票取赤金二锭，铺户送讫，当堂领价。官问价值几何，铺家曰："平价该若干，今系老爷取用，只须半价可也。"官顾左右曰："这等发一锭还他。"发金后，铺户仍候领价，官曰："价已发过了。"铺家曰："并未曾发。"官怒曰："刁奴才，你说只领半价，故发一锭还你，抵了一半价钱，本县不曾亏了你，如何胡缠？快撵出去。"

老　父

一市井受封，初见县官，以其齿尊，称之曰老先。其人含怒而归，子问其故，曰："官欺我太甚，彼该称我老先生才是，乃作歇后语，叫甚么老先，明系轻薄，我回称也不曾失了便宜。"子询何以称呼，答曰："我本应称他老父母，今亦缩住后韵，只叫他声老父。"

斋　戒　库

一监生姓齐，家资甚富，但不识字。一日，府尊出票取鸡二只、兔一只，皂亦不识票中字，央齐监生看，生曰："讨鸡二只、兔一只。"皂只买一鸡回话，太守怒曰："票上取鸡二只、兔一只，为何只缴一鸡？"皂以监生事回，太守遂拘监生来问，时太守适有公干，暂将监生收入斋戒库内候究,生入库见碑上斋戒二字,认做他父亲齐成姓名,张目惊诧,呜咽不止,人问何故,答曰:"先人灵座,何人设建在此?睹物伤情,焉得不哭?"

春 生 帖

一财主不通文墨,谓友曰:"某人甚是欠通,清早来拜我,就写晚生帖。"旁一监生曰:"这到还差不远,好像这两日秋天拜客,竟有写春"眷"字误看"春"字。生帖子的哩。"

田 主 见 鸡

一富人有余田数亩,租与张三者种,每亩索鸡一只。张三将鸡藏于背后,田主遂作吟哦之声曰:"此田不与张三种。"张三忙将鸡献出,田主又吟曰:"不与张三却与谁?"张三曰:"初间不与我,后又与我,何也?"田主曰:"初乃无稽(鸡)之谈,后乃见机(鸡)而作也。"

新镌笑林广记卷之二腐流部

辞 朝

一教官辞朝,见象,低徊留之不忍去,人问其故,答曰:"我想祭丁的猪羊有这般肥大便好。"

厮 打

教官子与县丞子厮打,教官子屡负,归而哭诉其母,母曰:"彼家终日吃肉,故恁般强健会打。我家终日吃腐,力气衰微,如何敌得他过?"教官曰:"这般,我儿不要忙,等祭过了丁,再与他报复便了。"

僧 士 诘 辩

秀才诘问和尚曰:"你们经典内'南无'二字只应念本音,为何念作'那摩'?"僧亦回问云:"相公《四书》上'于戏'二字,为何亦读作'呜呼'? 如今相公若读'于戏',小僧就念'南无';相公若是'呜呼',小僧自然要'那摩'。"

中　酒

一师设教,徒问"《大学》之道"如何讲,师佯醉曰:"汝偏拣醉时来问我。"归与妻言之,妻曰:"'《大学》'是书名,'之道'是书中之道理。"师颔之,明日谓其徒曰:"汝辈无知,昨日乘醉便来问我,今日我醒,偏不来问,何也? 汝昨日所问何义?"对以"《大学》之道"。师如妻言释之,弟子又问:"'在明明德'如何?"师遽捧额曰:"且住,我还中酒在此。"

新镌笑林广记卷之三术业部

写　真

有写真者,绝无生意,或劝他将自己夫妻画一幅行乐贴出,人见方知。画者乃依计而行。一日,丈人来望,因问:"此女是谁?"答云:"就是令爱。"又问:"他为甚与这面生人同坐?"

胡　须　像

一画士写真既就,谓主人曰:"请执途人而问之,试看肖否?"主人从之,初见一人,问曰:"那一处最像?"其人曰:"方巾最像。"次见一人,又问曰:"那一处最像?"其人曰:"衣服最像。"及见第三人,画士嘱之曰:"方巾衣服,都有人说过,不劳再讲,只问形体何如?"其人踌躇半晌曰:"胡须最像。"

头　嫩

一待诏替人剃头,才举手便所伤甚多,乃停刀辞主人曰:"此头尚嫩,下不得刀,且过几时,姑俟其老,老再剃罢。"

酸　　酒

一酒家招牌上写:"酒每斤八厘,醋每斤一分。"两人入店沽酒,而酒甚酸,一人咽舌攒眉曰:"如何有此酸酒? 莫不把醋错拿了来?"友人忙撅其腿曰:"呆子,快莫做声! 你看牌面上写着醋比酒更贵着哩!"

新镌笑林广记卷之四形体部

拔 须 去 黑

一翁须白,令姬妾拔之。姬见白者甚多,拔之将不胜其拔,乃将黑者尽去。拔讫,翁引镜自照,遂大骇,因咎其妾。妾曰:"难道少的倒不拔,倒去拔多的?"

黄　　须

一人须黄,每于妻前自夸:"黄须无弱汉,一生不受人欺。"一日出外,被殴而归,妻引前言笑之,答曰:"那晓得那人的须竟是通红的。"

搁　　浅

矮人乘舟出游,因搁浅,自起捧之,失手坠水,水没过头,矮人起而怒曰:"偏我搁浅搁在深处。"

新镌笑林广记卷之五殊禀部

访　　类

有惧内者,欲访其类拜十弟兄,城中已得九人,尚缺一个,因出城访之,见一人掇杩桶出,众齐声曰:"此必是我辈也。"相见道相访之意,其人摇手曰:"我在城外做第一个倒不好,反来你城中做第十个。"

母 猪 肉

有卖猪母肉者,嘱其子讳之;已而买肉者至,子即谓曰:"我家并非猪母肉。"其人觉之,不买而去。父曰:"我已吩咐过,如何反先说起?"怒而挞之。少顷,又一买者至,问曰:"此肉皮厚,莫非母猪肉乎?"子曰:"何如? 难道这句话也是我说起的?"

呆 算

一人家费,纯用纹银,或劝以倾销八九色杂用,当有便宜。其人拿元宝一锭,托熔八成。或素知其呆也,止倾四十两付之,而剩其余。其人问:"元宝五十两,为何反倾四十?"答曰:"五八得四十。"其人遽曰:"吾为公误矣,用此等银,反无便益。"

七 月 儿

有怀孕七月儿即产一儿者,其夫恐养不大,遇人即问。一日,与友谈及此事,友曰:"这个月无妨,我家祖亦是七个月出世的。"其人错愕问曰:"若是这等说,令祖后来毕竟养得大否?"

觅 凳 脚

乡间坐凳,多以现成树丫叉为脚者。一脚偶坏,主人命仆往山中觅取。仆持斧出,竟日空回,主人责之,答曰:"丫叉尽有,都是朝上生,没有向下生的。"

椅 桌 受 用

乡民入城赴席,见椅桌多悬桌围坐褥,归谓人曰:"莫说城里人受用,连城里的椅桌都是极受用的。"人问其故,答曰:"桌子穿绣色裙,椅子都是穿销金背心的。"

铺　　兵

铺司递紧急公文,官恐其迟,拨一马骑之,其人赶马而行,人问其:"如此急事,何不乘马?"答曰:"六只脚走,岂不快如四只。"

鹅　变　鸭

有卖鹅者,因要出恭,置鹅在地登厕,后一人以鸭换去。其人解毕,出视叹曰:"奇哉,才一时不见,如何便饿得恁般黑瘦了?"

混　堂　漱　口

有人在混堂洗浴,掬水入口而漱之,众各攒眉相向,恶其不洁。此人掬水于手曰:"诸公不要愁,待我漱完之后,吐出外面去。"

新镌笑林广记卷之六闺风部

藏　　年

一人娶一老妻,坐床时,见面多皱纹,因问曰:"汝有多少年纪?"妇曰:"四十五六。"夫曰:"婚书上写三十八岁,依我看来还不止四十五六,可实对我说。"曰:"实五十四岁矣。"夫复再三诘之,只以前言对。上床后,更不放心,乃巧生一计曰:"我要起来盖盐瓮,不然,被老鼠吃去矣。"妇曰:"倒好笑,我活了六十八岁,并不闻老鼠偷盐吃。"

新镌笑林广记卷之七世讳部

活　千　年

一门客谓贵人曰:"昨夜梦公活了一千年。"贵人曰:"梦生得死,莫非不祥么?"其人遽转口曰:"啐,我说错了,正是梦公死了一千年。"

吹 叭 喇

乐人夜归,路见偷儿挖一壁洞,戏将叭喇插入吹起,内惊觉追赶,遇贼,问云:"你看见吹叭喇的么?"

新镌笑林广记卷之八僧道部

追 荐

一僧追荐亡人,需银三钱,包送西方。有妇超度其夫者,送以低银,僧遂念往东方,妇不悦,以低银对,即笑补之,改念西方。妇哭曰:"我的天,只为几分银子,累你跑到东又跑到西,好不苦呀!"

新镌笑林广记卷之九贪吝部

一 味 足 矣

一先生开馆,东家设宴相待,以其初到加礼,乃宰一鹅奉款。饮至酒阑,先生谓东翁曰:"学生取扰的日子正长,以后饮馔,务须从俭,庶得相安。"因指盘中鹅曰:"日日只此一味足矣,其余不必罗列。"

吞 杯

一人好饮,偶赴席,见桌上杯小,遂作呜咽之状,主人惊问其故,曰:"睹物伤情耳,先君去世之日,并无疾病,因友人招饮,亦似府上酒杯一般,误吞入口,咽死了的,今日复见此杯,焉得不哭?"

收 骨 头

馆僮怪主人每食必尽,止留光骨于碗,乃对天祝曰:"愿相公活一百岁,小的活一百零一岁。"主问其故,答曰:"小人多活一岁,好收拾相公的骨头。"

索　烛

有与善唉者同席,见盘中且尽,呼主翁拿烛来,主曰:"得无太早乎?"曰:"我桌上已一些不见了。"

借　水

一家请客,失分一箸,上菜之后,众客朝拱举箸,其人独袖手而观,徐向主人曰:"求赐清水一碗。"主问曰:"何处用之?"答曰:"洗干净了指头好拈菜吃。"

酒　死

一人请客,客方举杯,即放声大哭,主人慌问曰:"临饮何故而悲?"答曰:"我生平最爱的是酒,今酒已死矣,因此而哭。"主笑曰:"酒如何得死?"客曰:"既不曾死,如何没有一些酒气?"

新镌笑林广记卷十贫窭部

妻掇茶

客至乏人,大声讨茶,妻无奈,只得自送茶出,夫装靦撑幌,乃大喝云:"你家男个那里去了?"

唤　茶

一家客至,其夫唤茶不已,妇曰:"终年不买茶叶,茶从何来?"夫曰:"白滚水也罢。"妻曰:"柴没一根,冷水怎得热?"夫骂曰:"狗淫妇,难道枕头里就没有几根稻草?"妻回骂曰:"臭忘八,那些砖头石块,难道是烧得着的?"

怕　　狗

客至乏仆,暗借邻家小厮,掇茶至客堂后,逡巡不前,其人厉声曰:"为何不至?"僮曰:"我怕你家这只凶狗。"

梦　还　债

欠债者谓讨债者曰:"我命不久矣,昨夜梦见身死。"讨者曰:"阴阳相反,梦死反得生也。"欠债者曰:"还有一梦。"问曰:"何梦?"曰:"梦见还了你的债。"

坐　椅　子

一家索债人多,椅凳俱坐满,更有坐槛上者,主人私谓坐槛者曰:"足下明日早来些。"那人意其先完己事,乃大喜,遂扬言以散众人。次早黎明即往,叩其相约之意,答曰:"昨日有劳坐槛,甚是不安,今日早来,可先占把交椅。"

新镌笑林广记卷十一讥刺部

媒　　人

有忧贫者,或教之曰:"只求媒人足矣。"其人曰:"媒安能疗贫乎?"答曰:"随你穷人家,经了媒人口,就都发迹了。"

新镌笑林广记卷十二谬误部

谢　　赏

一官坐堂,偶撒一屁,自说"爽利"二字。众吏不知,误听以为"赏吏",冀得欢心,争跪禀曰:"谢老爷赏。"

曰　饼

中秋出卖月饼,招牌上错写"曰饼",一人指曰:"'月'字写成'白'字了。"其人曰:"我倒信你骗,'白'字还有一撇哩。"

圆　谎

有人惯会说谎,其仆每代为圆之。一日,对人说:"我家一井,昨被大风吹往隔壁人家去了。"众以为从古所无,仆圆之曰:"确有其事,我家的井,贴近邻家篱笆,昨晚风大,把篱笆吹过井这边来,却像井吹在邻家去了。"一日,又对人说:"有人射下一雁,头上顶碗粉汤。"众又惊诧之,仆圆曰:"此事亦有,我主人在天井内吃粉汤,忽有一雁堕下,雁头正跌在碗内,岂不是雁头顶着粉汤?"一日,又对人说:"寒家有顶温天帐,把天地遮得浩浩的,一些空隙也没有。"仆人攒眉道:"主人脱煞,扯这漫天谎,叫我如何遮掩得来。"

笑 林 广 记

《笑林广记》,清程世爵撰。今据清光绪二十五年(一八九九)印本选录二十四则。

序

宇宙内形形色色,何莫非行乐之资?天壤间见见闻闻,孰不是赏心之具?仆自束发受书,于今更数十寒暑矣,嗟马齿之加长,志空伏枥,望鹏程而莫及,身阻登梯,造凤无才,不克和声而鸣盛,续貂乏技,安能大笔以起衰,胸内悉蕴藏磊块,端须浇酒三杯,眼前多变幻烟云,辄自填诗一曲,用效庄周之幻化,聊全曼倩之谈谐,遂不觉转愁成喜,破涕为欢矣。爰自杜门谢客,假余岁月宽闲,闭户著书,赎彼光阴迅速,抒胸中所记忆,必教尽相穷形,佐挽底成文章,原属耳闻目见,倘或逢人说鬼,对客解颐,有时拍案叫奇,供余适口,使敝庐顿作为安乐窝,鼓大块尽成为欢笑场,岂非一时快意事哉!乃到门多请事钞,传书直会,故不嫌纸贵,爰付剞劂。世有同我以讥刺劝讽有关名教者,非余之知音也;世有谓我以喜笑怒骂皆成文章者,则余之知己也。光绪二十有五年岁己亥仲夏,平江程世爵序。

笑 林 广 记

平江程世爵撰

捉 鬼

玉皇命钟馗至世捉鬼。钟馗领旨,带领鬼卒,到下界,仗剑捉之。谁知阳世之鬼,比阴间多而且凶。众鬼见钟馗来捉,那冒失鬼上前夺剑,伶俐鬼搬腿抽腰,讨贱鬼拉靴摘帽,下作鬼解带脱袍,无二鬼掀须掠眉,穷命鬼窃剑偷刀,陶气鬼抠鼻剜眼,酸脸鬼唠俚唠叨,众鬼跌倒身上,色鬼双手抱住。这钟馗有法无法,众恶鬼既号且咷。钟馗正在为难,忽见一胖大和尚,蟠蟠大腹,嘻嘻而来,将钟馗扶起说:"伏魔将军,为何这样狼狈?"钟馗说:"想不到阳世之鬼,如此难捉。"和尚说:"不妨,等我替你捉来。"这和尚见了众鬼,呵呵大笑,张巨口咽碌一声,把众鬼全吞在肚内。钟馗大惊说:"师傅实在神通广大。"和尚说:"你不知道这等孽鬼,世上最多,也合他论不得道理,讲不得人情,只用大肚皮装了就是了。"

头　　鸣

一学使按临。有一生员入场时,置一蝉于儒巾中,巾内蝉鸣,同座者闻其声自儒巾出,无不大笑。宗师以犯规唤至,究其致笑之由,皆曰:"某号生员儒巾内有声故笑。"宗师唤其人至前,欲责之。生员大声呼曰:"今日生员入场时,父亲唤住,将蝉置于巾内,爬跳难受,生员以父命不敢掷去。"宗师怒问其置蝉于巾之故,答曰:"取头鸣之意。"

问　　猴

一县官谒见大宪,谈毕公事,大宪闲谈问曰:"闻得贵县出猴子,不知都有多大?"答曰:"大的有大人那么大。"既而觉其失言,乃惶悚欠身而复言曰:"小的有卑职那么大。"

借　　马

一富翁不通文,有借马者,致信于富翁云:"偶欲他出,祈假骏足一乘。"翁大怒曰:"我就是两只脚,如何借得人? 我的朋友最多,都要借起来,还要把我大解八块呢。"友在旁解曰:"所谓'骏足'者,马足也。"翁益怒曰:"我的足是马足,他的腿是驴腿,他的头是狗头呢。"友大笑而去。

谈　天

客有聚而谈天者,论天之度数远近,各持一说,辩之不决。一村夫在旁解之曰:"天之离地,相去止三四百里耳。由下而达上,迟行四日可至,疾行三日可至,六七日间一往一还,绰乎有余,客何争辩之不决也?"客愕然问曰:"子说可有据乎?"村夫曰:"客不见夫世俗之送灶神上天乎? 送于腊月二十三日,迎于腊月三十日,从二十三日,至三十日,不过七日耳,以一半之路核之,仅三四百里耳,何远之有!"众客哄然而笑曰:"子说甚善,可以谈天。"

懒　妇

一妇人极懒,日用饮食,皆丈夫操作,他只知衣来伸手,饭来张口而已。一日,夫将远行,五日方回,恐其懒作挨饿,乃烙一大饼,套在妇人项上,为五日之需,乃放心出门而去。及夫归,已饿死三日矣。夫大骇,进房一看,项上饼只将面前近口之处吃了一缺,饼依然未动也。

醉　鬼

玉帝坐凌霄殿,谓诸神曰:"地狱之鬼,有阎君统膳,惟阳世之鬼,无人管束,愈出愈奇。我欲使钟馗至下界,尽捉为食之,以惩鬼蜮之行,而除生灵之害。"众神曰:"界分阴阳,阴有鬼而阳有人,阳世何得有鬼?"帝曰:"阳世之鬼更多,譬如啬刻鬼、势利鬼、乌烟鬼、赌鬼、醉鬼,皆是也,何可不除!"遂命钟馗至下界捉鬼。钟馗至下界,饬鬼卒尽拘之,惟醉鬼不见到案,询之鬼卒,答曰:"这醉鬼无日不饮,无饮不醉,夜间闹酒发疯,白日害酒装死,实在难捉。"钟馗曰:"且将众鬼烹而食之,先回奏玉旨要紧。"行至中途,忽来一人扭着钟馗不放,自称我是醉鬼,钟馗曰:"我正要捉你,你因何反来缠我?"醉鬼曰:"你是何人?"答曰:"我即是奉命捉鬼的钟馗。"醉鬼曰:"你姓钟乎？还是大钟？还是小钟？"钟馗曰："此话怎讲？"醉鬼说："若是大钟，与你豁三十拳；若是小钟，与你豁五十拳；豁完了，再说。你吃我不吃，我不管。"

啬 刻 鬼

有一极啬刻人，真是不怕饿死，不吃饭，人人皆以啬刻鬼呼之。这一日过河，连摆渡钱都不肯化，宁可涉水而过；行至中流，水深过腹，势有灭顶之凶，急呼岸上人来救。人曰："非二百钱不肯救。"啬刻鬼曰："给你一百文何如？"顷刻，水已过肩，又呼曰："给你一百五十文何如？"岸上人仍不肯救，竟自溺水而亡。孽魂来至阎王殿前，王曰："你这啬刻鬼，在阳世视钱如命，一毛不拔；今日来至阴司，带他去下油锅。"鬼卒带至油锅前，只见油声鼎沸，烈焰飞腾，啬刻鬼曰："这许多油，可惜太费；若把这油钱折给我，情愿干锅熊。"鬼卒大喝一声，将啬刻鬼用叉挑入油锅炸了一个焦头烂额，少皮没毛，仍将孽魂带至阎王殿前发落。王曰："此人这等可恶，应罚他变猪狗。"啬刻鬼哭诉云："罚我变猪狗，我也情愿，惟有一件事，我甚冤枉。"阎王问曰："你有何冤枉？"啬刻鬼曰："我在阳世，一辈子没吃过葱，求阎王爷指明，这葱到底是个什么味儿？"阎王闻听，怒发冲冠，指定啬刻鬼骂曰："你这该死的孽魂，啬刻的连葱都没吃过，待为王的告诉于你，这葱是酸的，连阎王爷也没吃过。"

鬼 择 主

贪字之形近于贫，未有贪而不贫者。有一人极贪而贫，因贫而死，穷魂渺渺，来至幽冥，阎王遂判之曰："你这孽鬼，在阳世贪得无厌，终窭且贫，贫不能安于贫，妄想贪求，作孽多矣，应罚去变禽兽昆虫之类。"贪鬼曰："罚我变禽兽昆虫，实不敢辞，但求大王格外垂怜，俯准我择主而事。"王曰："何择？"答曰："若教我变走兽，我要变伯乐之马，张果之驴；若教我变飞禽，我要变右军之鹅，懿公之鹤；若教我变昆虫,我要变庄子之蝶,子产之鱼。"王遂赫然斯怒,指而骂之曰:"你这孽障,如此拣择,与阳世之作官而揣缺之肥瘠者何异? 着罚作一乌龟,既是怕穷,令其常常缩头;既是多贪,令其终岁喝风,却食不着一物。"贪鬼乃恍然曰:"我虽然未尝作官,却知道作官的罪孽不小。"

嘲 中 人

吴俗:田房交易,作中者名曰"蚂蚁"。有老翁业此多年,家小康,买灶下婢,生一子,乞星士算之。星士善谑,口多微词,戏之曰:"查令郎英造必大贵,汝当作封翁。"翁曰:"我辈执业卑微,何得名通仕籍?"星士正色曰:"是不然。古者,蝎号将军,萤称正字,蝶封香国粉侯,蜂擢花台刺史,诸虫皆贵,安见蚁命之独贱乎?"翁不知其戏,述星士语,夸示同侪,日以封翁自负。儿长性憨,年十八,惟读《大学》三页。人问:"令郎读《左传》否?"翁曰:"《左传》已读,今闻读右传矣。"盖日听其诵"右传首章,右传二章"故也。儿年二十,顽钝如初;翁恐前言不验,复质诸星士。星士笑曰:"君头衔已贵,何必倚佳儿、博封诰哉?"翁问何衔,答曰:"中书科中人,升卖田司主事,外擢合同府知府,例封文契郎,晋封草议大夫。"闻者喷饭。

不 利 语

有一人惯说不利之语,人皆厌之。一富翁所造厅房一所,惯说不利者往看,亲至门前,敲门不应,大骂曰:"浪牢门,为何关的这样紧? 想必是死绝了。"翁出而怪之曰:"我此房费尽千金,不见容易;你出此不利之言,太觉不情。"其人曰:"此房若卖,只好值五百金罢了,如何要这样大价?"翁怒曰:"我并未要卖,因何估价?"其人曰:"我劝你卖是好意,若遇一场天火,连屁也不值。"一家五十得子,三朝,人皆往贺,伊亦欲往,友人劝之曰:"你说话不利,不去为佳。"其人曰:"我与你同去,我一言不发何如?"友曰:"你果不言,方可去得。"同到生子之家，入门叩喜，直到入席吃酒，始终不发一言，友甚悦之。临行，见主人致谢曰："今日我可一句话也没说，我走后，你的娃娃要抽四六风死了，可不与我相干。"

名 读 书

车胤囊萤读书，孙康映雪读书，其贫不辍学可知。一日，康往拜胤，不遇，问家人："主人何在?"答曰："到外边捉萤火虫去了。"已而胤往拜康，见康立于庭下，问："何不读书?"答曰："我看今日这天色，不像要下雪的光景。"

嘲 时 事

近年时事颠倒，竟有全非而以为是者，口撰数语以嘲之：京官穷的如此之阔，外官贪的如此之廉，鸦片断的如此之多，私铸禁的如此之广，武官败的如此之胜，大吏私的如此之公。舌锋犀利，造语亦苟。

牛 联 宗

牛郎以金钱万缗载牛背，送斗牛宫交纳，牛忽逃逸下界；自顾形秽，不堪露俗，因思背上物颇多，不难连宗华族，夸耀乡里，遂往东海谒麒麟，告以意。麟曰："予之角，予之趾，公子公族，岂汝触墙蠢物能混我公类乎?"叱之去。又诣西域青狮子，未及通谒，狮见其状丑劣不堪，大声一吼，遗臭满地，逃之荒野，无所适从。忽忆芦上长耳公，有同车之谊，往求之。长耳公曰："南山有金钱豹者，虽托名雾隐，却广交游，仆愿为介。"遂同诣南山，长耳公见金钱豹，道牛之诚，称牛之可。豹初拒之，继见其背上物，笑曰："相君之背，尚可联宗。且我家所以称豹变者，亦因背上有金钱文耳；若虽无文，尚可以人力为之。"取其金钱，分皮上毛，编成文芒，异色斑斓，金光闪烁，迥异常牛；与资郎纳官捐职，顿换头衔者无异焉。长耳公熟视笑曰："一破悭囊,便成俊物,即介葛芦来,亦闻声莫辨矣。"遂别去。豹自此引为同谱,而牛亦掉尾自雄。未匝旬,金钱尽脱,皮毛如旧。豹怒曰:"如此丑态,玷我华宗。"喧逐之。牛狂窘无措,仍投斗牛宫来。牛郎以鞭捶其背,诘其金钱何在,牛具以告。牛郎曰:"蠢哉畜类,若辈所愿与汝联宗者,缘汝有金钱耳。一旦钱尽,岂肯引泥涂中物为祖若父之异子孙哉?"索其鼻,系诸牢后,人遂以牢名之。

魂作阔

一人最喜作阔,而家甚穷,客至无人送茶,大声呼曰:"倒茶来。"屡呼不至,妻无奈,只得自送茶出。穷人见妻出窘甚,乃大喝曰:"你男人那里去了?"答曰:"出差去了。""为什么还不回来?"答曰:"人未回来,魂已回来了。"夫曰:"魂在何处?"答曰:"在那里坐之吹混唠装阔呢!"

避首席

谚云:"常常坐首席,渐渐入祠堂。"此言齿愈尊死愈速也,故首坐一席,人人让之。有一患疯病者延医调治,医曰:"疯痨膨胀膈,阎王请下客。即要催请,不必服药。"病者曰:"我未见请帖,如何是客?"医曰:"不过不久见阎君耳。"病者曰:"作客我却不怕,我最怕坐首席,但求你把我这疯症用些生疾动气的药,改为膨胀二症,挪在第三第四,免得大家谦让,叫主人费心。"

惧内令

县令某性卑鄙,惟以逢迎上司为得计,与同僚禀见巡抚,某即膝行至堂上,叩头有声,额上磊块若卵。叩毕,袖出金珠,置座下,匍伏不起。抚公大怒,某仰首卑词以对曰:"大人是卑职老子,卑职是大人儿子,不到处训诲可也。"抚公愈怒,掷金珠叱之去,同僚代为婉求,抚公曰:"汝等不知,我与他同乡,素知其惧内,每早起膝行趋伏衾次,叩首如响柝,随出金珠,戏作簪环,稍有不悦,双手棒杖以进,口呼:'夫人是下官母亲,下官是夫人儿子,'叱之始出。适见其状,与在家无异,是真以细君戏我也。"言未毕,忽闻堂后一声狮呼,众皆变色,抚公亦战栗而退。

耍　光　棍

一姓卜名不详,一姓冢名不消,异姓同盟,结为兄弟。把兄谓把弟曰:"我二人名姓甚奇,我之姓更奇,你看'冢'字之形似'家'无点,似'蒙'无头,仿佛官员摘了顶带一样。今与吾弟相商,将你'卜'字腰间那一点,挪在我'冢'字头上,使我开了复,成了'家',岂不甚妙?"把弟说:"借与你成'家',原无不可,但是你成了'家',我可就耍光棍了。"

插　草　标

有初靠人家作仆者,有些怕羞,一日主人拜客,令拿拜匣同往,其仆乃插草标于匣上,假托卖匣之人以自掩。街上呼曰:"卖拜匣的过来。"仆指家主曰:"前面那位,已买定了。"

痴　疑　生

一秀才痴而多疑,夜在家尝读暗处,俟其妻过,突出拥之,妻惊拒大骂,秀才喜曰:"吾家出一贞妇矣。"尝看史书,至不平处,必拍案切齿。一日,看秦桧杀岳武穆,不觉甚怒,拍桌大骂不休,其妻劝之曰:"家中只有十张桌,君已碎其八矣,何不留此桌吃饭也?"秀才叱之曰:"你或与秦桧通奸耶?"遂痛打其妻,妻亦不知其何故。

怕 考 生 员

秀才怕岁考,一闻学台下马,惊惶失色。往接学台,见轿夫怨之曰:"轿夫奴才,轿夫奴才,你为何把一个学台抬了来?吓的我魂飞天外。那一世我作轿夫,你作秀才,我也把学台给你抬了来,看你魂儿在不在?"

利 水 学 台

秀才家丁,把娃娃撒尿,良久不撒,吓之曰:"学台来了。"娃娃立刻撒尿。秀才问其故,答曰:"我见你们秀才一听学台下马,吓得来尿屎齐出,如此知之。"秀才叹曰:"想不到这娃娃能承父志,克绍书香;更想不到这学台善利小水,能通二便。"

瞎 子 吃 鱼

众瞎子打平伙吃鱼,钱少鱼小,鱼少人多,只好用大锅熬汤,大家尝尝鲜味而已。瞎子没吃过鱼,活的就往锅里扔,小鱼蹦在锅外,而众瞎不知也。大家围在锅前,齐声赞曰:"好鲜汤! 好鲜汤!"谁知那鱼在地下蹦,蹦在瞎子脚上,呼曰:"鱼没在锅内。"众瞎叹曰:"阿弥陀佛,亏得鱼在锅外,若在锅内,大家都要鲜死了。"

一　　笑

《一笑》,清俞樾撰,原载《俞楼杂纂》卷四十八,共十三则,今选录十二则。

一　笑　引

德清俞樾

《新唐书·艺文志》小说家类,有邯郸淳《笑林》三卷,何自然《笑林》三卷,又有《会昌解颐》四卷。今其书不传,不知所载何事,大率供人喷饭者也。《太平广记》嗤鄙部所载,如痴婿吊丧,争斗啮鼻,皆出《笑林》,未知即此诸家之书否? 夫古人著书,期于明道,若止以供一笑而已,又何足传。乃读释氏之书,有所谓《百喻经》者,意存讽劝,而词涉诙谐,如造楼磨刀、卖香赌饼之类,皆可采入《笑林》。然则《抚掌》、《启颜》之录,其即发蒙振聩之资乎。余流览古书,知古文章家自有此一体。因忆曩时少年,与朋辈宴聚,谈谐间作,轩渠大噱,旁若无人。迄今思之,如在目前,而霄满故人,半归黄壤。余亦衰病,兴会索然,不复能为康骈之《剧谈》矣。清夜不寐,追忆旧闻,得十余事,录为一卷,即题之曰《一笑》。庄子不云乎:"人上寿百岁,中寿八十,下寿六十,其中开口而笑者,一月之中,不过四五日而已。"余近者,朝愁暮啼,愁环无端,求有此四五日而不可得。故于《杂纂》中存此一卷,排积惨而求暂欢,莞尔之余,弥复喟然矣。

有客至,主人具蔬食,客不悦。主人谢曰:"家贫市远,不能得肉耳。"客曰:"请杀我所乘之骡而食之。"主人曰:"君何以归?"客指阶前之鸡曰:"我借君之鸡乘之而归。"

甲与乙不相识也。甲问乙姓，乙曰："孙。"乙因问甲姓，甲曰："不敢。"乙曰："问君之姓，君何谦欤？"甲固称不敢，乙固问之。甲曰："祖。"乙始悟其以姓为戏也，乃曰："此亦何伤乎？君祖我孙，我孙君祖而已。"

有人延师教其子，而馆餐殊菲，顿顿冬瓜而已。师语主人曰："君颇嗜冬瓜乎？"主人曰："然。其味固美，且有明目之功。"一日，主人至馆中，师凭楼窗眺望，若不见者。主人自后呼之，乃谢曰："适在此看都城演剧，遂失迎迓。"主人讶曰："都城演剧，此岂得见？"师曰："自吃君家冬瓜，目力颇胜。"

一人素好诙谐，有众人嬲之使作主人，乃具柬相订云："诘旦音樽小叙。"众意其必以音乐侑觞。及客至就坐，则惟冬瓜两大盘，清汤一碗而已。客异之，举箸大啖，盘碗皆罄。续设又如初。既罢，客请曰："今日良宴，樽则有之，音在何处？"主人笑曰："诸君尚未喻乎？"指盘碗曰："冬冬汤，冬冬汤。"

俗以喜人面谀者曰"戴高帽"。有京朝官出仕于外者，往别其师，师曰："外官不易为，宜慎之。"其人曰："某备有高帽一百，逢人则送其一，当不至有所龃龉也。"师怒曰："吾辈直道事人，何须如此？"其人曰："天下不喜戴高帽如吾师者，能有几人欤？"师颔其首曰："汝言亦不为无见。"其人出语人曰："吾高帽一百，今止存九十九矣。"

有延师教其子者，师至，主人曰："家贫，多失礼于先生，奈何！"师曰："何言之谦，仆固无不可者。"主人曰："蔬食，可乎？"曰："可。"主人曰："家无臧获，凡洒扫庭除，启闭门户，劳先生为之，可乎？"曰："可。"曰："或家人妇子欲买零星什物，屈先生一行，可乎？"曰："可。"主人曰："如此，幸甚！"师曰："仆亦有一言，愿主人勿讶焉。"主人问何言。师曰："自愧幼时不学耳！"主人曰："何言之谦？"师曰："不敢欺，仆实不识一字。"

　　南人至北,多苦于口音之龃龉。有孝廉乘车,偶失其履,使其车夫取之,疾呼曰:"鞋子! 鞋子!"其音"鞋"如"孩",车夫怒曰:"吾年长矣,尚呼我孩子乎?"孝廉知其不达,乃易其音曰:"鞋鞋!"音又如"爷"。车夫拱手曰:"不敢!"

　　有一老生,每闻人言,辄摇首曰:"淡而无味。"一日,与客言,问客曰:"有新闻乎?"客曰:"昨暮盐船与粪船相触,盐船破,所赍之盐尽倾入粪船中矣。"老生亦摇首曰:"淡而无味。"

　　有官巡检者,傲其妻曰:"我与巡抚匹也。"一日,巡抚过其境,妻从而觇之,则伏谒于道左。归而怒其夫曰:"汝诒我也。"巡检曰:"此我敬客耳。若我至彼,彼亦如此。"

　　有富家子问于师曰:"一字如何写?"师曰:"一画。""二字如何写?"师曰:"二画。""三字如何写?"师曰:"三画。"乃大悟曰:"天下之字,可'一'以贯之矣。"适其父欲延一书记,托之友。子曰:"何必多费,我优为之。"父甚喜。一日,使其书柬招一姓万者,久之,不得。父屡使人促之,子恚曰:"何字不可姓,乃必姓万! 吾画之半日,尚未得其半也。"

　　甲性迟缓,乙性躁急。相遇于途,各低头而揖。甲揖别而起,已失乙所在,回顾,则乙在其后呼甲曰:"君尚在此欤? 吾适往十里亭送客而归也。"

　　有渔妇素不蓄镜,每日梳洗,以水自鉴而已。其夫偶为买一镜归,妇取视之,惊告其姑曰:"吾夫又娶一新妇来矣!"姑取视之,叹曰:"娶妇犹可,奈何并与亲家母俱来!"

附录:历代已佚或未收笑话集书目

　　《永乐大典目录》卷四四载卷之一万六千八百九十一笑字韵,全卷都是"笑谈书名",想来明初以前的笑话集都著录在这里了。可惜这卷《永乐大典》现在还没发现,要不然明初以前的笑话文学遗产,我们都可以窥见全豹了。这卷"笑谈书名",现在既然看不到,只好把明以前和明代的笑话集,见于著录或为我自己所知见的,著录在这里,以供参考。

《笑苑》四卷　撰人不详

　　《隋书·经籍志》五小记类,《永乐大典目录》卷四四卷之一万六千八百九十一笑字韵,焦竑《国史经籍志》四下小说家,都著录有此书,《太平广记引用书目》列有此书,但《太平广记》并未收录此书。

《解颐》二卷　杨松玢撰

　　《隋书·经籍志》三小说家:"《解颐》二卷,杨松玢撰。"

　　焦竑《国史经籍志》四下小说家:"《解颐》二卷,杨松玢。"

　　　案:《宋史·艺文志》五小说类著有"阳松玠《八代谈薮》二卷",或即一书。

《笑林》三卷　唐何自然

　　《唐书·艺文志》三丙部子录小说家类:"何自然《笑林》三卷。"

　　《崇文总目》、焦竑《国史经籍志》四下小说家著录与《唐志》同。

《路氏笑林》三卷

　　《宋史·艺文志》五小说类、焦竑《国史经籍志》四下小说家都著录有此书。

南阳德长《戏语集说》一卷

《宋史·艺文志》五小说类著录。

《滑稽集》一卷　宋钱易撰

《宋史·艺文志》五小说类著录。

《林下笑谈》一卷　撰人不详

《宋史·艺文志》五小记类著录。

焦竑《国史经籍志》四下小说家："《林下笑谈》二十卷。"

《悦神集》一卷　撰人不详

宋晁公武《昭德先生郡斋读书志》卷第三下小说类："《悦神集》一卷，不题撰人，记滑稽之说。唐有邯郸淳《笑林》，此其类也。"

《谈谐》一卷　宋陈晔撰

《四库全书总目提要》卷一四四小说家存目二："《谈谐》一卷，两淮盐政采进本宋陈日华撰。日华不知何许人，《文献通考》载所著《金渊利术》八卷，亦不著时代。别有《诗话》一卷，中引朱子之语。考姜夔《白石诗集》有陈日华侍儿读书诗，又张端《贵耳集》称：'淳熙间有二妇人，足继李易安之后，曰：清庵鲍氏，秀斋方氏。秀斋即陈日华之室。'案又见宋王质《绍陶录》。则孝宗时人也。所记皆俳优嘲弄之语，视日华所作《诗话》，尤为猥杂。然古有《笑林》诸书，今虽不尽传，而《太平广记》所引数条，体亦如此，盖小说家有此一格也。"

案：宋洪迈《夷坚三志》己卷第七"善谑诗词"条云："滑稽取笑，加酿嘲辞，合于《诗》所谓'善戏谑不为虐'之义。陈晔日华编集成帙以示予，因采其可书并旧闻可传者并纪于此。"《四库全书总目提要》卷一九七集部五十诗文评类存目写道："《诗话》一卷，旧本题陈日华撰。日华有《谈谐》，已著录。是编所记，多猥鄙诙谐之作，颇乖大雅。"《夷坚三志》所记，当是日华的《诗话》；并据《夷坚三志》，我们更知道日华名晔，是洪迈同时代的人。

又案:《千顷堂书目》十五子部类书类著录司马泰《古今汇说》卷二十八有《谈谐录》,或即此书。

《笑海》　撰人不详

　　《永乐大典目录》卷四四卷之一万六千八百九十一笑字韵著录此书。

《玉堂诗话》一卷　撰人不详

　　《四库全书总目提要》卷一四四小说家存目二:"《玉堂诗话》一卷,《永乐大典》本。不著撰人名氏。所采皆唐、宋人小说,随意杂录,不拘时代先后。又多取鄙俚之作,以资笑噱。此《谐史》之流,非《诗品》之体,故入小说家焉。"

《诙谐珍选》　撰人不详

　　《文渊阁书目》八杂附著录此书,云:"一部一册,阙。"

《博笑编》　撰人不详

　　明晁瑮《晁氏宝文堂书目》著录此书。

《东坡笑苑千金》

　　明晁瑮《晁氏宝文堂书目》著录此书。

　　　　案:日本内阁文库所藏《笑苑千金》卷二作"《东坡五山诸家笑苑千金》二"。见本书《醉翁谈录》附录。

《诙谐漫录》　中山居士

　　明晁瑮《晁氏宝文堂书目》、清黄虞稷《千顷堂书目》十五子部类书类都著录此书。

《笑苑千金》

　　明叶盛《菉竹堂书目》旧著录一册。

　　　　案:详本书《醉翁谈录》附录。

《善谑录》　太涵山人撰

　　清黄虞稷《千顷堂书目》十五子部类书类卷六十戏谑著录此书。

《人世难逢录》

　　　　清黄虞稷《千顷堂书目》十五子部类书类卷六十戏谑著录此书。

《笑海南金》

　　　　清黄虞稷《千顷堂书目》十五子部类书类卷六十戏谑著录此书。

《菊坡纪谑》　明单宇撰

　　　　清黄虞稷《千顷堂书目》十五子部类书类卷六十戏谑著录此书。

　　　　单宇字时泰，临川人，《明史》有传。

《四书笑》

　　　　曾在北京某书店见明末刊本。

《善谑录》　明陈沂撰

　　　　清黄虞稷《千顷堂书目》十二子部小说类著录此书，云："陈沂，
　　　　号石亭，鄞县人，侍讲。"

《笑资》九卷　明胡侍撰

　　　　清黄虞稷《千顷堂书目》十二子部小说类著录此书，云："胡侍，
　　　　咸宁人，潞州同知。"

《滑稽杂编》一卷　明王薇撰

　　　　清黄虞稷《千顷堂书目》十二子部小说类著录此书，云："王薇，
　　　　长安人，号鹤田。"

《广滑稽》三十六卷　明海虞陈禹谟辑

　　　　明关中罗胃校刊本，有万历甲寅（一六一四）自序；采用了从
　　　　《史记》到《高僧传》等共三百三十三种书而成。卷帙繁大，多
　　　　与其他笑话集雷同，今未选录。

《憨子杂俎》一卷　明屠本畯撰

《艾子外语》一卷　明屠本畯撰

《五子谐策》五卷　明屠本畯撰

　　　　以上三书，俱见清黄虞稷《千顷堂书目》十二子部小说类著录。

《谐史续》二卷　明徐燉撰

　　　　清黄虞稷《千顷堂书目》十二子部小说类著录。

《捧腹编》十卷　明许自昌撰

明万历刊本,书前有万历己未长至许自昌自序。每卷摘录诸书,自《艾子·问答录》起,至《南史》止,共列书目二百四十四种。所录不少重复,且次序亦有未当,他自己的序文中说"不暇伦次",这是真实的情况。今未选录。

案:大连图书馆藏有此书。据清褚人穫《坚瓠癸集》卷四引黠鬼赚牛头一则,今见于《东坡居士艾子杂说》,则此书盖亦纂辑或大部是纂辑而成者。

思贞子《正续资谐》八卷

清黄虞稷《千顷堂书目》十二子部小说类著录,云:"不知时代。"

《开卷一噱》　撰人不详

清赵吉士《寄园寄所寄·灭烛寄异》引钱臣一则和《插菊寄笑谭》引唵嘛呢囒吽一则,都作《开卷一噱》。此两事既不见于李卓吾的《开卷一笑》,而作者又似故意避免与卓吾书名重复,因而取名《开卷一噱》的。《寄园寄所寄》所引钱臣一则,乃是故事而非笑话,唵嘛呢囒吽一则,则已见于其它笑话集而未被选录,今特存其目于此。

以上是历代已佚或未收的笑话集存目。

下面是知道某一些人编写有笑话,但不知道他的书名是什么,现在也把这些人名列在下面:

陆采

《笑得好》二集《药柤》原注:"笑因色枯瘦的,改陆天池语。"今未选录此则。

唐寅

《笑得好》二集《烧香疤》原注:"笑无钱恋妓的,改唐伯虎语。"今未选录此则。

陈大声

《笑得好》二集《忘记端午》原注："笑东家短先生节礼的,改陈大声语。"

李渔

《笑得好》二集《市中弹琴》原注："笑不知音的,添改李笠翁语。"又《转债》原注："笑假完还的,改李笠翁语。"